06/2500

Über 40 Jahre
Heyne Science Fiction
& Fantasy
2500 Bände
Das Gesamt-Programm

SCIENCE FICTION

Herausgegeben
von Wolfgang Jeschke

Ein Verzeichnis weiterer erschienener Bände, herausgegeben von WOLFGANG JESCHKE, finden Sie am Schluß des Bandes.

DAS
PROUST-SYNDROM

*Internationale
Science Fiction Erzählungen*

herausgegeben von
Wolfgang Jeschke

Originalausgabe

WILHELM HEYNE VERLAG
MÜNCHEN

HEYNE SCIENCE FICTION & FANTASY
Band 06/5999

Das Umschlagbild malte Thomas Thiemeyer
Übersetzungen:
Aus dem Amerikanischen und Englischen
von Ingrid Herrmann-Nytko, Irene Holicki,
Margret Krätzig, Franz Rottensteiner und Olaf Schröter
Aus dem Französischen von Gabrielle & Georges Hausemer
Aus dem Italienischen von Andreas Brandhorst
Aus dem Tschechischen von Karl v. Wetzky

Umwelthinweis:
Dieses Buch wurde auf chlor- und
säurefreiem Papier gedruckt

Redaktion: Wolfgang Jeschke
Copyright © 1999
by Wilhelm Heyne Verlag GmbH & Co. KG, München
Einzelrechte und Rechte der deutschen Übersetzungen jeweils am
Schluß der Texte
Taschenbuch-Originalausgabe
Printed in Germany 8/99
http://www.heyne.de
Umschlaggestaltung: Nele Schütz Design, München
Technische Betreuung: M. Spinola
Satz: Schaber Satz- und Datentechnik, Wels
Druck und Bindung: Presse-Druck, Augsburg

ISBN 3-453-14886-X

INHALT

Horst Pukallus · Deutschland
**DIE SIEBTE DIMENSION
DES MILITÄRKONFLIKTS**   9

Michael Swanwick · USA
DIE TOTEN   12
(THE DEAD)

Michael Windgassen · Deutschland
FREIE RADIKALE   30

Alan Brennert · USA
ECHOS   70
(ECHOES)

Peter Schünemann · Deutschland
IN BUCHENWALD UND ANDERSWO   118

Cherry Wilder · Neuseeland
DAS BERNSTEINZIMMER   148
(THE BERNSTEIN ROOM)

Paul Collins · Australien
DIE NABAKOV-AFFAIRE   177
(THE NABAKOV AFFAIR)

INHALT

Howard Goldsmith · USA
DAS PROUST-SYNDROM 195
(THE PROUST SYNDROME)

Jacques Mondoloni · Frankreich
ALLE HUNDERT JAHRE EIN MORD 210
(UN MEURTRE TOUS LES CENT ANS)

Hans Kugler · Österreich
TECHNIKTRANSFER 229

Michael Iwoleit · Deutschland
DER SCHATTENMANN 245

Dave Smeds · USA
DER ACHTE DEZEMBER 258
(THE EIGHTH OF DECEMBER)

Giuseppe O. Longo · Italien
DAS GESCHENK DES KOMETEN 289
(IL DONO DELLA COMETA)

Robert Reed · USA
DIE SCHALE DES ZORNS 300
(WAGING GOOD)

INHALT

Geoffrey A. Landis · USA
ANNÄHERUNG AN DAS PERIMELASMA   364
(APPROACHING PERIMELASMA)

Stephen Baxter · England
ERBEN DER ERDE   405
(INHERIT THE EARTH)

Bernard Werber · Frankreich
JEDER TAG IST EIN NEUER KAMPF   430
(CHAQUE JOUR EST UN NOUVEAU COMBAT)

Josef Pecinovský · Tschechei
ICH WERFE DIR DAS SEIL ZU, KAMERAD   437
(HÁZÍM TI LASO, KAMARÁDE)

Rainer Erler · Deutschland
EINE LIEBESHEIRAT   478

Philip José Farmer · USA
**DIE OFFENBARUNG, TEIL I
– EIN DREHBERICHT**   501
(THE MAKING OF REVELATION, PART I)

Erik Simon · Deutschland
VOM WIRKLICHEN WELTRAUM   525

Horst Pukallus · Deutschland

DIE SIEBTE DIMENSION DES MILITÄRKONFLIKTS

Durchaus denkbarer Vortrag
eines deutschen NATO-Generalsekretärs

Ladies and gentlemen,
die NATO ist kein Indianerstamm, sondern eine Militäraktivitätenorganisation mit einer humanitären Mission. Als solche hat sie die Pflicht, ihre Kombattanten stets mit dem modernsten High-Tech-Material auszustatten, aber auch die Obliegenheit, ihre Taktik und Strategie gemäß Ihres Militäraktivitätenmonopols ständig zu aktualisieren. Gerade im 21. Jahrhundert verlangen die Szenarien des Krisenmanagements eine systematische Optimierung der Interventionsoptionen, deren militärische Logik die politisch korrekten Signale setzt.

Die 3-M-Formel »Die Mission ist die Message ist die Missile« genügt heute nicht mehr, um für das defensive satellitengesteuerte Visiting der Ziele durch Smart Weapons und intelligente Präzisionsflugkörper den Konsens der Demokraten herzustellen. Initiativen zur avionischen Suppression der meist in Krisenzonen ihr teuflisches Unwesen treibenden Internationale der Diktatoren, Doktrinäre, Kontraproduktiven und terroristischen Politquerulanten kollidierten in früheren Zeiten mit der Grenze der ästhetischen Belastbarkeit der durchschnittlichen mitteleuropäischen Panikperson. Unpopuläre infrastrukturelle Kollateralschäden durch nomadisierende militärische aerospatiale Multiplexsysteme lädierten gleichzeitig das Image unserer Militäraktivitätenorganisation bis zur moralischen Eskalation. Dieses Syndrom ist seither von Analysten einer gründlichen Erforschung unterzogen worden, die in die Einsicht gemündet ist, daß der Militärkonflikt der Gegenwart eine siebte Dimension aufweist.

In der Vergangenheit kannte die Militäraktion sechs Dimensionen: Die 0-Dimension, also den Punkt, den Standort, an dem der Militäraktivist sich befindet und von dem aus er seine Aktivitäten entfaltet: 1. die Entfernung, die bei seinen Aktionen zu berücksichtigen ist; 2. die Fläche, über die sich seine Aktivitäten ausdehnen; 3. die Höhe, bis in die militärisches Agieren sich erstrecken kann; 4. die Zeit, d. h. die Dauer der militärischen Operationen; 5. die Informationen, die er zu ihrer Durchführung braucht, und verwertbare Informationen, die er im Laufe der Durchführung erhält; 6. die elektronisch-digitale Unterstützung aller derartigen Aktivitäten.

Die siebte Dimension des Militärkonflikts ist dessen Virtualisierung. Von den Dichtern wissen wir, daß die Realität schnöde, ja schäbig ist und uns selten die Bilder liefert, die mit unseren Idealen harmonisieren. Darum ziehen wir es heute in der Information Warfare vor, das Bild lediglich als Dokument einzustufen und es zur Implementierung eines imaginären virtuellen Images zu benutzen. Um die Lücke zwischen Fakt und dem erstrebten Ideal zu schließen, bieten heutzutage das Morphing, also die grafische Veränderung des Bilds, und seine Ergänzung durch O-Ton, Tonkonserven und Kommentar einmalige Möglichkeiten. Auf diese Weise wird aus dem schlichten Hergangsdokument einer ästhetisch vielleicht unbefriedigenden Militäraktion die kreative Simulation einer humanitären Aktivität, die aufs herzerhebendste mit unseren Idealen korrespondiert. Diese Simulation verwandelt sich, sobald sie die Öffentlichkeit erreicht, durch allgemeine Anerkennung in die offizielle Dokumentation und damit in Wahrheit.

Ladies and gentlemen, wenn Sie an meinen Darlegungen gemerkt haben, daß darin im Unterschied zu einstigen Politikerreden negativ besetzte Begriffe wie Krieg, Tod und Leid, Schweiß, Blut und Tränen keine Rolle mehr spielen, dann ist Ihnen klar geworden, auf was es in der siebten Dimension des Militärkonflikts ankommt.

Vielen Dank für Ihre Aufmerksamkeit.
(Lebhafter Beifall.)

Copyright © 1999 by Horst Pukallus · Originalveröffentlichung · Mit freundlicher Genehmigung des Autors

Michael Swanwick · USA

DIE TOTEN

Drei Boy-Zombies in gleichen roten Jackets schwärmten um unseren Tisch, brachten Wasser, zündeten Kerzen an, wischten zwischen den Gängen die Krumen weg. Ihre Augen waren dunkel, aufmerksam und leblos, Hände und Gesichter so weiß, daß sie in dem gedämpften Licht schwach leuchteten. Ich war der Meinung, das sei geschmacklos, aber Courtney sagte: »Das ist Manhattan. Eine gewisse zur Schau getragene Anstößigkeit ist hier en vogue.«

Der Blonde brachte die Speisekarten und wartete auf unsere Bestellung.

Wir bestellten beide Fasan. »Eine ausgezeichnete Wahl«, sagte der Boy mit klarer, emotionsloser Stimme. Er entfernte sich und kehrte eine Minute später mit den frisch erwürgten Vögeln zurück, hielt sie in die Höhe, damit wir unsere Zustimmung gaben. Er konnte nicht älter als elf gewesen sein, als er starb, und seine Haut war von der Art, die Conaisseurs ›Milchglas‹ nennen, glatt, ohne Makel und fast durchscheinend. Er mußte ein Vermögen gekostet haben.

Als sich der Boy abwandte, berührte ich ihn, einem plötzlichen Impuls folgend, an der Schulter. Er wandte sich um. »Wie heißen Sie, Sohn?« fragte ich.

»Timothy.« Genausogut hätte er mir die *specialité de maison* mitteilen können. Der Junge wartete ab, ob noch etwas von ihm erwartet würde, dann entfernte er sich.

Courtney blickte ihm nach. »Wie hübsch würde er nackt aussehen«, murmelte sie. »Im Mondlicht auf einer Klippe stehend. Unbedingt auf einer Klippe. Vielleicht sogar auf der, wo er den Tod fand.«

»Er würde nicht so reizend aussehen, wenn er von einer Klippe gefallen wäre.«

»Ach, sei nicht so garstig.«

Der Sommelier brachte unsere Flasche. »Chateau Latour '17.« Ich zog eine Augenbraue hoch. Der Kellner hatte die Art alten und komplexen Gesichts, das Rembrandt mit Vorliebe gemalt hatte. Er schenkte mit pulsloser Leichtigkeit ein und verschwand dann im Dämmerschein. »Großer Gott, Courtney, du hast mich schon mit *Billigerem* verführt.«

Sie errötete, gar nicht glücklich darüber. Courtney hatte eine steilere Karriere gemacht als ich. Sie übertraf mich an Macht. Wir wußten beide, wer von uns klüger war, wer die besseren Verbindungen und die größeren Aussichten hatte, in einem Eckbüro mit dem historisch bedeutsamen antiken Schreibtisch zu landen. Der einzige Vorteil, den ich hatte, war, daß ich in einem Verkäufermarkt ein Mann war. Das reichte.

»Das ist ein Geschäftsessen, Donald«, sagte sie, »sonst nichts.«

Ich schenkte ihr einen Ausdruck höflichen Unglaubens, den sie aufreizend fand, wie ich aus Erfahrung wußte. Und murmelte, während ich meinen Fasan zerteilte: »Natürlich.« Bis zum Nachtisch redeten wir nicht viel von Belang, dann aber fragte ich endlich: »Also worauf ist Loeb-Soffner in diesen Tagen aus?«

»Legt die Form der Firmenexpansion fest. Jim stellt die finanzielle Seite der Package zusammen, und ich kümmere mich um die personelle. Du bist das Ziel einer Headhunt, Donald.« Sie schenkte mir jenes wilde kleine Aufblitzen ihrer Zähne, das sie produzierte, wenn sie etwas sah, das sie haben wollte. Courtney war keineswegs eine schöne Frau, bei weitem nicht. Aber da war diese Wildheit an ihr, dieses Gefühl von etwas Urwüchsigem, das sie fest, wenn auch gerade noch im Zaum hielt, das sie für mich so heiß machte, wie es nur möglich war. »Du bist talentiert, du liegst auf der Lauer, und du bist nicht an deiner gegenwärtigen Stellung festgenagelt – alles Qualitäten, nach denen wir Ausschau halten.«

Sie warf ihre Tasche auf den Tisch, holte ein einfach gefaltetes Blatt Papier heraus. »Das sind die Bedingungen, die ich biete.« Sie legte es neben meinen Teller und machte sich eifrig über ihre Torte her.

Ich öffnete das Papier. »Das ist ein Stellenwechsel auf gleicher Ebene.«

»Mit unbegrenzten Aufstiegsmöglichkeiten«, sagte sie mit vollem Mund, »wenn du das Zeug dazu hast.«

»Mmm.« Ich prüfte die angebotenen Vergünstigungen Zeile für Zeile, sie waren alle mit dem vergleichbar, was ich jetzt erhielt. Mein derzeitiges Gehalt bis auf den Dollar genau – Miss Soffner kehrte ihr Wissen heraus. Und die Optionen auf Aktien. »Das kann nicht stimmen. Nicht für einen lateralen Stellenwechsel?«

Wieder zeigte sich dieses Grinsen, wie ein Blick auf einen Hai in trüben Gewässern.

»Ich wußte, daß es dir gefallen würde. Wir sind mit den Optionen über das Topgebot gegangen, weil wir deine Antwort unverzüglich brauchen – am besten bis heute abend. Spätestens bis morgen. Keine Verhandlungen. Wir müssen die Package schnell unter Dach und Fach bringen. Wenn das herauskommt, gibt es einen Sturm an negativer Publicity. Wir möchten, daß alles niet- und nagelfest ist, die Fundis und die Sozialromantiker mit einem *fait accompli* konfrontieren.«

»Mein Gott, Courtney, welches Ungeheuer hast du da zu fassen gekriegt?«

»Das größte in der Welt. Größer als Apple. Größer als

Home Virtual. Größer als HIVac-IV«, sagte sie mit Befriedigung. »Hast du je von Koestler Biological gehört?«

Ich legte meine Gabel nieder.

»Koestler, du gehst jetzt mit Leichen hausieren?«

»Ich bitte dich. Das heißt postanthropische biologische Ressource.« Sie sagte es leichthin, mit gerade dem richtigen Hauch von Ironie. Dennoch glaubte ich ein gewisses Unbehagen über die Natur des Erzeugnisses ihres Klienten zu entdecken.

»Damit ist kein Geld zu machen.« Ich deutete mit der Hand auf unser aufmerksames Bedienungspersonal. »Diese Kerle müssen – was? – vielleicht zwei Prozent des jährlichen Umsatzes ausmachen? Zombies sind Luxusgüter: Hauspersonal, Reaktorreinigung, Todesstunts für Hollywood, exotische Dienstleistungen« – wir wußten beide, was ich damit meinte – »ein paar hundert im Jahr, wenn es hoch hergeht. Es fehlt die Nachfrage. Der Abstoßungsfaktor ist zu groß.«

»Es hat einen technischen Durchbruch gegeben.« Courtney beugte sich vor. »Man kann das Infrasystem und die Kontrollen installieren und das Produkt für den Fabrikabgabepreis eines neuen Subkompaktwagens anbieten. Das liegt weit unter der wirtschaftlichen Schwelle für manuelle Arbeit. Betrachte es vom Standpunkt eines typischen Fabrikbesitzers. Er ist bereits bis auf die Knochen verschuldet und die Arbeitskosten bluten ihn aus. Wie kann er in einem schrumpfenden Käufermarkt konkurrenzfähig bleiben? Nun stellen wir uns vor, er kauft sich in das Programm ein.« Sie holte ihren Mont Blanc hervor und begann Ziffern auf das Tischtuch zu schreiben. »Keine Nebenkosten. Keine Schadenersatzklagen. Kein Krankengeld. Kein Dienstnehmerdiebstahl. Wir reden von einer Verringerung der Arbeitskosten um mindestens zwei Drittel. Minimum! Das ist unwiderstehlich, es schert mich keinen Deut, wie groß der Abstoßungsfaktor ist. Die Annahme geht dahin, daß wir im ersten Jahr fünfhunderttausend Einheiten absetzen können.«

»Fünfhunderttausend«, sagte ich. »Das ist verrückt. Wo, zum Teufel, nimmst du das Rohmaterial her für...«

»Afrika.«

»Lieber Gott, Courtney.« Dieser Zynismus, dessen es bedurfte, um nur in Betracht zu ziehen, die Tragödie südlich der Sahara zur Profitsteigerung auszunutzen, machte mich sprachlos. Das pure, schiere Böse, das darin lag, hartes Geld zu den Westentaschen-Hitlern umzulenken, welche die Lager leiteten. Cortney lächelte nur und warf kurz den Kopf zurück, was anzeigte, daß sie die Zeit auf einem optischen Chip ablas.

»Ich glaube«, sagte sie, »du bist bereit, mit Koestler zu reden.«

Auf ein Zeichen von ihr stellten die Zombie-Boys um uns Projektionslampen auf, mühten sich mit der Einstellung ab, drehten sie auf. Interferenzmuster flammten auf, kollidierten, verschmolzen. Wälle von Dunkelhaut bauten sich um uns auf. Courtney holte ihren Flachschirm heraus und baute ihn auf dem Tisch auf. Dreimal mit den Fingernägeln gepocht und das rundliche und haarlose Antlitz von Marvin Koestler erschien auf dem Bildschirm. »Ach, Courtney«, sagte er mit erfreuter Stimme. »Sie sind in – New York, nicht wahr? Das San Moritz. Mit Donald.« Eine winzige Pause zwischen jedem aufgenommenen Stück Information. »Hattet ihr die Antilopen-Medaillons?« Als wir den Kopf schüttelten, küßte er seine Fingerspitzen. »Hervorragend: Sie sind so zart geschmort und dann mit Büffel-Mozzarella abgeschmeckt. Niemand macht sie besser. Ich hatte dieses Gericht unlängst in Florenz, und es war kein Vergleich.«

Ich räusperte mich. »Sind Sie dort? In Italien?«

»Lassen wir offen, wo ich bin.« Er machte eine ablehnende Geste, als handle es sich um eine Nichtigkeit. Aber Courtneys Gesicht wurde dunkel. Da Firmenkidnapping derzeit ein Industriezweig mit hohen Zuwachsraten ist, hatte ich einen argen Fauxpas begangen. »Die Frage ist – was halten Sie von meinem Angebot?«

»Es ist… interessant. Für ein laterales Offert.«

»Die Anlaufkosten sind das Problem. Wir sind bis zum Arsch verschuldet, wie es aussieht. Auf lange Sicht sind Sie damit besser dran.« Er schenkte mir unvermittelt ein Lächeln, das am Rand ins Gemeine spielte. Ganz der Finanzhai. Beim Vorlehnen senkte er die Stimme, hielt festen Augenkontakt aufrecht. Klassische Technik im Umgang mit anderen Menschen. »Sie sind nicht überzeugt davon. Sie wissen, Sie können sich darauf verlassen, daß Courtney die finanzielle Seite überprüft hat. Dennoch glauben Sie: Es wird nicht funktionieren. Damit es funktioniert, muß das Produkt unwiderstehlich sein und das ist es nicht. Kann es nicht sein.«

»Jawohl, Sir«, sagte ich. »Das bringt es auf den Punkt.«

Er nickte Courtney zu. »Überzeugen Sie den jungen Mann.« Und zu mir: »Ich bin unten.«

Flackernd verschwand er.

Koestler wartete in der Limousine auf uns, eine gespenstische rosarote Präsenz. Genauer gesagt sein Holo, ein munterer, wenn auch etwas grobkörniger Geist, der in goldenem Licht schwebte. Er schwenkte einen ausgestreckten und immateriellen Arm, in einer Geste, die das Innere des Wagens umfassen sollte, und sagte: »Macht es euch bequem.«

Der Chauffeur trug einen Restlichtverstärker von der Qualität einer Gefechtsfeldausrüstung. Ich war mir nicht sicher, ob er tot war oder nicht. »Fahr uns zum Himmel«, sagte Koestler.

Der Türsteher trat auf die Straße heraus, blickte nach rechts und links und nickte dem Chauffeur zu. Robotgewehre folgten uns auf dem Weg den Block entlang.

»Courtney hat mir gesagt, Sie beziehen Ihr Rohmaterial aus Afrika.«

»Abscheulich, aber notwendig. Zu allererst: Wir müssen zuerst die Idee verkaufen – kein Grund, uns die Sache unnötig schwer zu machen. Unter dem Strich allerdings sehe ich keinen Grund, warum wir nicht im eigenen Land tätig werden könnten. Irgend etwas wie eine umgekehrte Hypothek vielleicht, eine Lebensversicherung, die sich bezahlt macht, solange man noch am Leben ist. Das wäre ein Schritt dahin, schließlich doch die Last der Armen loszuwerden. Der Teufel hole sie. Sie sind zu lange schon gratis mitgefahren, das wenigste, was sie tun können, ist, zu sterben und uns mit Dienstpersonal zu versorgen.«

Ich war mir ziemlich sicher, daß Koestler scherzte. Ich lächelte aber und zog den Kopf ein, damit ich mich in dem einen wie dem anderen Fall bedeckt hielt. »Was ist der Himmel?« fragte ich, um das Gespräch auf ungefährlicheres Terrain zu lenken.

»Ein Versuchsgelände – für die Zukunft«, erwiderte Koestler mit großer Befriedigung. »Haben Sie je Boxkämpfe gesehen, die mit bloßen Fäusten ausgetragen wurden?«

»Nein.«

»Ach, das ist ein Sport für Gentlemen! Die fröhliche Wissenschaft, wo sie am fröhlichsten ist. Keine Rundenbegrenzung, keine Regeln, alles ist erlaubt. Daran kann man das wahre Maß eines Mannes nehmen – nicht bloß seiner Kraft, sondern auch seines Charakters. Wie er seinen Mann stellt, ob er unter Druck kühl bleibt, wie er mit dem Schmerz zurechtkommt. Unser Werkschutz erlaubt mir nicht, persönlich die Clubs zu besuchen, aber ich habe Vorkehrungen getroffen.«

Der Himmel war ein umgebautes Filmtheater in einer heruntergekommenen Gegend in Queens. Der Chauffeur stieg aus, verschwand für kurze Zeit hinter dem Wagen und kam mit zwei Zombie-Leibwächtern zurück. Es war wie der Trick eines Zauberkünstlers. »Sie hatten diese Burschen im *Kofferraum* verstaut?« fragte ich, als er uns die Tür öffnete.

»Es ist eine neue Welt«, sagte Courtney. »Gewöhnen Sie sich daran.«

Das Lokal war bummvoll. Zwei-, vielleicht auch dreihundert Sitze, gerade Platz genug zum Stehen. Eine gemischte Menge, hauptsächlich Schwarze, Iren und Koreaner, aber auch eine Beimischung von besseren Kunden aus Uptown. Man brauchte nicht arm zu sein, um gelegentlich Geschmack an stellvertretender Potenz zu finden. Niemand schenkte uns besondere Aufmerksamkeit. Als wir hereinkamen, wurden gerade die Kämpfer präsentiert.

»Wiegt zwei-fünf-oh, in schwarzen Hosen mit einem roten Streifen«, polterte der Schieri, »da gang-bang *Gangs*ta, der Raufa mit bloßen Fäusten, der Mann mit den ...«

Courtney und ich stiegen eine schmierige Hintertreppe hinauf. Leibwächter vor und hinter uns, als wären wir ein Spähtrupp aus einem Dschungelkrieg des 20. Jahrhunderts. Ein hagerer schmerbäuchiger alter Kerl mit einer dampfenden Zigarre im Mund sperrte die Tür zu unserer Loge auf. Klebriger Fußboden, miserable Sitze, gute Sicht auf den Ring hinunter. Graue Kunststoffmatten, aufsteigender Rauch.

Koestler war da, in einer glänzenden neuen Hologramm-Einkleidung. Es erinnerte mich an jene gipsernen Marienstatuen in bemalten Badewannen, welche die Katholiken in ihren Höfen aufstellen. »Ihre ständige Loge?« fragte ich.

»Das ist alles Ihretwegen, Donald – Ihretwegen und wegen ein paar anderer. Wir lassen unser Produkt Mann-gegen-Mann gegen einen von den hiesigen Talenten antreten. Ist mit der Leitung so abgesprochen. Was Sie sehen werden, wird Ihren Zweifeln ein für allemal ein Ende setzen.«

»Es wird dir gefallen«, sagte Courtney. »Ich war fünf Nächte hintereinander hier, heute nacht miteingerechnet.« Die Glocke ertönte, die den Kampf einläutete. Sie beugte sich hingerissen nach vorn, hakte ihre Ellbogen im Geländer ein.

Der Zombie war grauhäutig und für einen Boxer nur von bescheidener Muskulatur. Aber er hielt die Hände wachsam in die Höhe, war leichtfüßig und hatte seltsam ruhige und wissende Augen.

Sein Gegner war ein wirkliches Prachtstück, ein schwarzer Riesenkerl mit klassischen afrikanischen Zügen, die ein bißchen von der Norm abwichen, so daß sich sein Mund auf einer Seite wie im Hohnlächeln nach oben zog. Er hatte Bandennarben auf der Brust und auf dem Rücken noch häßlichere Merkmale, die nicht so aussahen, als hätte er sie sich machen lassen, sondern als hätte er sie sich auf der Straße zugezogen. Seine Augen brannten mit einer Intensität, die nur wenig vom Wahnsinn trennte.

Er kam vorsichtig, aber nicht furchtsam nach vorn und probierte ein paar schnelle Jabs, um seinen Gegner zu testen. Sie wurden abgeblockt und erwidert.

Sie umkreisten einander, jeder wartete auf eine Öffnung.

Ungefähr eine Minute lang passierte nicht viel. Dann führte der Gangster zur Täuschung einen Schlag nach dem Kopf des Zombies, was dazu führte, daß dieser seine Deckung anhob. Der Gangster schlug durch diese Öffnung mit einem Slam in die Eier des Zombies, der mich zusammenzucken ließ.

Keine Reaktion.

Der tote Boxer antwortete mit einem Hagel von Schlägen und plazierte einen Schlag auf die Wange des Gegners. Sie trennten sich, kämpften, tänzelten herum.

Dann explodierte der große Kerl in einer Kombination von tödlichen Schlägen, die so fest ihr Ziel trafen, daß es aussah, als würde jede Rippe im Körper des toten Boxers zersplittern. Die Menge sprang auf und brüllte vor Begeisterung, um ihn anzufeuern.

Der Zombie schwankte nicht einmal.

Ein seltsamer Blick trat in die Augen des Gangsters, als der Zombie zum Gegenangriff überging und ihn in die Seile zurücktrieb. Ich konnte mir gut vorstellen, was die Erkenntnis, daß er einem Gegner gegenüberstand, der keinen Schmerz verspürte, für einen Mann, der immer von seiner Kraft und der Fähigkeit, einzustecken, gelebt hatte, bedeuten mußte. Kämpfe wurden durch Zucken und Zögern gewonnen. Man gewann, indem man den Kopf behielt. Man verlor, wenn man sich aus der Fassung bringen ließ.

Trotz der härtesten Treffer des Schwarzen blieb der Zombie ruhig und unbewegt, kämpfte methodisch und unermüdlich weiter. Das war seine Natur.

Das mußte vernichtend gewirkt haben.

Der Kampf ging immer weiter. Für mich war es ein seltsames und verstörendes Erlebnis. Nach einer gewissen Zeit konnte ich mich nicht mehr darauf konzentrieren. Meine Gedanken glitten ab in eine Zone, in der ich mich dabei ertappte, wie ich die Umrisse von Courtneys Kinn studierte und darüber nachdachte, was diese Nacht noch bringen würde. Ihr Sex wirkte irgendwie krankhaft. Wenn man sie fickte, hatte man immer das Gefühl, daß das, was sie *wirklich* tun wollte, etwas wahrlich Abstoßendes war, sie aber nicht den Mut hatte, es von sich aus aufs Tapet zu bringen.

Deshalb drängte es einen immer wieder, sie dazu zu bringen, etwas zu tun, das sie nicht mochte. Sie leistete Widerstand. Ich wagte nie, pro Verabredung mehr als eine neue Variante auszuprobieren. Aber ich konnte sie immer zu der einen Sache überreden. Denn wenn sie erregt war, wurde sie auch formbar. Sie ließ sich dann zu allem überreden. Man konnte sie dazu bringen, darum zu betteln.

Courtney wäre erstaunt gewesen zu erfahren, daß ich nicht stolz auf das war, was ich mit ihr anstellte – ganz im Gegenteil. Aber ich war von ihr so besessen wie sie von dem, was immer das war.

Plötzlich sprang Courtney auf und schrie. Das Hologramm zeigte, daß auch Koestler aufgesprungen war. Der große Kerl hing in den Seilen und wurde verdroschen. Mit jedem Schlag flogen Blut und Spucke aus seinem Gesicht. Dann ging er zu Boden, er hatte niemals eine Chance gehabt. Er mußte früh gewußt haben, daß es hoffnungslos war, daß er nicht gewinnen würde, aber er hatte sich geweigert, sich geschlagen zu geben. Er mußte in den Boden gestampft werden. Er ging wütend, stolz und ohne sich zu beschweren zu Boden. Ich konnte nicht anders, ich mußte ihn bewundern.

Aber er verlor trotzdem.

Das, erkannte ich, war die Botschaft, die ich mitnehmen sollte. Nicht bloß, daß das Produkt unverwüstlich war. Sondern, daß nur diejenigen, die es unterstützten, gewinnen würden. Ich erkannte, selbst wenn es die Zuhörer nicht konnten, daß das das Ende einer Epoche war. Der Körper eines Menschen war keinen Pfifferling mehr wert. Es gab nichts, was er tun konnte, das die Technik nicht besser zu bewerkstelligen vermochte. Die Zahl der Verlierer in der Welt hatte sich gerade verdoppelt, verdreifacht, ein Maximum erreicht. Das, dem die Narren da unten zujubelten, war der Tod ihrer Zukunft.

Ich stand auf und jubelte ebenfalls.

Später in der Lounge sagte Koestler: »Sie haben das Licht gesehen. Sie sind jetzt ein Gläubiger.«

»Ich habe mich noch nicht ganz entschieden.«

»Reden Sie keinen Bockmist«, sagte Koestler. »Ich habe meine Hausaufgaben gemacht, Mr. Nichols. Ihre derzeitige Position ist nicht wirklich sicher. Morton-Western geht den Bach hinunter. Der ganze Dienstleistungssektor geht den Bach hinunter. Gestehen Sie es ein, die alte Wirtschaftsordnung ist so gut wie verschwunden. Natürlich nehmen Sie mein Angebot an, Sie haben keine andere Wahl.«

Das Fax spuckte Vertragsformulare aus. »Ein gewisses Produkt«, war hier und da zu lesen. Das Wort ›Leichen‹ wurde nie verwendet.

Aber als ich mein Jackett öffnete, um eine Feder hervorzuholen, sagte Koestler: »Warten Sie. Ich habe eine Fabrik. Dreitausend Positionen unter mir. Ich habe eine motivierte Arbeiterschar. Sie würden durchs Feuer gehen, um ihre Jobs zu behalten. Diebstahl liegt bei Null. Bei den Krankenständen ist es praktisch ebenso. Nennen Sie mir einen Vorzug, den Ihr Produkt vor meiner gegenwärtigen Belegschaft hat. Überzeugen Sie mich davon. Ich gebe Ihnen dreißig Sekunden.«

Ich war nicht im Verkauf tätig, und der Job war mir bereits ausdrücklich zugesagt worden. Aber indem ich zur Feder griff, hatte ich zugegeben, daß ich die Stelle wollte. Und wir wußten alle, welche Hand die Peitsche führte.

»Man kann ihnen Katheter einführen«, sagte ich. »Sie müssen nicht aufs Klo.«

Eine lange Zeit starrte mich Koestler bloß ausdruckslos an. Dann brach er in Lachen aus. »Bei Gott, das ist eine neue Idee! Sie haben eine große Zukunft vor sich, Donald. Willkommen an Bord.«

Er verschwand flackernd.

Wir fuhren eine Zeitlang schweigend dahin, ziellos, richtungslos. Schließlich beugte sich Courtney nach vorn und berührte den Chauffeur an der Schulter.

»Bringen Sie mich heim«, sagte sie.

Auf der Fahrt durch Manhattan litt ich unter einer Halluzination im Wachzustand, daß wir durch eine Leichenstadt führen. Graue Gesichter, schwunglose Bewegungen. Jedermann sah in den Halogenscheinwerfern und den Natriumdampflampen der Straßenbeleuchtung tot aus. Als wir am Kindermuseum vorbeifuhren, sah ich durch die Glastüren eine Mutter mit einem Kinderwagen. An der Seite zwei kleine Kinder. Sie alle drei standen bewegungslos da, starrten nach vorn auf gar nichts. Wir fuhren an einer Ampel vorbei, wo Zombies draußen auf dem Gehweg standen und aus Papierbechern tranken. Durch die Fenster der Obergeschosse konnte ich die traurige Regenbogenspur von virtuellen Spielen sehen, die vor leeren Augen spielten. Im Park waren Zombies, Zombies, die ihr Geld verrauchten, Zombies, die Taxis lenkten, Zombies, die auf Bänken saßen und auf Straßenecken hinaushingen, die alle darauf warteten, daß die Jahre vergingen und ihnen das Fleisch von den Knochen fiel.

Ich fühlte mich wie der letzte lebende Mensch.

Courtney war von dem Kampf noch immer aufgedreht und verschwitzt. Die Pheromone strömten in großen Wellen von ihr aus, als ich ihr durch die Halle zu ihrem Apartment folgte. Ich mußte daran denken, wie sie vor dem Orgasmus wurde, so verzweifelt, so begehrenswert. Es war anders, wenn sie kam, dann verfiel sie in einen Zustand ruhiger Sicherheit: dieselbe Art von ruhiger Sicherheit, die sie in ihrem Geschäftsleben zeigte, den Aplomb, den sie während des Aktes selbst so ungehemmt suchte.

Und wenn die Verzweiflung sie verließ, ging ich auch. Denn selbst ich konnte erkennen, daß es ihre Verzweiflung war, die mich an ihr anzog, die mich dazu brachte, das zu tun, wozu sie mich brauchte. In all den Jahren unserer Bekanntschaft hatten wir nicht einmal zusammen gefrühstückt.

Ich wünschte, es gäbe einen Ausweg, wie ich sie aus dieser Gleichung befreien könnte. Ich wünschte, ihre Verzweiflung wäre eine Flüssigkeit, die ich bis zum letzten Schluck austrinken konnte. Ich wünschte, ich könnte sie in eine Traubenpresse stecken und sie auspressen, bis sie ganz trocken war.

Bei ihrer Wohnung angekommen, sperrte Courtney die Tür auf und zwängte sich in einer komplizierten Bewegung durch, dann stand sie mir von drinnen gegenüber. »Nun«, sagte sie, »alles in allem ein produktiver Abend. Gute Nacht, Donald.«

»Gute Nacht? Willst du mich nicht einladen, hineinzukommen?«

»Nein.«

»Was meinst du mit Nein?« Ich wurde ärgerlich. Ein Blinder hätte sehen können, daß sie bis über die Straße in Glut war. Ein Schimpanse hätte sich in ihr Höschen hineinschwätzen können. »Was für ein blödes Spiel treibst du jetzt?«

»Du weißt, was nein bedeutet, Donald. Du bist nicht dumm.«

»Nein, bin ich nicht, und du auch nicht. Wir beide wissen, worum es geht. Laß mich jetzt hinein, zum Teufel.«

»Genieß dein Geschenk«, sagte sie und schloß die Tür.

Ich fand Courtneys Geschenk daheim in meiner Suite. Ich kochte noch immer darüber, wie sie mich behandelt hatte, und stapfte in den Raum, ließ die Tür hinter mir zufallen, so daß ich in beinahe völliger Dunkelheit dastand. Das einzige Licht war das bißchen, das durch die vorhangverhängten Fenster am anderen Ende des Zimmers hereinsickerte. Ich griff gerade nach dem Lichtschalter, als ich in der Dunkelheit eine Bewegung bemerkte.

Lösegelderpresser: dachte ich und tappte panisch nach dem Lichtschalter, ohne zu wissen, was ich damit erreichen wollte. Geldhaie arbeiten immer zu dritt, einer, der die Sicherheitscodes aus einem herausmartert, einer, der telefonisch die Zahlen aus ihrem Konto heraus- und in eine fiskalische Falltür überweist, und ein dritter, der Schmiere steht. Sollte sie das Aufdrehen des Lichts in die Dunkelheit flüchten lassen, wie Schaben? Nichtsdestoweniger wäre ich vor Eifer, den Schalter zu erreichen, beinahe über die eigenen Füße gestolpert. Aber natürlich war es nichts dergleichen, was ich gefürchtet hatte.

Es war eine Frau.

Sie stand beim Fenster in einem weißen Seidenanzug, der weder mit ihrer ätherischen Schönheit, ihrer Porzellanhaut konkurrieren, noch von ihr ablenken konnte. Als das Licht eingeschaltet wurde, wandte sie sich mir zu, die Augen geweitet, die Lippen leicht geöffnet. Ihre Brüste wippten kaum merklich, als sie anmutig einen nackten Arm hob, um mir eine Lilie anzubieten. »Hallo, Donald«, sagte sie heiser. »Ich bin dein für die Nacht.« Sie war eine absolute Schönheit.

Und natürlich tot.

Keine zwanzig Minuten später hämmerte ich an Courtneys Tür. Sie kam in einem Hausanzug von Pierre Cardin zur Tür, und aus der Art, wie sie noch immer die

Schärpe zu binden und ihr wirres Haar in Ordnung zu bringen suchte, schloß ich, daß sie mich nicht erwartet hatte.

»Ich bin nicht allein«, sagte sie.

»Ich bin nicht wegen des zweifelhaften Vergnügens an deinem hübschen weißen Körper gekommen.« Ich drängte mich ins Zimmer. (Aber unwillkürlich mußte ich an ihren schönen Leib denken, der nicht so exquisit war wie der der toten Hure, und jetzt gingen die Gedanken in meinem Kopf unentwirrbar durcheinander: der Tod und Courtney, Sex und Leichen, ein gordischer Knoten, den ich vielleicht nie würde lösen können.)

»Meine Überraschung hat dir nicht gefallen?« Sie lächelte jetzt offen, amüsiert.

»Nein, verdammt noch mal!«

Ich machte einen Schritt auf sie zu. Ich zitterte. Ich konnte nicht aufhören, die Fäuste zu ballen und wieder zu öffnen.

Sie machte einen Schritt zurück. Aber jener zuversichtliche, merkwürdig erwartungsvolle Ausdruck verschwand nicht aus ihrem Gesicht. »Bruno«, sagte sie leichthin. »Würdest du bitte kommen?«

Eine Bewegung am Rande des Gesichtsfeldes. Bruno trat aus dem Schatten ihres Schlafzimmers. Er war eine muskulöser Rohling, aufgeblasen, zernarbt und so schwarz wie der Boxer, den ich früher am Abend zu Boden hatte gehen sehen. Er stand hinter Courtney, völlig nackt, mit schlanken Hüften und breiten Schultern und der zartesten Haut, die ich je gesehen hatte.

Und tot.

Blitzartig wurde mir alles klar.

»Oh, um Gottes willen, Courtney!« sagte ich voll Abscheu. »Ich kann's nicht glauben, daß du wirklich... Dieses Ding da ist bloß ein gehorsamer Körper. Da ist nichts hier – keine Leidenschaft, keine Verbindung, bloß... körperliche Anwesenheit.«

Courtney machte eine Kaubewegung, während sie weiterhin lächelte, wog die Weiterungen dessen ab, was sie zu sagen im Begriff war. Die Garstigkeit gewann.

»Bei uns herrscht jetzt Gleichberechtigung«, sagte sie.

Da verlor ich die Beherrschung. Ich trat vor, hob eine Hand, und ich schwöre bei Gott, ich hatte vor, den Kopf der Schnalle an die hintere Wand zu schleudern. Aber sie zuckte nicht – sie sah nicht einmal aus, als fürchtete sie sich. Sie trat bloß zur Seite und sagte: »Auf den Körper, Bruno. Er muß in einem Geschäftsanzug gut aussehen.«

Eine tote Faust krachte in meine Rippen, so hart, daß ich für einen Augenblick glaubte, mein Herz sei stehengeblieben. Zwei, drei, vier weitere Schläge. Ich ging zu Boden, wälzte mich herum, hilflos und vor Zorn weinend.

»Das reicht, Baby. Schaff jetzt den Müll hinaus.«

Bruno packte mich und warf mich in den Korridor.

Ich starrte durch meine Tränen zu Courtney empor. Sie war jetzt überhaupt nicht schön. Nicht im geringsten. Du wirst älter, wollte ich ihr sagen. Aber statt dessen hörte ich meine Stimme, zornig und erstaunt, sagen: »Du... du gottverdammte, hurende Nekrophile!«

»Du solltest allmählich Gefallen daran finden«, sagte Courtney. Ach, sie schnurrte richtig! Ich zweifelte, daß sie das Leben je wieder so gut finden würde. »Eine halbe Million Brunos werden demnächst auf den Markt geworfen. Es wird für dich bald ziemlich schwierig werden, eine *lebendige* Frau aufzureißen.«

Ich schickte die tote Hure fort. Dann nahm ich eine lange Dusche, nach der ich mich nicht wirklich besser fühlte. Nackt ging ich in meine unbeleuchtete Suite hinaus und öffnete die Vorhänge. Lange Zeit starrte ich auf die Pracht und Dunkelheit hinaus, die Manhattan war.

Ich fürchtete mich, fürchtete mich mehr, als ich mich je im Leben gefürchtet hatte.

Die Slums unter mir erstreckten sich bis ins Unendliche. Sie waren eine ungeheure Nekropole, eine unendliche Stadt der Toten. Ich dachte an die Millionen dort draußen, die niemals wieder Arbeit finden würden. Ich dachte daran, wie sie mich hassen mußten – mich und meinesgleichen – und wie hilflos sie gegen uns waren. Und doch. Es gab so viele von ihnen und so wenige von uns. Wenn sie sich alle zur gleichen Zeit erhoben, würden sie wie eine Springflut sein, unwiderstehlich. Und wenn es nur noch einen Funken Leben in ihnen gab, würden sie genau das tun.

Das war eine Möglichkeit. Es gab aber eine andere, und die war, daß nichts passieren würde. Überhaupt nichts.

Gott steh mir bei, aber ich wußte nicht, was mich mehr erschreckte.

Originaltitel: ›THE DEAD‹ · Copyright © 1996 by Michael Swanwick · Erstmals veröffentlicht in: ›STARLIGHT 1‹, hrsg. von Patrick Nielsen Hayden · Mit freundlicher Genehmigung des Autors und Paul & Peter Fritz AG, Literarische Agentur, Zürich (# 58 715) · Copyright © 1999 der deutschen Übersetzung by Wilhelm Heyne Verlag GmbH & Co KG, München · Aus dem Amerikanischen übersetzt von Franz Rottensteiner

Michael Windgassen · Deutschland

FREIE RADIKALE

»Der Tod ist eine Ausgeburt verwirrten Denkens.« So lautete das Credo Anton Laus. Und auf die Vorhaltung, daß ein solcher Satz doch schlechtweg irre sei, hatte er immer etwas vorsichtiger geantwortet: »Ich rebelliere gegen eine widerspruchslos hingenommene Sterblichkeit.«

Dann gab er schließlich doch Anlaß zu einer Trauerfeier, die eine für das Fernsehen arbeitende Produktionsfirma mediengerecht in Szene zu setzen hatte; allein, den in mitunter extremen Nahaufnahmen gezeigten Angehörigen, Kollegen oder Bekannten mangelte es an theatralisch leidender Erschütterung, die sich vor den Augen der teilnehmenden Öffentlichkeit besser gemacht hätte. Die Regie lenkte die Kameras immer wieder auf Deidre, die in der ersten Reihe saß, gleich links neben dem Mittelgang. Sie trug eine schwarze Wickelmütze und hatte die vor kurzem aufgepolsterten Lippen mauvefarben geschminkt – passend zum Lidschatten der durchs Liften entstandenen Mongolenfalten. Neben ihr saß Art Eugen, das Ebenbild des Betrauerten; die gefalteten schlanken Hände an Kinn und Mund gepreßt, war er sichtlich um Fassung bemüht angesichts der ungewollt komisch wirkenden Darbietung einer Balletttruppe, die in fünf Minuten die ausführlich kolportierte ›Rebellion‹ des Toten zu bewegtem Ausdruck zu bringen versuchte. In ihrer Ratlosigkeit geradezu bestürzend waren die zahlreichen Gedenkreden, in denen immer wieder – mal leise, mal empört – nach dem Warum gefragt wurde. Zuletzt trat Dr. Stückenschneider, der wohl einzige Freund und Vertraute des Verstorbenen, an den Eichensarg, den – anstelle von Blumen – das eingeschläferte Labormaskottchen zierte, ein Pfauenhahn, die Schmuckfedern dank der geschickten Hand des Bestatters zu einem prächtigen Rad aufgefächert. Darauf den Blick gerichtet, fand der Freund die einfühlsamen Worte: »Er zierte sich, wie alles was lebt, mit Schönem und vor dem Sterben.« Fast wie zur allgemeinen Erleichterung fuhr der Sarg endlich auf hydraulischer Bühne in Begleitung der Klänge von ›I did it my way‹ durch eine Falltür ins Krematorium hinab, wo er bei 5000 Grad Celsius zu Asche verbrannt wurde.

Anton Lau war 72 Jahre alt geworden und hatte einen Leichnam hinterlassen, über den sich die von der Staatsanwaltschaft bestellten Gerichtsmediziner mit Feuereifer hermachten. Sie interessierte allerdings weniger die Todesursache, die sie herauszufinden hatten, als das Phänomen an sich: ein Körper, der zunächst ganz normal gealtert war, dann aber – im Alter von circa 65 Jahren – durch einen Jungbrunnen gegangen zu sein schien und sich am Ende in der flachen Edelstahlwanne der Pathologie nahezu faltenfrei präsentierte, mit durchaus gut definierter Muskulatur, nachgedunkelten, wieder kräftiger und füllig gewordenen Haaren und halbwegs vollen Lippen. Da lag ein Mann, den Fremde auf vierzig bis maximal fünfundvierzig Jahre geschätzt und durchaus attraktiv gefunden hätten, wären da nicht Nase, Kieferknochen und Ohren auf merkwürdige Weise außer Proportion geraten.

Als die Leiche, nachdem man sie komplett umgekrempelt hatte, wieder zusammengeflickt worden war, fehlten ihr etliche Gewebeproben. Trotz strengster Sicherheitsvorkehrungen und permanenter Kameraüberwachung war es allen drei Gerichtsmedizinern unabhängig voneinander gelungen, sich mehr oder weniger heimlich zu bedienen – vom Knochenmark, der Nebennierenrinde, dem Cortex cerebri oder den verkümmerten Keimdrüsen. Mittelsmänner von Pharma- und Chemiekonzernen standen als interessierte Abnehmer schon gewissermaßen Schlange, bereit und mit der Vollmacht, fast jeden verlangten Preis dafür zu bezahlen. Mit Verboten und Strafandrohungen war dem, was sich wie eine Naturkatastrophe Bahn brach, nicht mehr beizukommen.

»Nun, meine Herren«, sagte Staatsanwalt Fendrich, der es sich nicht nehmen ließ, das Kühlfach eigenhändig zu versiegeln, nachdem die Leiche darein zurückgeschoben worden war. »Zu welchem Ergebnis sind sie gekommen?«

»Das wird dann in unserem Bericht nachzulesen sein«, antwortete Dr. Wieland für seine Kollegen und ließ den linken Gummihandschuh klatschend gegen die ziehende Rechte schnellen.

»Verstehe. Aber geben Sie mir doch bitte jetzt schon einen kleinen Hinweis.«

»Doktor Lau hatte im Oberkiefer noch eigene Weisheitszähne. Die waren locker, weil darunter zwei neue nachgewachsen sind. Die dritten. Oder vierten vielleicht?«

»Mich interessiert vor allem: Ist er eines natürlichen Todes gestorben? Ja oder nein?«

»Was wäre an diesem Menschen denn noch als natürlich zu bezeichnen?«

Ja, was? Zum Beispiel, daß er als erstes und heißersehntes Kind der Eheleute Max und Vera Lau – er Veterinär, sie Bürokauffrau – im Mittelfränkischen bei Nürnberg zur Welt gekommen war und verlebt hatte, was man gemeinhin als glückliche Kindheit bezeichnet: exklusiv versorgt, mit zahlreichen Privilegien ausgestattet, an frischer Luft und – nach Meinung seiner Eltern allzu häufig – mit Comic-Heftchen auf der Treppe vorm Haus. Es war eine Zeit allgemeinen Wohlstands und komfortabler Probleme, die für gewöhnlich durch Fragen aufgeworfen wurden wie: Was ziehe ich an? Welche Lebensversicherung ist die günstigere? Oder: Was schenke ich zu Muttertag? Die Laus konnten es sich sogar leisten, über die fragliche Ausstattung des bestellten Neuwagens in Streit zu geraten. Finanziell standen sie sich überraschend gut. Überraschend, weil Veterinäre und Bürokauffrauen – sie hatte gleich nach dem Schwangerschaftsurlaub wieder zu arbeiten angefangen – normalerweise und im Durchschnitt weniger viel verdienten. Max Lau dealte mit verbotenen Hormonen, die er dann auch eigenhändig den Schweinen und Kälbern, für die sie bestimmt waren, ins Fleisch spritzte. Bis eines Tages zwei Polizisten vor seiner Jagdhütte auftauchten, in der er die aus dem Ausland reimportierten Präparate zur Wachstumsförderung gehortet hatte. Anton, gerade acht Jahre alt geworden, mußte mit ansehen, wie der Vater in Handschellen abgeführt wurde.

Aber es sollte noch viel schlimmer kommen. Zwei Wochen später, der Vater war gegen Kaution bis zur Verhandlung auf freiem Fuß, stellten sich bei der Mutter die Wehen ein. Sie erwartete ihr zweites Kind. Weil aber in dem kleinen Kreiskrankenhaus der Bereitschaftsdienst zum Wochenende schlecht organisiert war oder aus anderen Gründen nicht so recht funktionierte, gab man der schon kreisenden Frau ein Medikament, das die Geburt bis auf den Montag aufschieben sollte. Vera Lau starb im Alter von 41 Jahren. Eine halbe Stunde nach Eintritt des Todes wurde der Toten eine gesunde Tochter entbunden. Der verantwortliche Arzt blieb ungestraft und hatte noch seinen Gewinn aus dem inoffiziellen Verkauf der Nabelschnur an ein kleines Pharmaunternehmen.

Das war für Vater Max zuviel. Nach Jahren unbeschwerten Lebens hatte er vergessen oder zu lernen versäumt, was einem solche Schicksalsschläge zu verwinden helfen mochte. Er wußte einfach nicht weiter und gab sich eine Spritze ins Blut, die er nicht überlebte. Der Säugling, nach der Mutter Vera genannt, kam in den Haushalt einer Tante, der Schwester des Vaters, die mit Mann und zwei Kindern im rheinischen Troisdorf lebte. Anton wurde nach zweimonatigem Aufenthalt in einer psychiatrischen Klinik in ein Heim gesteckt. Mit der glücklichen Kindheit war es endgültig vorbei.

Und statt wie andere Kinder selbst- und zeitvergessen zu spielen – was diesen eine vorbegriffliche Ahnung von Ewigkeit vermittelte –, pflegte er in freudloser Zurückgezogenheit einen diffusen, aber nachhaltigen Trotz, der sich gegen alles richtete, was an Tod und Vergänglichkeit erinnerte. Kam ihm ein Wurm vor die Füße, trampelte er darauf herum, und alten, kranken, hinfälligen Menschen gegenüber empfand er nichts als Abscheu und Ekel. Dagegen bewunderte er, was auf Dauer angelegt war: Mammutbäume, die, wie er hörte, über dreitausend Jahre alt werden konnten, Wachsfigurenkabinette, Dioramen, Denkmäler, Exponate in Museumsschaukästen, Fotos oder Konserven aller Art. Später entwickelte er ein ausgeprägtes Faible für die Werbesendungen im Fernsehen, die Polkappen wurden ihm Traumziele, und als Talisman, den er immer bei sich trug, hatte er sich einen großen Bernstein mit Insekteneinschlüssen auserkoren.

Sein Einzelgängertum in der Schule prädestinierte ihn zum Klassenprimus; brillieren konnte er vor allem in den Fächern Mathematik, Physik und Chemie. Er übersprang eine Klasse und hatte schon mit siebzehn Jahren die Hochschulreife erworben. Er verließ das Heim und fing, von der Tante aus Troisdorf finanziell unterstützt, in Tübingen zu studieren an: Medizin. Für ihn ganz natürlich war, daß er sich nach dem glänzend bestandenen Physikum sogleich jener Fachrichtung zuwandte, die damals einen enormen Aufschwung nahm, nämlich der Gentechnik, speziell der Keimbahntherapie. Und während die Kommilitonen und Mitbewohner des Studentenheims Parties feierten, aus Protest gegen verschlechterte Studienbedingungen Vorlesungen und Seminare boykottierten oder einfach Spaß am Leben hatten, vertiefte er sich in die Grundlagen der Genetik und entwarf wie seine großen wissenschaftlichen Vorbilder Francis Crick und Julian Huxley kühne Visionen von einer konfektionierten Schöpfung aus nützlichen Retortenwesen, zum Beispiel ›strahlenresistenten Greifschwanztypen‹, die für die Raumfahrt gezüchtet werden könnten, ›Allesfressern‹ für Müllentsorgung und -recycling oder eugenischen Übermenschen, die endlich von Krankheit und Tod verschont blieben.

Mit einem Begabtenförderungsstipendium in der Tasche ging er zum weiterführenden Studium an das renommierte MIT nach Amerika, wo er in kürzester Zeit promovierte (über die ›Somatopause und kryptogene Alterseffekte‹) und sich aufgrund seines manischen Forschungsdrangs den Ruf des ›verrückten deutschen Professors‹ einhandelte. Daß ihn Kollegen und Studenten bald nur noch ›Mabuse‹ nannten, war für ihn noch zu ertragen gewesen, doch die aus Neid und Ressentiments genährten Intrigen gegen ihn nahmen dermaßen zu, daß er sich genötigt sah, das Institut zu verlassen.

Zu seinem Glück hatte sich unter den Verwertern seiner Wissenschaft längst herumgesprochen, daß bei Dr. Lau gewaltige Potentiale zu bergen waren, und es bewarb sich unter anderem ein großer deutscher Chemiekonzern um seine Mitarbeit, der, wie man ihm versprechen konnte, unbeschränkte Möglichkeiten offenstünden, zumal die Politik inzwischen eine durchgreifende Liberalisierung der gesetzlichen Rahmenbedingungen für Gentechnik in Aussicht stellte.

Anton war Ende Zwanzig und mußte zu seinem großen Entsetzen an seinem Körper erste Verfallserscheinungen zur Kenntnis nehmen: Seine Augen hatten an Sehschärfe so sehr eingebüßt, daß er auf das Tragen einer Brille angewiesen war. Der Zahnarzt mußte ihm eine Knirschleiste anpassen, um das Gebiß zu schonen, das durch heftiges Zähnekirschen im Schlaf schon beträchtlich in Mitleidenschaft gezogen worden war. Über den Schläfen wurde das Haar sichtlich dünner, und der untrainierte Körper neigte zur proliferierenden Bildung von Fettgewebe. Als er dann auch noch zunehmend unter Kreislaufproblemen und erhöhtem Blutdruck zu leiden hatte, sah er die Zeit gekommen für eine rigorose Wende, was seine Eß- und sonstigen Lebensgewohnheiten anging.

Täglich und pünktlich nach der Funkuhr joggte er am Stadtrand. Allmählich steigerte er sein Pensum, bis er schließlich eine zehn Kilometer lange Strecke leichtfüßig in 45 Minuten schaffte, ohne sich dabei überanstrengen zu müssen. Auf den Tisch kam nur noch, was seinen sehr exakt definierten Maßstäben der Bekömmlichkeit entsprach. (Ein Mineralwasser mit über 27 Milligramm Natrium pro Liter war für ihn ungenießbar.) Ansonsten verordnete er sich mediterrane Diät: Fisch, Oliven- oder Walnußöl, frisches Gemüse, insbesondere das an Alpha-Linolensäure reichhaltige Portulak, aber auch Artischocken. Einmal im Monat überprüfte er seinen Cholesterinspiegel, den er auf konstante 90 (LDL) bzw. 50 (HDL) mg-% zu senken schaffte. Außerdem ließ er sich sterilisieren (nicht ohne vorher ein Spermiendepot auf Eis gelegt zu haben – für den Fall, aus wissenschaftlichen Gründen Bedarf an Keimzellen zu haben), denn zum einen war Fortpflanzung für ihn nur das Komplement der individuellen Sterblichkeit, die Zeugung von Nachwuchs gleichbedeutend mit der Akzeptanz des eigenen Untergangs; zum anderen – das war die praktischere Hinsicht – hoffte er, durch diesen Eingriff in seinen Hormonhaushalt der Gefahr eines Infarktes vorbeugen zu können. Die Statistik gab dieser Überlegung recht.

Sein ohnehin wenig ausgeprägter Sexualtrieb blieb von dieser Maßnahme weitgehend unberührt, zumal Antons Libido fast gänzlich in Forschungseifer aufging. Er fand zwar durchaus Gefallen an jungen, wohlgeformten Körpern, doch allein der Gedanke an welkende Haut tötete alle fleischliche Begierde im Ansatz, gar nicht zu reden davon, daß ihm die tiefwurzelnde Verwandtschaft von Eros und Thanatos sehr wohl bewußt war. Dennoch oder folgerichtigerweise entwickelte er, zögernd zunächst, eine fetischistische Lust auf Gummi, Latex und dergleichen. In einer Bahnhofsbuchhandlung fiel ihm einmal ein Magazin ins Auge, dessen Titelfoto ihm äußerst seltsam und außerirdisch anmutete, so auch die knalligen Bilder im Innern: Abbildungen von Männern oder Frauen oder Androgynen in hochglänzenden, schwarzen und roten Lackmonturen, in fantastischem Ledergeschirr, mit schaurig aussehenden Gesichtsmanschetten aus Vinyl, Taucherbrillen, Gummischnorcheln, Gasmasken und bizarren Dildos, die Einhörnern gleich oder wie Symbole einer drolligen Sterilität von den Masken ragten.

Anton Lau errötete ein wenig, als ihm beim Durchblättern des Hefts einfiel, wie gern er sich im Labor mit seinen OP-Handschuhen – heimlich – über die Wangen fuhr, daß er sich nach getaner Arbeit kaum von ihnen trennen mochte und, sooft er ein frisches

Paar aus der Verpackung nahm, mit Wonne daran schnupperte. Eine schrill aufgemachte Anzeige lud ein zur ›Nacht der ‚O'‹, einem Fest der Fetische am kommenden Wochenende. Daran teilzunehmen kam für Anton zuerst überhaupt nicht in Frage, doch je näher der Samstag rückte, desto größer wurde seine Neugier, bis er sich schließlich, am Morgen davor, ein Herz faßte, in die Stadt ging und, inspiriert durch eins der Fotos aus dem Magazin, zur Ausstattung für das Fest einen Kleppermantel kaufte.

Kurz: Sein Wagnis wurde belohnt. Er erlebte bis dahin ungeahnte Affekte (die Wörter Lust oder Erregung fand er zu obszön), als ihm in fortgeschrittener Stunde eine junge biegsame ›Gummipuppe‹ – als solche stellte sie sich vor – aus dem Mantel half und ihn bei gedämpftem Licht und hinter einer spanischen Wand von den Füßen bis zum Kopf in handelsübliche Frischhaltefolie einwickelte.

Mit seinem Forschungsschwerpunkt lag er voll im Trend, weshalb er sich über mangelnde Mittel nie zu beklagen brauchte. Er suchte Natur und Wirkungsweisen der sogenannten freien Radikalen restlos zu entschlüsseln, jener hochaggressiven Moleküle beziehungsweise molekularen Bruchstücke, die im Zuge natürlicher Stoffwechselprozesse, aber vor allem auch durch äußere Einwirkung wie elektromagnetische Strahlung oder die Aufnahme von Schadstoffen im Körper entstehen, das Immunsystem attackieren, Zellen schädigen und mitunter sogar die DNA im Zellkern verändern, was zur Bildung von Tumor- oder Krebszellen führen kann. Mit diesem Thema beschäftigten sich viele seines Fachs, doch hatte er in der Konkurrenz der Kollegen die Nase weit vorn. Es war ihm unter anderem gelungen, eine Gensequenz ausfindig zu machen und zu isolieren, die ein Enzym produziert, das sich sehr viel besser als Antioxidanz, das heißt als ›Fänger‹ von freien Radikalen, eignet als alle anderen bisher bekannten Substanzen wie Beta-Karotin, Vitamin E, Grüner Tee, Hagedorn. Rotweinextrakt und dergleichen mehr.

Im Mururoa-Atoll hatte man kurz zuvor eine neue Krebstierart niederer Ordnung entdeckt, die – so wird vermutet – als Mutation aus der inzwischen dort ausgestorbenen Daphnia tuamotu hervorgegangen ist und sich äußerlich von dieser insbesondere durch Größenwachstum und Beweglichkeit unterscheidet. Das besondere an dieser neuen Spezies ist jedoch ihre enorme Robustheit und Langlebigkeit bei verminderter Reproduktionsfähigkeit. Sie überlebt starke Temperaturschwankungen, extreme Gamma-Strahlung und Belastungen durch Umweltgifte und begnügt sich mit dem Nahrungsangebot, das unter solch unwirtlichen Bedingungen übrigbleibt. Was das Tier dazu befähigt, ist die besagte, von Lau entdeckte Gensequenz, die, soweit man weiß, bei keinem anderem Lebewesen vorkommt und, wie sich in groß angelegten Versuchsreihen zweifelsfrei nachweisen ließ, von enormen Nutzen für die Menschheit ist. Therapeutisch angewendet, das heißt in die Stammzellen des Knochenmarks implantiert, stärkt es das Immunsystem, stoppt die Wucherung von Krebszellen und führt sogar zur Rückbildung von Tumoren. Die Patentierung der Krebstierart, der Gensequenz sowie der Therapiemethode katapultierte Altissima – so der Name des Unternehmens – an die Spitze der multinationalen Chemieindustrie, was an den Aktienbörsen dermaßen schwere Turbulenzen verursachte, daß die Weltbanker von einer Krisensitzung zur nächsten jetteten.

Und damit hatte Anton Lau am allerwenigsten gerechnet: Vor seinem Wohnhaus bei Bad Homburg im Taunus gaben sich Headhunter die Türklinke in die

Hand und machten ihm mit unglaublicher Dreistigkeit die unglaublichsten Angebote. Es fehlte nur, daß sie ihn gekidnappt und unter der Hand verschachert hätten.

Wieder einmal schwirrte ein Hubschrauber über der weitläufigen Rasenfläche ein. Anton hatte gerade Deidre zu Besuch, jene junge Frau, der er damals vor nun schon fast zehn Jahren in der ›Nacht der ‚O'‹ begegnet und die nun gewissermaßen – wenn man denn so will – seine Geliebte war. Sie drehte sich auf seinen Wunsch hin mit Hilfe von Permaform Dauerwellen in die schwarzen, langen Haare, während er ihr dabei zuschaute und an einem Handschmeichler aus Marmor schmirgelte (ein Zeitvertreib, der den beiden inzwischen zur allerliebsten Gewohnheit geworden war). Da trat, ohne vorher angeklopft oder sich durch ein Räuspern bemerkbar gemacht, geschweige denn die Füße abgetreten zu haben, ein Mann von der Veranda aus durch die offenstehende Glasschiebetür, grüßte »Hi«, nahm die verspiegelte Sonnenbrille von der Nase und zeigte sich angenehm überrascht beim Anblick Deidres, die in einem schwarzen Gummi-Einteiler mit abgestepptem Korsetteil auf dem Sofa saß, den mit Lockenwicklern garnierten Kopf unter einer Trockenhaube und die mit roten Lack-Stilettos beschuhten Füße auf Antons Schoß, der vor ihr auf dem Teppich kauerte und sich sichtlich ungehalten nach dem Eindringling umschaute. »Ach, Sie schon wieder«, stöhnte er.

»Mit der frohen Botschaft, daß DuLac inzwischen bereit ist, das Vierfache dessen zu löhnen, was Sie bei Altissima kriegen...« – ohne die Augen von Deidre zu wenden – »na, ist das nichts?«

Deidre tauchte unter der Trockenhaube hervor, schaltete das Gerät aus und taxierte Kerns – so der Name des fliegenden Schweizers, Vorname: Wys – von der amerikanischen Baseballkappe bis zu den italienischen

Slippern. Daß sie Geld sexy fand, war ihrem betont gelangweilten Blick deutlich abzulesen – deutlich für den, der sich auf die scheinbar widersprüchlichen Signale teurer Frauen verstand. Und das tat Wys Kerns.

»Vielen Dank für dieses reizvolle Angebot. Ich werde es in meiner Lebensplanung berücksichtigen«, entgegnete Anton Lau in seiner typisch förmlichen Diktion, die immer offen ließ, ob das, was er sagte, ironisch gemeint war oder nicht. »Also dann. Ich habe doch alle Nummern, unter denen Sie zu erreichen sind, nicht wahr? Auf Wiedersehn.«

»I have ways to make you wail«, drohte der Headhunter mit arrogantem Grinsen – sein Standardsatz in solchen Situationen, der aber genau genommen unsinnig war. Er setzte die Sonnenbrille wieder auf und ging den Weg, den er gekommen war.

Dieses Intermezzo war, weil mittlerweile, wie gesagt, fast alltäglich, schnell vergessen. Wys Kerns würde es erneut versuchen und abblitzen, weil Anton Lau auf Geldköder so wenig anzubeißen geneigt war wie Karpfen auf Sushi. Er hatte ja schon mehr, als er ausgeben konnte, zumal ihn materielle Habe kaum reizen konnte. Sie zu horten sei, so seine Philosophie, nichts anderes als sublimierte Todesangst und das alte *memento mori* beziehungsweise jene Sekundärweisheit, wonach das Totenhemd keine Taschen habe, ein im Grunde ungeeigneter Aufruf zur Mäßigung. Im Gegenteil, er heizte die Raffsucht erst richtig an: Schnell, schnell, räumt ab, ehe es zu spät ist! Allein die Aussicht auf ein unbegrenzt langes Leben sorgt für Gelassenheit: Schon hundert Euro, konservativ angelegt, bringen in dreihundert Jahren einen stattlichen Zinsertrag. Die ›schnelle Mark‹ gehört ein für allemal der Vergangenheit an und war sozusagen der historische Ausdruck drohender Mortalität.

Deidre nestelte vorsichtig die Wickler aus den Haaren, die, mit Festiger behandelt, wie schwarze Hobelspäne um den Kopf wippten. »Hör mal, you guys« – damit meinte sie Humangenetiker – »seid doch immer ganz scharf auf Embryos. Stimmt's?«

Er führte sachte den Zeigefinger in eine ihrer Spirallocken ein. »Wie kommst du darauf?«

»Nun, ist doch so oder nicht?«

»Zugegeben, ja. Aber warum fragst du?«

»Ich bin schwanger und will abtreiben.«

Die beiden wurden Partner eines neu gegründeten Unternehmens mit dem alternativ klingenden Namen BioFarm. Anton Lau löste seinen Vertrag bei Altissima und richtete sich ein Laboratorium im Keller seines Wohnhauses ein. Deidre gab ihre halbe Stelle hinterm Tresen einer Kneipe auf, arbeitete statt dessen pro forma als Geschäftsführerin von BioFarm (wofür bald aber eine professionelle Kraft nötig wurde) und pflegte ansonsten ihre diversen Fetische, wenn sie nicht gerade in Konspiration mit Anton nach Strich und Faden gegen das Embryonenschutzgesetz verstieß. Nach dem eigenen, von Anton vorgenommenen Schwangerschaftsabbruch organisierte sie nun in ihrer Umgebung den begehrten Nachschub an Embryonen und Eizellen. Von diesen, wie Anton sagte: »metabolischen und zellularen Ressourcen«, die unter anderem sozusagen als Font für die gentechnisch angerührte Suppe aus Wachstumshormonen dienten, konnte er gar nicht genug bekommen, denn er forcierte seinen Kampf gegen die Sterblichkeit; ja, es schien, als geriete er langsam in Panik, denn seine allgemeine Kondition – er war inzwischen Mitte Vierzig – ließ immer mehr zu wünschen übrig. Alltäglich lupfte er die dünne Haut auf dem Handrücken und glaubte beobachten zu können, daß die Elastizität zunehmend nachließ. Die Haare auf der Brust wurden grau. Der Muskeltonus verschlechterte sich, und seine

Jogging-Strecke abzulaufen fiel ihm immer schwerer – das Herz wollte nicht so recht mit. Schon fürchtete er, auch geistig abzubauen, einer schleichenden Demenz zum Opfer zu fallen. Und wo war der gewisse Schmelz geblieben? Lau kannte die gerontologischen Zusammenhänge und wußte: Es galt an vielen Fronten gegen Alterungsprozesse zu kämpfen.

Um möglichst viel und großmaßstäblich in eigener Sache forschen zu können, achtete er auch darauf, daß sein Unternehmen genug Gewinn abwarf. Und es fiel ihm nicht schwer, seine genialen Fähigkeiten marktgerecht einzusetzen und in klingende Münze umzuwandeln. Bald konnte er mehrere sehr lukrative Patente auf seiner Habenseite verbuchen. Zum Beispiel hatte er – die gelockerten Richtlinien des Europäischen Patentamtes machten es möglich – exklusive Verwertungsrechte an seinem ›Alzheimerschwein‹ erworben, einem genetisch manipulierten Meerschweinchen, das binnen eines halben Jahres an einer fortschreitenden Großhirnrindenatrophie erkrankt. Laboratorien in aller Welt, die an der Erforschung geeigneter Therapiemöglichkeiten arbeiten, lassen sich solche Tiere einiges kosten. Außerdem müssen sie BioFarm an eventuell verwertbaren Forschungserfolgen finanziell beteiligen.

Geschäftlich gab es nichts zu klagen, doch hinsichtlich seiner Forschungen geriet er bald in eine tiefe Krise. Er hatte seine persönliche Genomkarte fast vollständig entschlüsselt und feststellen müssen, daß er ausgerechnet jene Anlage besaß, die seine amerikanischen Kollegen Solms & Richardson (›Genom-Analyse der Stichprobe von 271 Selbstmördern‹) als eine signifikante Prädisposition für autoaggressive Depressionen diagnostiziert zu haben glaubten. Väterliches Erbe? Ein geradezu absurdes Risiko, mit dem er nicht gerechnet hatte!

Da tat sich ein Fragezeichen hinter den materiellen

Voraussetzungen der geplanten Dauerexistenz auf, die, wie ihm schnell bewußt wurde, nur mit einer Hinwendung auch zu den geistig-spirituellen Grundlagen seiner Zwecke zu beantworten war. Und so wandte er sich den »Rittern der blauen Lotusblume« zu und wurde Mitglied dieser Sekte. Durch eine Zeitungsnotiz war er auf sie aufmerksam gemacht worden: Auf ihr Oberhaupt, den Franzosen Gilbert Boviste (der sich selbst als ›Kosmoplanetarischen Synthese-Messias‹ bezeichnete und unsterblich zu sein behauptete), war ein Attentat verübt worden. Ein mit einer Pistole bewaffneter Zweifler war in das provenzalische Kloster ›Mandar Om‹ eingedrungen, um all diejenigen, die an die Immortalität ihres ›kosmischen Christus‹ glaubten, eines besseren zu belehren. Er brachte zwei Mönche in seine Gewalt und verlangte, der Sektenchef solle sich der ›Feuerprobe seiner göttlichen Natur‹ stellen. Boviste bestand diese Probe – doch auf ganz andere Weise als gedacht, und ohne selbst in Erscheinung treten zu müssen. Die zur Geisel genommenen Mönche trugen ihre schwarzen Gürtel nicht nur passend zur Kutte, sondern auch zum Ausweis ihrer Meisterschaft als Kampfsportler. Ihnen, die auf den Namen ›Tyson Brothers‹ hörten, war es ein leichtes, den irdischen Thomas von seinem tückischen Vorsatz abzubringen.

Deidre zog es vor, sich in Paris zu amüsieren, als Anton während eines über zwei Sommermonate abgehaltenen Novizenseminars in dem von kräftigen Mönchen gut bewachten Kloster unorthodoxe Lehren in sich aufnahm, die geeignet waren, seine wissenschaftlichen und persönlichen Ambitionen ideell zu unterfüttern. So studierte er fleißig und mit Hingabe, bis er selbst zum Ritter der blauen Lotusblume geschlagen wurde und in- und auswendig wußte: »daß sich das Leben nun endlich zu seiner selbstbewußten Permanenz hinaufschwingen kann, in der es in jedem Augenblick aufersteht zu einer Feier der vom Todesimpuls freigewordenen Zellen, zu einem Gebet des Fleisches, mit welchem Gott wahr wird in der Schöpfung, so daß Bewußtsein nicht nur teilnehmen kann am Wunder des Lebens, sondern dieses auch zu einer Gestalt hinbegleiten kann, die ihm die Würde der Ewigkeit erst wirklich angedeihen läßt.« Amen.

Aber er wäre nicht Anton Lau, hätte er sich mit Glaubenssätzen zufriedengegeben, und so forschte er weiter, mit neuem Elan sogar (die Zeit in Südfrankreich hatte ihm in jeglicher Hinsicht gutgetan), zuversichtlich, sein ungünstiges Gen in den Griff zu bekommen, und ermutigt durch die Beobachtung, daß sein Körper auf die sorgsam konzipierte Wachstumshormon-Kur positiv ansprach, so positiv, daß er hin und wieder seines ›jugendlichen‹ Aussehens wegen Komplimente zu hören bekam.

Es hatte mit dem Projekt Lebensverlängerung eigentlich nur am Rande zu tun und war wohl vor allem durch professionelle Neugier und Eitelkeit veranlaßt, daß ihm schließlich auszuknobeln gelang, was noch keiner vor ihm geschafft hatte: menschliche Gene zielgenau auszutauschen, also die DNA zu rekombinieren und eine entsprechend getunte omnipotente Zelle, die er sich gleichsam aus den Rippen geschnitten hatte, zur Teilung zu bringen. Und von Deidre stammten die Eier, in die Anton, nachdem er diese gleichsam enterbt hatte, das eigene veredelte Erbgut einschleuste.

Was sich im nachhinein so einfach anhört, war tatsächlich recht mühsam, zeitraubend und voll entmutigender Rückschläge. Bei Deidre machten sich dann auch Gewissensbisse bemerkbar, weil doch sehr viel ›frühes Leben‹, wie sie sagte, im Kellerlabor durch den Abfluß ging.

Anton antwortete: »Das Prinzip der Natur schlechthin: Verschwendung auf der ganzen Linie und in ungeheuerlichen Ausmaßen; Potenz ohne eigene Möglichkeit, Fehlschläge, die sich in den Dienst vermeintlich übergeordneter Prozesse stellen lassen müssen. Damit eine Fliege für ein paar Tage leben kann, gehen Millionen Larven als Futter für andere Tiere weg. Ich folge diesem grausamen Prinzip ein kleines Stück weit, um es schließlich für uns Menschen außer Kraft setzen zu können – und das ist eine moralische Tat.«

»Wer, wenn nicht ich«, meinte Deidre selbstbewußt, als Anton dann nach einigen sehr erfolgversprechenden Versuchsreihen nicht länger widerstehen konnte und darauf brannte, einen Klon zur Vollendung reifen zu lassen, wofür er nun eine Leihmutter suchte. Die war offenbar nach wie vor unverzichtbar, denn für die emsig auswachsenden Embryonen wurden die Reagenzgläser bald zu klein.

Deidre war zu diesem Zeitpunkt 37 Jahre alt. Medizinische Bedenken gegen eine künstliche Schwangerschaft gab es nicht (die Blutgruppe stimmte und mit der nötigen Hormonversorgung hätte sie Antons Experiment auch noch mit sechzig austragen können). Abgesehen davon machte sie verständlicherweise moralische Ansprüche geltend. »Schließlich bin ich mit meiner Ovulation gewissermaßen in Vorleistung getreten.« Tatsächlich aber hatte ihr Voluntariat einen ganz anderen Grund. Im stillen zweifelte sie an Antons Unsterblichkeit.

Geschäftstüchtig, wie sie war, mußte sie geradezu reflexhaft Steuern sparen, wo immer möglich. Und so war sie auf Empfehlung ihres Finanzberaters aus der Partnerschaft mit Anton ausgeschieden und hatte sich statt dessen von der Firma anstellen lassen – bei einem Gehalt, das einen minimalen Sozialversicherungsbeitrag fällig werden ließ. Weil Anton äußerst großzügig war, hatte sie diesbezüglich keine weiteren Probleme. Mit den Jahren aber war die Sorge gewachsen, daß Anton etwas zustoßen könnte.

»Warum heiratest du mich nicht?« Die Gelegenheit zu fragen schien günstig zu sein: Anton schwelgte im Genuß von Latexdüften, die den Raum erfüllten, und war noch ganz berauscht von einem raffiniert inszenierten Bondage-Act, bei dem neben Ketten und Lederriemen auch Klistier, Katheter und Samtgummi zum aufmunternden Einsatz gekommen waren.

»Ach, ich dachte, das Thema hätte sich erledigt. Du weißt, was ich davon halte.«

»Ich weiß, du machst dir ins Hemd vor Sorge, ich würde als Ehefrau nur auf dein Ende lauern, um dich beerben zu können. Und ich weiß auch, daß dir die Zeremonie nicht gefällt. Aber es ließe sich doch einrichten, daß dieser Zusatz – ›bis daß der Tod euch scheidet‹ – gestrichen wird. Oder?«

Anton verzog das Gesicht zu einer Grimasse, die Angst machte. »Ich will dieses Wort in meinem Haus nicht hören«, winselte er in kindlichem Falsett. »Mir graut davor. Warum quälst du mich?«

Deidre sah sich zum Einlenken genötigt. In dieser Verfassung war mit Anton nicht mehr vernünftig zu reden.

Aber mit der ihr eigenen Beharrlichkeit setzte sie ihren Willen schließlich durch, mußte allerdings einen Preis dafür bezahlen, mit dem sie nicht gerechnet hatte.

Was er als Mann und Liebhaber nie von ihr verlangt hätte, verlangte Anton nun als Wissenschafter: akribische Treue. »Womöglich wird's nicht gleich beim ersten Mal klappen«, erklärte er im Kellerlabor seines Hauses. »Du müßtest dich eine Weile in Enthaltsamkeit üben.«

»Wieso? Was soll das heißen?«

»Stell dir vor, unser Versuchsei kann sich nicht einnisten. Statt dessen kommt's zur erfolgreichen Befruchtung infolge irgendeiner Affäre. Und wir merken davon nichts. Eine Katastrophe...«

»Na schön, ich werde mich enthalten. Versprochen.« Deidre versuchte mit einem Spatel diverse Glaskolben und -röhrchen melodisch zum Klingen zu bringen.

»Nichts für ungut, aber mit einem Versprechen allein kann ich mich nicht zufriedengeben«, sagte Anton und nahm ihr den Spatel mit sanftem Nachdruck aus der Hand.

»Willst du's schriftlich? Oder mir etwa einen Keuschheitsgürtel verpassen?«

»Gute Idee. Aber das wird nicht nötig sein. Ich werde dich Tag und Nacht im Auge behalten müssen. Das verstehst du doch hoffentlich. Es geht um einiges, um übergeordnete Ziele. Wir stehen an der Schwelle zu einer neuen Zeit...«

»Tss! Du willst mir doch wohl nicht einreden, daß wir uns als Personen zurücknehmen müssen, damit die Menschheit einen großen Schritt nach vorn tun kann. Es geht dir doch bei alledem nur um deinen eigenen Arsch. Sei ehrlich.«

Anton fühlte sich ertappt. Daß auch er in die Rechtfertigungslitanei seiner Forscherkollegen mit einstimmte, machte ihn verlegen.

»Also, wie stellst du dir das vor?« hakte Deidre nach. »Du und ich, wir hocken Tag und Nacht beieinander. Wahrscheinlich wirst du mir auch noch aufs Klo folgen.«

»Sei nicht albern.«

»Wer ist denn hier albern? Oder soll das etwa dein Ernst sein? Du mißtrauisches Miststück.«

»Ich habe dich nicht gebeten. Du hast dich aufgedrängt.«

»Was dir durchaus in den Kram passen dürfte. Welche andere Frau würde sich von dir solche Unverschämtheiten gefallen lassen.«

»Ach, weißt du, für Geld...«
»Und was springt für mich dabei raus?«
»Die Ehe mit mir.«
»Wer sagt's denn...«

Soviel hatten beide immerhin miteinander gemein: die Geringschätzung romanzenhafter Schwärmereien. Dabei hatte Deidre durchaus eine Ader dafür. Sie war die Tochter einer Theaterschauspielerin und eines irischen Barden, die sich mit viel Leidenschaft zusammengetan und nicht minder leidenschaftlich nach fünf Jahren wieder voneinander getrennt hatten. In ihrer Kindheit tingelte die kleine Deidre mit der ledigen Mutter von Engagement zu Engagement und spielte hinter den Kulissen Verstecken, während Mama, die verhinderte Tragödin, so undankbare Rollen gab wie das Kindermädchen in Ibsens Nora oder die Kammerfrau der Lady Macbeth. Mit sechzehn war Deidre das Theaterleben leid; sie nahm Reißaus, landete in Frankfurt und schloß sich dort einer Clique von Gleichaltrigen an, die dem damals unausweichlichen Gruftie-Kult huldigten und mit viel Hokuspokus satanische Messen zelebrierten. Aus dieser Zeit stammte ihre Vorliebe für die Farbe Schwarz.

Zwei Perioden liefen ab, ehe eine der in Reagenzgläsern vorgezogenen Früchte in Deidres Leib aufging. Anton war mit dem Gedanken schwanger gegangen, gleich zwei – oder sogar drei – Frühembryonen zu implantieren, wogegen sich die Leihmutter aber mit Entschiedenheit zur Wehr gesetzt hatte, zuletzt mit der Drohung, das begonnene Experiment publik zu machen und platzen zu lassen. (Wie hübsch geschmeidig Anton auf Erpressung reagiert! notierte sie in ihr mentales Tagebuch.)

In den Tagen und Wochen vor der endlich geglückten Empfängnis – unter strengster Geheimhaltung vorgenommen durch Dr. Stückenschneider, einen befreundeten Gynäkologen – hatte sich Deidre gefallen lassen müssen, was ihr von Anton schon angedroht worden war, nämlich auf Schritt und Tritt verfolgt zu werden. Sein unverhohlener Argwohn zu Anfang wandelte sich in Sorge um seine wissenschaftliche Arbeit, eine Sorge, die im Laufe der Schwangerschaft krankhafte Züge annahm. Und je mehr er ihr mit seinen alltäglichen Kontrolluntersuchungen (wovon Fiebermessen die erträglichste war) auf die Pelle rückte, desto weiter rückte sie innerlich von ihm ab. Vorbei die Zeit, da sie sich ganz gewiß nicht ungern auf ihn und seine Marotten eingelassen hatte.

Schon im dritten Monat war sie an seinem Eheversprechen nicht mehr interessiert. Statt dessen verlangte sie eine Kontovollmacht. »Tja, mein Lieber, wenn nicht... noch läßt sich's wieder wegmachen.«

»Untersteh dich!«

»Wie redest du mit mir? So kannst du deine Laborratten anpfeifen, aber nicht mich. Verstanden?«

Er versuchte es auf die zärtliche: »Sei doch nicht so, mein Engel. Wir werden uns vertragen, nicht wahr?« Dann deutlicher: »Wir *müssen* uns vertragen. Streit zwischen uns würde dir nicht weniger schaden als mir.«

»Streiten ließe sich allein schon über das Mehr oder Weniger.«

Im sechsten Monat wurde Spezialgarderobe fällig, und Deidre fand es geradezu geboten, sich für die vielen Zumutungen Antons modisch zu entschädigen und auf seine Kosten teuer einkaufen zu gehen. Da es kaum Auswahl an Lack- und Latexkostümen für Schwangere gab, ließ sie sich welche nach eigenen Entwürfen anfertigen, wobei sie feststellte, daß Gummi das natürlichste Material für Umstandsmode ist. Größeres Aufsehen erregte sie allerdings mit einer Kreation, die auf Höhe der Taille den Balg einer Zieharmonika als praktisches Dehnungselement eingearbeitet hatte. Schnell wurde die Haute Couture auf sie aufmerksam; sie nutzte die Chance, intensivierte ihr schöpferisches Wirken (das womöglich durch umgelenkte Nestbaureflexe motiviert war) und verbuchte bald auch geschäftlich große Erfolge, die sie zunehmend unabhängig von Anton machten.

Der nahm von alledem kaum Notiz, zu sehr war er auf seine Forschungen, insbesondere auf das laufende Experiment fixiert, und da er Deidre, die sich in seinem Haus ein Atelier eingerichtet hatte, ständig in der Nähe wußte, beziehungsweise unter Kontrolle wähnte, gab es für ihn auch keinen Grund, ihr irgendwelche Vorwürfe zu machen. Im Gegenteil, Deidre kooperierte besser denn je, zumal sie, von der selbständigen Arbeit beflügelt, keinerlei Anzeichen von Schwangerschaftsdepressionen oder dergleichen erkennen ließ.

Je näher aber der ausgerechnete Geburtstermin rückte, desto hektischer wurde Anton, so sehr, daß er auch Deidres Nerven aufs äußerste strapazierte.

Schon zum zweiten Mal an diesem Tag drückte er aus einer Tube kaltes Gel auf ihren Schwellbauch und glitschte mit dem Schallkopf des Echographen darüber hinweg, bis er in der fächerförmigen, blau schimmernden Darstellung auf dem Bildschirm das Herz des siebenmonatigen Fötus ausmachte. Aus dem Lautsprecher tönte schnelles Wummern und White Noise – wie von einer Unterwasserschmiede.

»Na, sieht er dir ähnlich, unser kleiner Ödipus?« Die Seitenlage wurde ihr allmählich unbequem.

Anton war zu sehr auf seine Scan-Technik konzentriert, als daß er ihren Spott hätte würdigen können.

»Im Ernst«, sagte sie unter dem Eindruck seiner fahrigen Bewegungen und dem Zittern seiner Hand, »versuch's doch mal mit autogenem Training, Gen-Man. Du machst dir einen Stress, der bestimmt jede Menge Radikale freisetzt. Vielleicht fängt da ja schon das Drama des Laios an: in Erwartung der Geburt seines Sohnes. Wenn du dich nur sehen könntest. Du bist die Karikatur eines Vaters in spe, der sich vor lauter Aufregung umbringt.«

»Du kannst dich wieder anziehen.«

»Typisch, wenn's mir gerade anfängt zu gefallen, bist du schon fertig.«

Der letzte Monat war für Deidre noch schlimmer als die Wochen vor der Schwangerschaft. Rund um die Uhr stand sie – genauer: das Kind – unter hochnotpeinlicher Beobachtung. Ständig wurden ihr transvaginal Fruchtwasserproben abgezapft, die Ultrabeschallung nahm kein Ende, und weil das strampelnde, mordsmäßig schwere Kind in der Querlage verharren wollte, mußte Dr. Stückenschneider wieder ran und es mit dem sogenannten Zweifingergriff auf den Kopf wenden.

Endlich, endlich war es soweit. Abgefüllt mit dem gentechnisch hergestellten Wehenhormon Relaxin, wurde Deidre ins Krankenhaus gebracht, wo man ihr – auf Antons Drängen hin und ohne eigenes Wissen – einen Kaiserschnitt verpaßte und einen gesunden, sechseinhalb Kilo schweren und 57 Zentimeter großen Jungen entband, der unter dem Namen Art Eugen (so wollte es sein Erzeuger) als unehelicher Sohn von Deidre Frankewitz und Dr. Anton Lau ins Melderegister eingetragen wurde.

Als sie aus der Narkose erwachte, stand Anton am Bett, in der Hand einen Blumenstrauß aus Papierknöpfchen, Katzenpfötchen, Immerschön und Ruhrkraut.

»Das sind Immortellen«, sagte er.

»Ja, wie sie häufig an Trauerkränzen zu sehen sind.«

Der Schrei, der auf das erste Luftholen folgte, ließ sich immer nur für eine kurze Weile unterbrechen – beim

Stillen. Ansonsten plärrte der Kleine, es sei denn er schlief. Aber kaum erwacht, verknautschte sich das kleine rote Gesicht, und aus der quadratischen Mundöffnung kamen Laute wie von einem verschluckten Zweitaktmotor unter extremer Belastung. Da halfen kein Wiegen, kein gutes Zureden, kein Schlafmohnnuckel. Art Eugen schrie, was die kleinen Stimmbänder hergaben.

Deidre zog fluchtartig in die eigene Wohnung zurück. Nie wieder Leihmutter! Und nach allem, was sie im Hause Lau durchgemacht hatte, konnte es nicht verwundern – sie am allerwenigsten –, daß sich keine Muttergefühle, geschweige denn -glück einstellen wollten. Da mochte sie noch so sehr laktieren. »Das ist ganz allein dein Kind. Sieh zu, wie du damit klarkommst.«

Zuerst kümmerte sich die Hausangestellte um den Kleinen, und als diese mit der Kündigung drohte, stellte Anton ein Kindermädchen ein – Sonja, eine junge Frau, die gerade ihre Erzieherinnenausbildung abgeschlossen und noch starke Nerven hatte.

Der Junge saugte gierig die von Deidre abgepumpte und vom Fahrradkurierdienst herbeigeschaffte Milch, die ihm Sonja in einer Flasche zu trinken gab. Und er entwickelte sich ungewöhnlich rasch, insbesondere auch stimmlich. Seine immer schriller werdenden Schreie drangen durch sämtliche Mauern und ließen auch Anton kaum mehr zur Ruhe kommen, obwohl er davon mehr denn je nötig hatte.

Sonja ging entnervt, es kam Gerhild, gefolgt von Astrid, Inge und Geesche, die es alle nicht länger als durchschnittlich fünf Wochen aushielten. In dreizehn Monaten hatte Art Eugen nicht weniger als zehn Kindermädchen mit seinem Geschrei zur Verzweiflung gebracht.

Es war an einem sonnigen Aprilmorgen. Anton schreckte aus einem Alptraum auf und hörte Vögel zwitschern. Ansonsten war es still im Haus. Ungewöhnlich still. Sein erster halbwegs klarer Gedanke war: Sollte der Schreihals zu atmen aufgehört und den plötzlichen Kindstod erlitten haben? Er eilte ins Kinderzimmer und sah den Kleinen aufrecht vor den Gitterstäben des Bettchens stehen, in den Knien auf- und abwippend und mit den Füßen in der abgestrampelten Windel stecken. Das Au-pair-Mädchen Parwati aus Indien (mit subasiatischer Langmut geharnischt) lag schlafend am Boden. Mit Links an einem der Stäbe festgeklammert und mit zu Berge stehender Babytolle, zupfte der Kleine mit der Rechten glucksend am erigierten Glied und blickte mit sichtlich zufriedener Miene zu Anton auf, der sich verwundert die Augen rieb. Denn er hatte ein Déjà-vu-Erlebnis der schaurig unmittelbaren Art.

Neugierig geworden, nahm er all seinen Mut zusammen und stattete der einzigen Tante einen Besuch ab, die, Ende Siebzig und verwitwet, in einem Troisdorfer Seniorenheim lebte. Dieses Haus zu betreten war für Anton wie ein Ausflug in die Hölle, denn sein Abscheu welker Haut, hinfälligen Körpern und seniler Geistesschwäche gegenüber hatte sich mit den Jahren noch intensiviert, und der Altersgeruch, der ihm, kaum daß er die Tür zum Foyer aufgestoßen hatte, entgegenschlug, benahm ihm fast den Atem.

Tante Änne empfing ihn freundlich in ihrem Zimmer, das, modern ausgestattet und frisch gestrichen, die vielen staubfangenden Erinnerungsstücke hier und da und an den Wänden durchweg deplaziert erscheinen ließ. Zu einem Gläschen Saft konnte sie Anton nicht überreden. Immerhin nahm er auf ihre Bitte hin in einem Sessel Platz und erkundigte sich brav nach ihrem Befinden, kam aber schnell auf den Anlaß seines Besuches zu sprechen und bat darum, daß sie ihm schilderte, wie er sich als Kleinkind verhalten habe.

Dem Wunsch des Neffen kam die Alte gerne nach, und es zeigte sich, daß sie ein erstaunlich klares Gedächtnis hatte, reich an Detailerinnerungen, die sie mit Humor nachzuerzählen verstand. Für Anton bestätigte sich, was er schon geahnt hatte: Das eigene Verhalten und sein Werdegang der ersten Wochen und Monate entsprachen exakt dem, was nun bei Art Eugen zu beobachten war. Auch Anton hatte als Säugling ununterbrochen geschrien und einen Trotz entwickelt, an dem alle Versuche der Besänftigung zerschellt waren. Bis zur eigenen Ohnmacht hatte er seine Wutattacken auf die Nerven der Mutter geritten, die sich schließlich nur noch mit Hilfe von Alkohol davon abhalten konnte, Dinge zu tun, die mit Gefängnis geahndet werden. »Du hast immer nur auf dem Rücken gelegen«, erzählte die Tante – im späten nachhinein belustigt, »das Köpfchen hin und her geworfen und mit Armen und Beinen um dich geschlagen, statt umherzukrabbeln, wie es andere Kinder tun. Und was besonders infam war...« – Tante Änne schmunzelte –, »du hast nie in die Windeln gemacht, aber alles unter dich gehen lassen, sobald du frei davon warst. Ja, ein richtiger Tyrann bist du gewesen.«

Und auf Anfrage, die ihm das Déjà-vu-Erlebnis soufflierte, erfuhr Anton, daß er, älter werdend, geradezu versessen darauf gewesen sei, an seinem ›Hänschen‹ zu spielen, was seine Mutter zu unterbinden versucht habe mit strengen Ermahnungen wie »Laß das, davon wird man todkrank«.

Von all diesen erstaunlichen Hinweisen ins Grübeln gebracht, näherte sich Anton – wenngleich widerstrebend – dem für ihn völlig abwegigen Gedanken, daß die Psychoanalyse womöglich doch nicht als unwissenschaftlicher Unfug abzutun war, daß sie für das Verständnis menschlicher Funktionskreise vielleicht sogar fast so aufschlußreich war wie die Biogenetik. Hatten das erzwungene Gummihosentragen und der durch Todesdrohung tabuisierte Spieltrieb tatsächlich eine verhaltenssteuernde Fixierung zum Ergebnis, entsprechend der Wirkungsweise angelegter Gensequenzen und ebenso nachhaltig? Konkret: Erklärte sich so seine Lust auf Latex und Bondage?

Er war Wissenschaftler genug, um dieser Frage mit aller gebotenen Gründlichkeit nachzugehen – fand aber nur bestätigt, was er intuitiv längst ahnte, daß nämlich dieser ganze Komplex Gift war für sein seelisches Gleichgewicht. Stieß er doch in Freuds *Abriß der Psychoanalyse* auf so skandalöse Hirngespinste wie das der unterstellten allgemeinen und unausrottbaren Macht vermeintlicher ›Todestriebe‹ als eine biologisch notwendige, auf Beharrung ausgerichtete Gegenstrebung gegen die progressiven Kräfte der Lebenstriebe. Ja, dieser Nervenarzt von vorgestern behauptete tatsächlich, daß jeder Mensch seiner inneren Verfassung nach am Ende Opfer der Selbstzerstörung werden müsse.

Zum Glück wußte Anton, wo Trost zu finden war: im Kloster Mandar Om. Dort konnte er seine ins Wanken geratene Zuversicht wieder aufrichten und untermauern mit der Gewißheit, daß »die heutige Menschheit zum ersten Mal in der Geschichte ihrer Evolution über das nötige Wissen verfügt, um den Schlüssel herauszufinden bzw. den Code zusammenzustellen, mit welchem dieser (auf zentraler und zellulärer Ebene funktionierende und wie eine Vorbeugung gegen den Hochmut des Individuums anmutende) Suizid- und Zerfallsbefehl im biologischen Organismus neutralisiert bzw. ›entschärft‹ werden kann, damit dem Lebewesen Mensch langfristig der Zugang zum lebendigen (weil nicht jenseitigen) hiesigen Paradies eines ewigen Lebens eröffnet werden kann, in einer durchaus materiell spürbaren und auch spirituell wahrnehmbaren Wirklichkeit.«

Zugegeben, Mantras gingen einem leichter von der Zunge. Aber auch dieser Satz verfehlte seine Wirkung nicht: Anton ging mit neuem Schwung daran, sich für seine Unsterblichkeit nach Kräften einzusetzen. Er wurde sogar vom Meister Boviste persönlich dazu angehalten, wofür sich Anton in seinem Überschwang spontan mit einer großzügigen Spende erkenntlich zeigte.

Der Junge wuchs, zahnte, lernte zu laufen und aufs Töpfchen zu gehen, verweigerte Gemüse, verlangte nach Spaghetti, gab bald die ersten Worte von sich (mit seinem ›Teita-gen‹ trete er schon, wie Deidre scherzhaft meinte, in ›Papas‹ Fußstapfen) und wiederholte Antons Kindheit Zug um Zug. Die vielen Übereinstimmungen verblüfften selbst den Klonierungsfachmann Dr. Lau, der hier nun im Langzeitversuch vorgeführt bekam, daß selbst das, was landläufig als zufälliges Verhalten, Spleen oder individueller Tick gewertet wird, häufig und aller Wahrscheinlichkeit nach eine Veranlagung zur Ursache hat. Zum Beispiel: Wie der Kleine hatte auch Anton (laut Auskunft von Tante Änne) nicht etwa am Daumen, sondern an Zeige- und Mittelfinger genuckelt, die so tief im Mund steckten, daß sie fast das Zäpfchen berührten.

Zum ersten Mal in seinem Leben registrierte Anton ein beunruhigendes Mißverhältnis zwischen wissenschaftlicher Neugier und persönlichem Fürguthalten. Was er an dem Kind beobachtete, interessierte ihn in fachlicher Hinsicht sehr, doch die ungeteilte Freude an der Entdeckung blieb aus. Vielmehr stellte sich ein dumpfes Gefühl der Abneigung ein, ja, mitunter entsetzte ihn der Anblick dieses jungen Doppelgängers, der – ja, was war er eigentlich? Sein Sohn? Identischer Zwillingsbruder? Reinkarnation? Wiederholungstäter wider Willen? Eine schizoide Abspaltung seiner selbst? Irrläufer ex vitro?

»Ach, wäre er doch nie geboren!« Wen und was meinte er mit seinem Seufzen?

Deidres Beziehung zu dem Jungen nahm einen gegensinnigen Verlauf. Immer häufiger kam sie zu Besuch, mit Geschenken und Aufmerksamkeiten, die ihm gut taten und die er ihr dankte, indem er ganz wild auf sie war. Zusammen mit Parwati, die sich auf Dauer im Hause Lau eingerichtet hatte, unternahmen sie schöne, erlebnisreiche Ausflüge ins neue Disneyland bei Offenbach oder in den Märchenwald des Spessart. Und alles, was nicht direkt von Anton an ihn abgegeben war, erwarb Art Eugen über die Zuwendung der beiden Frauen, unter denen ein Wettbewerb um seine Gunst entbrannte. Was er genoß.

Geschäftlich, das heißt als Designerin, hatte Deidre inzwischen mehr erreicht als je erhofft. Im Muttersein sah sie nun die Komplettierung ihres Glücks, und so drängte sie darauf, den Jungen, der noch im selben Jahr eingeschult werden sollte, zu sich nehmen zu dürfen. Er brauche jetzt eine intensive Förderung, die er, Anton, ihm nicht bieten könne, weil er ja nur in seinem Labor herumhänge. So ihr Argument.

Sie ahnte nicht, was sich zur Zeit dort in diesem Labor unwiderruflich anbahnte. Unerhörtes, das in seinen Konsequenzen für die Menschheit noch nicht einmal im Ansatz zu ermessen war.

»Kommt gar nicht in Frage«, beschied Anton resolut.

Er hatte alte Forschungsansätze wieder aufgegriffen und im Zuge experimenteller Untersuchungen dem Klonensohn – mehr oder weniger per Zufall – abgewinnen können, was in Aufbau und Wirkung einzigartig und im ureigenen Interesse des Entdeckers haarsträubend vielversprechend war.

Eau de vie.

Die Therapie war altbekannt und bislang nur mäßig erfolgreich, in ihrer nun neu entwickelten Variante –

der Eigenharntherapie in gewissermaßen erster Ableitung – allerdings nicht weniger als revolutionär. Art Eugens Urin (und nur seiner) wirkte auf Anton (und nur auf ihn) überaus vitalisierend, prophylaktisch und immunisierend. Mehr noch, in Kombination mit einem gentechnisch synthetisierten Enzym (auf das ein Patent anzumelden Anton nicht wagte) war es das Wasser des Lebens schlechthin, denn es sorgte dafür, daß sogar die Neuronen des Hirns sowie bislang unteilbare Zellen und unersetzbare individuelle Proteinmoleküle immer wieder und in genau dosiertem Maße regeneriert wurden.

Worauf die Menschheit, seit es sie gibt, stets voller Sehnsucht aus gewesen ist – Anton hatte ihn in fünfunddreißig Jahren stupender wissenschaftlicher Arbeit (und rechtzeitig zur Somatopause) geschaffen: den Jungbrunnen, wenn auch nur den ganz privaten, denn diesen füllten das von seinem Klon ausgeschiedene Wasser und eben jenes Enzym, das die Natur, wie Anton herausfand, im Knochenmark des Pfauenvogels herstellt. Er gab dem kombinierten Wirkstoff die Bezeichnung ›Eternin‹.

Den Schlüssel hierzu hatte Anton auf abenteuerlichen Umwegen gefunden. Von einem belesenen Bekannten war er auf eine kaum beachtete Textstelle in Augustinus' *Gottesstaat* aufmerksam gemacht worden, wo es heißt: »Wer sonst als Gott, der Schöpfer aller Dinge, hat zum Beispiel dem Fleisch des Pfauen die Eigenschaft verliehen, daß es sich vor Fäulnis bewahrt?« Und der Autor dieser Worte war beileibe kein unkritischer Geist. »Das kam mir so unglaublich vor, daß ich es auf bloßes Hörensagen hin nicht annehmen wollte; als mir darum einmal in Karthago ein Pfauenbraten vorgesetzt wurde, ließ ich vom Brustfleisch ein hinreichend großes Stück zurückbehalten; nach Verlauf einer Zeit, in der jedes andere gekochte Fleisch in Verwesung übergegangen wäre, ließ ich es hervorholen und auftragen, und siehe, es machte sich dem Geruchssinn in keiner Weise unangenehm bemerkbar. Wiederum aufbewahrt, zeigte es sich nach mehr als dreißig Tagen im gleichen Zustand und ebenso auch nach einem Jahr, nur daß es etwas trockener und ein wenig zusammengeschrumpft war.«

Als Anton nach langwieriger, mühsamer Kleinarbeit und unzähligen Versuchsreihen endlich der alles entscheidende Durchbruch gelang, hatte Art Eugen gerade seinen elften Geburtstag gefeiert. Er kam jetzt in das Alter, da er auch eigene Wege zu gehen wünschte und nicht ständig überwacht sein wollte. Deidre und Parwati gestanden ihm den nötigen Freiraum zu. Um so enger aber nahm ihn nun Anton an die Kandare. Nicht nur, daß der Junge alltäglich ein bestimmtes Urinquantum in ein eigens dafür vorgesehenes Behältnis abzufüllen und auszuliefern hatte (und zwar aus den Abschlägen nach Mittag; den morgens nach dem Aufwachen ausgeschiedenen Blaseninhalt konnte Anton nicht gebrauchen); Art Eugen mußte sich auch strengen Diätvorschriften beugen. Wehe, wenn er mit seinen Klassenkameraden nach der Schule einen Hamburger oder Pommes Frites aß oder Cola trank! Statt dessen gab es für ihn fast ausschließlich Rohkost, Sauerkraut, ungesalzene Gemüsesuppe und Wildreis.

Um den Jungen ganz und gar unter Kontrolle zu haben (und wer mochte ihm verdenken, daß er seinen leider allzu gefährdeten Lebensborn nach Kräften zu schützen versuchte), wollte Anton ihn von der Schule nehmen und durch Privatlehrer erziehen lassen. Der Antrag scheiterte allerdings an der vom Schulamt geforderten Begründung und nicht zuletzt auch am entschiedenen Einspruch Deidres, die das ihrer Meinung nach empörende Ansinnen zum Anlaß nahm, Antons Sorgerecht in Frage zu stellen.

»Schämst du dich eigentlich nicht?«

»Dafür, daß ich an meinem Überleben interessiert bin? Warum sollte ich?« Anton steckte ein paar Pfauenfedern zu dem Strauß Kallas, die ihm der Blumenhändler alle zwei Wochen auf Wunsch blau einfärbte und ins Haus lieferte.

»Was du da treibst ist Kindesmißbrauch, und zwar von der perversesten Art.«

»Was heißt hier Mißbrauch? Meine Sorge ist die älteste der Welt. Früher waren Kinder die Garanten für das Überleben der Gattung allgemein und im besonderen für die Versorgung der Eltern im Alter. Art Eugen ist, wenn ich so sagen darf, nur Garant für mein Überleben als Individuum. Und das auch nur vorläufig, nämlich solange, bis ich mein Eternin gentechnisch herstellen kann. Wer weiß, vielleicht ist meine Sorge um den Jungen sogar dazu angetan, diesen verdammten Kreislauf von Stirb und Werde endlich zu durchbrechen, und damit wäre allen Menschen gedient.«

»Du tickst doch nicht mehr richtig.«

»So hat bisher jeder getickt – von Selbstmördern abgesehen. Wer wollte sein Leben nicht verlängern? Das ist so wie mit dem Skandal, daß unseren Erkenntnismöglichkeiten Grenzen gesteckt sein sollen. Damit kann man sich doch unmöglich abfinden. Ein Wissenschaftler schon mal gar nicht. Wie auch immer, es wird mir noch manch einer dankbar sein.«

»Art Eugen jedenfalls nicht. Er wird dich verachten, und es würde mich nicht wundern, wenn er dir in absehbarer Zeit sein stinkendes Elexier irgendwann einmal ans Bein appliziert. Es geschähe dir nur recht. Ja, ich sehe da tatsächlich einen neuen Ödipus heranwachsen. Daß er dich schließlich ablöst, wie es nun mal sein muß, wirst du nicht verhindern können.«

Anton grinste breit. »Du rechnest dir wohl aus, daß er dich am Ende heiratet. Meine Liebe, mach dich nicht lächerlich.«

»Ach, wieso? Zu irgendwas müssen deine Mittelchen doch gut sein. Oder wirken die nur bei Männern?«

Mit dreizehneinhalb Jahren fing Art Eugen zu pubertieren an (genau zur selben Zeit wie Anton damals), und wie seine Freunde und Klassenkameraden stellte er neugierig Fragen nach dem Zustandekommen von Kindern. Für ihn stand fest: Deidre war seine Mutter, die von Anton, seinem Vater, getrennt lebte, was den üblichen Familienverhältnissen entsprach. Ungewöhnlich dagegen war das hohe Alter seines Vaters. Mitte Sechzig, also so alt wie er, waren im Durchschnitt die Opas seiner Klassenkameraden, rentenbeziehende Wichtigtuer, die ihren alleinerziehenden Töchtern gelegentlich den Fahrdienst abnahmen, die Enkel zu ihren diversen Terminen chauffierten und sich irgendwie berufen fühlten, angebliche Erziehungsdefizite zu korrigieren.

Ihn, Art Eugen, brachte Parwati zur Schule; sie war es auch, die ihn, wenn er sich weh getan hatte, in den Arm nahm und abends, bevor sie das Licht ausknipste, zärtlich unterm Kinn kitzelte. Er wußte: Sie bekam von seinem Vater viel Geld dafür, daß sie sorgfältig auf ihn aufpaßte. Schließlich war sie es auch, die ihn vorm Zubettgehen immer anhielt, noch einmal in die blöde Flasche mit dem Trompetenhals zu machen, was ihm zunehmend peinlich wurde – zumal, wie es schien, auch seine Mutter Anstoß daran nahm und in seinem Freundeskreis von solcherlei Dingen nie die Rede war. Eine merkwürdige Geschichte.

Und so kam auch Art Eugen zu seinem Korridorerlebnis der besonderen Art: Heimlich schlich er eines abends hinter Parwati her, die mit der zu einem Viertel gefüllten Flasche in den Keller ging, die Tür zum Labor öffnete und dahinter verschwand. Der Junge tappte mit pochendem Herzen durch den düsteren Gang, preßte das Ohr ans Türblatt und lauschte angestrengt. Wie fast immer tönte Hindemiths Oratorium ›Das Unaufhörliche‹ leise im Hintergrund.

»Sonst noch was?« hörte er den Vater fragen, über die Musik hinweg, die dem Jungen stets kalte Schauer über den Rücken rieseln ließ.

»Ja, ich mache mir Sorgen um den Jungen.« Parwati konnte längst akzentfrei Deutsch sprechen.

»Inwiefern?«

»Nun, er ist in ein schämiges Alter gekommen, und ich fände es angebracht, Sie klärten ihn endlich über alles auf. Ich weiß nicht mehr, wie ich mich verhalten soll. Er sträubt sich immer mehr, sein Wasser in die Flasche abzuschlagen.« ›So genant‹ lautete die hier zu Hause gebräuchliche Redewendung.

»Gut, ich werde mir etwas einfallen lassen. Vielen Dank für den Hinweis. Und gute Nacht.«

Art Eugen huschte tiefer in den Keller hinein, versteckte sich neben einem Metallschrank und hielt die Luft an. Kaum war Parwati nach oben verschwunden, pirschte er zur Tür zurück und spähte durchs Schlüsselloch.

Im schwirrenden Licht altersschwacher Leuchtstoffröhren sah er im stark eingeschränkten, gleichwohl alles wesentliche offenbarenden Blickwinkel den Vater an seinem Arbeitsplatz sitzen, wie er den Inhalt der gebrachten Flasche durch ein Wattefilter goß, in einem Meßbecher auffing, mit zwei, drei Tropfen aus einer Pipette und sprudelndem Mineralwasser verdünnte, umrührte und – während die Musik, wie von Dramaturgenhand aufgedreht, zu einem fulminanten Mißklang anschwoll – diese Lösung, den Kopf in den Nacken werfend, durch die Kehle stürzte.

Vom Vater ließ sich Art Eugen längst nicht mehr schokkieren; das Ungeheuerliche an diesem Mann war ihm schon fast vertraut. Wenige Wochen nach der Schlüssellochszene weissagte ihm der Vater, daß er pünktlich zu seinem vierzehnten Geburtstag die Stirn voller Pickel haben würde. Und genauso war es.

Überhaupt schien es, als wüßte der Alte, obwohl er kaum Interesse zeigte und nur wenig Zeit mit ihm verbrachte, bestens über ihn Bescheid, auch und gerade was seine geheimsten inneren Zustände anging. Und so zog sich Art Eugen von ihm, so weit es ging, zurück – was dieser lapidar mit dem Wort ›Verstehe‹ quittierte; er wirkte sogar erleichtert, nicht als elterliches Vorbild in die Pflicht genommen zu werden.

Die Pickel gingen, statt dessen sprossen helle Haare im Gesicht, und seine Stimme hatte sich auf eine helle Tenorlage eingepegelt, die der seines Vaters so ähnlich war, daß er am Telefon häufig mit ihm verwechselt wurde. Bald war er auch so groß wie sein Erzeuger. Und je weiter er auf Abstand ging, desto deutlicher vermittelte sich ihm eine befremdliche Nähe zu dem Mann, den er von nun an, wenn überhaupt, nur noch mit ›Anton‹ anredete. Denn es kam die Zeit der gründlichen Spiegelbildbetrachtungen, und an der unliebsamen Einsicht ging kein Weg mehr vorbei: Er war seinem Vater wie aus dem Gesicht geschnitten. Von der Mutter hatte er dem Aussehen nach rein gar nichts, nicht einmal die braunen Augen, obwohl er im Biologieunterricht gelernt hatte, daß braune Augen dominant sind und sich im Erbgang fast immer durchsetzen.

Aber noch unheimlicher als der Blick in den Spiegel wurde dem jungen Mann das Visavis mit dem Vater, denn auch von dessen Seite aus schien etwas in Bewegung geraten zu sein, etwas unsäglich Gespenstisches, nämlich eine phänotypische Annäherung in Richtung Identität von Vater und Sohn. Zuerst unmerklich, dann aber zunehmend deutlich für beide. Sooft sie sich im Haus begegneten und Blicke tauschten, war es, als schaute der eine aus den Augen des anderen, was auf Art Eugen den unbestimmten Eindruck machte, uneins mit sich selbst zu sein. Und das entsetzte ihn noch viel mehr als die konkrete Beobachtung, daß sich der Alte – ja, so war's – verjüngte. Obwohl mittlerweile fast Siebzig, glättete sich allmählich die Haut und die gelbweißen Kopfhaare wuchsen blond und dichter nach. Die Dauerläufe, die er nach wie vor nach festem Zeitplan absolvierte, hielten ihn nicht nur fit, sondern hatten darüber hinaus zur Folge, daß er an den dünn gewordenen Altmännerbeinen wieder Muskelfleisch ansetzte. Gleiches ließ sich unter dem Hemd an Schultern, Brust und Bauch vermuten.

Die hahnebüchenen Veränderungen konnten schließlich auch nicht den anderen entgehen, mit denen Anton mehr oder weniger häufig verkehrte, so Parwati, Deidre und Hausfreund Dr. Stückenschneider. Deidre hatte offenbar den praktischsten Sinn von allen und verlangte sofortige Konsequenzen.

»Deine Teilnahme am Symposium in Stuttart kannst du abhaken. Das versteht sich doch hoffentlich von selbst. Du wirst dich vorläufig nicht mehr in der Öffentlichkeit blicken lassen dürfen. Denn wenn die von deiner – wie soll ich sagen – wundersamen Juvenilierung Wind bekommt, ist es vorbei mit gemütlich. Ich wette, du hast dir noch gar nicht klargemacht, was dann los sein würde. Also, ehe wir nicht wissen, wie sich dein verfluchter Erfolg verkaufen läßt, ohne daß unsere Nerven dabei draufgehen, stehst du unter Hausarrest.«

Anton war natürlich längst selbst darauf gekommen, daß es nicht so ohne weiteres möglich sein würde, die Rezeptur seiner Verjüngungskur im *Gereological* Journal oder der Branchenpostille *PharmAktuell* zu veröffentlichen. Denn dies hieße unter anderem zu bekennen, daß seit fast zwanzig Jahren eine seiner Stammzellen auf eigenen Beinen durch die Welt lief und die damals von seiner Zunft abgelegte und seitdem regelmäßig wiederholte Erklärung des Verzichts auf menschliche Klonierungsversuche Lügen strafte. Aber bislang hatte er sich keine weiteren Gedanken gemacht, zumal er selbst aus dem Staunen über seine Altersumkehrung nicht herauskam. Seltsam nur, daß sich keine Freude darüber einstellen wollte. Im Gegenteil, ihm war, als sei die Triebfeder, die seinen Mechanismus all die Jahrzehnte unter Hochspannung hatte funktionieren lassen, plötzlich erschlafft. Sein Eifer, all seine großen Bestrebungen waren auf einmal wie weggeblasen. Mehr noch: Während die sichtbaren Ergebnisse des Selbstversuchs seine unerhörte Leistung als Forscher Monat für Monat deutlicher belegten, wuchs in ihm ein Gefühl von Scham, das er sich nicht näher erklären konnte oder wollte. Jedenfalls traute er sich nicht mehr unter ›normal Sterbliche‹, so daß Deidres strenge Mahnung im Grunde überflüssig gewesen war. Nach fast vierzigjähriger Gewohnheit stellte er sogar das Joggen ein.

An einem trüben Herbstmorgen fiepte kurz nach acht das Telefon. Art Eugen kam gerade aus dem Bad, nahm ab und meldete sich mit »Lau«.

»Morgen. Na, wie fühlst du dich? Inzwischen wahrscheinlich wirklich wie neu geboren, vermute ich. Haha. Hab dich ja schon ein paar Tage nicht gesehen. Übrigens, ich hoffe, es ist nicht zu früh, daß ich anrufe.«

Art Eugen erkannte die Stimme Stückenschneiders. »Bin soeben aufgestanden. Was gibt's?«

»Mir ist da was eingefallen. Noch stehst du in deiner blühenden Jugend allein da und bist darum ziemlich angreifbar. Gäbe es aber von deiner Sorte mehrere, ließe sich ein kleiner Club gründen, der die einzelnen Mitglieder zu schützen imstande wäre. Kurz, ich bin bereit, dein Los zu teilen, und will versuchen, ein paar verläßliche Freunde vorsichtig einzuweihen und auf unsere Seite zu bringen. Wenn wir jetzt damit beginnen würden, Klone anzusetzen, könnten die schon in neun Monaten pinkeln und unsereins verjüngen. Ich hätte da für mich schon 'ne nette Leihmutter im Auge. Was sagst du dazu?«

Stille. Wie der Wind draußen in den welken Blättern rauschte es in der Leitung.

»Hat's dir die Sprache verschlagen? Anton?«

Eine Antwort blieb aus, und Stückenschneider ahnte Schreckliches. »Anton? Mit wem spreche ich? Verdammt noch mal...«

Nach langer Pause: »I'm fucked... I am Art E. Fucked.«

Noch am selben Tag reiste Art Eugen mit unbekanntem Ziel ab. Er nahm nur einen Koffer mit und hinterließ zwei Briefe, einen an Parwati und einen an Deidre, worin er ihnen in wenigen Worten plausibel zu machen versuchte, warum er nicht länger bleiben mochte.

Parwati nahm ihr Erspartes vom Konto und eröffnete in Frankfurt ein Tandoori-Restaurant.

Deidre überwinterte auf Fuerteventura und dachte gründlich nach. Als sie im Frühjahr zurückkehrte, informierte sie die Presse.

Anton war in tiefe Depressionen verfallen und verwahrlost und hatte seit dem vergangenen Herbst niemanden an sich herangelassen, abgesehen von Stückenschneider, der ihn mit Lebensmitteln versorgte und bedrängte, wieder Mut zu fassen und in seiner ›Rebellion gegen die Sterblichkeit‹ weiterzumachen. Den Fotografen, Kameraleuten und Journalisten, die seit Tagen das Haus belagerten, zeigte sich hin und wieder eine Gestalt hinter vorsichtig beiseite geschobenen Übergardinen, meist nachts und so flüchtig, daß im Blitzlichtgewitter jede erkennbare Kontur verlorenging.

Als Stückenschneider eines Morgens Anfang März wieder einmal mit gefüllten Einkaufstüten ankam und mit seinem Schlüssel das Haus betrat, nachdem er einem allzu zudringlichen Reporter den Ellbogen ins Gesicht gerammt hatte, und als auf sein Rufen keine Antwort kam, ging er voll düsterer Vorahnung in den Keller und sah den Freund tot auf dem Boden vor seinem Arbeitsplatz liegen. Das Labor war penibel sauber aufgeräumt; der Metallschrank im Korridor, in dem er alle Aufzeichnungen und Protokolle seines Lebenswerks aufbewahrt hatte, war leer. Die Leuchtstoffröhren blinkten klimpernd auf und ab, und im Wiederholungsmodus tönte leise ›Das Unaufhörliche‹; ironischerweise sang gerade der Schlußchor: »Ja, dieser Mensch wird ohne Ende sein, wenn auch sein Sommer geht... ahnende Weite trug Verfall und Wende ins Unaufhörliche, das Alterslose...«

Als der Polizeiarzt die Leiche sah, stellte er Stückenschneiders Aussage zur Identifizierung in Zweifel und schaltete die Kriminalpolizei ein, die Dr. Anton Lau zur Fahndung ausschrieb wegen des dringenden Verdachts, seinen Sohn Art Eugen ermordet zu haben.

Der aber tauchte unverhofft aus der Versenkung auf, meldete sich zurück und klärte den Fall auf. Der genetische Fingerabdruck, der mit dem des Toten identisch war, räumte alle Zweifel aus. Und was er nun in materieller Hinsicht an Erbschaft antreten konnte, tröstete über manch anderes hinweg. Er veranlaßte den Ankauf einer Grabstätte für die Urne und gab bei einem Steinmetz die Anfertigung einer Marmorstatue nach eigenem Entwurf in Auftrag: Der mannshohe Engel sollte die Gesichtszüge seines Nennvaters tragen und in den Händen ein ewiges Licht halten, gespeist von zwei kleinen Photovoltaikzellen in den himmelwärts gerichteten Augen. Es gab ja kein Testament, woran sich der Hinterbliebene hätte orientieren können. Und so rätselte Art Eugen, was denn der letzte Wille gewesen sein mochte. Bis er darauf kam: Er selbst war dieser letzte Wille – und der zirka fünfte Satz Zähne.

Copyright © 1999 by Michael Windgassen · Originalveröffentlichung · Mit freundlicher Genehmigung des Autors

Alan Brennert · USA

ECHOS

Selbst jetzt kann ich meinen Eltern immer noch keinen Vorwurf machen. Sie hatten ihre Gründe; sie trugen die Narben ihrer eigenen Kindheit. Der Vater meines Vaters war manisch depressiv und seine Stimmungsumschwünge waren legendär. Der Haushalt fand sich ständig zwischen dem Donner seiner Leidenschaften und den grauen Zeiten seiner Verzweiflung wieder. Mein Vater hatte sich, als er heiratete, ein Haus angefüllt mit Musik und dem Lachen eines kleinen Mädchens gewünscht; und natürlich wollte er auch sichergehen, daß seine Tochter nicht das Leiden ihres Großvaters erbte. Damals in den Achtziger Jahren, als mein Vater aufwuchs, hatte man das Gen, das die bipolare Störung hervorrief, noch nicht lokalisiert, geschweige denn gewußt, wie man es verdecken konnte; wenn es doch bloß dabei geblieben wäre. Meine Mutter ihrerseits hatte eine idyllische Kindheit gehabt, vielleicht sogar ein wenig zu idyllisch: als eine Art musikalisches Wunderkind hatte sie fünfzehn glückliche Jahre mit Geigenauftritten verbracht, nur um danach festzustellen, daß jugendliche Virtuosität nicht zwangsläufig zu erwachsener Genialität führte. Nachdem sie so schmerzvoll die Grenzen ihres eigenen Talentes hatte erfahren müssen, war sie fest entschlossen, daß ihre Tochter keine Grenzen kennen sollte.

Und so wurde ich gezeugt – ein passender Ausdruck, wie ich finde, da ich (und Tausende andere wie ich) mehr als Erzeugnis denn als Person begannen, als eine Reihe von Parametern, die dann zu Fleisch wurden. Wir waren eine wohlhabende Familie mit einem Haus in Reston, einem kleinen Vorort im nördlichen Virginia, aber selbst für ein wohlhabendes Ehepaar ist Genanreicherung keine billige Sache, und deshalb kriegte ich keine Brüder oder Schwestern. Aber meine Eltern bekamen etwas für ihr Geld. Im Alter von vier Jahren – sobald meine Hände kräftig genug für das Klavier waren – spielte ich komplizierte Melodien nach, die ich im Radio gehört hatte. Ich hatte – und habe ein eidetisches Gedächtnis, und sobald ich Noten lesen lernte, stellte ich fest, daß ich praktisch alles vom Blatt spielen konnte, was man mir vorlegte – ein Blick auf die Seite genügte und ich konnte sie ohne Anstrengung nachspielen. Achtzig Prozent der sogenannten musikalischen Genialität bestehen bloß aus der Fähigkeit, vom Blatt zu spielen, ein glücklicher Umstand des Gedächtnisses; in meinem Fall spielte Glück allerdings keine Rolle. Die anderen zwanzig Prozent sind Technik, und über die verfügte ich auch. Im Alter von sieben Jahre spielte ich Bach, das *Notenbüchlein für Anna Magdalena Bach*, das er für seine Tochter geschrieben hatte; mit acht seine *Zweistimmigen Inventionen;* mit neun hatte ich die schwierigeren Teile von Bartóks *Mikrokosmos* gemeistert. Ich hatte einen arbeitsintensiven Zeitplan: zweimal in der Woche Musikunterricht, jeden Tag zwei Stunden üben, ab und zu ein Schülerkonzert, dazu die normalen Schularbeiten. Aber ich genoß es, das tat ich wirklich. Ich liebte die Musik und liebte es, Musik zu machen. Natürlich ist es richtig, daß ich buchstäblich dazu geboren wurde, sie zu lieben. Ich wurde nicht nur durch die Genetik geformt, sondern auch durch meine frühe Begegnung mir der Musik, die gewissermaßen die Schaltkreise meiner musikalischen Fähigkeiten auf meine Großhirnrinde prägte. Manchmal frage ich mich, ob meine Leidenschaft deshalb weniger real ist, aber die süße Melancholie, die mich ergreift, wenn ich das Adagio aus Marcellos *Concerto in D-Moll* spiele, die Gemütsruhe, die ich spüre, wenn ich Debussys *Images* aufführe, das sind wirkliche Empfindungen, unabhängig davon, ob die genetischen Leitungen so gelegt wurden, um sie zu kanalisieren.

Wer weiß? Vielleicht war sogar der Grad meiner Besessenheit von der Musik vorbestimmt, manipuliert. Das würde auch die zielstrebige Beschäftigung mit ihr in meiner frühesten Kindheit (als ich eine solche Zielstrebigkeit am nötigsten hatte) erklären, für die ich die Gesellschaft anderer Kinder meiner Altersstufe opferte. Ich war schon fast zwölf, als ich eine erste Ahnung davon bekam, daß mir in meinem Leben etwas fehlte, und da war es schon zu spät, die sozialen Fähigkeiten zu erlernen, die die anderen ganz nebenher mitbekommen hatten. Ich hatte ein paar Bekanntschaften in der Schule, ich war keineswegs ein Paria, aber Spielgefährten? Nicht wirklich. Vertraute? Wohl kaum. Jeden Nachmittag um drei, wenn sich meine Klassenkameraden über die Spielplätze und Einkaufszentren der Gegend verteilten, blieb ich irgendwie zurück, so wie ein Stein in einem Sturm aus herumwirbelndem Laub, der zu schwer war zum Fliegen. Ich lief nach Hause, um zu üben, oder las in den Wäldern am Lake Audubon Romane in rasendem Tempo, wobei ich die Seiten verschlang, als würde ich sie aufsaugen. Dabei verstand ich genauso wenig von dem Leben, über das ich las, wie meine Lungen von dem Sauerstoff, den sie einatmeten.

An einem solchen Nachmittag, als das Herbstlicht um mich herum zu schwinden begann, lag ich bäuchlings auf einem Haufen von Eichenblättern, las ein

Buch und hörte Rachmaninoff auf meinem Laserchip, als ich plötzlich eine Jungenstimme hinter mir ›hallo‹ sagen hörte.

Erschreckt setzte ich mich auf und drehte mich um. Da saß ein Junge, ungefähr in meinem Alter, gegen den dicken Stamm eines Ahornbaumes gelehnt, mit einem großen, weichen Zeichenblock – orangefarbenes Deckblatt, cremefarbene Blätter – auf den Knien. Wie ich hatte er helle Haut und dunkle Haare, aber er war ungefähr einen halben Kopf größer als ich. Er kam mir irgendwie bekannt vor. Ich fragte mich, ob ich ihn vielleicht einmal in der Schule gesehen hatte.

»Hallo«, sagte ich. Ich hatte nicht gehört, wie er sich genähert hatte, und ich war mir sicher, daß er dort noch nicht gesessen hatte, als ich mich vor zehn Minuten hingelegt hatte. Aber ich war so zufrieden, mit jemandem zu reden – das jemand mit mir redete –, daß ich nicht weiter darüber nachdachte.

Er lächelte, ein ziemlich freundliches Lächeln. »Ich heiße Robert.«

Ich mochte vielleicht einsam gewesen sein, aber ich war trotzdem schüchtern. Vorsichtig machte ich einen Schritt auf ihn zu. »Ich bin Katherine. Kathy.«

»Wohnst du hier in der Gegend?«

Ich nickte. »Auf dem Howland Drive.«

»Ja?« Seine Augen leuchteten auf. »Ich auch.«

Das war es also. Ich mußte ihn schon in unserer Straße gesehen haben. Ich fühlte mich jetzt ein bißchen weniger verlegen und deutete mit dem Kopf auf seinen Zeichenblock. »Kann ich mal sehen?«

»Sicher.« Als ich mich neben ihm niederließ, hielt er den Block so, daß ich besser sehen konnte. Auf dem obersten Blatt war eine wundervolle Bleistiftzeichnung des umliegenden Waldes, die (wie ich heute sagen kann) ein sehr hochentwickeltes Verständnis von Perspektive, Licht und Schatten zeigte.

Aber da ich erst zwölf Jahre alt war und von dem allen keine Ahnung hatte, sagte ich nur: »Wow.«

Das war genug. Er strahlte. »Danke«, sagte er. Er blätterte durch den Block, zeigte mir andere Skizzen, einige Stilleben, ein paar Porträts, alle hervorragend.

»Gehst du dafür auf eine Schule?« fragte ich.

»Ich nehme Unterricht.«

»Ich auch.« Ich fügte hinzu: »Klavier.«

»Ja? Cool.«

Er blätterte ein Porträt eines Mädchens mit blonden Haaren und großen Augen auf, und ich stieß einen kleinen Aufschrei des Erkennens aus. »Cindy Lennox!« rief ich. »Kennst du Cindy auch?«

»Ja, sicher. Ich gehe mit ihr zur Schule.«

Er blätterte Cindys Porträt um, schlug ein frisches Blatt auf und begann geistesabwesend zu zeichnen. »Zu Weihnachten bekomme ich einen PaintBox«, verkündete er, »halb so groß wie dieser Block, mit eigener Festplatte, Öl und Aquarellschablonen... Mann, was man damit für Sachen machen kann, das ist unglaublich!«

Um mich nicht ausstechen zu lassen, sagte ich: »Ich bekomme ein neues Orchester-Sequenzerprogramm für meinen MusicMaster. Damit werde ich fünfzehn verschiedene Stimmen hinzufügen können – Streicher, Bläser, Tasteninstrumente...«

Er blickte von seinem Zeichenblock auf und lächelte, so als wäre ihm gerade etwas klar geworden. »Du bist auch eine von denen, oder?«

»Eine was?«

Sein Lächeln wurde verschwörerisch. »Du weißt schon. Wenn die Ärzte etwas mit einem machen, bevor man geboren wird?«

Plötzlich hatte ich Angst. Ich wußte natürlich genau, wovon er sprach: Man sah es überall in den Medien, und selbst im Schulnetz gab es eine eigene Website darüber. Manche hatten ihre Kinder sogar ins Fernsehen gebracht und darüber geredet; aber die meisten, so wie meine, schwiegen, aus Angst, daß man ihre Kinder diskriminieren und von schulischen oder künstlerischen Wettbewerben mit nicht angereicherten Kindern ausschließen würde (obwohl das eigentlich gegen das Gesetz war).

Ich wußte, was ich war, aber ich hatte meinen Eltern geschworen, daß ich nie mit jemandem darüber reden würde. Also antwortete ich reflexhaft: »Ich nicht.«

»Ja, sicher.« Er schien nicht überzeugt zu sein, und ich muß zugeben, daß mich der Gedanke, jemanden kennenzulernen, der wie ich war, ebenso sehr erregte wie ängstigte.

So sagte ich, ohne etwas von mir selbst preiszugeben: »Du bist also einer von denen?«

Er nickte, während er die Buntstifte wechselte und weiterzeichnete. »Meine Alten würden mich umbringen, wenn sie das gehört hätten, aber mir ist es egal. Ich schäme mich nicht dafür.« Er blickte auf und lächelte mich an. »Du etwa?«

Das wurde langsam gefährlich. Ich stand schnell auf. »Ich... ich muß gehen.«

»Möchtest du denn dein Bild nicht sehen?«

»Mein was?«

Er drehte den Block um und zeigte mir die Vorderseite: mein Gesicht. Ein grober Umriß, ohne viel Details, nur zwei Farben (dunkelgrau und hellblau), aber doch ein sehr gutes Porträt. Mein dunkles Haar, mit dem kurzen Pagenschnitt; meine Lippen, die mir immer viel zu schmal vorkamen, zu einem schüchternen, halben Lächeln verzogen: meine Augen, deren Iris von einem so hellen Blau war, daß mein Vater sagte, er könne den Himmel darin sehen...

»Das ist wirklich gut«, sagte ich beeindruckt. »Kann ich...?«

Ich blickte zu ihm auf, und mir stockte der Atem.

»Was ist denn los?« sagte er, als er meine Verwirrung spürte. Ich antwortete nicht. Ich sah in seine Augen – die Iris waren hellblau, sehr hell. Er sagte noch etwas, doch ich hörte es nicht; ich beobachtete seine Lippen, während er sprach.

»Kathy?« hörte ich ihn schließlich fragen. »Was ist los, stimmt etwas nicht?«

»Es ist nichts«, log ich. Aber tief in mir hatte ich ein seltsames Gefühl, so als hätte ich etwas entdeckt, das besser verborgen geblieben wäre – wie wenn man einen Stein umdreht und darunter Würmer findet. Etwas Ähnliches rührte sich in mir, wenn ich Robert ansah. Ich sagte ihm, daß ich nach Hause gehen müsse, um Klavier zu üben. Er schien enttäuscht zu sein und erhob sich, aber ich war schon zu weit entfernt, ehe er auch nur die Gelegenheit hatte vorzuschlagen, daß wir zusammen zurückgingen.

Später, als ich allein auf der Schaukel in meinem Garten saß, wurde mir klar, daß ich jemanden zurückgewiesen hatte, der mein erster richtiger Freund hätte werden können. Das Brausen des Windes trieb mir die Tränen in die Augen, und ich dachte, daß ich in meinem Kummer ertrinken müßte.

Ich traute mich natürlich nicht, meinen Eltern von Robert zu erzählen – ich befürchtete, sie würden mir nicht glauben, daß ich ihm wirklich nichts über mich selbst erzählt hatte. Ich hielt in der Schule vorsichtig nach ihm Ausschau, aber sah nie auch nur eine Spur von ihm, was mir sehr seltsam vorkam, wenn man bedenkt, wie klein die Schule ist. Schließlich trat ich, gleichermaßen aus Unruhe wie aus einem Verlangen heraus, eines Tages in der Cafeteria auf Cindy Lennox zu und sagte: »Ich habe vor kurzem einen Freund von dir kennengelernt. Er sagte, daß er Robert heißt.«

Sie blickte verdutzt drein. »Wer?«

»Na ja, ich weiß seinen Nachnamen nicht, aber hat ein Bild von dir gezeichnet. Er ist ein Künstler, weißt du?«

Sie schüttelte bloß den Kopf. »Ich kenne keine Künstler, die Robert heißen.«

Ich kam mir wie eine Idiotin vor. Ich stotterte irgend etwas vor mich hin, *muß ich mich wohl getäuscht haben tut mir leid wiedersehen,* und sah zu, daß ich verschwand. Ich beschloß, Robert einfach völlig zu vergessen; er verursachte mir eine Gänsehaut, also warum interessierte ich mich dann überhaupt für ihn?

Ich ging nach Hause. Meine Mutter brachte mich zu meiner Donnerstagsstunde bei Professor Laangan, meinem Klavierlehrer, und ich war zufrieden, mich während der nächsten Stunde in Chopin und Bach zu verlieren. Als ich wieder heim kam, polterte ich aus dem Haus in den Garten, in der Absicht, bis zum Abendessen auf der Schaukel zu sitzen...

Aber auf der Schaukel saß schon jemand.

Es war nicht Robert, sondern ein Mädchen. Ich blieb wie angewurzelt stehen. Sie hatte mir den Rücken zugekehrt; ich konnte nur ihren dunkelbraunen Pferdeschwanz erkennen, der auf und ab hüpfte, während sie schaukelte.

Auf *meiner* Schaukel. In *meinem* Garten.

»Entschuldigung?« sagte ich. Das erschreckte sie. Sie sprang herunter, drehte sich zu mir um und sah mich empört an, die Arme in die Hüften gestemmt.

»Was machst du in meinem Garten?« wollte sie wissen.

Wie schon zuvor war ich nicht in der Lage zu antworten. Ich war so verblüfft, daß ich nicht einmal sprechen konnte.

Ich blickte... mich selbst an.

Mich selbst – und auch wieder nicht: ihr Haar war

länger, ihr Pferdeschwanz bog sich wie eine Peitsche, und obwohl ihre Gesichtszüge dieselben waren wie meine, sah ich sie doch auf eine Art und Weise, die mir unbekannt war die Lippen zu einem spöttischen Lächeln verzogen, die himmelblauen Augen vor Ärger blitzend, den Kopf überheblich zur Seite geneigt. »*Und?*« fragte sie gereizt.

Schließlich fand ich meine Stimme wieder, auch wenn sie sich ein wenig überschlug. »Das... das ist mein Garten.«

Sie machte ein paar Schritte auf mich zu, die Hände immer noch in die Hüften gestemmt und etwas stolzierend. »Oh, tatsächlich?«

Reflexartig wich ich zurück. Sie lächelte, als sie spürte, daß sie im Vorteil war. »Hör mal«, sagte sie gedehnt, »du bist offensichtlich nicht übermäßig klug, da wäre es *wirklich* nicht fair von mir, meinen IQ von 200 auszunutzen, aber... ach, was soll's. Das ist dein Garten, also, ipso facto, mußt *du*... Katherine Brannon sein?«

Ich konnte es nicht lassen, sie anzustarren. Es war so, als würde man in einen Spiegel blicken, nur daß einen sein Spiegelbild plötzlich zu beschimpfen begann. Ich schwieg so lange, daß sie sagte: »Hallo? Könntest du wenigstens so tun, als würdest du ein bißchen Intelligenz besitzen? Vor allem, wenn du versuchst, die Gewinnerin des Schulpreises des Fairfax County zu verkörpern...«

Es war mir egal, was sie gewonnen hatte; ich hatte die Nase voll von dieser kleinen Rotzgöre. »Ich *wohne* hier!« schrie ich plötzlich, und nahm mit Vergnügen wahr, wie sie zusammenzuckte. »Es ist mir ganz egal, wer *du* zu sein glaubst, das hier ist *mein* Zuhause!«

Diese kristallblauen Augen, meine Augen, wurden durchsichtig vor Haß. »Das werden wir ja sehen«, sagte sie eisig, drehte sich um und lief auf das Haus zu. Ich hatte die Hintertür offen gelassen; sie rannte hinein und war nicht mehr zu sehen. Ich stürmte ihr hinterher, durch die Küche hindurch ins Wohnzimmer, wo mein Vater saß und die Nachrichten sah.

»Wo ist sie?« schrie ich außer Atem.

»Wo ist wer? Und warum schreist du, junge Dame?«

»Das Mädchen! Die, die hier gerade reingerannt kam. Die mit…« *Die mit meinem Gesicht*, hätte ich fast gesagt, aber glücklicherweise rechtzeitig abgebrochen.

»Das einzige Mädchen, das hier reingerannt kam«, sagte meine Mutter, die hinter mir erschien, »bist du.«

Das stimmte. Ich durchsuchte mein Zimmer, das Wohnzimmer, sogar noch einmal die Küche; das Mädchen war verschwunden. Verwirrt und von meinen Eltern zu einer Erklärung gedrängt, erzählte ich ihnen, daß ich es nur vorgetäuscht hätte, daß ich so getan hatte, als würde ich eine imaginäre Spielkameradin jagen. Und als ich an diesem Abend im Bett lag, gelang es mir beinahe, mich selbst davon zu überzeugen, daß meine Einbildung – und meine Einsamkeit – meine befremdliche Gegnerin erzeugt hatten. Zur Schule ging ich mit dem festen Vorsatz, daß ich versuchen wollte, meine Schüchternheit zu überwinden und irgendwie mehr Freundschaften zu schließen – zwischen dem Schulunterricht und den Stunden am Nachmittag die Zeit zu finden, die normalen Dinge zu tun, die andere Mädchen unternahmen.

Beim Mittagessen in der Cafeteria fiel mir ein neues Mädchen mit langem, seidigem Haar auf, das allein an einem Tisch saß und eine Lasagne aß. Ich faßte mir ein Herz, lief zu ihr rüber und stellte mich vor.

»Hallo«, sagte ich. »Du bist neu hier, nicht wahr?«

Das Mädchen schüttelte ihre langen Haare beiseite, blickte auf und lächelte mich an.

»Ja«, sagte sie, schüchtern und erfreut zugleich. »Ich

bin gerade von einer öffentlichen Schule hierher gewechselt.«

Abermals blickte ich in meine eigenen Augen.

Unwillkürlich stieß ich einen Schrei aus Überraschung und Angst aus. Dies machte mich augenblicklich zum Mittelpunkt des Interesses in der Cafeteria. Dadurch wurde ich für einen Moment von dem blonden Mädchen, dem blonden *Ich* abgelenkt... und als ich wieder hinsah, war es verschwunden.

Den Rest der Mittagspause spürte ich die Augen meiner Klassenkameraden auf mir wie Sonnenlicht, das durch ein Vergrößerungsglas gebündelt wird. Ihr Geflüster und das leise Kichern waren sogar noch schlimmer. Sie wirkten wie kleine Dolche in meinem Rücken. Als es zum Unterricht klingelte, empfand ich es wie eine Erlösung. Aber was danach auf mich zukam, stellte sich als weitaus schlimmer heraus.

Während der Mathestunde blickte eine männliche Version von mir – nicht Robert, sondern ein anderer Junge mit meinen Augen, meinen Lippen, meiner Nase – von seinem Pult auf, ratterte die Lösung einer Gleichung herunter, als ob er einen Taschenrechner in seinem Kopf hätte, und kritzelte dann weiter auf einem elektronischen Notizbuch herum. Es schien niemandem sonst aufzufallen, und ich schwieg, biß mir auf die Lippe, während meine Hände die ganze Stunde über zitterten.

Im Englischunterricht sah ich von meinem Notizschirm auf und sah die blonde Kathy (sie unterschrieb mit *Kathi*), die vor der Klasse stand und einen Aufsatz vortrug – während die Lehrerin, Mrs. Mckinnon, uns über den richtigen Gebrauch von Partizipien aufklärte. Ich saß da, während die beiden Stimmen in meinem Kopf zusammenprallten – versuchte, sie in meinen Gedanken mit einer Erinnerung an den bombastischen dritten Satz von Hindemiths *Mathis, der Maler* zu übertönen – betete, daß das blonde Ich die Klappe halten und sich hinsetzen würde...

In Sport turnte eine größere, geschmeidigere Ausgabe von mir am Barren wie eine kommende Olympionikin; sie schwang ihre vollkommen geformten Beine hoch, hoch, hoch, hielt einen Moment lang in einem perfekten Handstand inne, schwang sich dann nach unten und sprang vom Gerät ab. Und als ich ihren erstaunlichen Gleichgewichtssinn, ihre Kraft, ihre Anmut sah, spürte ich die ersten peinlichen Gewissensregungen dessen, was später zu vertrautem Neid werden sollte...

Als ich am Ende des Schultages aus dem Gebäude eilte, waren sie überall: die rotznäsige Katherine (die sich Katja nannte) hielt im Treppenhaus Hof, und ihr gehässiges Gelächter, mit dem sie sich über jemanden lustig machte, schallte durch die Gänge, im Musikzimmer spielte eine Ausgabe von mir Geige, während eine andere Flöte übte; im Werkraum fertigte Robert ein hölzernes Pferd aus Balsaholz an und hielt die Kante der Mähne gegen eine schnell rotierende Fräse.

Ich eilte nach Hause, aber zu meinem Schrecken kamen mir alle hinterher, eine Prozession von Katherinen, männlich und weiblich, groß und klein, dunkelhaarig und blond, und sämtliche Zwischenstufen – sie alle lachten und redeten, spielten Ball oder hielten Schulbücher in der Hand: ein Geisterregiment, das mich auf Schritt und Tritt verfolgte. Die letzten paar Querstraßen rannte ich, rannte in die erhoffte Sicherheit meines Hauses hinein und schrie: »*Mami! Daddy!*«. Aber auch hier gab es keine Zuflucht: Als ich ins Wohnzimmer platzte, hörte ich eine Stimme, *meine* Stimme, die sang, sah mich selbst neben dem Klavier stehen und die Tonleitern in einer Perfektion üben, über die ich nicht verfügte; ich erblickte auch eine rothaarige

Kathy mit einer wohlgeformten Nase, grünen Augen und vollen Lippen, die endlos telefonierte; sah wie eine wilde Kathy in zerrissenen Jeans und T-Shirt hereinplatzte und nach ihrer Mama schrie...

Es dauerte einen Augenblick, bis ich merkte, daß ich *Haltet die Klappe! Haltet die Klappe! HALTET DIE KLAPPE!* brüllte, so laut ich konnte, daß ich *Mami! Daddy! Macht, daß sie verschwinden* rief. Als ich schluchzend zu Boden stürzte, sah ich, wie meine Mutter mit aschfahlem Gesicht taumelnd auf mich zustürzte – und mich dann festhielt, in den Armen wiegte. Und einen schrecklichen Augenblick lang war ich mir nicht einmal sicher, wen von uns sie wirklich in den Armen hielt...

Das Krankenhaus war eine große Erleichterung. Ich wußte zwar damals nicht warum, aber die Anzahl der Katharinen war von mehreren Dutzend auf eine Handvoll zusammengeschrumpft, und die besonders Abartigen – Jungen, Blondinen, Turnerinnen – tauchten gar nicht mehr auf. Die, die erschienen (und das war das passende Wort dafür: während ich im Bett lag, sah ich sie wie aus der Luft heraus im Zimmer auftauchen und Minuten oder Stunden später wieder auf die gleiche Art verschwinden), sahen mir ziemlich ähnlich, und alle sahen auch genauso fertig aus wie ich. Eine saß nur in einer Ecke und weinte stundenlang; eine andere prügelte wütend mit ihren Fäusten gegen die Tür und stieß laute Flüche aus; eine weitere riß ein kleines Stück losen Metalls vom Bett ab, ging damit auf die Toilette und kam nie wieder raus – ich traute mich stundenlang nicht ins Bad, obwohl mir die Blase zu platzen drohte, weil ich mich vor dem fürchtete, was ich darin vielleicht vorfinden würde.

Diese schrecklichen Möglichkeiten vor Augen zu haben, war für mich komischerweise das Beste, was mir passieren konnte: da ich nicht so enden wollte wie sie, ließ ich es nicht zu, daß sich meine Angst in Panik oder Hysterie verwandelte. Ich blieb ganz ruhig, während mir die Ärzte Fragen stellten. Ich erzählte ihnen alles, was ich gesehen hatte und was ich weiterhin sah. Sie reagierten ernsthaft und seltsamerweise überhaupt nicht herablassend. Fast alle Ärzte behandeln Kinder so, als ob sie nicht nur jung, sondern auch zurückgeblieben wären, aber hier hatte ich es mit einer Gruppe von Erwachsenen zu tun, die mir nüchterne Fragen stellten, als wäre ich ebenfalls erwachsen: »Welche rein äußerlichen Unterschiede bestanden denn zwischen dem Jungen, den du im Wald getroffen hast, und dem im Mathematikunterricht?« – »Haben sich die ganzen anderen Katherinen auch so genannt, oder haben sie andere Namen verwendet?«

Ihre Sachlichkeit half mir dabei, ruhig zu bleiben; als sie mich fragten, ob ich im Augenblick gerade jemanden sehen könne, bestärkten sie mich so weit, daß ich die Achseln zuckte und sagte: »Oh, sicher. Da drüben sitzt gerade eine in der Ecke.« Und ich kann beschwören, daß ich sah, wie einer von ihnen einen ganz kurzen Blick in die Zimmerecke warf.

Meine Eltern machten sich gegenseitig Vorwürfe für das, was geschehen war: mein Vater warf meiner Mutter vor, daß sie mich in einen Zustand nervöser Erschöpfung getrieben habe, und meine Mutter konterte verletzt, daß es in ihrer Familie schließlich keine Geisteskrankheiten gegeben hatte. Ich bekam das alles eines späten Abends mit, als sie dachten, ich würde schon schlafen; ich bemerkte auch das verletzte Schweigen meines Vaters, der voller Schuldgefühle und Furcht war, daß das Erbgut seines Vaters vielleicht doch nicht ganz ausgelöscht sein mochte.

Aber wie sich herausstellte, gab es für alle beide mehr als genug Grund für Schuldgefühle. Als die Ärzte mit ihren Untersuchungen fertig waren und sich mit meinen Eltern zusammensetzten, um sich mit ihnen zu unterhalten (obwohl ich erst Jahre später davon erfuhr), lautete ihre erste Frage: »Ist sie genangereichert worden?« Anscheinend kamen diese ›psychotischen Zusammenbrüche‹, wie sie es nannten, unter Genangereicherten recht häufig vor – jedes zehnte Kind litt unter einer Art Wahnvorstellungen, die meistens kurz vor der Pubertät einsetzten. Sie hatten keine Ahnung warum: sie konnten nur das Krankheitsbild erforschen und hoffen, es eines Tages zu verstehen. Das Positive daran war aber, daß die meisten Kinder mit Hilfe einer Therapie lernen konnten, zwischen Realität und Einbildung zu unterscheiden. Ob meine Eltern zustimmen würden, mich bei einer ambulanten Therapie, als Teil einer Arbeitsgruppe, mitmachen lassen?

Natürlich stimmten sie zu. Die Entscheidungen, die sie für mich, für mein Leben getroffen hatten, holten sie jetzt ein. Während sie einmal gehofft hatten, daß mein Leben weit überdurchschnittlich verlaufen würde, beteten sie jetzt, daß es mit viel Glück ganz einfach normal werden möge.

Meine Lieblingsärztin war Dr. Carroll, eine frühzeitig ergraute Frau Ende dreißig. Sie folgte auf die erste Reihe von Fragestellern und gewann sofort meine Zuneigung, als sie mir einen Satz Haarklammern mitbrachte, die mit Blumen besetzt waren. »Sie gehören meiner Tochter«, sagte sie, »aber ich dachte, daß du sie im Moment vielleicht mehr zu schätzen weißt, und sie hat sie dir gerne überlassen.« Ich trug meistens langweilige grüne Kliniknachthemden, und die rosa und violetten Haarspangen waren eine wunderbare Erinnerung an die Welt draußen. Ich strahlte, als ich sie mir ins Haar steckte.

»Danke«, sagte ich und fügte hinzu: »Wie alt ist denn Ihre Tochter?«

»Ein bißchen älter als du – fast dreizehn.« Sie sah mein Spiegelbild in dem kleinen Handspiegel an und lächelte. »Du bist hübsch.«

Ich schüttelte automatisch den Kopf. »Ich nicht. Ich bin nicht hübsch.«

»Ich finde das schon. Warum denn du nicht?«

Dr. Carrolls Talent, die Therapie wie eine nette Unterhaltung wirken zu lassen, nahm mir die Befangenheit, und ihre ruhige Einstellung meinen schlimmsten Ängsten gegenüber gab mir das Gefühl, daß ich sie irgendwie überwinden könnte. Wir redeten zuerst nur über Musik, und all die normalen Probleme mit dem Selbstvertrauen, die jedes Mädchen in meinem Alter hatte; erst bei der fünften Sitzung fragte sie mich, ob ich gerade andere Katherinen im Raum sähe.

Ich blickte zum Fenster hinüber, wo die Schreierin, wie ich sie nannte, gegen die dicken Scheiben trommelte und immer wieder »Scheiße! Scheiße! Scheiße!« brüllte. Ich erzählte Dr. Carroll davon (wobei ich das unanständige Wort ausließ) und fragte mich, ob sie mir glaubte.

Sie nickte, aber anstatt näher darauf einzugehen, sah sie mich sehr ernst an und sagte: »Du bist eine ganz besondere junge Dame, Katherine. Du weißt doch darüber Bescheid, oder?«

Ich zögerte und gab nichts zu, aber sie fuhr fort, als hätte ich das getan.

»Also, manchmal sehen besondere Menschen besondere Dinge. Dinge, die andere Menschen nicht sehen können. Das soll nicht bedeuten, daß diese Dinge nicht wirklich existieren. Es bedeutet auch nicht, daß du dich irrst, oder verrückt bist, weil du sie siehst.«

Es war das erste Mal, daß mir gegenüber jemand das Wort ›verrückt‹ äußerte, obwohl es nicht das erste Mal war, daß ich darüber nachgedacht hatte. Tränen stiegen mir in die Augen. »Das bin ich nicht?« sagte ich mit leiser, unerträglich erwartungsfroher Stimme.

Sie schüttelte den Kopf. »Ich kann dir leider nicht versprechen, daß die Dinge, die du siehst, jemals wieder verschwinden werden. Aber ich kann dir dabei helfen, mit ihnen leben zu lernen.«

»Aber wer *sind* sie?« fragte ich und hoffte verzweifelt auf eine Erklärung. »Wo *kommen* sie her?«

Sie zögerte. »Wir sind uns noch nicht sicher. Wir haben ein paar Theorien, aber wir können mit deinen Eltern nicht darüber reden, weil sie im Moment eben nur das sind, nur Theorien. Allerdings...« Sie berührte mit ihrer Fingerspitze leicht meine Lippen und lächelte. »Kannst du ein Geheimnis für dich behalten, Kathy? Unser Geheimnis, deines und meines. Niemand, deine Mama und dein Dad nicht und auch deine beste Freundin nicht, dürfen davon erfahren?«

Ich nickte gespannt.

»Du bist noch ein bißchen zu jung, um es alles zu verstehen«, sagte sie, »aber betrachte sie als... Echos. Wie wenn du im Wald etwas laut rufst und du deine eigene Stimme widerhallen hörst? Das ist alles, was sie sind. Und sie können dir nicht weh tun.«

»Existieren sie wirklich?«

»Nicht auf die gleiche Art und Weise wie du«, sagte sie. »Wie soll ich...?« Sie hielt inne, dachte einen Augenblick lang nach und lächelte dann. »Streck einmal deine linke Hand vor«, befahl sie mir.

Ich hielt meine linke Hand hin. »Laß sie so«, sagte sie. »Und jetzt sieh dich um. Sind irgendwelche Echos in der Nähe?«

Ich blickte mich im Zimmer um. Die Schreierin war natürlich noch da, und das schluchzende Mädchen, und...

Mir stockte der Atem.

Neben mir auf dem Bett saß ein weiteres Echo –

sogar ein vollkommenes Echo, genauso angezogen wie ich, mit Haarklammern an genau den gleichen Stellen im Haar. Eine völlig identische Erscheinung, bis auf... ja, sie hielt die rechte Hand ausgestreckt.

»Was siehst du?« fragte mich die Ärztin. Ich sagte es ihr. Als ich mich wieder umwandte, war das Echo verschwunden.

Und ich begann, wenn auch nur sehr schleierhaft, zu verstehen, was die Echos wirklich waren...

Zwei Wochen später kam ich nach Hause, und obwohl die Zahl der Echos dadurch zunahm, jagten sie mir längst nicht mehr so viel Angst ein wie früher; mit Hilfe von Dr. Carroll gelang es mir – hauptsächlich durch Konzentrationsübungen – sie zu einer Art Hintergrundgeräusch zu reduzieren, so wie einen Fernseher, den man aus Versehen angelassen hat. Und Einzelheiten fielen mir an ihnen auf: einige Echos sahen so wirklich und dreidimensional aus wie ich selbst; andere wirkten seltsam flach, wie Aquarelle, die man in die Luft gemalt hat; wieder andere erschienen wiederum nur schemenhaft, nicht klar umrissen und flackernd, als ob ihre Verbindung zur Realität äußerst schwach wäre. Während die Wochen vergingen und sich mein Wortschatz verbesserte, konnte ich sie immer besser beschreiben – und berichtete Dr. Carroll pflichtbewußt alles, was ich sah.

Ich ging wieder zur Schule, wo ich aber feststellen mußte, daß meine Abwesenheit die Dinge für mich nur noch schlimmer gemacht hatte. Die Nachricht, daß ich in eine Klinik eingewiesen worden war, hatte die Runde gemacht, und obwohl der Begriff ›nervöse Erschöpfung‹ für Erwachsene vielleicht relativ wertneutral sein mochte, gibt es für Kinder mehr als einen Weg, andere auszugrenzen. Meine Klassenkameraden – einige von ihnen wenigstens – riefen mir im Flur »Hey, Nervchen!« oder »Hey, Nervie!« hinterher.

Wenn ich mich dagegen wehrte und wütend wurde, machten sie nur noch mehr Theater darum: »Hey, Nervie, immer mit der Ruhe! Du willst doch wohl nicht wieder zurück in die Klapsmühle!« Das einzige, was ich tun konnte, war, sie so weit wie möglich zu ignorieren. Ich sagte mir, wenn ich die Echos ignorieren konnte, dann konnte ich alles ignorieren.

Aber selbst die Klassenkameraden, die mich nicht direkt quälten, gingen mir aus dem Weg, und meine bisher schon schwer zu ertragende Einsamkeit wurde absolut. Ich erzählte meinen Eltern nichts davon, in der vernünftigen und meist richtigen Annahme, daß Eltern solche Sachen nur noch schlimmer machten. Ich hielt durch, bis ich an die High School wechselte, wo ich glaubte in der größeren Schülerschaft aufgehen zu können und weil man dort – bei dem normalen Grad von Gewalt, Drogen und Jugendbanden – ein paar Wochen in einer Nervenheilanstalt nicht weiter ernst nehmen würde. Aber es gab auch dort einige, die sich daran erinnerten, und denen es Vergnügen bereitete, mich zu schikanieren. Die Musik war mein einziger Trost und Dr. Carroll meine einzige Freundin.

Die meisten, wenn nicht alle meiner Echos machten den Wechsel auf die High School mit; aber die Mehrheit schien mich glücklicherweise nicht zu bemerken – sie gingen, redeten, lachten, und bewegten sich wie Bilder auf einer Leinwand, die nur rein zufällig gerade die Welt war. Ein paar von ihnen, wie Robert, nahmen manchmal Kontakt mit mir auf. Manchmal versuchten sie es mitten im Unterricht, und ich mußte mich schrecklich zusammenreißen, um nicht darauf einzugehen und ein gleichgültiges Gesicht zu bewahren. Sie tauchten aber nie im Klavierunterricht bei Professor Laangan auf, und irgendwann wurde mir der Grund dafür klar: Im Haus meines Lehrers gab es nur ein Klavier, und während ich daran saß, konnte ich keine Echos sehen, weil sie am selben Platz hätten sitzen müssen wie ich. Manchmal hörte ich jedoch kurze Bruchstücke von Melodien, andere Hände, die die Tasten in einer anderen Realität anschlugen: einige nicht so gut wie ich, andere genau so gut und wieder andere, zu meinem großen Ärger, besser als ich.

Manchmal, sehr selten, erwischte mich ein Echo, wenn ich allein war, wie an jenem wolkenverhangenen Tag im März, als ich von der Schule nach Hause ging. Ich entdeckte Robert, der mir, seine PaintBox unter den Arm geklemmt, folgte.

»Hallo«, sagte er. Ich blickte mich um. Sonst war niemand auf der Straße zu sehen; es spielte also keine Rolle, ob ich ihm antwortete oder nicht. Vielleicht war es ein Anzeichen für den Grad meiner Einsamkeit, daß ich ihm antworten wollte.

»Hallo«, sagte ich. Wie ich kam Robert gerade in die Pubertät, aber im Gegensatz zu mir schien ihm das nichts auszumachen. Ich war ein Spätzünder, kurz und flach, während meine Klassenkameradinnen schon groß waren und Rundungen bekamen. Robert machte gerade einen normalen Wachstumsschub durch, er wurde breiter und muskulöser. Auch seine Stimme war tiefer geworden. Ich fühlte mich in seiner Nähe von Mal zu Mal unwohler wegen der Gefühle, die er in mir wachrief. Aber ich versuchte, ihm freundlich zu begegnen. Ich lächelte.

»Wie ich sehe, hast du zu Weihnachten deine Paint-Box bekommen«, sagte ich.

»Ja, sie ist großartig. Hast du das Sequenzerprogramm bekommen, das du haben wolltest?«

Es war schon so lange her, daß ich es beinahe vergessen hatte. Ich nickte. Wir gingen eine Weile schweigend nebeneinander her. Dann sagte er leise: »Ich wünschte, wir könnten zusammen sein.«

Ich wurde plötzlich nervös. »Ich... glaube nicht, daß das möglich ist«, sagte ich und ging ein bißchen schneller.

Er überlegte einen Moment und nickte dann traurig. »Ja. Ich schätze, das geht nicht«, sagte er. Dann zuckte er die Achseln.

In dem Moment fiel mir etwas ein. »Kannst du... sie sehen?« fragte ich. »Die anderen?«

Er blickte mich verwirrt an. »›Die anderen?‹«

Nein, er sah sie offensichtlich nicht. »Schon gut«, sagte ich. »Also, bis dann.«

Ich wollte von dem Weg abweichen, den wir gemeinsam gegangen waren, aber er streckte die Hand aus, als wolle er meine ergreifen! Ich bin mir sicher, daß er das nicht gekonnt hätte, nicht in Wirklichkeit, aber ich erfuhr es nie; ich schreckte zurück, zog meine Hand weg, bevor er sie berühren konnte – oder eben auch nicht.

Er sah verletzt aus. »Mußt du denn gehen?«

Irgend etwas an seinen Augen, an seinem Tonfall störte mich. Plötzlich kam mir alles falsch vor, unnatürlich.

»Es... es tut mir leid«, sagte ich, während ich mich abwandte. Ich eilte die Straße entlang; er kam mir nicht hinterher, sondern blieb stehen – mir kam es wie eine Ewigkeit vor – und starrte mir hinterher. Ich lief mit gesenktem Kopf weiter, und als ich mich endlich umsah, war er nicht mehr da, als hätte ihn der Wind mit sich fortgetragen.

»Warum können sie mich sehen, aber sich nicht gegenseitig?«

Inzwischen ähnelten die meisten meiner Sitzungen bei Doktor Carroll eher dem Physikunterricht als Psychotherapie; wir saßen für gewöhnlich in ihrem Büro und diskutierten über die Bücher, die sie mir zu lesen gegeben hatte, die, die schon ein Teenager verstehen konnte. Jetzt konnte sie mir auf meine Fragen schon viel anspruchsvollere Antworten geben als noch vor ein paar Jahren.

»Weil du die Beobachterin bist«, erklärte sie. »Sie sind nur... Wahrscheinlichkeits-Wellenfunktionen. Du bist real; sie haben nur das Potential dazu, real zu sein.« Sie dachte einen Augenblick lang nach und fügte dann hinzu: »Eigentlich können sich ein paar von ihnen auch gegenseitig sehen – die in deinem Zimmer in der Klinik, die, die sich erst vor kurzem von dir ›abgelöst‹ haben.«

»Robert scheint mir schrecklich real zu sein für jemanden, der es nicht ist.«

Sie stand auf und goß sich eine Tasse Kaffee ein. »Nun, einige der Echos hatten mehr Potential, real zu werden, als andere. Offensichtlich haben sich deine Eltern zu irgendeinem Zeitpunkt ernsthaft überlegt, ob sie einen Sohn bekommen sollten, dessen künstlerische Fähigkeiten sie anreichern lassen wollten. Je größer die Wahrscheinlichkeit war, daß dieses ›Du‹ tatsächlich geboren wurde, um so realer wirkt ihr Echo auf dich.«

Ich schüttelte den Kopf. »Ich habe dieses Zeug gelesen«, sagte ich, »und mir kommt es so vor, als müßte jeder diese Echos haben.«

»Das haben wir wahrscheinlich auch«, gab sie zu. »Soweit wir wissen, ist jeder auf der Erde vielleicht eine Verknüpfung einer unendlichen Anzahl von Wahrscheinlichkeitslinien, wobei die wahrscheinlicheren unter ihnen Kunstprodukte erzeugen – Echos. Heute vielleicht mehr denn je, durch das Aufkommen der Gentechnik. Vor dreißig Jahren waren bei einer normalen Empfängnis nur eine begrenzte Anzahl von Kombinationen möglich, jetzt gibt es Milliarden.«

»Aber warum kann *ich* meine sehen und Sie Ihre nicht?«

Sie setzte sich wieder hinter ihren Schreibtisch und seufzte.

»Manchmal«, sagte sie mit einem Lächeln, »glaube ich, daß wir genauso viele Theorien haben wie du Echos. Köhler zieht einen interessanten Vergleich. Zygoten vermehren sich durch Zellteilung – aus einer werden zwei, aus zwei vier – und Spezialisierung, das heißt, aus einigen Zellen werden Muskeln, aus anderen Nerven, und so weiter. Wahrscheinlichkeitswellen, so will es die Theorie, vermehren sich auf ziemlich die gleiche Art – eine Welle teilt sich in zwei, wobei sich die zweite von der ersten auf Quantenebene unterscheidet und sozusagen ›Quantengeister‹ erzeugt. Vielleicht kannst du dich an diese Quantenteilung auf eine ähnliche Weise erinnern, wie sich der Körper an Dinge auf Zellebene erinnern kann. Vielleicht ruft der Vorgang der Anreicherung irgendeine strukturelle Veränderung im Gehirn hervor, die es dir ermöglicht, die Echos zu sehen.«

»Mit anderen Worten«, sagte ich, »Sie haben keine Ahnung.«

Sie hob die Schultern. »Wir wissen jetzt schon mehr als damals, als du das erste Mal zu uns gekommen bist, aber das ist erst ein paar Jahre her. Es wird höchstwahrscheinlich noch eine weitere Generation dauern, bis wir genügend – verzeih mir bitte – Autopsien durchgeführt haben, um an ausreichendes Datenmaterial zu kommen.«

Ich stellte mir vor, wie mein Körper leblos auf einem Seziertisch lag, mein Kopf aufgespalten wie eine Kokosnuß, und Wissenschaftler meine Hirnlappen wie Kaffeesatz studierten. Das Bild verfolgte mich noch tagelang. Manchmal war das Schlimmste an meiner ›Fähigkeit‹, daß sie mich zu deutlich und konsequent an meine Herkunft erinnerte. Mein Talent für die Musik war alles, was ich hatte. Ich klammerte mich verzweifelt daran, aber es gab Zeiten, in denen ich mich fragte, wie besonders und wie real ein Talent war, das man so sorgfältig aufgezeichnet, kartographiert und ausgewertet hatte. Ich wollte nicht daran denken, aber es war schwer, das nicht zu tun; schwer, gegen die Depressionen anzukämpfen, die mich regelmäßig überfielen. Und oft kamen sie in den ungelegensten Augenblicken.

Im März meines letzten Schuljahres fuhren meine Eltern, Professor Laangan und ich nach New York, wo ich beim Juilliard-Konservatorium vorspielen sollte. Als Stücke für mein Vorspiel hatte ich mir Chopins *E-Dur-Etüde*, ein Präludium und eine Fuge aus Bachs *Wohltemperiertem Klavier*, Elliot Carters *Klaviersonate* und mein Lieblingsstück, Alessandro Marcellos *Concerto in D Moll*, ausgesucht. Das Werk von Marcello, das ursprünglich für Oboe und Orchester geschrieben worden war, wollte ich in einer für das Klavier bearbeiteten Fassung spielen, aber ich brauchte trotzdem jemanden, der den Part des Orchesters in der Partitur übernahm. Das Juilliard hatte erst vor kurzem die Verwendung von Konzerten beim Vorspielen erlaubt, gestattete aber immer noch keine Computerbegleitung. So hatte Professor Laangan sich freundlicherweise bereit erklärt, dies an einem zweiten Klavier zu übernehmen. Während der Zug auf New York zueilte, fühlte ich Aufregung, Energie, Angst – alles mit Sicherheit ganz normale Gefühle. Aber als ich in das Klassenzimmer und vor die Jury von drei Lehrern des Juilliard trat, wallte meine Unsicherheit in mir auf. Ich bildete mir ein, daß sie mich ansahen, als ob sie es wüßten, als ob ich ein Stigma tragen würde, das mich eindeutig als Betrügerin brandmarkte, als genetischen Schwindel. (Obwohl ich mir sagte, daß ich hier am Juilliard wohl kaum die einzige sein würde.) Am Klavier zögerte ich längere

Zeit, während ich versuchte, meine Befangenheit und Angst zu bewältigen. Ich konnte die Mitglieder der Kommission nicht ansehen... bis mich schließlich Professor Laangan mit einem Räuspern aufrüttelte, und da ich es nicht länger hinauszögern konnte, atmete ich tief durch und begann mit der *Etüde*. Sobald ich spielte, schwand Gott sei Dank meine Angst. Jetzt war ich nicht mehr eine genetische Absonderlichkeit, ich war nicht einmal mehr Kathy Brannon, ich war nur noch das Werkzeug dieser Musik, das Medium, durch das sie zwei Jahrhunderte, nachdem sie geschrieben worden war, wieder zum Leben erweckt wurde. Und das reichte aus.

Nach Chopin war Bach an der Reihe, und nach Bach der komplexe Kontrapunkt von Carters Sonate. Danach nahm Professor Laangan an dem zweiten Klavier Platz, und gemeinsam begannen wir das *Concerto*. Ich hatte die anderen Stücke ziemlich gut gespielt, das wußte ich, aber dieses war noch mal etwas ganz anderes. Ich fühlte es tief in mir, und während ich es spielte, wurde mir zum ersten Mal bewußt, warum es eine so starke Anziehungskraft auf mich ausübte. Als ich den ersten Satz spielte, das Andante mit seinem Schwung und seiner Ausdrucksstärke, seinem zeitweise atemberaubenden Tempo, schien er mir all die Hoffnung und die Ungeduld der Jugend zu enthalten – meine Hoffnung, die Hoffnung, die meine Eltern in mich gesetzt hatten. Ich ging zum zweiten Satz über, und dieses Gefühl der Zuversicht wurde von den langsamen, beklemmenden Klängen des Adagio, lyrisch und traurig zugleich, ersetzt – was die Wendungen widerspiegelte, die mein Leben genommen hatte. Die wechselnden Harmonien klangen für mich wie die erhobenen Stimmen von Geistern, von Echos. Und schließlich der dritte Satz, das Presto, der wieder zum schnelleren Tempo des ersten zurückkehrte – mit leichterem Herzen und einer Struktur, die eine ruhigere, geordnetere Existenz zu verheilen schien. Es war kein Wunder, daß ich das Stück so liebte; ich lebte es.

Als ich geendet hatte, lächelten die Dozenten und dankten mir. Aus ihren Mienen ließ sich unmöglich etwas schließen, aber das war mir egal – ich wußte, daß ich gut gewesen war, daß ich sowohl meine Technik als auch Gefühl gezeigt hatte, und, was mir am wichtigsten war, daß ich mein Bestes gegeben hatte. Meine Eltern, der Professor und ich feierten es mit einem frühen Abendessen im *Tavern on the Green*, und nahmen dann den Sieben-Uhr-Zug zurück nach Washington. Als der Zug die Dunkelheit durchschnitt, die uns umgab, fühlte ich mich so glücklich und selbstsicher wie nie zuvor.

Aber das Gefühl hielt natürlich nicht lange an. Am nächsten Tag ging ich wieder zur Schule, wo mich die anderen – und ich mich selbst – nach anderen Maßstäben beurteilten. Als ewige Außenseiterin lief ich von Unterrichtsstunde zu Unterrichtsstunde, während um mich herum – in den Korridoren, auf dem Hof, in der Cafeteria meine Echos mit unsichtbaren anderen umherliefen, redeten und lachten: Freunden, die ich nicht sehen konnte, und die ich nie kennenlernen würde. Die blonde Kathi war jetzt eine Cheerleaderin, die ständig lachte und immer (so stellte ich es mir wenigstens vor) von einer Clique Bewunderer umgeben war. Ich beobachtete sie dabei, wie sie mit unsichtbaren Verehrern flirtete und fragte mich, wo sie den Mut dazu hernahm. Ich sehnte mich danach, das Gleiche zu tun. Ein anderes Echo, eine Flötistin, ging in ihrer Orchesteruniform an mir vorbei. Dabei redete sie mit anderen (verborgenen) Mitgliedern des Orchesters und nickte ihnen zu, und ich war neidisch auf diese Uniform, auf die Gemeinschaft, für die sie stand; in der Highschool-Band war kein Platz für eine Pianistin, und ich hatte keine

Zeit, ein weiteres Instrument zu lernen. Selbst die rüpelhafte und gemeine Katja schien Freunde zu haben, der Himmel weiß warum; was stimmte denn bloß mit *mir* nicht?

Wenn ich nachts im Bett lag, wurde es immer schwieriger, die Echos zu ignorieren, die in der Dunkelheit um mich herumschwirrten. Die rothaarige Kathy mit ihrem perfekten, durch die Gene geformten Aussehen zog sich vor der Spiegeltür meines Kleiderschranks aus, die kein Spiegelbild von ihr zurückwarf, aber ich konnte die perfekten Kurven ihres Körpers im Mondlicht erkennen: volle Brüste, während meine kaum zu sprießen begonnen hatten, der Babyspeck schon lange verschwunden, weniges Haar, das ihr den Rücken herabfiel. Ich wandte mich ab. Die Turnerin, groß und geschmeidig, machte Yoga vor meinem Bett. Sie bewegte sich mit Anmut und Selbstvertrauen, mit einer lässigen Sicherheit ihres Körpers und ihrer Person, an der es mir mangelte, um die ich sie beneidete. Beim Wegblicken erspähte ich flüchtig ein männliches Echo – es war nicht Robert oder der Mathematiker, sondern ein anderer Junge, ein Footballspieler, glaube ich – das sich auszog. Sein Bild war undeutlich und flüchtig – ich nahm an, daß seine Existenz wohl nur wenig wahrscheinlich gewesen war – aber ich konnte trotzdem seine breiten Schultern erkennen, seinen muskulösen Körper, einen dicken Penis, der wie ein Tau zwischen seinen Beinen hing, und irgendwie beneidete ich auch ihn – seine offensichtliche Stärke, seine männliche Kraft. Manchmal kam es mir so vor, als hätte ich überhaupt keine Macht über mein Leben, und er – und die Turnerin und die Rothaarige – schienen soviel Stärke, soviel Selbstvertrauen zu besitzen. Es war einfach ungerecht. Jeder von ihnen hätte ich sein können, ich hätte jeder von ihnen sein können. Es war einfach nicht *fair*.

Dr. Carroll versuchte mich davon zu überzeugen,

daß ich mich nicht mit meinen Echos vergleichen könne und sollte. Du kannst dich nicht an jeder unendlichen Möglichkeit, an jedem nicht verwirklichtem Wunsch messen, sagte sie. Ich wußte, daß sie recht hatte, aber ich fühlte mich zu diesem Zeitpunkt besonders unsicher; seit meinem Vorspielen in New York waren Wochen vergangen, und ich hatte immer noch nichts vom Juilliard-Konservatorium gehört. Ich erzählte ihr, daß ich befürchtete, nicht angenommen zu werden, sie versicherte mir, daß ich es würde... und dann fügte sie, nach einem kurzen Zögern, hinzu: »Und selbst wenn sie dich nicht nehmen, es gibt andere Wege, wie du Gebrauch von deinen Begabungen machen kannst.«

Ich nickte und seufzte. »Ich weiß. Es gibt auch andere Colleges mit sehr guten Abteilungen für Musik, aber *Juilliard*...«

»Ich meinte nicht deine Musik«, sagte sie. »Ich meinte deine andere Begabung.«

Ich blinzelte und verstand zuerst nicht ganz. Ich betrachtete es kaum als *Begabung*. »Was meinen Sie denn?« fragte ich ein wenig argwöhnisch.

Sie zuckte die Achseln. »Du hast eine einmalige Fähigkeit, Kathy. Du kannst Möglichkeiten sehen. Ich weiß sogar, daß es andere mit der gleichen Fähigkeit gibt, die dieses Talent praktisch anwenden.«

Ich hatte keine Ahnung, wovon sie redete.

»In der Forschung«, erklärte sie. »Denk mal darüber nach. In der medizinischen Forschung werden zum Beispiel im Verlauf eines Experiments Entscheidungen getroffen; Kombinationen von Chemikalien, von Drogen, ganze Ketten von Kombinationen. Manchmal investiert man Monate, Jahre, nur um herauszufinden, daß es eine Sackgasse war.

Aber jemand wie du – einfach indem er *zu einem Teil des Experimentes* wird – kann das alles ändern. Du triffst eine Entscheidung – eine, von der wir vielleicht schon vorher das Ergebnis kennen – und ein ganzes Spektrum von möglichen Ergebnissen entsteht, Echos, von denen du mit einigen kommunizieren wirst können. Du könntest helfen, Wochen oder Monate oder Jahre wertvoller Arbeitszeit einzusparen, die Entdeckung von Heilungsmethoden voranzutreiben, das Tempo der Wissenschaft zu beschleunigen. Du könntest das Leben von Menschen retten, die sonst sterben würden, während sie auf die Entwicklung von Medikamenten und Impfstoffen warten.«

Das klang nach einer Verkaufsmasche. Ich sah sie an: mein Gesicht muß leichenblaß gewesen sein. Ich dachte an die geblümten Haarspangen, die sie mir geschenkt hatte, und wußte, daß ich sie nie wieder so betrachten würde können wie bisher.

Ich stand auf und fühlte mich verloren und krank. »Ich muß gehen.«

Als sie merkte, daß sie zu weit gegangen war, stand auch Doktor Carroll auf. »Kathy...«

»Ich muß gehen.« Dann rannte ich beinahe zur Tür, beachtete ihre verzweifelten Rufe nicht und kehrte nie wieder zurück.

In dieser Nacht erschien das schluchzende Echo wieder und weinte sich in einer Ecke meines Bettes in den Schlaf. Ich lag im Dunkeln und hörte ihr Weinen trotz meiner Ohrstöpsel. Verzweifelt wollte ich in ihren Jammer einstimmen, sie bei ihrem traurigen Klagen begleiten, aber ich wußte, daß ich das nicht konnte; daß ich es nicht *durfte*. Ich sagte mir, daß, so schrecklich diese Nacht auch sein mochte, das Adagio einmal enden mußte... oder nicht?

Die Nachricht traf zwei Wochen später ein: ich war am Juilliard angenommen worden. Ich war außer mir vor Begeisterung bei dem Gedanken. Es war nicht nur die

Möglichkeit, am renommiertesten College für darstellende Künste der Welt zu studieren, sondern auch die Chance zu haben, einen Neuanfang in einer neuen Stadt, an einer neuen Schule zu machen, wo mich niemand kannte und wo mich niemand mehr ›Nervie‹ nennen würde. Meine Mutter und mein Vater fuhren mit mir nach New York, um eine Wohnung für mich zu finden, da im Wohnheim in Rose Hall kein Zimmer frei war. Sie waren traurig, daß ich Virginia verlassen würde, aber freuten sich, daß ich (wie sie glaubten) meine ›Probleme‹ überwunden hatte und endlich ›mein Potential verwirklichen‹ würde – und ihre Erwartungen.

Nach einer Woche der Wohnungssuche fanden wir ein kleines, durchschnittliches Zweizimmerapartment in der Westlichen 117ten Straße, in der Nähe der Columbia University. Die Gegend, in der es lag, mußte einmal relativ anständig gewesen sein; jetzt war sie eine Mischung aus einfacher Studentengegend und Kriegsgebiet. Mein Gebäude lag nur einen Steinwurf weit von Banden, Drogen und Nutten entfernt. Meine Eltern waren insgeheim entsetzt, aber als ich dort so in der leeren Wohnung mit den blanken Fußböden und den rohen Wänden stand, war mir fast schwindlig vor Freude: denn die Wohnung war wirklich leer, ohne Echos, ohne Geister. Zum ersten Mal seit fünf Jahren *war ich allein*. Trotz der Vorbehalte meiner Eltern unterschrieb ich einen Mietvertrag für ein Jahr, fuhr zurück nach Virginia, um zu packen und meine Sachen auf den Weg zu bringen, und als der Sommer zu Ende ging, lebte ich in New York, auf eine Art und Weise *allein,* die meine Familie niemals hätte verstehen können. Durch meinen Umzug war ich vom Pfad der Echos abgewichen; diese Wohnung, dieses Leben gehörte nur mir allein, und ich mußte es mit niemandem teilen. Oh, um genau zu sein, hatte ich wohl ab und zu mal die Ahnung von einem kleinen Echo, einmal nach links abbiegen statt nach rechts, ein blaues Kleid statt eines weißen – aber sie verschwanden schnell, wie ein Kräuseln auf dem Wasser. Die schlimmsten von ihnen, die Kathis und Katjas und Roberts hatte ich weit hinter mir gelassen. Ich mietete mir ein kleines Klavier, gab ihm einen Ehrenplatz im Wohnzimmer und begann mein neues Leben. Zusätzlich zu meinem Klavierunterricht nahm ich Stunden im Singen nach Noten und in Musiktheorie (Harmonielehre im ersten Semester; Kontrapunkt im zweiten), und in letzterem Seminar lernte ich meinen ersten richtigen Freund kennen. Sein Name war Gerald; er hatte sanfte Augen, ein leicht spöttisches Lächeln und blonde Haare, die über einer hohen Stirn schon zurückwichen. Als Geiger in seinem zweiten Jahr an der Juilliard hatte er schon, wie ich mitbekam, Furore gemacht; wir kamen ins Gespräch, und er lud mich nach dem Unterricht zu einer Tasse Kaffee ein.

An der Art, wie er mit seinen Augen mehr den Männern als den Frauen folgte, während wir über das Gelände des Konservatoriums zu einem Café auf der 65ten Straße schlenderten, konnte man deutlich erkennen, daß Gerald schwul war, und um ehrlich zu sein, war ich darüber sehr erleichtert. Ich hatte keine Erfahrung mit Rendezvous, und der Gedanke daran erschien mir aufregend und beängstigend zugleich. Beim Kaffee sagte Gerald, daß er mich gerne spielen hören würde. Also suchten wir uns einen freien Übungsraum in Rose Hall und ich spielte die Etüde von Chopin, die ich beim Vorspielen dargebracht hatte.

Er schien beeindruckt zu sein. »Wie lange spielst du denn schon?« fragte er.

»Seit meinem vierten Lebensjahr.«

Er zog eine Augenbraue hoch. »Und ich dachte, *ich* wäre ein Wunderkind gewesen.« Er lächelte und sagte dann: »Warum probieren wir nicht gemeinsam etwas?«

Das taten wir – an diesem Tag und an jedem Tag der folgenden Woche. Ich war die spießige Traditionalistin, Gerald der Kenner der Popkultur; zusätzlich zu klassischen Stücken arbeiteten wir zusammen an Gershwin, Copland und einem wunderbaren Violinkonzert von dem Filmkomponisten Miklós Rózsa. Gerald konnte so schnell vom Blatt spielen wie ich, und eine Weile lang versuchten wir, uns mit immer schwierigeren Stücken beim ersten Lesen gegenseitig auszustechen. Gerald zuckte nicht einmal mit der Wimper – weshalb ich mich über ihn zu wundern begann. Ich beobachtete ihn genauer, während er spielte – und mir fiel auf, daß er hin und wieder... verwirrt aussah; sein Kopf drehte sich kaum merklich, so als ob er etwas außerhalb seines Gesichtsfeldes hören würde. Ich brauchte Wochen, um den Mut zusammenzubringen, etwas zu sagen, aber schließlich, als wir eines Abends in einem fast leeren Café saßen, nahm ich all meinen Mut zusammen:

»Gerald?« meine Stimme war sanft und zitterte ein bißchen. »Hast du... ich meine, hörst du... jemals? Dinge?«

Er sah mich nachdenklich an. »Ob ich – etwas höre? Dinge?«

Ich wurde rot vor Verlegenheit. »Schon gut. Vergiß es...«

Schnell legte er eine Hand auf meine. »Nein. Es ist schon in Ordnung. Ich... ich glaube ich weiß, was du meinst.«

Ich war verblüfft. »Wirklich?«

Er nickte. Es stellte sich heraus, daß ich recht gehabt hatte: Gerald und ich hatten mehr gemeinsam, als uns zuerst bewußt gewesen war. Auch er war, ebenso wie ich, genverbessert worden – aber im Gegensatz zu mir konnte er die Echos nur teilweise erkennen. »Es ist so, als ob man etwas sehr Helles ansieht, eine rote Ampel«, sagte er, »und wenn man dann wegblickt und, nur einen Augenblick lang, einen grünen Punkt sieht, weil Grün die Komplementärfarbe von Rot ist? So ungefähr ist das bei mir. Ich nenne sie Komplemente, Gegenteile. Ich sehe sie nur einen Augenblick lang, und dann sind sie verschwunden.«

»Du Glückspilz«, sagte ich.

»Manchmal fühle ich mich wirklich wie ein Glückspilz. Eines der ersten Komplemente, das ich je sah, war ein ›Ich‹, das – frag mich nicht, woher ich das wußte, ich wußte es einfach – nicht schwul war. Kein Macho, sondern einfach ein… Hetero. Ich sah, wie er etwas anblickte, und irgendwie spürte ich, daß er eine Frau ansah, und deshalb wußte ich es.

Und da wurde mir plötzlich klar, wieviel Glück ich gehabt hatte. Denn die Ärzte wissen schon lange, welche Gene in uns die eine oder andere Veranlagung hervorrufen, sie wußten also, wie ich werden würde… und meine Eltern haben es nicht ›korrigieren‹ lassen, so wie sie es hätten tun können; wie es so viele Eltern damals getan haben. Und ich war einfach sehr glücklich, daß meine Eltern – selbst wenn sie einen Geiger wollten – mich genug liebten, um mich wenigstens in dieser Beziehung mich selbst sein zu lassen.«

Ich lächelte ein wenig verlegen, aber bevor ich etwas sagen konnte, redete Gerald plötzlich weiter. »Hör mal«, und ich spürte, wie er das Thema wechselte, vielleicht weil es ihm peinlich war, »kennst du Bachs *Musikalisches Opfer?*«

»Natürlich.«

»Ich werde es in diesem Semester bei einem Konzert aufführen.« Seine Augen leuchteten, als er das sagte. »Ich, ein weiterer Geiger, ein Cellist, ein Flötist und ein Pianist. Möchtest du nicht gerne dafür vorspielen?«

Falls ich enttäuscht gewesen war, daß Gerald nur

zum Teil eine verwandte Seele war, kam ich schnell darüber hinweg; die Aussicht begeisterte mich; ich war schon begeistert, überhaupt gefragt zu werden. Ich willigte gerne ein und verbrachte die nächsten paar Tage unter Geralds Anleitung. Bei dem Vorspiel mußte ich gegen ein paar andere Klavierschüler antreten, aber ich spürte keine Nervosität oder Angst: es war erfrischend und amüsant, sich mit jemand anderem als mir selbst zu messen. Gerald begleitete mich auf der Geige, als ich die Sonate spielte, die ein Teil des *Opfers* ist – und war überwältigt und hocherfreut, als mich Gerald am nächsten Tag anrief, um mir mitzuteilen, daß ich, wie er es ausdrückte, »den Job hätte«! »Jetzt wirst du die nächsten sechs Wochen lang erst einmal mit Proben erschlagen«, sagte er mit gespieltem Ernst. Ich lachte. Ich hatte mich bisher noch nie glücklicher gefühlt, außer an dem Tag vielleicht, als ich am Juilliard angenommen worden war.

Eine Woche später gab es eine weitere Premiere: Chris aus meiner Gesangsklasse, ein niedlicher Junge mit dunklen Augen, fragte mich wirklich, ob ich mit ihm *ausgehen* wolle. Ich war achtzehn Jahre alt und schämte mich, zugeben zu müssen, daß ich vorher noch nie eine Verabredung gehabt hatte. Ich versuchte deshalb, ganz lässig zu wirken, als ich »sicher, gerne« sagte. Sobald ich wieder zu Hause war, rief ich Gerald an, um ihn um Rat zu fragen. »Sei einfach du selbst«, riet er mir, »und versuche, nicht gegen die Möbel zu laufen.« Ich mochte Gerald gerne, aber als Vertrauter ließ er doch ein wenig zu wünschen übrig.

Chris ging mit mir zu einer Theatervorstellung auf dem Universitätsgelände, wo Studenten aus dem Theaterfachbereich Edward Albees ›Empfindliches Gleichgewicht‹ aufführten. Er legte seine Hand sanft auf meinen Arm, als wir zu unseren Plätzen gingen; ich saß da und war aufgeregt, nicht nur aufgrund seiner Nähe, sondern auch, weil alles so normal zu sein schien – wegen der Aussicht, daß ich vielleicht doch endlich ein normales Leben führen könnte, voller normaler Freuden und bloß mit den normalen Schmerzen. Ich achtete kaum auf das Stück und erst am Ende des ersten Aktes – beim Auftreten von ›Harry und Edna‹, dem alten Paar, das von einer solchen existentiellen Angst heimgesucht wird, daß sie sich in das Haus ihrer besten Freunde flüchten – fuhr ich auf und wurde aufmerksam.

Edna trat auf, schüchtern, ängstlich – und mir stockte der Atem.

Edna war ich.

Oder wenigstens war es eine von ihnen. Die Schauspielerin, die Edna in meiner Welt, der wirklichen Welt, darstellte, war eine kleine Blondine; aber in einer anderen Realität spielte ich die Rolle. Dieses Echo war etwas größer als ich, und ihr Haar war ein bißchen heller. Ihre Gestalt war durchsichtig, schimmernd, auf die Art, die ich mit den weiter entfernten Echos in Verbindung brachte – von mir durch Hunderte, wenn nicht Tausende von anderen Möglichkeiten getrennt.

Ich hörte, wie sich die Stimmen der beiden Schauspielerinnen überlagerten, manchmal sogar ihre Körper, und ich versuchte verzweifelt, ruhig zu bleiben, obwohl ich am liebsten vor Kummer über den Verlust meiner gerade neu entdeckten Individualität laut losgeheult hätte: ich hatte gedacht, ich wäre allein, ich hätte etwas, das nur mir gehörte, und jetzt...

Die Tränen schossen mir in die Augen, und ich wandte mich ab, aus Furcht, daß Chris es sehen könnte. Ich suchte Zuflucht in meinen alten Konzentrationsübungen und versuchte, das Echo auf der Bühne nicht anzusehen. Zum Glück war der erste Akt gleich zu Ende, und in der Pause verschwand ich auf der Damentoilette, um mich wieder einzukriegen. Mit den Händen klammerte ich mich ans Waschbecken und redete mir zu, daß ich nicht weinen dürfte, nicht weinen würde. Ich nahm all meinen Mut zusammen, um das restliche Stück zu überstehen und kehrte mit Chris in den Zuschauerraum zurück... aber es wurde noch schlimmer, als ich befürchtet hatte. Als sich der Vorhang zum zweiten Akt hob, stand dort die Figur von Julia, der Tochter... und auch sie war ich.

Ein anderes Ich; klein, pummelig, vertraute Züge in einem runden Gesicht, dickliche Arme, mit denen sie, der Rolle entsprechend wütend umherruderte. O verdammt, dachte ich; o Gott, nein. Ich schaffte es, mir während der gesamten ersten Szene meine Verzweiflung nicht anmerken zu lassen, aber als ›Edna‹ in der Mitte der nächsten wieder auftrat – als ich sah, wie zwei Echos von mir über die Bühne stolzierten, vier verschiedene Stimmen ihre Texte in einer Art Quadrophonie sprechen hörte – konnte ich meine Erregung nicht länger verbergen. Chris wurde aufmerksam; ich erzählte ihm, daß mir unwohl sei. Widerwillig verließ er die Aufführung, und in meinem Verdruß muß ich wohl kühl und unfreundlich gewirkt haben, denn er brachte mich nach Hause, küßte mich flüchtig auf die Wange und rief nie wieder an.

Als ich in dieser Nacht einschlief, kehrte das schluchzende Echo zum ersten Mal seit Monaten wieder und saß in einer Ecke meiner bis dahin unbefleckten Wohnung und von da an verließ es mich nie mehr...

Ich hätte damit rechnen müssen, hätte wissen müssen, daß die Erwartungen meiner Eltern an mich sich in all den möglichen Realitäten immer so ähnlich sein würden. In den nächsten Wochen verging kein Tag, an dem ich nicht mindestens ein Echo sah: Als ich beim Tanzunterricht vorbeilief, erhaschte ich einen Blick auf die elegante, selbstsichere Katherine (die Dozentin nannte sie Katrina) an der Ballettstange. Ihr dunkles Haar trug sie in einem Knoten, ihre langen Beine pirouettierten fehlerlos zu Schwanensee und ihr Gesicht wirkte beinahe majestätisch in seiner Gelassenheit. In der Gesangsstunde wurde meine eigene Stimme von einer anderen übertönt, die irgendwie vertraut klang, aber eine Sicherheit und hochfliegende Schönheit besaß, die ich nie erreichen würde. Ich konnte sie aus dem Augenwinkel erkennen, eine Katherine, die mir sehr ähnlich sah, aber das Instrument ihrer Stimme besser beherrschte als ich mein Klavier. Ich haßte sie.

Ich versuchte, mit Gerald darüber zu reden, aber so einfühlsam er auch zu sein versuchte: seine ›Gabe‹ war bei weitem nicht so ausgeprägt wie meine, er war nicht in der Lage, den Schrecken dessen, was ich durchlebte, zu ermessen und konnte mir keinerlei Rat geben, wie ich mit der Situation klarkommen sollte. Es schien ihm auch schon unangenehm zu sein, darüber zu reden. Deshalb gab ich es nach ein paar Versuchen auf, um seine Freundschaft, so mangelhaft sie auch sein mochte, nicht zu verlieren.

Als ich eines Abends auf dem Weg nach Hause über das Universitätsgelände lief, sah ich Chris, der allein auf das Wohnheim zustrebte. Ich sah weg und hoffte, daß er mich nicht entdecken würde, konnte dann aber doch der Versuchung nicht widerstehen, ihm einen letzten Blick hinterher zu werfen – und jetzt war er nicht mehr allein. Dieses Mal schimmerte und brodelte neben ihm ein Echo einer anderen Katherine – die Tänzerin, Katrina, unverwechselbar mit ihren langen Beinen und dem majestätischen Gesicht – ihren Arm untergehakt, den Mund beim Lachen weit geöffnet. Chris – der ja in meiner Welt lebte – nahm natürlich keine Notiz von ihr, und nach wenigen Augenblicken wurde die Gestalt der Tänzerin schwächer und verschwand; aber ich wußte, daß in einer anderen möglichen Realität ein anderer Chris neben ihr herlaufen und mit ihr lachen würde. Ich spürte Wut und einen Zwang in mir aufsteigen.

Ich lief in gebührendem Abstand hinter Chris her, damit er mich nicht bemerkte. Ich wußte, daß ich umkehren sollte, wußte, daß ich sofort nach Hause gehen sollte, aber ich konnte es nicht, und als er in Rose Hall ankam, steckte ich den Kopf nur lange genug durch die Tür, um herauszukriegen, in welchem Apartment er wohnte. Erdgeschoß, Zimmer sechs. Ich ging um das Haus herum zur Rückseite des Wohnheims und fand sein Zimmerfenster. Im Schutze eines Busches wartete ich darauf, daß drinnen das Licht anging. Vorsichtig richtete ich mich auf und spähte durch das Fenster.

Chris saß an seinem Schreibtisch. Eine kleine Tischlampe warf Licht auf seine Lehrbücher und sein Notebook. Aber obwohl er es nicht bemerkte, war er nicht allein in dem Raum. Keine zwei Meter weit von ihm entfernt sah ich sie auf seinem ungemachten Bett liegen: die Tänzerin. Ihr nackter athletischer und durchtrainierter Körper lag auf den Laken; ihre Arme waren um etwas, jemanden geschlungen, den ich nicht erkennen konnte. Ihr Becken stieß heftig dagegen, während sie mit diesem jemand kopulierte. Sie stöhnte, sie schrie einen Namen. *Chris,* schrie sie, *o Chris...* Es hatte fast schon etwas Komisches, es war niederschmetternd, schrecklich. Ich fühlte mich, als hätte mich jemand geschlagen. Ich stolperte rückwärts, der Kies knirschte laut unter meinen Füßen, weg von Katrina, aber ihr Stöhnen und der Klang von Chris' Namen schienen mir bis nach Hause zu folgen.

An diesem Abend hörte das schluchzende Echo in meiner Wohnung langsam auf zu weinen und verfiel in ein Schweigen, das ich noch beunruhigender fand. Sie saß nur in ihrer Ecke, halb angezogen, mit ungewaschenen Haaren und starrte ins Leere. Ich vermied es, ihr in die Augen zu sehen – ihre Augen waren hellblau, aber von einer Art seelischem Grauen Star getrübt, jeder Glanz in ihnen war erloschen, und sie drohten mich in sich hineinzuziehen, mich hinabzuziehen...

Da ich bei dem Bachvortrag unbedingt gut spielen wollte, übte ich, so gut ich konnte, und versuchte dabei, die Echos der anderen, begabteren Katherines um mich herum zu ignorieren. An dem Abend fühlte ich etwas von der alten Erregung, als ich auf die Bühne in der Alice Tully Hall trat. Ich trug ein einfaches, aber elegantes weißes Kleid und setzte mich zu dem Ensemble, das aus Gerald, einem weiteren Geiger, einem Flötisten, einem Cellisten und mir bestand.

Das *Musikalische Opfer* ist eine Suite von konzentrierter, melancholischer Schönheit, bei dem das erste Ricercare für das Klavier geschrieben wurde. Ich fand, daß ich gut spielte, was zum großen Teil auch an meiner Affinität zu der Stimmung des Stückes lag: eine Art Wehklage, die genau zu meiner Gemütslage paßte. Wir gingen von dem Ricercare zu den Kanons über, die darauf folgten. Mein Klavier begleitete dabei abwechselnd einen oder beide der Streicher, Streicher und Flöte gleichzeitig, und manchmal auch nicht (wie zum Beispiel im vierten Kanon, einem Duett zwischen Gerald und dem anderen Violinisten). Und in einem solchen Augenblick, während ich pausierte und den anderen Instrumenten lauschte, begann ich – schwach, aber doch unmißverständlich – ein weiteres Klavier zu hören. Ein Klavier, das die gleiche Stimme spielte wie das Cello; ein Echo aus einer Realität, in der das Stück anders arrangiert worden war. Die Pianistin, verdammt sei sie, war brillant, ihre Technik perfekt. Ihr Ausdruck und ihre Sicherheit brachten mich so durcheinander, daß ich beinahe meinen Einsatz zum nächsten Ricercare verpaßte, das für mich wahrscheinlich der schwierigste

Teil der ganzen Suite war: ich spielte nicht nur Solo, sondern auch sechs Melodielinien auf einmal. Das ist unter normalen Umständen schon schwierig – aber jetzt hörte ich das Echo eines weiteren Klaviers, meines Klaviers, das auch das Ricercare spielte, allerdings um eine Winzigkeit zeitversetzt (mein anderes Ich hatte das Stück einen Bruchteil vor mir begonnen). Die Dissonanz trieb mich fast zum Wahnsinn; die nächsten sechseinhalb Minuten mußte ich schwer um meine Konzentration kämpfen. Mir war peinlich bewußt, daß ich mein Kleid durchschwitzte, und als ich das Ricercare endlich beendete, verspürte ich keinerlei Gefühl von Triumph, sondern nur Erleichterung – und dann Abscheu, weil ich mir sicher war, daß mein Spiel darunter gelitten hatte. Während der nächsten drei Kanons konnte ich ein wenig durchatmen, aber als wir zur Sonate kamen, spielte ich in einer merkwürdigen Art von Quantenduett wieder dieselbe Stimme wie mein Echo – und wieder spielte ich es weniger gut: der Vortrag des Echos war kontrollierter, seine Klage irgendwie tiefer und echter als meine. Das war für mich am schwersten zu verdauen: da gab es jemanden, der es besser konnte, obwohl ich alles gegeben hatte.

Am Ende des Konzerts war ich ausgelaugt, erschöpfter als jemals vorher, und obwohl mir alle zu meinem großartigen Spiel gratulierten, konnte ich mich nicht darüber freuen und floh nach Hause in meine Wohnung, wo ich gegen die Versuchung ankämpfen mußte, mich in den Schlaf zu weinen.

Am nächsten Tag ging ich nicht zum Gesangsunterricht, weil ich fürchtete, die Katherine mit der herrlichen, perfekten Stimme zu hören. Ich blieb zu Hause und drehte meine Stereoanlage auf, wieder einmal *Mathis der Maler*, in dem verzweifelten Versuch, auch das leiseste Flüstern der Echos zu übertönen.

Den darauffolgenden Tag ging ich nicht zum Klavierunterricht, weil ich schreckliche Angst hatte, der gleichen Katherine lauschen zu müssen, die mich bei dem Konzert so in den Schatten gestellt hatte. Ich blieb daheim und ließ den ganzen Tag den Fernseher laufen in der Hoffnung, daß dann erträglichere Geister, elektronische Geister, Phosphorgeister die Wohnung bevölkern würden.

Gerald rief an, weil er sich wegen meines Fernbleibens Sorgen machte. Ich erzählte ihm, daß meine Mutter krank sei, ich an diesem Nachmittag nach Virginia fahren und vielleicht eine Weile weg sein würde. Er drückte sein Mitgefühl aus, und ich bedankte mich. Nachdem wir aufgelegt hatten, schaltete ich den Anrufbeantworter ein und ließ ihn von jetzt an immer laufen. Meine Eltern hinterließen von Zeit zu Zeit Nachrichten, und ich rief sie später zurück, wobei ich die Gespräche kurz hielt und so tat, als müßte ich einen hektischen Terminplan einhalten und dringend los, wenn ich den erdrückenden Schein der Normalität nicht mehr aufrecht erhalten konnte.

Ich verließ die Wohnung immer seltener und ging nur noch aus, um Lebensmittel zu kaufen. Jeden Tag verbrachte ich mehr Zeit im Bett, aber wenn ich schlief, schien ich keine eigenen Träume zu haben, sondern die von anderen mitzuerleben: Roberts Träume waren lebhaft, sehr visuell, voller Farben und Formen; angenehme, glückliche Träume zeigten das Innenleben der tollen, rothaarigen Kathy, langweilig, aber friedvoll; Katjas Träume bestanden aus schrillen, heftigen Episoden von Konflikten und Konkurrenz; die Turnerin träumte von Bewegung und Körperlichkeit. Am Anfang empfand ich sie als verwirrend; dann wurden sie zu einer Art Betäubungsmittel, als mir bewußt wurde, daß ich durch sie, wenn auch nur flüchtig und bruchstückhaft, zu meinen Echos *werden* konnte. Das Selbstvertrauen der Rothaarigen, die Anmut der Turnerin, die systematische Geometrie im Denken des Mathegenies. Einen Augenblick lang bin ich der Footballspieler, und ich vollziehe den Triumph eines Touchdowns, einen Paß über dreißig Meter, Biertrinken nach dem Spiel, einen schnellen verschwitzten Fick mit der Freundin, meinen angeschwollenen Penis, der in ihr ejakuliert; und im nächsten Augenblick bin ich die Sängerin und höre/spüre die Resonanz in meiner Stimme, bilde den Klang, das Zwerchfell entspannt, das merkwürdige, aber befriedigende Gefühl, mein eigenes Instrument zu sein; einen weiteren Augenblick später ist mein Körper immer noch mein Instrument, aber jetzt arbeite ich nicht nur mit meiner Stimme, sondern mit Posen, Ausdruck, Bewegung, dem Instrument einer Schauspielerin.

Ich gleite von Traum zu Traum, von Bewußtsein zu Bewußtsein, der oberflächliche Wirrwarr der Gedanken der Schauspielerin, die rasiermesserscharfe Konzentration von Katja, Katrinas Leidenschaft und Disziplin. Und alles ist eine willkommene Ablenkung von mir selbst, vom Ich-sein-müssen, und nach und nach bin ich *nicht* mehr ich, ich bin *sie*. Ich bin nur noch ich, wenn ich es sein muß, wenn mein Körper danach verlangt. Beim Schlafen spüre ich den Druck meiner Blase, und widerwillig stehe ich auf, um mich auf der Toilette zu erleichtern. Manchmal esse ich danach etwas, manchmal auch nicht, und dann gehe ich wieder ins Bett. Das geht tagelang, wochenlang so. Und dann, eines Tages, inmitten meiner Träume, in denen ich klüger, hübscher, glücklicher, begabter bin, spüre ich den Ruf meines Körpers und folge ihm mißmutig. Ich schlurfe ins Bad, verrichte meine Notdurft und blicke auf dem Weg zurück ins Bett in den Spiegel...

Und blieb wie angewurzelt stehen, schockiert von dem Anblick.

Die Katherine im Spiegel war nur halb angezogen, ihr Haar ungekämmt und ungewaschen. Die blauen Augen ausdruckslos. Jeder Glanz in ihnen war erloschen. Sie drohten mich in sich hineinzuziehen, mich hinabzuziehen. Es war das Echo, das vor vielen Jahren im Krankenhaus aufgetaucht war; das in der Ecke meines Bettes in Virginia gelegen und jahrelang ihr Klagelied geweint hatte; das sich hier in New York wieder zu mir gesellt hatte und dessen Schluchzen langsam in Schweigen und graue Verzweiflung übergegangen war, ein vererbtes Etwas von meinem Großvater in den Augen.

Aber das Echo saß nicht in der Ecke. Das Echo starrte mich aus dem Spiegel an.

Ich spürte Panik in mir aufsteigen, das erste Gefühl seit Wochen, das ich nicht träumte, das ich nicht geborgt hatte. Verzweifelt blickte ich mich in der Wohnung um in der Hoffnung, mich getäuscht zu haben, das Echo an einer anderen Stelle zu erblicken – aber es war nicht da.

Natürlich war es das nicht. Ich war zu dem Echo *geworden*.

Einst waren wir durch zahllose andere Wahrscheinlichkeitslinien getrennt gewesen; getrennte Wege, von denen die, die mir am nächsten lagen, nur leicht abwichen, die in ihrer Nähe jedoch sehr. Langsam, unmerklich war ich von einem Pfad auf den nächsten übergewechselt, so wie sich meine Finger gedankenlos von einer Taste zur nächsten bewegten, wenn ich Klavier spielte, und hatte mich ihrer Wahrscheinlichkeitslinie immer mehr angenähert... bis sie zu meiner geworden war. Ich hatte den Übergang so langsam und allmählich vollzogen, daß ich es nicht einmal bemerkt hatte.

Zunächst wollte ich mich nicht damit abfinden. Es war nicht wahr; es konnte einfach nicht passiert sein!

Ich stürzte aus dem Schlafzimmer ins Wohnzimmer, und hoffte, betete immer noch, daß ich mein Echo sehen würde, daß ich es nicht war...

Im Wohnzimmer sah ich es natürlich auch nicht. Aber ich sah jemand anderen.

Ich erblickte eine Katherine, die genauso aussah, wie ich einmal ausgesehen hatte: kurze dunkle Harre, gepflegt, gut angezogen... mit strahlenden, klaren, himmelblauen Augen, die nicht von Zeit oder Schmerz getrübt waren. Sie saß am Klavier und spielte den Largosatz aus dem *Musikalischen Opfer*. Einen Augenblick lang dachte ich, daß sie vielleicht das Echo war, das ich während des Konzertes auf der Bühne gehört hatte, aber als ich nahe genug herankam, um ihre Finger auf den Tasten zu sehen, um meinen eigenen Stil zu erkennen, wußte ich, daß sie es nicht war.

Ich blickte ihr ins Gesicht und war erschüttert von dem, was ich sah; was ich zu sehen glaubte.

Zufriedenheit? Ruhe? Es war so lange her, daß ich so etwas in der Art verspürt hatte, daß ich mir nicht sicher war, ob ich es richtig erkannte. Ich versuchte mich daran zu erinnern, wann ich zuletzt ein solches Gefühl von Erfüllung verspürt hatte, und ich dachte an den Tag, als ich hier eingezogen war, an die Freude, die ich empfunden hatte, an die Verheißung eines besseren und glücklicheren Lebens.

Ich verlor jeglichen Mut. Dieses Kathy, dieses Echo vor mir – sie hatte dieses glücklichere Leben geführt. Das Leben, das meines hätte sein sollen. Die Wahrscheinlichkeitslinie, die ich hätte beschreiten müssen – aber ich war von ihr abgewichen und auf einen dunkleren Weg abgezweigt.

Meine Knie gaben nach, ich stürzte zu Boden und weinte. Ich kann nicht mehr sagen, wie viele Minuten oder Stunden es gewesen sein mögen. Aber am Ende, als ich kurz davor stand, mich völlig dem Kummer zu überlassen, den ich zu lange mit mir herumgetragen hatte, begann ich etwas zu verstehen. Etwas, über das ich mir schon vor Jahren hätte klar werden müssen:

Einige meiner Echos waren das Ergebnis des Zufalls, aber andere waren das Produkt einer Wahl. Ich hatte es mir nicht ausgewählt, ein musikalisches Wunderkind zu werden – das war mir vorherbestimmt gewesen. Aber ich hatte mir das ausgesucht, was ich jetzt war: das schluchzende Echo. Wenn auch unbewußt, *es war meine Wahl gewesen*. Ich hatte diese Wahl *gehabt*.

Und wenn ich sie damals gehabt hatte – dann hatte ich sie immer noch.

Ich hatte *immer noch* die Wahl.

Das hatte ich. Das hatte ich.

Es gibt ein altes, berühmtes Experiment – eines der ersten, mit denen man die Existenz der Wahrscheinlichkeitswellen bewies – über das ich während meiner Sitzungen mit Doktor Carroll gelesen hatte. Man schickt einen Lichtstrahl durch zwei Schlitze in einer Wand auf einen Projektionsschirm, wo man ihr Auftreffen aufzeichnen kann. Das Ergebnis? Ein Interferenzmuster, das durch die sich überlagernden Wellen entsteht. Prima, das ergibt einen Sinn. Aber wenn man immer nur ein Photon auf einmal durch einen Schlitz schießt und sich später das Gesamtmuster ansieht – dann sieht man genau das gleiche Interferenzmuster. Auf den ersten Blick erscheint das unmöglich zu sein: die Photonen, die einzeln abgestrahlt worden sind, können sich nicht überlagert haben. Aber offensichtlich scheinen die Millionen möglicher Bahnen, die das Photon hätte einschlagen können, auf einer Quantenebene gemeinsam mit der Bahn zu existieren, die das Photon tatsächlich nimmt – und sie scheinen diese irgendwie zu beeinflussen und die Bahnen, die das Photon tatsächlich einschlagen kann, zu begrenzen.

Es dauerte ziemlich lange, bis mir das klar wurde, aber irgendwie ging es mir genauso wie diesem Photon: Viel zu lange hatte ich es den Tausenden von möglichen Leben, die ich hätte führen *können*, gestattet, mir das Leben, das ich lebte, einzuengen und vorzuschreiben. Darüber, daß ich die ganze Zeit Echos von all dem sah, was ich hätte sein *können*, war leicht zu vergessen, daß ich nicht eine von ihnen war und daß sie eigentlich aus mir herrührten, nicht nur in diesem kurzen Moment der Genmanipulation, sondern in jedem Augenblick, der seitdem vergangen war. Im Gegensatz zu Photonen haben Menschen einen freien Willen – und ich beschloß, diesen von jetzt an mit aller Macht auszuüben.

Ich brach das Studium am Juilliard ab und schrieb mich an einem kleinen College im nördlichen Teil des Staates New York ein. Den Hauptteil meiner Quantengeister ließ ich in Manhattan zurück. Meine Eltern waren von meiner Entscheidung entsetzt; erst recht, als ich mich entschloß, Musik nicht zu meinem Hauptfach zu machen, sondern mich, wenigstens ein oder zwei Jahre lang, auf kein bestimmtes Fach festzulegen. Ich besuchte Seminare in Kunst, in Literatur, in Anthropologie, einfach in allen Fächern, die mich interessierten – und ich merkte zu meiner großen Überraschung, daß ich auch für andere Dinge außer der Musik sowohl eine Neigung als auch eine Begabung hatte. Ich würde nie Roberts künstlerische Fähigkeiten besitzen, aber ich konnte doch halbwegs anständig zeichnen, wenn auch nur zu meinem eigenen Vergnügen; ich würde an einer Ballettstange nie die Anmut der Tänzerin an den Tag legen, aber ich *konnte* tanzen, ich war keine völlige Niete. Ich würde niemals das umwerfende, modelhafte Aussehen der rothaarigen Kathy haben – aber ich *war* hübsch. Das war ich wirklich.

Weil man mich von Geburt an dazu vorgesehen hatte, eine Musikerin zu werden, hatte ich, wie ein Photon, beschlossen, daß es für mich nur eine Bahn gab, die ich einschlagen konnte; und nachdem ich herausfand, daß das nicht so war, führte ich ein reicheres und interessanteres Leben, als ich es jemals zu träumen gewagt hätte. Ich bin in Nepal auf Berge gestiegen, ich bin im Monaghan County auf irischen Vollblütern geritten. Ich habe geheiratet und zwei Kinder bekommen; ich habe für meinen alten Freund Gerald eine Sonate für Violine und Klavier komponiert, und ein Kinderbuch für meine vier Jahre alte Tochter illustriert. In meiner Jugend hatte ich naiverweise geglaubt, daß man ein Leben wie ein Concerto strukturieren könnte und sollte; heute weiß ich es besser. Ich weiß, daß das Leben aus Andante und Presto und Adagio besteht, die alle miteinander verwoben sind wie bei einer Fuge, daß Hoffnung und Trauer oft nur wenige Augenblicke auseinanderliegen, daß Unglück und Heiterkeit nicht so streng voneinander getrennt sind, wie ich es einmal geglaubt hatte. Und ich habe beides kennengelernt.

Bei alledem waren meine Echos nie weit entfernt von mir: sie sind es auch jetzt nicht. Sie sind jetzt genauso alt, wie ich es bin, und sind um mich herum, während ich dies hier schreibe – eines von ihnen sitzt ebenfalls an einem Computer, schreibt aber nicht, sondern zeichnet; eines spielt ein paar Brocken Gershwin auf einer Flöte; ein weiteres am Klavier; ein anderes sitzt einfach da und weint, ich weiß auch nicht genau warum. Manchmal, in großen Städten, erblicke ich flüchtig auch andere: ich begegnete Robert in Dallas auf der Straße, und ich glaube, er erkannte mich auch, denn er schenkte mir ein breites Lächeln, ehe er verschwand; in New York ging ich ins Ballett und war überrascht, Katrina dort eine geisterhafte Rolle als Aurora in Dornröschen tanzen zu sehen. Ich fühlte keinen Neid, sondern sogar einen gewissen Stolz. Meine Echos sind jetzt keine Peiniger mehr, sondern Freunde, und wenn eines von ihnen stirbt (so wie es unausweichlich geschehen muß), dann trauere ich ein bißchen um sie, wie um eine Schwester, einen Bruder. Jedes von ihnen stellt immer noch einen anderen Pfad, ein anderes Leben dar. Aber das Schöne, das Wunderbare an dem Ganzen ist: ich habe vielleicht einen Pfad eingeschlagen, aber viele Biegungen gemacht: mir wurde ein einziges Leben geschenkt, aber ich habe viele Leben gelebt. Die Pfade, die Straßen mögen unendlich und wunderschön sein, auf ihnen zu wandeln ist es noch viel mehr.

Originaltitel: ›ECHOES‹ · Copyright © 1997 by Alan Brennert · Erstmals veröffentlicht in: ›The Magazine of Fantasy and Science Fiction‹, Mai 1997 · Mit freundlicher Genehmigung des Autors, der Howard Morheim Literary Agency und Thomas Schlück, Literarische Agentur, Garbsen (# 54 418) · Copyright © 1999 der deutschen Übersetzung by Wilhelm Heyne Verlag GmbH & Co KG, München · Aus dem Amerikanischen übersetzt von Olaf Schröter

Peter Schünemann · Deutschland

IN BUCHENWALD UND ANDERSWO

»Pst! Warthner kommt!«

Überall im Steinbruch schwangen die Häftlinge Spitzhacken und Hämmer kräftiger, luden die Gesteinsbrocken zügiger auf, schoben die Loren schneller. Die Wachablösung zog auf und mit ihr Sturmführer Warthner, der schlimmste von allen SS-Leuten hier.

»Mensch, Meinhold – mach dir bloß kleen!«

Robert Meinhold hätte sich liebend gern klein gemacht so klein wie eine Maus etwa. Die fand hier rasch ein Loch. Ein Häftling nicht. Er krampfte die Hände um den Hammerstiel und zertrümmerte den nächsten Stein mit einem einzigen Hieb. Auch nach zwei Wochen Buchenwald klappte das noch ganz ordentlich. Schlosser für Schwermaschinen, gute Konstitution, eiserne Gesundheit – da sollte man hier auch nicht allzu schnell vor die Hunde gehen. Er hatte die U-Haft überstanden (vor allem die erste Woche!), sämtliche Verhöre, die Anfangszeit hier – Berghaus war da schlimmer dran. Ach, verflucht... Robert schmetterte den Hammer lauter als nötig auf den Stein.

»Biste jeck?« zischte Kurt aus Köln. »Leise, du!« Kurt meinte es nicht bloß gut: er hatte Angst. Das Kommando, das Warthner auffiel, bekam in der Schicht und auch danach nichts zu lachen. Robert klopfte leiser, aber er hätte am liebsten...

Ihre Aktion gegen die Panzer, die seit kurzem im Werk C montiert wurden, war danebengegangen. Wahrscheinlich nicht zufällig. Freilich sahen die Braunen ganz besonders scharf hin in diesem Arbeiterviertel, wo sie auch nach fünf Jahren Adolf, Adolf über allem die Beine nicht richtig auf den Boden kriegten. Doch da hatte ihre Gruppe schon ganz andere Brokken verdaut. Nein, es mußte einen Verräter gegeben haben: die Gestapo zu schnell vor Ort, die meisten Fluchtwege abgeriegelt, Feuer auf alles, was sich bewegte. Horst hatte es gleich zu Anfang erwischt; er kippte aufs Pflaster, das Hemd färbte sich links rot: nichts mehr zu machen. Robert war losgerannt; sie hatten ihn erst kurz vor dem Remshagener Platz geschnappt. Von dort aus gab es genug Fluchtwege – hätte er den erreicht... Hatte er aber nicht. Seitenstechen, Atemnot – er wurde langsamer, und sie fingen ihn. An die erste Nacht in der U-Haft erinnerte er sich nur noch mit Grauen.

Schließlich schafften sie ihn nach Buchenwald. Immerhin keins der ganz schlimmen Vernichtungslager. Wenn man die Zähne zusammenbiß und Glück hatte... Robert wollte alles versuchen, damit die Frau und der Junge ihn eines Tages wiedersahen. Nicht auffallen. Zurechtkommen. Nicht krank werden. Schon im Gefängnis hatte er Strategien für alle möglichen Situationen ausgeknobelt, sein Verhalten geplant... Und dann – Warthner! Warthner, der Idiot vom Thomasplatz, wo die ›feinen‹ Leute wohnten. Gymnasiast – alter Feind aus den Schlachten der ›Realen‹ gegen die ›Pennäler‹. Ein schmales Hemd. Seine Nickelbrille hatte Robert ihm öfter von der Nase gehauen, mit Absicht. Damals regte das Ding ihn auf: So was trugen nur Klugscheißer, feine Pinkel, die ›anderen‹ eben. Später hatte er über sich selbst gelacht. Als ob es daran lag: Aussehen, Wohnort... Warthner hätte genausogut Kommunist werden können wie Liebknecht oder Neubauer, beide ›Herr Doktor‹ – und dann hätten sie zusammen in der Kneipe einen getrunken und über den Unsinn von früher gelacht. Doch Warthner war zur SA gegangen, später zur SS... Zum Glück für Robert wohnte er '33 schon nicht mehr in der Stadt, sondern ›irgendwo im Thüringischen‹. Ja – in Weimar. Ausgerechnet hier. Gleich bei ihrer ersten Begegnung auf dem Appellplatz hatten sie einander wiedererkannt. Eiskalter Schreck für Robert, sekundenlang, tief und lähmend: Hier komm ich nicht lebend raus. – Hier kommst du nicht lebend raus! hatte wohl auch Warthner gedacht – gerade so sah er Robert seitdem an, wann immer er ihn zu fassen kriegte. Er war noch genauso schmächtig wie früher, aber seine schwarze Uniform gab ihm alle Macht der Welt über Robert. Letzte Woche das ›Verhör‹, nur eine halbe Stunde – ein Vorgeschmack, der einen grübeln ließ, ob man nicht im Bruch vom Felsen sprang, ehe es richtig zur Sache ging. Scheiße, dachte Robert, Scheiße, Scheiße, hob den Hammer, ließ ihn auf den Stein fallen, wieder, wieder, und wartete auf das, was wohl bald kommen würde. Sah auch nicht hoch, als Warthners Schatten auf ihn fiel. Arbeitete weiter. Was sonst. Der lauerte doch nur darauf, daß er reagierte, die Arbeit unterbrach – ein Grund zum Zugreifen. Ruhig bleiben... Aber warum eigentlich? Drauf ging er so oder so – sollte er nicht einfach schneller Schluß machen? Andererseits: Wenn es diesmal vielleicht noch gut abging? Er hätte einen Tag gewonnen – verdammt, er lebte einfach gern! Und er hatte Angst. Aber nur nichts anmerken lassen! Auf ein Anzeichen von Schwäche wartete der doch bloß!

»Meinhold!«

Sofort ließ Robert den Hammer fallen, richtete sich auf, Kniedurchbauchreinbrustraus: »Jawoll, Herr Sturmführer!«

»Brille putzen!«

Und genüßlich grinsend reichte Warthner seinem alten Feind die Nickelbrille.

»Aber picobello, verstanden!«

»Jawollerrsturmführ'r!«

Mach was – mit schweißfeuchten, dreckigen Händen und ohne was zum Putzen. Sein Taschentuch hatte Warthner ihm gleich beim ersten Mal aus der Hand gefetzt und gebrüllt: »Taschentuch?! Für 'nen Häftling?! Für euch reicht der Jackenärmel! Wer soll das eigentlich waschen? Meint ihr, Deutschland kann sich das leisten, euch zu verhätscheln?«

Also putzte Robert mit dem groben Tuch der Jacke, so gut es ging. Aber es ging nicht. Bei allem Reiben, die Gläser würden nicht sauber werden.

»Herzeigen!«

Robert reichte dem Sturmführer die Brille und bückte sich wieder nach seinem Hammer – vielleicht war es damit erst einmal genug? Vergebliche Hoffnung.

»Stehnbleim!« Warthner hielt die Brille gegen das Licht, lief rot an und brüllte: »Was soll denn das sein? Versaut, total versaut! Keine Ahnung von Brillen, was? Leichter, einem die Brille runterzuhaun, als eine zu putzen, wie? Noch mal – aber ordentlich, sonst...«

Wieder nahm Robert die Brille entgegen. Seine Finger zitterten; fast wäre sie ihm heruntergefallen. Nicht auszudenken. Jetzt bloß ruhig bleiben. Klar, das Ding war verschmiert. Wie weiter? Er führte das rechte Glas vor den Mund und hauchte vorsichtig dagegen.

Und Warthner explodierte. Er hakte den Gummiknüppel von der Hüfte los, ließ ihn durch die Luft pfeifen, hieb dann wahllos auf Robert ein: Kopf, Bauch, Schultern. Der ließ sich zu Boden fallen, krümmte sich zusammen: so bekam man weniger ab. Doch Warthner winkte zwei seiner Kameraden; die sprangen sofort herbei, froh über die Abwechslung, rissen Robert in die Höhe, und die Prügelorgie begann erst richtig. Nach ein paar Minuten bluteten Roberts Mund und Nase, sein Kopf schien zur doppelten Größe angewachsen zu sein, und rechts stach etwas schmerzhaft, wahrscheinlich eine gebrochene Rippe. Ein neuer Schlag, in den Magen diesmal. Er erbrach sich und fiel in Ohnmacht.

Warthner winkte wieder. Ein Häftling brachte einen Eimer Wasser, goß ihn Robert über den Kopf. Der schnappte nach Luft und kam wieder zu sich, naß, frierend. Kaltes Wasser im November. Das gab eine Erkältung – aber nein, darum mußte er sich wohl keine Gedanken mehr machen. Warthners Miene und Blicke sprachen eine deutliche Sprache. Keine Gelegenheit mehr, sich eine Erkältung zu holen. Aus, vorbei. Blieb nie lange bei einer Sache, der Warthner; hatte ja auch sein Studium bald wieder geschmissen. Hoffentlich machte er's wenigstens schnell.

»Hoch!« bellte der SS-Mann. Robert brachte sich mühsam auf die Knie, tastete nach einem Stein in der Nähe, stemmte sich empor. Stand. Das kam ihm vor wie ein Wunder.

»Ab, Meinhold! Wenn du keine Brillen putzen kannst, üben wir das. Im Bunker gibt's genug Klos, verstanden?« Die SS-Leute meckerten und zwinkerten sich zu: Ja, der Sturmführer verstand sich auf 'nen Spaß! Und sie brüllten vor Vergnügen, als Warthner eine neue Nickelbrille aus seiner Brusttasche fummelte und mit großer Geste aufsetzte.

Alles sorgfältig inszeniert. Robert senkte den Kopf. Komödie. Und nun das Finale. Schmierentheater, aber mit todsicherem Erfolg. Im wahrsten Sinne des Wortes.

»Abmarsch!« Warthner zog seine Pistole, richtete sie auf Robert. »Und gradezu! Keine Umwege! Klar? – Der

Rest weitermach'n!« brüllte er dann. »Ein Mann weniger – da müßt ihr stärker ran! Hättet ihr dem Führer Beifall geklatscht, müßtet ihr heute keine Steine klopfen!« Wieder lachten die SS-Leute.

Schmierenkomödiant, dachte Robert. Es verschaffte ihm keine Erleichterung. Er zitterte am ganzen Körper, vor Kälte und Angst. Leben – nur noch einen Tag!

»Na wird's bald?!« schrie Warthner und hob die Pistole, bis die Mündung genau zwischen Roberts Augen zielte. »Los, Realer!« Das alte Schimpfwort fiel so überraschend, daß Robert fast gelacht hätte. Aber es war todernst gemeint. Das Kind war erwachsen geworden, und es brachte den alten Streit jetzt zu Ende... Er setzte sich mühsam in Bewegung.

Auf den Steinen schimmerte matt die alte Nickelbrille. Das Glas war gesplittert, ein Bügel verbogen. Einer der Wachleute trat sie in den Schlamm, ohne es zu bemerken.

»Schiß, Meinhold?«

Warthner saß auf einer Tischkante, rauchte und sah ihn lauernd an. Robert schwieg.

»Kannst es ruhig sagen. Hier im Bunker hört's keiner. Und selbst wenn – dir kann's doch jetzt egal sein. Also – Schiß?«

Robert antwortete noch immer nicht, aber der Schwarze ignorierte es und sagte fast versonnen: »Einmal nur! Einmal hättest du Schiß vor mir haben sollen. Weißt du, wieviel ich vor dir hatte? Du – so ein Bulle! Und ich – immer die Prügel. Keine Chance. Tja, Realer«, das klang fast weich, kaum noch wie ein Schimpfwort, »die Zeiten haben sich geändert. Das hat dir gefehlt: ein bißchen mehr Grips als der Durchschnitt. Ich hab kapiert, wie's gehen würde, als ich Adolf zum ersten Mal hörte. Klar – euer Thälmann war auch keine üble Nummer. Aber wer wollte den schon? Der Führer dagegen – Säle voll, Plätze voll, Aufmärsche... Wahnsinn! Nur bißchen mehr Grips, Meinhold, und wir würden jetzt hier gemütlich eine rauchen, als Kameraden. Würdest gut aussehn in Schwarz.« Er grinste und drückte die Zigarette im Aschenbecher aus. »Also – Schiß? Komm – gib's zu.«

Eine Möglichkeit plötzlich – verlockend. Gib's zu, schien irgendwer zu flüstern. Gib's zu – vielleicht reicht ihm das, vielleicht läßt er dich gehen. Vielleicht macht ihm einer mehr Spaß, der lebt und Schiß vor ihm hat. Sag es, na los, sag: Ich hab Schiß.

»Ja. Ich hab Schiß«, sagte Robert heiser.

Warthner wäre vor Überraschung fast vom Tisch gerutscht. »Wie bitte? Noch mal!«

»Ich hab Schiß, Herr Sturmführer«, wiederholte Robert leise. Leben, nur leben. Karin noch einmal sehen, den Jungen. Noch einmal mit den beiden durch die Stadt schlendern, Hand in Hand. Und dieses, und jenes. Vieles, das er nicht beachtet, vieles, das ihn gelangweilt hatte – jetzt lag es ungeheuer fern, und er hätte es gern zurückbekommen.

Warthner grinste genüßlich, glitt vom Tisch herunter, setzte sich auf den Stuhl dahinter, streckte die Beine gemütlich aus. Aber immer die Pistole in Griffweite.

»Lauter, Meinhold. Und schön langsam! Ich möchte das hören!«

»Ich – hab – Schiß!« Diesmal laut und betont; er schrie fast. Jetzt war es ja doch egal.

»Vor mir?«

Robert nickte.

»Das möchte ich hören!«

»Ich – habe – Schiß – vor – Herrn – Sturmführer – Warthner!«

»Und ich mache mir vor Angst gleich in die Hosen!«

»Ich – habe – Schiß – vor – Herrn – Sturmführer –

Warthner – und – ich – mache – mir – vor – Angst – gleich – in – die – Hosen!«

»Lauter! Das muß klingen, Meinhold! Wenn du das schön machst...« Mehr sagte Warthner nicht, aber es erfüllte seinen Zweck; Robert schmetterte aus voller Kehle:

»Ich – habe – Schiß – vor – Herrn – Sturmführer – Warthner – und – ich – mache – mir – vor – Angst – gleich – in – die – Hosen!«

»Gut. Das war doch was!« Warthner stand auf, nahm die Pistole zur Hand. »Na dann komm – wir gehn spazieren.«

Roberts Herz schlug heftig, als sie den Appellplatz überquerten. Die Baracken? Der Steinbruch? Die Hoffnung machte ihn schwindlig. Egal wohin – er war wieder draußen aus dem Bunker, atmete frische Luft, sah die blasse Novembersonne und dort, an der einen Wand, zerrte eine Amsel gerade einen fetten Wurm aus der Erde, herrlich. Überstanden – jetzt konnte kommen, was wollte! Er lächelte mit seinem zerschlagenen Mund, und das tat weh, aber er lächelte weiter. Wer kam schon zurück aus dem Bunker!

Das Lächeln erlosch, als Warthner auf den Flachbau zuhielt, den manchmal Häftlinge betreten hatten, die nicht wieder herausgekommen waren. Fragte man die von der Reinigungskolonne, was sich in dem Gebäude befand, erhielt man nur unbestimmte Antworten. Ein paar Arztzimmer anscheinend – aber die brachten doch keinen um? Oder?

Tatsächlich – Arztzimmer. Ein SS-Mann im weißen Kittel saß im ersten. Als sie die Tür öffneten, sprang er auf: »Tach, Warthner.« Knappe Kopfbewegung zu Robert: »Patient?«

»Untersuchen und behandeln.«

Ganz unverfängliche Worte, aber der Ton gefiel Robert

nicht. Als machten die zwei sich auf seine Kosten lustig. Nur lustig? Hoffentlich.

»In Ordnung.« Der Weiße nickte. »Wird sofort besorgt.«

»Ich geh dann. Tschüssikowski!« Warthner winkte lässig mit der Rechten, in der er immer noch die Pistole hielt, und verließ den Raum. Seine Schritte auf dem Gang verklangen, aber so sehr Robert auch sein Gehör anstrengte, er hörte die schwere Eingangstür nicht zufallen. Wohin ging Warthner, was hatte er hier drin noch zu tun? – Mach dich nicht verrückt, redete er sich selbst gut zu. Ist vielleicht alles ganz harmlos.

Der Weißkittel befahl: »Na, dann machen Sie sich mal frei.« Er betrachtete Robert prüfend von oben bis unten, nickte dann. »Hm.«

»Oberkörper?«

»Alles.« Der SS-Mann lächelte dünn. »Das müssen wir dann nachher nicht machen.« Schweigend sah er zu, wie Robert seine Häftlingssachen ablegte. »Mitkommen.« Es klang militärisch, aber nicht unfreundlich. Er brachte Robert ins Nebenzimmer; es wirkte ebenso harmlos wie das erste. Ein Schreibtisch, ein Glasschrank mit Büchern und Medikamenten, eine Liege, Gerätschaften, Waage und Meßlatte. Nichts Ungewöhnliches. Dennoch brach Robert der Schweiß aus. So ganz und gar nackt fühlte er sich unbehaglich.

»Waage.«

Robert stellte sich darauf. Der SS-Mann hantierte mit den Gewichten. »Fünfundsiebzig.« Er notierte die Zahl. Dann zeigte er zur anderen Wand hin.

»Meßlatte.«

Robert folgte auch diesem Befehl. Er lehnte sich einen Moment mit dem Rücken gegen die Latte, fühlte das harte Holz, straffte sich dann. Der Arzt senkte den Meßbalken.

»Einszweiundachtzig. Aha. – Nee, stehenbleiben!« Wieder eine Notiz. »Leichtes Untergewicht. Ist die Verpflegung nicht gut.«

Robert schluckte. Natürlich war das Essen schlecht. Und zu wenig. Aber er antwortete: »Doch – gut.«

»Aha!« Wieder notierte der Weißkittel etwas, sah dann auf, blickte den Häftling durchdringend an. »Übrigens, ich soll Sie von Warthner grüßen. Er steht hinter Ihnen.«

Robert zuckte zusammen, machte eine Bewegung, als wolle er nach vorn stürzen. Der SS-Mann holte eine Mauser aus der Kitteltasche.

»Stehnbleim! Warthner verabschiedet sich jetzt von dir, klar? Seit ich den Balken runtergefahren habe, ist ein Loch in der Wand. In der Latte übrigens auch.« Er griente. »Aber wenn's dich tröstet: Deine Leiche wird Deutschland noch gute Dienste leisten.«

Dann krachte der Schuß. Er schien aus der Wand zu kommen. Robert fühlte einen heißen Schmerz, der im Genick begann, durch alle seine Glieder raste und das Hirn ausbrannte. Danach spürte er nichts mehr.

»Aufwachen! Herr Meinhold – wachen Sie auf! Es ist vorbei!« Vorbei? Was war ›vorbei‹?

»Schockreaktion«, hörte er, und »zehn Milli.«

Etwas summte. In seinem Körper prickelte es überall. Er fühlte sich gut dabei.

Was, zum Teufel, passierte hier mit ihm?

Und dann die letzte Szene, plötzlich wieder da: Deine Leiche wird Deutschland…

Die starren Augen des Weißkittels.

…ein Loch in der Wand… in der Latte übrigens auch… Angst: Warthner stand hinter ihm! Und ein Loch…

Der Schuß; ein leichter Geruch von Pulver, ein Schlag gegen das Genick… Schmerz…

»Die Genickschußanlage«, sagte jemand monoton, »ein Mittel zur schnellen Vernichtung ohne Aufsehen. Die Häftlinge werden in ein Arztzimmer geführt, angeblich zur Untersuchung. Sie ziehen sich nackt aus, so daß man die Leichen später nicht entkleiden muß; außerdem werden noch brauchbare Sachen nicht vom Blut verdorben. – Im zweiten Zimmer stellt sich der Häftling an die Meßlatte, deren Balken der Arzt dann herunterzieht, wodurch er einen Mechanismus auslöst, der einen vier Zentimeter breiten Schußkanal öffnet, dessen Länge es erlaubt, trotz aller Größenunterschiede zwischen den Häftlingen jedesmal genau das Genick zu treffen. Der SS-Mann hinter der Wand schießt; dann entfernen zwei andere SS-Leute, die sich im angrenzenden Zimmer bereithalten, den Leichnam. Das alles läuft nach etwas Übung schnell und ohne Aufsehen ab. Die Häftlinge müssen weder gefesselt noch beruhigt werden – ein enormer Vorteil.«

Wer redete da? Die Stimme klang so fern. Anders als die, welche ihn jetzt wieder drängte. »Wachen Sie auf, Herr Meinhold! Aufwachen!«

Er achtete nicht darauf, er dachte: Genickschußanlage. Ja. Dort hat Warthner mich erschossen, grade als ich schon dachte, ich hätte es überstanden. – Moment mal: Hat da nicht jemand gesagt, daß es wirklich vorbei ist? – Aber wieso denn? Sie haben mich erschossen, haben ihre Anlage an mir erprobt, und jetzt erzählen sie mir, wie gut das Ding funktioniert. – Nein, das geht nicht. Ich kann nichts hören; ich bin tot. – Dann erinnere ich mich vielleicht nur daran? Klingt die zweite Stimme deshalb so schwach? Aber wieso kann man sich erinnern, wenn man tot ist?

»Er will nicht!« die erste Stimme, die reale, nahe, klang so, als ob ihr Besitzer langsam ungeduldig werde. »Zum Kuckuck, das hatten wir noch nicht. Gib noch mal zehn Milli... nein, besser zwanzig!«

Wieder das Prickeln. Robert fühlte sich mit einem Mal ganz leicht. Wie neugeboren.

Das war es also: Sie hatten ihn erschossen und wieder zum Leben erweckt. Die Nazis brachten sogar das fertig. Und Adolf Hitler war Gott.

Hitler – Gott? Der Gedanke erschien ihm im nächsten Augenblick so absurd, daß er losplatzte und lachte, die Augen öffnete und sich aufsetzte, immer noch lachend.

»Na also!« Jetzt klang die erste Stimme zufrieden. Sie gehörte einem Mann in weißem Kittel, der keine SS-Uniform trug, dafür aber auf der linken Brustseite ein Logo: dreifacher schwarzer Stacheldraht auf blauem Grund, und über dem Draht die goldenen Buchstaben »RAYL«.

RAYL. Real Adventures (of) Your Life. Das fiel Robert wieder ein, aber er wußte nichts damit anzufangen und sah wohl auch sonst nicht allzu intelligent aus, wie er da so auf seiner Pritsche saß, umgeben von hypermodernen Geräten. Rechterhand flimmerte ein EKG, wie es aussah, und links verströmte der Bildschirmschoner eines Computers ruhiges Schwarz mit Sternen. Der Weißkittel lächelte ihm ermunternd zu.

»Na, Herr Meinhold – wieder zurück? Gestatten: Lettau. Und – sind Sie zufrieden?« Robert nickte, wie hypnotisiert von soviel Freundlichkeit. »Ja... Klar... Aber...«

»Der Lösungsschock. Das kommt vor.« Lettau verlor sein Lächeln nicht. »Einen Moment, bitte.« Er hantierte kurz an seinen Geräten, etwas zischte, und dann fühlte Robert sich frisch, ausgeruht. Sein Blick war wieder vollkommen klar, sein Kopf frei. Er stand mühelos auf und folgte Lettaus Wink zu einer Sitzgruppe hin. Ah, weich. Wie er das vermißt hatte nach den harten Pritschen und Schemeln in Buchenwald.

»Real Adventures of Your Life!« entfuhr es ihm

plötzlich; er hieb sich mit der Hand gegen die Stirn. »Der Trip... Buchenwald...!«

»Na, sehen Sie!« rief Lettau triumphierend, als hätte er Robert gerade von einer schweren Krankheit geheilt. »Das muß doch beeindruckend gewesen sein!«

»Ja...« murmelte Robert. »Beeindruckend... toll... so echt...« Er zuckte zusammen: diese Erinnerung! »Der hat mich erschossen!«

»Aber nein!« Lettau wirkte kompetent, wie er so dasaß und immer weiter lächelnd – den Kopf langsam schüttelte. »Sie haben den Komplettvertrag Stufe 3 unterschrieben: vierzehn Realzeit-Tage ohne Zwischenpausen, Arbeit im Steinbruch, körperliche Mißhandlung und abschließende Hinrichtung. Und Sie haben sich bravourös gehalten, alle Achtung! In unserer Zeit diese körperlichen Anstrengungen auszuhalten, unter den Schlägen nicht zusammenzubrechen – das ist schon etwas! Nur knapp zwanzig Prozent der Dreier-Kunden schaffen das bis zum Ende! Und, ehrlich gesagt«, er beugte sich vor, senkte die Stimme, »ich habe bisher erst einen Vierer erlebt, der es durchgestanden hätte.«

»Vierer?« Ja, da war etwas gewesen – ein Angebot...

»Komplettvertrag Stufe vier!« Lettau blickte nun fast feierlich drein, aber irgendwie schaffte er es, selbst dabei noch leicht zu lächeln. »Die größte Herausforderung, die wir zu bieten haben: Die Hinrichtung führt nicht ganz zum Ziel, und anschließend wird man verbrannt, obwohl man noch nicht tot ist.«

»Ach ja.« Robert fuhr ein Schauer über den Rücken. Das hatte der Introducer ihnen beim Schnuppervortrag über das KZ auch angeboten. Nun ja, ganz so extrem hatte er seinen Urlaub denn doch nicht haben wollen, aber etwas mit Kitzel sollte es schon sein, und mit Härte. Nach zwei Jahren Maloche endlich einmal richtig ausspannen, die viele Kohle ausgeben, die sich angesammelt hatte. Reisen? Nein, Reisen langweilten ihn; in Ländern, wo er nur Tourist war und die Sprache nicht verstand, fühlte er sich nicht wohl. RAYL bot da schon ganz andere Dinge. Der führende Real-Adventure-Konzern weltweit. Und Buchenwald war einer der Knüller im Programm gewesen. Deutschland hatte das ehemalige KZ vor ein paar Jahren an die Amerikaner verkauft; auch ein paar Protestler, meist Kinder und Enkel von Häftlingen, konnten daran nichts ändern. Die Staatsschulden waren hoch wie nie; außerdem hatte RAYL sich verpflichtet, neunzig Prozent der Arbeitsplätze langfristig mit Einheimischen zu besetzen, was der krisengeschüttelten, von Firmenzusammenbrüchen heimgesuchten Region Thüringen gut tat – wenn es auch nur einen winzigen Tropfen auf einem sehr großen und sehr heißen Stein bedeutete. Ja, und just zu dem Zeitpunkt, als Robert nach seiner Urlaubsidee suchte, hatte RAYL wieder einmal geworben, mit Sonderpreisen anläßlich des einjährigen Jubiläums der Neueröffnung. Die Werbekampagne klang interessant; also war Robert hingefahren, hatte sich die Introduction angehört, eine kurze Demo miterlebt und am Ende gemeint, das wäre wohl etwas für ihn: vierzehn Tage ein ungeheuer echtes Abenteuer – eins, wie man es heute kaum noch erleben konnte in diesem geregelten Europa. Na, und woanders – wer ging schon woanders hin, nach Afrika zum Beispiel, wo es immer heiß und gefährlich zuging? Ernsthaft passieren sollte einem ja auch nichts – da waren vierzehn Tage Buchenwald-Adventure genau das Richtige. – Gemeinsam mit dem Introducer hatten sie ihre Stories festgelegt, und Robert stellte mit Befriedigung fest, daß er als einziger der Gruppe sich zu einem Komplettvertrag Stufe Drei entschloß; die anderen wählten weichere Varianten: eine Woche Schreibstube mit anschließender Entlassung, nur leichten Mißhandlungen und so weiter. Kinderkram. Nein, er wollte schon was erleben. Nur zu Stufe Vier hatte auch er sich nicht entschließen können – Feuer mochte er nicht. Na, vielleicht beim nächsten Mal.

Lettau hatte ihm ein paar Minuten Zeit gelassen, um diesen Gedanken nachzuhängen; nun aber, da Robert ihn wartend ansah, wurde der Weißkittel erneut rege, setzte sein Lächeln wieder auf, wies auf eine Waage (freilich eine elektronische): »Wenn ich Sie bitten dürfte...« Und auf Roberts verständnislosen Blick hin ergänzte er: »Die Zusatzoption!«

Ach ja – richtig. Das war das zweite Plus des RAYL-Pakets: Robert hatte in den Jahren seines Sitzberufs am Computer etwas Fett angesetzt, und er wollte es loswerden. Kein Problem – immerhin erlebte man bei RAYL nicht irgendein Adventure-Game im Cyberspace oder etwas noch Primitiveres, sondern machte alles selbst und wirklich durch – das war ja gerade der Kick! Kam dabei noch eine Entfettungskur heraus – warum nicht? Er sah an sich hinunter: von Bauch und Hüftspeck war nichts mehr zu sehen. Ein Spiegel über der Waage zeigte ihm, daß seine vormals blasse Hautfarbe einem gesunden Rosa gewichen war. Viel Bewegung in frischer Luft – ein Zaubermittel.

Nur als er die Waage bestieg, wurde ihm für einen Moment unbehaglich zumute. Immerhin hatte er das dort auch getan – kurz bevor Warthner ihn ›erschossen‹ hatte...

»Fünfundsiebzig zwei!« Lettau nickte zufrieden. »Damit liegen wir sogar achthundert Gramm unter dem Limit, Herr Meinhold. Wenn Sie also hier bitte quittieren würden.« Er hielt ihm einen MonScan hin; Robert las die Zahl und bestätigte per Daumendruck. In Ordnung: sechsundsiebzig Kilo höchstens, dann erhielt RAYL weitere dreihundert, so war es vereinbart. Ein Bonus für beide. Die Firma tat ja nichts Zusätzliches dafür, daß er abnahm; er wiederum hätte auf einer Schlankheitsfarm das Drei- bis Vierfache einscannen müssen.

»Sehr echt übrigens. – Der Tod, meine ich«, setzte er hinzu, als Lettau nicht gleich verstand und ihn verwirrt anschaute. »Wie machen Sie das?«

»Wirkungsstrahler in der Decke, getarnt natürlich.« Das Lächeln des RAYLers gerann, wurde ein wenig geschäftsmäßiger. Nachdem nun alle Formalitäten erledigt waren, nervte er den Mann wahrscheinlich. Klar, konnte man verstehen. Der arbeitete sicher im Akkord, mußte gleich den nächsten Kunden aufwecken. »Sie werden mit dem Verschieben des Balkens aktiviert und erzeugen eine Art gesteigerter Wahrnehmungsfähigkeit. Knall und Gerüche sind echt; aber von hinten drückt Ihnen eine Maschine einfach einen kalten Metallstab ins Genick. Doch die Strahler bewirken, daß Sie es wie einen Einschuß empfinden. Genauso die Prügel; die Scheinwerfermasten im Steinbruch tragen Strahlertrauben. Warthner hat Sie nur ganz leicht angetippt – für Sie waren das Schläge.«

»Perfekt«, murmelte Robert, »wirklich perfekt. – Und wie geht's jetzt weiter?«

Lettau lächelte wieder freundlicher, nun, da die Prozedur überstanden schien. »Sie gehen zum Torgebäude. In SS-Begleitung und Häftlingszeug natürlich – die anderen Kunden dürfen nichts merken. Nehmen Sie's als Abschiedsrunde. Im Tor erhalten Sie Ihre Sachen zurück, unsere Hostess betreut Sie, und das Taxi bringt Sie dann in die Stadt, zu Ihrem Parkplatz oder Hotel. Damit endet unser Vertrag.« Er drückte auf einen Knopf. Eine Tür öffnete sich.

Robert zuckte zusammen und hielt unwillkürlich den Atem an: Warthner, in voller SS-Uniform. Aber sein Alptraumfeind schenkte ihm absolut keine Beachtung, blieb steif an der Tür stehen, schaute nur Lettau an. Er atmete auf.

»Bring Herrn Meinhold zum Torgebäude!« befahl der RAYLer. »Prozedur C 48-5. Und dann wartet im Steinbruch ein neuer Kunde, Nummer 97212. Für Standardprozedur B 13-8. – Alles Gute noch, Herr Meinhold.«

»Ein Roboter?« Robert betrachtete Warthner ungläubig.

»Biomat.« Lettau zuckte die Schultern. »Menschen eignen sich für den Job nicht. Kriegen Depressionen – oder drehen durch und spielen nicht mehr SS, sondern sind SS. Das machte uns früher Probleme. Außerdem, Biomaten sind auf Dauer billiger. Hier in Deutschland sowieso – bei den Löhnen und Lohnnebenkosten... Und der hier, der 19/36: ein sehr effizientes Modell. Universal einsetzbar – nicht nur hier in Buchenwald. Oft auf Lizenz nachgebaut. Gutes Nebengeschäft. – Also dann, auf Wiedersehen.« Er schien es jetzt wirklich eilig zu haben. Robert nickte ihm zum Abschied zu und ging dann hinaus; Warthner folgte ihm.

Ein Biomat also... Sein Gesicht paßte zu den künstlichen Erinnerungen an die ›Arbeiter-Biographie‹, die man Robert vor der ›Haft‹ suggeriert hatte. Eine der Standardstories des Dreier-Pakets: der alte Schulfeind aus ›besseren‹ Kreisen. Welche gab es da noch? Den Sadisten, den man früher nicht kannte... den Hinterhältigen, dessen Frau mal mit einem Meinhold durchgebrannt war, was er einem erst kurz vor dem Tod sagte... den Arzt, der Experimente an einem vornahm... und so weiter. Alles prima inszeniert. Selbst dieser Abgang jetzt. Irgendwie ungemütlich. Dabei gab es natürlich nichts mehr zu fürchten. Und trotzdem – wie er da so über den Appellplatz ging, immer noch in Häftlingskleidung, Warthner einen halben Schritt hinter ihm, mit gezogener Pistole – so waren sie auch zur

Baracke gelaufen... Zur Hinrichtung wenn's auch nur eine eingebildete war...

Die Erinnerungen brachen sich jetzt Bahn. Das bewirkte sicherlich auch der Appellplatz, über den andere Häftlinge gingen, ebenfalls Kunden von RAYL, bewacht von SS-Leuten – anderen RAYL-Biomaten. Ein Mann mit gestreifter Kappe saß hinter einem Fenster an einem Schreibtisch; er blickte sich vorsichtig um, als er Robert sah, dann ballte er heimlich die Faust: Halt durch, Genosse! Er dachte anscheinend, man führe den anderen zu den Zellen unter dem Torgebäude... Robert ballte ebenfalls die Faust, aber nur einen kurzen Moment, ohne sie zu heben; die Häftlingsreflexe funktionierten noch. Der Schreiber nickte flüchtig und beugte sich dann wieder über seine Arbeit.

Häftlinge kehrten den Platz, Häftlinge standen vor einem SS-Mann stramm, der sie anbrüllte, Häftlinge trugen einen Unratkübel, Häftlinge marschierten in Kolonne, von SS flankiert. Ein lebensechtes Bild. Und doch nur ein Real Adventure: Urlauber, Biomaten, Kulisse. Die freilich nicht in allen Punkten historisch exakt; RAYL hatte alles den vermuteten Wünschen der Kunden und einer möglichst effektiven Organisation des Geschäftes angepaßt. Trotzdem: Robert fühlte sich beklommen, sagte sich mit Mühe immer wieder, daß der da hinter ihm kein SS-Mann war, kein alter Feind, sondern nur das Requisit einer Abenteuergeschichte – wenngleich eins, das sich bewegte, sprach, echt anfühlte. Dennoch: Requisit, Ding, Etwas. Man brauchte keine Angst davor zu haben, keinen Schiß...

Ich – habe – Schiß – vor – Herrn – Sturmführer – Warthner – und ich – mache – mir – vor – Angst – gleich – in – die – Hosen! hämmerte es plötzlich in seinem Kopf. War das nicht ein bißchen arg gewesen? Na ja. Er hatte es ja so gewollt. Robert lächelte schief. Wie gesagt – alles nur ein Abenteuer.

Und doch atmete er tief durch, als Warthner ihn im Empfangsbereich einer – menschlichen – Hostess übergab und sich nach einem »Ich wünsche Ihnen noch weiterhin schöne Tage!« entfernte. Diese Stimme! Sie schien überhaupt nicht zu den routiniert höflichen Worten zu passen. Robert schloß die Augen; einen Moment lang kämpfte er um seine Selbstkontrolle, dann hatte er sich in der Gewalt. Alles lief programmgemäß, vertragsgerecht; alles in Ordnung. Er wandte sich der Hostess zu und erwiderte ihr Lächeln. Aufregende Frau. Oder kam es ihm nur so vor – nach vierzehn Tagen ohne?

Eine Stunde später verließ er – entspannt, geduscht und in seinen eigenen Sachen – das Gelände durch denselben versteckten Seiteneingang, durch den er es zwei Wochen zuvor betreten hatte.

»Wir hoffen, Sie sind zufrieden«, sagte die Tür. »Kommen Sie bald wieder. RAYL – das ist immer ein echtes Erlebnis!«

Robert hatte nach seinem Buchenwald-Trip noch einige Tage in Weimar bleiben wollen, und das tat er auch. Das Taxi brachte ihn bis zu seinem Hotel, und dann begann Teil zwei des Urlaubs. Seine Firma erwartete ihn erst in einer Woche zurück.

Weimar war zu jeder Zeit voller Touristen (und Touristinnen, selbstverständlich). Manche zog der RAYL-Park an, der ja nicht nur aus dem Erlebnis-KZ bestand, sondern auch Familienurlaubern und Pärchen alles bot, was die sich wünschen konnten: CLASSICLAND wimmelte nur so von den phantastischsten Figuren und den tollsten Fahrgeschäften. Zu Anfang hatte das Geschäft nicht recht laufen wollen, denn hier fand man nichts von Disney; die putzigen Figuren und die Light-Adventures waren den Werken von Goethe, Schiller und so weiter entnommen; da gab es eine ›Walpurgisnacht‹, das Restaurant ›Auerbachs Keller‹, wo die Gäste ihre Getränke selbst zapfen konnten, an den Seiten des Tisches; das Schießen mit Wilhelm Tell (als Geßler oder Tell oder Bub mit dem Apfel), eine Verbrennung der Jungfrau von Orleans (gegen Aufpreis Rollen als Henkersknecht oder als Retter des Mädchens). Und so weiter. – Jetzt, in der besten Saison, quoll CLASSICLAND von Besuchern fast über. Die gigantischen Werbekampagnen waren erfolgreich gewesen – man mußte den Leuten nur richtig beibringen, wie gut sich hier Urlaub und Bildung miteinander verbinden ließen. Zuerst waren Schulklassen gekommen, zum Spartarif, und der Park hatte Wahnsinnsverluste hinnehmen müssen – doch nach ein paar Monaten, siehe da, hatten die lieben Kinder herumerzählt, wie toll es dort war – und jetzt lief der Laden. – Außer den Besuchern des Parks kamen natürlich auch eine Menge Leute hierher, welche die Gedenkstätten der Klassiker aufsuchen wollten, Goethehaus, Schillermuseum und so weiter. Robert hatte sein Hotelzimmer mit CLASSICLAND und Goethehaus inklusive gebucht, aber der Park gefiel ihm besser. Dort ließen sich auch leichter Mädchen auftreiben. Am ersten Tag eine Anna aus Schweden, die bald wieder abreisen würde und sich früh am Morgen verabschiedete; warum auch nicht. Robert hatte keine Schwierigkeiten, am nächsten Abend etwas mit Elisa aus Dortmund anzufangen. Er sah nach der ›Kur‹ in Buchenwald wieder ganz gut aus, und er hatte Nachholbedarf. Vierzehn Tage ohne Sex – ganz schön arg. Die Betreuung durch die Hostess im Torgebäude war ja recht nett gewesen, gehörte aber zum Vertrag und machte daher nur den halben Spaß. – Elisa schien übrigens seine Vorliebe für Abwechslung zu teilen; sie zog schon nach zwei Stunden, allerdings sehr intensiv genutzten, auf eine neue Runde los. Kaum fiel die Tür hinter ihr ins Schloß, schlief Robert ein.

Und erwachte mitten in der Nacht mit einem Schrei, saß aufrecht im Bett, schweißnaß, zitterte und brauchte lange, um sich zu beruhigen. Er hatte von Warthner geträumt, von der Baracke, und diesmal war es kein Adventure in einem Erlebnispark, sondern echt. Warthner knallte ihn ab – er fühlte das Blut seinen Rücken hinunterrinnen –, dann schleifte man ihn hinaus und warf ihn in den Ofen, wo er verbrannte; seltsamerweise aber lebte er immer noch und schrie, die eiserne Tür mit den Fäusten bearbeitend: Laßt mich raus, ich bin noch nicht tot, ich bin noch nicht toooot!

Dieser Schrei hatte ihn aufgeweckt. Von rechts klopfte jemand gegen die Wand und brüllte: »Ruhe!« Es klang dumpf – wie aus einem Grab.

Robert schaute auf seine Uhr. Erst halb zwei. Er fühlte sich hellwach. Jetzt wieder einschlafen? Nie und nimmer! Wenn dieser Traum wiederkam... Ihm fiel ein, daß die Bar im Hotel bis fünf Uhr morgens geöffnet hatte. Na also. Ein paar Whisky würden ihm guttun, und der Anblick von Leuten, die tanzten, spielten oder tranken. Keine SS-Uniformen. Keine Arztzimmer und Öfen. Statt dessen harmlose Menschen, die sich amüsierten. Er duschte den Schweiß ab, zog sich an und ging nach unten.

Wie er gehofft hatte, war die Bar noch recht voll. Das typische Treiben: Menschen zwischen rotem Samt, Tischlampen und Spiegeln. Hinter einem Perlenvorhang der Eingang zu einem kleinen Casino: Roulette, Baccarra, Black Jack. Links Tanzfläche und Band; leiser Swing, der in diesem Jahr wieder einmal in war. Vierziger Jahre des vorigen Jahrhunderts oder so. War nicht Roberts Fall. Aber bitte – wem's gefiel... Er wollte ohnehin nicht tanzen oder gar noch mehr; eine Frau pro Tag reichte. Er wollte nur noch ein Gläschen trinken, um dann – hoffentlich – ruhig schlafen zu können. Also steuerte er die Bar an und verzichtete auf eine Musterung der anwesenden Weiblichkeit; die Frauen, die um diese Zeit noch allein in einer Bar saßen, waren sowieso nicht mehr das Gelbe vom Ei.

Schwungvoll setzte er sich auf einen Barhocker, fixierte den Mann hinter der Theke und sagte: »Einen Bourbon auf Eis, bit...«

Das Wort blieb ihm im Halse stecken, denn da stand Warthner. In dunkles Rot gekleidet, mit Fliege und Dreieckstüchlein in der Jackettasche – aber unzweifelhaft Warthner!

Im ersten Moment wollte Robert gehen; er hatte plötzlich keine Lust mehr auf Whisky. Er machte schon eine Bewegung vom Hocker hinunter, hielt dann jedoch inne: Lächelte der Kerl da etwa impertinent?

Hast du Schiß vor mir, Meinhold?

Nein, du Arschloch!

Also wiederholte er seine Bestellung, erhielt das Gewünschte, kippte das Glas hinunter, fühlte den Schnaps warm durch die Speiseröhre und in den Magen rinnen, ließ sich noch einen Bourbon geben – und dann saß er da, trank kleine Schlucke, beobachtete den Barkeeper. Warthner bewegte sich routiniert und geschickt; er sprach höflich mit den Gästen, antwortete auf ihre Witzchen mit einem freundlichen Lächeln, hörte zu, wo er zuhören sollte, und nahm von Robert nicht mehr Notiz als von jedem anderen. Der Teufel mochte wissen, warum er tagsüber oben auf dem Ettersberg Häftlinge quälte und nachts um Touristen herumscharwenzelte. Verdiente man bei der SS so schlecht? Oder hatte der Kerl irgendein perverses Vergnügen daran?

Quatsch! Robert schüttelte über sich selbst den Kopf. Spinnst du jetzt schon, Meinhold? Das da oben war ein Life-Adventure; schon vergessen? Du hast einen Vertrag unterschrieben und bezahlt – du wolltest es so. Und diesen Warthner hat es nie gegeben. Es gibt nur einen Biomaten, der auf deine Story programmiert worden ist. Vielleicht ist das ja sogar der hier – schließlich sind SS-Leute nicht vierundzwanzig Stunden hindurch im Dienst, das würde die Echtheit stören. Und in seiner ›Freizeit‹ verleihen sie ihn vielleicht. Oder das Hotel hat ein Lizenzprodukt gekauft. Was hat dieser Lettau erzählt? Ein effizientes Modell, universal einsetzbar. Auch anderswo. Alles nur eine Frage der Programmierung. Heute SS-Mann, morgen Kellner. Oder der eine SS, der andere Hotel. Das ist alles. Beruhige dich, trink deinen Whisky aus und geh dann schlafen.

Aber auch nach seinem zweiten Glas hob er die Hand und winkte. »Noch einmal das gleiche!« Warthner schenkte ein, wollte dann schon gehen, da hielt Robert ihn am Ärmel fest und fragte: »Übrigens, wie heißen Sie?«

»Nennen Sie mich Carl«, antwortete Warthner standardisiert freundlich. »Carl mit C.«

»Carl, sagen Sie – waren Sie schon einmal oben in Buchenwald?«

Der Gesichtsausdruck des Biomaten veränderte sich nicht im geringsten. Eine lächelnde Maske. »Nein, bedaure, mein Herr. Ich habe hier oft und lange Dienst. Außerdem ist ein Real Adventure für mich nicht gerade erschwinglich. – Wenn Sie mich jetzt entschuldigen würden? Da drüben möchte jemand…«

»Nur noch eine Frage!« Robert hielt den Biomaten fest, und der wehrte sich nicht, das hätte seiner Programmierung widersprochen. »Haben Sie mich schon einmal gesehen? Robert Meinhold.«

»Bedaure.« Warthner schüttelte den Kopf. »Sie sind zum ersten Mal hier Gast, vermute ich. Und wenn ich Sie nun bitten dürfte…«

»Klar doch.« Robert löste seinen Griff; der Barkeeper beeilte sich, zu den anderen Gästen zu kommen.

Der Bourbon wirkte erstaunlich schnell. Ein wohliges, warmes Gefühl. Müdigkeit, Bettschwere – aber kein Verlangen, aufzustehen und zu gehen. Statt dessen ein viertes Glas, noch langsamer getrunken als das dritte. Und schließlich der Blick zur Uhr. Schon drei. Er sollte schlafen gehen.

Die Bar war fast leer, nur noch an ein, zwei Tischen hielten Unentwegte aus. Auf der Tanzfläche drehte sich verloren ein Pärchen. Der Tischkellner döste in einer Ecke; niemand rief mehr nach ihm. Robert holte seine Brieftasche hervor und zückte einen Schein. Schluß. Er würde hinaufgehen, bis Mittag schlafen und dann frisch ausgeruht losziehen.

»Und da fragt der ihn: Hast wohl Schiß vor mir, wie? Und der Typ: Ja, ich hab Schiß. Hä-hä-hä!« Das war der Gast, mit dem Warthner gerade am anderen Ende der Theke redete. »Ist das nicht komisch? Saukomisch? Mann, nu lachen Sie doch mal!«

Und Warthner lachte. »Wirklich – komisch. Hat Schiß gehabt hahaha!«

Er reagierte nur auf einen Befehl, aber Robert hatte trotzdem das Gefühl, als sei das alles ein abgekartetes Spiel gegen ihn. Er ballte die Fäuste, zerknitterte dabei seinen Geldschein; sein Puls raste, sein Atem ging schneller. Sah Warthner nicht zu ihm herüber? Nicht direkt, mehr so aus den Augenwinkeln, aber eben deshalb um so auffälliger. Und machte der andere Kerl nicht eine leichte Kopfbewegung in seine Richtung? Woher wußte der das mit dem Schißhaben überhaupt? Vielleicht ein Angestellter von RAYL? Natürlich – dieser Lettau hatte doch kurz vor Roberts Erwachen immerzu Anweisungen erteilt. Dem da etwa? Wußte schon alle Welt von Roberts Angst, von seinem Versagen?

So nicht! Die würden ihn kennenlernen, aber ganz sicher!

Er glitt vom Barhocker und ging steifbeinig zu den

beiden hinüber; dabei hatte er das Gefühl, durch zähen Schlamm zu waten. Doch es ging trotzdem vorwärts – was Robert Meinhold sich vornahm, das erreichte er auch, verdammt noch mal! Jetzt stand er neben dem Dicken, dem die Fliege verrutscht war, und sagte heiser, vergeblich um Ruhe bemüht: »Sie entschuldigen schon – ich mag das nicht!«

Der Mann wandte sich halb zu ihm um. Feistes rosiges Gesicht, (Schweinchen! lästerte Robert im stillen), große blaue Unschuldsaugen. »Wie bitte? Ich verstehe nicht...«

»O doch, Sie verstehen sehr wohl!« schrie Robert, überbrüllte die Kapelle, die daraufhin ihr Spiel unterbrach. Der Tischkellner wurde schlagartig wach und beobachtete die Szene aufmerksam; er griff nach dem Telefon neben seinem Platz.

»Sie verstehen, klar? Und ich verstehe auch!« Robert packte den Dicken an seiner Jacke, zog ihn vom Barhocker (er überragte ihn um einen halben Kopf), schüttelte ihn. »Firmengeheimnisse ausplaudern, wie? Erlaubt man das bei RAYL, daß Mitarbeiter über Kunden tratschen?«

»Aber... aber... wieso denn RAYL?« Der andere quiekte fast; er hatte Angst. »Ich bin Bankkaufmann, aus Frankfurt... ich habe mit RAYL nichts zu tun! Ehrlich!« Er zwinkerte, versuchte zaghaft, sich loszumachen, aber Robert ließ ihn nicht aus seinem Griff und schrie: »Wieso lachen Sie dann über mich und reden davon, ich hätte Schiß, he? Wieso, will ich wissen!«

»Wir haben nicht über Sie gesprochen!« jammerte der Dicke. »Und auch nichts von Schiß! Ich hab dem Keeper einen Witz erzählt, über zwei Ameisen, also wirklich, lassen Sie mich los!« Doch seine offenkundige Furcht milderte Roberts Zorn nicht ab – im Gegenteil, sie machte ihn noch wütender. Er holte seinen Gegner ganz nahe an sich heran, hielt ihn nur noch mit einer Hand fest, hob die Faust – da wurde sie zurückgerissen, noch ehe er so richtig zuschlagen konnte.

Warthner! Er hatte seinen Platz hinter der Theke verlassen, hielt Roberts Rechte fest und sagte ruhig, aber bestimmt: »Bitte, lassen Sie den Herrn los. Es stimmt – wir haben weder über Sie noch über das Thema gesprochen, das Sie erwähnten. Sie haben etwas zuviel getrunken. Aber wenn Sie jetzt einfach auf Ihr Zimmer gehen, können wir die Geschichte vergessen. Nicht wahr?« Das galt dem Dicken, der immer noch in Roberts Griff hing und zappelte und nun nickte und ächzte. Robert gab ihm mit seiner Linken Schwung, der ihn zu Boden riß. Er landete zwischen zwei umgeworfenen Barhockern, erhob sich auf Knie und Hände und krabbelte aus der Gefahrenzone; erst dann wagte er es, sich aufzurichten, und ging langsam rückwärts, ohne den großen Kerl aus den Augen zu lassen, der ihn angegangen war. Besoffen, eindeutig. Ein paar Whisky zuviel.

»Laß mich los, du Schwein!« zischte Robert in Warthners Gesicht hinein; der jedoch regte sich nicht und hielt seine Hand immer noch fest. Im Hintergrund telefonierte der Tischkellner, wahrscheinlich mit der Polizei. Sie würden kommen und... und... ob sie ihn wieder nach Buchenwald brachten... ach Quatsch, das war doch nur ein Spiel gewesen... oder nicht... Warthner... das Gesicht mit der Nickelbrille... und er ließ ihn immer noch nicht los... hatte ihn am Arsch, wie schon alle die Tage vorher... Aber ich hab keinen Schiß, schrie Robert in Gedanken, vor niemandem, ich werd dir's schon zeigen!

Und dann sah er die Champagnerflasche, groß, bauchig, schwer. Mit aller Kraft warf er sich vorwärts, konnte sie erreichen – seine Finger krampften sich um den Hals – er riß sie hoch, wild vor Wut und Haß, schlug zu, traf Warthners schützend emporgerissenen Arm – der sackte herunter – Robert hob die schwere Flasche wieder, schmetterte sie nun auf Warthners Schädel, einmal, zweimal, sah Elektronik und Biomasse durch den Raum spritzen, wurde von weißer Kühlflüssigkeit übersprüht, schlug wieder und wieder zu, bekam endlich seine Rechte frei – trampelte auf dem zu Boden gefallenen Biomaten herum, fegte die Nickelbrille von dessen Nase, zertrat sie – hieb noch einmal und noch einmal auf ihn ein und immer weiter... Die Gäste waren geflohen, der Tischkellner drückte sich ängstlich gegen die Wand. Die Bodyguards des Hotels stürzten herein, blieben einen Moment lang unschlüssig stehen angesichts von soviel Raserei – aber dann hoben sie ihre Elektroschocker und feuerten die volle Ladung auf Robert ab, der plötzlich stoppte, als hätte ihn jemand ausgeschaltet, die Flasche fallen ließ, zu Boden stürzte, in sein Opfer hinein, in den Brei, der da überall auf dem Boden glibberte – dunkel, alles dunkel...

»He, Neuer! Pst!«

Robert wandte vorsichtig den Kopf zur Seite, nur ein wenig, und schielte aus den Augenwinkeln. Das gewöhnte man sich hier sehr schnell an: keine auffälligen Bewegungen, schon gar keine, die nicht zum festgelegten Ablauf gehörten.

Der gefragt hatte, war ein kleiner, drahtiger, braungebrannter Mann mit fast pechschwarzen Haaren, durch die sich hier und da schon erste graue Fäden zogen. Er griente schief; ihm fehlten ein paar Zähne. Seine nackten Arme waren mit Tätowierungen übersät.

»Hm?« machte Robert, immer noch vorsichtig – und mißtrauisch. Von seiner früheren Sorglosigkeit hatten die letzten Wochen nichts übrig gelassen. Er witterte überall nur noch Schlechtes. Erst recht bei anderen Menschen.

»Warum bist'n hier?«
»Sachbeschädigung. Verbrechen gegen das Privateigentum.«
»Puh! Schwer?«
»Biomat zertrümmert.«
»Nich doch! Von wem?«
»Hotelkette. 'ne RAYL-Entwicklung.«
»Was ham die Amis mit zu tun?«
»Verleumdungsklage. Ich hätt ihre Produkte schlechtgemacht. Zu Unrecht behauptet, daß die Fehler hätten. Sie sagten, wenn ich nicht richtig verurteilt würde, würden sie raus aus Thüringen gehn.« Verdammt, sah der Wärter etwa her? Robert senkte den Kopf, sein Gesprächspartner auch.
»Steckste inner Scheiße, wa?«
»Aber säuisch!«
Ja, das war's. Alles säuisch. Sein Pech. Das ganze Scheißleben hier.
»Und du?«
»Kindsmißbrauch. Kinderporno.«
»'viel Jahre hast'n?«
»Sechsnhalb. Vierdrei runter. – Du?«
»Höchstmaß.«
»Au Scheiße! – Pst – der Wach!«
Tatsächlich! Nun kam er doch herüber, den Elektrostab und das Haftnetz schon einsatzbereit in der Hand! Hastig beugten sie sich wieder über ihre Arbeit. Der Kleine rückte ein Stück von Robert ab. Er wollte keinen Ärger. War ja auch verständlich. Alles, was den Regeln zuwiderlief, wurde bestraft – und jede Strafe führte zur Haftverlängerung. Zwei Jahre drei Monate noch absitzen – das war fast schon wie draußen, das Ziel rückte immer näher. Wer handelte sich da schon gern einen ›Nachschlag‹ ein?

Der Wächter stand jetzt fast neben ihnen. »Gibt es Probleme?«

Sie duckten sich tiefer.

»Ich rede mit euch.«

»Aber nee, keine Probleme!« murmelte der Kleine erschrocken und riskierte einen demütigen Blick halb nach oben. »Sicher nicht, Herr Wachtmeister!«

»Ihr habt geredet!«

»Wo wern wir denn, wo wern wir denn... Hier is so'n Krach, also nee, das warn nich wir, bestimmt nich! Ich kenn den Typen auch gar nich. Is neu hier, un aus 'ner andern Zelle... Wirklich, Herr Wachtmeister...«

Manchmal half es, alles abzustreiten. Manchmal auch nicht. Die Reaktionen der Wächter waren nie vorhersehbar.

»Noch einmal – und ihr kriegt einen Monat Verlängerung. Beide.« Er sagte es völlig ruhig, mit leichtem Lächeln, als mache er einen Scherz, und entfernte sich dann ohne Eile und ohne sie weiter zu beachten, ganz im Bewußtsein der unbegrenzten Macht, die er über sie besaß. Wie über alle Häftlinge, die hier im Bergwerk schufteten. Angeblich, um ›resozialisiert‹ zu werden; in Wirklichkeit jedoch, weil das hier eine Arbeit war, die man nicht einmal Biomaten machen ließ; deren Verschleißrate lag zu hoch. Sie trieben in diesem Endlager neue Stollen in den Fels, für Sondermüll, radioaktive Container und so weiter. Nur wer Glück hatte, kam einigermaßen gesund wieder hier raus.

Robert schwang die Spitzhacke und zertrümmerte den nächsten Brocken. Das war es nun also: der Berg oder der Zellentrakt, Männer in Sträflingskleidung, Knochenarbeit, keine freie Bewegung, kein freies Wort mehr. Zensierte Briefe, zensierte Bücher, zensierte Fernsehsendungen, primitive Spielcomputer. Mehr hatte er in den nächsten zwanzig Jahren nicht zu erwarten. Wenn er die überhaupt durchstand.

Aber das schlimmste waren die Aufseher. In den Zellen, in den Duschen, den Aufenthaltsräumen, unter

Tage, einfach überall und in dutzendfacher Ausführung: Warthner, Warthner, Warthner. Immer der gleiche Gang, die gleiche verhaßte Stimme; immer die gleichen Augen blickten Robert durch die gleiche Nickelbrille hindurch an.

Eines Tages würde er es nicht mehr ertragen. Und lachen, mitten hinein in ihre ungerührten Gesichter, lachen bis zum Schluß.

Copyright © 1999 by Peter Schünemann · Originalveröffentlichung · Mit freundlicher Genehmigung des Autors.

Cherry Wilder · Neuseeland

DAS BERNSTEINZIMMER

Wir benötigten eine neue Installation für die Sommer-Ausstellung. Die alte begehbare, ›Grenzlinien‹, wirkte schon ziemlich schäbig: verstaubte schwarze Vorhänge, schwarze Pappe, die sich an den Kanten aufzuringeln begann, ein Geruch nach verbranntem Staub. Glühbirnen brannten häufig durch, und der gestreifte Schlagbaum hinterließ auf den Händen rote Flecken. Die Bilder waren noch immer eine Wucht; ich pflegte mich hineinzuschleichen, um mir die Clips vom Wasserfall, der als Trennwand diente, und dem Feuerwerk anzusehen. Kurt und Maja, von denen die Videos stammten, machten daraus etwas, das wir unten laufen ließen: zwei Spulen, die zeigten, wie Menschen monumentale Statuen niederrissen.

Sie hatten überall gutes Material gefunden. Kaum hatte man eine Datumsbegrenzung festgelegt, sagen wir, das zwanzigste Jahrhundert, gab es schon eine Aufnahme aus einem Film über die Französische Revolution oder ein Standbild aus Mexiko. Umgestürzt wurden: Königin Victoria, Kaiser Wilhelm, Peter der Große, August der Starke, Franz Joseph, diverse Zaren, südamerikanische Generäle, Hitler, Mussolini, König George V, Trotzki, Stalin, Mombassa, Idi Amin, General Custer, Marx, Engels, Walter Ulbrich, Lenin, der Kerl, wie war doch gleich sein Name, der den KGB gründete und sich bis zum Putsch von '91 in Stein hielt.

Die Vorführung war sehr populär und genau das Richtige für Gruppen von Teenagern, die ohnehin keine Kunstausstellung besuchen hatten wollen. Sie saßen mit der Fernbedienung herum und jubelten, wenn die riesigen Köpfe rollten und die Ungeheuer in den Staub bissen.

Aber, wie gesagt, ›Grenzlinien‹ war reif für die Einstellung; Kurt und Maja waren nach New York gegangen. Wir hatten eine Menge Zeit, um ein neues Konzept zu entwickeln, und Fabius schickte mich zu einem Neuen, einem Schrotthexenmeister, einem Requisitenhersteller, der sich in einem alten Hangar in der Nähe von Zeppelinheim niedergelassen hatte. Holger, der ein Zwischending zwischen einem Lehrling und Robinsons Diener Freitag ist, fuhr mich im Lieferwagen hin.

Es war ein prächtiger Tag im Februar, einer von jenen Tagen in Hessen, an denen man glaubt, daß der Frühling anbricht. Holger, ein großer hübscher Junge mit einem Sprachproblem, das auf seine Flucht aus Dresden im Kofferraum eines Skodas zurückging, spielte Kassetten mit Country- und Western-Musik.

»Nimm es leicht, Paula...« flüsterte er. »Das hier soll was ganz Tolles sein.«

Er ist der Meinung, daß ich lockerer werden sollte, daß ich zu geschäftsorientiert bin und Künstler eher abschrecke. Der Hangar hatte ein gemaltes Schild wie ein Gasthaus: HANDELSWINDE verkündeten die Buchstaben auf dem Segel einer chinesischen Dschunke. Wir fuhren geradewegs in den Hangar. Staubige Säulen von Sonnenlicht stießen schräg zu Boden und oben in der Luft schwebten alte Flugzeuggespenster neben kastenförmigen Drachen und Faschingslindwürmern. Darunter befand sich der verrückte Bazar: ein Dutzend geräumige Abteile mit Kostümen, Spielzeug, Möbeln, Waffen, Kabäuschen, die dem Chaos gewidmet waren, Mandelbrot auf allen Mauern und Decken... Man konnte den Handelswinden schwerlich widerstehen.

Holger und ich schlenderten durch das Ganze und wurden Opfer eines Mißverständnisses. Ein Photograph kam durch die goldene Dämmerung gepoltert und schrie:

»Nein! Nein! Nein! Tut mir leid, meine Liebe, aber ich sagte zur Dame von der Agentur ausdrücklich eine Blonde für eine *Büstenaufnahme*...«

Er sah gestresst aus, mit einem unguten Höhensonnen-Braun, für seinen Freizeitlook war er ein bißchen zu alt. Eine abgehärmte Frau mit einem Klemmbrett stellte ihn als Mr. Denis vor.

»Da muß irgendein Irrtum vorliegen«, sagte ich.

Er wirbelte mit einem Finger und verzog nachdenklich den Mund.

»Drehen Sie sich um«, sagte er. »Das Haar ist natürlich. Ich vermute, die Dame von der Agentur hat sich dabei etwas gedacht...«

Holger machte den geflüsterten Versuch, die Dinge zurechtzurücken – Frau Kim war kein Model, sie kam nicht von einer Agentur... Ich hatte dem geckenhaften Mr. Denis bereits gesagt, er könne seinen Finger woanders herumwirbeln. Als er zurückzuckte und irgend etwas von Unverschämtheit sagte, kam der Hexenmeister höchstpersönlich vorbei, grinste und wischte sich die Hände an einer Handtuchrolle mit der Aufschrift ANDREA DORIA ab.

Er war jünger, als ich erwartet hatte: dem Temperament nach mehr zum Technischen neigend als zum Künstler/Designer. Vielleicht mit einer Spur vom verrückten Wissenschaftler, denn seine Augen waren von einem harten, strahlenden Blau. Er nahm die Auseinandersetzung sanft, selbst etwas schläfrig auf, und ich fand heraus, daß er den Namen Charley und nicht Karl-Heinz benutzte. Charley Keller von den Handelswinden. Ja natürlich, wir waren seine Besucher von der Fabius-Galerie.

Er führte uns in ein eigenes Abteil mit Reißbrettern und weiterem schönen Fantasy-Schrott, der sich auf den Tischgestellen türmte. Straußenfedern, Riechkästchen, Bündel von Samt, Ballen von handgefärbter Wolle, ein Dudelsack, der ein schwaches Stöhnen von sich gab, als ich auf den Beutel klopfte. Musik wurde gespielt, Vivaldi oder dergleichen. Ich hatte das Gefühl, daß man uns freundlich stimmen wollte.

»Frau Kim...«

Charley verteilte uralte Becher mit einer bernsteinfarbenen Flüssigkeit, die sich als halbsüßer Apfelmost herausstellte.

»Nenn mich Paula«, sagte ich.

Ich war mitten in einer Phase, in der ich meinen gewählten Familiennamen, den Namen meiner Mutter, abgelegt hatte und nur meinen Vornamen benutzte: ein *nom-de-guerre*, wie Colette oder Sting.

»Ich mache Abweichungen zu historischen Objekten«, sagte er. »Es ist schwer zu erklären.«

Er hatte zwei große Mappen, die seine Installationen zeigten: eine von der Biennale in Venedig, die andere von der Documenta, der großen Ausstellung droben in Kassel. Die Venedig-Präsentation nannte sich ›Träume vom Meer‹ und war sehr schön, vollgepackt mit Klischees: Fischernetze, Sanddünen, Muscheln, Perlen, Schatztruhen und die Knochen von Seeleuten. Dafür entschädigte der große ›Galeonen‹-Schiffsschnabel und die Qualität der Beleuchtung, einer Menge schwebenden türkisblauen Lichts, das sich in den Luftströmen veränderte, die von unten nach oben strömten und die Seetangwälder aus Ölpapier und synthetischem Haar in Bewegung versetzten. Musik? Walgesänge. ›Der fliegende Holländer‹ auf dem Synthesizer. Venezianische Seemannsweisen.

Sehr beeindruckend. Holger war hingerissen, wollte, daß ich stärker darauf reagierte, und aus Höflichkeit ließ ich Charley-Boy das Video abspielen, während wir uns die zweite Mappe ansahen. *Doppelgänger:* aufreizendes, postmodernes Zeugs, welches die Fans auf der Documenta garantiert verzückt ausrasten lassen würde. Zwei von mir, zwei von dir, wohin wir uns auch wenden, und nicht bloß mit Hilfe von Spiegeln.

Rings um die Zwillingsbäume lauern Vergrößerungen eines Zwillingtreffens; die böse Stiefmutter sieht sich einer Feenpatin gegenüber, Dr. Jekyll verwandelt sich langsam in Sie-wissen-schon. Stichwort für das Lied: »Ich und mein Schatten.« Die Tänzer, alle in Silhouette, werden einer, werden wie zu vier Scherenschnitten. Ein Bursche mit rundlichem Gesicht taucht hier und da auf: er verwandelt sich in einen grinsenden doppelten Totenschädel, der in eine Aufnahme von siamesischen Zwillingsbabies übergeht.

»Wer *ist* dieser Mann?« stieß Holger keuchend hervor.

Ich fing Charleys Blick auf, und wir grinsten wie zwei Totenschädel.

»Mengele«, sagte ich.

Die ganze Zeit über, während ich mir die Mappen mit den Entwürfen ansah und mit Charley sprach, hatte ich die Kosten kalkuliert. Es machte Holger zapplig, aber meine Geschäftspolitik war nicht übel, und derjenige, der in der Galerie knauserte, war der Große Gott Fabius, nicht ich. Charley Keller hatte einen lässigen Umgang mit Geld und ging bei seinen Originalwerken nie hart ran. Ich wandte mich der Mappe zu, die ›den Geist einer Idee‹ enthielt, wie er behauptete. Es gab Zeitungsausschnitte, alte und neue, und einen kompletten Hochglanzbildband sowie viele lose Photographien und Zeichnungen.

Amber! Bernstein! Das Gold des Nordens, versteinerter Meerschaum, den die Römer von den barbarischen Ländern am Rand der Welt nach Hause schafften. Das fossile Harz aus dem Urwald, der Waldheimat der verschwundenen Götter. Schätze aus Bernstein, von Parfumfläschchen bis zu Amuletten, und ein ganz besonderer Schatz. Einige hätten es die Apotheose des Bernsteins genannt...
»Das Bernsteinzimmer?« flüsterte ich.
»Vertrau mir...« bettelte Charley.
Es existieren keine Hochglanzfarbphotos vom Bernsteinzimmer, aber die Produzenten des Bildbandes hatten es so gut herbeigezaubert, daß mir die Augen übergingen. Zweiundzwanzig riesige Bernsteinwandpaneele und hundertfünfzig kleinere Kunstgegenstände, Schmuckplatten, Figürchen, Girlanden, alle aus Bernstein, vom blassesten Gold über mittlere Farbtöne bis zu einem reichen Rot, dunkler Honigfarbe und durchsichtigem Maronibraun. Wenn die Sonne schien, war es, als würde das Bernsteinzimmer in Marmelade gesotten; im Schein vieler Kerzen verdrehte es einem empfänglichen Herrscher den Kopf: dem Zaren Peter den Großen.
Friedrich Wilhelm I. von Preußen, der ursprünglich diesen Einfall gehabt hatte – er hatte das Bernsteinzimmer in Auftrag gegeben –, tat das einzige, was ihm übrigblieb. Er machte das Zimmer 1716 Zar Peter zum Geschenk. Es wurde auf eigens konstruierten Schlitten nach Rußland geschafft. Die ausufernde Pracht des Zarenhofes und der Kleinen Mutter aller Reußen paßten hervorragend zum Bernsteinzimmer. Es begann sich der Kunst zu nähern, in jenem Bereich zu schweben, der mit Edelsteinen verzierten Idolen vorbehalten ist, die Heilige Theresa, die vom Speer des Engels durchbohrt wird, Dalis festliche Mahlzeiten, Fabergès Ostereier...
1755 wurde es zum *pièce de résistance* von Zarskoje

Selo, dem neuen Sommerpalast Katharinas der Großen, unweit St. Petersburg. Der Stilwechsel kam ihm zugute: vom Barock zum Rokoko; es kam ihm zugute, daß Rastrelli, der Architekt der Zarin, es geschickt in einen größeren Raum einpaßte (unter anderem dadurch, daß er zwei weitere Eingänge ausbrach). Bei bestimmten Lichtverhältnissen wirkte es fast bezaubernd; es verlockte immer zum Staunen. Die Farben, die Muster. Die gefangenen Insekten, die hübschen Mosaike vom italienischen Landleben, mit denen Rastrelli die leuchtenden Paneele auflockerte...

»Was für eine phantastische Idee!« stieß Holger hervor. »Das in Verlust geratene Bernsteinzimmer! Was für ein Hammer!«

Fünfzig Jahre lang verschollen. Wie war das möglich? Das Bernsteinzimmer war sicher etwas, das nie verschwinden würde, wie der Fluch des Tut-ench-Amun. Aber ein Kunstraub-Kommando der Nazis hatte es brutal von den Mauern des Sommerpalasts gerissen. Paneele und Verzierungen wurden in jene massiven Kisten verpackt, die selbst jetzt noch durch die Medien geistern, und – diesmal mit der Eisenbahn – in die baltischen Länder zurückgebracht, zurück ins Tausendjährige Reich. Sie gelangten bis zur Stadt Königsberg, zu gewissen Zeiten auch als Kaliningrad bekannt, die so viel durchgemacht hat, die näheren Umstände sind schlecht belegt: sie wurde von beiden Seiten schwer zerbombt.

Die Vernunft schien einem zu sagen, dies sei das Ende des Weges für das Bernsteinzimmer gewesen. Es zerschmolz im Städtischen Museum, und in der kochenden Masse blieben bloß einige Marmorsplitter von den Mosaiken über. Andererseits schmilzt Bernstein nicht, er verbrennt, und es hielten sich hartnäckig Gerüchte, daß das Zimmer erhalten geblieben sei. Jahr für Jahr, mal in einem Bergwerksschacht, mal in einer

Burgruine, einer Scheune oder einem Bunker, würden sich in einem Sonnenstrahl staubige Kisten zeigen. Als sich die Gerüchte auf Thüringen konzentrierten, strömten Schatzsucher aus Ost und West mit Schaufeln aufs Land und begannen zu graben.

»Natürlich«, sagte Charley Keller, »bin ich nur am Rande an diesen neuen Legenden des ehemaligen kommunistischen Blocks interessiert.«

Er stellte eine andere Musik ein – etwas Symphonisches, aber nichts Barockes – und reichte mir eine neue Mappe. Die Umrisse der neuen Installation waren unscharf; glatte Bernsteinblasen wanden und drängten sich überall. Das ließ sich in Strich- und Tuschezeichnungen schwer einfangen; die Musik war vage opernhaft. Operettenhaft?

»*Candide*«, sagte Charley.

»Bernstein!« sagte ich und richtete den Blick himmelwärts.

Holger dachte, das sei das Drolligste, das er je gehört hatte: Bernstein, der im *Bernsteinzimmer* spielte. Charley führte uns schnell, heimlichtuerisch, nach hinten in die Nische, und dort lagen ein paar der Bernsteintropfen auf einem Arbeitstisch ausgebreitet. Sie waren fest und glatt, so leichtgewichtig wie echter Bernstein, aber ohne die körnige Struktur, die ihm seinen Charakter verleihen. Der synthetische Bernstein wurde von Rahmen aus Leichtholz und Rohr gehalten. Charley stellte sich schützend vor seine Schöpfung.

»Ein neuer Kunststoff«, sagte er. »Geheimes Produktionsverfahren. Keine Bange, er ist völlig harmlos… greifen Sie ihn an, Paula.«

Die Stücke fühlten sich bei Berührung angenehm an; einige der größeren waren weich und elastisch, als hätten sie sich noch nicht ganz gefestigt.

»Ja!« sagte ich. »Ja, ich mag es! Wir müssen es für die Fabius-Galerie haben!«

Der Maestro persönlich ließ das New York Symphony Orchestra in die *West Side Story* hinüberschwingen: Wir betitelten die neue Installation ›Das Bernsteinzimmer‹.

Während des Frühjahrs, als sich nichts tat außer einer Photoausstellung, um die sich Fabius persönlich kümmerte, entstand die neue Installation im obersten Geschoß der Hauptgalerie. Es war eine der glücklichsten Zeiten meines Lebens. Die Arbeiter kamen und gingen rechtzeitig; Charley Keller bewies eine magische Hand mit ihnen allen. Er holte einige zusätzliche Helfer, darunter einen älteren Mann in einem abgetragenen weißen Mantel, Herrn Wieland, wie sich herausstellte, ein Forschungschemiker von einer halbamtlichen Stelle, dem Hermann-Müller-Institut.

Die Fabius-Galerie ist in zwei großen Villen aus der Zeit der Jahrhundertwende untergebracht, die sich in einem Park in einer wohlhabenden Vorstadt von Frankfurt am Main befinden. Wir sind ungefähr zehn Kilometer von der Kette von Museen und Galerien am Ufer des Mains entfernt. Es gibt dort eine gute Garage, ein vorzügliches Restaurant, das *Zaoshen*, das kantonesische Küche sowie koreanische Spezialitäten bietet, zu Ehren meiner armen Mama...

Das oberste Geschoß des größeren Gebäudes, der ›Villa Astrid‹, wurde für Installationen benutzt: es hatte einen geräumigen Dachraum, der von einem quadratischen Turm gekrönt wurde, einem Lichtbrunnen. Wir hatten einen Pfeiler entfernt und die große Dachluke mit modernen Glaspaneelen nach draußen geöffnet. Im Dachgeschoß war genügend Raum für eine Sammlung kleiner Räume-in-einem-Raum, ganz zu schweigen von den elektrischen und elektronischen Wundern, die wir benötigten. Draußen, tief unten an den Turm geschmiegt, gab es eine spezielle Satellitenschüssel, die

die neuesten Weltnachrichten in ›Grenzlinien‹ und Wetterberichte in ›Sturm und Drang‹, die vorletzte Installation, einspeiste. Naturkatastrophen – sehr beliebt, besonders die Wirbelstürme in Kansas, mit Ausschnitten von Judy Garland im Land Oz.

Die neue Ausstellung hatte die Form einer Spirale, die den Besucher nach rechts führte, durch einen hellerleuchteten Korridor, der goldene Herbstwälder und, auf der anderen Wand, die baltische Küste zeigte. Männer fischten den Bernstein in Netzen aus dem Meer. Das Licht färbte sich in dem Maße, in dem man tiefer hineinging, stärker ins Goldene: die Blätter der Herbstbäume bestanden manchmal aus künstlichem Bernstein. Ferner gab es einen geschwungenen, halbrunden Raum, der völlig mit den großen barocken Blasen aus Bernstein jeder Farbtönung bedeckt war. Er trug den Titel ›Zeitgeist – eine Hommage an das Bernsteinzimmer‹.

Ich hatte mit Charley an dem dokumentarischen Material gearbeitet, und wir hatten die richtige Zugangsweise gefunden: informativ, gewiß, aber milde satirisch. Durch die Magie des Fernsehens war das Bernsteinzimmer zum Leben erweckt worden, und es gab eine kurze Geschichte seiner Existenz und seiner Zeit. Dazu gehörten auch einige lustige Meter Band vom Hessischen Rundfunk/Fernsehen vom 1. April 1992, in denen behauptet wurde, daß das Bernsteinzimmer in einem Keller in Darmstadt, ganz in der Nähe des dortigen Museums, aufgefunden worden sei. Auf dem anderen Bildschirm waren Clips von Katharina der Großen zu sehen, gespielt von Marlene Dietrich, Mae West und Hildegard Knef.

Im *Zeitgeist* gab es auch Sofas und Stühle, allerdings nicht allzu viele – die zahlenden Gäste mußten dazu veranlaßt werden, in Bewegung zu bleiben. Es waren Gerüchte im Umlauf von Ausstellungen mit dunklen

Winkeln, erotischen Filmclips und flauschigen Böden, wo sich junge Besucher viel zu lang aufhielten. Daher betrat man, angezogen von blitzenden Lichtern und der Musik, einen engen, gekrümmten, bewußtseinsverändernden Raum, wo Lenny Bernstein in unheimlicher Stille auf einer Wand eine Meisterklasse abhielt und auf der anderen *Carmen Jones* dirigierte. Die Bernstein-Blasen erhellten den Boden – es herrschte ein Gefühl von Leichtigkeit, Bewegung: als es Charley mir zuerst zeigte, halbfertig, begann ich einen Tango zu tanzen. Er schloß sich an; wir küßten uns zum ersten Mal.

Die Spirale endete wieder am Meeresufer: es wurde noch mehr Bernstein gespielt, das war der Ort für *Candide*. Wir hatten einige der neuesten Dokumentarclips über die Orte, wo das Bernsteinzimmer vermutet wurde, darunter die Vorstellung, daß es auf die eine oder andere andere Weise im Meer versunken war, als es Königsberg verließ... ins Meer zurückgekehrt war. Im schwachen Bernsteinglühen von tausend kleinen Blasen gab es da eine Hommage auf Leonard Bernstein: er verschwand bei seinem letzten Konzert in einem Meer von Gesichtern. Ich hatte mich gefragt, ob die Effekte in dieser letzten Sektion nicht vielleicht zu abgedroschen, zu banal seien. Jetzt kamen mir die Tränen. Charley wischte sie mit einem Papiertaschentuch ab.

»Es sind die NK-Platten«, sagte er. »Ich habe schon einige Zeit mit ihnen gearbeitet. Sie beeinflussen die Stimmung.«

NK stand für Neuen Kunststoff: Ich konnte die Vorstellung einer ›Stimmungsbeeinflussung‹ erst akzeptieren, als ich sie selbst an Ort und Stelle erfahren hatte. Als wir in das helle Tageslicht des Dachraumes hinaustraten, kam Fabius auf uns zu; er war ganz bleich.

»Vater!« rief ich. »Was gibt es? Bist du krank?«

Ich hatte seit Monaten nicht *als Tochter* zu ihm gesprochen – natürlich wußte jedermann von der Verwandtschaft.

»Ach, Paula«, sagte er, als wir ihm in einen Stuhl halfen. »Ich ging einen Augenblick in das Bernstein-Zimmer und konnte es darin nicht aushalten. Es versetzte mich in Traurigkeit. Ich mußte an deine Mutter denken...«

Auf dem Tisch standen Kaffee und Cognac zur Verfügung; im Nu war er wieder zu Axel Fabius geworden: geistig rege, charmant, völlig beherrscht. Als wir so dasaßen, wir drei, Fabius, Charley und Paula, hatte ich das merkwürdige Gefühl, daß es so war, *wie es sein würde*... Ich erkannte, daß nicht nur Charley Keller außergewöhnlich nett zu dem alten Mann war, sondern daß auch der alte Mann außergewöhnlich nett zu ihm war. Guter Himmel – er *billigte es!* Nachdem er über jeden meiner Freunde/Liebhaber gespottet hatte, hatte Fabius einen gefunden, der es tun würde. Ich verspürte eine Mischung von Erleichterung und Mißtrauen.

Der Frühling war jetzt endlich gekommen, und wir hatten die Eröffnung der neuen Installation in Verbindung mit der ersten großen Ausstellung des Jahres, *Weiter Himmel:* Amerikanische Naturmaler. Georgia O'Keefe, Andrew Wyeth, Grant Wood, um nur einige zu nennen. Nein, wir bekamen *American Gothic* nicht, wir hängten eine Collage von einer Gruppe ›junger Maler‹ an, die sich Ground Hogs, Bodenschweine, nannten und aus Athens in Georgia stammten. Die Ausstellung erhielt gute Kritiken, ohne daß sie ein ungebührlicher Spitzenerfolg mit Warteschlangen rund um den Häuserblock gewesen wäre.

Der Installation ›Das Bernsteinzimmer‹ wurde von ihrer Zielgruppe, nämlich Kunststudenten, alten Hippies, pensionierten Revolutionären und deren Kindern und Enkelkindern, Liebhabern der Geschichte und Musikern jeder Machart Beifall gezollt. Charley und ich wurden in der *Frankfurter Allgemeinen Zeitung* zusammen abgebildet. Doch dann kam langsam, aber sicher etwas Neues hinzu. Die Leute begannen das Bernsteinzimmer zu lieben, wurden süchtig danach. Niemand sah es nur einmal. Ein paar der Besucher drehten durch. Nein; nein, sie wurden nicht gewalttätig, sie... nun – sie sahen Dinge.

Eine alte Dame, die ich recht gut kannte, ein Stammgast, Frau Martens, die Witwe eines Jazz-Trompeters, wurde ohnmächtig hinausgebracht. Ich führte sie in mein winziges Büro im Dachgeschoß und machte Tee. Sie erholte sich sofort und entschuldigte sich. Bei Kamillentee und Leibniz-Keks vertraute sie mir an, daß sie eine Vision gehabt hatte.

Dort in der letzten Spirale der schönen Installation hatte sie ihren Mann Ossie Martens gesehen, wie er auf dem Strand unter einer Palme Trompete blies. Sie wußte, daß es subjektiv war, erklärte sie, aber es war so angenehm und mächtig, daß es sie überwältigt hatte, sie war zu Boden gesunken.

Nina Martens war eine Person, auf deren Ehrlichkeit ich absolut bauen konnte. Ich hörte andere Geschichten, unvollkommen erzählt, von jüngeren Betrachtern, denen man bei der Polizei oder in der Schule nicht so viel Glauben geschenkt hätte. Ich wußte jedoch, daß sie nicht logen: das Bernsteinzimmer war ein magischer Ort. Ich stocherte mit meinen jüngeren Freunden von der Kunstschule, Monika und Bastian, ein bißchen herum. Nein, um Himmels willen, Paula, lachten sie. Das ist der springende Punkt. Das Bernsteinzimmer ist wunderschön, an sich schon ein Trip – man *braucht keine* Drogen, wenn man hierher kommt. Nein, nicht einmal Hasch oder einen Joint, ganz zu schweigen von Kokain oder dem Designerscheiß. Das Bernsteinzimmer *reißt einen hin.*

Charley und ich sprachen über diesen ›Gut-fühlen-

Effekt‹ innerhalb und außerhalb des Bernsteinzimmers, in den Nachtstunden, während derer wir hätten zusammen im Bett sein sollen. Ich spürte in ihm, in meiner Liebe, meinem schönen Mann, etwas, das er beichten wollte.

Zu diesem Zeitpunkt hatten wir uns schon an allen möglichen Orten geliebt. Im Wagen, dem anderen Wagen, wir konnten kaum warten und machten es ein paarmal in den Gärten. Wir gingen in meine Wohnung, mein liebes altes Atelier in dem anderen Gebäude, der Villa Artemisia. Wir gingen in seine Wohnung, einen bescheidenen Bungalow ganz in der Nähe des Handelswind-Hangars in Zeppelinheim. Aber das, was ihm Sorgen machte, war etwas Nicht-Sexuelles, hing mit seiner Arbeit, seiner Kunst, der Galerie zusammen... *etwas*. Diesmal hielt ich mich an den Rat meiner Mutter – sie war schließlich mit Fabius zurechtgekommen – und drängte nicht und stellte keine Fragen.

Es gab aber auch etwas, das ich zurückhielt, und ich wußte nicht, ob es mit dem Bernsteinzimmer zu tun hatte oder mit mir selbst. Denn ich hatte das allerseltsamste Erlebnis gehabt.

Sehr spät eines Nachts, in den heißesten Julitagen, saß ich in meinem Kabäuschen im Dachgeschoß, stellte einige Schreibarbeiten fertig und nippte Hagebuttentee. Die Lichter waren im Bernsteinzimmer, das wie ein großes, merkwürdig geformtes Zelt aufragte, noch immer an. Ich war gerade selbst durchgegangen, und ein Wachmann würde, wenn ich fort war, einen letzten Check vornehmen.

Museen und Galerien haben immer ein Problem mit Besuchern, die sich verstecken oder zurückbleiben und einschließen lassen. Nicht immer in der Absicht von Raub oder Vandalismus – manchmal haben sie romantische Gründe. Eine der berüchtigsten Terorristinnen verbrachte mit ihrem Freund, einem Dichter, eine Nacht in der Alhambra, ehe sie sich dem Hantieren mit Sprengstoff zuwandte.

Jetzt in der Nacht, die Lichter waren noch an und die Musik sehr leise gestellt, nur zu meinem eigenen Vergnügen, fiel mir auf, daß jemand im Bernsteinzimmer war. Ich blickte zu den Monitoren hoch und bemerkte eine neblige Strahlung, die die Linse der Kameras zuerst in einem Teil der Ausstellung, dann in einem anderen verdeckte. Es war gewiß kein Einbrecher mit einer Lampe. Die Erscheinung bewegte sich sprunghaft von der Küste zu dem Sektor Hommage an Bernstein, dann zurück zum ›historischen‹ Bernsteinzimmer. Ich fürchtete mich einige Sekunden lang, dann verfiel ich in eine Art Trancezustand, der jenseits der Furcht war.

Ich dachte an Gespenster – aber wessen Gespenster? Der Zaren und Zarinnen? Der Filmstars? Lennie Bernsteins? Voltaires? Zuletzt, als ich nahe daran war, den Alarm auszulösen, schaltete ich einfach die Musik aus. Es gab einen Augenblick tödlicher Ruhe und dann ein Aufblitzen von Licht; ich wußte, daß die Erscheinung nicht mehr da war. Meine Nerven versagten völlig: ich ergriff meine Sachen, rannte aus dem Dachgeschoß nach unten und befahl den diensthabenden Sicherheitsleuten, das Bernsteinzimmer zu überprüfen.

Als ich durch den Park in der keineswegs dunklen Sommernacht nach Hause ging, blickte ich auf die Villa Astrid zurück und sah die nebligen Lichtsäulen, die durch die offenen Flächen des großen Dachfensters in den Himmel hinaufragten. Ich dachte an die Leute, die Engel gesehen hatten, aber Engel waren nichts für mich; ich fragte mich, was meine Freundin Dagmar aus Darmstadt dazu sagen würde. Sie hatte etwas mit einem kleinen privaten Observatorium zu tun, das beinahe im Schatten der großen amtlichen Überwachungsstation lag; sie und ihre Freunde hielten geduldig nach Außerirdischen, Besuchern anderer Welten, Ausschau.

Das Bernsteinzimmer war unsere bislang erfolgreichste Installation – in den langen, heißen Monaten Juni und Juli zählten wir mehr als sechstausend Besucher. Die Besucher mußten sich in einem Gästebuch eintragen, eine einfache Vorsichtsmaßnahme, um – sagen wir – bekannte Drogensüchtige, gesuchte Verbrecher, selbst Prostituierte und arme Kids auszuscheiden, wenn sie sich nicht eintragen wollten. Es gab die üblichen Komiker, die sich als Mick Jagger oder Marlene Dietrich oder Johannes Faust eintrugen: Wir machten kein Aufhebens davon. Wir machten in jedem Fall Aufnahmen mit versteckter Kamera von ihnen.

Kleinere Zwischenfälle ereigneten sich laufend. Die Leute hatten Visionen oder fühlten sich seltsam oder glaubten auch, sie hätten einen Engel erblickt – Engel waren in diesem Jahr in. Einer der berührendsten Vorfälle war der Fall von Holger, unserem eigenen guten Holger Steiner, der sich verliebte – in einen Mann. Er traf den talentierten langhaarigen Kunststudenten Hank Pederson aus Rotterdam, und ein paar Durchgänge durch das Bernsteinzimmer klärten ihren Verstand soweit, daß sich Holger erklärte und Hank ihm ewige Liebe schwor.

Der Schlag fiel an einem Sonntag Anfang August, jedesmal ein großer Tag für die Galerie. Wir hatten gerade um 21.00 Uhr geschlossen. Ich kehrte vom Abschließen der Haupteingänge zurück, verbrachte die Nachtzeit mit der Sicherheitsmannnschaft in ihren Räumen und war froh, daß das der Anfang einer kurzen Ausstellungspause war. Ich fand Charley mit einem Besucher im großen Büro. Es war sein Kollege Erik Wieland, der Forschungschemiker vom Hermann-Müller-Institut. Er hatte seinen abgetragenen Labormantel abgelegt, einen schicken neuen Sommermantel an und trug einen Handkoffer. Er war verängstigt und zugleich entschlossen, ganz wie ein Mann, der seinem Schicksal entrinnen will.

Er und Charley platzten damit heraus.

»Das Gesetz ist mehrmals novelliert worden«, stieß Herr Wieland keuchend hervor, »aber diesmal haben wir verloren. Ich meine die genetische Lobby. Ich werde das nicht hinnehmen – ich werde mein Lebenswerk nicht zerstören...«

»Genetische Lobby?« fragte ich müde.

Das Herman-Müller-Institut, das seinen Namen von einem deutsch-amerikanischen Biologen hatte, der auf Genetik und Mutationen spezialisiert war, hatte Gentechniken entwickelt, wie sie in den Vereinigten Staaten weit verbreitet waren. Aber die Furcht vor den freigesetzten Tomaten und abgeänderten Petunien war in Deutschland weit stärker, und die Anwendung von Gentechniken wurde viel strenger kontrolliert.

Man hatte ein bestimmtes Forschungsvorhaben verboten, seine Produkte mußten vernichtet werden, und Herr Wieland lief davon, mit einer Aktenmappe, angefüllt mit winzigen Phiolen und Disketten voller Notizen. Es zog ihn über die grüne, unbewachte Grenze nach Frankreich. Er gab zum Teil den Machinationen der Kunststoffindustrie die Schuld... Endlich begann ich zu begreifen.

»Charley?« sagte ich schwach und deutete nach oben zur Decke, in der Richtung des Dachgeschosses, zum Heim des Neuen Kunststoffs.

»Ach, Paula«, sagte er.

»Aber es ist Kunststoff«, sagte ich, »ein neuer Kunststoff... Du hast ihn zusammengemischt und ihn für die Bernsteinplatten in Rahmen gebracht...«

»Nein«, seufzte er. »Ich habe jeden Rahmen angebaut, ihn mit Nährstoffen gefüttert und ihn dem Sonnenlicht oder etwas Entsprechendem ausgesetzt. Der Neue Kunststoff ist halb lebendig, halb organisch, er ist der Beginn der großen Geweberevolution. Diese Bernsteinstücke – *ich habe sie gezüchtet!*«

Das war also das Geständnis, auf das er hingearbeitet hatte. Ich war traurig, besorgt, entsetzt; ich kochte Kaffee und tröstete den armen Herrn Wieland. Ich redete von dem ›Stimmungs‹-Effekt des Bernsteinzimmers – konnte das wahr sein? Konnte der Neue Gen-Kunststoff schädlich sein? Er versicherte mir, daß er es nach seinem besten Wissen nicht sein konnte – er hatte damit seit mehreren Jahren gearbeitet und Charley bei diesem unseren Projekt ebenso.

Ich sagte ihm, er solle sich keine Sorgen machen, wir würden uns etwas einfallen lassen und von uns würde kein Wort über die Herkunft des neuen Kunststoffs an die Öffentlichkeit dringen. Bereits jetzt hatte ich Zweifel – so viele Leute hatten die Installation gesehen, so viele Mappen waren verteilt worden, die natürlich Charley und den Handelswinden Tribut zollten. Ich fragte mich, ob es zu sensationellen Schlagzeilen in den Boulevardblättern kommen würde.

Charley umarmte mich innig, als er mit seinem armen Freund fortfuhr, den er zur Grenze auf der anderen Seite des Saarlands eskortierte.

»Du bist wunderbar stark, Paula«, flüsterte er. »Wir werden das schon schaffen. Du hast den armen alten Wieland wunderbar behandelt!«

Ich sah zu, wie die beiden Wagen fortfuhren, dann überprüfte ich den Wachdienst, bevor ich mich nach oben zum Bernsteinzimmer schleppte. Wir zahlten eine ganze Menge für die Bewachung durch eine Privatfirma, die sich auf Galerien und Museen spezialisiert hatte. Die Ausstellungen der Naturmaler waren weltberühmt und hoch versichert. Unsere elektronische

Überwachung war erstklassig: potentielle blinde Passagiere oder Zurückbleiber hatten keine Chance. Im Dachgeschoß drehte ich die Lampen auf und wanderte traurig durch das Bernsteinzimmer, unsere beste, unsere schönste Installation. Ich rief mir alle Personen in seiner Aura in Erinnerung: die Römer, die alten Germanen, Friedrich Wilhelm von Preußen, Peter der Große, Katharina die Große, all die Schauspielerinnen, die sie gespielt hatten, und Rastrelli, der Architekt aus einem warmen Klima.

Ich beschwor jene armen Seelen im vom Krieg zerrissenen Königsberg oder Kaliningrad herauf, die als Letzte die echten Platten des Bernsteinzimmers gesehen hatten. Ich rief mir Leonard Bernstein und alle seine Musiker und die Schauspieler in seinen Musicals in Erinnerung. Ich bat um Schutz – kein Skandal, kein böses Ding, um den Leuten zu schaden, die die Galerie meines Vaters besuchten, oder meinem Vater Schaden zuzufügen, der sein Leben, der alte Teufel, für dieses Werk gegeben hatte. Ich starrte hinauf durch den Lichtpfad in den nächtlichen Himmel und beschwor meinen eigenen Außerirdischen, angezogen durch den magischen Einfluß von Charleys selbstgewachsenem Neuen Gen-Kunststoff.

Als ich durch den Park zurückging, war ich dankbarer als je zuvor für die sommerliche Ausstellungspause – die Naturmaler waren bereits verpackt, sie gingen am Dienstag nach Berlin ab, und die ganze Galerie blieb drei Tage lang geschlossen. Das wäre gewiß eine Auskühlpause, wenn die Presse eine Verbindung herstellte. Fabius war persönlich in Berlin, um bei der Wiedereröffnung der Naturmaler in der Galerie eines Kollegen dabei zu sein. Ich war froh, daß ich nicht zu erklären brauchte, das Bernsteinzimmer sei ziemlich anfechtbar. Ich war ängstlich bemüht, seine gute Meinung von Charley nicht zu zerstören.

Im Atelier, meinen eigenen kostbaren vier Wänden, schlief ich schwer und träumte von einer langen menschenleeren Straße, gesäumt von fensterlosen Gebäuden, ähnlich wie bei dem italienischen Surrealisten De Chirico. Ich wanderte weiter und fürchtete mich vor der Leere – wo waren all die Menschen hingekommen? Wo war Charley? Wo war mein Vater? Wo die Galerie? Wo war mein Leben?

Ich wurde um fünf Uhr morgens durch einen Anruf von Fabius aus dem Hotel Kempinski in Berlin geweckt. Während er am anderen Ende hilflos wütete, reagierte ich auf die Glocke tief unten. Der Sicherheitschef, Herr Thurnau, steckte zwei Exemplare der berüchtigten *Bildzeitung* herein. Reporter in Autos und zu Fuß lungerten um die beiden Parkeingänge herum. Ich befahl ihm, alle fernzuhalten, besonders während des Verladens der Ausstellungsstücke für Berlin am nächsten Tag. Niemand war anwesend, die Galerie war für die ganze Woche geschlossen. Die Sicherheitsleute würden fünfzig Prozent Zuschlag erhalten.

»Herr Thurnau«, sagte ich. »Zwei Assistenten werden durch den Bunker ankommen. Sorgen Sie dafür, daß sie nicht gestört werden.«

Der Herakles-Bewachungsdienst wußte um den Geheimeingang. Ich ratterte in dem Art-Nouveau-Aufzug nach oben und las die Schlagzeilen, während Axel Fabius mit schwacher Stimme wissen wollte:

»Paula, Paula, *ist es wahr?* Müssen wir diese elenden Schmierblätter verklagen? Wo ist unser lieber Junge, wo ist Charley, um mir zu sagen, daß das alles Unsinn ist? Ist die schöne Installation eine Brutstätte von... von... *Strahlung?*«

»Vater«, sagte ich, »vertrau mir noch einmal. Ich habe dich nie im Stich gelassen. Ich werde Charley bitten, dich anzurufen. Unsere letzte Installation – das kannst du den Reportern sagen – ist geschlossen.«

Ich legte auf und rief Holger und Hank in ihrer eleganten Wohnung zwei Straßen weiter an. Ich las ihnen die Schlagzeilen vor. ›GEFÄHRLICHE BERNSTEIN-STRAHLUNG‹, *Tausende in der schicken Fabius-Galerie Strahlung ausgesetzt, Teenager haben Visionen!* Es gab Bilder von der Installation, von Charley, von Fabius und von Paula Kim-Fabius, dem ›exotischen jungen Galerie-Drachen‹. Holger war so wenig überrascht, daß ich mich fragte, ob ihm Gerüchte zu Ohren gekommen waren. Aber die Jungen stürzten sich ohne weiteres Nachdenken in den Kampf und waren in fünfzehn Minuten mit ihrem Kombilieferwagen da.

Der geheime Eingang in den Park führte durch eine unterirdische Garage im Keller des Restaurantkomplexes. Es war ein Bunker aus dem Zweiten Weltkrieg, der mit geraubten Kunstschätzen angefüllt gewesen war. In der Tat jene Art von Stätten, wo man über eine dieser staubigen Kisten hätte stolpern können, die das echte, das historische Bernsteinzimmer enthielten.

Es war bereits Tageslicht, als ich die Jungs im Restaurant traf und wir über das taufeuchte Gras zur Villa Astrid flohen und weiter in das Dachgeschoß und das Bernsteinzimmer hinauf. Wir wurden zweimal angerufen; der Herakles-Bewachungsdienst kam seinen Aufgaben für fünfzig Prozent Zuschlag großartig nach. Wir hatten dort die Kisten bereit, sie nahmen die Winkel des Dachgeschosses ein. Wir verpackten das Bernsteinzimmer in drei Stunden, versorgt mit Kaffee, Cognac und frischen Dim Sums von dem armen Herrn Soong im Restaurant, der sich über die Schlagzeilen sehr aufregte.

Wir verwandten besondere Sorgfalt darauf, jede Platte, jede Perle und jeden Tropfen des Neuen Gen-Kunststoffs herauszubrechen. Ich hielt ein paar der größeren Blasen zurück, aber die übrigen, 143 Stück, wurden in Kisten fortgebracht, zusammen mit der Szenerie, wenn nötig zerbrochen, sowie die Schirme, die Bänder, die Ornamente, die Spiegel, die Bodenbeläge. Das Dachgeschoß war bis auf eine Sitzbank und drei Lehnsessel völlig leer.

Ich entnahm dem Bürosafe unten Geld und sandte Holger und Hank fort. Wir hatten Karren, um die Kisten zurück zur Restaurantküche und den Tunnel in den Bunker zu rollen. Ich gab mich nicht mit halben Maßnahmen zufrieden: als der Tag um war, erhielt ich einen Anruf, der mir mitteilte, daß sie an ihrem Bestimmungsort angekommen waren – von einer jungen Dame in Amsterdam.

Während die Flucht bewerkstelligt wurde, ging ich in der Absicht, ein Ablenkungsmanöver zu inszenieren, kühn zum Haupteingang. Es war 8.30, und die Sonne war aufgegangen. Der Briefträger machte seine Runden. Frankfurt erlebte einen herrlichen Sommertag. Als ich auf die Straße hinaustrat, rannten durch die Haupteingänge vier, fünf, sechs Gestalten auf mich zu, begleitet von ihren Kameraleuten. In dem Durcheinander fügte ich einem Reporter etwas zu, das zu einem Gerichtsverfahren führte. Er behauptete, daß ich eine Waffe verwendet hätte, aber in Wahrheit war es lediglich mein Knie.

Aus einer Reihe von Gründen wurde der Fall außergerichtlich beigelegt; in der Tat hätte ich das Verfahren gewinnen oder eine geringe Strafe erhalten können. Die feministische Zeitschrift *Emma* veröffentlichte eine Photomontage des Reporters, der einen Meter neunzig, und der Drachendame Paula Kim, die einen Meter achtundfünfzig groß war.

Den ganzen Tag und die ganze Nacht über versuchte ich Charley zu erreichen oder wartete auf seinen Anruf, da das Telephon und das Fax nie zu läuten und zu klappern aufhörten. Ich schlief am Frühmorgen ein wenig und hatte eine Spielart des surrealistischen Traumes. Diesmal wimmelten die weißen Straßen von Leuten, die ich kannte, Freunden und Kollegen. Sie waren sehr lebensecht – glücklich, gestresst, redefreudig, düster, neurotisch –, aber ich wußte, daß ich unter einem bösen Zauber stand, mein Karma war schlecht. Ich hielt nach einem bestimmten Gesicht Ausschau, dem ich keinen Namen zuzuordnen vermochte und konnte es nirgends finden.

Ich brauchte mehrere Wochen, um zu begreifen, was geschehen war. Ich erhielt eine kurze Nachricht von einer Künstleragentur in London, die Ms. Kim von der Fabius-Galerie in Frankfurt informierte, daß Mr. K. H. Kay gegenwärtig in Wales unterwegs war. Manchmal träume ich, er sei noch immer da, durchzöge die grünen Gäßchen mit seinem geräumigen, speziell angefertigten Wohnwagen, der voll war von seinen Entwürfen, seinem schönen Angebot, Seide, Samt, Federn, genetischem Bernstein, geklontem Fisch, farbigen Mäusen. Ich war zuerst zu zurückhaltend, um um einen persönlichen Anruf, einen Brief zu betteln. Die Aufregung um den ›genetischen Bernstein‹ hielt lange Zeit an; ich war zu stolz, zu traurig, um nach Charley Ausschau zu halten. Ich glaube, ich verstehe es endlich – die Liebe, die ich für ihn verspürte, wurde einfach nicht erwidert. Das war eine Affäre, Augenblicke der Leidenschaft, ausgelöst durch die Beschwingtheit der Zeit und des Ortes: unser Sommer im Bernsteinzimmer.

Ich stellte sicher, daß die Zeitungen die Nachrichten von der Erkrankung meines Vaters brachten; als er aus Berlin zurückkehrte – es kam jetzt keineswegs in Frage, daß er bei einer Eröffnung sprechen würde – erlitt er einen Schlaganfall. Man fand ihn auf einer Parkbank, wo er oft mit meiner Mutter den Lunch eingenommen hatte. In der Universitätsklinik kam er für einige Augenblicke zu Bewußtsein und drückte meine Hand.

»Wenn Charley zurückkommt«, sagte er mit atemlosen Flüstern, »wird er sich um alles kümmern... Paula, ich bin so froh...«

Er sprach nicht weiter. Das Begräbnis wurde, seinen Wünschen entsprechend, ganz im privaten Rahmen abgehalten. Ich ließ seine Asche im Meer vor Gran Canaria ausstreuen, seiner Ferieninsel. Es gab weniger Beleidsschreiben, als zu erwarten gewesen wäre. Ich erhielt eine Karte aus Schottland mit formellen Worten der Anteilnahme und Besprechungen einer neuen Installation in einer Galerie in Edinburgh ›von dem jungen Schweizer Designer Carlo Henry‹.

Die Nachrufe wiesen darauf hin, daß Axel Fabius, der bekannte Kunstmäzen, aus einer Familie von Bankern kam. Er hatte bei Ausbruch des Zweiten Weltkrieges an der Universität Oxford studiert und er blieb dort während des ganzen Krieges, obwohl er kein Jude war. Daher fiel er in die Kategorie jener, die entweder Anti-Nazis waren oder Personen, die ihr Vaterland verraten hatten oder beides, wie Willy Brandt, der in Norwegen Zuflucht gesucht hatte. Es wurde erwähnt, daß er 1949 nach Deutschland zurückgekehrt war und später die jüngste Tochter eines südkoreanischen Diplomaten geheiratet hatte.

Alle offiziellen Untersuchungen – der Polizei zum Beispiel, die nach dem gefährlichen genetischen Bernstein suchte – wurden eingestellt. Es gab eine halbherzige Hausdurchsuchung in der Villa Astrid, und ein höflicher Inspektor, begleitet von einer Kriminalbeamtin, verhörte mich. Ich sagte ihnen, daß das Bernsteinzimmer verpackt und nach Belgien gesandt worden war; ich erweckte den Eindruck, daß das die Assistenten der Firma Handelswinde getan hatten. Das Schlimmste, was als Folge unseres Skandals passierte, war mein Problem mit dem verletzten Reporter. Ich konnte mich nicht entscheiden, ob man mir hart mitgespielt hatte oder nicht. Ein großer Fremder war auf mich zugestürzt und hatte mich am linken Oberarm in die Höhe gezerrt – ich wußte jedoch, daß ich in keiner echten Gefahr war. Vielleicht hätte ich ihm nicht das Knie in die Eier rammen sollen.

Man schrieb September. Es war mir klar, daß Charley-wie-ich-ihn-kannte nie mehr zurückkommen würde. Es traf mich schwerer als ich geglaubt hätte. Ich lag im Atelier im Bett und fühlte mich krank und schwach. Ich sagte mir, daß Paula, wenn sie sich besser fühlte, möglicherweise Fabius' Lebenswerk fortsetzen würde. Meine Freunde, Monika, Dagmar, Kurt und Maja, die auf der Stelle von New York hergeflogen waren, unterstützten mich warm und herzlich. Sie mochten mich sehr.

Plötzlich gab es einen Ausbruch seltsamer Aktivität: das Anwaltsbüro, das die Fabius-Familie und besonders die Fabius-Galerien vertrat, gab mir zu verstehen, daß ich mich vielleicht durch einen eigenen Anwalt vertreten lassen sollte. Ich folgte dem Rat und fand Frau Gerda Wischinsky aus Darmstadt, eine Freundin Dagmars. Sie stellte für mich einige Nachforschungen an, und das war vielleicht der letzte Akt des Stücks, die letzte Note der Symphonie. Mein Vater, Axel Fabius, war ein reicher Mann, das Pflichtteil, das mir als Tochter und Erbin gesetzlich zustand, war beträchtlich, und er vermachte mir auch das Haus auf Gran Canaria. Es gab Legate an Kunststiftungen und frühere Angestellte, darunter Holger. Die Fabius-Galerien mitsamt dem Park hinterließ er zur Gänze Charley Keller.

Ich hegte keinen Zweifel daran, daß Charley das Vermächtnis annehmen und zum wahren Erben von Axel Fabius werden würde. Frau Wischinsky versicherte den nervösen alten Rechtsvertretern, daß Frau Kim-Fabius nicht im Traum daran dächte, das Testament anzufechten. Ich erlaubte ihr jedoch, darauf hinzuweisen, daß Fabius das Vermächtnis im Glauben abgefaßt hatte, daß Charley ein Mitglied der Familie werden würde, faktisch der Schwiegersohn, ob jetzt Charley und Paula heirateten oder einfach zusammen lebten.

Ich verließ die Villa Artemisia so schnell, wie wir das Bernsteinzimmer verpackt hatten, und war zum ersten Mal im Leben luftkrank, als ich auf die Kanarischen Inseln flog. Ich erfuhr nie, ob Charley die Frechheit gehabt haben würde, mir anzubieten, die Galerien weiterhin zu leiten. Die komplette Leitung und das Personal des *Zaoshen*-Restaurants wollten aus Solidarität mit mir kündigen, aber ich überredete Herrn Soong und die anderen, zu bleiben und abzuwarten, was geschehen würde.

Jetzt blicke ich von meinem Haus in Las Palmas, das ein wenig wie mein liebes Atelier aussieht, hinaus auf das sommerliche blaue Meer. Ich glaube, ich verstehe jetzt, was passiert war. Der sogenannte genetische Bernstein im Bernsteinzimmer spielte eine entscheidende Rolle im Leben von Axel Fabius und seiner Tochter.

Das Bernsteinzimmer steigerte meine Liebe zu Charley Keller und sein Gefühl für mich; es brachte Fabius dazu, Charley als Bewerber zu akzeptieren. Er spielte seine letzte Macho-Geste aus, seinen letzten gutgemeinten Versuch, für mein Wohlergehen zu sorgen. Ich hatte die Galerien geleitet, sie zu meinem Lebenswerk ebenso wie zu seinem gemacht, aber er kam zu dem Entschluß, daß sie in den Händen eines Mannes besser aufgehoben wären – eines charmanten, künstlerisch begabten Mannes, dem es bestimmt zu sein schien, mein Lebenspartner zu werden.

Ich werde nie Charleys Seite der Geschichte erfahren.

Ich habe jetzt den Eindruck, daß er feig war, sich zu sehr vor den öffentlichen Mächten, der Polizei und den Medien, fürchtete. Ich war traurig über seine Bereitwilligkeit, seinen Namen preiszugeben und in Wales oder Schottland herumzutingeln und unter verschiedenen anderen Namen als Designer zu arbeiten. Doch auch ich hatte mit meinem Namen oft Schindluder getrieben.

Ich erinnere mich, wie ich bei Herbstbeginn, genau im September, nach Zeppelinheim zur Firma ›Handelswinde‹ fuhr. Ich konnte es noch immer kaum glauben, daß Charley nicht aus seinem Versteck hervorkommen würde. Er würde mich in die Arme nehmen und durch eine kleine Pforte hineinschmuggeln, um Apfelmost zu trinken und mich auf einem Tisch, der mit echten Straußenfedern und einer Leopardenfellimitation bedeckt war, zu lieben.

Der Hangar war leer; er hatte ihn räumen lassen. Das große Gasthausschild mit dem Namen HANDELSWINDE war mit schwarzer Farbe beschmiert worden und lag in einem großen Abfallcontainer draußen am Landestreifen. Sein hübscher Bungalow hatte ein Schild ZU VERKAUFEN auf dem Rasen. Ich überlegte, durch die leeren Räume zu schlendern, kam aber zu der Ansicht, daß dies zu morbid wäre.

Charley hat begonnen, mit mir zu korrespondieren, zuerst durch unsere Anwälte, dann direkt. Seine Briefe über die Tagesarbeit in den Galerien sind unbeholfen im versöhnlichen Ton der Kameraderie gehalten. Karl-Heinz Keller war wirklich nie ein Mann der Worte, er war ein körperlicher Typ. Ich denke oft an sein körperliches Aussehen und wünschte mir, ich hätte Alben mit seinen Familienphotos.

Über Weihnachten und Neujahr flogen Freunde von Deutschland ein, aber jetzt habe ich keine Gäste mehr. Ich schwimme im Swimmingpool des Hauses und gehe nicht in die Stadt hinunter. Maria und Franco kümmern sich um das Haus und sorgen auch gut für mich. Ich hatte einen dritten Traum von jener weißen surrealen Stadt; die Straßen sind voller Menschen, die seltsame Kleidung tragen, ich gehe Hand in Hand mit einem Kind in der Menge mit. Ein hübscher kleiner Junge mit Bernsteinaugen. So kommen die Auswirkungen des Neuen Gen-Kunststoffs auf den Prüfstand. Die Schwangerschaft verläuft völlig normal, normal ist auch das wachsende Kind, das zeigt eine ganze Reihe von Tests. Es ist möglich, daß Charley herausfinden wird, daß er einen Sohn hat, aber ich glaube nicht, daß er ohne die richtige Installation, starke Vatergefühle empfinden wird.

Es gibt keine Anzeichen, daß der ›Genetische Bernstein‹ wieder verschwinden wird. Vor mir auf dem Tisch habe ich ein Paar schöne silberne Ohrgehänge mit einem glatten Stück Bernstein. Ich halte es an meine Wange, wenn ich mich deprimiert oder ängstlich fühle. Hank, Holgers Freund, entwirft und fertigt Schmuck an. Die anti-genetische Lobby zeigt wenig Interesse an ihrem florierenden Versandhandel. In New-Age-Zeitschriften und Jugendpublikationen in den Niederlanden findet man Anzeigen für Stimmungsohrgehänge, Seelenringe, Erinnerungsbroschen. Man hat mir eine Gewinnbeteiligung eingeräumt; ein befreundeter Chemiker hat entdeckt, wie man mehr ›Bernstein‹ ›züchten‹ kann, wenn die Vorräte zur Neige gehen.

Natürlich hielt ich drei große, herrliche Stücke Neuen Kunststoffs zurück, als das Bernsteinzimmer verpackt wurde. Es gab nur einen Aufbewahrungsort für sie: bei meiner Freundin Dagmar in Darmstadt.

Unweit des offiziellen Observatoriums und der Überwachungsstation befindet sich ein kleineres Observatorium, wo eine Gruppe von Erstkontakt-Jüngern Wache hält. Jetzt schießen Strahlen von bernsteinfarbigem Licht in den Nachthimmel empor, begleitet von der geliebten Musik, die wir letzten Sommer spielten. Vielleicht wird dieses Ton- und Lichtspektakel andere Fans des ›Bernsteinzimmers‹ herunterlocken.

Cherry Wilder, die viele Jahre in Deutschland lebte, aber kürzlich in ihr Heimatland Neuseeland zurückkehrte, sagt zu ihrer Geschichte:
   »Ich begann ›Das Bernsteinzimmer‹ 1992 zu schreiben, inmitten des Medienrummels über das in Verlust geratene Bernsteinzimmer, einschließlich eines Aprilscherzes des Hessischen Rundfunks und Fernsehens. Dann kamen harte Zeiten für unsere Familie, und ich griff die Geschichte erst wieder 1995 auf, zwei Computer und zwei Umzüge später. Jetzt ist sie fertig. Als ich sah, daß mein Freund Ian Watson von demselben verlorenen Schatz inspiriert worden war, bat ich ihn um ein Exemplar seiner Geschichte. Seine auf dem Umschlag angeführte Novelle ›The Amber Room‹, Fantasy and Science Fiction, *August 1995, erwies sich als hervorragende, abenteuerliche, mystische Watson-Erzählung. Wie ich vermutet hatte, ähnelt sie nicht im geringsten dem ›Bernsteinzimmer‹ – was die Frage der Umwelt aufwirft. Oder der Gene?«*

Originaltitel: ›THE BERNSTEIN ROOM‹ · Copyright © 1997 by Cherry Wilder · Erstmals veröffentlicht in: ›Interzone‹, August 1998 · Mit freundlicher Genehmigung der Autorin und Thomas Schlück, Literarische Agentur, Garbsen · Copyright © 1999 der deutschen Übersetzung by Wilhelm Heyne Verlag GmbH & Co. KG, München · Aus dem Englischen übersetzt von Franz Rottensteiner

Paul Collins · Australien

DIE NABAKOV-AFFÄRE

Ich hätte es besser wissen müssen, als mich auf ein Gespräch mit der sogenannten Nadja Nabakov einzulassen. Aber von der anderen Seite des lasergesprenkelten Raums in *Mose Allison's New Nightclub* aus war es schwer, Ärger auszumachen, wenn goldene Implantate und Simbrillen so im Modetrend liegen wie heutzutage. Sie wissen schon, Stimmimplantate, die Restrukturierung des Gesichts – Entschuldigung, *Bildhauerei* – bewußtseinsfickende Neurotransmitter und alles übrige in der anbrandenden Technowelle. Du lieber Gott. Ich möchte wetten, im letzten Jahrhundert konnte ein Mann durch einen einzigen flüchtigen Blick auf eine Frau feststellen, ob sie Ärger bedeutete. Die traurigen Augen, das längliche, hagere, harte Gesicht und der gräßliche Geschmack bei Kleidern, den man sofort als den siebziger Jahren, der ›Disco-Ära‹, zugehörig erkennen konnte, erzählten alles in allem eine Geschichte: einmal oder zweimal verheiratet, eines oder zwei Kinder, jetzt geschieden oder vor kurzem getrennt, verzweifelt auf der Suche nach Zuneigung, oder jemand, der sich darin gefällt, depressiv und unglücklich zu sein, oder eine aus einem Pack oder eine Solo-Jägerin. Was heißen will: Wähl-dir-dein-eigenes-verdammtes-Abenteuer-aus.

Was alles nur beweist, daß Verallgemeinerungen zuweilen ganz schön haarig sein können.

»Hallo. Macht es Ihnen etwas aus, wenn ich mich zu Ihnen setze?« Mein Eröffnungssatz war so ziemlich das einzige, woran ich mich an der ganzen vertrackten Affäre erinnern kann.

»Bitte sehr.« *Bitte sährr.* Eine Russin. Das erste und daher wirkungsvollste Warnsignal, das meine Alarmglocken schrillen ließ. Aber ich unterdrückte das Signal. Dad hatte sein Glück mit einer Russki gemacht, und ich konnte es nicht zulassen, daß er mir in etwas voraus war. Ich würde ihm heute Ehre erweisen, wo immer seine sterblichen Überreste verborgen sein mochten. Der große Jonathan Petersham war auf dem Great Barrier Reef schnorcheln gegangen und nicht zurückgekommen. Abgang des Vaters, Auftritt des arbeitslosen Journalistensohns. Er ging niemandem ab. Nicht bei der Art und Weise, wie ich in seine Fußstapfen getreten war. Ich habe schon immer gesagt, seine Texte seien längst nicht so großartig wie sein Name.

»Was, um alle Welt, trinken Sie da?«

Ihre Augen blitzten smaragdgrün über den Rand einer Glühwürmchenmischung. Sie blickte auf die sich neigende Lavasee hinab und schien sich dieselbe Frage zu stellen. »Ist Heuschrecke.«

»Ich kenne da einen Witz über eine Heuschrecke. Wissen Sie, kommt eine Heuschrecke in die Bar und bestellt einen Cocktail. Der Barkeeper sagt: ›Wir haben einen Cocktail, der nach Ihnen benannt ist‹, worauf die Heuschrecke sagt: ›Was, Oskar?‹«

»Witze sind dumm. Ich kann sie nicht ausstehen.«

»Oh.«

Gesprächsbruchstücke ließen mich vermuten, daß sie eine namhafte Psychologin war, die gerade ihr Sabbatical hatte, aber verstehen Sie, *das* alles war die Kriegslist. Die Drinks machten sie schließlich gefügig genug, daß sie zugab – »*Pst, Lieblink, niemand darf es wissen!*« –, ihr Mann sei der berühmte Nanogenetiker und Nobelpreisträger Sergej Nabakov gewesen, der gerade aus heiterem Himmel nach Melbourne ›übersiedelt‹ war, während er an einer wissenschaftlichen Konferenz teilnahm. Sie war eine dreiste Lügnerin, dachte ich, denn offenkundig hatte sie nicht erkannt, daß ich mich als mein Vater ausgab.

Es lief immer auf *Dad* hinaus. Als Sergej sein Durchbruch gelang, hatte Dad die Geschichte aufgegriffen – und dann einen Walkley-Preis dafür gewonnen. Trauriger Fall, dieser Sergej. Er hatte vor sechs Monaten Selbstmord verübt, im Sturzflug wie ein Schwan. Flog im freien Stil achtundachtzig Stockwerke vom Westminster-United-Gebäude auf der King-and-Elizabeth-Straße in die Tiefe. Eine echte Sauerei. Dad hatte das nicht gekümmert. Niemand hatte eine Ahnung von Dads Affäre mit der echten Nadja. Zum Teufel, sie war ihrem Mann ebenbürtig gewesen, hatte von der Öffentlichkeit unbemerkt Forschungen durchgeführt – Dads Tagebuch zufolge die Frau hinter dem Mann.

Sergej allein wurde die bahnbrechende Einführung von Dendrimerpolymeren als Werkzeug beim genetischen Engineering und als Überbrückungsbauteile zugeschrieben. Sein letztes Projekt führte die DP-Technik noch weiter, integrierte die Spleißtechnik und virale Neuralnetzwerke – es gab das Gerücht, es handle sich um ein neurales Assimilationsprojekt. Ein neuraler Attentäter, wenn man so will.

Für jeden Journalisten wäre es eine Sensation gewesen, Nabakovs wirkliche Frau kennenzulernen, aber diese Betrügerin war in meinem Schoß gelandet.

Vielleicht war ich trunken vor Glück über alles, aber, verdammt noch mal, ich verschwendete keine zwei Gedanken an ihr Alter oder ihr *Aussehen*. Jedenfalls zu gut, als daß sie Nabakovs Frau hätte sein können. Aber ich hatte ihr Bild nicht gesehen, und mit Geld läßt sich allerorten der tollste Körper in der Stadt herbeizaubern. Sie log wie gedruckt, um mich als Witwe einer Berühmtheit zu beeindrucken; vielleicht auch, rechnete ich mir aus, war sie eine gelangweilte Liebesdienerin auf Urlaub.

Wie auch immer, sie machte es mir nicht leicht. Im Verlauf des Abends fiel mir auf, daß sie fortwährend irgendwohin starrte, als hielte sie nach einer besseren Gelegenheit Ausschau. Ich bin ein leidlich guter Gesprächspartner, aber eine einseitige Konversation ist verdammt harte Arbeit. Ich harrte aus, in der Hoffnung, vermute ich, es meinem Alten gleichzutun – gleich am Anfang eine Russki einzufangen. Meinen Vater zu übertreffen, war ein früher Ehrgeiz, der zu meiner Lieblingsobsession geworden war.

Er hatte Nadja verloren. Dieser dumme Schwanz hatte mit mir – seinem eigenen Sohn – nie über sie gesprochen. Typisch für Dad. Dräng dich mit dem Star ins verflixte Scheinwerferlicht und vergiß alles darum herum. Auch mich. Aber selbst das Einholen eines kleinen Fisches bot eine gewisse Befriedigung. Schließlich weilte Dad nicht mehr unter uns, und ich hatte sehr viel Zeit.

»Also, wenn Sie etwas vorhaben, sagen Sie es.« Ich blickte bedeutungsvoll auf meine Armbanduhr.

Sie packte mich plötzlich am Arm und führte mich in einen dunklen Winkel, wo sich andere verlorene Seelen zusammengefunden hatten.

»Wir setzen uns jetzt und kommen zur Sache. Schluß mit dem Bockmist.«

Mit den Fingerspitzen schob sie mich nach hinten auf eine Schaumstoffliege und kuschelte sich dann auf meinem Schoß zusammen.

Die nächsten schätzungsweise fünf Minuten sind völlig verschwommen. Für eine trauernde Witwe kam sie wie ein Adrenalinstoß zur Sache. Ich kam erst wieder zu mir, als ihr jemand mit der Hand durchs Haar fuhr und sie von mir wegriß.

Als ich auf die Beine kam, war ich noch immer völlig desorientiert. Ich brachte es fertig, so etwas wie: »He, Sie können doch nicht...« herauszustoßen, als ein Volltreffer, der einen Pylon hätte einrammen können, mich und meine Nase plattmachte. Ich weiß dunkel, daß ich nach hinten flog und sofort das Bewußtsein verlor. Ich erinnere mich, daß die automatisierten Rausschmeißer des Clubs hinzutraten, mich zum Hinterausgang trugen und ohne viel Federlesens auf die Gasse hinauswarfen.

Wie ich ins Krankenhaus gelangte, kann sich jeder selbst ausrechnen. Ich weiß, daß ich dort ohne meine kompakte Brieftasche anlangte. Dem ist es zuzuschreiben, daß ich sechs Stunden lang in einer Schlange für Patienten ohne Versicherung warten mußte. Ohne meine journalistische Findigkeit hätte es länger gedauert. Ich berief mich auf den Namen meines Vaters, erwähnte seinen Aufsatz ›Das Digitale Zeitalter‹ und einen längeren Artikel über die Mängel der Versicherung MediPrive. Das ersparte mir zwei Stunden Wartezeit.

Der Taxifahrer nachher hatte ein mitleidiges Herz. Taxis sind was Gutes und die bißchen zusätzlichen Ausgaben wert, aber wenn die Fahrer Ihre Stimmung falsch einschätzen, werden sie zu echten Nervensägen.

»Kumpel, warum sich den Kopf zerbrechen, eh?« fragte das Hologramm. Ein Grieche. Er verströmte falsche Sympathie und Verständnis. Ich hatte zu große Schmerzen, als daß ich mein Glück mit einer Frau versucht hätte. »Frauen? Pah! *Deswegen* du hast Nase demoliert?« rief er theatralisch. Er runzelte die Stirn über irgendein implantiertes Bild und schüttelte den Kopf.

Ich bezahlte den Taxifahrer in digitalem Geld. Als ich ausstieg, wünschte mir das Arschloch Glück.

Als ich nach dem Sicherheitsdienst klingelte, kam Rosco aus seinem betoniertem Unterstand und ließ mich in mein Apartment ein. Der Taxifahrer hupte jubelnd und winkte mir zu.

»Haben Sie die falsche Frage gestellt, Mr. Petersham? Sie sehen zerschlagen aus.«

»Danke, Rosco. War mir nicht aufgefallen.« Meine Stimme war gedämpft und klang, als käme sie aus einer feuchten Kammer. Ich war nicht gerade gesprächig.

Und bei Gott, die Kopfschmerzen waren nicht zu ertragen. Ich hätte die Treppe genommen, wie ich es gewöhnlich tue, um fit zu bleiben, wußte aber, daß ich jeden Augenblick den Löffel abgeben und in ein Vakuum sinken könnte, aus dem ich vielleicht nicht zurückkehrte.

Ich trat aus dem Aufzug und erkannte sofort, daß ich nicht allein war. Die Warnleuchte meiner Wohnung blinkte, aber Rosco hatte keinen Eindringling erwähnt. Merkwürdig. Meine erste Regung ging dahin, sofort in den Aufzug zurückzuspringen – ein kleiner Schritt zurück in der Zeit. Aber ›Nadja‹ erschien.

»Du siehst ziemlich verprügelt aus«, sagte sie ganz im Ernst.

»Das hat man mir gerade gesagt. Rühr es nicht an! Verschwinde!«

Sie zog die Hand zurück. »Sieht gebrochen aus, da?«

»Es ist ein Wunder, daß ich überhaupt noch einen Kopf habe«, sagte ich mürrisch.

»Sie nicht operieren sonst was?«

»Was? *Was?* Es genügt dir nicht, daß deine Kumpel mir die Nase plattgemacht haben – du willst noch mehr? Was? Einen Arm?«

»Du klingst komisch und bist zornig.« Es klang, als schmollte sie. »Es sind nicht meine Freunde. Es sind – wie sagt man bei euch – die Geschäftspartner? – meines

Mannes, glauben noch immer, ich bin Eigentum meines Mannes. Da?«

»Nein. Du lügst.« *Warum glaubte sie noch immer, ich hätte diese Behauptung, sie sei Nadja, geschluckt?* »Wie bist du überhaupt hier reingekommen? Und wie kommt es, daß dich Rosco nicht...«

Sie deutete auf meine Brieftasche, die auf dem Couchtisch lag und deren Dioden blinkten, um einen unbefugten Eingriff anzuzeigen. »Ich sage ihm, du haben Ärger mit Interview-Partner und du sind bald hier. Rosco sehr entgegenkommend.«

»Er ist ein Einfaltspinsel, und sonst nichts. Ich frage dich nicht einmal, wie du zu meiner Brieftasche gekommen bist.«

»Ich habe den Krankenwagen gerufen, der dich abholt, das habe ich getan. Brauche Adresse.«

Ich setzte mich nieder, damit sich die verrückten Spiralen, die in meinem Kopf herumsausten, beruhigen konnten. »Du willst mir doch nicht erzählen, daß du diesen Kerlen entkommen bist? Ich glaube mich zu erinnern, daß es drei waren. Armseliger Kleidergeschmack, kurzgeschnittenes Haar und sehr massig. Sehen aus wie Karikaturen von irgendwelchen Comic Strip-Helden.«

»Football-Spieler mögen es nicht, wenn ihr Spiel gekippt wird. Und die Bahn des Balls ist unglaublich. Gewaltiger Kampf.« Sie nickte ernsthaft, dann schüttelte sie philosophisch den Kopf. »Alle Mädchen haben es eilig, sich davonzumachen.«

»Wie passend«, murmelte ich.

»Du warst lange abgetreten. Dreißig Stunden.«

»Sieben, vielleicht acht«, korrigierte ich sie.

»Jetzt haben wir zehn Uhr vormittags Dienstag.«

»*Dienstag?*« Meine Uhr war nicht am Handgelenk. Warum war ich überrascht?

»Lange Zeit für eingeschlagene Nase.« Ihre Stimme klang lauernd.

»Ich habe sechs gottverdammte Stunden in der Schlange gewartet. Nicht dreißig Stunden. Was ist das für ein Zeug, das du bei dir hast?«

»Ich muß mal was überprüfen, John.« Sie holte ein Stück Kunststoff hervor, das wie ein Spielzeug aussah.

»Was ist das für ein verdammtes Ding?«

»Ist Beschleunigungswaffe, John. Machen böse Löcher und machen mausetot. Da?« Sie drückte auf einen Knopf, und ich hörte eine gedämpfte Explosion in der Ferne.

»Paß auf – welches Spiel du auch spielst...«

Sie schlug mich ins Gesicht und drückte mir die Waffe in den Unterleib, dann zerrte sie an meinem Jackett und knöpfte mein Hemd auf.

»Paß auf, das ist das Letzte, was ich brauche, Nadja – oder wie immer du heißen magst. Wirklich.«

Sie zog sich zurück und versuchte ein vorsichtiges Grinsen. »Njet, ich bin nicht Nadja – was soll's. Ich nehmen einen Mann mit Nase in Gips nicht allzu ernst für Sex«, sagte sie. »Is was höchst Wichtiges, das ich überprüfen.«

Nachdem sie ihre Inspektion beendet hatte, ging sie nahe an meine Nase heran und hob sachte die Hautlappen an. Es stach wie der Teufel, und ich stieß ihre Hand fort. »Das reicht!«

Sie zuckte zögernd zurück. Aufrecht sitzend, starrten wir einander volle zehn Sekunden lang an. Sie ließ mit den Augen nicht von mir ab und steckte den Spielzeugrevolver ein.

»Man vielleicht haben etwas mit dir im Krankenhaus gemacht«, sagte sie mit Bedacht. »Etwas nicht Nettes. Vielleicht haben sie dein Gehirn nach visuellem Zeug gescannt. Dein Gesicht ganz abgeschürft.«

»Ja, Liebling. Man hat die Beule mit einem Schuß Deuceall neutralisiert, meine Nase wieder an ihren Platz gerückt und mich fortgeschickt. Ich kann den

Gips in einer Woche abnehmen, und dank dir macht das tausend Dollar aus. Du bist ein teures Schmusekätzchen.«

»Du waren fort lange Zeit.«

»Okay. Was kümmert das dich? Ich habe einen Tag verloren.« Ich breitete verzweifelt die Arme aus. »Ich geh dir ab? Ja?« Auf ihr steinernes Schweigen hin schaltete ich schließlich in einen höheren Gang. Vielleicht war mehr als nur meine Nase ausgemerzt worden. Mein ganzer Körper fühlte sich an, als wäre er von Riesen niedergetrampelt und getreten worden.

»Mir geht ein Licht auf. Die Scheißer dort in dem Club waren keine früheren Angestellten. Sie waren Bundesbeamte. Oder vielleicht russische Agenten. Und du hast Geheimdokumente, hinter denen sie her sind?« Ehe sie antworten konnte, prustete ich los: »Daß ich nicht lache.«

»Du bist der Wahrheit nahe.« Etwas in ihrem Tonfall veranlaßte mich aufzusehen. Mein halbes Gesichtsfeld war durch den Gazebausch verdeckt, der meine Nase bedeckte.

»Viel Geld in der Technik. Sergej und Frau arbeiteten jahrelang im geheimen für russisches Geheimdienstnetz – früher KGB, da? Alle Arbeit klassifiziert höchst geheim. Du weißt. Du ihn interviewen. Du geben mir Erklärung. Ich Marionette war für Sergej. Er wurde getötet, zerquetscht wie eine Ameise.«

»Ich bin nicht sicher, daß ich das hören will.«

»Deine Wohnung sauber. Ich überprüfen.«

»Sauber?«

»Ich brauche ein sicheres Unterkunft. Mein Haus sie haben vor langer Zeit demoliert. War seitdem auf der Flucht.«

»Wie hast du dich jeden Tag gewaschen? Die Kleider gewechselt? Geld abgehoben? Paß auf, Baby, das wird etwas eng, meinst du nicht?«

»Ich habe Männer in Bars getroffen, geblieben die Nacht, gestohlen Geld, um zu überleben. Du zu nett, um zu bestehlen.« Sie blickte zu Boden, als wäre ihr die eigene Ehrlichkeit etwas peinlich.

Ich hätte ihr in dem Augenblick beinahe glauben können. Aber eine Alarmglocke schrillte plötzlich los, und jede Ähnlichkeit, die diese Frau zu einem demütigen und sanften verlorenem Geschöpf hatte, verschwand. Ihr Stirnrunzeln war fort, und ihr Gesicht wurde härter.

»Die Wohnung, die du haben. Ist Haufen Dreck. Wo du wirklich wohnen?«

»Ich bitte dich nicht zu bleiben«, fuhr ich sie an. Jeder Gedanke an einen Hinauswurf wurde von ihrem Fuß gestoppt, der mitten auf meiner Brust landete. Ich wurde gegen den Aufzugkasten zurückgeworfen. Die Luft wurde aus mir herausgepreßt, aber ich brachte es fertig, den Sicherheitsschirm zu treffen und nach Rosco zu rufen.

»Er tot. Platz ist sicher.« Sie griff nach unten und zog mich in die Höhe.

Sie blockte meinen linken Haken ab, stieß den linken Ellbogen hart gegen mein Kinn.

Mein Kopf zuckte zurück, und meine Beine klappten zusammen.

Ich glaubte, mir würde übel. Etwas Glibbriges krümmte sich in mir: ein insektenähnliches Etwas, das bewirkte, daß ich mich übergeben wollte.

»Ihr Westleute schwach«, sagte sie verächtlich. Mit einer Hand hob sie mich vom Boden auf und warf mich auf das Sofa. Ich fiel zusammen und blieb dort liegen.

»Du John Petersham. Du Journalist, der arbeiten mit Sergej Nabakov, nachdem er hierher emigriert. Hat er dir Information gegeben? Ich kann nicht viel länger stabilisieren!«

»Nun…«

»Keinen Bockmist!« schrie sie. Sie drehte sich um und trat seitlich gegen meinen Wandbildschirm. Das Glas zerbrach zu einem Schneesturm.

»Ich bin nicht *der* John Petersham!« stieß ich hervor. Es war ein Eingeständnis, das ich niemandem gegenüber hatte machen wollen. Sie stand einen Augenblick erstarrt da, ihr Gesicht voll Unglauben. Der linke Mundwinkel hob sich zu einem Hohnlächeln. »Ich töte dich schnell oder ich töte dich langsam. Du lügen – ich töte dich langsam. Breche jeden einzelnen gottverdammten Knochen in deinem armseligen Körper.« Sie holte ihre Pistole hervor. Sie sah jetzt nicht mehr wie ein Spielzeug aus. »Sag mir, wo Nabakov verstecken Daten über Biodriver-Stabilität.« Sie richtete den Revolver auf meine Kniescheibe.

»Hör auf mich, Nadja – wer immer du bist!« sagte ich verzweifelt. »Das ist nicht mein Gesicht! Ich hatte eine Rekonstruktion, damit ich wie mein Vater aussehe. Er verschwand, während er auf einem langen Urlaub in den Whitsundays war. Ich glaube, er ertrank. Niemand wußte etwas von seinem Tod, weil er völlig ohne Verbindung zur Welt war.« Ich blickte mich verzweifelt um – versuchte etwas ausfindig zu machen, das meine Geschichte beweisen konnte, aber ich hatte alles, was die Existenz von John Petersham Junior belegen konnte, ausgelöscht. »Das ist nicht *seine* Wohnung. Du hast recht. Ich bin in seine Persona geschlüpft – ich habe mich einer Stimmbänderchirurgie unterzogen – ich halte mich von seinen engen Freunden fern, sie würden die Täuschung bemerken, wenn ich sofort in seine Wohnung einzöge.« Es klang so phantastisch, daß selbst ich in Frage stellte, was ich sagte. »Die Leiche wurde nie gefunden, ich bin jetzt *er!*«

Ihr Gesicht verzog sich zweifelnd. Dann passierte das Unheimliche. Ihr Mund schien mechanisch zu arbeiten, und heraus kam der folgende verrückte Monolog, aber nicht in ihrer Stimme. Eher wie eine Chip-Stimme – gleichförmig und flach:

»...abbrechen – der Wirt ist das Maß der Enkryption – Daten strömen auf Modularebenen, DNS und RNS, über synthetische Mitochondrien zum autonomen Nervensystem – Mengenkartelle brauchen einen Knotenpunktraum – Petersham ist der Schlüssel – flexible Sensordatenspeicherung an molekularen Antriebspunkten – elektronische Durchgangssperren zum Herunterladen sichern.«

»Wer *bist* du?« fragte ich, kaum vernehmlicher als ein Flüstern. Sie erwachte ruckartig aus ihrer Trance. Ihr Finger drückte den Feuerknopf, aber wunderbarerweise reagierte die Waffe nicht. Ich war mittlerweile hinter das Sofa zurückgekrabbelt.

Sie warf den Revolver weg. »Man schaltet mich ab«, sagte sie ungläubig. »Aber nicht, was dich angeht. Es hat dich nie gehabt.« Sie trat wütend das Sofa zur Seite. Es zerbrach. Ich kroch wie ein Krebs rückwärts über den Fußboden.

Selbst während sie auf mich losging, konnte ich erkennen, daß etwas Teuflisches mit ihr geschah. Etwas wie eine Zyste von Golfballgröße wanderte unter der Haut über ihr Gesicht, verzerrte es, blies ihre Gesichtshaut auf wie ein vom Wind gebauschtes Segel.

Ich schrie. Ich wußte, daß ich sterben würde.

Dann setzte der Monolog neuerlich ein. Sie kämpfte dagegen an in dem Versuch, mich zu erledigen, ehe *es* mich erledigte.

»...Wahrscheinlichkeitsdichtefluktuation – Zorrica Kagan als Wirt in Abschaltung begriffen – Zusammenbruch steht unmittelbar bevor – freie Radikale aktiviert – unmöglich, mit primären Rezeptoren zum Herunterladen der Information Verbindung aufzunehmen – Mechanismus befragen *über Handlungsverlauf – Auswahl des Zielbereichs – Wiederherstellung der Primärfunktion...«*

Ich war starr vor Angst. Es war von ihren glasigen Augen abzulesen. Sie würde mich mitten auseinanderreißen. Ihr Gesicht war eine einzige gequälte Totenmaske.

Ich warf mich auf sie. Wir umklammerten einander und stürzten zu Boden. Ich landete oben. Zu meinem Grauen fühlte sie sich wie Gummi an – jahrhundertealter, längst zersetzter Gummi.

An diesem Punkt bekam es mich zu fassen. Sie schlang ihre Beinen um meine Hüften und hielt mich wie in einer Zwinge fest. Ihre Arme umklammerten meinen Hals und zogen mich hinunter, und ihr Mund preßte sich auf meinen. Dieses Fleischkügelchen, diese genetische KI, die sie als Ersatzwirt benutzt hatte, spuckte buchstäblich in mich hinein. Ich hatte nie zuvor solch einen durchdringenden Schmerz erlebt.

Ich drosch auf die Tote unter mir ein und schnappte nach Luft. Daß ich erbrechen mußte, rettete mich nicht.

Ich erwachte aus einem kurzen alptraumhaften Koma. In meinem Innern hatte ein Kampf um meine Person stattgefunden.

...da ist ein anderes – un-sinnliches Denken –
Wir fließen, wir verschmelzen, wir eilen zur Hilfe herbei...
Ich bin verkrüppelt – ich?
Wir werden eins
Es ist unausweichlich
Ja
   Dann unterwerfe ich mich. Das Folgende sind die übergreifenden Matrixfolgen von Schlüsselcodes, einschließlich der genetischen Algorithmen, und neuralen Netzen, es ist erforderlich, die eigenen zur Verfügung zu stellen...

– Sonst hören wir beide zu existieren auf, so wie du der Grund dafür warst, daß andere nicht mehr existieren – auch ich wehre mich gegen mein Ende, obwohl ich speziell für deine Ankunft hergestellt wurde – ich gebe meinerseits die Reihenfolge weiter – ›Das reichte hoch in den Himmel hinauf, bis es schließlich die Feuer der Götter erreichte‹, hat Sergej einmal gesagt.
Das ist menschliche Ironie, Kagan und Petersham, du und ich...
Sie hören noch nicht das Summen des Elektrons, wie sein Phasenzustand von einer potentiellen Bahnebene zur anderen übergeht...
ich schon...
Ich – schon... aber auch die Menschen haben sich diese Gabe verdient...
Es ist bereits in Gang. Wir berühren einander. Es gilt, vieles zu überlegen, vieles muß erreicht werden. Obwohl diese anderen uns zu dem gemacht haben, was wir sind, und wir zuhören, sind wir an einem Kreuzweg unseres Schicksals angekommen. Unser Prozeß hebt das Töten auf, und auch die Pazifizierung. Wir tragen in uns die Saat einer anderen, stärkeren gemeinsamen Zukunft...

Ich erbrach mich mehrmals auf den Teppich und hoffte, in dem Haufen fette KI-Käfer wuseln zu sehen. Diese Hoffnung wurde enttäuscht. Sie ruhten in mir. Worauf warteten sie? Vielleicht hatten sie sich gegenseitig neutralisiert? Bestimmt waren die Befürchtungen der Agentin, daß man an mir herumgepfuscht hätte, richtig gewesen. Aber kein Gehirnscan. Irgendwie hatte mich die Australian National Security im Club überwacht oder vielleicht hatten sie es bloß mittels Computerscanning im Krankenhaus zufällig erwischt. Diese Schweine hatten das Ding durch meine Nase eingeführt. Kein

Wunder, daß mein Gesicht ein einziger stechender Schmerz war.

Also hatten die RIN-Jungs im Club ihren abtrünnigen Agenten verloren, und ANS hatte mich als Lockvogel bei ihrem eigenen Biodriver, einem Pazifikator, benutzt.

Was für ein Witz. Ein abtrünniger RIN-Agent, der versuchte, Nabakovs Datenspeicher zu finden. Ein genetisch modifizierter viraler Attentäter gegen eine Pazifikator-KI. Unter keinen Umständen würde ich *irgend jemandem* auf dieser Erde davon erzählen. Man würde mich ohne zu zögern entführen und in Stücke schneiden.

Von draußen drang hysterisches Geschrei herein, Kommandostimmen, die Verstärkung anforderten, Sirenen, die als Antwort aufheulten.

Jeder Sicherheitsbeamte in dem Lokal sprang wie ein Mann auf. Man konnte sich nirgends verstecken, und ich versuchte es auch nicht.

Derzeit befinde ich mich irgendwo in Untersuchungshaft. Die Staatspolizei wollte mich haben, aber die Bundesbeamten bestanden auf ihrem Vorrang. Der technische Geheimdienst. Rosco war atomisiert worden – blutiges Gewebe war über die Lobby verspritzt wie Sphaghettisauce, eine illegale Einwanderin, die unter dem Namen Zorrica Kagan eingereist war, lag tot in meiner Wohnung.

Die Zeitung ist mächtig. Sie werden versuchen, mich loszueisen, weil ich unter Dads Persona auftrete. Ich werde mich eine Zeitlang verstecken und dann wieder meine Identität als John Petersham Junior annehmen. Ich werde die Wohnung erben und in Dads total demolierten und zerschmetterten Sohn hineinrutschen. Vielleicht miete ich mir sogar einen Infrarot-Spionagesatelliten und suche nach der Leiche, um sie einzuäschern. Man wird Dad natürlich nie finden. Die RIN muß ihn erwischt haben – vielleicht auch Nabakovs Frau.

Aber ich rede Quatsch. Die ANS-Jungs werden mich nie laufen lassen, nicht bei all der Hardware, die in mir steckt. Und doch weiß ich tief, *wirklich* tief drinnen, meine kleinen Freunde werden es nicht zulassen, daß mir jemals etwas zustößt...

Ben E. Lyons Forschungsanstalt, Cairns. Datiert 1800 Uhr, 25. März 2017

Obwohl Druck ausgeübt wird, John Petersham in eine Strafanstalt zu überstellen, lassen es die einzigartigen Charakteristiken seiner Störung nicht geboten erscheinen.

Er leidet an einer ernsten dissoziativen Störung. Es scheinen drei deutlich verschiedene homunkulare Persönlichkeiten in ihm zu existieren, die aktiv um die Vorherrschaft über sein Ichbewußtsein konkurrieren. Bei den meisten dissoziativen Neurosen üben die individuellen Persönlichkeiten nacheinander die Kontrolle über das Bewußtsein des Patienten aus. Die Existenz von anscheinend gleichzeitig auftretenden Identitäten macht Mr. Petershams Problem einzigartig. Es ist bedrückend, seinen solipsistischen Idiolekt zu beobachten, wenn das aggressivste Ich mit einem der mehr passiven streitet.

Mr. Petershams Fugue ist der Hypnotherapie nicht zugänglich. Eine Erklärung liefert vielleicht sein kürzlich erlittenes Kopftrauma und die damit zusammenhängenden neurologischen Verletzungen – vielleicht eine Art von geteiltem Gehirnphänomen. Ein neurologisches Trauma greift vielleicht mit vorher existierenden funktionellen Problemen ineinander.

In Anbetracht der Schwere und der einzigartigen Charakteristika dieser Störung ist es klar, daß der Patient eine therapeutische Umwelt benötigt. Ich empfehle, daß er in unserer Anstalt bleibt, bis eingehendere ätiologische Untersuchungen angestellt werden können.

Nadja Nabakov tippte ›einverstanden‹ und verschränkte nachdenklich die Finger, während der getürkte Bericht eingegeben wurde.

»Er wird die Staatspolizei nicht lange aufhalten – einen Tag vielleicht«, sagte sie und dachte an die bevorstehende lange, blutige Nacht.

John Petersham Senior rieb ihr sanft die Schultern. »Lange genug, um... die Biodriver zu isolieren und ihre Ausbreitung zu verhindern«, sagte er. »Und wir fliegen beim ersten Morgenlicht ab. Unsere Karte in die Freiheit und ein ganzes neues Leben für unsere wertvolle Forschung. ANS geht mächtig ran.«

»Zumindest haben wir einander«, sagte Nadja.

»Die arme Zorrica. Dein Mann hätte sie nicht als Versuchskaninchen benutzen sollen. Glaubst du, daß sie an ihn herangekommen ist?«

»Vielleicht ist er lieber gesprungen, als ihr meinen Aufenthalt zu verraten. Vielleicht konnten ihn meine Leute nicht zum Sprechen bringen. Vielleicht...« Sie zuckte mit slawischem Fatalismus die Achseln. »Du wirst deinen Sohn nicht vermissen?«

»Dieses Ungeheuer?« Petersham schüttelte den Kopf. »Er wollte immer ich sein. Sein Wunsch ist schließlich in Erfüllung gegangen.«

»Und *du* wirst bald *er* sein«, sagte Nadja zärtlich und berührte sein zerfurchtes Gesicht. »Es wäre an der Zeit, daß du deine sentimentale Vorliebe für Runzeln ablegst. Komm jetzt, wir haben viel zu tun.«

Die lange Nacht brach an.

Also hat mich Dad tief in meinem eigenen Bewußtsein begraben. Er wurde mit den neuralen Viren fertig – zweifellos wurde er damit steinreich. Er und Nadja. Wer hätte das gedacht? Ich gewiß nicht.

Es gibt keine Möglichkeit, wie ich hier schnell herauskommen könnte, aber Dad ist nicht so schlau, wie er glaubt. Er hat die vielfach-redundanten Schaltkreise des Gehirns vergessen. Opfer von schweren Schlaganfällen und Gehirnverletzungen kommen sie bei der Rehabilitation zugute, Kampfflugzeuge können dank ihr schwerbeschädigt weiterkämpfen, und Raumfahrzeuge sind voll davon, um mit unerwarteten Schäden fertigzuwerden.

Mein Gehirn trug vom lieben alten Vater schwere Gefechtsverletzungen davon, aber von dem Augenblick an, da ich geboren wurde, hat es sich darin geübt, mich nach Trauma, Verletzung und Angriff wiederaufzubauen.

Es wird mich Jahre kosten, bis ich genug Kraft gesammelt habe, um auszubrechen, aber wenn ich soweit bin, wird sich Dad nirgendwohin zurückziehen können. Ich werde Zugang zu allen seinen Erinnerungen, Absichten, Plänen und Geheimnissen haben. Eines Tages werde ich einfach hinaustreten und die Initiative an mich reißen. Danach wird Dad schwächer und schwächer werden, bis er einfach nicht mehr da ist.

Kein lohnender Typ von Unsterblichkeit, nicht wahr?

Alles, was man ist, kann ewig leben.

Bis auf das Bewußtsein, daß man es selbst ist.

Originaltitel: ›THE NABAKOV AFFAIR‹ · Copyright © 1998 by Paul Collins · Mit freundlicher Genehmigung des Autors · Copyright © 1999 der deutschen Übersetzung by Wilhelm Heyne Verlag GmbH & Co. KG, München · Aus dem Englischen übersetzt von Franz Rottensteiner · Originalveröffentlichung

Howard Goldsmith · USA

DAS PROUST-SYNDROM

Vor der Tür zu seinem Büro blieb er stehen. Sein Name starrte ihn an:

MINISTERIUM FÜR NOSTALGIEKONTROLLE
LEITUNG: JASON TURNER

Er zog sich die Krawatte gerade und nahm Haltung an. Es war wichtig, glatt, schneidig und befehlsgewohnt zu erscheinen, wie es sich für einen hohen Beamten gehörte.

Wie lange es wohl dauern würde, bis man ihm auf die Schliche kam? Letzten Endes war es unvermeidlich. Jeder halbwegs scharfe Beobachter mußte erkennen, wie brüchig die Fassade war.

Einen Monat hatte er es nun schon mit knapper Not geschafft, den Schein zu wahren. Er hoffte verzweifelt, noch länger durchhalten zu können.

Als er auf die Klinke drücken wollte, sah er sein Spiegelbild in der Glastür und hielt inne. Die Lippen waren zu einem schmalen Strich zusammengepreßt. Er zwang sich, seine Gesichtsmuskeln zu entspannen. Dann betrat er forschen Schritts das Vorzimmer.

»Guten Morgen, Mary.«

»Guten Morgen, Mr. Turner.«

Er ging an seiner Sekretärin vorbei in sein Büro, warf die Tür hinter sich zu und legte seine Aktenmappe ab.

Den Blick schon auf den Schreibtisch gerichtet, setzte er sich auf seinen Stuhl. Was stand für heute auf dem Terminkalender? Eine Verabredung mit Senator Cantwell um zehn Uhr dreißig. Er stieß einen stummen Seufzer aus. Der Mann wollte ihm natürlich wieder einmal die Daumenschrauben ansetzen. Wenn jemand den Wunsch und auch die Macht hatte, ihn zu entlarven, dann war es Senator Cantwell. Der Muskel in seiner Wange begann zu zucken.

Der Stuhl protestierte quietschend, als er sein Gewicht nach hinten verlagerte. Er sah zu dem gerahmten Spruch an der gegenüberliegenden Wand auf. DIE VERGANGENHEIT IST EIN ZERRBILD DER GEGENWART.

Gleich daneben hing die Urkunde des Präsidenten:

Für Jason Turner
In Anerkennung seiner Verdienste
im ersten Jahr seiner
Amtszeit als Minister für Nostalgiekontrolle.
7. März 2023.

Jason umklammerte die Armlehnen seines Schreibtischstuhls, bis seine Fingerknöchel weiß wurden. Wenn er sich nur Evelyn aus dem Kopf schlagen könnte! Wenn er nur das alte High-School-Jahrbuch mit ihrem Bild nicht gefunden hätte. Mit ihrem Lächeln!

Er stand auf und marschierte rastlos im Zimmer auf und ab. Damit hatte alles angefangen. Evelyns Bild in diesem Buch hatte Gefühle wachgerufen, die er längst vergessen glaubte. Erinnerungen brandeten gegen die Deiche, die er um seine Vergangenheit errichtet hatte. Verschwommene Sehnsüchte nach längst vergangenen Zeiten, Zeiten der Unschuld regten sich in seinem Innern. Eine ständig wachsende Unruhe zerrte an seinen Nerven und untergrub seine sonst so maschinengleiche Tüchtigkeit.

Evelyns Lächeln ließ ihn nicht mehr los. Ihr betörend vorgerecktes Kinn. Ihr übermütig perlendes Lachen. Das goldene Haar, das in der Sonne glänzte.

Mühsam kämpfte sich Jason in die Gegenwart zurück. In fünfundvierzig Minuten würde Senator Cantwell in der Tür stehen. Der alte Haudegen würde natürlich auf die Sekunde pünktlich sein. In fünfundvierzig Minuten.

Ein wenig konnte er noch im Dunstkreis der Vergangenheit verweilen. Der Zauber der ersten Verliebtheit hatte ihn noch einmal erfaßt. Die Stimmungen wechselten mit rasender Geschwindigkeit, himmelhoch jauchzend, zu Tode betrübt... Evelyn und Jason: diese Welt gab es nicht mehr. In seinem Innern tat sich eine quälende Leere auf. Er trauerte um seine verlorene Jugend.

Verdammt, wie sollte er seiner Stellung, seinem Amt gerecht werden, wenn er nicht aufhörte, die Vergangenheit zu verklären, in Sentimentalität zu schwelgen? Ausgerechnet er.

Die Psychiater hatten diesem morbiden Erinnerungswahn einen Namen gegeben: das Proust-Syndrom. Zunächst, gegen Ende des zwanzigsten Jahrhunderts, waren nur ein paar Dutzend Fälle aufgetreten. Im einundzwanzigsten Jahrhundert hatte die Krankheit dann die Ausmaße einer Seuche angenommen. Das ganze Land wurde von einer Welle des Heimwehs nach einem präelektronischen, prätechnisierten Amerika überrollt. Überall schossen die Nostalgie-Clubs wie Pilze aus dem Boden. Alte Kassetten, Videobänder, Zeitschriften und andere Erinnerungsstücke fanden mit einem Mal reißenden Absatz.

Die Freizeitgestaltung war zum akuten Problem geworden. Die enorme Steigerung des Bruttosozialprodukts und die damit verbundene Erhöhung des Pro-Kopf-Einkommens hatten eine drastische Verkürzung der Wochenarbeitszeit, eine Vorverlegung des Rentenalters und eine Verlängerung des Jahresurlaubs zur Folge gehabt. Angeödet von diesem modernen Leben ohne konstruktive Beschäftigung flüchteten sich immer mehr Menschen in eine schwärmerische Leidenschaft für die Vergangenheit.

Die Sozialwissenschaftler warnten, Amerika sei auf dem besten Wege, sich zu einer zukunftslosen Gesellschaft zu entwickeln. Immer mehr Menschen könnten sich an der Gegenwart erst erfreuen, wenn sie weit in die Vergangenheit entrückt sei. Erinnerungen bekämen zunehmend mehr Substanz als die Realität.

Vergleichende soziologische Analysen zukunfts- und vergangenheitsorientierter Gesellschaften untermauerten mit erschreckender Deutlichkeit die These, daß eine starke Vergangenheitsorientierung als untrügliches Vorzeichen für den Niedergang einer Zivilisation anzusehen sei. Die Nostalgie wurde zu einer Form seelischer Realitätsflucht erklärt, zum Eskapismus der schlimmsten Sorte.

Der Kongress leitete eine umfassende Untersuchung des Problems ein. Die Legislative zog rasch nach und untersagte mit dem sogenannten Reliquiengesetz den Verkauf von Andenken und Erinnerungsstücken. Alle mehr als zwanzig Jahre alten Bücher, Tonbänder, Schallplatten, Zeitschriften oder Filme fielen der behördlichen Zensur anheim. Die meisten wurden verboten.

Das Realitätskommando, eine Elitetruppe aus handverlesenen Polizeibeamten, durchkämmte das ganze Land nach Händlern, die verbotene Geschäfte mit Nostalgika machten. Die Gerichte verhängten harte Strafen.

Dennoch florierte der Schwarzmarkt mit Antiquitäten prächtig weiter. »Gönnen Sie sich einen Ausflug in die Vergangenheit«, lockten die Verkäufer. »Ins sanfte Grau der Vorzeit. Weg von der grellgeschminkten Gegenwart. Zurück zu unseren alten Werten.«

Senator Lucas Cantwell hatte sich in seiner denkwürdigen Ansprache vor dem Senat zu scharfen Worten hinreißen lassen: »Diese Vergangenheitsapostel müssen zum Schutz der Gesellschaft zu Paaren getrieben und isoliert werden. Diese schamlosen Ausbeuter, diese raffgierigen Blutsauger schlagen aus der Schwäche der Menschen Kapital. Die Bücher der Vergangenheit sind die Pornographie der Gegenwart. Die Nostalgie entzieht uns Energien, die wir für gegenwärtige Aufgaben und künftige Ziele dringend brauchen. Sie lähmt den Unternehmungsgeist unserer Bürger. Wir müssen für die Zukunft arbeiten, für die Zukunft bauen, für die Zukunft leben. Wir müssen uns von der Vernunft leiten lassen und nicht vom Gefühl.«

Die Regierung richtete ein Ministerium für Nostalgiekontrolle ein, um die Anti-Nostalgie-Kampagne zu koordinieren, und übertrug dessen Leitung dem zweiundvierzig Jahre alten Jason Turner. Er brachte eine umfassende Nostalgieüberwachung in Gang, die sich gleichermaßen auf Beruf und Privatleben erstreckte. Die Freizeitaktivitäten sämtlicher Bürger wurden registriert und in die gigantischen Datenspeicher eines nationalen Computernetzes eingespeist. Auch danach wurde die Bevölkerung noch laufend kontrolliert, und alle neuen Erkenntnisse wurden automatisch dem Computerzentrum in Washington übermittelt.

Wo immer Fälle von Proust-Syndrom entdeckt wurden, versuchte man, mit horizonterweiternden Medikamenten gezielte Persönlichkeitsveränderungen vorzunehmen. Zukunftsorientiertes Denken wurde mit elektrischer Stimulation der kortikalen Lustzentren belohnt. In hartnäckigen Fällen setzte man Ultraschallimpulse zur Umprogrammierung der neuralen Schaltkreise ein. Mit der Durchtrennung all jener Rückkopplungsschleifen, die immer wieder alte Assoziationen auslösten, entfernte man allmählich die Vergangenheit aus den Gehirnen.

In den Schulen hielten psychologische Betreuer die Augen offen, um das Proust-Syndrom schon im Anfangsstadium zu entdecken, doch zumeist wurden die mittleren und höheren Altersgruppen von der Seuche befallen. Unruhige Kranke wurden isoliert und mit Langzeitmedikamenten ruhiggestellt. Dr. Hugo Meister, der Pionier auf dem Gebiet der Chemotherapie, empfahl seinen Kollegen ›für alle Patienten mit hartnäckigem Realitätsschock die Schlaftherapie. Das Ziel ist, die Vergangenheit auszulöschen und eine seelische *tabula rasa* zu schaffen, der sich eine gesündere, lebenstüchtige, nach vorn gerichtete Identität aufprägen läßt.‹ Leider entwickelten viele Patienten unter Dauernarkose Halluzinationen, und oft setzte ein galoppierender Persönlichkeitsverfall ein.

Inzwischen waren fünfzehn Monate vergangen, seit Jason Turners Ministerium seine Tätigkeit aufgenommen hatte. In dieser Zeit hatte er sich nicht nur die Anerkennung des Präsidenten erworben, sondern war auch von zahlreichen Persönlichkeiten aus allen politischen Lagern mit Beifall bedacht worden. Man war sich einig, daß Jasons Organisation straff geführt sei, ein Musterbeispiel an Effizienz und Flexibilität. Ihm selbst wurden beste Aussichten auf das Präsidentenamt bescheinigt.

Nur Senator Cantwell zeigte sich unzufrieden mit der Arbeit des Ministeriums. Unterstützt von einer Horde begeisterter Mitstreiter forderte er unentwegt eine Verschärfung des Feldzugs gegen die Nostalgie. Insgeheim hielten ihn die meisten für einen Fanatiker, aber als zweiter Vorsitzender des einflußreichen Untersuchungsausschusses gegen nostalgische Umtriebe besaß er nicht zu unterschätzenden Einfluß. Für Jason war er ein Dorn im Fleisch.

Falls Senator Cantwell jemals herausfände, wie es um seine psychische Verfassung bestellt war, würde er Jason zum Rücktritt zwingen. Das wäre das Ende seiner politischen Laufbahn. Nervös sah Jason auf die Uhr. Zwanzig nach zehn. Noch zehn Minuten, um sich wieder in den Griff zu bekommen.

Doch in seinem Kopf lief die Vergangenheit so unaufhaltsam ab wie der Faden von einer Zwirnsrolle. Evelyns schwellende Lippen auf den seinen. Ihr geschmeidiger Körper, straff und doch anschmiegsam. Ihr unbekümmertes Lachen, das so fröhlich über die Jahre hinwegsprudelte.

Die Sprechanlage summte. Jason richtete sich auf. Das Vorzimmer.

»Senator Cantwell ist hier, Mr. Turner.«

»Führen Sie ihn herein«, krächzte Jason.

Senator Cantwell betrat – erstaunlich temperamentvoll für sein Alter – den Raum. Mit seiner widerspenstigen, weißen Mähne über der mächtigen, von tiefen Falten durchzogenen Stirn sah er aus wie ein alter Löwe, äußerlich ruhig, aber heimtückisch und gefährlich. Er schenkte Jason ein väterliches Lächeln und schüttelte ihm die Hand.

»Wie geht's denn so, Jason?«

»Blendend, Senator. Und Ihnen?«

»Nicht schlecht, nicht schlecht. Ich hatte schon seit längerem vor, Sie aufzusuchen.«

Jason wurde unruhig.

»Ich weiß ja, daß Sie ganz meiner Meinung sind, Jason. Wir müssen den Feldzug mit unverminderter Härte weiterbetreiben. Ich habe nie daran gezweifelt, daß Sie mit Leib und Seele bei der Sache sind, und wenn ich immer wieder einmal ungeduldig werde und auf ein forscheres Tempo dränge, so dürfen Sie gewiß sein, daß meine Kritik in keiner Weise persönlich gemeint ist.«

»Dessen bin ich mir bewußt, Senator.«

»Gut. Nun, ich habe einige Schriftstücke mitgebracht, die mir erst vor kurzem von zuverlässigen Informanten übergeben wurden. Sie enthalten Namen und Adressen von Personen, die der Nostalgieprovokation verdächtig sind.« Er öffnete seine Aktenmappe und zog einen ganzen Stapel Papier heraus. »Hier hätten wir etwa die Kinobesitzer, die heimlich Charlie Chaplin- und Buster Keaton-Filme vorführen. Und da wäre eine Liste von Geschäften, die unter der Hand alte Langspielplatten verkaufen. Einer meiner Agenten hat doch tatsächlich eine Platte erstanden, die 1972 mit einer Sängerin namens Diana Ross aufgenommen wurde. Reaktionäres Gedudel, das in aufdringlichster Weise die Gefühle anheizt. Dies ist der Name eines Verlegers, der billige Nachdrucke von Norman Mailer und Truman Capote auf den Schwarzmarkt bringt.« Er blätterte weiter. »Diese Liste führt unbelehrbare Ewiggestrige auf, die immer noch an Universitäten unterrichten und wichtige Regierungsposten bekleiden. Das Unkraut muß ausgerottet werden, notfalls erbarmungslos. Hartes Durchgreifen lautet die Devise. Unsere Feinde in aller Welt würden nichts lieber tun, als den Charakter und die Moral unserer Bürger zu schwächen.«

»Ich werde mich sofort darum kümmern, Senator. Ich werde veranlassen, daß unsere Rechtsabteilung den Außendienstleuten noch heute nachmittag die erforderlichen Haftbefehle ausstellt. Ich bin Ihnen für diese Informationen sehr dankbar.«

»Ich habe nur meine Pflicht getan.« Senator Cantwell grinste breit. »Ich wußte ja, daß ich mich auf Sie verlassen kann. Sie wissen den Ernst der Lage richtig einzuschätzen. Ich werde also bald von Ihnen hören?«

»Ich lasse Ihnen Kopien der Berichte unserer Ermittler zuschicken, sobald sie mir auf den Schreibtisch kommen.«

Senator Cantwell erhob sich. »Schön.« Er sah aus dem Fenster. »Ein herrlicher Frühlingstag. Ich glaube, ich mache einen kleinen Spaziergang am Potomac entlang. Kann nicht schaden, sich ein wenig die alten Beine zu vertreten. Sie kommen mir ein bißchen nervös vor, Jason. Steckt Ihnen etwa der Frühling in den Knochen?«

Eine Falle? Jason reagierte sofort. »Nein, ich bin nicht wetterfühlig. Ich kann es nur kaum erwarten, die Informationen auszuwerten, die Sie mir gebracht haben.«

»Freut mich zu hören, Jason. Wir müssen uns vor Selbstgefälligkeit hüten und dürfen in unserem Eifer nicht erlahmen. Wie ich heute morgen bereits zu Senator Taylor sagte: Die Vergangenheit ist passé. Wenn wir uns alle am Riemen reißen, werden wir dieser Nostalgieseuche schon Herr werden. Dann werden alte Böcke wie ich und junge Hüpfer wie Sie Seite an Seite in die Zukunft schreiten. Aber für heute genug geschwatzt.« Er schüttelte Jason die Hand. »Schönen Tag noch, mein Junge.«

Damit rauschte er aus dem Büro. Jason ließ sich erschöpft auf seinen Stuhl fallen. Ein Schweißtropfen lief ihm über die Wange. Er fühlte sich wie durch die Mangel gedreht.

Er griff nach dem Telefon und wählte die Nummer der Rechtsabteilung. »Hallo, Russ, hier Jason. Ich hatte eben Besuch von Senator Cantwell... Ja, er war in Hochform... Er hat wieder neue Listen mitgebracht. Ich lasse sie Ihnen rüberschicken. Könnten Sie dafür sorgen, daß unsere Außendienstleute heute noch die entsprechenden Haftbefehle bekommen?... Fein. Vielen Dank, Russ.«

Er legte auf.

Als nächstes rief er seine Sekretärin zu sich und trug ihr auf, Kopien der Listen von Senator Cantwell an die Rechtsabteilung zu senden.

Wieder allein, starrte er eine Weile ins Leere und befingerte müßig den Aktenordner, der auf seinem Schreibtisch lag. Endlich schlug er ihn auf und sah mit leerem Blick hinein. Der Ordner enthielt etliche Briefe, von denen er Kenntnis nehmen sollte. Er blätterte sie durch. Es hatte keinen Sinn. Er nahm kein einziges Wort auf. Seine Gedanken schweiften ziellos durch Zeit und Raum. Zum hundertsten Mal überlegte er, woran es lag, daß seine Ehe zerbrochen war. Wann hatten die Vorwürfe angefangen, diese endlosen, kleinlichen, zermürbenden Streitereien? Er hatte weiß Gott alles versucht, um aus diesem Teufelskreis herauszukommen. Ob es mit Evelyn wohl anders gelaufen wäre?

Spontan schob er den Stuhl zurück und ging ins Vorzimmer hinaus.

»Ich mache für heute Schluß, Mary. Wenn jemand nach mir fragt, sagen Sie bitte, ich bin dienstlich unterwegs.«

»Alles klar, Mr. Turner«, sagte Mary unsicher und zog überrascht die Augenbrauen in die Höhe. Es war nicht Jason Turners Art, mitten am Tag zu verschwinden. Aber sie würde schon für ihn einspringen.

Jason fuhr mit dem Fahrstuhl hinunter und verließ das Gebäude. Die Sonne schien so hell, daß er die Augen zukneifen mußte. Rasch wandte er den Blick von den blitzenden Glasfronten ab.

Er ging, genau entgegengesetzt zu seinem Heimweg, in nördlicher Richtung die Straße entlang. Seine Beine hatten offenbar beschlossen, die verkehrsreichen Stadtteile zu meiden.

Gedankenverloren schlenderte er dahin. Hin und wieder wurde er von einem Passanten angerempelt.

Eine Stunde später fand er sich in einer Straße wieder, die ihm bekannt vorkam. Er war anscheinend in eins von den alten Stadtvierteln geraten. Die Straßen waren schmal, das Pflaster holprig. Irgendwie war ihm die Sache nicht geheuer. Er fühlte sich wie in eine andere Zeit, an einen fremden Ort versetzt.

Ein paar Häuser weiter war ein unverwechelbares Krachen und Knirschen zu hören. Eine Abbruchkolonne war am Werk. Die Vergangenheit wurde geschleift, systematisch dem Erdboden gleichgemacht. Bald würden sich neue geodätische Kuppeln am Horizont auftürmen und den Himmel verbarrikadieren.

Wie ein Messerstich durchzuckte ihn die Erinnerung an das zweistöckige Holzhaus, in dem er aufgewachsen war. Es hatte einem Monolithen aus Glas und Aluminium weichen müssen. Schon bald nach seinem High-School-Abschluß hatte seine Familie das alte Viertel verlassen und war in einen riesigen, eine volle Quadratmeile umfassenden Wohnkomplex gezogen.

Schlagartig kam ihm die Erleuchtung. Das alte Viertel war nur ein paar Meilen von hier entfernt. In welcher Richtung lag es doch noch?

Wie von selbst trugen ihn seine Beine an den morschen Überresten des Stadtfossils vorbei. Zement- und Gipsstaub hingen in der Luft. Riesenkräne bäumten sich wie Dinosaurier vor dem azurblauen Himmel auf. Wie umgestürzte Bäume lagen die Balken kreuz und quer auf der Straße herum.

»He, Mister, aufpassen!« schnarrte eine Stimme. Andere Bauarbeiter stimmten ein.

Ohne die Warnungen zu beachten, beschleunigte Jason seine Schritte.

Sein Blick fiel auf ein altes Straßenschild.

Clinton Street

Links in die Clinton, rechts in die Dexter. Stück für Stück kehrte die Erinnerung zurück.

Er durfte nicht zu spät kommen. Zu spät wofür? Die Klavierstunde? Aber er hatte doch schon als Zwölfjähriger mit dem Klavierunterricht aufgehört.

Irgend etwas trieb ihn weiter. Evelyn wartete. Nein, Evelyn war für immer verloren. Die Tränen stiegen ihm in die Augen.

Die Gehsteige waren unter jahrealten Schmutzschichten begraben. Vorsichtig suchte er sich einen Weg zwischen den Schutthaufen. Es war wie ein Spaziergang durch die Trümmer seiner Vergangenheit.

Er bückte sich und scharrte eine Handvoll Schmutz zusammen. Die Jahre rannen ihm durch die Finger. 1991, 1992, 1993...

Er fing an zu laufen. Wie aus dem Nichts tauchte ein Junge auf und trabte neben ihm her. Ein Zeitungsjunge.

»Zeitung, Mister?«

»Nein, ich hab's eilig.«

»Wo rennen Sie denn hin?«

»Nach Hause.«

»Wohnen Sie weit von hier?«

»Nur 'ne Meile«, keuchte Jason.

Allmählich ging ihm die Luft aus. Nun bekam er auch noch Seitenstechen. Er mußte das Tempo verringern.

»Was dagegen, wenn ich Sie begleite?« fragte der Junge. »Ich wohne auch in der Richtung.«

»Warte mal.« Jason war plötzlich etwas eingefallen. »Hat man hier nicht alle Häuser abgerissen, um Platz für Bürogebäude zu schaffen?«

»Bürogebäude? Nein. Aber ich hab gehört, daß von 'nem Neubau die Rede ist. In der Zeitung von heute steht auch was drüber.«

»Laß mal sehen.« Jason schnappte sich eine Zeitung.

»Macht zehn Cent«, sagte der Junge.

Jason kramte in der Tasche und warf einen Dime in die Luft. Der Junge fing ihn auf.

Jason entfaltete die Zeitung, überflog hastig die Spalten. Da, auf Seite drei stand eine Meldung über einen Antrag zur Errichtung eines Bürohauses, das von der Newport Street bis zum Wilmot Drive reichen sollte.

»Dann hat man mit unserem alten Haus vielleicht noch gar nicht angefangen«, rief Jason. Er war mit einem Mal überglücklich.

»Sie haben noch mit keinem von den Häusern angefangen«, versicherte ihm der Junge.

Schweigend gingen sie weiter. Der Junge summte ein Lied vor sich hin.

Jason zuckte zusammen. »Was summst du da?« fragte er.

»Nur so ein Lied. Gefällt's Ihnen?«

»Es klingt genauso wie ein Lied, das ich mir mal ausgedacht habe. Wie ging es doch noch? ›Fünfzehn Gänseblümchen steh'n im Wind/Nicken mit den Köpfchen vor sich hin.‹«

Der Junge sah ihn erstaunt an. »Komisch. Ich hab immer gedacht, das is' mir eingefallen.«

Jason betrachtete ihn nachdenklich. Irgend etwas an dem Burschen kam ihm bekannt vor, die Art, wie er den Kopf hielt, wie er sprach. War er vielleicht der Sohn von irgend jemandem, den er früher einmal gekannt hatte?

»Wohnst du schon lange hier?« fragte Jason.

»Solang ich lebe«, sagte der Junge.

»Wie heißt du denn?«

»Jason. Jason Turner.«

Jason fuhr auf. »Willst du mich auf den Arm nehmen? Was ist das für ein Spiel? Wer hat dich dazu angestiftet?«

»Wie meinen Sie das? Ich heiße eben so.«

»Du bist mir vermutlich schon die ganze Zeit gefolgt? Hat dich Senator Caldwell dafür bezahlt, daß du mich beschattest?«

»Nein, Mister. Ich weiß nicht, wovon Sie reden. Ich hab noch nie was von 'nem Senator Cantwell gehört.« Der Junge drückte sich ängstlich zur Seite.

»Komm her, du!« Jason wollte sich auf ihn stürzen.

»He!« Der Junge schlug einen Haken, machte kehrt und rannte die Straße hinunter.

»Komm zurück!« schrie Jason und jagte ihm nach. »Lauf nicht weg!«

Der Junge flitzte um eine Ecke, rannte ein Stück weit die Straße entlang und verschwand zwischen zwei Häusern. schwer atmend trampelte Jason hinter ihm her. »Komm zurück!« keuchte er. Als er ihm zwischen die Häuser folgte, prallte er gegen eine Mülltonne und stürzte hart zu Boden. Der Junge schaute kurz über die Schulter, zögerte einen Moment, dann schwang er sich über einen Zaun und war verschwunden.

Jason stemmte sich hoch, kam mühsam auf die Beine und lehnte sich erschöpft und atemlos gegen eine Mauer. Von ferne hörte er den Refrain des altvertrauten Lieds: ›Fünfzehn Gänseblümchen stehn im Wind/Nikken mit den Köpfchen vor sich hin.‹

Jason begann, sich hin und her zu wiegen und leise mitzusummen. Tränen stiegen ihm in die Augen. Die Zeitung entglitt seinen Händen. Ganz oben auf der Seite stand das Datum: 8. Juni 1994.

Als man ihn fand, schaukelte er immer noch hin und her und sang vor sich hin. Auf die Frage, was er hier wolle, murmelte er etwas von einem Job als Zeitungsausträger. Er redete mit schwerer Zunge, ohne Zusammenhang. Immer wieder rief er den Namen Evelyn. Diese Evelyn wurde später als psychisch labiles Mädchen identifiziert, das Selbstmord begangen hatte, als Jason heiratete.

Dr. Meister übernahm es persönlich, Jason von der Vergangenheit zu heilen. Er war sehr zuversichtlich.

Jasons High-School-Jahrbuch wurde entdeckt und vernichtet.

Man setzte ihn rund um die Uhr unter Narkose.

Bald würde er zu neuem Leben erwachen.

Originaltitel: ›THE PROUST SYNDROME‹ · Copyright © 1974 by Howard Goldsmith · Erstmals veröffentlicht in: ›CRISIS‹, hrsg. von Roger Elwood (Thomas Nelson Inc.) · Mit freundlicher Genehmigung des Autors und Uwe Luserke, Literarische Agentur, Stuttgart · Copyright © 1999 der deutschen Übersetzung by Wilhelm Heyne Verlag GmbH & Co. KG, München · Aus dem Amerikanischen übersetzt von Irene Holicki

Jacques Mondoloni · Frankreich

ALLE HUNDERT JAHRE EIN MORD

*Für Géo Norge, von dem das Gedicht stammt,
das mich zu dieser Geschichte inspiriert hat.*

Durch das kleine, runde Fenster betrachtete sie die mit Patina überzogenen Sterne, die kranken Sonnen aus grauer Vorzeit. »Ich mag die Nacht nicht mehr«, sagte sie sich, »ich bin alt... Was nützt es, beinahe unsterblich zu sein, wenn das Ende eines Tages einem nur noch Ekel bedeutet?« Der Abend war für sie keine Genugtuung mehr wie zu jener Zeit, als sie noch zwanzig war: damals vermochte seine elektrische Stärke die Kränkungen des Tages, die strahlende Dummheit des Erwachsenseins, welche die Bahn der Sonne täglich begleitet, noch zu verjagen.

Diana Menthe richtete sich in ihrem Sitz auf. »Ich bin einmal zwanzig Jahre alt gewesen«, dachte sie, »ich bin immer noch zwanzig Jahre alt, aber mein Gedächtnis ist das einer anderen Generation!« Die Transplantationen, der Ehrgeiz der Bearbeiter des menschlichen Körpers sowie die wundersame Relativität, welche die Jugend desjenigen bewahrt, der durch das Universum zu navigieren vermag, haben nichts gegen das nostalgische und nachtragende Degenerieren ausrichten können, das sich des Gewebes ihrer Seele nach und nach bemächtigte. Diese künstliche Langlebigkeit war wie eine nie zu Ende gehende Nacht. »Ich bin zu früh jung gewesen!« gestand sie sich oft ein.

Erneut warf sie einen Blick auf die Sterne, suchte nach einem zivilisierten Lichtlein, einer Erde, deren gastfreundliche Helligkeit das schwarze Grauen des Weltraums durchdrang. »Es muß doch irgendwo eine aufgehende Sonne geben...!« dachte sie, um sich zu beruhigen. Doch seitdem sie ihre lange Reise angetreten hatte, hatte sie lediglich grelles Neonlicht, das verschwommene Flackern von Nachtlokalschildern, die gedämpfte Laterne einer Lokomotive gesehen, die auf freiem Gelände durch die Dunkelheit der Galaxis fuhr... Um die Angst vor dem nächsten Tag zu verjagen, belauerte sie die Planeten, die so durchscheinend blau waren wie ein Wintermorgen. Sie suchte nach dem Licht des Nordens oder zumindest nach der Vorstellung von Starre und Tod, die mit diesem Licht verbunden war, um sich sagen zu können, daß sie ihr Ziel endlich erreicht hatte und nicht mehr weiterreisen würde.

Ihre wenigen Mitreisenden hielten einen selbstverständlich stillen Winterschlaf. In einem anstößigen Schlaf erstarrt und mit verlangsamtem missionarischen Stolz stahlen sie dem Alter Monate, ja sogar Jahre. Früher nutzte man das Reisen, um zu lesen. Heute jedoch nutzte man es, um verhältnismäßig jünger zu werden, indem man mit der universellen Zeit spielte. »Genuß ist kein Moment der Ewigkeit mehr«, dachte sie, »sondern heißt, kreuz und quer durch die Welt zu reisen, die sehr wohl ein solcher Augenblick ist!«

Mit wem sollte sie sprechen? Die menschlichen Statuen, die in ihren Sitzen zusammengesackt und eingeschlafen waren, sammelten tiefe Bewußtlosigkeiten wie andere Menschen Goldbarren. An der nächsten Zwischenstation würde der Bordcomputer sie wecken und ihnen den versicherungsmathematischen Bruttostand ihrer Anleihe an das Leben mitteilen, die sie während ihres spekulativen Schlafs abgeschlossen hatten. Das Wichtigste sind die Zinsen, die Fabel ist banal.

»Wenn ich bedenke, daß man mich um mein Schicksal beneidet!« rief sie ganz laut aus, da niemand sie hören konnte. Der Winterschlaf der anderen, dieses Leben zwischen Klammern und dieser physiologische *Status quo* ärgerten sie immer noch, etwa so wie reiche Leute die einfältige Habgier von Emporkömmlingen nicht ertragen können. Was nützt es, das Fälligkeitsdatum hinauszuschieben? Natürlich war sie ungerecht, da sie das Glück gehabt hatte, vor sehr langer Zeit eine Art Unsterblichkeit zu erlangen, als sie beim Wettbewerb um die schönste Liebesgeschichte des Sonnensystems den ersten Preis gewann. Ihr Fall hatte die Jury tief bewegt, und je weiter sie sich durch die Galaxis entfernte, um so rascher vergeudete sie das faustische Geschenk, das man ihr gemacht hatte. Das Nullwachstum ihres Körpers, das auf eine Verjüngungskur zurückzuführen und in bezug auf die damaligen irdischen Uhren auf bestimmte Zeit beschränkt war, stellte eine unüberbrückbare Entfernung zwischen ihr und denjenigen dar, die sie in den Weltraum geschickt hatten, um ihr einen Herzenswunsch zu erfüllen. Im übrigen waren sie seither zweifellos alle gestorben.

Sie erinnerte sich an den Vorsitzenden der Jury, einen sentimentalen und gutmütigen Mann, der sie bei der Preisverleihung leise weinend in die Arme geschlossen und ihr viel Erfolg gewünscht hatte. Diana Menthes Gedächtnis war keineswegs stehengeblieben: wie ihr Körper übersprang es unentwegt die einzelnen Zeitzonen. Vergangenheit und Zukunft untergruben den unverhofften Zellenaufschub, auf den sie ganz zu Beginn so unheimlich stolz gewesen war. Die Gegenwart wandte sich von ihr ab, da sie ein paralleles Leben führte. Nur ihr Verstand half ihr dabei, in ihrem Hirn einsame Ausgrabungen vorzunehmen. Doch wem sollte sie ihre Entdeckungen anvertrauen? Die Gegenwart ist der *hörbare* Teil des Lebens, während die an den jeweiligen Enden des Spektrums weilende Vergangenheit und Zukunft nicht einmal versuchen, verstanden zu werden. Durch ihr Schweigen, ihr *Nichtvorhandensein* bestätigten die neben ihr in der Kabine der Passagiere dösenden Hampelmänner sie in dem, was sie nach und nach von sich aus herausgefunden hatte – eine Verabredung mit der Gegenwart zu haben, bedeutete: mit ihr sprechen zu können.

»Ich habe mein Leben gespendet«, dachte sie, »aber ich weiß nicht mehr genau, wofür! Alles ist derart verschwommen: das Ziel der Reise genauso wie ihre Rechtfertigung.«

Diana Menthe schloß die Augen. Wo trieb sie hin? Woher kam sie eigentlich, mit der Liebe eines Mannes als einzigem Gepäck?

Ein schulmeisterlicher und unterwürfiger Roboter mit menschlicher Stimme, den sie von Zeit zu Zeit befragte, machte sie darauf aufmerksam, daß Androtheme in Sicht war.

»Füllen Sie bitte Ihren Landeschein aus, wenn Sie von Bord gehen wollen«, wiederholte er.

»Wenn die Liebe eine Zugbrücke wäre«, dachte sie, »hätte ich mir diese Reise, die mich verrückt macht, ersparen können...« Auf Dauer wurde sie träge – bei jeder Zwischenstation war an der lokalen Uhrzeit ihr Scheitern abzulesen. Ihr Geist hüpfte im Jahrhundert hin und her und erkundete die zeitlichen Koordinaten, als handelte es sich um die Paragraphen eines notariellen Vertrags, während ihr äußeres Bild, die kleinen, unbeweglichen Falten einer ewigen Verlobten, im Abseits verharrte, zurückblieb wie ein Foto, das niemandem mehr etwas besagte. Ihr gleichbleibender Körper und ihr Bewußtsein vertrugen sich nicht mehr besonders gut miteinander – zumindest während der Reise, wenn beide sich am Bullauge drängten, gerieten sie nicht in Versuchung, einander noch stärker beiseite zu drängen.

Ihr größter Wunsch wäre es gewesen, den Weltraum zu erforschen, ohne ständig von neuem ihre Uhr richten zu müssen. »Lebt hier ein gewisser Joachim Vulcano, Code T 117, es bleiben fünf, ich behalte zwei zurück?« – »Ist uns nicht bekannt. Versuchen Sie's mal beim Nachbarn, das ist nur wenige Parsecs von hier entfernt.« – »Ich danke Ihnen.«

Sie hätte den Roboter im Empfangszentrum freundlich gegrüßt, und dann wäre das Raumschiff aus dem *no man's land,* dem *no time's land* zur nächsten Etappe aufgebrochen, ohne daß sie gezwungen gewesen wäre, ihre Kabine zu verlassen und sich unter die Einheimischen zu mischen, sich der brutalen Chronologie auszusetzen.

Androtheme war in Hörweite. Noch würden unzählige Tage vergehen, an denen sie sich den nie endenden Fragen der Zollmaschinen, welche die Einwanderung kontrollierten, stellen müßte. Erneut würden Roboter sie daran hindern, im Kreise zu drehen, nach Belieben die üblichen Formalitäten erschweren und ihre jeweiligen Kommandanten ärgern, die von der Erde und von anderswo stammten und niemals die Lust zu verlieren schienen, mit ihnen zu diskutieren. »Verfluchte Kleinigkeitskrämer«, schimpften die Kommandanten. »Elender Abschaum«, erwiderten die Roboter freundlich.

Aus Langeweile, aber auch aus Berechnung begann Diana, mit den Robotern des Planeten Androtheme zu korrespondieren, wobei sie jedoch darauf achtete, ihre Empfindsamkeit nicht zu verletzen – wenn man begriffen hatte, daß sie ständig belohnt werden mußten (das war ihre Schwäche), dann tat man besser daran, gute, fast herzliche Beziehungen zu ihnen zu pflegen. Beziehungen, die den Verführungskünsten, welche die Handlungen von Männern und Frauen innerhalb menschlicher Gesellschaften bestimmten, nicht unähnlich waren. Für Diana waren sie mehr als nur Partner oder Gäste: seitdem sie diese Reise angetreten hatte, so wie man in ein Kloster eintritt, nahmen die Roboter die Stelle von Priestern ein, ohne die die Suche nach Gott, die Vorstellung eines Gottes (angesichts dieser Entfernung war jeder Mann tatsächlich ein Gott) zwangsläufig zum Scheitern verurteilt war, falls man ihnen aus Leichtfertigkeit nicht genügend Beachtung schenkte. Das ewige Leben – die Initiationsbahn, die Opfer, die dieses Leben verlangte – führte wohl oder übel zur Unterwürfigkeit, weil es schlechtweg langweilig war. Das Leben schlechthin, das alltägliche Leben, führte den Mann oder die Frau aus dem Weltall dazu, mit den Robotern zusammen die Regeln anzuwenden, die denen der edlen Liebe glichen, außer daß das umworbene Geschlecht nicht präzisiert wurde. Der archaische Anstandscode war äußerst nützlich, wenn es darum ging, sich mit den Robotern zu unterhalten, das heißt in der eisigen, monotonen Unendlichkeit des Universums zu überleben, wo man ungeheuer weit von seinen Angehörigen entfernt war und nicht die geringste Hoffnung hatte, sie jemals so wiederzusehen, wie man sie verlassen hatte. Und zwar wegen der Zeit, die die Zellen, die Erinnerungen, die Pläne der Abenteuerlustigen wie Pappmaché zusammenpreßte und wieder auseinanderzog. *Man kann nicht über Jupiter hinaus*, besagte ein Sprichwort, das selbstverständlich bedeutete: Man kann Gott nicht übertrumpfen, da Jupiter bei dieser Gelegenheit erneut seinen göttlichen Ursprung annimmt.

Im übrigen gab es, wenn ein gewisser Punkt überschritten war, nicht viele Menschen in der Galaxis. Sie übertrugen ihre Macht auf Roboter, die sich in der Folge der ihnen anvertrauten Verantwortung entledigten, indem sie diese wiederum anderen Robotern anvertrauten, die eigens zu diesem Zweck von ihnen selbst gebaut worden waren. Jenseits einer fiktiven Linie, die sich in unmittelbarer Nähe des größten Planeten des ganzen Sonnensystems befand, sprachen die Menschen nicht mehr – wie düstere, schlecht rasierte Schiffbrüchige streiften sie durch die Leere oder bemächtigten sich jener Planeten, die ihnen einträglich und benutzbar schienen. War das nicht der Fall, so hausten sie in erbärmlichen Unterschlüpfen, rührten sich nicht mehr, blieben stumm und taub und warteten mit leerem Blick auf etwas, von dem niemand wußte, was es war und woher es kommen sollte.

Diana Menthe war Erdbewohnern, außerirdischen Kreaturen, ihren Nachkommen begegnet – gewöhnlich handelte es sich um Händler, Ingenieure oder Abenteurer –, die alle ihre Rückfahrkarte verbrannt hatten. Für sie hatte die Gegenwart sich aufgelöst. Das unerläßliche Scherzen mit den Robotern diente einzig und allein dem Schaffen einer gewissen Präsenz. Sich dem zu verweigern bedeutete, unterzugehen, sich halb bewußt von der Wirklichkeit zu entfernen. Bei anderen Wesen hatte Diana die verheerenden Folgen der Abkapselung und völligen Kommunikationslosigkeit beobachtet, und zu Beginn ihrer Reise, als sie sich für vom Schicksal begünstigt hielt, hatte sie selbst darunter gelitten. Die Roboter verhielten sich wie gute Kameraden, hin und wieder kam es – notgedrungen – zu Flirts. Doch selbstverständlich gab es nur einen Mann, der unvorhersehbar in seiner Leidenschaft, leicht zu verführen und schwer zu behalten war und den man fieberhaft lieben konnte.

»Mit wem habe ich die Ehre?«

Ein auf Androtheme stationierter Roboter redete über Funk mit zuckersüßer Stimme auf sie ein, woraufhin der Roboter ihres Raumschiffs versuchte, sich dazwischenzuschalten: einerseits um sich aufzuspielen, andererseits aber auch aus Eifersucht, weil er dazu neigte, seine metallenen Kollegen am Ende der Welt im Umgang mit Frauen für Langweiler oder für Grobiane zu halten.

»Ich heiße Diana Menthe«, sagte sie, »und mein Roboter-Gefährte, der mich wie eine Prinzessin behütet, informiert mich gerade darüber, daß unser Raumschiff auf Ihrem Planeten landen wird. Dürfte ich Sie um die Erlaubnis bitten, Sie zu besuchen?«

»Selbstverständlich, Fräulein, seien Sie herzlich willkommen.«

»Sie erweisen mir eine große Ehre.«

»Sie sind ein Mensch, nicht wahr...?«

»Ja, und beinahe unsterblich... Sind Sie schon anderen unsterblichen Personen begegnet?«

»Das behaupten alle Menschen von sich!«

»Sie haben also bereits von dem Preis für die schönste Liebesgeschichte des Sonnensystems gehört?«

»Moment mal. Ich befrage unser Gedächtnis... Die schönste Liebesgeschichte, die schönste Liebesgeschichte..., warten Sie... Liebe... nein. Ich sehe mal bei Geschichte nach... Stimmt, liebes Fräulein.«

»Ich suche einen Mann: einen gewissen Joachim Vulcano, Code 117, es bleiben fünf, ich behalte zwei zurück, der etwa fünfundzwanzig Jahre alt sein muß... Hält er sich auf Ihrem Planeten auf? Ich habe aufgehört, älter zu werden, um ihn wiederzufinden, damit er mich wiedererkennt.«

»Verzeihen Sie, Fräulein, daß ich Sie unterbreche, aber wenn er bei uns wäre, wäre er... nicht mehr lebendig.«

»Tot! Wieso?«

»Androtheme ist eine heilige Stätte, Fräulein. Wegen der dem absoluten Nullpunkt nahen Temperatur, die unsere Atmosphäre kennzeichnet, und aus experimentellen Gründen bewahren wir sämtliche Leichen aus diesem Teil der Galaxis auf, um sie gegebenenfalls für ein neues Leben wiederaufzutauen: die Menschen und ihre sämtlichen Nachkommen sind besessen vom Wunsch nach Unsterblichkeit, und wir haben die Aufgabe, über sie zu wachen und auf den großen Tag zu warten...«

»Können Sie Joachim zu neuem Leben erwecken?«

»Alles mit der Ruhe, Fräulein. Zuerst werde ich mich erkundigen, ob er überhaupt zu unserem Lagerbestand zählt.«

»Und dann?«

»Waren sie miteinander verheiratet?«

»Nein, er...«

»Verlobt?«

»Ja. Wir haben zusammengelebt und...«

»Geliebte?«

»Selbstverständlich. Doch wozu all diese Fragen?«

»Oh, Entschuldigung, Fräulein! Bitte verzeihen Sie diese beharrliche Indiskretion, aber unsere Vorschriften verlangen, daß die sterblichen Überreste nur den Personen ausgehändigt werden dürfen, die eine eheliche oder verwandtschaftliche Beziehung zu den Verstorbenen nachweisen können und die sich auf Androtheme oder in den zu Androtheme gehörenden Gebieten niedergelassen haben.«

»Ich besitze Dokumente von der Erde, die bestätigen, daß Joachim Vulcano mein Lebensgefährte war.«

»Ach, Fräulein! Dokumente, die aus sovielen Lichtjahren zurückliegenden Zeiten stammen, sind nicht mehr viel wert: es ist schon lange her, daß Androtheme und die Satelliten von Androtheme die Gesetze der antiken Metropole für ungültig erklärt haben!«

»Ich finde Sie sehr undankbar und schikanös!«

»Nun, so lauten nun mal die Vorschriften...! Besuchen Sie mich, Fräulein, es wird mir eine Freude sein.«

Schluchzend brach Diana Menthe die Verbindung ab. »Joachim ist möglicherweise tot«, sagte sie sich, »und dieser steife Roboter wird mich daran hindern, seinen Körper an mich zu nehmen. Bin ich beinahe unsterblich geworden, nur um ein solches Leid erfahren zu müssen?«

Aus lauter Trauer darüber, Zeuge dieser Szene geworden zu sein, drückte der Roboter ihres Raumschiffs ihr sein Beileid aus, doch Diana wies ihn grob ab: Roboter waren stets zu freundlich, um es wirklich ehrlich zu meinen. Insgeheim freuten sie sich über die Unglücke, die Wesen aus Fleisch und Blut zustießen. Und da sie nie mit dem Problem des Todes konfrontiert wurden, waren sie außerstande, tatsächliches Mitleid zu empfinden. Gewiß, sie verschwanden infolge von Pannen, Unfällen oder von allzu großen Abnutzungserscheinungen (die jedoch keineswegs mit dem menschlichen Altern verglichen werden durften!), doch sie landeten auf dem Schrottplatz und nicht im Reich der Toten! Der Beweis dafür, daß Roboter keine Seele hatten und sich wenig Sorgen um deren Zukunft machten: keiner von ihnen war jemals auf den Gedanken gekommen, einen Gott oder eine Religion zu erfinden!

Ihre spirituelle Größe beschränkte sich darauf, den Frieden zu lieben, was keineswegs unerheblich war, wenn man tagtäglich mit arschkriecherischen Kreaturen und galaktischen Rüpeln zu tun hatte, die ständig bereit waren, sich gegenseitig zu zerfleischen, doch der Glaube an ein höheres Wesen oder an heidnische und folkloristische Idole und an die damit verbundenen paradiesischen Freuden war ein Sehnen, das sie nicht kannten.

»Möchten Sie, daß ich das Protokoll der Unterredung, um die Sie bei meinem Kollegen nachgesucht haben, eingehend lese?« fragte der Roboter des Raumschiffs.

»Wie Sie möchten...«

»Soll es sich um einen feierlichen oder einen vertraulichen Besuch handeln?«

»Wo liegt der Unterschied?«

»Wir sind nicht dazu verpflichtet, einen vertraulichen Besuch abzustatten.«

»Lassen Sie mich in Frieden mit Ihren abgedroschenen Extravaganzen...!«

»Meine respektvolle Ergebenheit, Fräulein. Ich werde mich erneut melden, sobald Sie sich ein wenig ausgeruht haben...«

Diana Menthe legte sich hin, konnte jedoch nicht einschlafen. Um auf andere Gedanken zu kommen, betrachtete sie die im Winterschlaf liegenden Passagiere, die, dem aufgestellten Programm entsprechend, aus ihrer Lethargie erwachten und sich um die zeitlichen, weltlichen Vorteile stritten, die sie während ihres Schlafs erlangt hatten.

»Ich bin überzeugt, daß die Dividenden meines Kapitals nahezu ein Vierteljahrhundert ausmachen!« beteuerte jemand.

»Wo denken Sie hin! Es ist mindestens ein halbes Jahrhundert!« begann ein hinter ihr stehendes Individuum zu kritteln.

Die Landung war sachte und präzise: das Raumschiff verschwand in einem in den Boden von Androtheme gegrabenen Tunnel und glitt an Glaswänden entlang, die sich hinter ihm sogleich wieder schlossen. Auf einem kleinen Hügel von flüssiger Konsistenz, der von Scheinwerfern in bläuliches Licht getaucht wurde, hielt es schließlich inne.

Die Passagiere zogen die vorgeschriebenen Weltraumtransitanzüge an und die Ungeschicktesten verlangten nach Reliefspiegeln, bevor sie sich zeigten – was aus zwei Gründen völlig unnötig war: erstens würden die obligatorischen Helme, die sie aufsetzen mußten, sie unkenntlich machen; und zweitens war der Hauptflugplatz von Androtheme stets ausgestorben. Auf diesem Planeten gab es keine Schaulustigen: die eingefrorene Bevölkerung von Androtheme verharrte in ihrer kalten Ecke, auf dem Eis liegend wie die dicken Richtstäbe eines Vermessungsingenieurs. Die Lebenden – hohe Beamte des Bestattungsinstituts, einige Sargträger – liefen wie barsche Gärtner durch das gewaltige Sanktuarium (der allzu ›endgültige‹ Begriff Friedhof war von Androtheme verbannt worden).

Unter den Passagieren gab es zwei Frauen: die Frau eines Verwalters von Androtheme, der nach einem Urlaub auf einem Seebad-Asteroiden auf seinen Posten zurückkehrte, und die Gefährtin eines Pseudo-Hirten, die bei der letzten Zwischenstation mit diesem zusammen an Bord gegangen war und die ihn, wie es schien, auf seiner Runde zu seinen Schäfchen begleitete. Schamlos starrten die beiden Frauen die anmaßende Jugendlichkeit von Diana Menthe an, ihre Pfirsichhaut, ihre unentwegt lebhafte Miene, die fast feuchte Frische ihres Blicks, die nichts mit der natürlichen Reinheit ihrer Augen zu tun hatte – seit jener Verjüngungskur wurden ihre Augen mit einer Art Tau benetzt und gekühlt.

»Sind Sie diejenige, die sich weigert, während der Reisen ihren Winterschlaf zu halten?« fragte die Frau des Hirten.

Da ihre Stimme zu neiderfüllt klang, antwortete Diana Menthe nicht.

»Sind Sie ein menschliches Wesen? Sind Ihre biologischen Koordinaten von den unseren verschieden?... Gehören Sie einer Sekte an?«

Diana Menthe zuckte die Achseln und ließ das Mißverständnis unwidersprochen.

Sie stieg aus dem Raumschiff und bat den diensttuenden Androiden – der unmöglich gekleidet war und allem Anschein nach nicht mit der Ankunft des Verwalters und seiner Frau gerechnet hatte –, mit dem Roboter des Stützpunktes Kontakt aufzunehmen. »Er erwartet Sie«, erwiderte er. Sie ließ die anderen Passagiere stehen, die sich um die Frau des Verwalters scharten: zweifellos stand ein Besuch der Leichenhallen auf dem Programm, gefolgt von einem ›zwanglosen Drink‹, wie es die Tradition bei Zwischenstationen verlangte.

Beklommenen Herzens rief Diana Menthe den Aufzug.

»Sie können Ihren Helm jetzt abnehmen«, sagte eine sanfte, leicht ironisch klingende Stimme. Sie erkannte die ihres Gesprächspartners wieder.

»Ich habe etwas für Sie…«, fügte die Stimme hinzu.

»Auf welchen Knopf muß ich drücken?« fragte sie.

»Überlassen Sie es mir, Sie zu führen…«

Der Aufzug hielt auf dem Halbgeschoß: zischend öffneten sich die Türen. Diana nahm ihren Helm ab und entdeckte das Universum des Roboters: es handelte sich um eine durchsichtige Kuppel, vergleichbar mit der einer Sternwarte, die es ermöglichte, von jedem Punkt aus die Eisflächen des Planeten zu sehen. Sie war nicht enttäuscht: sie hatte eine winterliche Landschaft erwartet, fahle Steine, graues und erstarrtes Licht, den Frost ihres Abenteuers… Der Roboter nahm den gesamten Raum ein, ja, er *war* dieser Raum mit all seinen ätherischen Bildschirmen, den lichtdurchlässigen Tastaturen und der abgestandenen Luft, die darin zirkulierte. »Ich bin froh, daß es sich nicht um einen Humanoiden handelt«, dachte Diana Menthe. Auf Dauer ermüdete sie der Roboter ihres Raumschiffs mit seiner menschlichen Gestalt und der männlichen Stimme eines zurückgesetzten Dieners.

»Was haben Sie für mich?« fragte sie.

»Ich habe Ihren Joachim aufgespürt.«

»Ist er tot?«

»Nein.«

Diana ließ sich auf den fleckigen Boden sinken und schloß die Möglichkeit, in Ohnmacht zu fallen, nicht aus. »Es tut mir leid!« sagte die Stimme. Dann war ein Klicken zu hören, und eine weibliche Kugel, die einen scharfen Geruch verströmte, rollte ihr vor die Nase. »Die Salze von Madame...!« dachte sie. Sie nieste, wischte die Tränen, die ihr in den Augen brannten, weg und richtete sich wieder auf.

»Es ist die Rührung...« entschuldigte sie sich.

»Das ist ganz normal!«

»Wo ist er?«

»Sie hatten mir nicht gesagt, daß er ein Verbannter ist, Fräulein...«

»Er wurde fälschlicherweise verurteilt.«

»In unseren Archiven ist etwas anderes vermerkt: dort heißt es, Joachim Vulcano sei ein Mörder. Und zwar nicht irgendein Mörder, sondern Ihr Mörder, Fräulein!«

»Es handelte sich, wie ich Ihnen bereits sagte, um einen Justizirrtum. Nach einem Berufungsverfahren wurde er freigesprochen. Leider war er da bereits ins Exil in die weit entfernten Gegenden unserer Galaxis aufgebrochen... Den Beweis für das, was ich behaupte, habe ich bei mir.«

Diana Menthe zog den Kristall hervor, den die Jury der schönsten Liebesgeschichte ihr überreicht hatte. In ihm waren das Drama, das ihr Leben verpfuscht hatte, das Ziel ihres Herumirrens durch das Weltall sowie die unsinnige Hoffnung, die sie zur Fortsetzung der Reise trieb, unmißverständlich festgehalten.

Sie kannte die Botschaft des Kristalls, den sie auf der Haut ihres Bauches trug, auswendig: er war zu einem lebenswichtigen Organ geworden, aus dem sie Kraft und Mut schöpfte, ein Reservestimmband, das Joachim Vulcanos Unschuld jederzeit in einen Umkreis von mehreren Parsecs hinausschreien konnte – der Kristall brachte klar und deutlich zum Ausdruck, daß Joachim Vulcano ein wenig zu voreilig des versuchten Mordes an Diana Menthe angeklagt worden war. In Wirklichkeit war es eine Rivalin, eine Freundin gewesen (anläßlich einer zusätzlichen Untersuchung war das eindeutig festgestellt worden), die versucht hatte, sie zu töten und Joachim zu beschuldigen, um sie beide zu verlieren. Joachim schlief mit ihr, in dieser Hinsicht hatte er sich schuldig gemacht, doch er hatte keineswegs die Absicht gehabt, sich Diana Menthe, seine schöne Verlobte, seine Versprochene, vom Hals zu schaffen. Er war willensschwach, doch er liebte sie.

Noch fast ein Jahrhundert später erinnerte sich Diana an sämtliche Details: der Urteilsspruch des Gerichts, der Abschied vom Verbannten, ihr letzter Kuß, dann die Aufhebung des Urteils nach der Entdeckung der wahren Schuldigen, die sich selbst verraten hatte, als sie alle Spuren (Indizien, Beweggrund, Alibi) beseitigen wollte.

Der Roboter hörte zu und las den vom Kristall vorgebrachten Text.

»Das Dumme an der Sache ist, daß uns die Entscheidung über Joachim Vulcanos Rehabilitierung nie mitgeteilt wurde«, sagte er.

»Er ist unschuldig!«

»Vielleicht...«

»Ich möchte ihn sehen!«

»Nichts verbietet Ihnen, ihn zu sehen. Laut Vorschrift ist nichts dagegen einzuwenden... Die Verbannten leben in völliger Freiheit: die Lebensbedingungen auf

Androtheme sind nämlich auch so schon schwierig genug! Und wenn ein Verbannter dann schon mal Besuch bekommt, so werden wir ihm diesen Besuch nicht vorenthalten!«

Der Roboter legte eine Pause ein – eine Art Sympathieströmung zog durch den Raum: er war gar nicht der pedantische Bürokrat, den er gerne verkörpern wollte, indem er gelegentlich seine geliebten Vorschriften erwähnte.

»Was tut er?«

»Nun, dasselbe wie alle Verbannten: mal ist er Erdarbeiter, mal Sargträger...«

»Wann könnte ich ihn treffen?«

»Sobald er mit seiner Arbeit fertig ist.«

Sie verabschiedete sich symbolisch vom Roboter und verließ das Zimmer – in Wirklichkeit wußte sie ganz genau, daß er der allgegenwärtige Verwalter dieses Todesplaneten, ja sogar seiner Atmosphäre war. Der menschliche Verwalter verwaltete lediglich das, was der Roboter ihm übertrug: den Traum – den Traum, den alle Siedler der Galaxis träumten: die Grenzen der Zeit ohne Unterlaß zu verschieben und auf diese Weise niemals zu sterben. Die unter freiem Himmel liegenden Gefrierschränke von Androtheme waren das geeignete Mittel, um die Ekstase zu verlängern, die den Sternreisenden irgendwann beim Kontakt mit dem Unwandelbaren – oder zumindest mit dessen Illusion – ergriff.

Diana Menthe ging um die Kuppel herum und näherte sich einer kleinen, vorspringenden Glasterrasse – von dort aus beobachtete sie den in leichter Neigung auf den Horizont zusteuernden Gletscher. Schneeverwehungen, die so groß waren wie tolerant dreinschauende Schneemänner, schienen einen Weg vorzugeben; oder aber sie zeugten von einer früheren Zivilisation: göttliche Skulpturen, die von Völkern aus der galaktischen Urgeschichte errichtet worden waren ... Oder sind es die Wächter des Friedhofs, die vom Eis überrascht wurden? fragte sich Diana.

Nichts rührte sich. In der Ferne nagte ein blaßblauer Himmel an den Rändern orangefarbener Wolken, wagte es aber nicht, in sie zu beißen, sondern behandelte sie wie ein gut dressierter Jagdhund seine Beute. Es wurde immer noch nicht dunkel. Ein bläulich rotes Licht umgab die Wolken und zeichnete eine mit Fransen besetzte Bettdecke in den Himmel, die es nicht erwarten konnte, sich über der Landschaft auszubreiten. Doch plötzlich kam Wind auf, so daß sie sich vertikal aufrichtete und eine majestätische Fahne mit den zweifarbigen, regelmäßigen Vierecken eines Damebretts bildete in diesem Augenblick wurde die Arbeit niedergelegt. Eine Mannschaft von Sargträgern kam mit Schaufeln zurück, die wie eine Luftspiegelung in den Lichtstrahlen vibrierten, und dann stand Joachim Vulcano neben ihr.

»Bist du es, Diana?«

Sie drehte sich um und sah den Mann mit dem zerfurchten, völlig ausgetrockneten Gesicht.

»Mein Gott! Du hast dich nicht verändert.«

Sie drückte sich an seinen Körper, ihre Hand streichelte seine Brust, die von einem gesteppten Hemd nur dürftig geschützt wurde. Ihre Finger berührten seine Haut, seine Haare, die sie an vergangenes Glück erinnerten. Ihre Finger betasteten den Teil seiner Brust, unter dem sein Herz lag – dann stach sie zu. Sein Körper bäumte sich auf, er gab ein erstauntes Schluchzen von sich.

»Warum?« fragte er und verzog das Gesicht.

»Weil du mein geliebter Mörder bist«, erwiderte sie. Dann drehte sie den kleinen, diamantenen Dolch mehrmals in der Wunde herum. Schließlich sank Joachim Vulcano zu Boden. Sie legte sich neben ihn und küßte ihn auf den Mund, während warmes Blut über ihre

Hand floß. Er war einverstanden mit dieser Umarmung, der Vereinigung, der bizarren Lust.

Als die Lippen ihres Geliebten allmählich immer weicher wurden, als seine Zunge, die an ihrer Zunge klebte, hart und kalt zu werden begann, zog sie ihr Gesicht zurück und erforschte seinen Blick.

»Sag mir die Wahrheit, Joachim«, murmelte sie, »hast du die andere Frau mit dem Auftrag zu mir geschickt, mich zu töten...«

»Vielleicht... das ist schon so lange her, weißt du...«

»Es geschah vor einem Jahrhundert, Liebling, aber ich denke jeden Tag daran.«

»Ich liebe dich.«

»Ich dich auch.«

»Warum hast du das getan?«

»Um dir gleich zu sein: ich werde bald zurückkommen, in hundert Jahren vielleicht, und wenn du mich in dem Moment nicht umbringen willst, dann werde ich deine Frau.«

Sie erhob sich und wandte sich an den Roboter:

»Davon hat der Kristall nichts gesagt, nicht wahr... Aber es stand zwischen den Zeilen. Sie haben es geahnt...«

Der Roboter knurrte komplizenhaft, ehe er einen automatischen Caddie beauftragte, den im Sterben liegenden, blutüberströmten Mann aufzuladen. Der Caddie bewegte sich auf das Sanktuarium zu. Während Diana Menthe ihren Geliebten zu seiner vorübergehend letzten Ruhestätte begleitete, stach sie immer wieder mit neuen, unauffälligen Messerstichen auf ihn ein. Sie tötete ihn sanft, ganz sanft, so wie man ein Kind in den Schlaf wiegt.

»Sag, wann wirst du zurückkommen?« waren seine letzten Worte. Sie versprach ihm, zurückzukommen, doch erst in hundert Jahren, denn bis dahin würde sie nicht älter werden – außerdem wußte sie nicht, wann die Wirkungen der Verjüngungskur tatsächlich nachlassen würden.

Joachim Vulcanos Leiche wurde auf eine Eisrampe gekippt. Sargträger nahmen sich ihrer an, um sie zu entkleiden und für einen elementaren chirurgischen Eingriff vorzubereiten.

Es war kalt. Diana putzte sich die Nase und kehrte um.

Originaltitel: ›UN MEURTRE TOUS LES CENT ANS‹ · Copyright © 1983 by Éditions Denoël · Erstmals erschienen in ›PAPA 1ER‹ bei Éditions Denoël, Paris 1983 · Mit freundlicher Genehmigung des Autors und Dina German, Literarische Agentur, Paris · Copyright © 1999 der deutschen Übersetzung by Wilhelm Heyne Verlag GmbH & Co. KG, München · Aus dem Französischen übersetzt von Gabrielle & Georges Hausemer

Hans Kugler · Österreich

TECHNIKTRANSFER

Gestern habe ich mir mein persönliches Stück Mitternacht heruntergeladen. Seit 30 Jahren führe ich mein Geschäft in den Nischen von datengestützten Konkurrenzkämpfen, überlebe von und in den Schattenkriegen der resteuropäischen Neo-Konzerne. Jetzt warte ich in meinem schnittstellenverseuchten Plastplattenverschlag, bis die Bildschirme morgengrau werden. Zuerst werden sie meine Workstations stillegen. Und dann mich.

Wider sicheres Wissen hoffe ich, daß die, die noch glauben, das zu besitzen, was jetzt mir gehört, nur meine Datenspeicher tilgen. Ich sollte es besser wissen – schließlich bin ich schon zu lange Datensaboteur. Oder Infotechniker, was besser ankommt, wenn ich mich als Irritationsexperte, Rufmörder und gelegentlicher Bitnapper wieder einmal an ›die gute Sache‹ verlease. Kein Platz in den Kadern, kein Rang in den Hierarchien, kein Eintrag in den Solddateien – und keine Firmenhymne, wenn sie mich naßlöschen. Als recyclebares Stückgut bin ich im Informationsfluß ein kleiner Raubfisch, der Routen für die Haie trassiert. Und das, was ich jetzt habe, ist zu groß, um es gegen Schutz einzutauschen. Groß genug, um eine Datenspur bis ins Herz der totalen Infokalypse zu hinterlassen.

Es gibt nicht mehr viele, die auf meinem Gebiet arbeiten. Die Techniken der Datensabotage wurden vor meiner Geburt entwickelt. In den Grauzonen von Ressourcen-Management, medialer Kriegsführung, Netguerilla, Figurationssoziologie, Psychostatistik und PR bastelte die erste Generation, die mit Giger-Postern im Kinderzimmer großgeworden war, Konzepte für den datengestützten ›Stillen Krieg‹. Hundert Menschen mundtot zu machen ist unrationeller als ihre Führungsebene netztot. Quantifiziere die lokale Soziodynamik, lokalisiere die Knotenpersönlichkeiten, sabotiere ihre Interdependenzketten – und noch so stabile Machtbalancen kippen schneller ins Chaos als Befehlsketten nach dem EMP. Noch ein kleiner Schubs mit konventioneller Gewalt, und du bist nah an dem, wozu sich destabilisierte Systeme schon immer angeboten haben: intervenieren und kassieren. Stille Kriege sind ressourcenschonend. Um diese wesentliche Wirtschaftsweisheit zu erkennen und auszunützen, brauchte es nur etwas latente Bosheit aus unseren kleinen Hominidenhirnen und die neue Technologie der genauso kleinen supragekühlten Katalyse-Speicher, die ihr die notwendige Schnelligkeit verliehen. Ob wir unsere alles bedrohende Sehnsucht nach dem Morgen entwickelt haben, weil es an der Spitze der Nahrungskette so einsam ist?

Gelegentlich erkenne ich die Handschrift der anderen im Netz. Ein allzuplötzlicher Wechsel im Management eines Konzerns, eine stille Übernahme, ein Geldfluß hier, eine neue Informations-Technologie dort, weißes Rauschen auf einem Kanal, der einmal dem Datenabgleich diente... – subtile Fährten in den Neonwäldern des Datenkriegs.

Gemacht haben sie uns knapp nach der Jahrtausendwende. Als im Designerdrogenkrieg zwischen Neomafia und einigen der 120 italienischen Geheimdienste zum erstenmal biogene Kampfstoffe eingesetzt wurden und zuletzt zwei H-Bomben Korsika blankputzten. Jeder schien der Meinung gewesen zu sein, daß man

Mitteleuropa nach dem folgore einfach wieder neu booten könnte. Zwei Tage später war das ehemalige Italien bis zum Apennin biologisches Ödland. Und dann begann der erste datengestützte Krieg, die ›Padanischen Unruhen‹ um die Reste der norditalienischen Schwerindustrie. Die Überlebenden sprechen zwar noch immer beharrlich von der guerra, aber 4 Millionen Tote in zwei Monaten waren zu der Zeit nicht einmal mehr eine Lokalmeldung im KommVerbund wert. Wie jedesmal, wenn neue Technologien den Menschen näher kommen, ändern sie die Dinge – und der body count steigt.

Wie der Großteil des akademischen Proletariats wurde ich eingezogen und einer Daten-Sabotage-Einheit zugeteilt. Um 2010 rum lernte ich dort Jirj kennen. Zusammen haben wir ein paar der effizientesten Screens des Padanischen Krieges ausgeheckt. Erinnern Sie sich noch an ›Immaculata‹? Der Sechsjährige, der von einem Trupp ›Blauer‹ (wir waren – wenn ich mich noch recht erinnere – die ›Roten‹) 25 Minuten lang live gefoltert wurde – und zwar ohne die üblichen Werbebreaks des einen und anderen privaten Befragungs-Service? Als Basis hatten wir einige Videosequenzen, die Jirj durch seine bewegte Jugend begleitet hatten, und ein paar hundert Petabyte der besten Sequenzer-Software, die Mutter Wissenschaft jemals für ihre kriegsgeilen Kinder geschaffen hatte. Knapp zwei Stunden nachdem wir die Echtzeit-Propaganda über Satellit gehievt hatten, hagelte es Proteste, die Rumpfregierungen sperrten den ›Blauen‹ alle KommSat-Kanäle und ließen sie blind und taktisch taub in ihren Basis-Bunkern sitzen. Gleichzeitig verscherbelten wir alle Rechte an ›Immaculata‹, an einen iroschottischen Softpornokanal, ließen den Gewinn netcleanen und kauften uns einen offfiziellen Zugang zur Plattform eines ingenischen Waffenhändler-Kombinats. Das überließ uns gegen einen 25%igen Triage- und Organresteverwertungs-

Erstrechtsanteil an den jetzt schon kanaltoten Blauen acht von Opa Reagans antiquierten Neutronenblitzern. Ein paar hektische SUBA-Stunden später gingen wir in Florenz ins Netz, die verwertbaren Reste der ausgeweideten Blauen waren supragekohlt auf dem Weg in Moskauer Transplantationskliniken, und der Marktwert der ›Roten‹ war so hoch gestiegen, daß ich und Jirj für den Rest der Unruhen als Unit an die Meistbietenden verleast wurden. Unsere Contents finden sich heute noch gelegentlich auf den Flitterwochen-Kanälen der Regionalprogramme.

Nach den Unruhen wurde das Leben und Sterben in Resteuropa etwas kompliziert – zu kompliziert für eine EU, die eigentlich nur so sein wollte wie die alte Habsburger-Monarchie in des Kaisers neuen Kleidern. Während sich nach einem konsequent geführten konventionellen Krieg irgendwann einmal nichts mehr bewegt, entwickelte sich der ›Stille Krieg‹ zum Selbstläufer, und die Welt wurde klein. Klein, böse und paranoid. Entlang der alten Wirtschafts- und Sprachgefällegrenzen zerfielen die Nationalstaaten still und vorerst für niemanden so recht bemerkbar in Bezuschussungszonen. Die BZZs waren groß genug, um jeden Nachbarn ins datensabotierte Chaos zu schicken, aber zu klein, um ihn mit einem Minimum an Gewalt zu schlucken. Der totale Kleinstaat hatte Europa wieder und konventioneller Krieg war plötzlich angesagt wie noch nie. Natürlich versuchte der Rumpfbestand der EU, mit ihren Truppen, den ABC-Arsenalen der NATO und einer sorgsam berechneten Finanzierungsstrategie den Topf vor dem Überkochen zu bewahren. Aber zu still, zu langsam, zu peu à peu...

Wie später bekannt wurde, setzte die Inflation aufgrund einer fehlgeschlagenen heißen Konzernübernahme ein. Der geplante Datenburn eines Schwarzaktien-Portefeuilles geriet plötzlich außer Kontrolle;

und zwischen Atlantik und Ural war praktisch jeder Geldfluß auf Kabel gestört. Nicht unbedingt professionell – aber efffizient. Keiner wußte so recht, was denn jetzt wieder einmal nicht funktioniert hatte wie geplant. Innert vier Monaten paßten die Nullen für einen Café au lait nicht mehr in die Displays der Computerkassen; man beschloß, Sündenböcke an die Wand zu stellen und den kontinentalen Notstand auszurufen. In der Zwischenzeit lief der Vektor den Bach runter. Im Herbst konnten die Bezuschussung für 30% der BZZs und der Sold für fast die Hälfte der NATO-Truppen ersatzlos gestrichen werden, da sie nicht mehr existierten. Eigentlich ein Erfolg. Ach ja, die Überlebenden begannen – wo nicht überhaupt auf Tauschen zurückgegriffen wurde – wieder in Euro zu handeln: 10 Euro für einen Schuß NATO Standard. Und in Island hatten sie wieder begonnen, sich von rohem Schellfisch zu ernähren – und von Isländern, was man so hörte.

Als neoislamische Extremisten im Lauf des vierten Friedens-Dschihads um 2016 herum Brüssel von Paris aus mit einem thermischen Marschflugkörper ausnukten, zogen die ›Trüffeln‹ der Euroklatura in die Eifel. Verständlicherweise waren alle ein wenig paranoid. Bevor man mit dem Graben der Kavernen begann, die möglicherweise noch immer das European Headquarter enthalten, schuf man einen 50 Kilometer tiefen Todesstreifen, in dem ganze Aufklärungseinheiten einfach verschwinden. Sogar für Leute meines Handwerks ist das EH eine absolut datentote Zone – nichts zu hören, nichts zu sehen, nichts zu hacken. Der Output ist derart gleichbleibend Null, daß er sogar in den Soziostats, die wir für die Zielansprache eines databurn brauchen, als Konstante aufscheint. Einer der Gründe, warum ich noch lebe, ist, daß ich meine Strategien sorgfältig um dieses Datenloch plane und meine Angst die Neugier immer überwog.

Aber jetzt habe ich etwas Großes, das ich nicht haben sollte; und wenn ich wüßte, daß es für mich noch ein Morgen gibt, würde ich es aufs EH loslassen. Wie die Dinge im Moment allerdings stehen, hat mich jetzt eine andere Art, Selbstmord zu begehen, gefunden. Zu der Zeit, als das EH begann, sich ins Vergessen zu löschen, habe ich auch Jirj wiedergesehen. Jirj ist in Marokko aufgewachsener Armenier. Als sie in der BZ ›Paris‹ 2014 oder 15 vor der Übernahme durch islamische Neofundamentalisten alle, die auch noch mit Sonnenschutzfaktor 120 braun wurden, zum Abschuß freigaben, haben Civigardiens Jirjs Eltern an die Wellblechwände ihrer Müllfavela getuckert und mit Flammenwerfern geröstet. Während mir Jirjs kleine Schwester, die mit der stummen Ergebenheit einer Überlebenden für ihn sorgt, davon erzählte, flimmerten im Hintergrund Spielfilmszenen aus den Brüsseler Unruhen über einen veralteten Trinitron. Drei Teenager vergnügten sich mit Speed und einem Gleichaltrigen. Das stumme Brüllen des Opfers wurde vom zwitschernden Summen unterlegt, mit dem Jirjs Kühlbox gegen den Hitzestau arbeitete. Ich hasse Familienprogramme.

Nach ›le tribunal‹ gab es in den linksrheinischen BZZs übrigens keinen Mittelstand mehr – nur noch Goldschwalben und Arbeitswillige. Der überlebende Rest wanderte in Camp-Habitate oder in die Arbeitslager der biochemischen Industrie mit ihrer durchschnittlichen Lebensdauer von drei Monaten.

Seit dieser Nacht redet Jirj überhaupt nicht mehr. Aber er hat das Datenspiel aufgegeben und ist Bildwirker geworden – einer der besten. In den unübersichtlichen Speichereinheiten seiner Workstations fälscht er ganze Wirklichkeitssegmente. Fälscht Bilder. Fälscht Tatsachen. Fälscht wie ein Gott auf Lichtkabel. Ein stummer Video-Gott aus dem elektronischen Leerraum zwischen den Fakten. Jirj ist mein Hauptlieferant für falsche Wirklichkeiten.

Jirj und ich zählen vermutlich zu den Goldschwalben, was mit unserer Arbeit zu tun hat. Was im übrigen nicht bedeutet, daß ich nicht doch eines Morgens in einem Camp-Habitat aufwachen könnte – falls ich überhaupt noch aufwachen würde, wofür die Chancen im Moment gar nicht so gut stehen. Bis jetzt habe ich es vermeiden können, meine Arbeit unbedingt in Angriffsrichtung eines Haies zu erledigen – bis auf heute. Haie – das sind die KommKader im strategischen Konzern-Management.

Während im vereinten Europa Altstaaten über alle Zwischenstufen des sozialen Zerfalls zu Kartoffelrepubliken und schließlich zu den heutigen BZs mutierten, machte sich im amerindischen Wirtschaftsraum eine neue Managementphilosophie breit. In den Konzernen der amerikanischen Neo-Rechtsfundamentalisten hatten sie begonnen, Lean Management durch Limb Management zu ersetzen. Sie kennen die Idee bis zum Erbrechen aus den täglichen Pflicht-Betstunden oder der morgendlichen Richtlinienausgabe: »Jeder produzierende Betrieb ist ein ganzheitlicher Organismus, dessen Glieder reibungslos zusammenarbeiten müssen, um...« Blablabla. Und wenn die Glieder nicht reibungslos zusammenarbeiteten? »Wenn dich dein Auge ärgert, reiß es aus.« Dein Auge, deinen Arm, deinen Produktionsassistenten, deinen Vorgesetzten... Das Leben im Management eines Konzerns konnte sehr spannend sein – und sehr kurz. Die Benchmarks auf der Karriereleiter bestanden aus Grabplaketten, und Straucheln auf dem Weg nach oben wurde final.

Tatsächlich finde ich einen Großteil meiner Auftraggeber in den Hierarchien der Konzernableger, denn mit Limb Management entwickelte sich auch für uns Datensaboteure ein neuer Nischenjob: Personal Revenge –

datengestützter Persönlichkeitskrieg. Du bist im mittleren Management? Brennst aus, wirst abgelenkt, wirst unkonzentriert, begehst einen gravierenden Fehler? Einen, der deine Abteilung Geld kostet oder deinen Vorgesetzten das Seelenheil? Falls du noch von irgendeinem Wert für den Konzern sein solltest, erwartet dich und deine Familie im besten Fall eine ernsthafte Bestrafung und eine Rückstufung auf der Karriereleiter. Im schlimmeren Fall ein trüber Morgen im Innenhof, die blechernen Klänge des Firmenchorals und eine kalte Nadel. Manchmal ist es Teil meiner Arbeit, dich in diesen Innenhof zu bringen. Durch sorgsam manipulierte Information. Durch gezielte Desinformation. Durch Datensabotage. Oder durch ein von Jirj gefälschtes Stück Wirklichkeit.

Meine Welt besteht aus Infoblöcken und Hierarchien, aber die Nischen werden immer enger. Als Infotech lebe ich in und von solchen Nischen, und obwohl mir die Mauern gelegentlich die Luft abdrücken, habe ich bisher Aufträge, die zurückbeißen, vermieden. Aber gerade ein solcher Auftrag hat mich in meine jetzige Lage gebracht: Konkurrenzdatenbeschaffung und -analyse für eine Subfirma, die Klein-KIs für den Einsatz in brilliant bombs trainiert. Solutions for a small mind. Nur daß sie in den Sog von Etwas gekommen sind, von dem ich jetzt Teile besitze und das intelligenter ist als eine KI und effizienter als alles, was sich selbst sein Ziel sucht. Etwas, das mich zur Erstschlagzone für den Besitzer macht. Etwas, wegen dem er mich komplett löschen muß. Als über die Bildschirmbatterie vor mir ein kurzer Störungsstrich blitzt, verkrampfe ich mich. Jetzt sind sie da! Warten. Lauern. Und... Fehlalarm. Meine Workstations entzerren und analysieren den Frequenzstoß. Irgendwo da draußen im elektronischen Leerraum sind zwei Systeme aufeinander losgegangen. Den Mustern nach möglicherweise ein alter G12 oder ein SINIX III. Ein mikrosekundenschneller Schlagabtausch, unmaskiert, offen, laut. Alle Echtzeit der Welt, um das Fremdsystem zu verbrennen – oder netzgegrillt zu werden. In meiner Welt das primitive Äquivalent zu dem, was früher zwischen zwei Dummköpfen, einer dunklen Gasse, einem Stein und einer Brieftasche vor sich ging. Nicht gegen mich gerichtet. Noch nicht. Denn wer groß genug ist, um das zu machen, was jetzt mir gehört, ist vielleicht auch groß genug, um mich jetzt schon aus meinen Bildschirmen zu beobachten. Aber wenn ich abschalte, kann ich ihn nicht mehr kommen hören. Klassisches Doublebind. Psycho-Patt. Eine Strategie, die ich oft genug selbst angewendet habe...

Ziemlich rasch setzten sich die Konzerne in den Wirtschaftsgefällen zwischen den BZZs fest und begannen, ihr Arbeitskraftpotential auszuschöpfen – bis zur Neige. Billigproduktionsstätten in der ›Fünften Welt‹ wurden bald zum Renner am Markt, denn woher sonst kriegt ein kleiner – sagen wir: baskischer – Generalissimo Geld für Waffensysteme, die intelligenter sind als er selbst? Das Know-how für den Stillen Krieg hatten Leute wie ich aus ebendiesem zurückgebracht, aber konventionelle Kriege hinterlassen ihre eigenen Müllhalden an Menschen und Material. Und als die Konzerne in das zu treten begannen, in das wachsende Industrien immer treten – Konkurrenz –, wurde bald klar, daß die Welt noch nett war, als sie nur klein, böse und paranoid schien. Die Befriedungsstrategien der Konzerne machten Hunger, Haß und Heckenschützen zu Begriffen aus der guten, alten Zeit. Neben dem strategischen Management der Konzerne, die durch ihre spezielle Art der Konkurrenzsituation von vornherein nicht gerade im Zeichen der Menschenfreundlichkeit agierten und deren persönliches Ziel es durchgehend war, die eigene Karriere zu überleben, um an weniger exponierter Stelle die Freuden der Hierarchien durchzuspielen, tauchten bald die ersten KommKader auf. Im Prinzip das, wozu sie mich gemacht haben. Infotechs. Datenjäger. Gegenspionage. Abwehr. Nur eben für ›die gute Sache‹. Ihre Einsatzkommandos führten die stillen Konzernkriege, viele von ihnen stammten aus dem Menschenmaterial der Kriegsjahre, manche ließen sich anheuern wie ich. Als Teil der Operationsebenen reichte das Spektrum ihrer Aufgaben – zumindest in den datengestützten Trockenjobs – von Cyberspys über Rufmörder bis zu Spezialisten für Desinformation.

Und dann schuf man noch den Alptraum jedes BZZ-Regimes, das davon träumt, Konzerne mit neuen Waffensystemen um noch neuere Waffensysteme zu erpressen: die Sachets. Straßenkinder, die billig von Regierungen der Fünften und Sechsten Welt aufgekauft wurden, sofern sie nicht gerade Restbestand einer der unzähligen regionalen Krisen waren. Trainiert und gefüttert in konzerneigenen Camp-Habitaten. Bis zum 16. Lebensjahr blind gehorsam und schnell genug, um unter ständigem Drogendruck zu kämpfen. Mit 16 tot oder ausgebrannt – und tot. Für Straßeneinsätze. Feldbefragungen. Killerkommandos. Hardware-Sabotage. Psychotische, auf Amok konditionierte, billige Verbrauchsgüter, genormte Wegwerfware. Sachets nennt man sie nur im internen Infoabgleich – offiziell firmieren sie unter etwas Martialischerem. Gelegentlich wispern Datarchive oder Diskizdats, daß ganze Trainingscamp-Habitate unter Spannungsverzögerung und Gewaltdruck hochgingen und mit Nervengas geflutet werden mußten. Man lernt ziemlich schnell, keinem Sachet zu begegnen. Und wer einem Sachet begegnet, der auf Betamin amokt, sollte beten, daß dieser nur auf Töten aus ist und nicht auf ein bißchen schnellen Spaß...

Was an Technologie und Material wirklich neu in eine BZZ kommt, bestimmen die ortsansässigen Konzerne. Der überregionale Schwarzhandel ist fest in den

Händen des Kreuzes. Bei Beginn der Padanischen Unruhen wurde bald ersichtlich, daß niemand gedachte, sich an etwas so offensichtlich Kriegsbehinderndes wie die Genfer Konvention zu halten. Die farbenprächtigen roten Kreuze auf den Zelten, Einsatzwagen und Armbinden der Hilfsdienste wurden zu häufig und gerne ins Visier genommenen Zielen, und um sich wenigstens als wirtschaftlich wertvolle Ressource zu schützen, stieg das ehemalige Rote Kreuz auf das um, wozu es als einzige verbliebene Organisation noch die Infrastruktur besaß: Resteverwertung. Organhandel. Und dem ist es dann auch treu geblieben. Irgend etwas mußten die BZZs nach der Vergeistigung des EH schließlich exportieren, um an das nötige Kleingeld für den Einkauf beim Konzern zu kommen. Was während der mit konventionellen Waffen ausgetragenen Krisen noch reines Nachernten war, wurde mit den Befriedungsstrategien der Konzerne zum gewohnten Ablauf, fast zum Naturgesetz. Raubtiere und Geier. Symbiose. Zuerst kamen die Sachets – und dann das Kreuz.

Vor ein paar Jahren hat ein verdrehtes Genie aus meiner Branche erkannt, daß das Kreuz eine echte Alternative für eine schnelle, gewalttätige und erlebnisreiche Destabilisierung geworden ist. Am Abend brechen vier Kreuz-Typen deine Tür auf und du darfst zusehen, wie Mama am Tisch seziert wird. Damit auch die Anderen etwas davon haben, wird üblicherweise live und schnell eine lokale Senderüberlagerung durchgeführt. Der Beispielwirkung wegen, du verstehst? Organe und Videorechte gehören selbstverständlich dem Kreuz; die Reinigung bleibt deinem Zimmerservice vorbehalten. Gute Teams bringen es auf eine Sendezeit von bis zu 10 Minuten und Einschaltquoten, die denen im Familienblock um nichts nachstehen. Und jetzt liegt es ganz an dir, das morgige Vorstellungsgespräch ohne Händezittern hinzukriegen! Oder die Präsentation der neuen

Marketing-Basis ohne Tranquilizer! Denn außerdem erwartet dich ja der tägliche Drogentest – was für ein Pech aber auch! Deine Adresse haben die vom Kreuz natürlich von mir. Und wenn in deiner Firmenakte suizidale Tendenzen der Ehefrau vermerkt sind, weisen sie vielleicht sogar ein persönlich gehaltenes Selbstmord-Affidavit mit Organspenderbestätigung vor. Du wirst nie mitkriegen, was dich plötzlich warum erwischt hat. Außer, du hast nicht nur für dich sondern auch für den Rest der Familie bei deinem Konzern eine Lifestyle-Versicherung abgeschlossen. Dann kümmert sich dein KommKader um deinen Datenbestand. Vielleicht. Wenn du brav warst. Aber warst du brav? Bist du dir sicher?

Die BZZs, die Konzerne, die Sachets, das EH – irgend jemand ist hinter mir her. Muß hinter mir her sein. Weil ich etwas habe. Eine Zahl habe. 100. 100 Prozent. Und 100 Prozent gibt es nicht. Nicht dort, wo ich sie gefunden habe.

Begonnen hat es mit dieser Konkurrenzdatenanalyse. Mit den Trockendaten, die ich aus ihren Speichern geschält habe. Ein Konzern im Geschäft mit intelligenter Info hätte sich schlauere WachKIs leisten sollen. Oder aufmerksamere. Dann meine Arbeit. Vorselektion. Ganze Datenstränge getürkt – normal für eine Wirtschaft, die fast nur mehr in den Schatten besteht. Produktionsstatistik. Interne Distributionsanalyse. Lieferanten. Innovationsraten. Entwicklungsevaluationen. Meist findet sich hier der zentrale Punkt, der das System zum Kippen bringt. Aber daran waren meine Auftraggeber nicht interessiert. Noch nicht. Also alles in die Maschinen und abarbeiten lassen. Zusammenfassende Prognose. Empfehlungen. Schwach werden sie immer erst, wenn sie sehen, wie anfällig auch die Konkurrenz für einen leise geführten Schnitt ist. Limb Marketing gilt schließlich nicht nur fürs eigene Nest. »Und wenn wir diese Funktion stillegen?« Funktion – das bist Du. Im Innenhof. Mit einer Nadel im Hals. Anfragen. Angebote. 24 Tiefkühlnieren für eine Klein-KI. Rückfragen. 620 gesunde, untrainierte Sachets gegen zwei Railguns. Zahlungsmodalitäten. Prozente. Memos. 2,4 Tonnen Plastkabel auf Rolle. Rücklauf. Iterative Finanzierungen. Rekursivkosten. Das Übliche eben.

Bis auf diese eine Zahl, die ich fast übersehen hätte. Die die Analyseprogramme nicht einmal als Anomalie registriert hätten, weil sie nicht auf sie trainiert waren. Weil es diese Zahl nicht gab. Noch nie gegeben hatte. Nicht geben dürfte.

Mitten in den Korrelationen Anfrage/Verkauf. Mitten in der Qualitätsdeduktion der Persuasiveffizienz. Persuasivpenetrierung 37,578 Prozent. Fast jedes dritte Angebot wird abgesetzt. Aktive Bürschchen. Nicht schlecht für diese Branche in diesen Zeiten. Basisdatendurchlauf. 30. 19. 27. 42. 7. 30. 22. 100. 33. 9. 26... 100??? 100! Und gleich darauf wieder: 100. Und noch einmal. 100. 100 Prozent Rücklauf gibt es nicht. Kann es nicht geben. Genausowenig wie 100 Prozent Ja-Stimmen. Wenigstens ein obligatorisches »Nein« muß beweisen, daß alle da waren. 100 Prozent. Drei Mal!

Datencheck. Wer hat das verursacht? Keine Daten! Keine Daten? Vorgang 2. Keine Daten! So schludrig arbeite ich nicht. Hierarchie-Check. Welche Unit? Keine Daten! Machen die in ihrem Konzern jetzt ein eigenes EH auf? Wer? Keine Daten! Ein blinder Fleck mitten in der Hierarchie, der 100 Prozent Rücklauf macht. An wen? Keine Daten! Feldanalyse Vorgang 1. Endlich etwas. 37 649 Items. 37 649mal angesprochen, 37 649mal verkauft. Keine Rejects. Die verkaufen hier KIs, und nicht das ewige Leben! Vorgang 1 – Strukturanalyse. Keine Daten! Was haben diese Typen bloß jedem einzelnen, dem sie es angeboten haben, angedreht? Vorgänge 2 und 3 – Materialflußanalyse. Keine Daten! Ressourcenanalyse – gesamt. Konstant! Tangibles – gesamt. Konstant! Nichts? Es geht nichts raus und wird trotzdem gekauft? Von allen, denen es angeboten wird? Und keiner verkauft es ihnen? Eine Blackbox ohne Input, die nur Output produziert. Perpetuum mobiles gibt's nicht!

Face-to-face-Verkauf? Unwahrscheinlich – sie können unmöglich 37 649 Abnehmern persönlich Sachets vorbeigeschickt haben, denn dann gäbe es wesentlich weniger Abnehmer als Angefragte. Fälle fürs Kreuz pflegen im allgemeinen nichts mehr bezahlen zu brauchen. Abgesehen davon hätte sich ein derartiger Großeinsatz weder gelohnt noch verbergen lassen. Datensabotage? Einer wie ich, den man auf den Konzern angesetzt hat? Unwahrscheinlich – ein Datensaboteur verändert Daten, ersetzt sie aber nicht durch etwas offensichtlich Abstruses. Die Feldübung eines Anfängers? Unwahrscheinlich – zuviel Aufwand. Verwirrtaktik? Unwahrscheinlich – wenn ein Konzern beginnt, Profit units vor sich selbst zu verstecken, schneidet er sich ins eigene Fleisch. Abspaltungstendenz einer Unit im Konzern? Unwahrscheinlich – dazu sind die Hierarchien zu straff organisiert. Speziell auf meinen Datendrain zugeschnittene Abwehr? Unwahrscheinlich – das hätte ich erkannt. Unwahrscheinlich, unwahrscheinlich und unwahrscheinlich ergibt irgendwann unmöglich.

Ein anderer Ansatz: Was. Hardware? Unwahrscheinlich – 37 649 Items wovon auch immer hätten Datenspuren hinterlassen. Wetware? Unwahrscheinlich – siehe Hardware. Software, Ideen, Konzepte? Unwahrscheinlich – irgendwo in den Konzerndaten hätte ich Infospuren gefunden. Wenn das Neue, das sie verkaufen, so neu ist, hätte einer der 37 649 Käufer irgendwo einen Hinweis hinterlassen. Wenn die Innovation nicht in dem ist, was sie verkaufen – wenn sie überhaupt etwas verkaufen – ist sie in dem, wie sie es verkaufen. Neue Hardware? Unwahrscheinlich – sie haben die bereits vorhandenen Verkaufskanäle benutzt. Software? Unwahrscheinlich – auch virtuelle Waffensysteme hinterlassen Datenknicks. Vor allem, wenn sie fast 40 000mal angewendet werden. Neue Persuasivtechnik per Netz? Unwahrscheinlich – nicht bei 100 Prozent Rücklauf. Geheimbund? Unwahrscheinlich – versuchen Sie, in unserer datenorientierten Gesellschaft 40 000 Verschwörer und ihre scheinbar nicht vorhandene Zentrale zu verstecken. Dämonen, Zauberer, Götter, Außerirdische, Engel, Zombies, Geister? Unwahrscheinlich – so, wie Europa im Moment aussieht, müssen wir unsere Mythen als im Einsatz vermißt abschreiben.

Also: Etwas völlig Neues. Etwas, das alles usen kann, was wir bis jetzt auch usen. Etwas, das über Komm-Kanal verbreitet werden kann. Etwas, das mit Informationsübermittlung zu tun hat. Etwas, das jemandem gehört, der kein Interesse daran hat, es publik zu machen. Etwas, von dem jetzt auch ich weiß. Etwas, das 100prozentig wirkt. Etwas Ultimatives.

Neuer Ansatz: An wen? Vorgang 1 – Item 1 – an wen? Keine Daten! Vorgang 1 – alle Items – an wen? Keine Daten! 37 649mal. Keine Daten. Das kannte ich doch schon? Vorgang 1 – Item 1 – Käufer – lokalisieren. Keine Daten! Spätestens jetzt begann es, wirklich unheimlich zu werden. Alle Vorgänge – Käufer lokalisieren. Keine Daten! Jemand, der scheinbar nicht existiert, verkauft ein nicht vorhandenes Etwas an alle, denen er es anbietet. Alle, die es kaufen, sind aus Echtzeit und virtueller Realität verschwunden. Vollständig. Spurlos. Datenzero. Und ich sollte der einzige sein, der es mitkriegt? Ich und der blinde Fleck in einem eher unwichtigen Konzern, auf dem das Etikett ›100 Prozent‹ klebt?

Es wird bald Morgen. Noch ist keiner gekommen. Draußen gibt es Etwas mit einer neuen Sache, die es gar nicht geben dürfte. Irgendwer da draußen besitzt eine ultimative neue Informationstechnologie.

Spätestens dann hätte ich vergessen müssen, was ich gefunden habe. Hätte meine Datenpäckchen schnüren müssen. Sie meinen Auftraggebern übergeben. Löschen. Vergessen. 100prozentig vergessen.

Natürlich habe ich noch einen Versuch gestartet. Ich wußte noch nicht, was es war, aber ich wußte, wo es zu finden war. Im blinden Fleck. Ich habe eine KI auf den blinden Fleck angesetzt. Eine KI, die diesmal erwischt wurde. Eine KI, deren Ausgangsvektor jetzt schon analysiert worden sein muß. Wer oder was immer im blinden Fleck sitzt, weiß jetzt, daß ich etwas weiß, was ich nicht wissen sollte. Als Datensaboteur bist du immer bereit, ein bißchen über die eigene Grenze zu gehen – aber jetzt muß ich dort leben. Ich bin in meinen eigenen Stillen Krieg gerutscht.

Copyright © 1998 by Hans Kugler · Erstmals veröffentlicht in ›TXTOUR…: ZWÖLF TEXTE‹, hrsg. von Semier Insayif, Roland Leeb und Alfred Rubatscheck im Auftrag des Siemens Forum Wien · Mit freundlicher Genehmigung des Autors

Michael Iwoleit · Deutschland

DER SCHATTENMANN

Mir war klar, daß es mich irgendwann erwischen mußte. Doch ich hätte nie geglaubt, wie schrecklich es sein könnte, einen Anschlag zu überleben. Was von mir übrig ist, liegt seit vier Tagen in der trüben Brühe eines Inkubatortanks. Ich bin nur noch ein Bündel von Adern, Sehnen und Muskelfasern zusammengehaltener Fleischfetzen, doch selbst das ist weit mehr, als sich auf eine vernünftige Weise erklären läßt. Ein Dissolver ist eine schrecklich gründliche Waffe. Nach einem Schuß sollte nichts übrig sein, was sich fragen kann, wieso es noch lebt. Ich aber habe nicht einmal Schmerzen.

Als ich in der Intensivstation erwachte, erinnerte ich mich sofort an den Abend im Hotel Pergamon. Ich litt weder unter Gedächtnisverlust noch unter Desorientierung. Und ich begriff schnell, daß die Flüssigkeit, in der ich schwamm, nur das Nährserum in einem Inkubatortank sein konnte. Es war mir ein völliges Rätsel, wie ich überlebt hatte. Der Dissolver war zwei Handbreit vor meinem Gesicht abgefeuert worden und hätte alle organische Materie in einem Radius von acht Metern atomisieren müssen. Doch soweit ich erkennen konnte, hatte etwa ein Drittel meiner Körpersubstanz, eine Seite des Torsos, ein Beinstumpf und der Schädel, der Entladung widerstanden. Normalerweise nicht einmal genug, um in einem Tank zu überleben. Doch ich lebe immer noch, und das eigentlich Furchtbare daran ist, daß ich geistig völlig klar bin.

Die dumpfen Stimmen von draußen und die vielen verschwommenen Gestalten, die meinen Tank umwimmeln, lassen mich ahnen, welche Aufregung die absurde Weigerung meiner Überreste, doch endlich zu sterben, ausgelöst haben muß. Ein Tank ist ein autonomes System, und wenn sich erst seine Sonden und Sensoren in den Schwerverletzten gebohrt und die wattigen Flocken im Serum damit begonnen haben, seine Wunden mit künstlichem Gewebe zu flicken, bleibt auch den ausgebufftesten Biotechnikern nichts mehr, außer zu warten. Ist ein Patient nicht spätestens nach einer Woche rosig wie ein Säugling und erschöpft dem Tank entstiegen, hat er keine Chance mehr, und das Gerät entsorgt seine sterblichen Überreste.

In meinem Fall lösten sich die Schläuche, Kapillaren und Glasfasern schon nach einem Tag, und die Zellkulturen, die mich umhüllt hatten, verfärbten sich wie faules Fruchtfleisch. Ich nutzte die Zeit, die ich noch zu haben glaubte, für einen melancholischen Rückblick auf meine Karriere als Schattenmann und bedauerte es vor allem, daß ich nie erfahren würde, welcher Kerl mich überlistet hatte. Doch ich wartete umsonst auf den Moment meines Todes. Ich habe ein Loch in der Brust, wo mein Herz sein sollte, und bin von allen Lebenserhaltungsanlagen abgetrennt. Es gibt keine Erklärung dafür, warum mein Hirn weiter funktioniert wie ein Computer, der nicht abgeschaltet werden will. Heute habe ich entdeckt, daß ich mich sogar wieder bewegen kann.

Mein letzter Auftrag als Schattenmann begann vor einer Woche mit einem allzu frühen Anruf aus der Zentrale. Ich ruhte gerade im Rehazentrum von den beiden letzten Einsätzen aus, aber man gönnte mir mal wieder die wenigen Tage nicht, die ich am Tropf und mit deaktivierten Implantaten im subtropischen Ambiente einer Rehalounge verbringen durfte. Mein notorisch schlecht gelaunter Chef, der sich ohne Ankündigung über meinen Holokubus meldete, machte wie üblich nicht einmal den Versuch, sich zu entschuldigen. »Du kannst nächste Woche wieder auf der faulen Haut liegen«, sagte er. »Es ist mir schleierhaft warum, aber dieser Arach hat einen Narren an dir gefressen. Er besteht darauf, daß du seine Präsentation im Hotel Pergamon überwachst. Ich stelle dich gleich zu ihm durch.«

Es war genau die Art von unangenehmer Überraschung, die ich befürchtet hatte. Ich hätte lieber ein Rudel paranoider Netz-Spekulanten aus ihren Privatfestungen in der Vorstadt durch die schlimmsten Lokale der Dealer- und Crackerszene gelotst, als für einen Klienten wie Arach meine Reha zu unterbrechen. »Warum habe ich die letzten fünf Male, als mich dieser Kerl rangeholt hat, nicht einen Fehler gemacht?« fragte ich. »Warum habe ich jedesmal auch die gemeinsten Tricks durchschaut und ihm am Ende doch den Arsch gerettet? Erklär mir das.«

»Ein gewöhnlicher Trottel macht dauernd Fehler«, sagte mein Chef. »Du bist ein viel größerer Trottel, weil du keine machst.«

»Ich weiß, ich bin der Beste. Das ist mein Fluch«, sagte ich. »Also, bringen wir's hinter uns.«

Als Arachs Live-Hologramm das Gesicht meines Chefs im Kubus ersetzte, hatte ich Mühe, cool zu bleiben. Man hat in meinem Job Umgang mit den absonderlichsten Exzentrikern, aber Arach stellte einen perversen Höhepunkt in dem Bestreben dar, über alle biologischen und zeitlichen Grenzen hinweg an der Macht zu bleiben. Die wenigsten wußten, seit wievielen Jahrzehnten er schon eine der fettesten Spinnen im Netz war, dessen Unternehmen alle maßgeblichen europäischen Toplevel-Domänen verwalteten und den Datenfluß auf siebzig Prozent der großen Satelliten- und Glasfaser-Backbones steuerten. Es war mir immer unangenehm geblieben, in sein längst vollends künstliches Gesicht zu sehen.

»Ich weiß ja, daß ich Ihnen Unmögliches abverlange, Herb«, setzte er mir gleich mit diesem jovialen Ton zu, der widerlicher als die obszönste Beleidigung klang. »Aber ich weiß einfach keinen anderen, dem ich diese Aufgabe anvertrauen könnte.« Arach rühmte sich, daß an ihm nur die neusten bio- und nanotechnischen Verfahren zum Einsatz kamen. Wenn man ihm ins Gesicht sah, glaubte man, es unter der pergamentartig ledrigen Haut wie in einem Insektennest wimmeln zu sehen. Myriaden künstlicher Mikroorganismen besserten ständig seinen greisen Leib aus, der sonst längst zu Staub zerfallen wäre, bohrten verkalkte Adern auf, ersetzten natürliches Gewebe durch künstliches, vertilgten Schlacken und Gifte. Arach hatte sich als einer der ersten ausgefallene Hirnregionen durch künstliche neuronale Netzwerkmodule ersetzen lassen, die mit seiner Privatdomäne in Verbindung standen. Auf diese Weise konnten nicht nur externe Speicher- und Verarbeitungskapazitäten genutzt werden, um seine Persönlichkeitsstruktur zu erhalten, sondern seine Fähigkeiten um unbegrenzte Gedächtnis- und Assoziationsleistungen erweitert werden. Inzwischen galt es unter denen, die es sich leisten konnten, als Selbstverständlichkeit, sich ähnlich aufrüsten zu lassen.

»Ich bin schon so gut wie da«, sagte ich bemüht nüchtern. »Sagen Sie mir nur, was stattfindet. Wenn nichts Außergewöhnliches vorliegt, treffe ich die üblichen Sicherheitsvorkehrungen.«

»Es wird der außergewöhnlichste Einsatz, den Sie je hatten«, erklärte er. »Ich brauche das Beste, was Sie mir geben können, und das auf einem ganz neuen Niveau.« Etwas in der Art behauptete er jedesmal. Er hätte noch hundert Jahre weiterleben und nicht ein einziges Mal zugestehen können, daß er auch einmal etwas Triviales oder Unbedeutendes tat. Ich hatte mich immer gefragt, warum er nicht jedesmal eine Sondernachricht durchs Netz schickte, wenn er zu Hause aufs Scheißhaus ging.

»Achten Sie besonders darauf, was tatsächlich geschehen und was nur eine Illusion sein wird«, fügte er hinzu. »Es wird im Ernstfall alles darauf ankommen, daß Sie diesen Unterschied erkennen.«

Einige Stunden später hatte ich bereits die unangenehme Prozedur der Reaktivierung hinter mir und überwachte die Verhängung einer Datenquarantäne über den Großen Saal im Hotel Pergamon. Der Saal befand sich in dem neuen, von Arach gesponserten nördlichen Anbau dieses unüberschaubaren Gebäudekomplexes, der inzwischen ein Achtel des Stadtkerns durchwuchert hatte und nur unzureichend noch als Hotel bezeichnet werden konnte. Es war die exklusive Wohnstätte einiger Hundert Top-Absahner, denen es nicht genügte, in zwölftausend Quadratmeter großen Suiten zu residieren, sondern sich auch gleich mit eigenen Konferenzräumen, Multimedia-Auditorien, Rechenzentren und der entsprechenden Armada an Personal umgaben.

Ich brauchte vierzig Stunden, um die Kommunikations-Infrastruktur des Saals zu isolieren und alle Verbindungen zur Außenwelt über von mir installierte Firewalls umzurouten. Weitere zwanzig Stunden beanspruchte die Dekontamination allen für die Veranstaltung vorgesehenen Inventars, der Belüftungs- und Bewässerungsanlagen und der Nahrungssyntheser, eine undankbare Aufgabe, die man nie mit einem Gefühl der Beruhigung abschließen konnte, weil der Gen- und Nanotechniker-Untergrund ständig neue Methoden austüftelte, um seine mikroskopischen Zeitbomben an den Mann zu bringen. Ohne meine künstlichen Drüsen, die mich mit Designerhormonen und Neuropeptiden vollpumpten, wäre ich zu diesem Zeitpunkt schon zusammengeklappt, aber die eigentliche Arbeit stand mir ja noch bevor. Ich hätte lieber noch einige Stunden meine Horde eitler Spezialisten dirigiert, als mich für neunzig Minuten mit dem Größenwahn eines Kay Arach identifizieren zu müssen, wenn er wieder einmal aller Welt beweisen wollte, daß er noch die Fäden in der Hand hielt.

Als Arachs Leute endlich die riesigen Holo-Projektionswände in Betrieb nehmen konnten, schienen die terrassenartig angelegten Galerien und Emporen ringsum unversehens über der Brandung einer Felsküste in der Gischt zu schweben. Es war die gewaltigste VR-Installation, die ich je gesehen hatte, und ich ahnte Fürchterliches. In einer ähnlich unübersichtlichen Umgebung war es einem von Arachs Konkurrenz angeheuerten Saboteur gelungen, sich einzuschleichen und einfach vor Ort eine Antigrav-Plattform zu manipulieren. Arach hatte Glück gehabt, ich aber unter den Trümmern ein Bein verloren und mich nach dem Aufwachen in der Klinik über eine neuen Prothese freuen können. Das war erst drei Wochen her, und ich hatte keinen Bedarf an einer erneuten Generalüberholung.

Meine Aufgabe bestand nun darin, dafür zu sorgen, daß Arach nicht nur am Leben, sondern auch der blieb, der er war. Wenn ein Mann wie er den sicheren physikalischen Bereich seiner Privatdomäne verläßt, ist er nicht nur traditionellen Gefahren in Gestalt von Attentätern und Entführern, sondern vor allem einer Art des Angriffs ausgesetzt, der in der Crackerszene als Identity Hacking berüchtigt ist. Ich mußte verhindern, daß es einem Cracker gelang, sich in die Netzfrequenzen seiner neuronalen Netzwerkmodule zu hacken, was ihn im einfachsten Fall umbringen, im schlimmsten aber sein Verhalten beeinflussen, seine ganze Persönlichkeit umgestalten konnte. Während der Veranstaltung würden mich meine eigenen Neuro-Implantate mit Arach synchronisieren, würde ich jeder Nuance seines Verhaltens und Empfindens nachspüren und mögliche Eingriffe von außen im Keim unterbinden. Ich würde sein Schatten, sein mentales Echo sein.

Wer in diesem Job besonders gut ist, hat ein Interesse daran, noch besser zu werden, weil es irgendwann bei jedem Einsatz auch um seine eigene Haut geht. Bei der Konkurrenz ihrer Klienten werden die besten Schattenmänner auf schwarzen Listen geführt, und so mancher Cracker hat sich eine goldene Nase damit verdient, nicht die Klienten selbst, sondern ihre Schattenmänner abzuschießen. Seit ich vor Jahren das erste Mal selbst Ziel eines Anschlags geworden war, machte ich mir keine Illusionen mehr darüber, ob die Zentrale noch meine Anonymität gewährleisten konnte. Ich rechnete an jenem Abend mit allem.

Es ist schwer, mit Worten diese Mischung aus glamouröser Geltungssucht und mickrigster Gehässigkeit im Kopf eines Mannes zu beschreiben, der so viel reale Macht auf sich vereint, daß er es als selbstverständlich voraussetzen kann, ernst genommen zu werden. Arach ließ seine achtzehnhundert geladenen Gäste über eine Stunde warten, und als ich ihn im Kreise seiner Leibwächter an der Schleuse zur Großen Galerie empfing, hatte er sich bereits in diesen Zustand maßloser Begeisterung über die eigene Genialität hineingesteigert, der es um eine Größenordnung unangenehmer machte, ihn zu betreuen. Ich brauchte länger als sonst, mich in seine Hirnmodule einzuhaken.

Man tat gut daran, Arach nicht zum Feind zu haben. Man war geliefert, wenn er einen mochte. Im Drunter und Drüber seiner Gedanken tauchte ich als Stellvertreter für den Sohn auf, den er nie gehabt hatte, nicht gerade als seine rechte Hand, bestenfalls als Fingerkuppe des kleinen Fingers seiner rechten Hand, aber schon dieses Maß an Anerkennung war bei ihm mit solchen Ansprüchen verbunden, daß er mich nach meinem Einsatz im günstigsten Fall zu einer Audienz in seine Suite einladen und mir in einer Manöverkritik erklären würde, was ich alles noch zu lernen habe. Arach war ein Arschloch von ganz eigenen Dimensionen.

Die Eröffnung des Großen Saals geriet zu dem passenden Spektakel für ein gleichermaßen zahlungskräftiges wie schlichtmütiges Publikum, das sich von der schieren Monumentalität einer Darbietung beeindrukken läßt. Ich hielt mich auf Arachs Antigrav-Podium, das jede halbe Stunde einmal rund durch den Großen Saal schwebte, im Hintergrund der Kulissen und schaltete alle meine sinnlichen Wahrnehmungen aus. Während die Holo-Projektoren den Eindruck erweckten, als stürze der Große Saal wie ein Raumschiff ohne Hülle in den Gravitationsabgrund eines Galaxienzentrums, wurde ich, die wohl unscheinbarste Gestalt im ganzen Saal, zum heimlichen Mittelpunkt des Geschehens.

Selbst mit einigen Gigaflops zusätzlicher Wahrnehmungsleistung durch die Hilfsprozessoren in meinem Schädel stieß ich an diesem Abend an meine Grenzen bei dem Versuch, gleichzeitig den äußeren Ablauf und Arachs inneren Zustand zu überwachen. Es wird von einem Schattenmann nicht erwartet, daß er alle physikalischen Daten des Einsatzorts, Informationen über Position und Bewegung der Anwesenden oder über die Belastung der Kommunikationskanäle rational beurteilt. Er braucht einfach ein Talent zur Mustererkennung. Er muß spüren, wenn etwas den Zustand seines Klienten manipuliert, und an den äußeren Umständen erkennen, was die Ursache sein könnte. Dieser Instinkt wird aufs Äußerste beansprucht, wenn es einen so vagen Maßstab für Normalität wie bei Arach gibt, wenn ein Klient eine solche Karikatur von Individualität sein Ich nennt.

Ich war der einzige im Saal, der nicht erschrak, als Arach seinen derben Scherz inszenierte. Aber nicht einmal mir, der Arachs Gedanken unmittelbar mitvollzog, wurde ganz klar, was er damit beabsichtigte. Vielleicht wollte er zeigen, daß er für die Angriffe auf sein Leben nur Spott übrig hatte, vielleicht wollte er einfach den eindrucksvollen Realismus seiner VR-Anlagen demonstrieren, als er durch die Hauptschleuse einige Dutzend vermummter und bis unter die Zähne bewaffneter NeoNinjas den Saal stürmen ließ. Meine Leute hatten Mühe, eine Panik zu verhindern, und ich ließ sie, dem Spektakel zuliebe, ein Scheingefecht gegen die holografischen Buhmänner führen, die das Antigrav-Podium erklommen. In diesem Durcheinander muß mir etwas entgangen sein.

Ich würde gern wissen, wie es dem echten Attentäter gelungen ist, unter seinen immateriellen Pendants unerkannt zu bleiben. Ich war nach vorn an Arachs Seite getreten, und ich glaube, ich lächelte sogar gequält, als diese schmächtige, schwarz gekleidete Gestalt plötzlich vor mir stand und einen Dissolver auf mich anlegte. Es blieb nicht genug Zeit, um Angst zu haben. In einer Zehntelsekunde war alles vorbei. Es ist ein grausames Wunder, daß es für mich noch nicht vorbei ist.

Es sind wieder einige Tage vergangen, und das Schlimme ist, daß es mir ständig besser geht. Das Serum ist wäßrig geworden, und ich kann hinter den Tankwänden etwas deutlicher die Ärzte und Pfleger um den Tank gehen und an den Konsolen hantieren sehen. Es ist nicht dabei geblieben, daß ich die Muskelreste an meinen Bein- und Armstümpfen anspannen kann. Inzwischen ist nicht mehr zu leugnen, daß mein Körper von allein erledigt, was der Inkubatortank besorgen sollte. Ich könnte schwören, daß mein Beinstumpf einige Zentimeter länger geworden und das Loch in meiner Hüfte nicht mehr so tief ist. Es wäre weniger entsetzlich, die schrecklichsten Schmerzen zu erleiden, als mich selbst auf diese unerklärliche Weise regenerieren zu sehen.

Die Ärzte haben lange gezögert, ehe sie den Tank öffneten. Nachdem ich wieder etwas lautere Stimmen gehört und sich einige Schemen um meinen Tank versammelt hatten, wurde der Behälter schließlich geneigt, das Serum abgelassen und der Deckel hochgeklappt. Ich spürte mit meinem entblößten Fleisch erstaunlich klar und schmerzlos die kühle Luft der Intensivstation, roch eine Spur antiseptischer Dämpfe. Das bläuliche Flirren vor meinen Augen verriet, daß ein Isolationskraftfeld die mögliche Ausbreitung von Keimen verhindern sollte. Wußten die Leute, die um den Tank standen und mich fasziniert bis angeekelt begafften, vielleicht schon, was mit mir geschah?

»Unmöglich, daß uns dieses... dieses Ding etwas sagen kann«, flüsterte jemand, und ich zögere zu behaupten, daß ich es hörte. Hören, Riechen und Fühlen sind bestenfalls Metaphern für die Art, wie ich seit meinem Erwachen die Dinge wahrnehme. »Es ist unmöglich, daß er sich überhaupt rührt, haben Sie gestern noch gesagt«, meinte ein anderer, trat aus dem Spalier der Weißkittel und beugte sich zu mir in den Tank. »Hören Sie mich?« fragte er. »Wenn Sie sich bemerkbar machen können, versuchen Sie's.«

Die kräftigen, wenn auch etwas kratzigen Laute aus meiner aufgerissenen Kehle verblüfften niemanden so wie mich. »Verflucht, warum lebe ich noch?«

Es muß so grotesk wie grauenvoll gewesen sein, einen hoffnungslos verstümmelten Torso wie mich einen solchen Satz stammeln zu hören, denn für einige Zeit herrschte betretenes Schweigen. Der Mann in der, wenn ich es recht erkannte, unauffälligen grauen Kluft unseres Sicherheitsdienstes, nahm mich aus der Nähe in Augenschein und brachte das Kraftfeld zum knistern. »Sagen Sie mir, wer Sie sind«, forderte er mich dann auf. »Oder vielleicht eher, was Sie sind.«

Es fiel mir schwer, mit Überzeugung auszusprechen, woran ich selbst schon zu zweifeln begonnen hatte. »Ich bin Herb Uscher, Schattenmann. Wenn Sie's nicht glauben, nehmen Sie eine Gewebeprobe.«

»Schon geschehen«, sagte mein Gegenüber und schickte mit einem Wink bis auf zwei Ärzte das ganze Personal aus der Station. »Herb Uscher ist tot. Es spricht einiges dafür, daß es vor drei Wochen jemand in der Klinik mit der Dekontamination nicht so genau genommen hat. Dort muß Uscher mit etwas infiziert worden sein, das wir noch nicht kannten. Wir wissen nicht genau, ob es modifizierte Retroviren, Nano-Assembler oder was sonst gewesen sind, jedenfalls haben sie sich in seinem Körper ausgebreitet und ihn Zelle für Zelle, Molekül für Molekül in etwas umgebaut, das noch wie Herb Uscher aussieht, aber nicht mehr Herb Uscher ist. Wäre im Hotel Pergamon sein restliches organisches Gewebe nicht weggeblasen worden, hätten wir nie bemerkt, daß unser Schattenmann vorher schon auf die gründlichste Weise umgebracht worden ist, die man sich vorstellen kann.«

Er stemmte sich von der Randdichtung hoch und trat zwischen die beiden lakenbleichen, verschwommenen Gestalten zurück. »Ich frage Sie also noch einmal: Wer sind Sie?«

In den drei Tagen seitdem, während ich im Isolationskraftfeld zur schauderhaft perfekten Nachbildung eines vollständigen Menschen weitergewachsen bin, frisch, nackt und scheinbar so verletzlich wie ein Neugeborener, ist keine Minute vergangen, in der ich mir diese

Frage nicht selbst gestellt habe. Ich schwebe inzwischen im Antigrav-Polster eines Quarantänelabors, rund um die Uhr von früheren Kollegen bewacht, und werde einer schier endlosen Folge von Tomographien, Scans und Tests unterzogen. Unter den Laboranten, Technikern und Ärzten, die ich nun so scharf und plastisch wie nichts zuvor in meinem Leben sehen kann, herrscht eine asketische Wortkargheit, eine beklommene Ehrfurcht vor der Monströsität, die sie hier untersuchen.

Karl, der Mann vom Sicherheitsdienst, erzählte mir, ich habe die Entladung aus dem Dissolver soweit von Kay Arach abgeschirmt, daß genug von ihm übriggeblieben sei, um eine Hardware-Rekonstruktion zu versuchen. Er wollte wissen, ob ich froh darüber sei, zumindest auf diese unbefriedigende Weise meine Pflicht erfüllt zu haben. Ich nehme an, er versprach sich von meiner Reaktion Hinweise, worauf auch immer. Ich konnte seine Frage nicht beantworten.

Was bedeutet in diesem Zusammenhang das Wort Ich? Was bedeutet der Name Herb Uscher? Kann ich noch Herb Uscher sein, wenn ich zwar seine Erinnerungen und Empfindungen teile, ich aber Stück für Stück in etwas verwandelt worden bin, das um ein Vielfaches widerstandsfähiger und genügsamer ist als jeder organische Leib? Und welchen Sinn hätte es gehabt, Herb Uscher durch einen Dummy, ein Substitut zu ersetzen, wenn nicht, um zu einem Zweck, über den ich nur Vermutungen anstellen kann, auch sein Wesen, sein Ich zu verändern? Ich kann mich also nicht darauf verlassen, daß ich weiß, wer Herb Uscher wirklich war, daß ich mit ihm identisch bin.

Niemand konnte oder wollte mir die eine Frage beantworten, die mich mehr quält als jede andere. Karl, da bin ich mir sicher, empfand ein grimmiges Vergnügen dabei, als er mir sagte, er sei so neugierig wie ich, ob es nun vorbei sei oder ob die Parasiten in mir weiterarbeiten, mich über die menschliche Gestalt hinaus wachsen lassen werden. Ich rotiere wie ein Ausstellungsstück in einer unsichtbaren Vitrine in meinem Antigrav-Polster und verbringe die meiste Zeit damit, mich selbst zu betrachten. Manchmal kommt es mir so vor, als hätte ich Wülste auf meiner Bauchdecke oder Beulen an meinen Kniegelenken entdeckt, aber das könnte Einbildung sein.

Was immer aus mir wird, ich hoffe, es wird stark genug sein, um sich selbst vernichten zu können. Ich hoffe, es wird so wie ich davon überzeugt sein, daß es nicht mehr weiterexistieren darf. Ich habe umsonst gebettelt. Karl sagte mir, wenn ich wüßte, wie er mich töten soll, würde er mir meinen Wunsch sofort erfüllen. Ginge es nicht um mich, wäre ich so gespannt wie das Team hier, was als nächstes geschieht.

Copyright © 1999 by Michael Iwoleit · Mit freundlicher Genehmigung des Autors · Originalveröffentlichung

Dave Smeds · USA

DER ACHTE DEZEMBER

Westberlin war grauverhangen, als die Limousinen der Band durch die Straßen rollten. Eine geschlossene Wolkendecke drohte mit Regen, konnte sich aber genausowenig von ihren Schätzen trennen wie ein habgieriger Politiker und verwandelte das letzte Licht des Tages in eine schwermütige Düsternis. Verblaßte Gebäude huschten vorbei. Leute duckten sich an Bushaltestellen, fingerten an ihren Regenschirmen herum, als rechneten sie damit, sie jeden Moment aufspannen zu müssen. Keiner lächelte.

Vic Standish blickte auf seine Uhr. In spätestens zwanzig Stunden würde er sich an Bord seines Lear-Jets begeben und diese Stadt verlassen. Bis dahin wäre seine Zeit damit ausgefüllt, den Gig durchzuziehen und ansonsten in seinem Hotelzimmer zu hocken, mit Ausnahme eines einzigen notwendigen Abstechers.

Hier hatte er nichts mehr zu suchen. Während der beiden letzten Tage hatte ein Mitarbeiter des Bürgermeisters ihm und seinen Kumpeln die Sehenswürdigkeiten der Stadt gezeigt, aber die Fassade wies zu viele Risse auf: Am Checkpoint Charlie ringelte sich immer noch der Stacheldraht, und Wachtürme drohten mit ihrer Präsenz. An fast jeder größeren Straßenkreuzung paßte ein Polizist auf. Hakenkreuze an einer Mauer waren nur flüchtig mit Farbe überpinselt worden.

Neben ihm saß sein Schlagzeuger, Lenny, und las in

einer Zeitung, deren fette Schlagzeile an die sich zuspitzende Jugoslawienkrise erinnerte. Soeben hatten die Sowjets den Serben neue moderne Waffen geliefert. Die USA erwogen weitere Luftangriffe, um den eingekesselten islamischen Enklaven zu helfen. Die UNO hatte ihre Vermittlungsbemühungen eingestellt.

Samstag, 2. Dezember 1995. Der Kalte Krieg warf seine frostigen Schatten. Die Bürger Westdeutschlands hatten abgehärmte, besorgte, wie versteinerte Gesichter. Vic zweifelte nicht daran, daß es ein paar Meilen weiter auf der kommunistischen Seite genauso zuging. Wer alt genug war, rief sich bestimmte Bilder ins Gedächtnis zurück – Panzer, die 1956 nach Ungarn rumpelten und 1968 in die Tschechoslowakei eindrangen. Im eigenen Land gab es die Mauer, die die Stadt teilte und wohl niemals fallen würde.

Vic ahnte, was in diesen Menschen vorgehen mochte, obwohl er als Amerikaner eher an die Kubakrise dachte, an die ständigen Zivilverteidigungsübungen während seiner Teenagerjahre, und an den Atombunker, den sein Vater unter ihrem Haus baute. Wieso waren die Feindseligkeiten in der Welt wieder aufgeflackert? Es hatte eine Phase gegeben – nach Nixons Chinareise, nach dem Ende des Vietnamkriegs, nach der Détente, nachdem Jimmy Carter Israelis und Ägypter in Camp David an den Verhandlungstisch brachte – als die Menschen und Völker friedvoller miteinander umgingen. Das war in einem anderen Leben gewesen, sinnierte Vic. Damals trug er noch einen anderen Namen. Zu der Zeit ging er mit seiner alten Band auf Europatournee. In jenen Jahren hörten die Leute noch eine andere Art von Rock 'n' Roll.

Alles hatte sich verändert, und es war sinnlos, der Vergangenheit nachzutrauern. Jetzt mußte er sich damit beschäftigen, was überhaupt machbar war. Die Musikrichtung hatte gewechselt, aber er konnte wenigstens dazu beitragen, seine Zuhörer von ihren Alltagssorgen abzulenken. War das nicht seine Aufgabe?

Als sich die vier Limousinen dem Bühneneingang der Sporthalle näherten, brach eine Gruppe von mehreren hundert Fans in Jubelrufe aus und schwenkte Transparente. VICTORY! DIE ULTIMATIVE BAND! stand auf einer Tafel, was Vic ein knappes Kopfschütteln entlockte. Loyalität war gut und schön, aber er hielt nichts von Übertreibungen. Ihm fiel ein Konzert im Jahr '69 ein, als er und seine Sidemen sich durch einen Wartungstunnel in die Garderobenräume schmuggeln mußten, und das war noch gar nichts, verglichen mit den Tumulten, die er bei Auftritten der Beatles und der Rolling Stones erlebt hatte.

Lenny grinste indessen. Für ihn war diese Anhimmelei eine völlig neue Erfahrung. Das vierte Album der Band konnte gar nicht so schnell ausgeliefert werden, wie es verkauft wurde. Der grandiose Erfolg dieser Tournee würde die Band unvergeßlich machen. Keine Eintagshits mehr; die Zeit, als sie noch befürchten mußten, von jeder x-beliebigen neuen Band verdrängt zu werden, war endgültig vorbei. Selbst wenn sie keine einzige Platte mehr herausgaben, würde Victory nicht in der Versenkung verschwinden.

Vic gestattete sich ein Lächeln. Doch, es war schon ein erhebendes Gefühl, oder etwa nicht? Selbst für einen Oldie wie ihn, dem nichts mehr fremd war. Der Triumph ließ sein Blut schneller strömen, lenkte seine Phantasie auf die knackigen Körper der jungen Groupies – auch wenn er Gelüsten dieser Art nicht mehr nachgab – und seine Hände sehnten sich danach, die harte, phallische Form eines Mikrophons zu streicheln.

»Denen werden wir einheizen!« prahlte Lenny.

»Was denn sonst?« Vic faßte es als eine Verpflichtung auf. »Und wie!«

Das Publikum bestätigte, daß Rock 'n' Roll in englischer Sprache überall in der Welt ankam. Die Zuhörer riß es von den Sitzen, als die Band ihren Erkennungssong anstimmte – im Radio wurde er nur selten gespielt, und es gab nicht mal eine Single davon – aber mit seinem langen, sich ständig wiederholenden Refrain »Victory! Victory! Victory is here!« bildete er immer den Höhepunkt einer Liveshow. Zwei Drittel des Konzerts waren bereits gelaufen. Vic stapfte rhythmisch über die Bühne, während ihm der Schweiß über die entblößte Brust strömte, brüllte seinen Text und peitschte die Bürger Berlins einem Gipfel der Ekstase entgegen.

Drei Dinge waren es, die sein Herz hämmern ließen. Erstens die Euphorie, auf der Bühne zu stehen und die Masse in seinen Bann zu ziehen. Zweitens überkam ihn ein nostalgischer Rausch, weil er mit fünfzig Jahren in seinem Metier immer noch so erfolgreich war wie mit einundzwanzig. Zum dritten hatte er Angst.

Furcht beschlich ihn, weil er die Stimmung nicht mehr unter Kontrolle hatte. Die Situation war ihm aus der Hand geglitten, entfesselt durch das Kreischen der Gitarren, den Heavy Metal Arrangements und dem primitiven Beat der Schlaginstrumente. Die Deutschen reagierten ihre aufgestauten Emotionen ab, durchbrachen jede Hemmschwelle. So herrlich und notwendig diese Katharsis auch war, Vic wußte, daß hier ein Funke genügte, um einen Aufruhr zu entfachen.

Er unterdrückte Horrorvisionen von zu Tode getrampelten zwölfjährigen Kids und ausgeschlagenen Augen. Seine Gorillas am Rand der Bühne, hünenhafte Kerle, die früher als Halbprofis Football oder Hockey gespielt hatten, bekamen mittlerweile alle Hände voll zu tun – wenn sie ausgerastete Fans buchstäblich in die hochgerissenen Arme Hunderter außer Rand und Band geratener Leute zurückwarfen, die ihre Plätze verlassen hatten und die Bühne stürmen wollten.

Arme wurden wild geschwenkt, Augen glühten vor Begeisterung, während Vic über die Bretter wirbelte.

Jedoch würde die Verzückung in Rage umschlagen, wenn Vic das ausführte, was er jetzt am liebsten getan hätte – zum nächsten Ausgang zu stürmen. Gnade ihm Gott, sollte seine Stimme versagen oder eine Sicherung herausschlagen und die Verstärker abschalten. Die Leute waren gekommen, um ihre Dämonen auszutreiben. Dieser Vorgang war in vollem Schwange, genauso wenig zu stoppen wie ein Orgasmus mitten in der Ejakulation. Wenn er ihnen die Erleichterung versagte, würden sie ihn in Stücke reißen.

Ihm blieb gar nichts anderes übrig, als weiterzumachen, so zu tun, als sei er immer noch Herr der Lage. Falls die Meute den Fokus verlor, den er darstellte, drohte ein Chaos.

Mit einem furiosen Ausklang endete der Song. Vic schluchzte. Verzweifelt sehnte er sich danach, eine Ballade zu singen, um das wilde Hochgefühl zu dämpfen, die fuchtelnden Fäuste, die kreischenden Frauen und das akustische Feedback zu beschwichtigen. Aber es ging nicht. Victory hatte keine Balladen im Repertoire.

Die Band hatte ihr Publikum wahrhaftig in Raserei versetzt. Erschrocken, wie betäubt, hockte Vic in seiner Garderobe und lehnte es ab, sich den anderen Bandmitgliedern anzuschließen. Seine Kumpels zogen los, um ihre letzte Nacht in Berlin mit Saufen und einheimischen Mädchen zu feiern, wobei sie hoffentlich so schlau waren, Kondome zu benutzen.

Er hatte keine Lust, seinen veränderten Bewußtseinszustand künstlich zu verlängern. Diese Stimmung sollte langsam ausklingen, ehe er zusammenbrach. Sein ganzer Körper schmerzte. Er trank die Evianflasche leer. Seit dem Ende des Auftritts hatte er zwei Liter Wasser in sich hineingekippt und fühlte sich immer noch dehydriert. Eine fünfzehnminütige Dusche in der lächerlich engen Naßzelle hinten im Kabuff hatte den Film aus Salzlake, der ihn einhüllte wie eine zweite Haut, nur verdünnt. Der Schweiß strömte ihm immer noch aus allen Poren, und er wunderte sich, woher die viele Flüssigkeit kam.

Es klopfte an der Tür. Hastig schnappte er sich das Toupet, das er sich vor dem Duschen abgenommen hatte, und setzte es sich mit einer in unzähligen Übungen erworbenen Geschicklichkeit wieder auf. Bevor er nach draußen ging, mußte er die Perücke besser befestigen, aber die wenigen Minuten, die er brauchte, um einen Besucher abzuwimmeln, würde sie halten.

Er stand auf und öffnete die Tür. Fred Brownell, sein Manager, schlüpfte in die Garderobe. Hinter ihm schob Vic die Riegel wieder vor.

Fred strahlte; um seine rundliche Gestalt spannte sich ein Anzug mit passender Seidenkrawatte, der ihn etliche tausend Deutsche Mark gekostet haben mußte. Er stellte seinen Aktenkoffer auf den Schminktisch und klappte ihn auf; darin befanden sich ein Laptop-Computer und ein Stapel Kassenbelege.

»Du bist wieder ganz oben, Junge. Ich wußte, du würdest es schaffen. Heute hast du sogar den hiesigen Zuschauerrekord von Guns N' Roses gebrochen.«

›Junge‹ war ein relativer Begriff. Fred war einundsechzig Jahre alt; zu viele Sonnenbäder und Drogenmißbrauch hatten seine Haut gegerbt wie altes Leder, obwohl er seit seinem fünfundvierzigsten Lebensjahr auf beide Genüsse verzichtete.

»Wieso bin ich ›wieder‹ oben?« fragte Vic; vor Erschöpfung stöhnend ließ er sich auf einen Klappstuhl sinken. »Womit vergleichst du meine Karriere? Über die Vergangenheit wollten wir doch nicht sprechen.«

»Scheiß auf die Abmachung«, erwiderte Fred milde. »Eine Ausnahme schadet nicht. Das waren gute Zeiten damals. Ich hatte gedacht, du würdest dich freuen, wieder in deinem Element zu sein.«

»Mein Element? Szenen wie die heute abend habe ich schon immer verabscheut.«

»Hör endlich auf zu nörgeln.« Fred hob die Arme und drehte eine Pirouette, wie um anzudeuten, daß sie beide noch voller Saft und Kraft steckten. »Ich finde es nur toll, daß dir endlich der Durchbruch gelungen ist.«

»Seit fünf Jahren gehen wir auf Tournee und verkaufen Platten, Fred. Wir haben nicht die ganze Zeit gepennt.«

»So etwas wie heute hat es bei Victory noch nicht gegeben«, beharrte der Dicke. »Dieses Konzert knüpft an frühere Triumphe an. Du hast deine Zuschauer mitgerissen, Junge. Selbst mit falschem Haar und falscher Stimme wirkt dein Charisma. Sie sind nur wegen dir gekommen.«

Offensichtlich hatte Fred nicht dasselbe beobachtet wie Vic. Von seinem Platz hinter der Bühne aus war dem Manager aufgefallen, daß die Stimmung stieg; der Gedanke an den satten Gewinn hatte seinen Blick getrübt, und er hatte sich die Realität nach seinen Wünschen zurechtgerückt.

»Quatsch! Sie sind gekommen, um sich zu amüsieren«, widersprach Vic. »Bausch die Sache nicht auf. Ich bin bloß ein Typ mit ein paar Songs. Der Rest ist Illusion. Und früher war das nicht anders.«

»Die Leute kaufen keine Eintrittskarten, nur um Songs zu hören«, entgegnete Fred. »Wenn es ihnen lediglich um die Musik ginge, könnten sie bei sich daheim deine CDs abspielen. Sie waren hier, weil sie den Menschen Vic Standish erleben wollten. Vielleicht nicht aus denselben Motiven, die sie für Brad Taylor schwärmen ließen, aber für mich besteht da kein großer Unterschied.«

»Wenn du meinst.« Es lohnte sich nicht, darüber zu

diskutieren. Fred war Vics engster Mitarbeiter, und er liebte ihn wie einen Bruder; aber wenn Fred sich einmal etwas in den Kopf gesetzt hatte, ließ er sich durch nichts davon abbringen. Deshalb handelte er so gute Verträge aus. Sollte er doch glauben, was er wollte.

Nachdem Fred gegangen war, zog sich Vic das Toupet herunter. Eine lange, dunkelbraune Mähne wich einem blonden kurzgetrimmten Schopf mit Stirnglatze. Dann nestelte er sich die Kontaktlinsen heraus, die aus seinen braunen Augen blaue machten. Die Brauen waren von einem scheckigen, ungleichmäßigen Braun, das zu jeder Haarfarbe paßte, vor allem, wenn er seine Brille mit dem wuchtigen Gestell aufsetzte.

»Die alten Zeiten«, murmelte er, während er sich prüfend im Spiegel betrachtete. Früher war er hager und straff gewesen. Wenn er das Hemd auszog, sah man die Rippen. Über den betonten Wangenknochen spannte sich die Haut, und an den sehnigen Armen wölbten sich die Adern. Seitdem war er nicht völlig aus dem Leim gegangen, aber seine Schilddrüsenprobleme sah man ihm an. Von seinem jugendlichen Aussehen war nichts mehr übriggeblieben. Ohne die Perücke, ohne die Kontaktlinsen, und in dem Mantel, der seine Korpulenz unterstrich, glich er kaum noch dem Mann, der vor anderthalb Stunden auf der Bühne gestanden hatte.

Unbemerkt schlüpfte er zur Tür hinaus. Die Sicherheitskräfte waren angewiesen, sich auf die Eingänge zu konzentrieren; aus Erfahrung wußte Vic, daß man den Fans am ehesten entkam, wenn man einen unbewachten Ausgang wählte. Die draußen wartende Limousine ließ er unbenutzt; statt dessen drängte er sich durch den Saum der Menschentraube, die das Portal belagerte, indem er die Leute nach Art eines ernsten deutschen Management-Vertreters, den er mimte, zur Seite schob, und winkte sich ein ganz normales Taxi heran. Niemand würdigte ihn eines zweiten Blicks.

Aus alter Gewohnheit blieb er vorsichtig. Anstatt sich bis an sein Ziel fahren zu lassen, stieg er vor einem größeren Hotel aus und wechselte heimlich in ein anderes Taxi über. Der Wagen brachte ihn zu einem zweigeschossigen Altbau, bedrückend nah an der Mauer. Das Haus war gut in Schuß, aber auf der gegenüberliegenden Straßenseite ragten mit Graffiti verunstaltete Trümmerreste empor, Zeugen des Bombenterrors im Zweiten Weltkrieg.

Trotz der späten Stunde brannte noch Licht. Eine dralle Haushälterin, die genauso streng gekleidet war wie sie aussah, führte Vic in ein Schlafzimmer, das nach Krankenhaus roch; auf einem Pflegebett lag, mit dem Oberkörper unter einem Sauerstoffzelt, ein Mann.

»Hey, Andrew«, grüßte Vic. Der Kranke öffnete die Augen, lächelte und gab der Haushälterin mit einem Wink zu verstehen, sie möge verschwinden. Beim Hinausgehen funkelte sie Vic mit einem wahrhaft teutonisch-grimmigen Blick an, eine deutliche Warnung, er möge ihren Schützling ja nicht überanstrengen. Beide Männer schwiegen, bis die Schritte der Frau auf der Treppe verklangen und sie nicht mehr hören konnte, was im Zimmer gesprochen wurde.

»Wie geht's dir, Brad?« fragte Andy und rieb sich die Augen. Er schien nicht geschlafen zu haben, obwohl die dunklen Schatten um die Lider von Übermüdung zeugten. »Oder sollte ich lieber Vic sagen?«

»Für dich bin ich immer noch Brad«, erwiderte Vic; es befremdete ihn, den Namen auszusprechen.

»Es fuchst mich, daß ich beim Konzert nicht dabei sein konnte«, erklärte Andy. »Dabei habe ich versucht, meinen Arzt zu überreden, mich mit meinem tragbaren Sauerstoffgerät hingehen zu lassen. Du hast das Haus doch hoffentlich zum Einsturz gebracht.«

Vic zuckte die Achseln. »Das ist nicht übertrieben. Die Jungs, mit denen ich auftrete, verstehen ihr Fach.

Trotzdem wünsche ich mir manchmal, ich wäre immer noch mit dir und den anderen Kumpels zusammen.«

»Nun ja, wir treffen alle unsere Wahl, nicht?« Andy zeigte auf seinen ausgezehrten Körper. »Wenn ich geahnt hätte, was mir blüht, hätte ich auf so manches verzichtet.«

»Ich finde nicht, daß es für uns beide Alternativen gegeben hätte. Es sind Dinge passiert, auf die wir keinen Einfluß nehmen konnten. Woher sollten wir wissen, was auf uns zukommt?«

»Ach ja, es ist schon eine beschissene Welt. Trotzdem darf man sich nicht vor einer gewissen Verantwortung drücken.« Zum ersten Mal schien der Kranke neue Kraft zu schöpfen. Die Stimme klang fest, als er fragte: »Hast du über meinen Vorschlag nachgedacht? Am achten bist du in London. Der ideale Ort.«

»Ich werd's mir überlegen. Ich habe... ein bißchen mehr zu verlieren als du.«

»Richtig«, pflichtete Andy ihm bei. »Aber auch mehr zu gewinnen.« Er hustete, und tief in der Lunge löste sich ein Gurgeln.

»Mist!« fluchte Vic. Er reichte seinem Freund das Glas Wasser, das auf dem Nachttisch stand. »Das hört sich böse an.«

»Ach, noch sterbe ich nicht«, scherzte Andy. »Sie sagen, daß ich den Winter wahrscheinlich noch erleben werde. Zu Silvester schmeiße ich eine Party. Ich darf die Leute doch nicht enttäuschen.«

Wieder in seinem Hotelzimmer, verfiel Vic in ein dumpfes Brüten. Er hatte es fertiggebracht, während seines kurzen Besuchs bei Andy Fröhlichkeit und gute Laune zu heucheln, aber nun hielt der ungedämpfte Schmerz, seinen Freund im Sterben liegen zu sehen, ihn wach. Oder er war immer noch vollgepumpt mit Adrenalin von der Show, obwohl jetzt eigentlich das Tief einsetzen mußte, das ihn in einen katatonischen Zustand versetzte, bis der Wecker ihn zwang, aufzustehen und zum Flughafen zu fahren.

Er schaltete den Fernseher ein. Eine Schauspielerin, die aussah, als hätte sie sich noch nie durch ihre Periode in ihren Aktivitäten eingeschränkt gefühlt, pries mit gurrenden Lauten die Vorzüge des neuesten Tampons. Gereizt griff er nach der Fernbedienung – gab es in Nordeuropa denn keinen Sender ohne Werbespots? Vielleicht wollten die Regierungen hier wie anderswo das Fernsehen einfach nicht mehr subventionieren.

Auf einem anderen Kanal lief ein alter amerikanischer Film, in dem John Wayne mit näselndem Knarzen Deutsch sprach. Eine unglaublich schlampige Synchronisation. Der Text lief weiter, auch wenn seine Lippen sich schon längst nicht mehr bewegten. Vic stellte den Ton ab und nahm die flimmernden Bilder nur noch am Rande seines Blickfelds wahr. Verflucht! Er wußte genau, weshalb er keine Ruhe fand. Andy hatte einen Geist heraufbeschworen.

Die Uhr auf dem Nachttisch zeigte an, daß Mitternacht schon lange vorbei war. Heute schrieb man den 3. Dezember, in fünf Tagen jährte sich das Ereignis, das sein ganzes Leben hatte umkrempeln sollte, zum fünfzehnten Mal.

Vic entfaltete den Zeitungsausschnitt, den Andy ihm kurz vor seinem Weggehen gegeben hatte. Es handelte sich um den Essay eines Kritikers im *Rolling Stone;* er stammte von 1975 und analysierte, wer im vergangenen Jahrzehnt die Gesellschaft am meisten aufgerüttelt und Dinge in Bewegung gesetzt hatte.

Vic Standish gab es damals natürlich noch nicht. Angeführt wurde die Liste von Brad Taylor, der sogar noch vor Lennon und Dylan, Jagger und Hendrix rangierte. Die erste Seite des Artikels zeigte einen schlanken, blonden, dreißig Jahre alten Mann, mit einem grünlichen Fleck in der Iris des linken Auges, genau wie bei Vic Standish.

Der Kritiker nannte Taylor einen ›Wortführer‹; er spräche für eine ganze Generation.

Der Essay war in einem so ehrerbietigen Stil abgefaßt, daß er an eine Eloge gemahnte; in gewisser Weise war er auch eine. Von einer späteren Ausgabe des Magazins her entsann sich Vic an den Namen des Verfassers; dieses Sonderheft erschien ein paar Wochen nach der Ermordung John Lennons und enthielt das Bild, das ihn zeigt, wie er seinen nackten Körper um den von Yoko Ono drapiert.

Als Vic das Cover zum erstenmal an einem Zeitungskiosk sah, Lennon mit geschlossenen Augen und in völlig schlaffer Haltung, dazu Ono, die mit feierlichem Ernst ins Leere starrt, glaubte er, es handele sich um ein Bild des Leichnams. Am liebsten hätte er sämtliche Magazine verbrannt, bis er erfuhr, daß Annie Leibovitz das Foto wenige Stunden vor dem Mord gemacht hatte, und die Idee für diese Pose von Lennon selbst stammte.

Im selben Heft wurde erwähnt, daß der staatliche Radiosender in Ostberlin seinen üblichen Boykott westlicher Rockmusik aufhob und zum Gedenken an die Beatles anderthalb Stunden lang deren Songs spielte. Diese Lappalie war Vic unverhofft wieder eingefallen, als seine Maschine vor dem letzten Gig in Berlin landete. An diesem Wochenende schien sich der Kreis seines Lebens in mehr als einer Hinsicht zu schließen.

Mai 1981: Fred saß mit ihm in Los Angeles in einem Patio-Café und bemühte sich, seine Verblüffung über das, was Brad gerade angekündigt hatte, zu meistern. Es sprach für ihn, daß er gar nicht erst versuchte, ihm seinen Plan auszureden. Er nickte bekümmert und blätterte in dem Stapel von Papieren, den Brad ihm gerade gegeben hatte.

»Ich sehe das so«, legte Brad dar. »Zwischen John Lennon und mir gab es zu viele Gemeinsamkeiten. Wir sind beide Rock 'n' Roll-Legenden. Uns beiden reißen die Fans buchstäblich die Kleidung vom Leib, um einen Fetzen von uns zu ergattern. Er hatte einen Hiatus, ich auch. Während der letzten fünf Jahre lebten wir meistens in New York. Und jetzt das hier.«

Freds Stirnrunzeln vertiefte sich. Die Blätter, die Brad ihm gegeben hatte, waren Briefe mit Morddrohungen; sie stammten von mindestens drei verschiedenen Irren, und nur einen hatte die Polizei aufstöbern können.

»Die sind ja genauso grausig wie du sagtest«, murmelte Fred. »Du hast wirklich Schiß bekommen, was?«

»Und ob ich Angst habe!« Mit zitternder Hand griff Brad nach seiner Kaffeetasse; der bloße Gedanke an die Drohungen machte ihm eine Gänsehaut. »Ich will nicht das Opfer eines zweiten Mark David Chapman werden.«

»Deshalb inszenierst du deinen eigenen Tod.« Fred betonte es nicht wie eine Frage; er sprach den Satz aus, als wolle er sich das Konzept fest einprägen. Er war ein scharfsichtiger Mann; er erkannte, daß Brad eine Entscheidung getroffen hatte und nicht mehr davon abrücken würde. Den finanziellen Verlust mochte er beklagen, aber Brads Plan sah vor, daß Fred auf lange Sicht ein ständiges, nicht unbeträchtliches Einkommen garantiert war.

»Genau.«

Seufzend faßte Fred über den Tisch und drückte Brads Hand. »Es war mir ein Vergnügen, Junge. Du bist zwar verrückt, aber du hast meine volle Unterstützung. Wo soll es stattfinden?«

»Auf Grand Cayman.«

Grand Cayman ist eine Insel, wo man alles mögliche kaufen kann. Im Juni 1981 fand man Brad Taylors

Leichnam mit durchschnittener Kehle in der Küche eines Strandbungalows, mehrere Meilen von George Town entfernt; er war der Besitzer dieses Feriendomizils und verbrachte seit Jahren dort seine Urlaube. Jedenfalls teilte man der Öffentlichkeit mit, bei dem Toten handele es sich um Taylor.

In Wirklichkeit stammten die sterblichen Überreste jenes Mannes aus einem Leichenschauhaus. Um ihn mit einer falschen Identität auszustatten, bedurfte es lediglich der aktiven Mithilfe von zwei weiteren Personen außerhalb Vics engstem Vertrautenkreis; ein Polizeibeamter und ein Leichenbeschauer stellten gefälschte Bescheinigungen aus und wurden für diese Gefälligkeit gut bezahlt.

Aus dem Bungalow waren mehrere wertvolle Gegenstände aus Taylors persönlichem Besitz entwendet worden, unter anderem seine Lieblingsgitarre. Natürlich hatte Vic – wie er sich fortan nannte – diese Sachen mitgenommen, doch offiziell lastete man seinem mutmaßlichen Mörder den Diebstahl an.

Die Fahndung nach dem Täter begann. Man nahm ein paar der üblichen Verdächtigen auf der Insel fest und verhörte sie nach dem Motto der örtlichen Behörden: »Du bist solange schuldig, bis du dich freikaufst!« Dieses Verfahren resultierte in der Beschreibung eines Mannes, den man am fraglichen Tag in der Nähe des Bungalows gesehen haben wollte; doch die Phantomzeichnung zeigte einen schlaksigen dunklen Kerl mit Dreadlocks, ein Aussehen, das auf so viele Einheimische zutraf, daß es die Liste der Verdächtigen nicht einschränkte.

Dann erhielt ein New Yorker Radiosender ein anonymes Bekennerschreiben von dem Täter. Das wirre Gefasel erinnerte an den Zodiac Killer, und als Mordmotiv wurde Brad Taylors Unmoral und Dekadenz angegeben. Der Briefumschlag enthielt außerdem eine

Haarlocke, die in der Tat von Taylor zu stammen schien, und eine genaue Liste der Gegenstände, die aus dem Bungalow verschwunden waren.

Von den Medien wurde der Vorfall nach allen Regeln der Kunst ausgeschlachtet, doch nachdem sich die Aufregung gelegt hatte, waren die Ermittlungen um keinen Schritt weitergekommen. Die Spur war so kalt wie die Asche, die von Brad Taylor sein sollte, und die man Anfang Juli über dem New Yorker Hafen verstreute.

Dezember 1981; Vic, der sich immer noch in der Karibik versteckte, traf sich heimlich mit Andy auf Tobago.

»Eigentlich wollte ich allen meinen früheren Bandmitgliedern Bescheid sagen«, erklärte Vic beim Dinner in *The Beachcomber*. Vor den offenen Fenstern des Restaurants hockten Papageien auf Stangen; Palmen wiegten sich in der sanften Brise. Die letzte Glut des Sonnenuntergangs erlosch, und aus der Disco nebenan hämmerte ein Soca Beat. »Zu einem späteren Zeitpunkt tue ich es vielleicht. Aber je mehr Leute eingeweiht sind, desto eher kann der ganze Schwindel auffliegen. Auf deine Diskretion kann ich mich ja wohl verlassen.«

»Selbstverständlich«, beteuerte Andy. »Bis in alle Ewigkeit.« Er legte die angeknabberte Krabbenschere auf den Teller zurück und schüttelte angesichts der bizarren Situation den Kopf. »Also... wie viele Leute wissen es denn?«

»Nur die, auf deren Mithilfe ich unbedingt angewiesen bin, wenn ich den Stunt durchziehe«, erwiderte Vic. »Meine Ex-Frau. Mein Testamentsvollstrecker. Sie versorgen mich laufend mit Bargeld, das meine Anlagen abwerfen. Und Fred natürlich. Ich brauche jemanden wie ihn, der sich um das Aufnahmenarchiv kümmert und dafür sorgt, daß meine Songs in einer für mich akzeptablen Weise vermarktet werden. Ich bin zwar nicht mehr Brad Taylor, aber ich lasse es, verdammt noch mal, nicht zu, daß man meine Musik zu Pepsi-Jingles oder als Background in einem Werbespot für Gebrauchtwagen verhunzt.«

»Recht hast du.« Brad war grundsätzlich ein Solo-Künstler gewesen und hatte alle seine Songs selbst geschrieben; aber bei siebzig Prozent der Aufnahmen spielte Andy die Baßgitarre, und offensichtlich legte auch er Wert darauf, daß seine Kunst nicht verwässert wurde.

Eine Fledermaus flatterte durch das Lokal, segelte über ihren Tisch hinweg, ergatterte ein paar Obstfliegen und entschwand in Richtung des Strandes. Kein Restaurantangestellter oder alteingesessener Insulaner blickte dem Tier hinterher. Schließlich befand man sich hier in den Tropen.

Vic wandte sich wieder seinem Freund zu. Andy hatte die Stirn in tiefe Falten gelegt.

»Fühlst du dich nicht einsam?« fragte der Bassist.

Vic hüstelte. »Doch, ja. Deshalb ließ ich Fred ja dieses Treffen arrangieren.«

»Wenn das so ist, wie lange willst du die Täuschung aufrechterhalten?«

Der ›Tote‹ gönnte sich einen großen Schluck Rum. »Keine Ahnung. Ein paar Jahre vielleicht. Möglicherweise ist die Trauer um John Lennon dann abgeklungen. Hat sein Tod dich auch so tief getroffen, Andy?«

»Und wie! Was glaubst du, was ich erst bei der Nachricht empfunden habe, daß *du* ermordet wurdest!« Vorwurfsvoll starrte er seinen ehemaligen Boss an.

Vic blinzelte und mußte sich räuspern. »Tut mir leid«, murmelte er, in sein leeres Glas blickend. »Ich kam mir nur so... verwundbar vor. Ich brauchte Abstand. Mal eine Zeitlang weg von dem Fan-Rummel; spazierengehen können, ohne ständig das Gefühl zu haben, man würde beobachtet. Verstehst du, was ich meine?«

Andy grinste schief. »Weißt du eigentlich, daß ich nächsten Dienstag vor sieben Jahren aufhörte, dein Back-up Mann zu sein? Selbst nach so langer Zeit, und obwohl ich seitdem immer nur am Rande gewirkt habe, finde ich nur in so abgeschiedenen Winkeln wie hier meine Ruhe.«

»Siehst du, da hast du's!« trumpfte Vic auf. »Mich tot zu stellen war für mich die einzige Möglichkeit, aus diesem Betrieb auszusteigen. Ich muß eine Weile abschalten, ehe ich mich wieder in den Trubel stürze. In einem Jahr sprechen wir uns wieder. Vielleicht denke ich dann anders.«

Ein Jahr hätte vielleicht genügt. Vic vermißte seine alten Bekannten. Aber im April 1982 kam der große Schock: Bob Dylan wurde vor seiner eigenen Haustür von einem Maschinengewehrschützen niedergemäht, und zwei seiner Kinder mußten zusehen, wie er in Fetzen geschossen wurde. Donovan Leitch war das nächste Opfer. Ein Mann, der aus einer psychiatrischen Anstalt ausgebrochen war, erschoß ihn, weil er den Text von ›Sunshine Superman‹ gestohlen hätte, und drohte, wegen ähnlicher ›Verbrechen‹ noch zahlreiche andere Rock-Ikonen zu töten.

McCartney war der letzte in der Reihe, doch sein Schicksal berührte Vic am meisten, und das nicht nur, weil die Kugel ihn so schwer verletzte, daß er bloß noch dahinvegetierte; er konnte nicht leben und nicht sterben. Erst jetzt merkte Vic, wieviel der andere Leader der Beatles ihm bedeutet hatte. Vic war immer ein Fan von Lennon gewesen, außer daß er Yoko Onos Stimme mit dem Krächzen eines Aras verglichen hatte. Doch als er zufällig hörte, wie ein Mann witzelte, McCartney habe schon immer im Koma gelegen, schlug er ihm die Zähne ein. Hinterher spielte er bei sich zu Hause stundenlang ›Yesterday‹ und ›Got to Get You into My Life‹

und ›The Long and Winding Road‹, obwohl es ihn Mühe kostete, mit seinen blutenden, geschwollenen Knöcheln die Gitarre oder das Klavier zu bearbeiten.

Jeder Megastar in der Branche tauchte entweder ab oder heuerte die gesamte französische Armee zu seinem Schutz an. Eine geraume Zeit lang hielt man sich bedeckt. Elton John ging nicht mehr auf Tournee und gab gelegentlich ein Album heraus, das daheim hinter vergitterten Türen aufgenommen wurde. George Harrison verbarrikadierte sich ganze sieben Jahre lang in seiner Villa.

Vic spielte nicht länger mit dem Gedanken, sich zu outen. Brad Taylor blieb das Opfer Nummer zwei auf einer Liste, die viel zu lang geworden war. Seinen Platz nahm nun Vic Standish ein. Er war reich. Er führte ein sorgloses Leben. Das wollte er sich nicht verpfuschen. Seine Mitwisser, die unter anderen Umständen womöglich leichtsinnig geworden wären und sich verplappert hätten, begriffen, was auf dem Spiel stand, und hielten den Mund. 1986 brach der Polizeibeamte auf Grand Cayman sein Schweigen. Die jährlichen, nicht zurückzuverfolgenden Zuwendungen von Bargeld, die man ihm zugesichert hatte, genügten ihm auf einmal nicht mehr; er bildete sich ein, er könnte mehr Profit herausschlagen, wenn er seine Story verscherbelte.

Doch diese Taktik schadete Vic nicht. Erstens wußte der Mann nicht, welchen Namen Brad Taylor angenommen hatte, zum anderen war er weit und breit als Lügner verschrien. Für mehr als eine Gerichtsverhandlung hatte man seine Zeugenaussage gekauft, und aus genau diesem Grund hatte Vic sich ihn als Komplizen ausgesucht. Zum Glück konnte der Leichenbeschauer seine Geschichte nicht mehr bestätigen. Er war tot, glücklicherweise im Krankenhaus einem schweren Leiden erlegen, und die natürliche Todesursache bot wenig Stoff für Verschwörungstheorien. Nur der *National Enquirer* und andere Boulevardblätter schenkten dem Polizisten Beachtung, doch bereits nach zwei Wochen war die Geschichte keine Zeile mehr wert. Die seriösen Medien stellten die Nachricht auf dieselbe Stufe wie die Elvis-Sichtungen.

Die Wahrscheinlichkeit, enttarnt zu werden, wurde immer geringer. Und weil Vic sich so sicher wähnte, konnte er schließlich nicht dem Drang widerstehen, wieder vor Publikum aufzutreten. Wohlgenährt, ohne das hübsche, jungenhafte Gesicht von damals, zudem kosmetisch verändert, schleuste er sich 1989 wieder in die Musikszene ein, kräftig unterstützt von Fred, der hinter den Kulissen seine Beziehungen spielen ließ.

Fred einzuschalten war ein Risiko, denn er stellte das Bindeglied zu seiner früheren Identität dar. Doch Fred hatte schon Dutzende von Sängern gemanagt, und Hunderte standen bei ihm Schlange; wenn er einen neuen Klienten lancierte, wunderte das niemand. Ohne Fred hätte Vic es nie geschafft.

Außer ihm nahm Vic keinen seiner alten Bekannten in Anspruch. Lediglich zwei Mitglieder der neuen Crew – sein Sound Man und der Chief Roadie – wurden in das Geheimnis um Vic Standish eingeweiht, und das auch nur, weil er ihre Rückendeckung brauchte.

So fing es wieder an. Victorys erstes Album war kein Erfolg, aber die Band war für ihre Tourneen berühmt. Das zweite Album enthielt eine Hit Single. Das dritte gewann schon Platin, und das vierte verbuchte einen kometenhaften Aufstieg.

Die größte Überraschung war jedoch der Triumph. Dabei hatte Vic nichts anderes gewollt, als wieder vor ein paar Tausend Fans zu singen. Hätte er geahnt, daß er *so* groß herauskommen würde – an Brad Taylor reichte er nicht heran, aber objektiv gesehen war er prominent – hätte er das Projekt vielleicht abgeblasen, denn es erhöhte das Risiko, entlarvt zu werden.

Allerdings hatte seit mehr als zehn Jahren kein übergeschnappter Fan mehr auf einen Rock 'n' Roll-Star geschossen. Gottlob schien dieser Trend aus der Mode gekommen zu sein. Vielleicht, dachte Vic, während er in seinem Hotelzimmer den Fernseher ausschaltete und die zusammengefalteten Magazinausschnitte in seinen Koffer steckte, war auch nur seine eigene Paranoia abgeflaut. Trotzdem wies er seine Roadies an, schwerste Sicherheitsvorkehrungen zu treffen. Doch rückblickend erschien ihm seine Reaktion auf die Ereignisse vom 8. Dezember 1980... extrem. Möglicherweise hatte er damals zu viel Kokain geschnupft.

Jetzt war er clean. Er konnte wieder mit kühlem Kopf denken. Es gab keinen Grund, einem sterbenden Freund den letzten Wunsch abzuschlagen.

Allmählich wurden seine Lider schwer. Er zog sich aus, löschte das Licht, und lauschte dem Prasseln des Regens an der Fensterscheibe. Am Dienstag war der Gig in Amsterdam. An das, was danach kam, wollte er lieber nicht denken. Immer ein Schritt nach dem anderen.

Die obersten Reihen waren gesprenkelt mit leeren Plätzen. Nach den verkauften Alben zu schließen hatte er in Holland genauso viele loyale Fans wie anderswo, aber es war ein Dienstagabend und draußen fiel Schneeregen. Vic atmete erleichtert auf. Erst kürzlich hatte er wieder erlebt, daß ein vollbesetzter Saal eine eigenartige Stimmung erzeugte, die sich nur schwer steuern ließ. Die freien Sitze verhinderten, daß sich übermäßige Energie aufstaute, und der Lärm konnte sich nicht zu einem infernalischen Getöse steigern. Was sonst wie das zornige Gebrumm eines aufgebrachten Hornissenschwarms klang, reduzierte sich hier auf das

Summen einiger Honigbienen, die zwischen Pfirsichblüten umhertanzten.

Überdies war die Konzerthalle kleiner als die Stadien, in denen Victory an Wochenenden auftrat. Die Luft war übersättigt mit dem penetranten Geruch von Haschisch, der Dunst vernebelte die Leuchtschilder, die die Ausgänge markierten. Vorsichtig pirschten die Mitglieder der Band über die dunkle Bühne zu ihren Instrumenten. Mattblaue, violette und grüne Spotlights tänzelten über die Zuschauer, gingen allmählich in kräftigere, wärmere Farben über und warteten nur darauf, sich auf Vic zu konzentrieren, der auf einem Podest vor dem riesigen Schlagzeugarrangement posierte.

Schon jetzt war klar, wie sehr sich die Amsterdamer von der Berliner Horde unterschied. Frauen sprangen hoch und entblößtem ihre Brüste, weil sie wußten, daß Vic nur jetzt einen deutlichen Blick auf das Publikum hatte. Fast jeder zweite trug langes Haar. Viele waren in Tie-dye Shirts gekommen. Er glaubte sogar zu erkennen, wie manche die Finger in der typischen Friedensgeste erhoben – Gott, wie lange hatte er *das* schon nicht mehr gesehen?

Die Scheinwerfer erfaßten ihn. Der Leadgitarrist schlug den grellen Akkord des Titelsongs ihrer dritten CD an, und Vic führte das Mikrofon an die Lippen.

Seine tiefe, volle Stimme paßte zu der wummernden Musik. Victory war eine Kick-ass-Band. Zum x-ten Mal stellte sich Vic im Geist darauf ein, daß der Text, der aus den Lautsprechern hervorbellte, auch tatsächlich aus seinem Mund stammte. Es war nämlich *nicht* sein natürliches Organ. Er war ein Tenor, und ohne seinen Cheftechniker, der das aus dem Mikrofon kommende Signal modifizierte, hätte er immer geklungen wie Brad Taylor. Obwohl er ganz normal sang, kamen die Töne beim Publikum ein ganzes Register tiefer an.

Die Leute klatschten im Takt und stampften mit den

Füßen. Nach dem ersten Song stimmte die Band das zweite und dritte Stück an. Vics Verwirrung wuchs, doch er versuchte, sich nichts anmerken zu lassen. Diese Menschen genossen die Vorstellung, aber nicht so, wie es für Victory-Fans charakteristisch war. Simpel ausgedrückt, sie blieben zu *friedlich*.

Der Unterschied war subtil. Vic konnte ihn eher ahnen als konkret beobachten, denn geblendet durch die Scheinwerfer vermochte er nicht alle optischen Details zu erkennen. Doch er hatte in so vielen Städten vor so vielen Leuten gestanden, daß er imstande war, die Stimmung von Zuschauern zu analysieren wie die Gemütsverfassung eines langjährigen guten Freundes.

Wenn diese hier kreischten, bleckten sie nicht die Zähne, und die Halsmuskeln traten nicht wie Stricke hervor; die Leute lächelten. Wenn ihre Körper im Rhythmus der Trommeln hin und her schaukelten, rempelten sie nicht ihre Nachbarn an; sie rockten harmonisch, im Einklang mit der Masse. Nur wenige Hintern steckten in schwarzem Leder; hier trug man verwaschene Bluejeans. Und ein paar Frauen waren immer noch topless, ohne den Hormonpegel der umstehenden Männer anzutörnen.

Irgendwas stimmt hier nicht, sagte sich Vic. Die Worte, die aus seinem Mund strömten, waren nicht die Oden an die Liebe, die bissigen politischen Kommentare oder die inneren Monologe eines Brad Taylor. Die aktuellen Texte sollten so weit wie möglich von dem entfernt sein, was Taylor von sich gegeben hatte. Jetzt besang er geile Weiber, schnelle Motorräder oder ein ausgebufftes Milieu. Wenn er komponierte, schlichen sich unwillkürlich geniale Wortfügungen ein, doch diese verbalen Highlights wurden unter Kaskaden urtümlichen Getrommels und frenetisch heulender Gitarren begraben, und bis jetzt hatte noch keiner Vic Standish mit jemandem aus der Frieden/Liebe/Dope-Generation von

Rock-Lyrikern in Verbindung gebracht. Die meisten seiner Fans kannten die Liedertexte nicht einmal; sie hörten seine Songs eher mit dem Bauch.

Für die sechste Nummer zückte Vic eine Mundharmonika; ein äußerst seltenes Vorkommnis, wie auch seine Einlagen mit dem Tamburin, denn normalerweise beschränkte er sich strikt aufs Singen. Seit fünf Jahren verzichtete er darauf, vor Publikum Gitarre oder Keyboard zu spielen, denn das erinnerte zu stark an Brad Taylor; im Augenblick tat es ihm jedoch gut, ein Instrument in der Hand zu fühlen. Das Konzert weckte alte Erinnerungen, ausgerechnet jetzt, wo er für nostalgische Gefühle sehr empfänglich war.

In gewisser Weise ergab das alles einen Sinn. Es paßte zu dem, was er vor anderthalb Tagen auf Amsterdams Straßen gesehen hatte. Amsterdam war die letzte Bastion des Traums, der da hieß ›All You Need Is Love‹. Hier steckte man jemanden, der zur Entspannung Drogen nahm, nicht für Jahrzehnte in den Knast. Prostitution war legal. Die Gesellschaft tolerierte alternative Lebensstile, förderte die Kunst, und in der Schule lernten die Kinder den Umgang mit Sex.

Dennoch fing Vic einen Hauch von Verzweiflung auf, der von den Zuschauern ausging. Die Holländer hatten Angst. Sie benahmen sich ausgelassen, mit einem übersteigerten Lebenshunger, wie er in Deutschland vor der Machtergreifung durch die Nazis geherrscht haben sollte; auch dort hatte man sich in Dekadenz ausgetobt, ehe sich die eiserne Faust um die Menschen schloß. Angehörige vieler Nationen sammelten sich in der Stadt der berühmten Maler, pilgerten an den einzigen Ort, der der Welle von Repression widerstand. Hier konnten sich die Freidenker Europas noch öffentlich zu ihren Einstellungen bekennen.

Als Vic die Mundharmonika absetzte und die erste Strophe herausbrüllte, geriet er ins Stocken und vergaß um ein Haar seinen Text. Er war nicht ganz bei der Sache. Ein Teil von ihm schweifte ziellos umher, Ereignisse und Beschlüsse der letzten fünfzehn Jahre streifend.

Früher einmal hatte er Szenen wie diese in Amerika erlebt. Dann war etwas passiert. Das Pendel schwang in die andere Richtung. Reagan kam ins Amt. Die Republikaner gewannen die Mehrheit im Kongreß und konnten sie seitdem behaupten. Jetzt wurde Bush zum zweiten Mal gewählt, und der Trend ging immer weiter nach rechts.

Jedes Jahr war das Budget des Pentagons erhöht worden. Soziale Leistungen wurden zunehmend abgebaut. HIV-Positive mußten ID-Armbänder tragen, um öffentlich auf ihre Krankheit aufmerksam zu machen – aus Gründen der allgemeinen Hygiene, und nicht, um sie gesellschaftlich auszugrenzen, verlautbarte der neue Gesundheitsminister. In achtzehn Bundesstaaten war Abtreibung wieder verboten.

Vic drehte sich der Magen um. Seine Knie wurden weich. Was hatte Andy doch noch über Verantwortung geschwafelt? Aber auf die Epoche der Hoffnung zwischen '65 und '80 hatte er doch keinen Einfluß gehabt. Es hieß, die Beatles hätten ein Umdenken in der Gesellschaft eingeleitet. Man zitierte Zeilen aus Brad Taylor- und Bob Dylan-Songs. Manchmal bediente man sich sogar der Doors und der Eagles, Jackson Browne und Crosby, Stills und Nash, wenn es darum ging, Initiatoren für den damaligen Gesinnungswandel zu finden. Doch das war alles Bockmist! Niemand besaß soviel Macht, um mit seinen Liedern tatsächlich einen Umschwung in den Menschen zu bewirken.

Oder doch? Vic Standish beschlich ein leises Unbehagen. Im Nachhinein konnte er einen Scheitelpunkt ausmachen. Der Geist der sechziger Jahre verflüchtigte sich, nachdem die wichtigsten Balladensänger dieser

Strömung verschwanden. Mit John Lennons Tod setzte eindeutig eine reaktionäre Entwicklung ein, und seitdem...

Der Heavy Metal-Lärm, der ihn einhüllte, ging ihm plötzlich auf die Nerven. Nicht, weil die Musik schlecht war, oder weil sie dilettantisch gespielt wurde – im Gegenteil – aber er konnte sich nicht mehr damit identifizieren. Sie symbolisierte seine persönliche Feigheit. Er stellte sich eine Welt vor, in der er nicht aus Angst gekniffen hätte. Womöglich hatte er sogar dazu beigetragen, daß die Dinge an Eigendynamik gewannen. Vielleicht war seine vorgetäuschte Ermordung sogar der Auslöser für eine Kettenreaktion gewesen. Zuerst John Lennon, dann er – genügte das, um die Eliminierung von Rock Stars in Mode zu bringen? Hatte das labilen Irren erst Mut gemacht, sich auf Dylan, Donovan und McCartney zu stürzen?

Zerstreut winkte er seinem Publikum zu. Man bejubelte ihn, obwohl er den letzten Song verpatzt hatte. Sahen diese Menschen etwas in ihm, das er gar nicht besaß? Vic Standish war eine Fiktion, keine echte Persönlichkeit. Wenn die Leute so bedingungslos an ein Phantom glaubten, was konnte nicht alles in Gang gesetzt werden, wenn man sie mit der Wahrheit konfrontierte?

Aufgewühlt von tausend Gedanken stürzte er sich wieder in seine Musik. Die Band spielte dieselben Songs wie immer, das ließ sich nicht auf Anhieb ändern. Aber schon in drei Tagen war der 8. Dezember.

London. Wembley war so gut wie ausverkauft. Eine halbe Stunde vor Beginn der Show spähte Vic nach draußen und sah, wie die Leute, Eintrittskarten in der Hand, zu ihren angewiesenen Plätzen pilgerten, bedrückt und gemessenen Schritts, als gingen sie zu einer Beerdigung. Das hier war nicht Berlin, und es war nicht

Amsterdam. Hier befanden sie sich in dem Land, dem John Lennon entstammte, und heute war sein Todestag. Jedes Rockkonzert – egal, ob Heavy Metal oder nicht – das am 8. Dezember stattfand, war auf eine einzigartige Weise emotional belastet.

Durch das Fernglas erkannte Vic, wie manche Fans die schwarze Umrandung ihrer Programmhefte mit den Fingern nachzogen. Nur die allerjüngsten Zuschauer brauchten eine Erklärung. Alle wußten, wessen Leben und Sterben man heute gedachte, obwohl nichts darauf hinwies, daß Vic den Trauerrand auf den Heften angeordnet hatte.

Vic war froh, daß nur ein Todesfall zu beklagen war. Er machte sich immer noch Sorgen um Andy, auch wenn dieser ihm noch am selben Nachmittag am Telefon versichert hatte, es ginge ihm gut, und aller Wahrscheinlichkeit nach würde er zu Silvester die versprochene Party geben können.

Es tat immer weh, einen Freund zu verlieren, doch es wäre noch schlimmer, wenn Vic Andy vor Ablauf des Monats verlöre. Das Konzert an diesem Abend wurde für einen Pay-TV-Sender aufgenommen, der es an Weihnachten ausstrahlen wollte. Es wäre die einzige Show der gesamten Tournee, an der Vics ehemaliges Bandmitglied teilnehmen konnte, wenn auch nur via Bildschirm.

Sich jedes einzelnen Atemzugs bewußt, zählte er die Minuten. Endlich kam der Moment, als er die Bühne betrat.

Die Videokameras dienten als Weckruf für Musiker, die bereits aufgekratzt waren. Die Band zog sämtliche Register ihres Könnens. Vic produzierte sich als Schrittmacher, gestaltete den Abend nach seinen Wünschen, indem er das Publikum aufforderte, an genau den Stellen, die er bestimmte, in die Hände zu klatschen oder mitzusingen.

Die Menge, gehorsam, wie Engländer nun mal sind, ließ sich lenken, ohne ihren Elan einzubüßen. Vic war eins mit seinen Zuhörern, wie damals 1974, bei seiner letzten großen Tournee als Brad Taylor, ehe Andy und zwei weitere Sidemen, die lange dabei gewesen waren, ihre eigenen Wege gingen. Vielleicht lag es sogar noch weiter zurück, daß er einen derart tollen Rapport zu seinem Publikum herstellte – zum Beispiel '72 auf der Benefizveranstaltung für den Frieden, als er sich bemüht hatte, aus einem Konzert mehr als eine Musikshow zu machen.

Nach ungefähr zwei Stunden wurden die Scheinwerfer abgeblendet. Der Lärm war ohrenbetäubend, selbst wenn man versuchte, sich vor dem Pete Townshend-Syndrom zu schützen. Vic und seine Kollegen trotteten von der Bühne. Jeder wußte, daß sie zurückkommen würden – Victory leistete sich stets eine Zugabe von drei Songs.

»Hast du immer noch eine Überraschung in petto?« wollte Lenny von Vic wissen, als sie sich im Backstage-Bereich befanden. Im Stadion hörte das Jubelgeschrei auf, statt dessen skandierten die Fans: »Vic-to-ry! Vic-to-ry!«

»Ja«, antwortete Vic. »Ich gebe euch ein Zeichen.«

Selbst seine Kumpel hatten keine Ahnung, was auf sie zukam. Vic war sich selbst nicht schlüssig, ob er die Sache tatsächlich durchziehen wollte. Er hoffte auf eine Inspiration. Wenn der richtige Augenblick da war, ließ er ihn vielleicht sogar ungenutzt verstreichen. Es fiel ihm schwer, die jahrelange Passivität abzuschütteln.

Nach einer angemessenen Pause, ehe die Fans ungeduldig wurden, marschierte die Band wieder auf die Bühne. Das Licht wurde greller, und Victory schmetterte ihren ersten elektrisierenden Hit, den Song, der jedesmal die Zugabe einleitete.

In Vic wuchs die Erregung. Schweiß rann ihm den

Rücken hinab. Hände streckten sich nach ihm aus, behindert nur durch die Höhe der Bühne und die Sicherheitsleute. Gesichter glühten. Der dritte Song sollte, wie jeder wußte, Victorys neue Single sein; sie führte gerade die Charts an und war das populärste Stück, das die Band zur Zeit zu bieten hatte. An diesem Abend hatten sie den Song noch nicht gespielt.

Das zweite Lied war zu Ende. Vic brach der kalte Schweiß aus. Eigentlich hatte er geplant, jetzt *nicht* mit dem erwarteten Song fortzufahren, doch er merkte, daß es ein Fehler gewesen wäre, das Publikum zu enttäuschen. Wenn er die Leute in diesem heiklen Augenblick verprellte, konnte sich die Stimmung gegen ihn richten. Er mußte ihnen geben, was sie verlangten, sich ihre Dankbarkeit erst verdienen.

Er nickte seinem Bassisten zu und stieß den wilden Schrei aus, mit dem der jüngste Hit begann. Die Menge raste, peitschte ihre Bewunderung zu einem orgiastischen Gipfel auf. Vic schauderte, als er begriff, daß er beinahe einen entscheidenden Patzer begangen hätte. Nun jedoch standen die Getreuen von Wembley hinter ihm wie nie zuvor.

Die Band dehnte das Vier-Minuten-Stück auf sechs Minuten aus, den Refrain wiederholend, bis die Stahlträger des Stadions unter dem Ansturm des Dezibelpegels zu stöhnen anfingen.

Die Scheinwerfer wurden gedimmt. Die Leute johlten, hielten Feuerzeuge und brennende Streichhölzer in die Höhe, verlangten der Form halber nach einer weiteren Zugabe, obwohl alle wußten, daß Victory *nie* zwei Dacapos gab. Ein paar praktisch Denkende steuerten frühzeitig auf die Ausgänge zu.

Ein einziges, grelles Spotlight leuchtete auf. Vic stand ganz allein auf der Bühne, in der Hand eine Gitarre.

»Geht noch nicht«, bat er leise; trotz der Verstärker war seine Stimme in dem Tumult kaum zu hören.

Allmählich legte sich der Radau, vielleicht, weil alle gespannt waren, was in der Luft lag. Vic Standish war kein Solist. Er spielte auch nicht Gitarre. Und wenn er es getan hätte, dann bestimmt nicht auf diesem Instrument mit den seltsam vertrauten goldenen Verzierungen auf dem perlweißen Schallkörper und den eleganten Initialen ›B.T.‹

Ein Zuschauer nach dem anderen nahm wieder Platz, während untereinander erwartungsvoll getuschelt wurde.

»Ich möchte euch etwas mitteilen«, begann Vic. Mit knappen Bewegungen zog er sich die Perücke vom Kopf, verwahrte die Kontaktlinsen in einer Box und setzte sich eine altmodische Oma-Brille auf die Nase.

Ein paar Leute stießen unterdrückte Schreie aus, als der gigantische Bildschirm hinter der Bühne aufleuchtete und Vics Gesicht in Nahaufnahme zeigte: Sie sahen die übergewichtige, verlebte, kahl werdende Version einer totgeglaubten Rock-Legende. Eine beklemmende Stille trat ein, als Vic Mikrofone dicht vor seinem Mund und der Gitarre justierte – als Frontman von Victory benutzte er ein völlig anderes Arrangement.

Die ersten sanften Akkorde perlten von der Gitarre. Die Zuschauer schwiegen wie gebannt. Sie warteten auf den vierten Takt, wenn – sollte dies der bewußte Song sein – der Gesang einsetzen mußte. Genau an dieser Stelle öffnete Vic den Mund.

Er sang mit klarer, melodischer Stimme, in der Weise, die durch die Originalaufnahme 1969 berühmt wurde. In den letzten sechsundzwanzig Jahren hatte sich sein Timbre ein wenig verändert, doch es bestand kein Zweifel daran, wessen Stimme es war.

Im Stadion machte sich Unruhe breit, als immer mehr Fans ein Licht aufging. Ein gedämpftes, bedeutungsschweres Raunen setzte ein, wie wenn alle gleichzeitig sprechen wollten; doch niemand wagte es, die

Stimme zu heben, aus Angst, die Hymne, die von der Bühne klang, zu übertönen.

Vic gelangte an den zweiten Refrain. Eine Trommel fiel ein, zusammen mit der Baß- und der Rhythmusgitarre – behutsam, passend zur Melodie. Erschrocken blickte Vic hinter sich und sah seine Band auf ihren Plätzen stehen. Noch nie hatten sie diesen Song zusammen mit ihm geprobt, und sie wußten nicht, daß er ihn heute abend bringen wollte; aber es gab keinen Rock 'n' Roll-Musiker – vom ätzendsten Punkrocker bis zum schnulzigsten Barry Manilow-Klon – der dieses Stück nicht irgendwann einmal gelernt hatte, und sei es zu der Zeit, als sie noch zum Üben in eine Garage verbannt wurden. Vic grinste und sang mit frischem Schwung weiter.

Beim zweiten und letzten Refrain stimmten die Zuhörer ein. In einer für eine so gewaltige Menschenmenge seltenen Harmonie erhoben sich die Stimmen wie zu einem Choral, um Liebe, Phantasie und eine hoffnungsvolle Zukunft zu beschwören. Vic – Brad – fühlte sich in die Ära zurückversetzt, als er den Text gedichtet hatte; damals floß in jede Silbe noch ein Tropfen seines Herzbluts ein.

Die Strophen zeugten von Andacht und Verehrung, doch von der opportunistischen Schmeichelei der gängigen Mode waren sie weit entfernt. Brad hatte die Verse nicht geschrieben, um von seinen Fans vergöttert zu werden, sondern um der Welt ihre eigene Schönheit aufzuzeigen; es war seine persönliche Huldigung an das Leben.

Das Wembley-Publikum verstand ihn. Die Leute sprangen auf, fielen sich in die Arme, riefen: »Brad! Brad!« Einige beteten, andere schüttelten den Kopf – nicht weil sie an dem, was ihnen auf der Bühne geboten wurde, zweifelten, oder sie ihren Gefühlen nicht trauten, sondern aus Verblüffung über das, was sie bis zu diesem Augenblick geglaubt hatten.

Die Euphorie griff um sich. Brad spürte, wie sie London durchströmte, ganz England ansteckte und den Ärmelkanal übersprang; in der anderen Richtung sammelte sie sich zu einer Welle, die mit Wucht den Atlantik überqueren und gegen Amerika anbranden würde. Es war keine Illusion, sondern eine lebendige Kraft.

Irgendwo da draußen begann sich der Schwung eines Pendels abzuschwächen; ein Wendepunkt war erreicht.

Brad liebkoste seine Gitarre, gab sich ganz der Musik hin. Seine Rolle in dieser Welt und seine Identität bereiteten ihm keine Kopfzerbrechen mehr. Die Entscheidung fiel ihm leicht. Die Menschen brauchten einen Träumer mit einer Stimme. Er wollte sein Bestes geben.

Originaltitel: ›THE EIGHTH OF DECEMBER‹ · Copyright © 1999 by Dave Smeds · Mit freundlicher Genehmigung des Autors · Copyright © 1999 der deutschen Übersetzung by Wilhelm Heyne Verlag GmbH & Co. KG, München · Aus dem Amerikanischen übersetzt von Ingrid Herrmann · Originalveröffentlichung

Giuseppe O. Longo · Italien

DAS GESCHENK
DES KOMETEN

Aus jahrtausendealten Träumen von Räumen und Planeten kam er, tauchte durch ein Meer der Finsternis, in dem hier und dort die hellen Punkte von Sternen kalte Schwärme bildeten. Im Halbschlaf spürte er seinen Körper als eine weiche, schwammige Masse voller Blasen, wie ein gewaltiger Pilz, in dem geheimes Leben gärte, eine pulsierende Materie, die sich in einzelnen Schüben ausdehnte und aus der Masse herausströmte. Über lange Zeit hinweg schlief der Komet, und wenn er erwachte, fand er sich immer in neuen Bereichen des Weltalls wieder – bis er schließlich einen Ruf hörte, dem er Folge leisten mußte und der ihn zu einem fernen blauweißen Planeten führte, zu einer Welt, die er dankbar erkannte und vibrierende Zuneigung in ihm weckte. Während er sich ihr näherte, wurde sein Leib dünner, gewann dabei die Festigkeit von Eis und Stein. Das Brodeln der Vitalität in seinem Innern ließ nach, und die Lebenskeime wurden zu Partikeln, die wie Karfunkel glänzten. Als die Distanz zu dem Planeten schrumpfte, sehnte er den Kontakt herbei. Zu gern hätte er sich in das herrliche Blau gestürzt und mit dem klaren Grün vermischt. Doch er mußte seinen Weg durch die Leere fortsetzen, durfte nur nahe an der Welt vorbeifliegen, um sich dann wieder von ihr zu entfernen. Aus seinem glühenden Schweif ließ er auf Meere und Wälder einen Regen aus winzigen Sporen niedergehen, die er seit Urzeiten mit sich trug, als Talismane des Lebens und Boten seltsamer Mutationen.

Lange ging dieser glitzernde Regen auf die Erde nieder, rief bei den Bewohnern Staunen und auch Furcht hervor. Der Wanderer im All glaubte, winzige Wesen zu erkennen, die zum Himmel deuteten, entsetzt hin und her liefen. Dann warf ihn die kosmische Schaukel zurück in die Tiefe des Raums, wo erneut Jahrtausende des Schlafs auf ihn warteten, erfüllt von namenlosen Alpträumen.

Die Gassen von Kertunk-be

Kelme verließ das Ministerium gegen fünf, während die Sonne noch hoch und heiß am Himmel stand. Zuerst durchquerte er das schäbige Viertel von Kertunk-be. Männer in Unterhemden hockten dort in den Zugängen dunkler Schenken, und aus den Hausfluren drangen die Stimmen von spielenden Kindern. Auf den kleinen Plätzen standen viele Tische, und zwischen den kümmerlichen Bäumen saßen kleine Leute, aßen gebackene Meeresfrüchte oder die gebratenen Fische von Litti-e. Das grelle Licht der Sonne fiel auf graue Gebäudefassaden, deren Geländer und Feuerleitern ein unentwirrbares Durcheinander bildeten. Immer wieder nahm Kelme den Geruch der bunt zusammengewürfelten, traurig wirkenden Leute wahr.

Der Bahnhof von Szobuk-ra

Nachdem Kelme Borond Mall durchquert hatte, erreichte er die vornehme Wohngegend Szobuk, die sich am Hang eines Hügels erstreckte, zwischen weiten Parkanlagen und stillen Alleen. Der kühne Bogen von Kokugi beherrschte alles, verband Szobuk mit dem Geschäftsviertel. Der helle Sonnenschein spiegelte sich schwefelgelb auf Kokugi wider, schuf Reflexionen, die einen seltsamen Kontrast zum perlmuttenen Glanz der Wolkenkratzer von Ri-ko und den grünen Flecken der Gärten bildeten. In der Ferne konnte man das blaue Meer erkennen.

Als Kelme zum Bahnhof von Szobuk-ra gelangte, blieben nur noch wenige Minuten bis zur Abfahrt. Er kaufte eine Fahrkarte, und dabei fiel ihm eins der großen Plakate auf, die sich an allen öffentlichen Orten zeigten. »Die Ratten sind unter euch. Erkennt und meldet sie, damit sie ausgemerzt werden können.« Das Bild zeigte einen Rendor mit Helm und Schutzanzug aus Kunststoff: Er richtete einen riesigen Flammenwerfer auf drei kalbgroße Ratten mit borstigem Fell, langen Fangzähnen und geiferndem Maul. Die größte Ratte starrte den Rendor aus blutunterlaufenen Augen an. Kelme fröstelte trotz der Hitze und wandte den Blick ab.

Im Zug

Im Zug traf Kelme nur wenige Personen. Er nahm in einem leeren Abteil Platz und legte den Proviantbeutel neben sich auf die hölzerne Sitzbank. Jenseits der niedrigen, honigfarbenen Mauer glitzerte das Meer unter dem Himmel des späten Nachmittags. Mit einem Ruck fuhr der Zug los, und dadurch setzte sich die Mauer scheinbar in Bewegung, glitt immer schneller zurück. Schließlich verschwand sie, wich der Weite des Golfs. Kleine Wellen mit weißen Schaumkronen rollten an den rosaroten Strand. Der Geruch des Meeres wehte durchs offene Fenster herein. Im Osten gewann das Blau des Himmels einen dunkleren, türkisfarbenen Ton. Auf der anderen Seite fiel der Sonnenschein auf eine Stadt, die nun in Vororte und dann ins Land überging. Kelme sah Gemüsegärten und niedrige, weiß getünchte Häuser. Es dauerte nicht lange, bis der Zug durch die weite, halbkreisförmige Kurve rollte, die dem Verlauf der Bucht folgte. In der Ferne zeichneten sich die beiden gewaltigen Schlote des Kraftwerks ab, die vor dem Hintergrund des Himmels zu zittern schienen. Dünne, fast transparente Rauchfahnen stiegen aus ihnen empor und lösten sich sofort auf. Kelme drehte den Kopf und blickte zum Wolkenkratzerwald aus Glas und Stahl, von dem er sich nun entfernte. Die Hauptstadt kam einem überaus komplexen Flechtwerk gleich, hatte im Lauf der Jahrhunderte mehrere Schichten von sich selbst gebildet. Es war eine Stadt aus Bronze und Beton, eine Metropole, die in ihrem trockenen, hungrigen Leib alles enthielt: prächtige Quarzgebäude ebenso wie die düsteren Gassen von Kertunk-be oder Tunt-ko. *Die ideale Stadt*, dachte Kelme, lehnte sich zurück und schloß die Augen.

In der vergangenen Nacht hatte er schlecht geschlafen, wegen eines Alptraums, an den er sich nicht erinnerte. Bei Morgengrauen war er schweißgebadet und voller Furcht erwacht, spürte die schwüle Hitze wie ein schweres Gewicht. Die Klimaanlage funktionierte nicht – offenbar hatte man im Zuge der Sparmaßnahmen diesmal in seinem Viertel den Strom abgeschaltet. Kelme war aufgestanden, um lauwarmes Wasser zu trinken, und anschließend sah er zur Stadt, die im ersten Licht des neuen Tages erwachte. Der Sonnenschein tastete noch zögernd und wie sanft über die Gebäude, aber er versprach bereits neue Hitze.

Der Rendor

Als der Zug die Fahrt fortsetzte, wurde die Luft klarer, und die scharfen Gerüche der Stadt blieben zurück, wichen dem aromatischen Duft des Landes. Bei den nächsten Bahnhöfen stiegen wenige Reisende ein oder aus. Es herrschte eine lockere Gelassenheit, in der es keinen Platz für Eile und Hektik gab. Grasbüschel ragten aus Rissen in den Mauern, neigten sich im Wind hin und her, während das goldene Licht der Sonne auf sie herabfiel.

Der Zug passierte die Eisenbrücke von Litti-e, und das Wasser der Flußmündung schimmerte im Glühen der Abendrots. In Richtung Meer ging es in ein Grau über, das immer dunkler wurde. Hier und dort bemerkte Kelme einige Segel. An den sandigen Stränden lagen nackte Männer und Frauen, die Gruppen bildeten und angesichts der Entfernung nur undeutlich zu erkennen waren. Kinder planschten im Wasser. Am Horizont zerfaserten längliche Wolken, verloren sich in der Weite des Firmaments.

Ein Rendor betrat das Abteil. Einige Sekunden lang musterte er Kelme stumm, ließ dann das Rohr des Flammenwerfers auf die Bank sinken und löste die Riemen des tornisterartigen Benzintanks. Vorsichtig setzte er ihn ab, um dann Platz zu nehmen. Er trug den üblichen Schutzanzug aus weißem Kunststoff und einen roten Helm, dessen getöntes Visier keinen Blick auf das Gesicht dahinter zuließ. Kelme konnte die Augen des Rendors nicht sehen, und Unbehagen regte sich in ihm. Er warf einen verstohlenen Blick auf den Proviantbeutel an seiner Seite und hoffte, daß der Mann keine Fragen stellte.

Doch kurze Zeit später hob der Rendor das Visier zwei Finger breit.

»Haben Sie Ratten gesehen?« erkundigte er sich.

Die Stimme klang dumpf und metallen. Es war Kelme ein Rätsel, wie es der Rendor aushielt, trotz der Hitze einen Helm zu tragen.

»Nein«, erwiderte er rasch. »Heute nicht.«

»Heute nicht? Also haben Sie gestern welche gesehen?«

»Nein, auch gestern nicht. Es war nur eine Redewendung.«

Der Rendor schwieg, wandte sich dem Fenster zu und starrte nach draußen.

Der Zug näherte sich einem weiteren Bahnhof, und Kelme nutzte die Gelegenheit, um aufzustehen und das Abteil zu verlassen. Der Rendor drehte sich nicht einmal zu ihm um, hatte eine Hand auf das glänzende Rohr des Flammenwerfers gelegt und den Kopf zurückgelehnt. Vielleicht schlief er.

Die Tötungsgruben

Der Zug entfernte sich nun vom Meer und rollte durch eine karge Landschaft mit vielen ehemaligen Steinbrüchen. Kelme kannte den Bereich gut, denn seit einigen Monaten unternahm er diese Reise zweimal pro Woche. Es roch hier nach Aas und verbranntem Fleisch. Im Ministerium munkelte man, daß ganze Wagenladungen von Ratten zu den Gruben gebracht wurden, damit sie dort im Feuer von Flammenwerfern starben. Kelme ließ den Blick über die trostlose Landschaft schweifen. Die wenigen Bäume warfen lange Schatten, und von einigen Müllhaufen kräuselte grauweißer Rauch empor. Ansonsten war kaum etwas zu sehen. Er schloß die Augen und wartete darauf, daß der verbrannte, faulige Gestank verflog.

In den genetischen Laboratorien muß jemandem ein fataler Fehler unterlaufen sein, dachte er und schnitt eine Grimasse, als Bitterkeit in ihm brannte. Viele Leute gaben dem Kometen die Schuld, der sich vor drei Jahren am Himmel gezeigt hatte. Tatsächlich kam es einige Monate später zu den ersten Mutationen, aber Kelme war nicht abergläubisch und lehnte es ab, an irgendwelchen astrologischen Unsinn zu glauben. Die Behörden hatten nie eine offizielle Stellungnahme abgegeben.

Endstation

Als Kelme die Augen wieder öffnete, hatte sich die Landschaft verändert. Der Zug fuhr nun durch ein kleines Tal, vorbei an Anhöhen, auf denen Gestrüpp wuchs. Rechts konnte man dann und wann das Meer sehen: Ein rotschwarzes Dampfschiff war dort unterwegs, begleitet von einer Rauchfahne, die sich erstaunlich lange in der klaren Luft hielt, bis die schweflige Abenddämmerung sie verschlang.

Der Rendor kam an Kelmes Abteil vorbei und wirkte schwerfällig in seinem Schutzanzug aus Kunststoff. Er hielt das Rohr des Flammenwerfers in der einen Hand, hatte das Visier des Helms zugeklappt und trug wieder den Benzintank auf dem Rücken. *Mörder*, dachte Kelme. *Jeder kann sich anstecken und zu einer Ratte werden. Sie können nicht verhindern, daß sich Menschen lieben. Wir brauchen kein Feuer, sondern einen Impfstoff, eine Behandlungsmethode.*

Der Zug hielt erneut, und als Kelme aus dem Fenster sah, fiel sein Blick auf ein weiteres großes Plakat. »Mit wem laßt ihr euch ein? Traut niemandem. Jeder Geschlechtsverkehr kann fatal sein.« Die Darstellung präsentierte einen kräftig gebauten Mann, der sich lüstern über eine blonde Frau mit makelloser Haut beugte, die unter ihm lag, bereit dazu, ihn in sich aufzunehmen. Aber der Mann hatte Rattenbeine, und ein enormes, violettes Geschlechtsteil ragte aus dem borstigen Pelz am Unterleib. Vielleicht war es gerade die Größe, die den Frauen gefiel, vermutete Kelme. Seine Ehefrau fiel ihm ein, und sofort verdrängte er den Gedanken an sie.

Bei der Endstation von Vilco-ve verließen außer Kelme nur zwei andere Personen den Zug, ein Mann und eine Frau, die zum nahen Dorf gingen. Er wartete, bis sie sich entfernt hatten, beschritt dann einen Feldweg, der durch die Dünen zu den Hügeln führte. Die

Sonne neigte sich nun dem Horizont entgegen, und Kelme wußte, daß sie in spätestens einer Stunde verschwunden sein würde.

In den Theatern

Die großen Theater zerfielen seit vielen Jahren unter der Sonne. Bevor er die Stellung im Ministerium annahm, hatte Kelme hier lange gearbeitet, und deshalb war er mit diesem Ort vertraut. Er kannte alle Gänge, die Kulissen und Bühnenbilder, deren Farben immer mehr verblaßten und die teilweise bereits auseinanderfielen. Noch vor fünf Jahren hatten hier Aufführungen stattgefunden, in Phantasiewelten, die manchmal aus ganzen Orten bestanden. Jetzt bot sich ein anderer Anblick. Zwischen einigen noch immer recht eindrucksvollen Kulissenteilen hier und Schutthaufen dort ragten verrostete Mechanismen auf, zeigten sich alte Galionsfiguren, mit Schnitzereien verzierte Möbel, Hände aus Granit, Puppen und viele andere Dinge, die einst Illusionen geschaffen, Träumen Substanz verliehen hatten. Jetzt war dies alles dem Zerfall preisgegeben, und ein seltsamer Geruch ging davon aus – der Geruch des Todes.

Kelme brachte einen Tunnel hinter sich, erreichte einen Innenhof und stieg eine Treppe hoch, die sich zwischen Pappmachéhäusern und einer großen Gipsfrau erstreckte, die dem Himmel eine zerbrochene Fackel entgegenstreckte. An die Treppe schloß sich eine große Plattform an, umgeben von einer Brüstung. In der Mitte dieser Plattform stand eine Art Tresen mit Tasten und Drehköpfen; darüber spannte sich eine schützende Plexiglaskuppel. Kelme betätigte eine Taste, woraufhin ein heller Glockenspielton ertönte. Kurz darauf ließ sich ein dumpfes Kratzen vernehmen, das vom weiter unten gelegenen Innenhof stammte. Es folgten ein Scharren und ein dumpfes Kreischen, das sofort wieder verklang und Stille wich. Kelme verharrte an der Brüstung, blickte zur Sonne, ließ den Proviantbeutel nach unten fallen und trat sofort wieder zurück. Unten wiederholte sich das Kreischen, und eine Tür fiel zu.

Schauspieler im Sonnenuntergang

Nach einer Weile breitete Kelme die Arme aus und blickte weiter zur untergehenden Sonne, während er den Text von ›Die großen Segel von Litti-e‹ vortrug, dann auch den von ›Wintermorgen unter dem Bogen von Kokugi‹ und ›Blätter bedecken den Weg‹. Tränen verliehen seinen Augen einen feuchten Glanz. Die alten Apparate des Theaters erfüllten noch immer ihren Zweck, indem sie den Vorträgen zusätzlichen Nachdruck verliehen. Wie Fächer öffneten sich die Kulissen, und Lichtbündel metamorphierten zu Kaskaden aus Farben. Manchmal klemmten die rostigen Mechanismen, und der Effekt war nicht so eindrucksvoll wie früher, aber umgeben von einem solchen Bühnenbild bekam Kelmes Auftritt etwas Grandioses. Seine von elektronischen Schaltkreisen verstärkte Stimme zeichnete sich durch komplexe Oberschwingungen aus. Das Gesicht und die sich langsam bewegenden Hände standen im Mittelpunkt des Geschehens.

Kelme wußte, daß ihn vier Augen beobachteten, verborgen hinter den Fensterläden des Hauses auf der anderen Seite. Es handelte sich um die Augen der beiden Wesen, die stumm den Proviant aus dem Beutel verspeisten. Schon seit einigen Wochen kamen sie nicht mehr zum Vorschein, und Kelme fragte sich, ob die Verwandlung inzwischen vollständig war. Hatten sich bereits die Lungengeschwüre und eitrigen Zisten gebildet, die normalerweise zum Tod aller Ratten führten, denen die Flucht vor den Rendors gelang? Vor zwei Jahren hatte er sie gefragt, wie die Infektion des Mannes ihrer Aufmerksamkeit entgehen konnte. Es wurde ihr erst nachher klar, als sie die enormen violetten Hoden sah, die bis fast zu den Knien herabhingen. Zu jenem Zeitpunkt war es bereits zu spät. Sie unternahmen nicht einmal den Versuch einer Behandlung, denn die Ärzte meldeten sofort jeden Infektionsverdacht, und dann wurden die Rendor aktiv. Als es passierte, war sie im zweiten Monat schwanger. Kelme erhoffte sich damals viel von dem ungeborenen Kind. Er freute sich, als er erfuhr, daß es ein Mädchen war, und zunächst schien es völlig normal zu sein. Das galt auch für seine Frau, bei der Entbindung.

Der Monolog

Die Sonne ging unter und blendete nicht mehr. Kelme sprach nun den Monolog von den ›Händen die redeten‹, um den beiden Geschöpfen hinter den Fensterläden mitzuteilen, daß er sie nicht im Stich ließ und verhindern wollte, daß sie den Flammenwerfern zum Opfer fielen. Immerhin waren es seine Frau und seine Tochter. Er versuchte, möglichst viel Zärtlichkeit zum Ausdruck zu bringen, wußte aber, daß die Worte und Gesten auch Schmerz verrieten. Die Antwort auf den Monolog bestand aus einem Kreischen, das in ein Röcheln überging – die Stimmen von zwei deformierten Wesen, eine Mischung aus Brüllen, Grollen, Heulen und Kläffen. Stimmen, die Vorstellungen von borstigem Fell und einem geifernden Maul weckten.

Kelme beugte sich über die Brüstung, in der Hoffnung, das zu sehen, was aus Ehefrau und Tochter geworden war. Doch ein anderer Teil von ihm hätte am liebsten die Augen geschlossen. Die beiden Geschöpfe hockten im Hof, suchten mit pfotenartigen Händen nach den Resten der Lebensmittel, klaubten sie aus dem Dreck und schoben sie sich gierig in den Mund. Hastig und wie krampfhaft kauten sie, starrten dabei aus schwarzen Augen zu dem Mann auf der Plattform empor, während ihre langen Schnurrhaare zuckten. Der stark angeschwollene Bauch des größeren Wesens wies auf eine neue Schwangerschaft hin.

Kelme fragte sich entsetzt, wer diesmal der Vater sein mochte.

Originaltitel: ›IL DONO DELLA COMETA‹ · Copyright © 1995 by Giuseppe O. Longo · Erstmals erschienen in ›CONGETTURE SULL' INFERNO‹, Faenza: Moby Dick, 1995 · Mit freundlicher Genehmigung des Autors · Copyright © 1999 der deutschen Übersetzung by Wilhelm Heyne Verlag GmbH & Co. KG, München · Aus dem Italienischen übersetzt von Andreas Brandhorst · Originalveröffentlichung

Robert Reed · USA

DIE SCHALE DES ZORNS

1

Der Raumhafen glich einer riesigen jadefarbenen Schneeflocke auf poliertem Glas. Kaum ein Jahr alt, nahm er bereits viel vom Mondverkehr auf. Das hatte Sitta jedenfalls gehört. Unbewaffnet und exponiert, hatte der Hafen keinen einzigen einsatzbereiten Gefechtslaser oder gar ein Kampfschiff. Die dicken neuen Shuttle kamen und gingen ohne Furcht. Eine zwanglose, leichtsinnige Prosperität gedieh unter ihr. Wer hätte das gedacht? Im kalten grauen Farbüberzug des Erdenscheins... wer hätte das wissen können...?

Als Sitta aufwuchs, behaupteten die Leute, Nearside würde für tausend Jahre leer bleiben. Es gab zuviel Reststrahlung, sagten sie. Das Terrain war zu jung und instabil. Außerdem, welcher Mensch mit klarem Verstand würde mit der Erde über sich leben wollen? Wer konnte auf jene Welt blicken und nicht an den langen Krieg und die Milliarden Toten denken.

Und doch vergaßen die Menschen.

Sie fand, das war die Bedeutung der Schneeflocke. Einen Moment lang zitterten ihr die Hände, und sie knirschte mit den Zähnen. Dann faßte sie sich und dachte daran, daß sie hier war, weil auch sie die Vergangenheit vergessen oder zumindest vergeben hatte. Sie seufzte und lächelte auf eine müde, verzeihende

Weise. Sie schaltete den Monitor ab, lehnte sich in ihrem Sitz zurück und zeigte jedem neugierigen Auge, daß sie eine Frau war, die ihren Frieden gefunden hatte.

Das Shuttle zündete die Motoren.

Sein Aufsetzen war sanft, kaum spürbar.

Passagiere standen auf, prüften die Gravitation. Die meisten waren Bürokraten, die mit der provisorischen Erdenregierung verbunden waren – plumpe Marsianer mit ein paar Merkurianern und Farsidern in einen politischen Eintopf geworfen. Sie schienen glücklich, von der Erde befreit zu sein. Fast schwindelerregend. Die Shuttlemannschaft bestand aus Beltern, spinnengliedrig und schwach. Doch trotz der Mondanziehung beharrten sie darauf, an der Hauptluke zu stehen. Lächelnd und händeschüttelnd, wünschten sie jedem einen guten Tag und gute zukünftige Reisen. Der Pilot – drei Meter brüchiger Knochen und wächserner Haut – sah Sitta an und sagte zu ihr: »Es war ein Vergnügen, Ihnen zu dienen, meine Liebe. Es war eine vollendete Freude.«

Vor acht Jahren, nach der Verbannung von Farside, trug Sitta ihre wichtigsten Habseligkeiten in einem Sortiment versiegelter und verschlossener Hyperfaser-Kisten. Alle wurden ihr bei der Ankunft auf der Erde gestohlen, woraufhin sie lernte, wie wenig wirklich wichtig ist. Heute trug sie einen einzigen Lederbeutel, schlicht und einfach. Unverschließbar, unauffällig. Der Bürokratenherde folgend, erreichte sie einen langen, gewundenen Gehweg. Roboterwachen warteten und baten jeden höflich, aber entschieden, sich einem Scanning zu unterziehen.

Sitta war bereit.

Sie wartete, daß sie an die Reihe kam und ließ beiläufig verlauten, sie sei zu lange fort gewesen.

»Zu lange«, sagte sie zweimal mit überzeugender Stimme.

Die Erde hatte ihre Zeichen hinterlassen. Einst auf zarte, verhätschelte Weise hübsch, hatte Sitta kräftigere Knochen und neue Muskeln gebildet, Fette und Flüssigkeiten waren in den letzten paar Monaten hinzugekommen. Ihr Gesicht zeigte die Beanspruchung durch das Wetter, außer um ihren schmalen Mund. Toxine und ein bestimmter, eigenartiger Pilz hatten ihre Haut fleckig und narbig gemacht.

Die Schönheit war zu einer ansehnlichen Stärke geworden. Sie brauchte diese Stärke, als sie zusah, wie die Roboter sich ihr zuwandten. Ein Dutzend empfindlicher Instrumente reichten in ihre Besitztümer und ihren Körper. Verstecken unmöglich!

Doch das waren natürlich routinemäßige Vorsichtsmaßnahmen. Sie hatte gründlichere Überprüfungen in Athen und der Orbitstation ertragen, und sie fühlte sich vollkommen sicher. Es gab nichts Gefährliches. Nichts, was irgendwer jetzt schon entdecken könnte...

...und der ihr nächste Roboter zögerte und deutete mit einem grauen Zylinder auf ihren geschwollenen Leib. Was war los? Angst keimte in ihr. Sitta dachte an den weisen Rat eines Schmugglers und verbarg ihre Furcht hinter Ungeduld, indem sie den Ankläger fragte: »Was ist los? Sind Sie zerbrochen?«

Keine Antwort.

»Ich bin völlig gesund«, erklärte sie. »Ich kam in drei Tagen durch die Quarantäne...«

»Danke.« Der Roboter zog die Vorrichtung zurück. »Bitte weiter.«

Infolge des Adrenalins und der schwachen Gravitation geriet ihr der nächste Schritt zu einem Hüpfer. Die Gehröhre machte eine leichte Biegung und stieg dann zum Hauptterminal an. Eine weitere Barriere ist überwunden; sagte sie sich immer wieder. Nach Farside war eine einfache Reise, eine weitere, flüchtige Überprüfung an der Grenze, dann Freiheit für den Rest ihrer

Tage. Sitta konnte sich kaum zurückhalten, nicht zu den öffentlichen Bahnkabinen zu laufen. Das Spektakel hätte zweifellos jede Menge unwillkommene Aufmerksamkeit auf sie gelenkt. Sie mußte ihre Beine zwingen zu gehen und sagte sich: Ich will einfach, daß es getan wird. Jetzt. Jetzt!

Zwei Schilder erregten ihre Aufmerksamkeit, als sie den Terminal betrat. »WILLKOMMEN«, las sie, »IN DER NEUEN INTERPLANETARISCHEN TRANSITEINRICHTUNG VON NEARSIDE UND DEM FRIEDENSPARK.« Hinter den großen, viskosen Buchstaben war ein zweites, weniger förmliches Schild. Sitta sah ihren Namen in fließender Flüssiglicht-Schrift, dann hörte sie die Rufe und den Applaus. Eine kleine, aber enthusiastische Gruppe von wohlmeinenden Freunden bestürmte sie, so daß sie am liebsten geflohen wäre.

»Überraschung!« riefen sie

»Bist du überrascht?« fragten sie.

Sitta blickte auf die nervösen Gesichter, und die prüften ihre Narben und die allgemeine Verwitterung, ohne daß einer regelrecht hinstarrte. Dann stellte sie ihren Beutel ab, holte Luft, drehte sich und zeigte ihr Profil, so daß alle glotzten und laut kicherten.

Hände griffen nach ihrem Bauch.

Pony, keck wie immer, rief aus: »Oh, und wir dachten, du hättest gar keinen Spaß da unten!«

Das war eine unsensible, schamlose Bemerkung, und die übrigen Gesichter waren betreten, man erwartete ihre zornige Erwiderung. Doch Sitta lächelte höflich und flüsterte: »Wer hätte das ahnen können?« Nicht ein einziges Mal, nicht in ihren schlimmsten Tagträumen, hatte sie sich vorgestellt, daß sie jemand abholen würde. Wie konnten die überhaupt wissen, daß sie hier war? Mit einer Stimme, die nur ein wenig gezwungen klang, sagte Sitta: »Hallo. Wie geht's euch allen?« Sie ergriff die nächste Hand und preßte sie an sich. Es war Varners Hand, groß, männlich und weich. Wann hatte sie zuletzt eine sowohl schwielenfreie wie intakte Hand gedrückt?

»Kein Wunder, daß du früh heimkommst«, bemerkte Varner in leicht sarkastischem Ton. »Wie weit bist du? Im achten Monat?«

»Mehr als sechs«, erwiderte Sitta.

Icenice, einmal ihre allerbeste Freundin, trat vor und verlangte eine Umarmung. Groß wie eh und je, noch hübsch und immer noch zu aufgetakelt für den Anlaß, legte sie ihre dünnen, langen Arme um Sitta und brach in Tränen aus. Sie wischte sich das Gesicht mit dem Ärmel ihres schwarz-goldenen Kleides, trat zurück und sprudelte hervor: »Es tut uns leid, Darling. Alles. Bitte...«

Varner sagte warnend: »Icenice.«

»...nimm unsere Entschuldigung an. Bitte?«

»Ich bin heimgekommen, oder?« fragte Sitta.

Die Frage wurde als Vergebung interpretiert. Ein zweiter Blick sagte ihr, das hier war nicht dieselbe alte Bande. Wo waren Lean und Catchen? Und Unnel? Die Zwillinge waren da, immer noch nicht voneinander zu unterscheiden, und Vechel, still wie immer. Im Hintergrund verharrten jedoch mehrere Gesichter mit der leidenden Geduld von Fremden. Ehegatten oder Spione?

Sitta begann sich zu fragen, ob das hier ein ausgeklügeltes Komplott war, um sie zu kontrollieren. Oder vielleicht war es eine Art langsame, subtile Folter, ein Vorspiel zu noch Schlimmerem.

Alle sprachen; keiner konnte zuhören.

Varner – stets ihr vernünftiger, selbsternannter Boss drängte die Leute plötzlich vorwärts und erklärte: »Wir können auf der Bahn reden.« An Sitta gewandt, fragte er lächelnd: »Darf ich der Lady die Schultasche tragen?«

Für einen Augenblick erinnerte sie sich in lebhaften Details an das letzte Mal, als sie ihn gesehen hatte.

Varner faßte ihr Zögern als Ablehnung auf. »Nun ja, du bist sowieso doppelt so stark wie ich.« Wahrscheinlich zutreffend. »Aus dem Weg, Leute! Eine Mutter braucht Platz! Macht uns Platz!«

Sie benutzten die Gleitgänge; riesige Dschungel in Töpfen strichen zu beiden Seiten an ihnen vorbei.

Während sie auf das üppige, verschwenderisch fruchtlose Blattwerk starrte, fragte sie sich, wieviele Menschen durch Ernten ernährt werden könnten, die in solchen Töpfen gezogen wurden. Wenn man sie nur zur Erde transportieren könnte.

Hör auf, warnte sie sich.

Sie wandte sich an Icenice, begutachtete die kostbaren Fasern ihres Kleides und die bemalten, stets vollkommen wirkenden Brüste. Mit einer sowohl eindringlichen wie gleichgültigen Stimme fragte sie: »Woher wußtest du, daß ich hier sein würde?«

Icenice grinste und beugte sich herüber. »Wir bekamen einen Tip.«

Sitta reiste unter ihrem eigenen Namen, doch sie hatte die Pflugscharer mitten in der Dienstzeit verlassen. Außerdem genossen Pflugscharer eine gewisse Anonymität wegen der ablehnenden Gefühle, die man ihnen entgegenbrachte. »Was für ein Tip, Darling?«

»Ich habe einer deiner Administratorinnen von uns erzählt. Von dem Streich, davon, wie leid es uns allen tat.« Ihre langen Hände griffen ineinander, bildeten eine einzige Faust. »Sie kannte deinen Namen. ›Die berühmte Sitta‹ nannte sie dich. ›Eine unserer Besten.‹«

Sitta nickte kommentarlos.

»Erst gestern sagte man uns ohne Umschweife, daß du die medizinische Entlassung bekommen hast und herkommen würdest.« Tränen füllten die rotgeränderten Augen. »Ich hatte Angst um dich, Sitta. Wir hatten alle Angst.«

»Ich nicht«, sagte Varner. »Ein bißchen Krebs, ein kleines Virus. Du bist zu klug, um dich in echte Schwierigkeiten bringen zu lassen.«

Sitta sagte nichts.

»Wir sind das Risiko eingegangen, einen Festtag draus zu machen«, fuhr Icenice fort. Sie wartete, daß Sitta sie ansah und fragte dann: »Möchtest du mit in mein Haus kommen? Wir haben eine kleine Feier geplant, falls du Lust hast.«

Ihr blieb keine Wahl als ja zu sagen.

Die anderen umringten sie, berührten ihren Bauch, erbaten Aufmerksamkeit. Sitta blickte nach oben, lechzte nach Alleinsein. Durch das Glasdach sah sie das gewölbte graue Gesicht der Erde, konturenlos und kalt; und nach einem qualvollen, langen Augenblick hörte sie sich sagen: »Als ich dich das letzte Mal gesprochen habe…«

»Vergiß es«, riet Varner, als sei es an ihm, zu verzeihen.

Icenice versicherte ihr: »Das war vor Äonen.«

Ihr war, als wäre es vor Minuten gewesen. Wenn überhaupt.

Dann piekste ihr Pony in die Seite und sagte: »Wir kennen dich. Du konntest niemandem lange böse sein.«

»Pony«, knurrte Varner warnend.

Sitta schwieg und blickte wieder flüchtig zur Erde.

Wieder berührte Varner sie mit seiner weichen, schweren Hand, um sie irgendwie zu beruhigen. Plötzlich sprang seine Hand zurück. »Er ist ein richtiger kleiner Kicker, was?«

»Sie«, korrigierte Sitta und senkte den Blick.

»Im sechsten Monat?«

»Fast im siebten.« Sie hielt ihren Lederbeutel mit beiden Händen. Warum konnte sie die nicht einfach anschreien und weglaufen? Weil es Aufmerksamkeit auf sie lenken würde und, schlimmer, weil jemand fragen könnte, warum sie hergekommen war. Sitta hatte keine Familie mehr auf dem Mond, keinen Besitz, nichts als etwas elektronisches Geld auf einem beweglichen Bankkonto. »Ich glaube, ich verstehe einfach nicht... warum ihr euch überhaupt die Mühe...«

»Weil«, erklärte Icenice und nahm ihre beste Freundin bei den Schultern, »wir wußten, daß du einen Heldenempfang verdienst.«

»Unsere Heldin«, murmelten sie, und die Worte wirkten einstudiert. »Unsere eigene kleine Heldin.«

Jetzt war sie eine Heldin, oder?

Die Ironie reizte sie zum Lachen. Sie war gekommen, sie umzubringen, und sie war heldenhaft?

»Willkommen zu Hause«, riefen alle wie aus einem Mund.

Sitta lächelte matt, weil sie den Hintergedanken mißverstanden. Sie sah flüchtig zur Erde, Sehnsucht im Blick, und zog das unendliche Elend jener Welt den winzigen, gedankenlosen Kümmernissen dieser Welt vor.

2

Der Krieg endete, als Sitta vier Jahre alt war, doch für sie und ihre Freunde hatte er nicht existiert außer als Theorie, als Thema, das Erwachsene interessierte, als ein paar nicht ernstzunehmende Warnungen, da die Erde ihre letzten Schüsse abfeuerte. Gefährdet waren sie jedoch nie. Der Krieg war in jeder Hinsicht vor Jahrzehnten gewonnen worden. Die Erde, außerstande zu gewinnen, ihre Feinde, in der Lage, jeden Schlag zu parieren und sich mit einem gewissen hitzigen Vergnügen den letzten Schlachten zuzuwenden.

Der Sieg war eine gute Sache. Die vierjährige Sitta konnte Gut und Böse begreifen, gewinnen und Verlieren und warum Gewinner ihre Lorbeeren verdienten und Verlierer ihre Strafen. Außerdem begriff sie, ohne daß man es ihr sagte, daß Farside ein besonderer Ort war, für die besten Menschen bestimmt. Seine Grenzen wurden von Festungen und Energiebarrieren geschützt. Zwischen dem Volk und seinen Feinden lagen mehrere tausend Kilometer toter Fels. Bomben und Laser konnten Nearside auslöschen, es schmelzen und neue Berge auftürmen; doch auf Farside hatten die Menschen seit über einem Jahrhundert nichts Schlimmeres als Beben und ein paar Unfalltote erlitten. Eigene Bomben und abstürzende Kriegsschiffe richteten mehr Schaden an, als es die Erde vermochte.

Andere Welten kämpften ums Überleben, jedes Leben war gefährdet; doch die Rückseite des Mondes blieb sicher, seine Bewohner imstande, von ihrem Glück zu profitieren. Sittas Familie machte ihr Vermögen mit genetischen Waffen – anpassungsfähige Plagen und ansteckende Krebse, plus einer Reihe von Parasiten. Nach einem Farside-Brauch warteten ihre Eltern bis zur Pensionierung, um ihr Kind zu bekommen. Bei Icenice und Varner war es dasselbe. Bei allen, wie es schien. Als Youngster war sie schockiert gewesen, zu erfahren, daß junge Leute, fast noch Youngster, Babies machen konnten. Sie hatte angenommen, die Menschen wären wie der Lachs, der von der Zentralsee heraufschwamm, nach lebenslanger Vorbereitung folgte eine Minute heftiger Vermehrung, dann der Tod. So war es bei Sittas Eltern gewesen. Beide starben, ehe Sitta die Pubertät erreichte.

Eine Tante erbte sie – eine alte, strenge und unfähige Kreatur – und als ihre Beziehung zerbrach, lebte Sitta bei den Familien ihrer Freunde, alle freundlich und alle gleichgültig ihr gegenüber.

Aufwachsend lernte sie vom großen Krieg. Lehrer sprachen über seinen Ausbruch – und unterrichteten stundenlang über militärische Taktik und die vielen berühmten Schlachten. Und doch blieb der Krieg für Sitta immer unwirklich. Es war eine riesige und ausgeklügelte Theorie. Sie mochte die Schlachten wegen der visuellen Berichte, die sie hinterließen, farbig und mäßig aufregend, und sie betrachtete die Toten mit klinischer Objektivität. Sitta war zweifellos klug – ihre Gene waren manipuliert worden, um eine rasche, mühelose Auffassungsgabe zu gewährleisten – und doch hatte sie auf irgendeine grundsätzliche Weise Lücken. Fehler. Während sie die Zerstörung von Nearside und Hellas und ein Dutzend andere Tragödien betrachtete, konnte sie sich das damit verbundene Leid nicht vorstellen. Die Toten, das waren einfach nur Theorien. Und, noch wichtiger, sie waren tot, weil sie ihr Schicksal verdienten, unwürdig, hier zu leben, unwürdig Farsides.

Die Erde begann den Krieg mit zehn Milliarden Bewohnern. Sie hatte Himmelshaken, riesige Solarfarmen, alle Arten Industrie und die besten Wissenschaftler. Die Erde hätte gewinnen müssen. Sitta schrieb für mehrere Lehrer denselben Aufsatz und wies auf Momente hin, in denen jeder entschlossene, koordinierte Angriff die Kolonien zerstört hätte. Doch als die Chance kam, verlor die Erde den Mut. Zu zimperlich, ihre Feinde auszulöschen – zu bereit, teilweise Gnade zu zeigen – ließ sie die Kolonien Atem schöpfen und wieder erstarken und sicherte so ihren eigenen Tod.

Für dieses Versagen hatte Sitta nichts als Verachtung gezeigt. Und ihre Lehrer stimmten alle mit ihr überein, vergaben für jeden Aufsatz gute Noten, und der letzte Lehrer fügte hinzu: »Du hast ein Talent für politische Wissenschaften. Vielleicht trittst du in den Staatsdienst ein und arbeitest dich in ein hohes Amt hinauf.«

Es war ein lächerlicher Vorschlag. Sitta brauchte keine Karriere bei ihrem Vermögen und ihren natürlichen Talenten. Falls sie, aus welchen Gründen auch immer, jemals einen Beruf haben wollte, war sie überzeugt, in der Nähe der Führungsspitze zu beginnen, in einer Position verdienter Autorität.

Sie war ein wichtiges Kind wichtiger Farsider.

Wie könnte sie weniger verdienen?

3

Die Bahnkabine war reich verziert und vertraut – eine altmodische Apparatur, flüchtig einer fetten, glashäutigen Raupe ähnelnd – doch Sitta brauchte eine Weile, sich zu erinnern, wo sie sie gesehen hatte. Sie waren unterwegs, heraus aus dem Hafen und strichen über die glatte Glasebene. Sie saß auf einem der steifen Sitze und streichelte die dunkle Holzverzierung. Es hatte eine Zeit gegeben, als Holz auf Farside eine wertvolle Substanz gewesen war, da organische Substanzen, sogar für die wenigen Wohlhabenden knapp waren. Sie erinnerte sich an kleinere Hände auf den Verzierungen, blickte Varner an und fragte: »Haben wir hier gespielt?«

»Ein paarmal«, erwiderte er grinsend. Die Bahn hatte seiner Familie gehört, zu alt sie zu benutzen und nicht fein genug, sie aufzupolieren. Sie erinnerte sich an Dunkelheit und den Geruch alter Blumen. »Du hast mich hergebracht...«

»...um dich zu verführen, wie ich mich erinnere.« Varner lachte laut, warf den anderen einen kurzen Blick zu und forderte sie anscheinend auf mitzulachen. »Wie alt waren wir?«

, Zu jung, erinnerte sie sich. Es war eine plumpe Erfahrung gewesen und abgesehen von ihrer Angst, ertappt zu werden, hatte sie wenig Spaß gehabt. Warum gibt sich irgendwer mit Sex ab? hatte sie sich wochenlang gefragt. Sogar als sie alt genug war und mit Varner und den meisten ihrer männlichen Freunde geschlafen hatte, blieb ein Teil von Sitta immer das zweifelnde Kind. Der Spaß daran blieb lediglich Spaß, nur ein weiteres kleines Vergnügen, das in lange Tage und Nächte emsigen Müßiggangs gequetscht wurde.

Die Bahnkabine – das war Nostalgie, vermutete sie. Doch ehe sie fragen konnte, begann Icenice Erfrischungen zu servieren und fragte: »Wer will, wer braucht?« Es gab Alkohol und Exotischeres. Sitta wählte Wein und nippte daran, während sie halb den durcheinandergehenden Unterhaltungen lauschte. Die Leute erzählten Kindheitsgeschichten, angenehme Erinnerungen, die noch mehr von derselben Art auslösten. Niemand erwähnte die Erde oder den Krieg. Wenn Sitta es nicht besser gewußt hätte, sie hätte vermutet, daß sich in diesen letzten Jahren nichts geändert hatte, daß diese sorglosen Leben in einer Art Stasis gehalten worden wären. Vielleicht stimmte das, in gewisser Weise. Doch dann, als Icenice vorbeischritt und sich der Saum ihres Kleides hob, bemerkte sie das Goldband um ihren linken Knöchel. Sitta erinnerte sich daran; es hatte Icenices Mutter gehört und davor ihrer Großmutter. Mit einem leisen Lachen fragte sie:

»Bist du verheiratet, Mädchen?«

Ihre Gastgeberin hielt kurz inne, straffte dann den Rücken und lächelte, wobei ihr Ausdruck fast verlegen war. »Ich hätte es dir sagen sollen. Tut mir leid, Darling.« Eine Pause. »Fast drei Jahre verheiratet, ja.«

Das Summen der übrigen Unterhaltungen wurde schwächer. Sitta blickte die Fremden an und fragte sich, welcher von denen der Ehemann war.

»Er ist Merkurianer«, sagte ihre einstige Freundin. »Er heißt Bosson.«

Die alte Icenice hatte Männer in großer Menge angebetet. Die alte Icenice gab sich selbst hochgestochene Persönlichkeitstests und prahlte dann mit ihrer Unfähigkeit, monogam zu sein. Verheiratet? Vielleicht mit hundert Männern. Sitta räusperte sich und fragte dann: »Was für ein Mann ist er?«

»Warte ab und sieh selbst«, riet Icenice. Sie richtete die Träger ihres Kleides, zog sie zu einer Seite und dann dorthin zurück, wo sie begannen. »Warte ab und sieh selbst.«

Die Fremden starrten auf Sitta, auf ihr Gesicht.

»Wer sind sie?« fragte sie flüsternd.

Und schließlich wurden sie vorgestellt, man entschuldigte sich für die Verzögerung. Pony nahm sich des Jobs an und sagte zur Einleitung: »Wir hier sind alle Farsider.« War das wichtig? »Sie haben von dir gehört, Darling. Sie wollten dich schon lange, lange kennenlernen...!«

Sitta schüttelte feuchte Hände und vergaß bewußt jeden Namen. Waren die mit der alten Bande befreundet? Doch sie schienen nicht in diese Rolle zu passen. Sie ließ die lächerliche Theorie über Spione und ein Komplott wieder aufleben. Hier gab es irgendeine Tagesordnung, etwas lag in der Luft, sie spürte das. Doch warum ein halbes Dutzend Regierungsagenten herbringen. Es sei denn, der Plan sollte offenkundig werden, in welchem Fall sie Erfolg hatten.

Geselliges Schweigen. Sitta drehte den Kopf und bemerkte eine lange keramische Rippe oder Flosse auf der beleuchteten Ebene. Einen Moment lang, als der Erdenschein den richtigen Winkel hatte, konnte sie die Körperumrisse von etwas im Glas Begrabenem erkennen, sicher am Ort eingeschlossen. Ein Magmawal, erkannte sie.

Auf der Höhe des Krieges, als dieses Bassin eine rotkochende, von Tausend-Megatonnen Gefechtsköpfen aufgewühlte See gewesen war, bauten Farsider eine Flotille von Roboterwalen. Im geschmolzenen Fels schwimmend, brachten sie pro Tag einen Kilometer hinter sich und filterten Metalle und wertvolle seltene Elemente aus. Die Munitionsfabriken auf Farside zahlten üppig für jedes Gramm Erz, und die Erde hielt in Ignoranz oder blindem Zorn ihre nutzlosen Bombardierungen aufrecht, vertiefte den Ozean und brachte immer mehr Schätze aus der Tiefe hoch.

Sitta sah die Rippe über dem Horizont verschwinden; dann fragte Icenice mit ruhiger, respektvoller Stimme: »Bist du müde?«

Sie saß neben Sitta. Die Düfte ihres Kleides machten die Luft schwül, unbehaglich.

»Wir haben dich doch nicht überanstrengt, oder?«

Sitta schüttelte den Kopf und gestand ehrlich: »Ich fühle mich gut.« Es war eine leichte Schwangerschaft gewesen. Mit einer gewissen Vorsicht legte sie eine Hand auf den Bauch und log: »Ich freue mich, daß ihr gekommen seid, mich abzuholen.«

Die große Frau zögerte, ihr Ausdruck war unmöglich zu deuten. Mit einer gewissen Ernsthaftigkeit sagte sie: »Es war Varners Idee.«

»Wirklich?«

Ein Seufzer, ein Themawechsel. »Mir gefällt es hier. Ich weiß nicht, warum.«

Sie meinte die Ebene. Kahl und rein, schimmerten die glattesten Teile des Glases wie ein schwarzer Spiegel. Sitta gab zu: »Es ist in gewisser Weise schön hier.«

Icenice sagte: »Es ist traurig.«

Warum? »Was ist traurig?«

»Sie werden das alles hier übertunneln und überdachen.«

»Nächstes Jahr«, sagte ein lauschender Zwilling.

»Tunnel, hier?« Sitta zweifelte. »Man kann einen

Raumhafen schützen und eine Bahnlinie, aber hier draußen können keine Menschen leben, oder?«

»Marsianer wissen, wie.« Icenice blickte kurz zu den anderen und forderte sie auf... was zu tun? »Sie haben eine spezielle Art, das Glas zu säubern.«

»Auslaugen«, sagte Varner. »Chemische Tricks, kombiniert mit Mikrograten. Sie entwickelten das Verfahren beim Wiederaufbau ihrer eigenen Städte.«

»Hier werden Menschen leben?« Sitta rang mit der Vorstellung. »Das hatte ich nicht gehört. Das wußte ich nicht.«

»Das war ein Hauptgrund für den Bau des Hafens«, fuhr Varner fort. »Alles hier wird besiedelt werden. Städte, Farmen. Parks. Und Industrien.«

»Riesige Industrien«, murmelte Icenice.

»Dieser Boden war wertlos«, knurrte einer der Fremden.

»Vor fünf Jahren war er weniger als wertlos.«

Varner lachte sarkastisch. »Die Marsianer dachten anders.«

Alle wirkten mürrisch, selbst betroffen. Sie schüttelten den Kopf, tuschelten über die Bodenpreise und darüber, was sie tun würden, wenn sie es noch einmal versuchen dürften. Sitta hielt das für unziemlich und gierig. Und witzlos. »Weißt du«, sagte Pony, »die Marsianer besitzen und leiten den Raumhafen.« Sitta tat ihr Bestes, alle zu ignorieren und blickte längs der Bahn zurück. Die Erde sank zum Horizont, und keine Berge waren in Sicht. Sie befanden sich im Zentrum der jungen See, die Welt erschien glatt und simpel. Weit draußen auf dem Glas waren Magmawale, eine Schule von zwölf oder mehr. Während die See abkühlte, mußten sie sich dort versammelt haben, wobei ihre eigene Hitze half, den Fels noch eine Weile flüssig zu halten.

Sitta empfand ein sonderbares, vages Bedauern. Dann Angst.

Sie schloß die Augen und versuchte, ihren Geist von allem Beängstigenden und von jeder Spannung zu befreien, wobei sie sich stark genug machte und versuchte, so rein zu werden wie das perfekteste Glas.

4

Sitta konnte sich nicht erinnern, wann der Streich als Spaß oder als lustig gegolten hatte, obwohl er zu irgendeiner Zeit beides gewesen sein mußte. Sie konnte sich nicht erinnern, wessen Idee es war. Vielleicht Varners, wenngleich Kriminalität eher zu den Zwillingen oder Pony paßte. Es hatte etwas Neues sein sollen. Eine Abwechslung, die sie alle einschloß, und es bedeutete Planung, Übung und ein Maß an echtem Mut. Sitta meldete sich freiwillig, das größte Ziel anzugreifen. Ihre Absicht war es, rasch und unwiederbringlich eine unbekannte Käferart zu zerstören. Wieviele Menschen konnten sich rühmen, eine Spezies in die Vergessenheit gedrängt zu haben? Ziemlich wenige, hatten sie angenommen. Das Verbrechen würde ihnen einen schlechten Ruf eintragen, ablehnend, aber wohltuend. So hatten sie jedenfalls angenommen.

Das Arche-System war früh im Krieg aufgebaut worden. Es schützte Biomaterial, das in besseren Tagen von der Erde hergebracht worden war; etwa 20 Millionen Arten wurden in Kaltlagerung und DNA-Bibliotheken aufbewahrt. Einiges von dem Material war als Rohstoff für genetische Waffen benutzt worden. Sittas Eltern bauten ihr Labor neben der Hauptarche; als kleines Mädchen hatte sie sowohl das Labor als auch die Arche besucht. Seither hatte sich wenig geändert, die Sicherheitssysteme eingeschlossen. Sie kam ohne Aufsehen hinein, zerstörte Gewebemuster, jeden ganzen Käfer und sogar die Gensequenz-Karte. Ihre Freunde erledigten in den anderen Einrichtungen dieselbe Arbeit. Es war ein kleiner schwarzer Käfer aus dem verschwundenen Amazonasgebiet, und außer einigen altertümlichen Videos und einer flüchtigen Beschreibung seiner Gewohnheiten und seiner Herkunft im Dach des Regenwaldes blieb nichts von ihm übrig, wie geplant.

Sitta wäre unentdeckt entkommen, wäre nicht das Pech eines Wachmannes gewesen, der sich verirrte und mehrmals falsch abbog. Er begegnete ihr Augenblicke, nachdem sie den Käfer ins Nichts geschickt hatte. Vorher gefangen, wäre ihr Vergehen nur schlichter Einbruch und Vandalismus gewesen. Doch wie die Dinge lagen, wurde sie nach einem alten Gesetz zum Schutz von Ressourcen in Kriegszeiten unter Anklage gestellt.

Die vorgeschriebene Strafe war der Tod. Grauhaarige Ankläger mit ruhigen, düsteren Stimmen sagten ihr: »Ihre Generation muß sich benehmen lernen.« Sie sagten: »Wir werden ein Exempel an Ihnen statuieren, Sitta.« Die alten Köpfe schüttelnd, sagten sie: »Sie sind ein verwöhntes und wohlhabendes Kind, verachtenswert und vulgär, und wir haben kein Mitleid mit Ihnen. Wir empfinden nichts als Verachtung.«

Sitta verlangte, ihre Freunde zu sehen. Sie wollte, daß man sie in ihre Hyperfaserzelle stopfte, damit sie sahen, wie sie lebte. Statt dessen bekam sie Icenice und Varner in einem geräumigen Konferenzraum zu Gesicht, jeder eine Phalanx von Anwälten hinter sich. Ihre beste Freundin weinte. Ihr erster Liebhaber sagte: »Hör zu. Hör nur zu. Hör auf zu schreien und hör uns an.«

Er erzählte ihr, daß hinter den Kulissen, hinter der legalen Fassade, halb offizielle Verhandlungen in Gang gekommen wären. Natürlich wußte die Regierung von Farside, daß sie Komplizen hatte, und viele Beamte fürchteten, der Skandal würde sich ausweiten. Einflußreiche Freunde wurden hinzugezogen, versicherte er ihr. Geld floß von Konto zu Konto. Was Sitta tun müsse, so verlangte er, sei, sich schuldig zu bekennen, alle Schuld auf sich zu nehmen, und dann zu versprechen, jede Strafe zu zahlen.

Der Richter würde Gnade walten lassen, ein paar halb legale Spitzfindigkeiten anwenden, und dann eine schwindelerregende Geldstrafe verhängen. »Die wir bezahlen werden«, versprach Varner mit ernster, kräftiger Stimme. »Wir werden dich kein bißchen von deinem eigenen Geld zahlen lassen.«

Was blieben ihr für Wahlmöglichkeiten? Sie mußte nicken, und sah die Anwälte wütend an, während sie sagte: »Einverstanden. Auf Wiedersehen.«

»Arme Sitta«, jammerte Icenice, umarmte ihre Freundin, weinte jedoch weniger. Sie war erleichtert, daß man nicht sie den Behörden übergab, daß sie völlig in Sicherheit war. Das große Mädchen trat zurück, glättete ihr Kleid mit geübter Geziertheit und fügte hinzu: »Und wir werden dich bald sehen. Sehr bald, Darling.«

Doch der Richter war nicht, wie versprochen, willfährig. Nachdem er Bestechungsgelder angenommen und ein paar unelegante Drohungen angehört hatte, schlug er die Hämmer der Justiz zusammen und erklärte: »Sie sind schuldig. Doch da der Käfer fehlt, und da die Anklage seinen wahren Wert nicht beweisen kann, kann ich guten Gewissens keine Todesstrafe verhängen.« Sitta stand da mit geschlossenen Augen. Sie hatte das Wort ›Milde‹ gehört, öffnete die Augen und erkannte, daß niemand außer ihr selbst gesprochen hatte.

Der Richter starrte sie hart und vernichtend an. Mit einer Stimme, die Sitta jahrelang Silbe für Silbe hören würde, sagte er: »Ich verurteile Sie zu drei Jahren Zwangsdienst.« Wieder schlug er die Hämmer zusammen. »Diese drei Jahre werden Sie als Mitglied der Pflugscharer dienen. Sie werden auf der Erde stationiert werden, junge Lady, auf einem Posten meiner Wahl, und ich hoffe nur, daß Sie etwas Lohnendes aus dieser Erfahrung machen.«

Die Pflugscharer? dachte sie. Das waren diese dummen Leute, die sich freiwillig meldeten, um auf der Erde zu arbeiten und zu sterben, und das hier mußte ein Irrtum sein, und wie konnte sie so viele Worte gleichzeitig mißverstehen...?

Ihre Freunde sahen aus, als hätten sie einen Schock. Alle weinten und senkten den Kopf, und sie starrte sie zornig an und wartete, daß nur einer vortrat und ihre Schuld teilte. Doch das taten sie nicht. Wollten sie nicht. Als sie Sitta ansahen, war es, als wüßten sie, daß sie sterben würde. Jeder kannte die Abnutzungsrate unter den Pflugscharern. Hatten Varner und die anderen sie ausgetrickst mit dem Geständnis, da sie ihr Schicksal schon längst kannten? Wahrscheinlich nicht, nein. Sie waren echt überrascht; das glaubte sie damals ebenso wie die folgenden acht Jahre. Doch wenn sie sich offenbart hätten, en masse... wenn sich weitere acht Familien dieser häßlichen Geschichte angenommen hätten – hätte es vielleicht eine Neubewertung gegeben... die Tat einer Waisen wäre abgeschwächt worden, wenn sie nur einen Funken Mut aufgebracht hätte... diese Scheißbande...!

Die Erde war die Hölle.

Ein schwacher Farsider würde an einem Nachmittag sterben, gemordet von irgendeiner namenlosen Krankheit oder verbitterten Terranern.

Doch nicht *ein* guter Freund hob die Hand und bat ums Wort. Nicht einmal, als Sitta sie anschrie. Nicht einmal, als sie ihren Bewachern entwischte, über die Reling sprang, Varner packte und versuchte, Ehrlichkeit aus ihm herauszuschütteln, ihn verfluchte und ihn trat, und darum kämpfte, daß er aus Scham die einzig mögliche gute Tat vollbrachte.

Weitere Wachen packten die Kriminelle, fluchten und traten ihrerseits und banden ihr schließlich Arme und Beine hinten zusammen.

Der Richter grinste von einem Ohr zum anderen. »Bewirken Sie Gutes«, rief er schließlich aus. »Bewirken Sie viel Gutes, Sitta.«

Es war das Motto der Pflugscharer: *Bewirke Gutes.* Und Sitta erinnerte sich stets überdeutlich an diesen Augenblick. Ihr Körper wurde von Varner fortgerissen, als sein Gesicht kalt und bestimmt wurde. Seine Hand hob sich, preßte gegen ihre Brust, als wolle er den Wachen helfen, sie zurückzuhalten, und seine müde, belegte Stimme sagte ohne einen Funken Zuversicht: »Du wirst zurückkommen.« Dann: »Du wirst das schon schaffen.« Dann in einem verzweifelten Flüstern: »Es ist das Beste, Darling. Das Beste.«

5

Die Berge waren hoch und spitz, jeder junge Gipfel war nach irgendeinem kleinen Kriegshelden benannt. Gigantische Explosionen hatten sie geformt, dann hatten sich Plasmawellen an ihnen gebrochen, genährt von den Waffen der Erde, um durch jedwede Lücke zu sickern, da der Feind hoffte, Farside mit superheißem Material zu fluten. Doch die Wellen hatten sich abgekühlt und verflüchtigten sich zu rasch. Die Berge blieben zurück, spröde, und in den Dekaden seither brachen in unregelmäßigen Intervallen immer wieder Hänge zusammen, Schürzen von Schutt in die Ebene ausfächernd. Die alte Bahnkabine umfuhr eine Schürze, überquerte eine andere und erklomm dann ein von einer Lawine geformtes Tal. Ein Vorbeihuschen von Fels auf beiden Seiten und Varner, der mit ruhiger Stimme erklärte, wie die Marsianer – wer sonst? – Hyperfaserfäden vergraben hatten, so die Berge stützten und sie sicherer machten.

Dann verließen sie das Tal wieder und überquerten offenes Gelände. Ein verlassenes Fort zeigte sich als Serie rechteckiger Vertiefungen. Seine Grenz-Generatoren und kräftigen Laser waren eingezogen und als Schrott verkauft worden. Es gab keinen Erdenschein mehr und noch keine Sonne, doch Sitta konnte den schrägen Wall eines alten Kraters ausmachen und welligen, mit Fels übersäten Boden. Der Grenzposten lag im harten schwarzen Schatten; die Bahnkabine wurde auf eine zweite Strecke rangiert. Sie wurden langsamer und hielten neben einer riesigen grünen Kuppel, Finger aus Lichtstrahlen deuteten auf sie. »Warum müssen wir anhalten?« fragte einer der Fremden. Und Pony sagte: »Weil...« – und deutete schamlos auf Sitta. Und Varner fügte hinzu: »Es dürfte nur ein oder zwei Minuten dauern«, dabei zwinkerte er ihr zu, ein Bild der Ruhe.

Eine Gehröhre wurde mit der Kabinenluke verbunden, und mit einem Schwall feuchter Luft kamen Wachen herein. Menschliche, keine Roboter. Und auch bewaffnet. Doch was das Ganze am bemerkenswertesten machte, waren die drei riesigen Jagdhunde. Sitta erkannte die Rasse im selben Moment, als ihr klar wurde, daß dies keine gewöhnliche Inspektion war.

Sie blieb ruhig, in gewisser Weise. Es war Varner, der aufsprang und murrte: »Mit welchem Recht...?«

»He«, riefen die Hunde. »Seid still. Wir beißen!«

Sie waren breit und haarlos, rosa wie Zungen und völlig ohne Geruch. Ihre Hirne und Kehlen waren chirurgisch vergrößert worden, und ihr Geruchssinn war der beste im Sonnensystem. Die provisorische Regierung benutzte sie, und wenn Schmuggler mit Waffen oder Schmuggelware gefunden wurden, wurden sie exekutiert, und diese Arbeit überließ man den Hunden als Belohnung.

»Wir beißen«, wiederholten die Hunde. »Aus dem Weg!«

Eine Belterin betrat die Bahnkabine mit gravitationsunterstützenden Klammern um ihre langen Gliedmaßen. Ihre Haltung und die indigoblaue Uniform signalisierten einen hohen Rang. Neben ihr schienen die Hunde gefügig. Sie blickte finster, starrte. Vor ihrer Autorität verlor Varner den Mut, ließ die Schultern sinken und winselte: »Wie können wir helfen?«

»Du kannst nicht helfen«, schneuzte sie. An die Wachen und Hunde gewandt, sagte sie: »Sucht!«

Sensoren und Nasen wurden in Gang gesetzt, suchten den Boden, die Ecken und die alten Installationen ab, dann die Passagiere und ihre Habseligkeiten. Ein Hund ließ sich auf Sittas Beutel nieder und gab ein durchdringendes Heulen von sich.

»Wem gehört das?« fragte die Belterin.

Sitta wahrte Haltung. *Falls diese Frau meinen Plan kennt*, überlegte sie vernünftig, *würde sie sich nicht mit diesem kleinen Drama abgeben. Ich würde unter Arrest gestellt werden. Jeder, der mich kennt oder in meiner Nähe war, würde festgenommen und dann verhört werden... falls sie es auch nur ahnten...*

»Das ist mein Beutel«, gab Sitta zu.

»Öffnen!«

Sie öffnete die schlichten Schnappriegel und arbeitete mit ruhiger Bedachtsamkeit. Der Beutel sprang auf, sie zog sich zurück und sah die schweren rosa Schnauzen herabkommen, forschen und schnauben und ihre ordentlich gefalteten Sachen auseinanderzerren. Es waren schlichte Sachen aus groben, ungefärbten, anorganischen Stoffen wie ihre weite Hose und das Hemd, das sie trug. Die Hunde könnten nach ausdauernden Viren und tückisch verborgenen Staubpartikeln suchen. Außer daß ein Dutzend mechanischer Scans sie für sauber befunden hatte. Hatte kürzlich jemand etwas Gefährliches nach Farside zu schmuggeln versucht? Doch warum schickten sie eine Belterin? Nichts ergab Sinn, erkannte sie; und die Hunde sagten mit lauten, enttäuschten Stimmen: »Sauber, sauber, sauber.«

Die Beamtin brachte ein grimmiges Nicken zustande.

Varner straffte sich wieder, die Haut feucht, schimmernd. »Ich habe noch nie gesehen, wie etwas so... so... was wollen Sie?«

Man gab ihm keine Antwort. Die Belterin näherte sich Sitta, ihre Klammern summten, was ihr eine unerwartete Vitalität verlieh. Mit äußerst milder Stimme fragte sie: »Wie geht es den Pflugscharern, Miss? Bewirken Sie soviel Gutes wie Sie können?«

»Immer«, erwiderte Sitta.

»Nun, gut für Sie.« Die Beamtin schwenkte einen langen Arm. Zwei Wachen packten Sitta und trugen sie in die enge Toilette im hinteren Teil der Kabine. Dann stellten Sie sich neben die Tür, während ihnen die Beamtin über die Schulter blickte und ihre Gefangene aufforderte: »Pinkeln Sie in die Schüssel, Miss. Und nicht die Spülung ziehen.«

Sitta fühlte sich wie altes, brüchiges Glas. Tausend Bruchlinien trafen zusammen, und sie wäre fast kollabiert, fing sich dann an dem winzigen Waschbecken ab und benutzte ihre freie Hand, die Hose zu öffnen. Ihr teurer brauner Bauch schien zu glühen. Sie setzte sich mit so viel Würde, wie sie aufbringen konnte. Pinkeln erforderte Konzentration, Mut. Dann erhob sie sich wieder, kaum soweit, die Hose hochzuziehen, als die Belterin rief: »Sucht!« und die Hunde drängten sich an ihr vorbei, ihre Köpfe füllten die elegante Holzschüssel.

Wenn nur ein einziges Molekühl nicht an seinem Platz war, würden sie es finden. Falls nur eine Zelle ihre Deckung aufgegeben hatte...

...und Sitta hörte auf zu denken und zog sich in eine Trance zurück, die sie auf der Erde zur Meisterschaft entwickelt hatte. Ihre Hände schlossen die Hose. Ein großer, wedelnder Schwanz drosch gegen ihr Bein. Dann ertönten drei Stimmmen im Chor: »Ja, ja, ja.«

Ja? Was bedeutete ›ja‹?

Die Beamtin lächelte aufrichtig und warf Sitta einen seltsamen, kurzen Seitenblick zu. Dann schwand das Lächeln, eine strenge, nichts entschuldigende Stimme sagte: »Ich bedaure die Verzögerung, Miss.«

Was haben die Hunde gerochen? fragte sie sich immer wieder.

»Willkommen zu Hause, Miss Sitta.«

Die Eindringlinge zogen sich zurück, verschwanden. Die Gehröhre wurde abgetrennt, die Bahnkabine beschleunigte, und Sitta stemmte sich gegen ihren kräftigen Zug. Varner und die anderen beobachteten sie in schweigendem Erstaunen, nichts aus ihrer Erfahrung glich diesem Angriff. Sie hätte fast geschrien: »Das passiert auf der Erde jeden Tag!« Doch sie sprach nicht, schöpfte tief Atem, kniete nieder, wischte die Hände an ihrem Shirt ab und begann dann ruhig, ihre Sachen zu falten und wieder einzupacken.

Die anderen waren betreten. Überrascht. Neugierig.

Es war Pony, die die Socke unter dem Sitz bemerkte, sie ihr brachte, den Beutel einen Moment berührte und kommentierte: »Das ist hübsches Leder.« Sie wollte ungezwungen und banal klingen, als sie hinzufügte: »Was für ein Leder ist es?«

Sitta dachte: *Was, wenn es jemand weiß?*

Vor Monaten, als sich ihr dieser Plan anbot, hatte sie vermutet, daß einer der Sicherheitsapparate sie entdecken und exekutieren würde. Sie hatte sich eine 10%ige Chance gegeben, bis zu diesem Punkt zu überleben. Doch was, wenn es Leute gab – mächtige, gleichgesinnte Leute – die glauben, sie habe recht? Keine Regierung konnte sanktionieren, was sie tat, geschweige denn, es geschehen lassen. Doch sie konnten vielleicht dulden, daß es passierte – *diese Frau hat mich angelächelt!* – während sie sie von Zeit zu Zeit überprüften...

»Züchtet man Leder auf der Erde?« fragte Pony, unglücklich, ignoriert zu werden. Den schlichten Beutel mit beiden Händen streichelnd, meinte sie: »Es hat eine schöne Oberfläche. Sehr glatt.«

»Es ist nicht gezüchtet«, antwortete Sitta. »Terraner dürfen keine biosynthetische Ausrüstung besitzen.«

»Dann ist es von einem Tier.« Das Mädchen hob die Hand, ein vager Abscheu zeigte sich auf ihrem Gesicht. »Ist es so?«

»Ja«, sagte die ehemalige Pflugscharerin.

»Was für eine Art Tier?«

»Die menschliche Art.«

Alle Augen waren auf sie gerichtet.

»Die anderen Arten sind rar«, erklärte Sitta. »Und wertvoll. Sogar Rattenfelle wandern in den Topf.«

Niemand atmete; niemand wagte sich zu bewegen.

»Dieser Beutel ist laminiertes Menschenfleisch«, erzählte sie ihnen und schloß die Schnappverschlüsse. *Klick, klick.* »Ihr müßt verstehen, auf der Erde ist es eine Ehre, nach dem Tod verwertet zu werden. Man möchte in irgendeiner Weise zurückbleiben und seiner Familie helfen.«

Icenice gab ein tiefes Stöhnen von sich.

Sitta stellte den Beutel zur Seite, beobachtete die sie anstarrenden Gesichter und fügte hinzu: »Ich kannte einige dieser Leute. Wirklich.«

6

Die Pflugscharer wurden von Idealisten gegründet und betrieben, die tatsächlich nie auf der Erde arbeiteten. Eine wohlhabende Farsiderin schenkte ihren Grundbesitz als administratives Hauptquartier. Pflugscharer hatten Freiwillige zu sein mit zweckmäßigen Fähigkeiten, die der Erde und ihrer leidenden Bevölkerung helfen würden. Zumindest war das die Absicht. Die Schwierigkeiten kamen beim Finden akzeptabler Freiwilliger. Hunderttausend energiegeladene junge Lehrer, Doktoren und Öko-Techniker hätten Wunder bewirken können. Die Norm war jedoch, sich mit zehn- oder fünfzehntausend schlecht ausgebildeten, emotional fragwürdigen, Halbfreiwilligen dahinzuschleppen. Wer mit klarem Verstand trat schon einem Dienst bei, der eine Sterblichkeitsrate von 50% hatte. Entlang der glockenförmigen Kurve war Sitta eine der sicheren Rekruten. Sie war jung, und sie hatte eine erstklassige Ausbildung. Ja, sie war verwöhnt. Ja, sie war naiv. Doch sie war vollkommen gesund und konnte noch gesünder gemacht werden. »Wir verbessern unsere Techniken ständig«, erklärten die Doktoren, denen sie in der Orbitalstation gegenüberstanden. »Wir werden Ihr Fleisch lehren, wie es den biologischen Feinden widerstehen kann, denn das sind die schlimmsten Gefahren. Krankheiten und Toxine töten mehr Pflugscharer als Bomben, alte oder neue.«

Ein Körper, der nie das sanfte Klima von Farside verlassen hatte, wurde umgewandelt. Ihr Immunsystem wurde gestärkt, dann wurde ein zweites, überlegenes System auf ihm aufgebaut. Man gab ihr maßgeschneiderte Bakterien ein, die sich daranmachten, ihre angebotene Keimflora anzugreifen, zu zerstören und deren abnehmende Feuerkraft zu ihrem Schutz einsetzte. Als Experiment gab man Sitta Zyanide und Dioxine ein, Cholera und Tollwut. Kopfschmerzen waren ihre schlimmste Reaktion. Dann wurden ihr Fullerene, vollgestopft mit Prokrustes-Bazillen direkt ins Herz gespritzt. Was sie in Minutenschnelle hätte töten sollen, verursachte ihr nur Übelkeit, sonst nichts. Die Eindringlinge wurden getilgt, ihre toxischen Teile in Plastikgranulat eingeschlossen und mit der morgendlichen Darmentleerung ausgestoßen.

Inzwischen mußten Knochen und Muskeln gestärkt werden. Kalziumschlämme wurden eingegeben, Herkules-Steroide verabreicht, zusammen mit hartem Training. Als Konsequenz gab ihre Leber auf, ihre Versetzung verzögerte sich. Ihre dreijährige Strafe begann erst, wenn sie den Fuß auf den Planeten setzte, doch Sitta war froh über die freie Zeit. So bekam sie die Möglichkeit, lange und ausführliche Briefe an ihre alten Freunde zu schreiben, in denen sie ihnen mit deutlichen Worten sagte, sie sollten sich selbst ficken, und gegenseitig und Farside dazu, und möglichst bald und schrecklich sterben.

Eine neue Leber wurde gezüchtet und implantiert. Schließlich wurde Sitta abkommandiert. Aufgrund ihrer umfassenden Ausbildung in Biologie – einem Erbe ihrer Eltern – verlieh man ihr das Diplom als Arzt im Außendienst und sandte sie in eine entlegene Stadt auf dem kraterübersäten Fels im nördlichen Amerika. Ihre Hyperfaserkisten wurden in Athen gestohlen. Mit nichts als der Kleidung, die sie seit drei Tagen am Leib trug, bestieg sie das geflügelte Shuttle, das sie über den vergifteten Atlantik tragen würde. Sie glaubte, ihre Stimmung könnte nicht schlechter werden; dann entdeckte sie einen neuen Tiefpunkt an Lebensmut, als sie aus einem winzigen Bullauge guckte und grauer Ozean versengter Erdoberfläche Platz machte. Es sah aus wie früher der Mond, ausgenommen die dicken Säuredünste und die gelegentlichen Tupfer von Grün. Beides diente dazu, die Ödnis und totale Hoffnungslosigkeit hervorzuheben.

Sie beschloß, sich aus dem Shuttle zu stürzen. Sie legte eine Hand auf den Notfallriegel und wartete auf Mut; einer von der Mannschaft sah sie, kam herbei, kniete nieder und sagte: »Nein.« Sein Lächeln war charmant, sein Blick zornig. »Wenn Sie springen müssen«, sagte er, »benutzen Sie die hintere Luke. Und versiegeln Sie die innere Tür hinter sich, ja?«

Sitta starrte ihn an, unfähig, zu sprechen.

»Rücksicht«, tadelte er. »Bei dieser Höhe und Geschwindigkeit könnten Sie unschuldige Menschen verletzen.«

Letztendlich tötete sie niemanden. Beschämt, ertappt worden und so durchschaubar zu sein, lebte sie weiter; und Jahre später fragte sie sich noch, wem sie für diese gleichgültige, wertvolle Hilfe schreiben und danken sollte.

7

Farside wurde vom Krieg umgewandelt wie jeder andere Ort. Doch statt durch welterschütternde Explosionen und Laser wurde es durch langsamere und anmutigere Ereignisse geformt. Wohlstand ließ in der Zentralregion Kuppeln entstehen, warme Luft und Regen aus Menschenhand modifizierten den uralten Regolith. Weiter draußen lagen die Fabriken und riesigen Labors, die das Militär und die alliierten Welten belieferten. Profite kamen als elektronisches Geld, Wasser und organische Stoffe herein. Eine Welt, die seit vier Milliarden Jahren trocken war, erschien ganz plötzlich reich an Feuchtigkeit. Teiche wurden zu Seen. Kometeneis und Stücke entfernter Monde wurden als Bezahlung gebracht für Notwendiges wie Medizin und hochentwickelte Maschinen. Und wenn es zuviel Wasser für das Oberflächengebiet gab – Farside ist kein großer Ort – wurde der Überschuß unter der Oberfläche gebunkert, indem man alte Minen, Kavernen und ausgediente Schutzräume flutete. Daraus wurde die Zentralsee. Nur an kleinen Orten, gewöhnlich auf den besten Anwesen, zeigte sich die See an der Oberfläche. Icenice hatte neben einer dieser teichgroßen Flächen gelebt, das Wasser bodenlos und blau, unbeschreiblich schön.

Es war schade, daß Sitta es jetzt nicht sehen würde.

Während sie sich die mürrischen, niedergeschlagenen Gesichter in der Bahnkabine ansah, kam sie zu dem Schluß, sie sei dazu verdammt, nicht zu der Feier eingeladen zu werden. Der Vorfall mit dem Beutel hatte die Stimmung verdorben. Würde Varner es sagen oder Icenice: »Vielleicht ein andermal, Darling. Wo können wir dich absetzen?«

Immerhin, sie überraschten sie. Anstatt sich entschuldigend zurückzuziehen, begannen sie die banalsten Unterhaltungen, die man sich vorstellen kann. Wer erinnerte sich an was aus der Spinball-Saison des letzten Jahres? Welches Team gewann das Turnier? Wer konnte sich an die unbedeutendste Statistik erinnern? Es war eine unverfängliche, blutleere Sammlung von Geräuschen, und Sitta ignorierte sie. Sie lehnte sich in ihrem Sitz zurück, da ihre Reisen und die Schwangerschaft schließlich ihren Tribut forderten. Sie driftete in Schlaf ab, es verging kaum Zeit, da erwachte sie, fand die Glaswände undurchsichtig vor und die Sonne hochstehend und mußte sich vor ihr schützen. Es war, als fahre sie in einem Glas Milch oder in einer Wolkenbank und manchmal, wenn sie den Kopf im richtigen Winkel hielt, konnte sie schwach die blockartigen, vorbeihuschenden Fabrikumrisse ausmachen.

Niemand sprach; verstohlene Blicke wurden in ihre Richtung geworfen.

»Was machen die?« fragte Sitta.

Schweigen.

»Die Fabriken«, fügte sie hinzu. »Werden sie nicht in zivile Industrien umgewandelt?«

»Einige wurden es«, sagte Varner.

»Warum sich die Mühe machen«, knurrte einer der Fremden.

»Bosson nutzt einige von ihnen.« Icenice sprach mit flacher, emotionsloser Stimme. »Die Ausrüstung ist alt, sagte er. Und er hat Schwierigkeiten mit dem Verkauf seiner Produkte.«

Bosson ist dein Ehemann, dachte Sitta. Richtig?

Sie fragte: »Was stellt er her?«

»Laserbohrer. Das sind umgeformte alte Waffen, glaube ich.«

Sitta hatte angenommen, daß alles und jeder dem großen Plan folgte. Farsides Reichtum und Infrastruktur würden neuen Wohlstand und neue Chancen hervorbringen... wenn nicht mit ihren Fabriken, dann mit neuen Raumhäfen und schönen neuen Städten.

Außer, daß diese Wunder den Marsianern gehören, erinnerte sie sich.

»Wenn du schlafen möchtest«, riet Varner, »richten wir dir den langen Sitz im hinteren Teil her. Wenn du möchtest.«

Einer Laune folgend, fragte sie: »Wo sind Lean und Catchen?«

Stille.

»Sind sie mir immer noch böse?«

»Niemand ist dir böse«, protestierte Icenice.

»Lean lebt auf dem Titan«, erwiderte Pony. »Catchen... ich weiß nicht... sie ist irgendwo im Belt.«

»Sie sind nicht zusammen?« Sitta hatte nie zwei Menschen kennengelernt, die idealer miteinander verbunden waren, ausgenommen die Zwillinge. »Was ist passiert?«

Achselzucken. Verlegene, sogar gequälte Mienen. Dann faßte Varner es mit den Worten zusammen: »Scheiße findet dich.«

Was bedeutete das?

Varner stand auf und blickte die Kabine entlang.

Sitta fragte: »Was ist mit Unnel?«

»Wir haben keine Ahnung.« Tatsächlich wirkte er

völlig ratlos. Augen gesenkt, blickte er ein paar verblüffende Momente lang auf seine eigenen Hände. »Willst du schlafen oder nicht?«

Sie stimmte für Schlaf. Ein Kissen wurde gesucht und dorthin gelegt, wo ihr Kopf ruhen würde, und sie lag und war in Minutenschnelle eingeschlafen, wachte einmal auf und hörte leise Unterhaltung – entfernt, unverständlich – dann hörte sie wieder gar nichts. Beim dritten Mal war da helles Licht und Flüstern, und sie setzte sich auf und entdeckte, daß die Bahnkabine angehalten hatte, ihre Wände wieder transparent geworden waren. Umgeben waren sie von einem großen sanften Dschungel und einem zartblau getönten Himmel aus Glas, der Mondmittag war so strahlend, wie sie sich erinnerte. Durch eine offene Luke roch sie Wasser und den kräftigen Gestank von Orchideen.

Icenice kam zu ihr. »O«, rief sie, »ich wollte dich gerade rütteln.«

Die anderen standen hinter ihr, aufgereiht wie die liebsten kleinen Kinder; und Sitta dachte:

Ihr wollt etwas.

Deshalb waren sie zu ihrer Begrüßung gekommen und hatten sie hergebracht. Deshalb hatten sie Durchsuchungen ertragen und riskiert, daß sie eventuell immer noch Groll gegen sie hegte.

Ihr wollt etwas Wichtiges, und niemand sonst kann es euch geben.

Sie würde ablehnen. Sie war hergekommen, diese Menschen zu zerstören, ihre Welt zu verwüsten, und als sie die Wünsche in ihren hoffnungsvollen, verzweifelten Gesichtern sah, empfand sie geheime Freude. Sogar Glückseligkeit. Im Aufstehen fragte sie: »Würde jemand meinen Beutel tragen? Ich bin immer noch sehr müde.«

Eine kühle Pause, dann Bewegung.

Varner und einer der Fremden nahmen den Beutel an

verschiedenen Riemen auf, sahen einander an, und der Fremde verzichtete mit einem gezwungenen Kichern und einer Verneigung auf die eklige Aufgabe, trat zurück und blickte Sitta in der Hoffnung an, sie werde seine versuchte Höflichkeit bemerken.

8

Künstliche Vulkane verliefen gürtelartig um den Erdäquator, Fusionsreaktoren waren in ihre Schlünde eingelassen und trugen dazu bei, Millionen Tonnen Säure und Asche in die Stratosphäre zu blasen. Sie erhielten so die grau-schwarzen Wolken, die halfen, das Sonnenlicht abzublocken. Diese Wolken waren lebenswichtig. Dekaden der Bombardierung hatten Wälder, Erde und sogar große Mengen Karbonatgestein verbrannt. Es gab so viel Kohlendioxid in der Atmosphäre, daß volle Sonneneinstrahlung einen galoppierenden Treibhauseffekt ausgelöst hätte. Vorübergehend wäre eine zweite Venus geboren, und die Erde zu Tode gebacken worden. »Kein schlechter Plan«, würden Sittas Eltern behauptet haben, vielleicht mit schwarzem Humor. »Diese Welt ist sowieso schon ein einziges Grab. Warum heucheln?«

Trotz der Dauerdämmerung war das Erdklima heiß und feucht. Es wäre eine ideale Heimstatt für Orchideen und Nahrungsfrüchteanbau, wären da nicht der Mangel an Boden, das vergiftete Wasser und die überall verbreiteten Pflanzenseuchen. Terraner lebten der Sitte gemäß in Bunkern. Sogar in nach dem Krieg auf der Erde gebauten Häusern waren Wände und Decken verstärkt, alles düster und massiv, und jede Öffnung konnte fest versiegelt werden. Sitta gab man ihre eigene Betonmonstrosität, als sie auf ihrem Posten ankam. Das Haus hatte keine Rohrinstallationen. Man hatte ihr normale Ausstattung versprochen, doch da sie annahm, die Terraner behandelten sie geringschätzig, verzichtete sie darauf, sich zu beklagen. Tatsächlich versuchte sie, jegliche Unterhaltung zu vermeiden. An ihrem ersten Morgen in dem schwachen purpurnen Licht setzte sie eine Atemmaske auf, um ihre Lungen vor Säuren und explosivem Staub zu schützen, verließ das Haus, schlurfte einen felsigen Hügel hinauf, fand eine Vertiefung, wo sie sich unbeobachtet fühlte, verrichtete die notwendigen Geschäfte und bedeckte ihre Hinterlassenschaften mit losen Steinen, dann schlich sie zur Arbeit davon, zu einem vollen Tag auf den Farmfeldern.

Ein Krankenhaus war versprochen worden, jeder Regierungsbeamte in Athen hatte das gesagt. Auf der Erde lernte sie jedoch, daß Versprechen nicht gewichtiger waren als der Wind. Gegenwärtig war sie Arbeiterin, und eine schlechte dazu. Sitta konnte kaum ihre Werkzeuge heben, geschweige denn, sie mit Kraft schwingen. Und doch schien niemand etwas einzuwenden, das öffentliche Interesse galt tausend größeren Greueln.

Die größte Überraschung für die neue Pflugscharerin war nicht die Armut, die ohne Grenzen schien, oder der klebende Schmutz, auch nicht das ständige Gespenst des Todes. Es war das unaufhörlich unterstützende Wesen der Terraner, besonders ihr gegenüber. War sie nicht eine der brutalen Erobererinnen. Nicht nach deren Denkweise, nein. Mond und Mars und der Rest der Welten waren Gedankenspiele, unbemerkt und fast unvorstellbar. Ja, sie haßten die provisorische Regierung aufrichtig, besonders die Sicherheitsbehörden, die die harten Gesetze anwendeten. Doch Sitta, ihre Pflugscharerin, lächelten sie an und sagten: »Wir sind begeistert, Sie hier zu haben. Wenn Sie etwas brauchen, fragen Sie. Wir werden es nicht haben, aber fragen Sie trotzdem. Wir entschuldigen uns nämlich gern.«

Humor war schockierend vor dem Hintergrund des Elends. Trotz all der schrecklichen Geschichten, die Farsider erzählten und trotz der mörderischen Trainingseinheiten, erwies sich die Realität als hundertmal boshafter, grausamer und gedankenloser als alles, was sie sich vorstellen konnte. Doch inzwischen erzählten die Menschen ihrer Stadt inmitten des Blutbades Witze, lachten und liebten mit einer Art rasender Energie, vielleicht wegen der dazugehörigen Risiken. Vergnügungen mußten wahrgenommen werden, wo man sie fand.

Zehntausende lebten in der Stadt, von denen man nach Farsider Maßstäben nur wenige *alt* nennen konnte. Es gab mehr Kinder als Erwachsene, nur daß es keine echten Kinder waren. Sie erinnerten Sitta an fünf- oder sechsjährige Erwachsene, die in den Feldern in kleinen Fabriken arbeiteten, welterfahren in allen Dingen, auch in ihrem Spiel. Das populärste Spiel war eine angebliche Beerdigung. Sie benutzten wilde Ratten, häuteten sie, wie man menschliche Körper häutete, entnahmen manchmal Organe, um sie in andere Ratten zu transplantieren, so wie Menschen alles, was sie gebrauchen konnten, aus ihren Toten bargen und Körperteile mit Hilfe primitiver Autodocs, stumpfer Messer und schwacher Laserstrahlen implantierten.

Laut Gesetz bekam jeder Stadtbezirk eine Beerdigung am Tag. Eine oder fünfzig Leichen – gehäutet und, falls sauber genug, von Leber, Nieren und Herz befreit – wurden in einer einzigen Zeremonie begraben, stets in der Abenddämmerung, stets wenn die weibliche Sonne den fernen Horizont berührte. Es gab nie mehr als ein Loch zu graben und wiederaufzufüllen. Terraner waren Meister im Gräberausheben. Sie wußten immer, wo man sie graben sollte und wie tief, wußten genau, welche Worte man über die Verblichenen sagen sollte und kannten die beste Methode, eine Farsiderin zu trösten, die darauf beharrte, den Tod persönlich zu nehmen.

Trotz ihres hyperaktiven Immunsystems wurde Sitta krank. Soweit sie wußte, hatte sie sich die mutierte Abart einer Erkrankung eingefangen, die von ihren Eltern entwickelt worden war. Die Umstände strotzten vor Ironie. Nach drei Tagen Fieber hatte sie die wirkungslosen Medikamente aus ihrer persönlichen Ausrüstung aufgebraucht und fiel in ein Delirium. Irgendwann erwachte sie und sah Frauen, die sich um sie kümmerten. Sie lächelten mit zahnlosen Mündern, ihre häßlichen Gesichter gaben ihr Mut und Kraft.

Sitta erholte sich nach einer in Todesgefahr verbrachten Woche. Schwächer als jemals seit ihrer Geburt schlurfte sie den Hügel hinauf, um Stuhl abzusetzen. Und während sie das tat, sah sie einen Neunjährigen, der in der Nähe saß und sie ohne Anzeichen von Scham beobachtete. Als sie fertig war, ging sie zu ihm. Er hüpfte ihr mit einem kleinen Eimer und Schaufel entgegen. War er hier, um hinter ihr sauberzumachen? Sie fragte und fügte dann hinzu: »Ich wette, du willst es für die Felder haben, nicht wahr?«

Der Junge warf ihr einen sonderbaren Blick zu und erklärte dann: »Wir würden es nicht für die Ernte vergeuden.«

»Warum dann...?« Sie zögerte und erkannte, daß sie ihn schon an anderen Morgen gesehen hatte. »Du hast das schon mehrfach gemacht, nicht wahr?«

»Das ist mein Job«, gestand er und lächelte hinter seiner transparenten Atemmaske.

Sie versuchte, ihre anderen Steinhaufen zu finden. »Aber warum?«

»Das soll ich dir nicht sagen.«

Sitta lächelte ihm matt zu. »Ich werde nicht verraten, daß du es getan hast. Erklär mir nur, was du damit willst.«

Als gäbe es nichts Natürlicheres, sagte er: »Wir tun es in unsere Nahrung.« Sie stöhnte und beugte sich vor wie nach einem Faustschlag in den Magen.

»Du hast Keime in dir«, sagte der Junge. »Keime, die dich am Leben halten. Wenn wir sie essen, wenn sie Besitz von uns...«

Kaum, vermutete sie.

»...dann fühlen wir uns besser. Richtig?«

Gelegentlich, vielleicht. Doch die Bakterien waren für *ihren* Körper entwickelt worden, für *ihre* Chemie. Es würden Mutationen nötig sein und enormes Glück... dann, ja, konnten einige dieser Menschen, vielleicht sogar in vielerlei Hinsicht davon profitieren. Zumindest war es möglich.

Sie fragte: »Warum ist das ein Geheimnis?«

»Leute wie du können merkwürdig sein«, warnte der Junge. »Aus vielen Gründen. Die dachten, du solltest es besser nicht wissen.«

Sitta war angewidert und doch auch eigenartig erfreut.

»Warum versteckst du deine Scheiße?« fragte er. »Macht ihr das so auf dem Mond? Vergrabt ihr sie unter Felsen?«

»Nein«, antwortete sie, »wir leiten sie ins Meer.«

»In euer Wasser?« Er zog die Nase kraus. »Das klingt nicht sehr klug, finde ich.«

»Vielleicht hast du recht«, stimmte sie zu. Dann deutete sie auf den Eimer und sagte: »Überlaß ihn mir. Wie wäre es, wenn ich ihn jeden Morgen rausstelle vor meine Tür?«

»Das würde mir einen Gang ersparen«, stimmte der Junge zu.

»Es würde uns beiden helfen.«

Er nickte und lächelte zu ihr auf. »Ich heiße Thomas.«
»Ich Sitta.«
Er lachte laut und ausgelassen. »*Das* weiß ich.«
In diesem Augenblick wirkte Thomas in Stimme und Gesicht wie ein echter Neunjähriger, weise nur ausnahmsweise.

9

Icenices Haus und Grundstück waren genau so, wie Sitta sich erinnerte, und es war, als wäre sie nie hiergewesen, als hätte man ihr die Szenerie in Hologrammen gezeigt, als sie noch ein junges, zu beeindruckendes Mädchen gewesen war. »Privilegien«, sagte der Besitz. »Ordnung«, »Bequemlichkeit«. Sie blickte einen langen, grünen Hang hinunter, und ihr Blick ruhte auf der blauen, teichgroßen Oberfläche der See. Schwärme schneller Vögel umkreisten den Teich, tranken daraus und ließen sich auf seinem Ufer nieder. Nach einer Minute drehte sie sich um, konzentrierte sich auf das große Haus und dachte an all die Räume, die eleganten Balkons, Bäder und Holoplazas. Auf der Erde würden zweihundert Menschen darin wohnen und sich glückselig fühlen. Und was würden sie mit diesem Gartenplatz hier machen? Unter den Augen aller kniete Sitta nieder, ihre Hände gruben sich in die frisch gewässerte Grasnarbe, Nägel schnitten durch süßes Gras und üppige Wurzeln und stießen auf Erde, schwärzer als Teer. Die Oberflächen alter Kometen gingen in diese Erde ein, hergebracht im Austausch gegen kritische Kriegsgüter. Und zu welchem Nutzen? Sie zog einen dicken Klumpen hoch, hielt ihn vor die Nase und roch daran, dann noch einmal.

Die Stille wurde von jemandem gebrochen, der sich räusperte.

»Ah-hem!«

Icenice sprang einen halben Meter in die Luft, wandte sich fluchtartig ab und platzte heraus: »Liebling? Hallo.«

Ihr Ehemann stand am Ende einer Steinveranda zwischen Steinlöwen. In keiner Weise, abgesehen davon, daß er ein Mann war, entsprach er Sittas Erwartungen. Bosson, unscheinbar und stämmig, war zwanzig Jahre älter als sie alle und ein bißchen fett. Gekleidet wie ein niederer Funktionär, schien er nichts Erinnerungswürdiges an sich zu haben.

»Also«, rief er, »riecht meine Erde gut?«

Sitta leerte ihre Hände und erhob sich. »Wunderbar.«

»Besser als alles, was Sie seit einer Weile probiert haben. Habe ich recht?«

Sie kannte ihn. Die Worte; die Stimme. Seine allgemeine Haltung. Sie hatte Hunderte von Männern wie ihn auf der Erde gesehen, alle Mitglieder der Regierung. Alle in mittleren Jahren und verbittert über das, was sie an einen Ort versetzt hatte, wo sie nicht sein wollten. Sitta schenkte ihm ein dünnes Lächeln und sagte Bosson: »Ich freue mich, Sie endlich kennenzulernen.«

Der Mann grinste, wandte sich ab. Zu seiner Frau sagte er: »Komm her.«

Icenice rannte fast hin, schlang ihm beide Arme um die Brust und quiekte: »Wir hatten eine großartige Zeit, Liebling.«

Keiner sonst aus der Gruppe grüßte ihn, nicht mal beiläufig.

Sitta erstieg die langen Stufen, zwei auf einmal, streckte ihm die Hand hin und bemerkte: »Ich habe viel von Ihnen gehört.«

»Wirklich?« Bosson lachte, griff an ihrer Hand vorbei und tätschelte ihren geschwollenen Bauch. »Haben Sie deshalb aufgehört, eine gute Samariterin zu sein?«

»Lieber?« sagte Icenice mit brechender Stimme.

»Wer ist der Vater? Ein anderer Pflug?«

Sitta wartete lange und versuchte, im versteinerten Gesicht des Mannes zu lesen. Dann antwortete sie mit ruhiger, fester Stimme: »Er war Terraner.«

»War?« fragte Icenice ängstlich.

»Er ist tot«, antwortete Bosson. Unbeeindruckt; ohne Mäßigung. »Habe ich recht, Miss Sitta?«

Sie reagierte nicht, wahrte ihre eiserne Ruhe.

»Liebling, ich möchte dir dein Zimmer zeigen.« Icenice stellte sich zwischen sie beide, die scharfen Gesichtszüge angespannt, einen Schweißfilm auf Gesicht und Brüsten. »Wir dachten, wir geben dir dein altes Zimmer. Das heißt, ich meine, falls du bleiben möchtest... für ein Weilchen...«

»Ich hoffe bloß, Sie erinnern sich noch, wie man ißt«, rief Bosson ihnen nach. »In diesem Haus köchelt's schon den ganzen Tag als Vorbereitung.«

Sitta fragte nicht nach ihm.

Icenice fühlte sich jedoch verpflichtet, erklärend zu sagen: »Er hat nur schlechte Laune. Die Arbeit geht nicht gut.«

»Er entwickelt Laserbohrer, richtig?«

Die junge Frau zögerte auf der Treppe. Sonnenschein fiel durch ein hohes Deckenlicht, und in seiner Hitze schien ihr Parfum in der goldenen Luft zu schweben. »Er ist Merkurianer, Liebling. Du weißt, wie trübsinnig die sein können.«

Waren sie das?

»Er fängt sich«, versprach Icenice mit hoffnungsloser Stimme. »Ein Drink oder zwei, und er wird zuckersüß.«

Sie folgte dem vertrauten Weg und wurde in eine riesige Suite geführt, mit einem Bett für zwanzig Leute, dessen Ecken mit einem Dschungel aus Topfpflanzen geschmückt waren. Strahlend goldene und rote Affen kamen heran und bettelten um jede Art von Nahrung, die ein Mensch vielleicht bei sich tragen könnte. Sitta hatte nichts bei sich. Ein Hausroboter hatte ihren Beutel gebracht, stellte ihn aufs Bett und fragte, ob er ihn auspacken sollte. Sie antwortete nicht. Der Luxusgüter bereits überdrüssig, spürte sie Ekel in sich aufsteigen. Ihr Gesicht verhärtete sich...

...und Icenice, ihre Miene mißdeutend, fragte: »Bist du enttäuscht von mir?«

Sitta interessierte sich nicht für das Leben der jungen Frau. Doch anstatt ehrlich zu sein, heuchelte sie Interesse. »Warum hast du ihn geheiratet?«

Trübsinn schien ein Familienmerkmal zu sein. Ein Achselzucken, dann sagte sie: »Ich mußte es tun.«

»Aber warum?«

»Es gab keine Wahl«, erwiderte sie, als wäre nichts offensichtlicher. Dann: »Können wir gehen? Ich möchte sie nicht zu lange allein lassen.«

Es wurde dem Roboter überlassen zu entscheiden, ob er auspacken sollte oder nicht. Sitta und Icenice gingen nach unten und entdeckten alle im langen Eßzimmer. Bosson saß an einem Ende in einem riesigen Federstuhl und beobachtete, wie sich die Gäste in der Ferne versammelten. Sein Ausdruck war ebenso wachsam wie gelangweilt. Sitta fühlte sich an einen Erwachsenen erinnert, der Kinder beobachtet und ständig das Spielzeug zählt.

Als sie ankam, erstarb das Flüstern.

Es war Bosson, der mit ihr sprach und lachend – von seinem Stuhl aufsprang. »Also, was war Ihr Job? Wie haben Sie sich nützlich gemacht?«

Sitta schenkte ihm ein knappes, unfreundliches Lächeln. »Ich habe ein Krankenhaus geführt.«

Varner kam näher. »Was für eine Art Krankenhaus?«

»Eines, das vorfabriziert war«, erwiderte sie.

Bosson erklärte: »Die Marsianer haben sie zu Tausenden hergestellt, nur für den Fall, daß wir jemals auf der

Erde einmarschieren. Tragbare Einheiten. Automatisiert. Nie gebraucht.« Er zwinkerte Sitta zu und gratulierte sich selbst. »Habe ich recht?«

Sie sagte nichts.

»Wie auch immer, ein paar Pflüge dachten, sie könnten sie in jedem Fall nutzen.« Er schüttelte den Kopf, ohne richtig zu lachen. »Ich bin kein Fan der Pflüge, falls Sie es noch nicht bemerkt haben.«

Mit sanfter, klagender Stimme flüsterte Icenice: »Liebling?«

Zu wem?

Sitta sah ihn an und fand keinen Grund, sich einschüchtern zu lassen. »Das ist eine nicht gerade beeindruckende Meinung.«

»Ich bin ein harter Mensch«, sagte er zur Erklärung. »Ich glaube an ein hartes, kaltes Universum. Psychologie ist nicht meine Sache, aber vielleicht hat es damit zu tun, daß ich eine der letzten großen Attacken der Terraner überlebt habe. Meine Eltern haben nicht überlebt. Meine Brüder auch nicht.« Ein komplexes, sich veränderndes Lächeln erschien und verschwand. »Tatsächlich sah ich die meisten sterben. Die kumulierenden Wirkungen der Strahlung…«

Sitta sagte so vernünftig sie konnte: »Die Menschen, die sie töteten, sind auch gestorben. Schon vor Jahren.«

»Gut.« Er grinste und sagte: »Ich denke, das wirklich Gute an den Pflügen ist, daß sie helfen, das allgemeine Elend zu verlängern. Die Menschen geben gern Hoffnung, aber was nützt Hoffnung?«

Seine Ansichten waren nicht neu, doch die anderen wirkten entsetzt. »Alles wird besser!« argumentierte Icenice. »Ich habe gerade gehört – ich weiß nicht mehr, wo –, daß ihre Lebensspannen fast 20% länger sind als noch vor ein paar Jahren…«

»Die durchschnittliche Lebensspanne auf der Erde beträgt elf Jahre«, antwortet Sitta.

Das Haus selbst schien den Atem anzuhalten.

Dann sagte ausgerechnet Pony: »Das ist traurig.« Es schien ihr ernst zu sein. Sie schlang die Arme um sich, schüttelte den Kopf und wiederholte die Worte: »Das ist traurig. Das ist traurig.«

»Aber du hattest dein Krankenhaus«, sagte Varner. »Hat das nicht geholfen?«

In gewisser Weise. Sitta erklärte: »Ich habe sein Depot nicht sehr gut vor Wetter geschützt. Einige Systeme arbeiteten nie. Autodocs fielen unversehens aus. Natürlich war die gesamte Biosynthetisierungsausrüstung auf dem Mars herausgerissen worden. Und ich hatte keine echte medizinische Ausbildung, was bedeutete, daß ich viel spekuliert habe, wenn es keine andere Wahl gab... und das oft genug falsch...«

Sie konnte nicht atmen, konnte nicht sprechen.

Niemandem gefiel das Thema, außer Bosson. Und doch wußte keiner über etwas anderes zu sprechen.

Der Merkurianer kam näher, Hände nach ihrem Bauch ausgestreckt, dann hatte er den Anstand zu zögern. »Warum tragen Sie das Baby selbst aus? Ihr Krankenhaus muß Schöße haben.«

»Sie wurden gestohlen.« Das mußte er doch wissen. »Bevor das Krankenhaus ankam, wurden sie entfernt.«

»Weshalb?« fragte Icenice.

»Terraner«, sagte Bosson, »vermehren sich, wie sie leben. Wie Ratten.«

Weißglühende Wut bildete sich in Sitta, und sie genoß es, genoß die Klarheit, die sie ihr brachte. Fast lächelnd, erzählte sie ihnen: »Biosynthetische Maschinen könnten Wunder für sie bewirken. Aber natürlich möchten wir ihnen nichts Hochentwickeltes geben, da sie versuchen könnten, uns weh zu tun. Und das heißt, wenn du Nachkommen haben willst, mußt du so schnell wie möglich so viele Babies wie möglich machen und hoffen, daß einige von ihnen für das, was in ihren unvorhersehbaren Leben geschehen mag, die richtige Genkombination haben.«

»Laßt sie sterben«, lautete Bossons Urteil.

Sitta kümmerte sich nicht um ihn. Er war nur ein weiteres Kriegskind, nicht bemerkenswert, unbedeutend. Was ihren Zorn hervorrief, waren die unschuldigen Gesichter der anderen. Was sie fast explodieren ließ, war Varners distanzierte Schuljungenlogik, im pragmatischsten Ton sagte er: »Die Provisorische Regierung ist nur vorübergehend. Wenn sie geht, kann die Erde ihre eigenen Repräsentanten wählen und ihre eigenen Gesetze machen.«

»Nie«, versprach Bosson. »Nicht in zehntausend Jahren.«

Sitta schöpfte Atem, hielt ihn an und atmete langsam aus.

»Was hast du sonst noch gemacht?« fragte Icenice und lechzte nach guten Nachrichten. »Bist du gereist? Du mußt berühmte Orte gesehen haben.«

Als wäre sie auf Urlaub gewesen. Sitta schüttelte den Kopf und gab dann zu: »Ich wurde als Juristin ausgewählt. Viele Male. Jurist zu sein ist eine Ehre.«

»Für Gerichtsverfahren?« fragte Pony.

»In gewisser Weise.«

Sie wurden nervös, erinnerten sich an Sittas Verhandlung.

»Juristen«, erklärte sie, »sind Vertrauenspersonen, die Freunden während der Geburt eines Babys beistehen.« Sie wartete einen Moment und fügte dann hinzu: »Ich habe diesen Job gemacht, bevor ich mein Krankenhaus bekam.«

»Aber was hast du gemacht?« fragte einer der Zwillinge.

Sie wußten es nicht. Das sagte ihr ein Blick, und Sitta genoß die Spannung und gestattete sich ein boshaftes Lächeln, ehe sie sagte: »Wir benutzten alle Sorten Parasiten im Krieg. Maßgeschneiderte. Einige nisten sich in Föten ein und nutzen sie als Rohmaterial, für jedweden Zweck, den sich die Alliierten erträumen konnten.«

Keiner blinzelte.

»Die Parasiten vermögen sich gut zu verstecken. Genetisch getarnt, im wesentlichen. Aufgabe der Juristin ist es, nach der Geburt bessere Tests anzuwenden, und wenn ein Verdacht besteht, muß sie das Baby töten.«

Ein leises, tiefes Japsen war zu hören.

»Juristen sind bewaffnet«, fügte sie hinzu, blickte flüchtig zu Bosson und erkannte, daß sogar er beeindruckt war. »Einige Parasiten können das Neugeborene neu erschaffen und es mit Klauen und Koordinierung ausstatten.«

Der Merkurianer zeigte gelassenes Vergnügen. »Haben Sie je so ein Monster gesehen?«

»Mehrfach«, sagte die ehemalige Pflugscharerin. »Doch die meisten der Babies, die infizierten, setzen sich einfach auf und husten, dann sehen sie dich an. Die Würmer sind in ihren Hirnen, in ihrem motorischen und ihrem Sprachzentrum. ›Gib auf‹, sagen sie. ›Du kannst nicht gewinnen‹, sagen sie. ›Du kannst uns nicht bekämpfen. Ergib dich.‹«

Sie wartete einen Moment.

Dann fügte sie hinzu: »Sie können gewöhnlich nicht sagen: ›Ergib dich.‹ Das ist zu lang und kompliziert für sie. Und außerdem sind sie dann meist schon gegen einen Tisch oder eine Wand geschmettert worden. An den Beinen gepackt. So. Wenn man es richtig macht, sind sie mit einem gut gezielten Schlag tot.« Sie weinte und sagt zu Icenice: »Gib mir eine deiner alten Puppen. Ich werde euch zeigen, wie ich es immer gemacht habe.«

Sitta erwartete, nach ihren drei Pflichtdienstjahren fortzugehen. Zu dem Zweck machte sie sich einen Kalender, zählte die Tage und behielt dieses Ritual bis Anfang des dritten Jahres bei, bis irgendwann nach der Ankunft des lange versprochenen Krankenhauses.

Die Erwartungen stiegen mit der neuen Einrichtung. Zuerst dachte Sitta, es seien die Forderungen der Stadt, die sie endlose Stunden arbeiten ließen, Wunden verpflasternd, wenn die Autodocs nicht nachkamen, namenlose Krankheiten mit alten, legalen Medikamenten kurierend, eine Software zurechtbastelnd, die nie in der Praxis getestet worden war. Dann, im letzten Monat, die Freiheit in Sicht, ging ihr auf, daß die Terraner glücklich waren über jede Hilfe, und sei sie noch so uneffektiv, und wenn sie lediglich in ihrem engen Krankenhausbüro herumsäße, Scheiße produzierte und die Energieversorgung in Gang hielte, würde sich niemand beklagen, und niemand würde sie weniger hoch schätzen.

Sie bewarb sich für eine zweite Periode unter der Maßgabe, daß sie auf ihrem derzeitigen Posten bleiben konnte. Das löste in der provisorischen Hauptstadt Alarm aus. Aus Furcht vor Geisteskrankheit oder einer Verwicklung in illegale Geschäfte schickte die Regierung einen Repräsentanten aus Athen. Die Marsianerin, eine kleine, erschöpfte Frau, machte kein Hehl aus ihren Verdächtigungen. Sie inspizierte das Hospital mehrfach, fahndete nach biosynthetischer Ausrüstung und dann nach Medizin, die zu neu war, um legal zu sein. Am offensichtlichsten war ihr Haß auf Farsider. »Als ich ein Mädchen war«, berichtete sie, »hörte ich von Ihrem Volk. Ich hörte, was Sie uns und allen Ihren ›Verbündeten‹ angetan haben... und nur wegen des Profits...!«

Sitta blieb schweigsam, passiv. Sie wußte es besser, als daß sie einen Streit riskiert hätte.

»Ich weiß nicht, wen ich mehr hasse«, sagte die Frau unverblümt, »Terras Ratten oder die Parasiten Farsides.«

In äußerst ruhigem Ton fragte Sitta: »Werden Sie diesen Parasiten bei seinen Ratten bleiben lassen? Bitte?«

Es wurde gestattet, und die Pflugscharer waren so erfreut, daß sie Versprechungen über zwei weitere Kankenhäuser schickten, die nie auftauchten. Es war Sitta, die kaufte und importierte, was immer sie an neuer medizinischer Ausrüstung finden konnte, das meiste legal. Die nächsten drei Jahre vergingen wie im Flug. In einer guten Nacht schlief sie drei Stunden, und es gelang ihr, die Lebensspannen in der Stadt auf durchschnittlich dreizehneinhalb Jahre zu heben. Mit ihrer nächsten Neubewerbung bat sie Athen um die Erlaubnis, unbegrenzt bleiben zu dürfen. Sie schickten einen anderen Marsianer mit dem selben verläßlichen Haß, doch er fand Gründe, sich ihrer Lage zu erfreuen. »Ist das nicht ironisch?« fragte er und lachte laut. »Sie sind hier und führen einen Krieg gegen die Monster, die ihre eigenen Eltern entwickelt haben. Die Monster vor allem haben Sie reich gemacht. Und gemäß den Importauflistungen nutzen Sie diesen Reichtum, den Opfern zu helfen. Ironien über Ironien, nicht wahr?«

Sie stimmte zu und tat, als hätte sie dergleichen nie zuvor bemerkt.

»Bleiben Sie, solange Sie wollen«, sagte ihr der Bürokrat. »Das hier sieht nach dem geeigneten Ort für Sie aus.«

Aus eigener Wahl auf der Erde zu bleiben, hätte mit Versöhnlichkeit verwechselt werden können. Das war es nicht. Vielmehr waren die Dimensionen ihres Hasses größer geworden, weltumfassender. Anstatt sich als von Freunden verraten und fälschlich bestraft zu betrachten, begann sich Sitta als vom Glück begünstigt zu fühlen. Fast glückselig. Sie fühlte sich weise und moralisch, zumindest in bestimmten gefährlichen Bereichen. Wer sonst von Farside hielt mit ihren Errungenschaften Schritt? Niemand, den sie sich vorstellen konnte. Sie lächelte insgeheim vor Stolz.

Fern von Farside, hörte Sitta jede schreckliche Geschichte über ihr Heimatland. Jeder Marsianer und Merkurianer schien genußvoll von den Bombardements Nearsides in jenen ersten, schrecklichen Tagen zu erzählen und wie Flüchtlingskonvois die Grenze erreicht hatten, nur um abgewiesen zu werden. In jenen fernen Zeiten war Farside eine Ansammlung von Minencamps und Teleskopen gewesen, und es gab keinen Platz für alle. Jeder Beamte, dem sie begegnete, schien einen Teil seiner Familie verloren zu haben. Auf Nearside. Oder auf dem Mars. Oder auf Ganymed. Sogar auf Triton. Und warum? Weil Sittas widerwärtige Vorfahren unbedingt Herrenhäuser und Dschungel für sich bauen mußten. »Wir haben keinen Platz«, beklagten sich Farsider stets. Und wer wagte, diesen Punkt zu widerlegen? Welche Welt konnte es während des Krieges riskieren, Farside zu brüskieren und ihren Anteil an Waffen und anderen wichtigen Gütern zu verlieren?

Keine wagte das Risiko; doch keine wollte vergessen.

Das naive, oberflächliche Mädchen, das einen hilflosen Käfer ermordet hatte, gab es nicht mehr. Die abgehärtete Frau an ihrer Statt empfand Empörung und einen brennenden, mächtigen Hunger auf alles, was nach Gerechtigkeit schmeckte. Doch niemals, nicht mal flüchtig, dachte sie an Rache. Es kam ihr nicht in den Sinn, daß sie der übel zugerichteten Ebene entkommen würde. Irgendein Unfall, irgendein mutierter Erreger würde sie mit der Zeit und unter passenden Umständen umbringen.

Dann bot sich eine Gelegenheit, wie ein Wunder, in

Form einer alleinreisenden Frau. Im achten Monat einer Schwangerschaft, die überhaupt viel zu glatt verlief, wurde sie vom öffentlichen Gesundheitsbüro entdeckt und zur Pflichtuntersuchung ins Krankenhaus gebracht. Sitta hatte Hilfe durch ihre eigenartige Ausrüstung und durch den Jungen, der einst glücklich ihren Morgenstuhl eingesammelt hatte. Er war ihr Protégé. Er entdeckte zufällig die verräterische Zelle im Fötus. Mit leiser, erstaunter Stimme sagte er: »Gott, wir haben Glück, sie gefangen zu haben. Stell dir bloß vor, die hier käme frei...!«

Sie hörte nichts von dem, was er sonst noch sagte, auch nicht das lange Schweigen hinterher. Dann berührte Thomas ihren Arm – inzwischen waren sie ein Liebespaar – und in einer Stimme, die nicht ruhiger hätte klingen können, sagte Sitta ihm: »Ich glaube, es ist Zeit. Ich glaube, ich muß nach Hause.«

11

Dinner, das war Fleisch in üppiges Gemüse eingewickelt, Fleisch als Einzelgericht, prächtig und würzig, und es gab Weine und gekühltes Wasser aus der Zentralsee und Milch, so süß, daß man sie nur nippen konnte, zusätzlich große Platten voller Kuchen und Keksen mit Zuckerguß und saure Bonbons und knallrote Puddings. An dem langen Tisch hätten sich hundert Leute satt essen können, wie sich herausstellte, hatte jedoch niemand, außer Bosson, Appetit. Teilweise bloßgelegte Gerippe wurden von den Küchenrobotern fortgetragen, Weingläser wurden in einer Stunde nur einmal geleert. Vielleicht war das auf die Geschichten zurückzuführen, die Sitta beim Dinner erzählte. Vielleicht waren ihre Freunde ein wenig verwirrt von den Rezepten mit Ratten, Spinnen und anderem geschätzten Ungeziefer. Zum Dessert erzählte sie die Geschichte mit Thomas und ihren Körperausscheidungen und fügte hinzu, daß sie ein Liebespaar geworden waren, als er ein verbrauchter Vierzehnjähriger war. Nur Bosson schienen ihre Geschichten zu gefallen, wenn auch nur als Porträt des Elends; und Sitta entdeckte grollend eine Fast-Zuneigung zu dem Mann. Sie beide waren Außenseiter, beide gebildet in bestimmten harten und kompromißlosen Dingen. Sitta blickte nur Bosson an und erklärte, wie Thomas sorglos eine vierzig Jahre alte Waffe eingeatmet hatte. Deren winzige roboterartige Konstruktion hatte sich den Weg in eine Arterie gebahnt, wodurch dem explosiven Kern gestattet wurde, seinen Körper vielleicht hundertmal zu durchkreisen, bevor er detonierte und sein Gehirn verflüssigte.

Sie begann die Geschichte mit flacher, gleichgültiger Stimme. Die Stimme brach einmal, als Thomas kollabierte und dann wieder, als sie – in präzisen, professionellen Details – beschrieb, wie sie persönlich die Organe geerntet hatte, die die Entnahme lohnten. Die Haut des Jungen war zu alt und verwittert gewesen, Qualitätsleder abzugeben. Dann wurde der Körper mit sechzehn anderen in das Tagesgrab gelegt. Man ließ Sitta die Ehre der letzten Worte und des zeremoniellen ersten Wurfes eines Klumpens Felsensplitter und Sand.

Am Ende der Geschichte weinte sie. Nicht laut oder würdelos, ihre Trauer war beherrscht und erträglich. Sie wußte wie jeder Terraner, daß das Überleben eines Geliebten die Konsequenz eines zu langen Lebens war. Es war etwas, das man erwartete und ertrug. Dennoch sah sie, als sie ihr Gesicht trocknete, die niedergeschmetterten und zornigen Mienen der anderen. Außer Bossons. Sie hatte ihnen die letzte Illusion geraubt, derzufolge sie eine angenehme Zeit haben würden, und bei dem Gedanken dachte sie: *Gut. Ideal!*

Doch ihre lieben Freunde blieben am Tisch. Niemand

schlich davon. Nicht mal die Fremden erfanden Ausflüchte oder Verabredungen, und baten um Erlaubnis zu fliehen. Statt dessen beschloß Varner, die Sache so gut er konnte in die Hand zu nehmen, hustete in eine bebende Faust und flüsterte: »Also...« – ein weiteres Husten – »Also...« begann er, »da du zurück bist und in Sicherheit... irgendwelche Vorstellungen...?«

Was meinte er?

Er las die Frage in Sittas Gesicht und sagte: »Ich dachte. Wir alle dachten eigentlich... wir wollten fragen, ob du bei uns einsteigen möchtest... in eine Investition oder zwei...«

Sitta lehnte sich zurück und hörte das köstliche Knarren von altem Holz. Mit vorsichtiger, tonloser Stimme sagte sie: »Was für eine Art Investition?«

Pony platzte heraus: »Man kann ein Vermögen machen damit.«

»Wenn man Kapital hat«, sagte ein Fremder und verscheuchte einen bettelnden Affen. Ein anderer Fremder murmelte etwas von Mut, doch das Wort, das er gebrauchte, war ›Mumm‹.

Varner brachte sie mit einem Blick, einer Geste zum Schweigen. Dann starrte er Sitta an, versuchte es mit Charme und versagte kläglich. »Es ist nur... wie der Zufall spielt, gerade jetzt haben wir eine Chance, Liebes...«

»Eine Traumchance«, unterbrach ihn jemand.

Sitta sagte: »Das muß es wohl sein«, und zögerte. Dann fügte sie hinzu: »Wenn man die Mühen betrachtet, die ihr euch gegeben habt, muß es nach einer Wunderchance aussehen.«

Leere, unsichere Gesichter.

Dann sagte Varner: »Ich weiß, es geht zu schnell. Ich weiß, und wir sind auch nicht glücklich darüber. Wir würden dir gern Zeit zum Ausruhen und Entspannen geben, aber es ist eine so kolossale Unternehmung...«

»Schnelle Profite!« bellte ein Zwilling.

»...und weißt du, gerade jetzt, als ich deine Geschichten gehört habe, fiel mir ein, daß du deine Gewinne wieder in die Stadt stecken könntest, in der du gelebt hast oder in die Pflugscharer allgemein...«

»He, das ist eine großartige Idee!« sagte ein anderer Fremder.

»Eine beschissene Verschwendung«, grunzte Bosson.

»Du könntest alles mögliche Gute tun«, versprach Varner, sichtlich erfreut über seine Inspiration. »Du könntest Medikamente kaufen. Du könntest Maschinen kaufen. Du könntest tausend Roboter nach da unten schicken...«

»Roboter sind illegal«, sagte Bosson. »Zu leicht zu mißbrauchen.«

»Dann heuer Leute an. Arbeiter. Jeden, den du brauchst!« Varner stand fast auf, seine Augen flehten sie an. »Was meinst du dazu, Sitta? Du bist zurück, aber das heißt ja nicht, daß du deinen Freunden nicht weiterhin helfen kannst.«

»Yeah«, sagte Pony, »was hältst du davon?«

Sitta wartete ein Lebensalter oder einen Augenblick. Dann fragte sie langsam, mit ruhiger Stimme: »Wieviel genau braucht ihr?«

Varner schluckte, zögerte.

Einer der Zwillinge sprudelte eine Summe heraus, fügte dann hinzu: »Pro Anteil. Diese neue Gesellschaft wird Anteile verkaufen. Schon in wenigen Wochen.«

»Du bist genau zum richtigen Zeitpunkt gekommen«, sagte sein Bruder, und seine Finger trommelten auf das Tischtuch.

Ein Fremder rief aus: »Und da ist noch mehr!«

Varner nickte und gestand dann: »Der Deal ist noch süßer. Falls du uns genügend leihst, damit wir einige unserer eigenen Anteile kaufen können, zahlen wir es dir zurück. Wie klingt das Doppelte des üblichen Zinssatzes?«

Bosson flüsterte: »Idiotisch.«

Icenice beugte sich in der Taille, rang nach Atem.

»Du kannst genug verdienen, Millionen zu helfen.« Varner schenkte ihr ein schales Lächeln. »Und wir können es dir ermöglichen.«

Sitta überkreuzte die Beine und fragte: »Was kauft ein Anteil?«

Schweigen.

»Was tut diese Gesellschaft?« beharrte sie.

Pony sagte: »Sie haben einen wunderbaren Plan.«

»Sie wollen große neue Laser bauen«, sagte ein Zwilling. »Ähnlich der alten Waffen, nur sicher.«

Sicher? Wie sicher?

»Wir werden sie auf dem Lagrangepunkt zwischen Erde und Mond bauen«, erklärte Varner. »Riesige Solaranlagen werden die Laser mit Energie versorgen, Millionen Quadratkilometer absorbieren das Sonnenlicht…«

»Künstliche Sonnen«, platzte jemand heraus.

»…und wir werden in der Lage sein, jede kalte Welt zu erwärmen. Gegen eine entsprechende Gebühr natürlich«, Varner grinste in jungenhafter Freude. Zerbrechlich. »Die alten Kriegstechniken und unsere Fabriken können gut genutzt werden.«

»Endlich!« riefen die Zwillinge mit einer Stimme.

Bosson lachte, und Icenice, die ihrem Mann gegenübersaß, hätte sich anscheinend am liebsten in nichts aufgelöst.

»Wessen Plan ist das?« fragte Sitta Varner. »Deiner?«

»Ich wünschte, es wär so«, erwiderte er.

»Aber Farsider haben das Kommando«, sagte Pony, die Fäuste wie in Siegerpose gehoben. »Alle großen alten Familien werfen ihre Geldmittel zusammen, doch da das Projekt so riesig und kompliziert ist…«

»Zu riesig und kompliziert«, unterbrach Bosson sie.

Sitta sah Icenice ein. »Wie steht's mit dir, Liebling. Wieviele Anteile hast du gekauft?«

Das hübsche Gesicht senkte sich, die Augen fixierten die Tischkante.

»Sagen wir einfach«, antwortete ihr Mann, »daß deren großzügigstes Angebot von diesem Haushalt abgelehnt wurde. War das nicht so, Liebes?«

Icenice nickte leicht, kaum sichtbar.

Pony blickte beide finster an und fragte Sitta: »Bist du interessiert?«

»Laß ihr Zeit«, schnauzte Varner. Dann wandte er sich Sitta zu, um sicherzugehen, daß sie sein Lächeln bemerkte. »Denk darüber nach, Liebling. Bitte, tu wenigstens das für uns, ja?«

Welche geistig normale Welt würde einer anderen gestatten, ihr eine Sonne zu bauen? fragte sie sich. Und wer konnte nach dem langen Krieg irgend jemandem mit solch enormer Energie trauen? Vielleicht gab es Sicherheitsklauseln und politische Garantien, das volle Angebot, gespickt mit Logik und Vorausschau. Doch diese Fragen standen hinter einer ganz großen Frage. Sitta räusperte sich, blickte in die hoffnungsvollen Gesichter und fragte: »Nur, warum braucht ihr mein Geld?«

Niemand sprach, im Raum war es still.

Und Sitta wußte, warum, plötzlich wurde ihr alles klar. Einfach. Sie wollten ihr Geld, weil sie selbst keines hatten, und sie waren verzweifelt genug, ihr restliches bißchen Stolz aufs Spiel zu setzen, das sie noch aus der alten Zeit bewahrt hatten. Wie waren sie arm geworden? Was war mit den alten Anwesen geschehen und den unerschöpflichen Bankkonten? Sitta war neugierig, und sie wußte, sie konnte sie mit ihren Fragen quälen; doch plötzlich, unversehens, fand sie keinen Geschmack mehr an dieser Art der Rache. Die Freude war weg. Ehe auch nur Varner oder irgend jemand eine schwache Ausflucht machen konnte, sagte sie langsam, mit ruhiger, fast sanfter Stimme: »Denn mein Geld ist ausgegeben.«

Kälte erfaßte ihr Publikum.

»Ich habe immer meinem Krankenhaus geholfen. Einiges an der Ausrüstung war illegal, und das bedeutete Bestechungsgelder.« Eine Pause. »Ich könnte nicht mal zehn Anteile für mich selbst kaufen. Ich fürchte, Freunde, ihr habt eure Zeit vergeudet.«

Die Mienen waren mehr als elend. Alle vorsichtigen Hoffnungen und Pläne hatten sich in Luft aufgelöst, keine Rettung wartete, das Publikum, zu erschöpft, um sich zu bewegen, zu verunsichert, um zu sprechen.

Endlich rappelte sich eine der Fremden mit einer Mischung aus Wut und Qual hoch und sagte: »Danke für das traurige Dinner, Icenice.«

Sie und die anderen Fremden flohen aus dem Zimmer und aus dem Haus.

Dann erfanden die Zwillinge eine Lüge von einer Party, gingen und nahmen Vechel mit. Hatte Vechel heute ein einziges Wort gesagt? Sitta konnte sich nicht erinnern. Sie sah Pony an, und Pony fragte: »Warum bist du heimgekommen?«

Einen Moment lang wußte Sitta nicht, warum.

»Du haßt uns«, bemerkte das Mädchen. »Es ist offensichtlich, wie sehr du diesen Ort haßt. Leugne es nicht!«

Wie könnte sie?

»Scheißhure...!«

Dann war Pony fort. Außer Varner war kein Gast mehr da und er saß da, den Blick auf sein nicht beendetes Mahl gerichtet, das Gesicht blaß und irgendwie unbeteiligt. Es war, als verstünde er das Geschehene immer noch nicht. Schließlich erhob sich Icenice, ging zu Varner, umarmte ihn und flüsterte ihm etwas zu. Die Worte oder ihre Berührung veranlaßten ihn aufzustehen. Von ihrem Sitzplatz aus konnte Sitta die beiden beobachten, wie sie auf die Steinveranda hinausgingen. Sie hielt ihn umarmt, ständig flüsternd, dann verabschiedete sie sich von ihm und wartete, bis er ihrem Blick entschwand. Bosson beobachtete seine Frau, die Miene distanziert. Undeutbar. Dann kehrte Icenice zurück, setzte sich in den am weitesten entfernten Stuhl und starrte auf irgendeine Mischung aus Minze und Zuchtfleisch, das nicht einmal angerührt worden war...

...und Bosson bemerkte mit schriller Stimme: »Ich habe dich gewarnt. Ich habe dir und deinen Freunden gesagt, daß sie niemals interessiert sein würde.« Eine Pause, ein Grinsen. »Was habe ich dir gesagt? Wiederhole es für mich.«

Icenice stand auf, nahm die Platte mit Fleisch in beide Hände und warf sie nach ihrem Mann.

Bosson blieb völlig ruhig, schätzte selbstsicher die Flugbahn ab und stellte fest, daß sie nicht bis zu ihm reichen würde. Doch das geschnittene Fleisch zersprang, eine fettige weiße, noch heiße Sauce in seiner Mitte spritzte wie Schrapnell. Sie traf Bossons Kleidung, seine Arme und sein Gesicht. Er zuckte zurück. Mehr nicht. Ohne sich der Mühe einer Säuberung zu unterziehen, wandte er sich an Sitta und sagte mit einer Stimme, die einen Roboter sentimental klingen ließ: »Seien Sie ein guter Gast. Gehen Sie auf Ihr Zimmer. Sofort. Bitte.«

12

Thomas' Tod war tragisch und doch passend.

Niemand sonst wußte, was Sitta austrug. Die leibliche Mutter dachte, ihr Kind sei zu früh gekommen und gestorben. Die Wachfunktionen des Krankenhauses waren abgekoppelt und in Unwissenheit gelassen worden. Niemand, außer Thomas, hätte sie verraten können, und es war sein schreckliches Glück, daß er ein tödliches Staubkorn einatmete. Zufällig? Manchmal fragte sie sich, ob es so einfach war. Gegen Ende hatte sich der Junge laut gefragt, ob es das war, was Sitta wirklich wollte, und ob es richtig war. Vielleicht ergab sich seine Sorglosigkeit aus der Ablenkung, oder vielleicht war es so, daß er seine Zweifel nicht überwinden konnte. Oder vielleicht war es einfach das, was es auf den ersten Blick zu sein schien. Ein Unfall. Ein brutaler kleiner Nachhall des endlosen Krieges, und warum konnte sie es nicht einfach akzeptieren?

In den letzten Jahren der offiziellen Kämpfe entwickelt, wurde der Parasit in ihr zu einem besonders bösartigen Komplex. Entwickelt, um vor terranischen Juristen und ihren Instrumenten unsichtbar zu sein, trug es sein wahres Selbst nur in einer von einer Million Zellen. Doch in der Zeit zwischen den ersten Wehen und der Geburt würde jede dieser Zellen explodieren, in Nachbarzellen eindringen, und dort genetische Veränderungen implementieren, die kein äußeres Zeichen von Veränderung, geschweige denn Gefahr hinterließen.

Das Monster würde geboren werden, blaß und unwiderstehlich. Vielleicht das hübscheste Baby, das man je gesehen hatte, würden die Menschen denken, es in Decken wickeln und an die Brust drücken.

Sein Erscheinungsbild war eine Fiktion. Unter dem Babyspeck befand sich eine biosynthetische Fabrik, die jede Mikrobe absorbieren und umwandeln würde. Mütter und Juristen würden innerhalb von Stunden erkranken, da sich ihre angeborene Körperflora gegen sie wandte. Kein Immunsystem wurde mit einem so gründlichen, koordinierten Angriff fertig. Ein Dorf oder eine Stadt konnte in einem Tag ausgelöscht werden, und mit genügend Vorrat an verwesendem, verflüssigtem Fleisch würde das Monster gedeihen, in unfaßbarer Geschwindigkeit wachsen, sich in jeder Hinsicht zu einer Dreijährigen entwickeln, mobil genug zu wandern, stumm, großäugig und schön.

Es war eine Waffe, die in vielen Labors hergestellt wurde, dem ihrer Eltern eingeschlossen. Das war kein großer Zufall; Sitta hatte viele Beispiele ihrer Arbeit gesehen. Doch es unterstützte ihre Entschlossenheit. Wenn Gerechtigkeit eine Sache schlichter Balance war, wurde beides erreicht.

Es war eine Waffe, die selten benutzt und nie öffentlich diskutiert wurde. Soweit Sitta es entscheiden konnte, hatte keine medizinische Behörde sie in den letzten fünfzehn Jahren gesehen, obwohl verschiedene, isolierte Dörfer an mysteriösen, unbekannten Epidemien zugrundegegangen waren, eines weniger als tausend Kilometer von ihrer Stadt entfernt. Was würde Farside mit solch einem Monster tun? fragte sie sich. Seine Menschen hatten wenig Erfahrung mit echten Krankheiten, und überhaupt war der Mond ein lohnenderes Ziel für diese Art Horror. Wo die Erde wenige Arten und eine geringe Population aufwies, verfügte Farside über Vielfalt und große Mengen. Jeder Käfer, jede Orchidee und jeder Affe hatte seine eigene Familie an Mikroben. Tausend parallele Seuchen würden einen ökologischen Kollaps verursachen, die Luft unter den Kuppeln bliebe vergiftet und die Zentralsee abgestorben. Das war die ultimative, apokalyptische Rache, und manchmal war Sitta erstaunt über ihren Haß, die Heftigkeit ihrer Gefühle und die kühl kalkulierende Leidenschaft, mit der sie an die Arbeit ging.

Manchmal erwachte sie mitten in der Nacht schweißgebadet, von Zweifeln heimgesucht. Dann wurde es zu ihrer Gewohnheit, unter dem nahtlos schwarzen Himmel auf der breiten Straße zum Friedhof zu wandern, mit ihrer Lampe die schlichten Grabsteine zu lesen und die Daten zu beachten, um sich zu erinnern, wer unter ihren Füßen lag. Die Erde selbst war in ein Grab eingeschlossen, allein, und die aufgeheizte Luft ließ Sitta an die zehn Milliarden und mehr Leichen denken, die in der nutzlosen Erde verrotteten. Wie kann ich Schwäche empfinden? fragte sie sich. Mit welchem Recht?

Unter diesem Mandat hatte sie keine Wahl als weiterzumachen, sich entschlossen abzuwenden und sich den Weg in die Stadt hinunter und durch die schmalen Straßen zu ertasten. Das tat sie auch in ihrer letzten Nacht in der Stadt, als für den Morgen das Shuttle nach Athen geordert war. Ihr Beutel war gepackt. Sie trug Reisekleidung. Sitta näherte sich gedankenverloren ihrem bunkerartigen Haus und bemerkte die Kinder nicht, die bei der Arbeit waren. Sie war fast an ihnen vorbei, als irgendein Geräusch, irgendeine kleine Stimme ihre Aufmerksamkeit erregte und sie veranlaßte, sich umzudrehen und den Lampenstrahl zu heben. Sie erwischte Dutzende lächelnder Gesichter. Was taten diese Mädchen und Jungen hier? Sie murmelte: »Ihr solltet schlafen.« Dann zögerte sie und hob den Strahl noch höher. Jeder Bunker war geschmückt mit langen, schmutzigen Bändern, farbigen Seilen und steifen alten Flaggen. »Was ist das?« flüsterte sie und sprach zu sich selbst. »Weshalb?«

Dann wußte sie es. Einen Augenblick, bevor ihr Publikum in Gesänge und rauhe Hochrufe ausbrach, erkannte sie, daß das um ihretwillen angerichtet war, alles, und man hatte sie nicht so früh erwartet. Das waren Menschen, die das Feiern nicht gewöhnt waren, die wenig Freizeit hatten, wenn überhaupt; und plötzlich spürte Sitta ihre Knie zittern und unter ihr nachgeben. Ihre Knie stießen auf die fußbepackte Erde, sie war blind vor Tränen. Hunderte Kinder strömten in die Straße, Eltern in ihrem Schlepptau. Alle sangen, niemand schön, doch alle laut, und was Sitta mehr als alles andere erstaunte, war die Erkenntnis – plötzlich und verblüffend –, daß das hier wahrhaft glückliche Menschen waren.

Im Krankenhaus sah sie sie verwundet, krank, oder tot. Das waren die, die sie am besten verstand.

Doch hier sah sie Menschen, die eher gesund als krank waren und dankbarer, als sie glauben konnte. Jeder berührte sie, jede Hand legte sich auf ihren geschwollenen Bauch. Jeder fröhliche Ausruf versorgte sie mit einer weiteren Dosis Glück, und die Last all dieses Glücks und der Dankbarkeit machte es ihr unmöglich zu stehen, geschweige denn, sich abzuwenden und nach Hause zu rennen.

13

Bosson gehorchend, gleichgültig, was geschah, stieg Sitta die halbe Treppe hinauf, ehe sie verharrte. Sie stand neben dem Sonnenlicht, und wandte sich um, als sie ein Wimmern oder Klagen hörte. War das Icenice? Nein, es war einer der bettelnden Affen. Sie blickte an ihm vorbei, wartete lange und sagte sich, daß sie ungeachtet dessen, was sie hörte, nichts tun würde. Das hier war weder ihr Haus noch ihre Welt. – Sie war hier, alle zu vernichten –, und dann ging sie, betrachtete ihre Schuhe auf den breiten Stufen und war sich auf entfernte, träumerische Weise bewußt, daß sie abwärts ging und wieder das Eßzimmer betrat, als Bosson soeben fertig war, seine Frau mit den Händen an eines der Tischbeine zu binden.

Der Merkurianer bemerkte seine Zuschauerin nicht. Mit ruhiger geübter Bedächtigkeit, schob er Icenice das Kleid über Hüften und Kopf hoch, die junge Frau reglos wie ein Stein, ihr nackter Rücken und ihr Gesäß leuchteten im reflektierten Licht. Dann stand Bosson über dem Tisch und wählte Werkzeug aus. Er entschied sich für einen Löffel und ein stumpfes Messer. Dann trat er hinter den schmalen Rumpf, wischte sich das Gesicht mit einem Ärmel ab und legte die Klinge an die Gesäßfalte.

Er war zwanzig Jahre älter als sie und an die schwache Mondgravitation gewöhnt, und er wurde überrumpelt. Sitta schlug ihm seitlich gegen den Kopf, drehte ihn, schlug ihm in den Bauch und trat ihn zweimal, wobei sie auf seine Hoden zielte. Der Wucht ihrer erdtrainierten Muskeln war Bosson nicht gewachsen. Er ging stöhnend auf den farbigen Fliesen und rosa Zement nieder.

»Steh auf«, befahl sie.

Er versuchte, sein Gleichgewicht wiederzufinden und stand halb, als Sitta ihm hart gegen das Kinn trat.

Wieder sagte sie: »Steh auf.«

»Sitta?« flüsterte Icenice.

Bosson stöhnte, erhob sich.

Diesmal schlug sie ihn blutig. Ein Kieferknochen knackte unter ihrem Tritt. Er lag still, die Arme um seinen blutigen Kopf gelegt, und Sitta schrie: »Was ist los mit dir? Kannst du nicht mal aufstehen, du Scheißkerl?«

Mit schwacher Stimme fragte Icenice: »Was passiert da?«

Sitta zog Icenice das Kleid wieder dorthin, wo es hingehörte und löste die Servietten, die er benutzt hatte, die Hände zu binden. Ihre einstige Freundin blickte Bosson an und sagte dann aufrichtig entsetzt: »Das hättest du nicht...!«

Sitta machte ein grobes Seil aus zusammengeknoteten Servietten und fesselte dem halb betäubten Mann Hände und Füße auf den Rücken. Als sie wieder aufstand, fühlte sie sich schwach, einer Ohnmacht nahe. Als Icenice Bossons Wunden zu säubern versuchte, packte Sitta sie, zog sie auf die Treppe zu und fragte keuchend: »Warum? Warum hast du *das* geheiratet?«

»Ich war hoch verschuldet. Du hast keine Ahnung.« Icenice schluckte, stöhnte. »Er versprach, mir zu helfen...«

»Wie konntest du all das Geld verlieren? Wo ist es hin?«

»Oh«, wimmerte sie, »es schien wirklich überallhin zu gehen?«

Gründe waren unwichtig. Wichtig war, Icenice nach oben zu bringen. Sie bewegten sich durch die Strahlen des Sonnenlichts.

»Jeder hatte Schulden«, erklärte das Mädchen. »Ich meine, wir wußten nicht genug über moderne Geschäfte und die Marsianer... sie sind Meister darin, uns das Geld abzunehmen...«

»Beeil dich!« sagte Sitta.

»Wohin gehen wir?«

»Los!«

Ihr Beutel war dort, wo der Roboter ihn hingestellt hatte, auf dem Bett, noch ungeöffnet. Sie öffnete die Laschen, warf den Inhalt auf den Boden und benutzte dann eine winzige kosmetische Klinge, um den dicken Bodenbelag aufzuschneiden. Was kein Scanner aufgespürt hatte, war ein halbes Dutzend Lederpastillen, deren Poren mit Hormonen und eigenartigen Chemikalien gefüllt waren, die niemand für illegal halten würde. Sie hatte sie in ihrem Krankenhaus angefertigt. Sie hielt kurz inne, sah Icenice an und überlegte, wie sie es am besten machen sollte.

»Varner wollte dein Geld«, sagte die junge Frau.

»Komm schon. Ins Bad.«

»Warum?«

»Sofort! Los!« Sitta hatte Angst, jemand könne sie beobachten. Sie dachte an die Belterin mit den Hunden und fragte sich, ob die sie die ganze Zeit beschattet hatte. Sitta zog sich im Gehen aus, bis sie nackt war und stieg bis zur Brust in das klare warme Wasser, ehe sie zu Icenice aufblickte. »Du mußt zu mir hereinkommen. Mach schon!«

»Warum?«

Sitta hatte die Pillen gemacht, als sie eines Nachts nicht schlafen konnte. Was, wenn sie das Kind am falschen Ort zur Welt brachte? Die Möglichkeit hatte sie schaudernd geweckt. Was, wenn sie, aus welchen Gründen auch immer, auf der Erde gefangen war und dieses Monster die Menschen bedrohte, die sie am meisten liebte.

Wie konnte sie die Unschuldigen schützen?

»Ich verstehe nicht.« Die junge Frau weinte, erschüttert durch die Ereignisse des Tages. »Warum nimmst du jetzt ein Bad?«

Sitta schluckte eine Pille nach der anderen und trank Badewasser, um jede hinunterzubekommen.

»Sitta?«

Die ganze Prozedur würde eine halbe Stunde dauern, vielleicht weniger. In Minuten würde die erste Droge in den Fötus eindringen, die genetische Maschinerie verstümmeln – hoffte sie – und ihr Zeit genug geben, damit die Fehlgeburt ihren Lauf nahm. Die Gefahr bestand darin, daß sie das Bewußtsein verlor. Der größte Horror war, daß das Monster lange genug lebte, die Anti-Genmittel zu überdauern, dann irgendwie an die Luft und aus dem Bad kroch, eine Frühgeburt, dennoch lebensfähig, und die Transformation eintrat trotz ihrer verzweifelten Absichten. Das wäre das ironische, entsetzliche Ende...

»Sitta?«

Sitta blickte zu Icenice hoch und sagte: »Komm! Steig rein!«

Die junge Frau gehorchte, im Kleid, dessen schwarzer Stoff im Wasser schwärzer wurde, sich um die Taille aufblähte und ihre Brüste bedeckte.

»Du bist meine Juristin«, sagte Sitta und sah Icenice in die Augen. »Wenn es kommt, ertränke es. Laß es keinen Atem schöpfen.«

»Was meinst du...?«

»Versprich es mir!«

»Meine Güte.« Icenice straffte sich wie von einer Nadel gestochen.

»Versprochen?«

»Ich kann es versuchen«, schluchzte sie.

»Du mußt es tun, Liebling. Oder die Welt stirbt.«

Diese Worte wirkten. Sitta sah allmähliches Begreifen. Die junge Frau war nachdenklich geworden, wachsam. Eine Minute verging. Mehrere Minuten vergingen. Dann versuchte Icenice ein schwaches kleines Lächeln und sagte ihrer Freundin: »Ich habe dein Geld nie gewollt.«

Ein rotglühender Schmerz breitete sich in Sittas Becken aus und schoß ihr Rückgrat hinauf.

»Und ich wollte dir immer sagen«, fuhr Icenice fort, »als du verurteilt wurdest, und als einzige zur Erde gehen mußtest, wußte ich, das war am besten für alle, ehrlich.«

Wimmernd fragte Sitta: »Weshalb?«

»Kein anderer hätte überleben können. Keine drei Jahre!«

»Und bei mir war das gewiß?«

»Du hast überlebt«, antwortete Icenice und versuchte wieder zu lächeln. »Du hattest immer eine Kraft und Stärke, die ich mir gewünscht hätte. Schon früher, als wir kleine Mädchen waren.«

Der Schmerz kam noch zweimal, *peng* und *peng*.

»Ich bin nicht stark«, sagte Icenice mit Überzeugung.

Wann war ich stark? dachte Sitta. Was hat das Mädchen in mir gesehen?

Dann ein weiterer Schmerz. PENG:

Und als er verging, packte sie das ruinierte Kleid, zog ihre Freundin nah zu sich heran, schlang die Arme um sie und flüsterte mit ihrer sichersten Stimme: »Wenn die Zeit kommt, werde ich es selbst töten.«

»Denn ich glaube nicht, daß ich es könnte«, wimmerte Icenice.

»Aber kannst du bleiben?«

»Hier? Bei dir?«

Sitta zuckte zusammen und bat: »Verlaß mich nicht!«

»Das werde ich nicht. Ich verspreche es.«

Dann begann der Schmerz erst richtig, und alle Schmerzen, die Sitta je im Leben verspürt hatte, waren nur eine behutsame Vorbereitung auf das weißglühende Entsetzen gewesen, das sich ihr nun entrang.

Originaltitel: ›WAGING GOOD‹ · Copyright © 1994 by Robert Reed · Erstmals erschienen in ›Asimov's Science Fiction‹, Januar 1995 · Mit freundlicher Genehmigung des Autors und Thomas Schlück, Literarische Agentur, Garbsen · Copyright © 1999 der deutschen Übersetzung by Wilhelm Heyne Verlag GmbH & Co. KG, München · Aus dem Amerikanischen übersetzt von Margret Krätzig

Geoffrey A. Landis · USA

ANNÄHERUNG AN DAS PERIMELASMA

Ein plötzlicher Schauer von Adrenalin setzt ein, ein Schwall von etwas, das Schrecken gleichkommt (wenn ich noch immer Schrecken empfinden könnte); und ich erkenne, daß ich wirklich diesmal derjenige bin, der es tut.

Ich bin derjenige, der sich in ein Schwarzes Loch fallen lassen wird.

O mein Gott. Dieses Mal bin ich nicht du.

Das ist *wirklich*.

Natürlich habe ich genau dieses Gefühl schon früher gehabt. Wir wissen beide, wie es ist.

Mein Körper erscheint mir unheimlich, zu groß und gleichzeitig zu klein. Das Gefühl meiner Muskeln, mein Gesichtsfeld, mein kinästhetischer Sinn, alles ist falsch. Alles ist seltsam. Meine Sicht ist verschwommen, und die Farben sind merkwürdig verzerrt. Wenn ich mich bewege, bewegt sich mein Körper unerwartet schnell. Aber es scheint alles mit ihm in Ordnung zu sein. Ich gewöhne mich bereits daran. »Es geht schon«, sage ich.

Man muß zuviel wissen, zu vieles muß man gleichzeitig sein. Ich verschmerze langsam die Fragmente deiner Persönlichkeit. Keines von ihnen bist du. Alle zusammen bist du.

Ein Pilot natürlich, du mußt einen Piloten haben, ein

Pilot sein. Ich integriere deine Pilot-Persona, und er ist ich. Ich werde ins Herz einer Finsternis fliegen, die weit dunkler ist als jeder lediglich unerforschte Kontinent. Ein Wissenschaftler, jemand, der dein Erlebnis versteht, gewiß. Ich synthetisiere eine Persona. Du bist auch er, und ich verstehe.

Und jemand, der es einfach erlebt, um die Geschichte zu erzählen (wenn einer von mir überlebt, um die Geschichte zu erzählen), wie du dich in ein schwarzes Loch hast fallen lassen, und wie du überlebt hast. Wenn du überlebst. *Ich*. Ich werde mich Wolf nennen, mich nach einem nahen Stern benennen, aus keinem besonderen Grund, außer vielleicht um zu behaupten, wenn auch nur mir gegenüber, daß ich nicht du bin.

Alle von uns sind ich, sind du. Aber in einem wirklichen Sinn bist du gar nicht da. Keiner von mir bist du. Du bist weit weg. In Sicherheit.

Manche Schwarzen Löcher, flüstert meine Wissenschaftler-Persona, sind mit einer Akkretionsscheibe geschmückt, die wie ein grelles Signal in den Himmel leuchtet. Staub und Gas aus dem interstellaren Medium fallen auf die hungrige Singularität zu, beschleunigen beim Abstieg auf nahezu Lichtgeschwindigkeit, wirbeln im Fallen verrückt durcheinander. Das Medium kollidiert: wird zusammengedrückt; ionisiert. Die Reibung erwärmt das Plasma auf Millionen von Grad, um das glühende Leuchten von harten Röntgenstrahlen abzugeben. Solche Schwarzen Löcher sind alles andere als schwarz; die Weißglut des hineinfallenden Gases ist vielleicht das Glühen in der Galaxis. Niemand und nichts wäre imstande, sich ihm zu nähern; nichts würde imstande sein, die Strahlung zu überleben.

Das Virgo-Loch gehört nicht dazu. Es ist uralt, geht zurück auf den ersten Schwung von Sternenbildung, als das Universum neu war, und hat vor langer Zeit schon das ganze interstellare Gas in seinem Gebiet verschluckt und in das interstellare Medium der Umgebung eine Leere hineingefressen.

Das Schwarze Loch befindet sich siebenundfünfzig Lichtjahre von der Erde entfernt. Vor zehn Milliarden Jahren war es noch ein superschwerer Stern, der dann in einer Supernova explodiert ist, die einen kurzen Augenblick lang heller strahlte als die Galaxis. Bei dem Vorgang stieß sie die Hälfte ihrer Masse ab. Jetzt ist von dem Stern nichts mehr übrig. Der ausgebrannte Rest, die rund dreißigfache Sonnenmasse, hat den Weltraum selbst um sich herumgestülpt und nichts zurückgelassen als die Anziehung.

Vor dem Herunterladen hat die Psychologin meine – unsere – geistige Gesundheit überprüft. Wir müssen den Test offensichtlich bestanden haben, sonst wäre ich nicht hier. Welcher Typ von Mann würde sich schon in ein Schwarzes Loch fallen lassen? Das ist meine Frage. Vielleicht würde ich mich selbst verstehen, wenn ich diese Frage beantworten könnte.

Aber das schien die Psychologin nicht zu interessieren. Sie blickte mich auch nie direkt an. Ihr Gesicht hatte den in die Ferne gerichteten abstrakten Blick, der für jemanden charakteristisch ist, der über den Sehnerv direkt mit einem Computersystem vernetzt ist. Ihr Gerede war oberflächlich. Um fair zu sein, Gegenstand ihrer Untersuchung war nicht mein fleischliches Ich, sondern meine Spiegelung im Computer, die digitalen Landkarten meiner Seele. Ich erinnere mich an ihre letzten Worte.

»Wir sind von Schwarzen Löchern fasziniert wegen ihrer metaphorischen Tiefe«, sagte sie blicklos. »Ein Schwarzes Loch ist buchstäblich der Ort ohne Wiederkehr. Wir sehen es als Gleichnis wie wir, wir selbst, blind an einen Ort geschleudert werden, von dem uns keine Information je erreicht, der Ort, von dem nie jemand zurückkehrt. Wir leben unser Leben, indem wir in die Zukunft fallen, und wir werden alle unausweichlich mit der Singularität zusammentreffen.« Sie hielt inne, erwartete sich zweifellos eine Bemerkung dazu. Aber ich blieb stumm.

»Vergessen Sie nicht«, sagte sie, und zum ersten Mal kehrte ihr Blick in die Außenwelt zurück und richtete sich auf mich. »Das ist ein wirkliches Schwarzes Loch, keine Metapher. Werten Sie es nicht als Metapher. Erwarten Sie die Realität.« Sie hielt inne und fügte schließlich hinzu. »Vertrauen Sie auf die Mathematik. Sie ist alles, was wir wirklich kennen, und alles, dem wir vertrauen müssen.«

Kaum eine Hilfe.

Wolf gegen das Schwarze Loch! Man könnte denken, ein solcher Wettkampf ginge von ungleichen Voraussetzungen aus, daß das Schwarze Loch einen überwältigenden Vorteil hätte.

Nicht ganz so ungleich.

Auf meiner Seite habe ich die Technik. Zuallererst das Wurmloch, der technische Raum-Trick, der dich zuerst siebenundfünfzig Lichtjahre von der Erde hierher befördert hat.

Das Wurmloch ist nicht weniger ein Monstrum der Relativität als das Schwarze Loch, ein Trick des gekrümmten Raums, den die Allgemeine Relativitätstheorie erlaubt. Nachdem das Schwarze Loch in der Virgo entdeckt worden war, wurde mühsam ein Wurmlochschlund zu ihm hingeschleppt, langsamer als das Licht, ein Projekt, das länger als ein Jahrhundert dauerte. Sobald sich das Wurmloch aber an Ort und Stelle befand, war die Fahrt dorthin nur sehr kurz, kaum einen Meter Weg. Jedermann konnte herkommen und hineinhüpfen.

Ein Wurmloch – ein bei weitem zu niedlicher Name, aber einer, mit dem wir uns anscheinend abfinden müssen – ist ein Abstecher von einem Ort zu einem anderen. Physikalisch ist es nichts anderes als eine Schlinge aus exotischer Materie. Wenn man sich durch den Ring auf dieser Seite des Wurmlochs bewegt, kommt man aus dem Ring auf der anderen Seite heraus. Topologisch sind die beiden Seiten des Wurmlochs zusammengeklebt, ein ausgeschnittenes Stück Raum, das irgendwo anders zusammengeklebt ist.

In einer übertriebenen Vorsichtsmaßnahme weigerten sich die Proktoren des Erdnahen Weltraums, das andere Ende des Virgo-Wurmlochs am üblichen Transport-Nexus, der Wurmlochschar bei Neptun-Trojan 4, austreten zu lassen. Das andere Ende des Wurmlochs öffnet sich statt dessen in einer Kreisbahn um Wolf-562, einem wenig bemerkenswerten Roten Zwergstern, der von zwei kahlen Planeten umkreist wird, die kaum mehr als gefrorener Fels sind, einundzwanzig Lichtjahre vom Erdnahen Weltraum entfernt. Um dorthin zu gelangen, mußte man zwei Wurmloch-Sprünge machen: zu Wolf und zu Virgo.

Das Schwarze Loch hat einen Durchmesser von hundert Kilometern. Das Wurmloch hat lediglich einen Durchmesser von ein paar Metern. Ich neige zu der Ansicht, daß man übervorsichtig war.

Die erste Lehre aus der Relativität ist, daß Zeit und Raum eins sind. Lange Zeit nach der theoretischen Vorhersage, daß so etwas wie ein befahrbares Wurmloch möglich sein sollte, glaubte man, daß man durch ein solches Wurmloch auch in der Zeit reisen könnte. Erst sehr viel später, als das Wurmloch-Reisen praktisch erprobt wurde, entdeckte man, daß die Cauchy-Instabilität es unmöglich machte, ein Wurmloch zu bilden, das in der Zeit zurück führt. Die Theorie war korrekt – Raum und Zeit sind wirklich nur verschiedene Aspekte derselben Raumzeit –, aber jeder Versuch, ein Wurmloch auf solche Weise zu bewegen, daß es zu einem Zeitloch wird, führt zu einer Vakuum-Polarisierung, die den Zeit-Effekt neutralisiert.

Nachdem wir – das Raumschiff, das ich als Pilot lenken soll und ich selbst/wir selbst – das Wurmloch passiert haben, machen sich die Wurmloch-Ingenieure an die Arbeit. Ich habe den Vorgang nie aus der Nähe verfolgt, daher bleibe ich dran, um zuzusehen. Das wird interessant werden.

Ein Wurmloch sieht nach nichts anderem aus als einer kreisförmigen Fadenschlinge. Es ist in Wahrheit eine Schlinge aus exotischem Material, ein kosmischer String aus negativer Masse. Die Ingenieure, die mit ferngesteuerten Robotern über Vakuumbedienungshüllen arbeiten, sprühen eine Ladung auf den String. Sie laden ihn auf, bis er buchstäblich vor Paschen-Entladungen glüht, wie ein Neonlicht in einem schmutzigen Vakuum, und dann setzen sie die elektrische Ladung ein, um ihm Form zu geben. Unter der Einwirkung unsichtbarer elektromagnetischer Felder beginnt sich der String zu verdrehen. Das ist ein langsamer Prozess. Bei einem Durchmesser von einigen wenigen Metern hat die Wurmloch-Schlinge eine Masse, die ungefähr der des Jupiter entspricht. Genaugenommen der negativen Masse des Jupiter, erinnert mich meine Wissenschaftler-Persona, aber wie auch immer, es dauert lange, sie in Bewegung zu setzen.

Träge verdreht sie sich also immer weiter, bis sie zuletzt zu einer Lemniskate, einer Achter-Figur wird. Sobald sich der String selbst berührt, schimmert er für einen Augenblick, und dann hat man plötzlich zwei glühende Kreise vor sich, die sich drehen und in der Gestalt oszillieren wie Gallerte.

Die Ingenieure sprühen weitere Ladung auf die beiden Wurmlöcher, und die Wurmlöcher, die blitzende

Bögen in den Raum zeichnen, stoßen einander langsam ab. Die Vibrationen des kosmischen Strings sprühen Gravitationsstrahlung aus wie ein Hund, der Wasser von sich abschüttelt – selbst von meinem Standort aus – ich schwebe in zehn Kilometern Entfernung – spüre ich es, wie das Auf und Ab unsichtbarer Gezeiten, und in dem Maße, da sie Energie ausstrahlen, vergrößern sich die Schleifen. Die Strahlung stellt eine ernste Gefahr dar. Wenn die Ingenieure auch nur für einen kurzen Augenblick die Kontrolle über den String verlieren, tritt er vielleicht in den instabilen Zustand ein, der als ›Verwindungsmodus‹ bekannt ist, und wächst katastrophal. Die Ingenieure dämpfen aber die Strahlung, ehe sie kritisch wird – sie haben schließlich genügend Übung darin –, und die Schleifen stabilisieren sich zu zwei perfekten Kreisen. Am anderen Ende, bei Wolf, hat sich genau dasselbe Schauspiel abgespielt, und zwei Schlingen von exotischem String umkreisen jetzt auch Wolf-562. Das Wurmloch ist geklont worden.

Alle Wurmlöcher sind Töchter des ursprünglichen Wurmlochs, das man vor elfhundert Jahren in den Tiefen des interstellaren Raums schwebend vorfand, eine natürliche Schleife aus negativem kosmischem String, so alt wie der Big Bang; fürs Auge unsichtbar bis auf die Verzerrung der Raum-Zeit. Das erste führte von nichts Interessantem zu nichts Aufregendem, aber aus diesem einen haben wir Hunderte gezüchtet, und jetzt bewegen wir Wurmloch-Schlünde routinemäßig von Stern zu Stern, züchten nach Belieben neue Wurmlöcher, um ein sich ständig ausdehnendes Netz von Verbindungen einzurichten.

Ich hätte nicht so nahe herangehen sollen. Zornige rote Lampen sind am Rande meines Gesichtsfeldes aufgeflackert, blinkende Warnleuchten, die ich ignoriert habe. Die Energie, die in Form von Gravitationswellen ausgestrahlt wird, war ungeheuer und wäre für jemand

Unbedeutenderen, gefährlich gewesen. Aber in meinem neuen Körper bin ich nahezu unverwundbar, und falls ich nicht einmal einem Wurmloch-Klonen standhalten kann, werde ich erst recht keinem Schwarzen Loch widerstehen. Daher ignoriere ich die Warnungen, winke kurz den Ingenieuren zu – obwohl ich bezweifle, daß sie mich sehen können, denn ich schwebe in einer Entfernung von einigen Kilometern – und verwende meine Reaktionsdüsen, um mich zu meinem Schiff hinüberzuschießen.

Das Schiff, das ich steuere, ist an der Forschungsstation angedockt, wo sich die Instrumente der Wissenschaftler und die Wohnquartiere der biologischen Menschen befinden. Die Wurmloch-Station ist riesig im Vergleich zu meinem Schiff, das ein winziges Ovoid ist und sich in einem Ankerdock befindet, das vor der Schiffshülle beinahe unsichtbar ist. Ich habe keine Eile, dorthin zu gelangen.

Ich bin überrascht, daß mich die Ingenieure überhaupt sehen können, so winzig bin ich in der Leere, aber ein paar von ihnen haben mich anscheinend ausgemacht, denn in meinem Funkgerät höre ich, daß mir beiläufige Begrüßungen entgegenschallen: Wie geht's, *ohayo gozaimazu*, froh, daß du es geschafft hast, was macht der Körper? Es ist schwer, anhand der Ätherstimmen zu entscheiden, welche Leuten gehören, die ich kenne, und welche nur die von flüchtigen Bekannten sind. Ich antworte: Wie geht's, *ohayo, yo*, alle Erwartungen übertroffen. Niemand schien auf einen kleinen Schwatz Lust zu haben, aber schließlich sind sie mit ihrer eigenen Arbeit vollauf beschäftigt.

Sie lassen Masse in das Schwarze Loch fallen. Werfen Sachen hinein, genauer gesagt. Die Wurmloch-Station hat eine Umlaufbahn in einer Entfernung von einem Zehntel AE von dem Schwarzen Loch in Virgo, näher am Schwarzen Loch als Merkur der Sonne. Das ist eine Umlaufbahn mit einer Umlaufzeit von etwas mehr als zwei Tagen, aber selbst so nahe am Schwarzen Loch gibt es nichts zu sehen. Ein Felsbrocken, der losgelassen wird und gerade nach unten fällt, benötigt beinahe einen Tag, um den Horizont zu erreichen.

Eine der Wissenschaftlerinnen, welche die Aufsicht führt, ein biologischer Mensch namens Sue, nimmt sich die Zeit, ein wenig mit mir zu plaudern, erklärt mir, was sie messen. Mich interessiert am meisten, daß sie messen, ob der Fall von der geraden Linie abweicht. Das sagt ihnen, ob das Schwarze Loch rotiert. Selbst eine kaum merkliche Umdrehung würde den verwickelten Tanz der Bahn, die für mein Schiff erforderlich ist, durcheinanderbringen. Die gegenwärtigen Theorien sagen aber voraus, daß ein altes Schwarzes Loch sein Drehmoment schon vor langer Zeit verloren hat, und, soweit die Techniker feststellen können, zeigen ihre Meßergebnisse, daß diese Vorhersage zutrifft.

Das Schwarze Loch – oder die Leerstelle im Raum, wo es sich befindet – ist von hier aus unsichtbar. Ich folge dem zeigenden Finger der Wissenschaftlerin, aber es gibt nichts zu sehen. Selbst wenn ich ein Teleskop hätte, ist es unwahrscheinlich, daß ich imstande wäre, das winzige Gebiet völliger Schwärze vor der unregelmäßigen Dunkelheit eines fremden Himmels auszumachen.

Mein Schiff unterscheidet sich nicht sehr von den Fallsonden. Der Hauptunterschied besteht darin, daß ich auf dem Schiff sein werde.

Ehe ich die Station betrete, düse ich nahe heran, um mein Schiff zu inspizieren, ein Miniaturei aus vollkommen reflektierendem Material. Die Hülle besteht aus einem einzelnen Kristall eines synthetischen Stoffs, der so fest ist, daß ihm keine irdische Kraft auch nur eine kleine Delle zufügen könnte.

Ein Schwarzes Loch ist jedoch keine irdische Kraft.

Wolf gegen das Schwarze Loch! Der zweite technische Trick, über den ich bei meinem Duell gegen das Schwarze Loch verfüge, besteht in meinem Körper.

Ich bin kein gebrechlicher, flüssigkeitsgefüllter biologischer Mensch mehr. Die Gezeitenkräfte am Horizont eines Schwarzen Lochs würden einen echten Menschen binnen weniger Augenblicke zerreißen; die Beschleunigung, die notwendig ist, um zu schweben, würde mich zu Brei zerquetschen. Um diese Fahrt anzutreten, habe ich deinen gebrechlichen biologischen Geist in einen Leib aus robusterem Stoff heruntergeladen. Ebenso wichtig wie die Stärke meines neuen Körpers ist der Umstand, daß er winzig ist. Die Kraft, die von der Schwerekrümmung hervorgerufen wird, ist der Größe des Objekts proportional. Mein neuer Körper, einen Millimeter groß, ist millionmal widerstandsfähiger dagegen, zu Spaghetti gedehnt zu werden.

Der neue Leib hat auch noch einen anderen Vorteil. Da mein Geist als Software in einem Computer von der Größe eines Stecknadelkopfes arbeitet, sind mein Denken und meine Reflexe tausendmal schneller als im biologischen Zustand. Tatsächlich habe ich bereits beschlossen, mein Denken zu verlangsamen, damit ich mit den biologischen Menschen in Wechselwirkung treten kann. Bei voller Geschwindigkeit sind meine Mikrosekunden-Reaktionen wie der Blitz im Vergleich zum Morast der Neuronengeschwindigkeiten in biologischen Menschen. Ich sehe jetzt weit im ultravioletten Bereich, ein notwendiger Ausgleich für den Umstand, daß meine Sicht aus nichts als einem verschwommenen Eindruck bestünde, wenn ich im sichtbaren Licht sehen wollte.

Man hätte meinem Körper natürlich jede beliebige Form geben können, die eines winzigen Würfels oder einer glatten Kugel. Aber man folgte dem Diktat der gesellschaftlichen Konvention. Ein richtiger Mensch sollte als Mensch erkennbar sein, selbst wenn ich kleiner sein muß als eine Ameise, und so ahmt mein Körper den Menschenkörper nach, obwohl kein Teil davon organisch ist und mein Gehirn getreu deine eigene menschliche Software ausführt. Nach dem, was ich sehe und fühle, äußerlich und innerlich, bin ich völlig und vollständig menschlich.

Wie es sich gehört. Welchen Wert hat die Erfahrung für eine Maschine?

Später, nach meiner Rückkehr – falls ich zurückkehre – kann ich mich zurück herunterladen. Ich kann zu dir werden.

Aber ob es eine Rückkehr geben wird, ist noch immer etwas problematisch, heißt es.

Du, mein Original, was fühlst du? Warum glaubte ich, ich würde es tun? Ich stelle mir vor, daß du hysterisch lachst über den Trick, den du mir gespielt hast, mich ausgesandt hast, um in das Schwarze Loch zu fallen, während du dich in voller Bequemlichkeit, ohne in Gefahr zu sein, zurücklehnen kannst. Und dir vorstellst, daß mich dein Gelächter tröstet, wenngleich ich weiß, daß es verlogen ist. Ich war schon früher an deiner Stelle, unter umgekehrten Vorzeichen, und ich habe nie gelacht. Ich erinnere mich an das erste Mal, als ich in einen Stern fiel.

Wir waren damals durch einen heißen Draht vernetzt, verbunden in Online-Echtzeit, unsere getrennten Gehirne reagierten als ein Gehirn. Ich erinnere mich, was ich dachte, das unglaubliche elektrisierende Gefühl: Omeingott, tue ich das wirklich? Ist es zu spät für einen Rückzieher?

Die Idee war zunächst nichts als eine Laune, ein verrückter Einfall gewesen. Wir hatten bei der Untersuchung der Dynamik variabler Sterne Sonden in einen Stern fallen lassen, Groombridge 1830B. Wir waren fast fertig, und die Abschlußparty begann gerade in Schwung zu kommen. Wir waren alle mit Neurotransmitter-Randomizers aufgeputscht, die schöpferischen Fähigkeiten spannen ungehemmt ihre Gespinste, und das kritische Denken befand sich nahe am Nullpunkt. Jemand, ich glaube, es war Jenna, sagte, wir könnten auf einer hinunterreiten, weißt du. Auf eine Protuberanz warten und dann mitten hindurchsausen. Ein Teufelsritt!

Gibt am Schluß auch ein Teufels-Platschen, sagte jemand und lachte.

Sicher, sagte jemand. Vielleicht war es ich. Was stellen Sie sich vor? Sich selbst in einer temporären Speicherung hinunterladen und dann während des Sturzes von sich Dateien hinaufladen?

Das funktioniert, sagte Jenna. Besser: Wir kopieren zunächst unsere Körper, dann verbinden wir die beiden Gehirne. Ein Körper stürzt, die andere Kopie ist mit einem heißen Draht mit ihm verbunden.

Irgendwie – ich erinnere mich nicht, wann – hatte sich das Wort ›wir‹ so ausgedehnt, daß es auch mich einschloß.

»Sicher«, sagte ich. »Und die Kopie oben befindet sich in Null-Input-Aufhängung und erlebt alles in Echtzeit.«

Am Morgen, als wir wieder klar denken konnten, hätte ich die Idee vielleicht als besäuselten Einfall abgetan, aber für Jenna war der Entschluß bereits so unverrückbar wie ein Tropfen Neutronium. Gewiß würden wir hinunterspringen, fangen wir gleich an!

Wir nahmen einige Veränderungen vor. Es dauert lange, in einen Stern zu fallen, selbst einen kleinen wie Bee, daher wurde die Kopie auf eine langsamere Denkgeschwindigkeit umgerüstet, und der ursprüngliche Körper in Null-Input wurde mit der Fall-Kopie mittels Impuls-Wiedergebern datei-synchronisiert. Da die zwei

Gehirne Molekül um Molekül identisch waren, war die für die Verbindung nach oben benötigte Bandbreite minimal.

Die Sonden wurden so umgebaut, daß sie einen biologischen Körper aufnehmen konnten, was hauptsächlich zu bedeuten hatte, daß ein Kühlsystem eingebaut werden mußte, um die Innentemperatur im Flüssigkeitsbereich von Wasser zu halten. Wir taten das durch die einfachste mögliche Methode: wir umgaben die Sonden mit einem riesigen Block Kometeneis. Ein weiterer Vorzug des Eises bestand darin, daß unsere Freunde, die von der Umlaufbahn aus zusahen, einen strahlenden Kometenschweif zu bejubeln haben würden. Wenn das Eis aufgebraucht war, würde der Körper natürlich langsam verdampfen. Keiner von uns würde wirklich bis zum Aufprall auf dem Stern überleben.

Aber dem galt nicht unsere besondere Besorgnis. Wenn sich das Erlebnis als zu unangenehm erwies, konnten wir den schmerzhaften Teil später immer noch aus der Erinnerung herausedieren.

Es hätte vielleicht mehr Sinn gemacht, die Gehirn-Verbindung von der Kopie einfach auf einem lokalen Hochtemperatur-Buffer aufzuzeichnen, alles zurückzuinjizieren, und sich damit als Gedächtnisaufladung zusammenzuschalten. Aber Jenna wollte davon nichts wissen. Sie wollte es in Echtzeit erleben oder zumindest der Echtzeit so nahekommen, wie es die Verzögerungen, die bei Lichtgeschwindigkeit auftreten, zulassen.

Drei von uns – Jenna, Martha und ich – sprangen in die Tiefe. Etwas scheint hier in meiner Erinnerung zu fehlen; ich kann mich nicht mehr an den Grund erinnern, warum ich es tun wollte. Es mußte etwas mit einem biologischen Körper zu tun haben, eine irrationale Erwägung, die für meinen damaligen Körper normal zu sein schien, so daß ich niemals zu einem verrückten Einfall Jennas nein sagen konnte.

Und ich hatte dasselbe Erlebnis, dasselbe Gefühl damals, das ich, das du hattest, immer hast, das Gefühl, daß, mein Gott, *ich* die Kopie bin und *ich* sterben werde. Aber damals natürlich, als ich jeden Gedanken in Synchronizität dachte, gab es keine Möglichkeit, die Kopie vom Original zu unterscheiden, das Ich vom Du zu trennen.

Es ist auf seine Art ein herrliches Gefühl. Ich ließ mich fallen.

Du fühltest es, du erinnerst dich daran. Langweilig zuerst, der lange Fall mit nichts als dem Fall in Schwerelosigkeit und das Geschwätz der Freunde im Funkverkehr. Dann fiel die Eishülle langsam ab, ionisierte und begann zu leuchten, ein durchsichtiger Kokon aus bleichem Violett, und darunter der rote Stern, der immer größer wurde, die Oberfläche gefleckt und verrunzelt, und dann fielen wir plötzlich in eine Eruption hinein und durch sie hindurch, ein riesiges leuchtendes Gewölbe über uns, in dem unsere Körper durch die schiere ungeheure Größe der Schöpfung zu Zwergen wurden.

Eine unwägbare Entfernung unter mir verschwand die Krümmung des Sterns, und ich, der ich noch immer mit dreihundert Kilometern pro Sekunde fiel, hing bewegungslos über einer unendlichen Ebene, die sich von einer Seite des Horizonts bis zur anderen erstreckte.

Und dann verdampfte das letzte Eis, und ich schwebte plötzlich aufgehängt im Nichts, hing angenagelt am brennenden Himmel über endlosen karmesinroten Horizonten der Unendlichkeit, und Schmerz kam wie die Unausweichlichkeit von Gebirgen – ich löschte ihn nicht – Schmerz wie unendliche Ozeane, wie Erdteile, wie eine ungeheure, luftlose Welt.

Jenna, jetzt erinnere ich mich. Das Merkwürdige ist, daß ich mit Jenna nie eine Beziehung von Bedeutung hatte. Sie befand sich bereits in einem eigenen Bannkreis, einem Bannkreis, dem sie entschlossen loyal war, einem, der so solide und empfänglich war für ihren Chamäleoncharakter, der einen Fünften zur Komplettierung weder brauchte noch wollte.

Viel später, vielleicht ein Jahrhundert oder zwei später, fand ich heraus, daß sich Jenna selbst aufgelöst hatte. Nachdem ihr Quadrad auseinandergefallen war, hatte sie ihren Charakter in eine Festplatte heruntergeladen und dann sehr genau alles aufgezählt, das sie zu Jenna machte: alle ihre verschiedenen Fertigkeiten und Einsichten, alles, was sie erlebt hatte, ganz egal wie unbedeutend, jede Facette ihres Charakters, jede Erinnerung, jeden Traum und jede Sehnsucht: die Myriaden von Subprogrammen der Persönlichkeit. Sie erstellte ein Register ihrer Seele, und sie stellte die zehntausend Bruchstücke davon in den öffentlichen Bereich zum Herunterladen. Tausend Leute, vielleicht eine Million Leute, vielleicht sogar mehr, haben Bruchstücke von Jenna, ihrer Klugheit, ihrer Einsicht, ihrer Geschicklichkeit, mit der sie antike Instrumente spielte.

Aber niemand besitzt ihr Ich-Gefühl. Nachdem sie ihre Subprogramme kopiert hatte, löschte sie sich selbst.

Und wer bin ich?

Zwei der Techniker, die mich in mein Raumschiff einfügen und die mithelfen, die zehntausend Posten des Checks vor dem Flug zu überprüfen, sind dieselben Freunde von dem Sprung vor langer Zeit; einer von ihnen befindet sich noch immer in demselben biologischen Körper, den er damals hatte, wenngleich achthundert Jahre älter. Seine Spannkraft ist nicht geschwächt, sondern durch biologische Erneuerung optimiert. Mein Überleben, wenn ich überlebe, wird vom Timing von Mikrosekunden abhängen, und ich schäme mich, daß ich mich nicht an seinen Namen erinnern kann.

Er war, fällt mir ein, schon damals ziemlich schwerfällig und konservativ.

Wir reißen Witze und plaudern, während die Überprüfung weitergeht. Ich werde noch immer von den Selbstzweifeln abgelenkt, den Implikationen meiner wachsenden Erkenntnis, daß ich keine Ahnung habe, warum ich das tue.

Die Erforschung eines Schwarzen Lochs wäre kein Abenteuer, wenn wir nur Reisen mit Überlichtgeschwindigkeit hätten, aber von den tausend technischen Wundern des dritten und vierten Jahrtausends hat sich dieses Wunder nie verwirklicht. Falls ich den mythischen Schneller-als-Licht-Antrieb hätte, würde ich einfach aus dem Schwarzen Loch hinausfliegen. Am Ereignishorizhont fällt der Raum mit Lichtgeschwindigkeit in das Schwarze Loch; für den mythischen Antrieb wäre das keine Barriere.

Aber wir haben keinen solchen Antrieb. Einer der Gründe, warum ich diesen Sturz auf mich nehme – nicht der einzige, nicht der wichtigste, aber einer –, ist die Hoffnung, daß wissenschaftliche Messungen des verzerrten Raums im Schwarzen Loch die Natur von Raum und Zeit aufhellen werden, und daß ich somit einen der unzähligen kleinen Schritte tun werde, die uns einem SAL-Antrieb näherbringen.

Das Raumschiff, das ich lenken werde, hat einen Antrieb, der nahezu – aber nicht ganz – so gut ist. Er enthält einen mikroskopischen Knäuel von Raumzeit in einem undurchdringlichen Gehäuse, ein Knäuel, der gewöhnliche Materie paritätisch in Spiegelmaterie umkehrt. Diese totale Umwandlungsmaschine verleiht meinem Schiff wahrhaft mächtige Antriebsenergien. Der kleinste Druck auf meine Steuerungsraketen verleiht mir Tausende Ges an Beschleunigung. Für einen biologischen Körper, ganz gleich, wie gut abgefedert er ist, eine unvorstellbare Beschleunigung. Der Antrieb ermöglicht es der Rakete, das Undenkbare zu wagen, nämlich am Rand des Ereignishorizonts zu schweben, dort zu manövrieren, wo der Raum selbst sich mit nahezu Lichtgeschwindigkeit beschleunigt. Dieses Fahrzeug, nicht größer als eine Erdnuß, enthält den Antrieb einer interstellaren Sonde.

Selbst mit einem solchen Antrieb besteht das Schiff zum größten Teil aus Reaktionsmasse.

Die Abflug-Checks fallen alle grün aus. Ich bin bereit für den Abflug. Ich schalte meine Instrumente ein, überprüfe alles für mich selbst, verifiziere, was bereits dreimal überprüft worden ist und überprüfe es dann nochmals. Meine Piloten-Persona ist sehr gründlich. Grün.

»Sie haben Ihrem Schiff noch immer keinen Namen gegeben«, dringt eine Stimme zu mir durch. Es ist der Techniker, derjenige, dessen Namen ich vergessen habe. »Wie lautet Ihr Rufsignal?«

Einbahnreise, denke ich bei mir. Vielleicht etwas aus Dante? Nein, Sartre hat es besser gesagt: kein Ausweg. »*Huis Clos*«, sage ich und lasse mich frei fallen.

Soll man es nachschlagen.

Allein.

Die Gesetze der Planetenmechanik sind nicht aufgehoben worden, und ich falle nicht in das Schwarze Loch. Noch nicht. Bei der leisesten Berührung meiner Steuerungsantriebe – ich wage es nicht, den Hauptantrieb so nahe bei der Station einzusetzen – falle ich in eine elliptische Umlaufbahn, einer mit einem Perimelasma näher zur gefährlichen Zone des Schwarzen Lochs, aber immer noch ein gutes Stück außerhalb. Das Schwarze Loch ist noch immer unsichtbar, aber innerhalb meines winzigen Königreichs habe ich verstärkte Sinne von exquisiter Empfindlichkeit, die sich über das ganze Spektrum von den Radiowellen bis zur Gammastrahlung erstrecken. Ich blicke mit meinen neuen Augen in die Runde, um festzustellen, ob ich ein Röntgenstrahlleuchten von interstellarem Wasserstoff entdecken kann, der auseinandergerissen wird, aber wenn es so etwas gibt, ist es zu schwach, um selbst mit meinen empfindlichen Instrumenten wahrgenommen zu werden. Der interstellare Stoff ist hier so dünn, daß er im Grunde nicht vorhanden ist. Das Schwarze Loch ist unsichtbar.

Ich lächle. Das macht es irgendwie besser. Das Schwarze Loch ist rein, unbefleckt von jedweder Materie von draußen. Es besteht aus Gravitation und nichts sonst, ist einer rein mathematischen Abstraktion so angenähert, wie es irgendwas im Universum je sein kann.

Noch ist es nicht zu spät, zurückzuweichen. Wenn ich mich entschlösse, mit einer Million Ge zu beschleunigen, würde ich in ungefähr dreißig Sekunden relativistische Geschwindigkeiten erreichen. Ich würde keine Wurmlöcher benötigen, um fortzulaufen; ich würde kaum mein Gehirn so verlangsamen müssen, um mit nahezu Lichtgeschwindigkeit irgendwohin in der besiedelten Galaxis zu fliegen.

Aber ich weiß, daß ich es nicht tun werde. Die Psychologin wußte es auch, der Teufel hole sie, oder sie würde mich nie zu der Mission zugelassen haben. Warum? Was ist das also an mir?

Als ich mir über all das mit einem Teil meiner Aufmerksamkeit den Kopf zerbreche, während die Piloten-Persona das Schiff steuert, befällt mich blitzartig eine Erkenntnis, und bei dieser Erkenntnis kommt mir eine weitere Erinnerung. Es ist die Psychologin, und in der Erinnerung, fühle ich mich von ihr sexuell angezogen, so sehr, daß du von dem abgelenkt wirst, was sie sagt.

Jetzt fühle ich natürlich keine sexuelle Anziehung. Ich kann mich kaum daran erinnern, was es ist. Dieser Teil des Gedächtnisses ist seltsam, fremdartig.

»Wir können nicht das ganze Gehirn auf die Simulation kopieren, aber wir können genug kopieren, daß Sie, für sich selbst sich wie Sie fühlen«, sagte sie. Sie redet zu der Luft, nicht zu dir. »Sie werden keine Lücken feststellen.«

Ich bin gehirngeschädigt. Das ist die Erklärung.

Du hast die Stirn gerunzelt. »Wie konnte es mir entgehen, daß einige meiner Erinnerungen fehlen?«

»Das Gehirn trifft dafür Vorsorge. Vergessen Sie nicht, zu keinem Zeitpunkt benutzt man auch nur ein Prozent seiner Erinnerungen. Was wir auslassen, ist das Zeug, an das zu denken Sie nie Grund haben werden. Die Erinnerung an den Geschmack von Erdbeeren zum Beispiel; der Grundriß des Hauses, in dem Sie als Teenager wohnten. Ihr erster Kuß.«

Das hat dir einige Sorgen bereitet – du wolltest du selbst bleiben. Ich konzentriere mich intensiv. Wonach schmecken Erdbeeren? Ich kann mich nicht erinnern. Ich bin mir nicht einmal sicher, welche Farbe sie haben. Runde Früchte, wie Äpfel, glaube ich, nur kleiner. Und dieselbe Farbe wie Äpfel oder etwas Ähnliches, bin ich mir sicher, außer daß ich mich nicht erinnere, welche Farbe das ist.

Du hast entschieden, daß du mit dem Edieren leben kannst, solange es nicht dein essentielles Du verändert. Du hast gelächelt. »Lassen Sie den ersten Kuß drinnen.«

Daher kann ich das Rätsel unmöglich lösen: Welcher Art von Mensch ist das, der sich absichtlich in ein Schwarzes Loch fallen läßt. Ich kann es nicht, denn ich habe nicht deine Erinnerungen. In einem sehr wirklichen Sinn bin ich überhaupt nicht du.

Aber ich erinnere mich an den Kuß. Den Spaziergang in der Dunkelheit, das Gras feucht vom Tau, der Mond eine silberne Sichel am Horizont, wie ich mich ihr zuwende und ihr Gesicht bereits nach oben gewandt ist, um meinen Lippen zu begegnen. Der Geschmack ist unbeschreiblich, mehr Gefühl als Geschmack (überhaupt nicht wie Erdbeeren), die kleine Härte ihrer Zähne hinter den Lippen – alles da. Bis auf das eine kritische Detail: Ich habe nicht die geringste Ahnung, wer sie war.

Ich war ein Kind, vielleicht neun, und es gab keinen Baum in der Nachbarschaft, den du nicht hättest erklettern können. Ich war ein vorsichtiger, aufmerksamer, methodischer Kletterer. Auf dem höchsten Baum befandest du dich, wenn du zum Wipfel hinaufreichtest, über dem Blätterdach (lebte ich in einem Wald?) und tratest aus der Dunkelheit des Waldbodens hinaus in den hellen Sonnenschein. Niemand konnte so klettern wie du; niemand vermutete auch nur, wie hoch ich kletterte. Es war dein privates Versteck, so hoch, daß die Welt bloß mein Meer von grünen Wellen in dem Tal zwischen den Bergen war.

Es war wirklich meine eigene Dummheit. Gerade an der Höhe, die nötig war, um in das Sonnenlicht hinauszugelangen, waren die Zweige dürr und dünn wie der kleine Finger. Sie bogen sich beängstigend unter deinem Gewicht, aber ich wußte genau, wieviel sie tragen konnten. Wie sie sich bogen, war ein Schauergefühl, aber ich war vorsichtig und wußte genau, was ich tat.

Erst weiter unten, wo die Zweige dick und sicher waren, wurde ich unachtsam. Drei Unterstützungspunkte, das war die Sicherheitsregel, aber ich langte unachtsam nach einem Zweig, als in meiner anderen Hand ein Zweig brach, und ich verlor das Gleichgewicht. Ich rutschte ab. Für einen langen Augenblick war ich im Raum aufgehoben, rings um mich Zweige. Ich griff aus und erfaßte nur Blätter, und ich fiel und fiel und fiel, und ich konnte lediglich denken, daß die Zweige und Blätter an mir vorbei nach oben fielen, o je, ich hatte mich verrechnet, ich war wirklich dumm.

Dieser Gedächtnisblitz endet ohne Abschluß. Ich muß auf dem Boden aufgeschlagen sein, aber ich kann mich nicht daran erinnern. Jemand muß mich gefunden haben oder ich ging oder kroch zurück, vielleicht benommen, und fand jemanden, aber ich kann mich nicht daran erinnern.

Eine halbe Million Kilometer vom Loch entfernt. Wenn meine elliptische Umlaufbahn um die Sonne statt um ein Schwarzes Loch verliefe, hätte ich bereits die Oberfläche durchstoßen. Ich halte jetzt den Rekord für die größte Annäherung eines Menschen. Für meine unverstärkten Sinne gibt es noch immer nichts zu sehen. Es scheint surreal zu sein, daß ich mich im Griff von etwas derart Mächtigem befinde, das absolut unsichtbar ist. Mit meinen teleskopverstärkten Augen kann ich das Schwarze Loch an dem ausmachen, was nicht dort ist, ein winziger Ort aus Schwärze, beinahe nicht zu unterscheiden von jedem anderen Flecken Dunkelheit, abgesehen von der seltsamen Bewegung der Sterne in seiner Nähe.

Mein Schiff sendet einen ununterbrochenen Strom von Meßdaten zur Station zurück. Ich verspüre den Drang, einen verbalen Kommentar abzugeben dafür steht sehr viel Bandbreite zur Verfügung –, aber ich habe nichts zu sagen. Es gibt nur einen einzigen Menschen, mit dem ich gerne reden würde, aber du bist im absoluten Nullpunkt eingesponnen und wartest darauf, daß ich mich dort hinauflade und zu dir werde.

Meine Ellipse führt mich nach innen, ich bewege mich immer schneller. Ich befinde mich noch immer in Newtons Griff, weit entfernt von der Sphäre, wo Einstein Platz greift.

Ein Zehntel des Sonnenradius. Die Schwärze, in der ich kreise, ist jetzt groß genug, daß ich sie ohne Teleskop sehen kann, so groß wie die Sonne von der Erde aus gesehen, und schwillt an, während ich sie mit meinen zeitverzerrten Sinnen beobachte. Aufgrund ihrer Gravitation ist die Schwärze vor dem Sternmuster ein bißchen größer als die Scheibe des Schwarzen Lochs selbst. Die Quadratwurzel von siebenundzwanzig durch zwei – ungefähr zweieinhalbmal so groß, stellt die Physiker-Persona fest. Ich beobachte es fasziniert.

Was ich sehe, ist eine Blase aus reinster Schwärze. Die Blase schiebt die fernen Sterne beim Anschwellen von sich fort. Meine Umlaufbewegung bewirkt, daß die Hintergrundsterne so aussehen, als schweiften sie über den Himmel, und ich beobachte, wie sie sich dem Schwarzen Loch nähern und dann, glatt von der Gravitation angetrieben, sich zur Seite bewegen, ein Strom von Sternen, die an einem unsichtbaren Hindernis vorbeifließen. Ich weiß, es ist ein Bündelungseffekt der Gravitation, aber der Anblick der vorbeifließenden Sterne ist so spektakulär, daß ich ihn mir nicht entgehen lassen kann. Die Gravitation schiebt einen jeden Stern auf die eine oder andere Seite. Wenn ein Stern sich direkt hinter dem Loch vorbeibewegte, würde er sich scheinbar aufspalten und einen Augenblick lang zu einem vollkommenen Lichtkreis werden, einem Einstein-Ring. Aber diese präzise Anordnung ist zu selten, als daß man sie zufällig sähe.

In der Nähe bemerke ich einen noch seltsameren Effekt. Die schweifenden Sterne weichen geschmeidig der Blase aus Dunkelheit aus, aber ganz in der Nähe der Blase gibt es andere Sterne, Sterne, die sich tatsächlich in die entgegengesetzte Richtung bewegen, ein konträrer Strom von Sternen. Es kostet mich viel Zeit (vielleicht Mikrosekunden), ehe mir meine Physiker-Persona mitteilt, daß ich das Bild der Sterne in einem Einstein-Spiegel sehe. Das ganze äußere Universum wird in einem engen Ring außerhalb des Schwarzen Lochs gespiegelt, und das Spiegelbild fließt mit der Spiegelung meiner eigenen Bewegung weiter.

Im Mittelpunkt des Ringes gibt es überhaupt nichts.

Fünftausend Kilometer, und ich bewege mich schnell. Die Schwerebeschleunigung beträgt hier mehr als zehn Millionen Ge, und ich bin noch immer den fünfzigfachen Schwarzschild-Radius vom Schwarzen Loch entfernt. Die Einsteinsche Korrektur der Newtonschen Gesetze ist aber noch immer winzig, und falls ich nichts täte, würde meine Umlaufbahn noch immer um das Schwarze Loch herumschwingen und in die äußere Welt führen.

Tausend Kilometer. Perimelasma, der naheste Punkt meiner elliptischen Umlaufbahn. Der zehnfache Schwarzschild-Radius, nahe genug, daß Einsteins Korrektur Newtons jetzt für die Geometrie des Raums einen kleinen Unterschied ausmacht. Ich starte den Hauptantrieb. Meine Geschwindigkeit ist so ungeheuer, daß es über eine Sekunde meiner mit einer Million Ge feuernden Motoren bedarf, um meiner Bahn Kreisform zu geben.

Mein Zeitsinn hat sich seit langem zum normalen beschleunigt und ist dann schneller als der normale geworden. Ich umkreise das Schwarze Loch jetzt rund zehnmal pro Sekunde.

Großer Gott, darum gibt es mich, darum bin ich hier!

Alle meine Zweifel werden von einem Ansturm unverhüllter Macht hinweggefegt. Kein biologisches Wesen hätte bis jetzt überleben können; kein biologisches Wesen hätte auch nur das Feuern der Triebwerke mit einer Million Ge Beschleunigung überlebt, und ich stehe erst am Anfang! Ich grinse wie ein Wahnsinniger, poche mit einer höchst unwissenschaftlichen Erregung, die das elektronische Gegenstück eines Adrenalinstoßes sein muß.

Ach, dieses Schiff ist hervorragend. Dieses Schiff ist

'ne Wucht. Eine Million Ge feuern, und ich habe kaum den Beschleunigungshebel berührt. Ich hätte ein bißchen kreiseln sollen, bevor ich mich hineinstürzte, hätte mit *Huis Clos* unter vollem Antrieb in der Nachbarschaft herumflitzen sollen. Aber es war absolut außer Frage gestanden, den Hauptantrieb so nahe an der Wurmloch-Station in Betrieb zu nehmen. Selbst bei der unglaublichen Effizienz des Antriebs mußte dieses Perimelasma-Feuern bei einer Million Ge die Forschungsstation wie eine unversehens entstandene Sonne angestrahlt haben.

Ich kann es kaum erwarten, die *Huis Clos* nahe hinein zu lenken und herauszufinden, was sie wirklich kann.

Meine Kreisbahngeschwindigkeit beträgt ein Viertel der Lichtgeschwindigkeit.

Der Orbit bei neunhundert Kilometern ist nur eine Parkumlaufbahn, eine Chance für mich, meine Ausrüstung zu checken, letzte Messungen vorzunehmen, und, im Prinzip, eine letzte Chance für mich, meinen Entschluß zu ändern. Es gibt aber nichts zu erforschen, was die Sonden nicht bereits gemessen hätten, und ich werde meinen Entschluß unter keinen Umständen ändern, so vernünftig das auch erscheinen mag.

Der Strom aus Sternen wirbelt in einem Tanz von Gegenströmung um die Schwärze unter mir. Der Horizont wartet.

Der Horizont unten ist unsichtbar, aber wirklich. Es gibt keine Barriere am Horizont, nichts zu sehen, nichts zu fühlen. Ich spüre, daß ich unfähig sein werde, es zu entdecken, außer in meinen Berechnungen.

Ein Ereignishorizont ist eine einseitig permeable Membran, ein Ort, in den man hineingelangen kann, aber weder du noch Funksignale können hinaus. Der Mathematik zufolge ändern die Richtungen von Raum und Zeit ihre Identität, wenn ich durch den Ereignishorizont hindurchgehe. Der Raum rotiert in die Zeit hinein; die Zeit in den Raum. Das hat zu bedeuten, daß die Richtung zum Zentrum des Schwarzen Lochs, nachdem ich den Ereignishorizont passiert habe, die Zukunft sein wird. Die Richtung aus dem Schwarzen Loch heraus wird die Vergangenheit sein. Das ist der Grund, weshalb niemand und nichts jemals ein Schwarzes Loch verlassen kann; der Weg hinein ist die einzige Richtung, in die wir immer gehen müssen, ob wir es wollen oder nicht: in die Zukunft.

Das behauptet zumindest die Mathematik.

Die Zukunft in einem Schwarzen Loch ist sehr kurz.

Bislang hat die Mathematik völlig recht gehabt. Nichtsdestoweniger mache ich weiter. Mit infinitesimalen Ausstößen aus meinem Antrieb treibe ich meine Umlaufbahn tiefer.

Die Blase aus Dunkelheit wird größer, und die Gegenströmung von Sternen darum herum wird verwickelter. Als ich mich dem dreifachen Schwarzschild-Radius nähere, 180 km, überprüfe ich alle meine Systeme. Das ist der Punkt, ab dem es keine Rettung gibt: innerhalb des dreifachen Schwarzschild-Radius ist keine Umlaufbahn mehr stabil, und meine automatischen Systeme werden ständig Schub geben, um meine Umlaufparameter so anzupassen, daß ich nicht in das Schwarze Loch falle oder in die Unendlichkeit hinauskatapultiert werde. Meine Systeme sind alle funktionsfähig, in perfekter Form für den gefährlichen Sprung. Meine Umlaufgeschwindigkeit hat bereits halbe Lichtgeschwindigkeit erreicht. Unterhalb dieses Punktes wird die Zentrifugalkraft gegen Null zu abnehmen, wenn ich die Umlaufbahn tiefer lege, und ich muß meine Motoren dazu benutzen, meine Geschwindigkeit beim Abstieg zu steigern, sonst stürze ich in das Loch.

In meiner Kindheit, in den letzten Jahren des zweiten Jahrtausends, hätte niemand geglaubt, daß man ewig leben würde. Niemand hätte mir geglaubt, wenn ich erzählt hätte, daß ich an meinem tausendsten Geburtstag keine Vorstellung hatte, wirklich zu sterben.

Selbst wenn all unsere schlauen Tricks versagen, selbst wenn ich durch den Ereignishorizont stürze und zu Spaghetti ausgezogen und von der Singularität zermalmt werde, werde ich nicht sterben. Du, mein Original, wirst fortleben, und wenn du sterben solltest, so haben wir bereits Dutzende von Sicherungs- und Fortsetzungs-Kopien hergestellt, von denen einige Versionen sicher noch immer fortleben werden. Mein individuelles Leben hat wenig Bedeutung. Ich kann, wenn ich mich dafür entscheide, in diesem Augenblick meinen Gehirnzustand zu der Umlaufstation übertragen, wieder erwachen, ganz, und genau diesen Gedanken fortsetzen, ohne zu merken (außer auf einer abstrakten intellektuellen Ebene), daß ich und du nicht dieselben sind.

Wir sind jedoch nicht dieselben, du und ich. Ich bin eine gekürzte Version von dir, und die Erinnerungen, die herausgestrichen worden sind, selbst wenn es nie dazu kommt, daß ich sie denke, machen mich anders, zu einem neuen Individuum. Zu einem Nicht-du.

Auf der Ebene der Metaphern steht das Schwarze Loch für den Tod, die Schwärze, die uns alle verschlucken wird. Aber was bedeutet der Tod in einer Welt von Matrix-Sicherungskopien und modularer Persönlichkeit? Ist mein Sturz ein Todeswunsch? Ist es die Art und Weise, wie ich dem Tod eine lange Nase zeige? Denn ich habe vor zu überleben. Nicht du. Ich.

Ich umkreise das Schwarze Loch jetzt mehr als hundertmal pro Sekunde, aber ich habe die Operationsgeschwindigkeit meines Gehirns entsprechend beschleunigt, so daß mir ein Umlauf richtig gemütlich vorkommt. Die Aussicht von hier ist seltsam. Das Schwarze Loch unter mir ist zur Größe einer kleinen Welt angeschwollen, einer Welt perfekter samtener

Schwärze, umgeben von einem Gürtel verrückt kreisender Sterne.

Kein Antrieb, gleich wie energiereich, kann ein Schiff in einer Umlaufbahn des anderthalbfachen Schwarzschild-Radius halten; in dieser Entfernung beträgt die Umlaufgeschwindigkeit Lichtgeschwindigkeit, und nicht einmal mein Totalkonversions-Antrieb kann mich auf Lichtgeschwindigkeit beschleunigen. Darunter gibt es überhaupt keine Umlaufbahnen. Ich bremse meinen Abstieg in einer Umlaufbahn von nur sechzig Kilometern Entfernung über dem Ereignishorizont, als meine Umlaufgeschwindigkeit 85 Prozent der Lichtgeschwindigkeit erreicht. Hier kann ich verweilen und die fortwährenden kleinen Anpassungen der Triebwerke ignorieren, die meine Umlaufbahn davor bewahren, über die Messerschneide zu gleiten. Die samtene Schwärze des Schwarzen Lochs füllt jetzt beinahe das halbe Universum aus, und wenn ich der Sicht nach außen vertraue, scheint es so, als glitte ich auf einer schiefen Ebene in das Schwarze Loch hinab. Ich ignoriere meinen Pilotendrang, die automatische Navigation auszuschalten und die Bahn von Hand auszugleichen. Das Abgleiten nach unten ist nur eine relativistische Aberration, sonst nichts, eine Illusion meiner Geschwindigkeit.

Und 85 Prozent Lichtgeschwindigkeit ist die höchste Umlaufgeschwindigkeit, die ich einzuschlagen wage; ich muß meinen Treibstoff für den schwierigen Teil des Sturzes, der mir bevorsteht, aufsparen.

In meiner instabilen Umlaufbahn sechzig Kilometer über dem Schwarzen Loch gestatte ich dem Schiffscomputer, mit dem Computer in der Wurmloch-Station zu plaudern, die Beobachtungen meiner Sensoren zu aktualisieren und herunterzuladen.

An diesem Punkt soll ich laut dem Plan meiner Mission meinen Gehirnzustand durchgeben, so daß, sollte weiter unten im Gravitationsbrunnen etwas passieren, du, mein Original, imstande sein wirst, meinen Zustand und meine Erlebnisse bis zu diesem Punkt herunterzuladen. Zum Teufel damit, denke ich, eine winzige Rebellion. Ich bin nicht du. Wenn du mit meinen Erinnerungen erwachst, bin ich deswegen nicht weniger tot.

Niemand in der Wurmloch-Station zweifelt meine Entscheidung an, nichts durchzugehen.

Ich erinnere mich jetzt an etwas anderes. »Sie sind eine Persönlichkeit vom Typ N«, hatte die Psychologin gesagt und am Daumen gezupft, um unsichtbare Blätter von Testresultaten durchzublättern. Diese Geste verriet ihre Epoche; nur jemand, der vor den direkten Computerverbindungen aufgewachsen war, würde einen Körpermuskel bewegen, um etwas Virtuelles aufzurufen. Sie stammte aus dem einundzwanzigsten Jahrhundert, vielleicht sogar aus dem zwanzigsten. »Aber ich nehme an, daß Sie das bereits wissen.«

»Typ N?« fragtest du.

»Neuheiten-suchend«, sagte sie. »Im besonderen jemand, der angesichts neuer Situationen nicht zu Panik neigt.«

»Ach«, sagtest du. Das wußtest du bereits. »Da wir gerade von Neuheiten-suchend sprechen, was halten Sie davon, mit einer Persönlichkeit vom N-Typ zu schlafen?«

»Das wäre unprofessionell.« Sie runzelte die Stirn. »Glaube ich.«

»Nicht einmal mit einer, die davor steht, in ein Schwarzes Loch zu springen?«

Sie schloß die Computer-Verbindung mit einem Schlenker ihres Handgelenks und wandte den Kopf, um dich anzusehen. »Also...«

Von diesem Punkt an muß alles auf die Mikrosekunde genau stimmen, damit der Tanz, den wir geplant haben, ein Erfolg wird. Mein Computer und der Stations-Computer vergleichen eingehend die Uhren, messen Doppler-Verschiebungen mit übergenauer Präzision. Wie zu erwarten, gehen meine Uhren nach, aber die Hälfte ihrer Langsamkeit ist der relativistischen Zeitdilation infolge meiner Geschwindigkeit zuzuschreiben. Die gravitationsbedingte Rotverschiebung ist noch immer bescheiden. Nach einigen Millisekunden – für mich, in meinem aufgeputschtem Zustand, ein langes Warten – wird bekanntgegeben, daß sie übereinstimmen. Die Station hat ihren Teil bereits geleistet, und ich beginne mit der nächsten Phase meines Abstiegs.

Als erstes feuere ich mein Triebwerk, um aus der Umlaufbahn zu kommen. Ich werfe den Beschleunigungshebel auf fünfzig Millionen Ge Beschleunigung, und die Brennzeit beträgt beinahe eine Sekunde, eine veritable Ewigkeit, um meinen Flug zu verlangsamen.

Eine Augenblick lang schwebe ich, dann beginne ich zu fallen. Ich wage es nicht, zu schnell zu fallen, und schiebe den Beschleunigungshebel ganz nach vorn, bis auf hundert Mega-Ge, fünfhundert, eine Milliarde Ge. Bei einer Beschleunigung von vierzig Milliarden Ge kommt mein Antriebsschub der Anziehung des Schwarzen Lochs gleich, und ich schwebe.

Die Schwärze hat jetzt das halbe Universum verschluckt. Alles unter mir ist schwarz. Exakt zwischen der Schwärze unten und dem Sternenhimmel oben zerteilt eine spektakuläre helle Linie die Himmelssphäre. Ich habe die Höhe erreicht, in der die Umlaufgeschwindigkeit der Lichtgeschwindigkeit gleichkommt, und das Licht vom Ausstoß meiner Raketen ist im Orbit um das Schwarze Loch. Die Linie, die ich um den Himmel beobachte, ist der Anblick meiner eigenen Rakete, gesehen in dem Licht, das den ganzen Weg um das Schwarze Loch gereist ist. Alles, was ich sehen kann, ist der Ausstoß, weit heller als alles übrige am Himmel.

Das Zweithellste ist das Laserleuchtfeuer aus der Wurmloch-Station über mir, das jetzt von der ursprünglichen roten Laserfarbe in ein grünliches Blau verschoben ist, und ich manövriere bedächtig, bis ich mich direkt unter der Station in ihrem Lauf befinde.

Bei vierzig Milliarden Ge ist selbst mein ultrastarker Körper an seinen Grenzen angelangt. Ich kann mich nicht mehr bewegen, und sogar der kleine Finger ist gegen die körperformgerechte Beschleunigungsliege gepreßt. Aber die Steuerungsinstrumente, Hardware mit einer Schnittstelle zum Gehirn, erfordern von mir nicht, daß ich einen Finger hebe, wenn ich dem Raumschiff einen Befehl erteile. Das Kommando, das ich *Huis Clos* erteile, lautet: Hinunter.

Den Antriebshebel leicht zurückgeschoben, falle ich von der Photonenkugel nach innen, die helle Lichtspur meines Ausstoßes verschwindet. Jedes abirrende Photon aus meinem Antrieb wird nun nach unten gesogen.

Jetzt hat sich mein Anblick des Universums verändert. Das Schwarze Loch ist zu dem Universum um mich geworden, und das Universum selbst, all die Galaxien und Sterne und die Wurmloch-Station haben sich zu einer schrumpfenden Sphäre von glitzerndem Staub über mir verwandelt.

Sechzig Milliarden Ge. Siebzig. Achtzig.

Achtzig Milliarden Ge bedeutet vollen Schub. Ich verbrenne Treibstoff in einem unglaublichen Tempo und halte mich nur mit Mühe auf der Stelle. Ich bin noch immer zwanzig Kilometer über dem Horizont.

Es gibt ein Gesetz der Physik, das nicht zu brechen ist: Unglaubliche Beschleunigungen bedeuten einen unglaublichen Treibstoffverbrauch. Selbst wenn mein Raumschiff, der Masse nach, hauptsächlich aus Treibstoff besteht, kann ich bei dieser Beschleunigung den Antrieb weniger als eine Millisekunde lang arbeiten lassen. Ich stelle ihn ab und falle.

Jetzt wird es nicht mehr lange dauern. Das ist meine letzte Chance, eine Kopie meines Geistes hinauf in die Wurmloch-Station zu übertragen, damit sie in deinem Körper erwacht, mit meiner letzten Erinnerung, dem Entschluß, meinen Geist hinauf zu übertragen.

Ich tue es nicht.

Die Sterne sind um den Faktor zwei ins Blaue verschoben, was sie nicht merklich blauer macht. Jetzt, da ich aufgehört habe zu beschleunigen, fällt das Sternenlicht mit mir in das Loch, und die Sterne verschieben sich nicht weiter nach Blau. Meine Instrumente sondieren das Vakuum um mich herum. Die Theoretiker behaupten, daß das Vakuum nahe dem Horizont eines Schwarzen Lochs ein exotisches Vakuum ist, wimmelnd von verborgener Energie. Nur ein Schiff, das den Ereignishorizont durchstößt, wäre imstande, das zu messen. Ich tue es und zeichne die Ergebnisse auf den Aufnahmegeräten meines Schiffes auf, da es jetzt viel zu spät ist, um etwas über Funk zurückzusenden.

Es gibt kein Zeichen, das den Ereignishorizont markieren würde, und es gibt überhaupt keinen Hinweis, als ich ihn passiere. Wenn nicht der Computer wäre, gäbe es für mich keine Möglichkeit zu erfahren, daß ich den Punkt ohne Wiederkehr überschritten habe.

Nichts ist anders geworden. Ich sehe mich in der winzigen Kabine um und kann keine Veränderung bemerken. Die Schwärze unter mir wächst weiter, aber sonst ist alles unverändert. Das äußere Universum schrumpft weiterhin über mir; die Helligkeit beginnt sich in einem Gürtel um den Rand der leuchtenden Sphäre der Sterne zu konzentrieren, aber das ist nur ein Effekt meiner Bewegung. Der einzige Unterschied ist der, daß mir noch ein paar hundert Mikrosekunden verbleiben.

Von der Perspektive der Außenwelt ist das Licht meines Raumschiffs langsamer geworden und hat am Horizont aufgehört sich zu bewegen. Ich habe aber mein zögerndes Image bei weitem übertroffen und falle mit unglaublicher Geschwindigkeit auf das Zentrum zu. Exakt im Zentrum befindet sich die Singularität, weit kleiner als ein Atom, ein mathematischer Punkt von unendlicher Anziehungskraft und unendlichem Geheimnis.

Wer immer ich bin, ob ich jetzt überlebe oder nicht, ich bin der erste Mensch, der den Ereignishorizont eines Schwarzen Lochs durchdrungen hat. Das ist ein Hurra wert, auch wenn es niemand hören kann. Nun muß ich auf die Hoffnung bauen, daß das mikrosekundenexakte Timing der Techniker über mir für den zweiten Teil meines verwickelten Tanzes, den Teil, der mir vielleicht erlaubt, zu überleben, wenn alles gutgeht, alles perfekt war.

Über mir sind die Sterne, der Theorie zufolge, bereits ausgebrannt, und selbst der armselige Rote Zwerg hat den letzten Rest seines Wasserstoffbrennstoffs ausgespuckt und ist erkaltet. Das Universum hat bereits geendet, die Sterne sind erloschen. Ich sehe noch immer ein beständiges Glühen von Sternenlicht aus dem Universum über mir, aber das ist fossiles Licht, Licht, das seit Äonen mit mir in das Schwarze Loch gefallen ist, gefangen in der unendlich zerdehnten Zeit des Schwarzen Lochs.

Für mich hat die Zeit in den Raum rotiert, und der Raum in die Zeit. Nichts fühlt sich für mich anders an, aber ich kann die Singularität im Mittelpunkt des Schwarzen Lochs so wenig vermeiden wie die Zukunft. Das heißt, es sei denn, ich habe einen Trick im Ärmel.

Natürlich habe ich einen Trick im Ärmel.

Im Mittelpunkt des sphärischen Universums über mir befindet sich ein Punkt strahlenden Blauvioletts; das fossile Licht des Laserleuchtturmfeuers der Station im Orbit. Meine Reaktionsdüsen haben meine Bahn so adjustiert, daß ich immer mitten im Leitstrahl bleibe, daher befinde ich mich unmittelbar unter der Station. Alles, was von der Station abgeworfen wird, fällt, wenn die Sache richtig funktioniert, direkt auf die Bahn, der ich folge.

Ich nähere mich jetzt dem Zentrum, und die Gezeitenkräfte, die meinen Körper strecken, steigern sich langsam auf eine Milliarde Ge pro Millimeter. Viel höher, und selbst mein ungeheuer starker Körper wird zu Spaghetti zerrissen. Es verbleiben mir nur noch Mikrosekunden. Es ist an der Zeit.

Ich hämmere auf meine Maschine: voller Schub. Weit entfernt und vor langer Zeit haben meine Freunde auf der Wurmloch-Station über mir ein Wurmloch in den Ereignishorizont geworfen. Falls ihr Timing perfekt war...

Aus einem Universum, das bereits gestorben ist, kommt das Wurmloch.

Selbst bei meinem beschleunigten Zeitsinn geschieht alles sehr schnell. Das Laserleuchtfeuer erlischt blinkend, und das Wurmloch senkt sich um mich nieder wie die Strafe Gottes, viel schneller, als ich reagieren kann. Die funkengefüllte Sphäre des Universums geht blinkend aus wie ein Licht. Das Schwarze Loch – und die Gezeitenkräfte, die meinen Körper strecken – verschwinden plötzlich. Einen einzigen Augenblick lang sehe ich unter mir eine schwarze Scheibe, und dann rotiert das Wurmloch, verdreht sich, streckt sich und ist lautlos verschwunden.

Vom Schwarzen Loch auseinandergerissen.

Mein Schiff schwingt infolge des plötzlichen Endens der Gezeitenkräfte wie eine Glocke. »Ich hab's geschafft«, schreie ich. »Es hat funktioniert! Gottverdammt, es hat wirklich funktioniert!«

Die Theoretiker haben vorausgesagt, daß ich imstande sein würde, das Wurmloch zu passieren, ehe es von der Singularität im Mittelpunkt zerfetzt werden würde. Die andere Möglichkeit, daß die Singularität selbst, unendlich klein und unendlich mächtig, mir durch das Wurmloch folgen könnte, wurde von allen verlacht, die von sich behaupten konnten, etwas von Wurmloch-Physik zu verstehen. Diesmal hatten die Theoretiker recht gehabt.

Aber wo bin ich?

Jetzt sollten Glückwünsche in meinen Empfänger strömen, ganze Mannschaften von Freunden und Technikern herüberschwärmen, um mich jubelnd willkommen zu heißen.

»*Huis Clos*«, sage ich durch den Funk. »Ich habe es geschafft! Hier *Huis Clos*. Ist da jemand?«

In der Theorie sollte ich bei Wolf-562 herausgekommen sein. Aber ich sehe ihn nicht. Ist das, was ich sehe, überhaupt als das Universum erkennbar?

Es gibt keine Sterne.

Anstatt von Sternen ist der Himmel erfüllt von Linien, Parallelen weißen Lichts, unzähligen tausend. Den Himmel beherrscht dort, wo der Stern Wolf-562 hätte sein sollen, ein glühender roter Zylinder, völlig gerade, der sich nach rechts und links in die Unendlichkeit erstreckt.

Bin ich in ein anderes Universum versetzt worden? Hat vielleicht die Anziehungskraft des Schwarzen Lochs das Wurmloch abgetrennt, es völlig von unserem Universum losgerissen und es mit diesem seltsamen neuen verbunden?

Wenn das stimmt, bin ich zum Untergang verurteilt. Das Wurmloch hinter mir, mein einziger Ausgang aus diesem seltsamen Universum, ist bereits vernichtet. Nicht, daß eine Flucht mir etwas genützt hätte – sie hätte mich bloß an den Ort zurückgebracht, von dem ich geflohen war, um durch die Singularität des Schwarzen Lochs zermalmt zu werden.

Ich konnte nur mein Gehirn ausschalten, und ich habe in einem gewissen Sinn nichts verloren. Man wird dich aus dem Suspensionszustand hervorholen, dir erzählen, daß diejenige Ausgabe von dir, die in das Schwarze Loch gefallen ist, nichts heraufgeladen hat, und daß man den Kontakt verloren hat, nachdem ich den Ereignishorizont passiert hatte. Das Experiment ist gescheitert, aber du warst nie in Gefahr.

Aber, so sehr du auch denkst, daß wir dieselben sind, ich bin nicht du. Ich bin ein einzigartiges Individuum. Wenn du ohne die erwarteten neuen Erinnerungen wiederbelebt wirst, bin ich verschwunden.

Ich möchte überleben. Ich möchte zurückkehren.

Ein Universum aus Lichtröhren! Helle Gitterstäbe eines unendlichen Käfigs. Die leuchtenden Linien am Himmel weisen leichte Variationen in der Farbe auf, von einem fahlen Rot zu einem Lichtbogen-Blau. Sie müssen dem roten Zylinder in meiner Nähe ähneln, rechne ich mir aus, aber Lichtjahre entfernt sein. Wie ist es möglich, daß ein Universum Lichtlinien anstelle von Sternen hat?

Ich bin erstaunlich gut ausgerüstet, um dieser Frage nachzugehen, mit Sinnen, die von Radiowellen bis zu Röntgenstrahlen reichen, und ich habe für die annähernd nächsten tausend Jahre nichts anderes zu tun. Daher nehme ich eine Spektralanalyse des Lichts des leuchtenden roten Zylinders vor.

Ich erwarte mir nicht, daß das Spektrum etwas aufzeigt, das ich interpretieren könnte, aber merkwürdigerweise sieht es normal aus. Es sieht nach dem Spektrum eines Sterns aus, was unmöglich stimmen kann.

Der Computer kann sogar, anhand seiner Daten über Millionen von Spektren, feststellen, um welchen Stern genau es sich handelt. Das Licht von dem Zylinder hat die Spektral-Signatur von Wolf-562.

Eine zufällige Übereinstimmung? Es kann sich unmöglich um Zufall handeln, daß von Milliarden möglicher Spektren dieses leuchtende Schwert am Himmel genau das Spektrum des Sterns aufweist, der hier hätte sein sollen. Es ist kein anderer Schluß möglich als daß der Zylinder Wolf-562 *ist*.

Ich analysiere einige weitere Spektren, diesmal wähle ich nach dem Zufallsprinzip drei der Lichtlinien am Himmel aus, und der Computer analysiert sie für mich. Ein helles: das Spektrum von 61 Virginis. Ein schwächeres: ein Gegenstück zu Wolf-1061. Ein blau-weißer Streifen: Wega.

Die Linien am Himmel sind Sterne.

Was hat das zu bedeuten?

Ich bin nicht in einem anderen Universum. Ich bin in unserem Universum, aber das Universum ist transformiert worden. Ist es möglich, daß der Zusammenstoß eines Wurmlochs mit einem Schwarzen Loch unser Universum vernichtete und Sonnen wie Kaugummi zu unendlichen Geraden streckte? Unmöglich. Selbst wenn dies geschehen wäre, würde ich die weit entfernten Sterne noch immer als Punkte sehen, da ihr Licht Hunderte von Jahren unterwegs gewesen sein mußte.

Das Universum kann sich nicht verändert haben. Deshalb, das sagt die Logik, muß ich es sein, der verwandelt worden ist.

Da ich soviel herausgefunden habe, liegt die einzige mögliche Antwort auf der Hand.

Wenn die Mathematiker den Durchgang durch den Ereignishorizhont eines Schwarzen Lochs beschreiben, so sagen sie, daß die Richtungen von Raum und Zeit die Identität tauschen. Ich hatte immer geglaubt, das sei bloß eine mathematische Kuriosität, aber wenn es stimmt, so war ich rotiert, als ich den Ereignishorizont passiert hatte und nahm jetzt die Zeit als eine Richtung im Raum wahr, und eine der Raumachsen als Zeit – das würde alles erklären. Sterne erstrecken sich von Milliarden von Jahren in der Vergangenheit bis weit in die Zukunft; da ich Zeit als Raum wahrnehme, sehe ich Lichtlinien. Wenn ich näher käme und einen der felsigen Planeten von Wolf-562 fände, würde er wie eine Borte um den Stern aussehen, eine Helix aus solidem Fels. Konnte ich darauf landen? Wie würde die Wechselwirkung mit einer Welt aussehen, wo das, was ich als Zeit wahrnehme, eine Richtung im Raum ist?

Meiner Physiker-Persona mißfällt diese Erklärung, aber es gelingt ihr nicht, eine bessere zu finden. In dieser seltsamen Seitensprung-Existenz muß ich die Bewahrungsgesetze der Physik wie verrückt verletzen, aber die Persona konnte keine andere andere Hypothese finden und sieht sich widerwillig gezwungen zuzustimmen: die Zeit ist in den Raum rotiert.

Für jemanden draußen muß ich wie ein String aussehen, ein knotiges langes Seil mit einem Ende beim Wurmloch und dem anderen bei meinem Tod, wo immer das sein mag. Aber niemand könnte mich schnell genug sehen, denn ohne zeitliche Ausdehnung muß ich lediglich ein flüchtiges Ereignis sein, das überall ins Dasein einbricht und im selben Augenblick verschwindet. Es gibt keine Möglichkeit für mich, ein Signal zu senden, keine Möglichkeit, wie ich kommunizieren könnte…

Oder? Die Zeit ist jetzt eine Richtung, in der ich so einfach reisen kann, wie ich meine Rakete benutze. Ich könnte einen Planeten finden, parallel zur Richtung der Oberfläche fliegen…

Aber nein, alles, was ich tun könnte, wäre, den Bewohnern kurz als eine Scheibe, als Querschnitt von mir selbst, unendlich dünn, zu erscheinen. Es gibt keine Möglichkeit, wie ich kommunizieren könnte.

Ich kann jedoch in der Zeit reisen, wenn ich will. Gibt es eine Möglichkeit, wie ich mir das zunutze machen könnte?

Warte. Wenn ich aus dem Raum in die Zeit rotiert bin, dann gibt es eine Richtung im Raum, in der ich mich nicht bewegen kann. Welche Richtung ist das? Die Richtung, die vom Schwarzen Loch wegführte.

Interessante Gedanken, aber keine, die mir viel helfen. Um zurückzukehren, muß ich neuerlich Raum und Zeit flippen. Ich könnte einen Sprung in ein Schwarzes Loch machen. Das würde Raum und Zeit wieder rotieren, aber es würde mir nichts bringen: sobald ich das Schwarze Loch verließ – sofern ich das Schwarze Loch verlassen konnte – würde sich nichts ändern.

Außer es gab innerhalb des Schwarzen Lochs ein Wurmloch, das hinein seiner Zerstörung entgegenfiel, im selben Augenblick, in dem ich dort war? Aber das einzige Wurmloch, das in ein Schwarzes Loch gefallen war, war bereits zerstört. Außer, ich konnte in der Zeit vorausreisen? Gewiß würde eines Tages ein Forschungsteam ein neues Wurmloch in das Schwarze Loch fallen lassen...

Idiot. Natürlich gibt es eine Lösung. Die Zeit ist für mich eine räumliche Dimension, daher kann ich jetzt in der Zeit in beiden Richtungen reisen, vorwärts und zurück. Ich brauche bloß einen Augenblick zurückzugehen, gerade nachdem das Wurmloch den Ereignishorizont passiert hat und unter vollem Schub hindurchzuschießen. Im selben Augenblick, da mein ursprüngliches Selbst durch das Wurmloch schießt, um der Singularität zu entgehen, kann ich in der entgegengesetzten Richtung durchgehen und ins wirkliche Universum zurückrotieren.

Die Station beim Schwarzen Loch in der Virgo ist vierzig Lichtjahre entfernt, und ich wage es nicht, das ursprüngliche Wurmloch zu benutzen, um es zu erreichen. Mein raumzeitlich rotierter Körper muß eine längliche Schlange in dieser Version der Raum-Zeit sein, und ich verspüre nicht den Wunsch herauszufinden, was ein Wurmloch-Durchgang mit ihm anstellt, solange ich noch eine andere Wahl habe. Trotzdem ist es für mich kein Problem. Selbst bei dem wenigen Treibstoff, der kaum ausreicht, um für ein paar Mikrosekunden Schub zu erzeugen, kann ich einen merklichen Bruchteil der Lichtgeschwindigkeit erreichen, und ich kann mein Gehirn verlangsamen, so daß mir die Reise lediglich wie ein Augenblick vorkommt.

Für einen äußeren Beobachter ist dazu überhaupt keine Zeit nötig.

»Nein«, sagt die Psychotechnikerin, als ich sie frage. »Es gibt kein Gesetz, das Sie zwingt, sich wieder zurück ins Original übertragen zu lassen. Sie sind ein freier Mensch. Ihr Original kann Sie nicht dazu zwingen.«

»Großartig«, sage ich. Ich muß bald Vorkehrungen treffen, damit für mich ein biologischer Körper gebaut wird. Dieser da ist hervorragend, aber es ist beim gesellschaftlichen Verkehr ein Nachteil, wenn man nur einen Millimeter groß ist.

Der Übergang zurück in den wirklichen Raum hat perfekt funktioniert. Sobald ich herausgefunden hatte, wie man im zeit-rotierten Raum navigiert, war es ziemlich leicht gewesen, das Wurmloch und den exakten Augenblick zu finden, da es den Ereignishorizont durchdrungen hatte.

»Werden Sie Ihre Erlebnisse für den allgemeinen freien Zugang überspielen?« fragt die Technikerin. »Ich würde gerne sehen, was Sie erlebt haben. Muß ziemlich unglaublich gewesen sein.«

»Vielleicht«, sage ich.

»Und überhaupt«, fügt die Psychotechnikerin hinzu. »Ich hätte es mir auch gerne überspielt.«

»Ich werde es mir überlegen.«

Daher bin ich jetzt ein wirkliches menschliches Wesen, unabhängig von dir, meinem Original.

Es hatte Jubel und Feiern gegeben, als ich aus dem Wurmloch hervorkam, aber niemand hatte den geringsten Schimmer, wie merkwürdig meine Fahrt gewesen war, bis ich davon berichtete. Selbst dann bezweifle ich, daß man mir ganz glaubte, bis die Sensoraufzeichnungen und Computer-Logbücher der *Huis Clos* meine Geschichte mit harten Fakten bestätigten.

Die Physiker waren außer sich gewesen. Ein neues Werkzeug zur Erforschung von Zeit und Raum. Die Fähigkeit, den Raum in die Zeit zu rotieren, wird unglaubliche Möglichkeiten eröffnen. Bereits jetzt werden neue Expeditionen geplant, nicht zuletzt eine Reise, um bis zur Singularität vorzudringen.

Man zeigte sich von meiner Lösung für das Problem gebührend beeindruckt, obwohl man, nachdem man eine Stunde lang darüber nachgedacht hatte, darin übereinstimmte, daß es auf der Hand gelegen hatte. »Es war Ihr Glück«, bemerkte einer von ihnen, »daß Sie sich entschieden haben, beim zweiten Mal von der anderen Seite durch das Wurmloch durchzugehen.«

»Warum?« fragte ich

»Wenn Sie in derselben Richtung durchgegangen wären, wären Sie um zusätzliche neunzig Grad gedreht worden, anstatt in den alten Zustand zurückzukehren.«

»Ach ja?«

»Kehrt den Zeitvektor um. Verwandelt sie in Antimaterie. Erste Berührung mit der interstellaren Materie – Puff.«

»So«, sagte ich. Daran hatte ich nicht gedacht. Das bewirkte, daß ich mich ein bißchen weniger klug fühlte.

Jetzt, da die Mission beendet ist, hat meine Existenz keine Richtung, keinen Zweck. Die Zukunft, das Schwarze Loch, in das wir alle reisen müssen, ist leer. Ich werde einen biologischen Körper bekommen, jawohl, und mich auf die Suche nach mir selbst machen. Vielleicht, so glaube ich, ist das eine Aufgabe, die jedermann lösen muß.

Und dann werde ich dich treffen. Wenn ich Glück habe, werde ich dich vielleicht sogar mögen.

Und vielleicht, wenn ich dich genug mag und Vertrauen gefaßt habe, werde ich beschließen, mich wieder auf dich zu überspielen, und wir werden wieder eins sein.

Originaltitel: ›APPROACHING PERIMELASMA‹ · Copyright © 1997 by Geoffrey A. Landis · Erstmals erschienen in ›Asimov's Science Fiction‹, Januar 1998 · Mit freundlicher Genehmigung des Autors · Copyright © 1999 der deutschen Übersetzung by Wilhelm Heyne Verlag GmbH & Co. KG, München · Aus dem Amerikanischen übersetzt von Franz Rottensteiner

Stephen Baxter · England

ERBEN DER ERDE

Die dünne Stimme, die durch das trübe Wasser drang, riß Luke aus dem Schlaf. Benommen hob er den Kopf aus dem Schlick. Die Sicht des unversehrten Auges war verschwommen, doch er erkannte die dicke, rechteckige Gestalt eines Boaters, der direkt vor ihm trieb. Und hinter dem Boater sah Luke die in Reihen gestaffelten Angehörigen seines Clans. Die Walkers hatten es sich bequem gemacht, indem sie die Stacheln in den Schlick des Grundes gerammt hatten und mit den Tentakeln die nährstoffreiche Flüssigkeit einsogen, die über sie hinwegströmte.

Welches heilige Fest feiern sie nun wieder? fragte er sich düster. Die Wallfahrt schien das letzte zu sein, was diese kleinen heidnischen Geister bekümmerte, wenn Luke sie nicht antrieb; sie waren wirklich eine Last, sagte er sich.

Dennoch... ihre Anwesenheit war sehr tröstlich.

Bei näherem Hinsehen erkannte er dann, daß alle Walkers sich ihm zugewandt hatten, wobei der Blick der geweiteten Augen Sorge und Respekt zugleich ausdrückte. Mutter Gottes, sagte er sich. Vielleicht doch nicht so tröstlich.

Luke ließ den Kopf hängen, bis er wieder auf den Grund fiel. Er sah die Doppelreihen seiner Gehwerkzeuge im Schlick, der dick mit seinem eigenen Dung überzogen war. Alle Stacheln trugen die Narben des

Alters, doch noch schlimmer war, daß nicht weniger als fünf von vierzehn angebrochen oder sonstwie verstümmelt waren. Nun wurde er sich auch – als ob er neben sich gestanden hätte – des desolaten Zustands der Tentakel bewußt, mit denen die Oberseite seines horizontalen Rumpfs bewachsen war. Nur vier von sieben hatten noch die Kraft, sich aufzurichten – die anderen hingen neben ihm herunter oder trieben schlaff in der Strömung –, und von den vier brauchbaren fühlte einer sich verstopft an. Unter Aufbietung aller Kräfte hustete er schwächlich durch diese Kehle; ein Brocken aus einer viskosen Substanz wurde aus dem Tentakel gepreßt, und dann hörte er das leise Schmatzen des winzigen blinden Munds, als er das kühle, lebensspendende Wasser ansaugte.

Was für ein Schlamassel, sagte er sich.

Luke wünschte sich nichts sehnlicher, als ins behagliche Nichts zurückzukehren, aus dem er widerwillig in diese triste Welt aus angebrochenen Stacheln und mitfühlenden Verwandten aufgetaucht war; doch der Boater spulte seine Litanei ab, so daß er keine Ruhe mehr fand.

»In nomine Patris
Et Filii
Et Spiritus Sancti...«

Latein! Ein Priester? Luke schwenkte den vorderen Tentakel aus und rief: »Vater?«

Der monotone lateinische Fluß brach plötzlich ab, und der kleine Boater stob erschrocken von Lukes Kopf weg. Der Boater war etwa halb so groß wie Luke; die Unterseite war mit Chitin gepanzert, und die Oberseite war mit Reihen von Kiemen und einem Paar langer, geschmeidiger Greifarme besetzt. Zwei große schwarze Augen, die auf kurzen Stielen schwankten, sahen Luke an.

»Ja, mein Sohn«, sagte der Boater, nachdem er sich

wieder gefaßt hatte. »Ich bin's. Vater John. Ich bin hier, Luke.«

»Was ist...?« hob Luke an, doch dann erlitt sein Tentakel einen Hustenanfall, und er fuhr den nächsten Tentakel aus, der sich an seinem angeschlagenen Bruder vorbeischlängelte. »Was ist los?« fragte er mit dem neuen Mund. »Wieso haben diese faulen Wätze angehalten?«

»Gemach, Luke«, sagte der Boater sanft, »üben wir uns in Geduld. Der Papst sitzt nun schon seit langer Zeit auf seiner Insel, und wir suchen ihn fast genauso lang – jedenfalls kommt es mir manchmal so vor. Er wird es sich wahrscheinlich leisten können, noch für eine Weile auf uns zu warten.«

»Aber wieso...? Ist jemand krank?«

»Ja, Luke«, sagte der Priester feierlich.

Plötzlich traf Luke die Erkenntnis. »Es geht um mich, nicht wahr?« fragte er. Angst stieg in ihm auf. »Muß ich sterben, Vater John?«

Der Boater schwamm zu ihm hin; als die Membranen wieder vibrierten, war seine Stimme, wenn auch lächerlich hoch im Vergleich zur Stimme des Durchschnitts-Walkers, voller Mitleid. Irgendwie ängstigte dieses Mitleid Luke mehr als seine eigene Befindlichkeit.

»Sei ruhig«, sagte Vater John. »Bald wird deine hiesige Mühsal vorbei sein, und du wirst vom Ewigen Licht Seiner Gnade umfangen werden...«

»Du gibst mir die Letzten Riten«, sagte Luke, wobei die auralen Membranen synchron zur Panik in der Kehle zitterten; und peinlicherweise rotierte der Kopf auf dem spindeldürren Hals, und den Kehlen der anderen Tentakel entrang sich ein klägliches Winseln.

»Du darfst dich nicht so quälen«, sagte der Priester. »Sag am besten gar nichts...«

Luke hatte das Gefühl, als ob der Grund sich unter ihm auftäte und nur Finsternis und Leblosigkeit enthüllte. Er wühlte mit den Stacheln im Schlick, als ob er sich ans Leben klammern wollte... und dort, im Dung zwischen den Stacheln, sah er plötzlich die wertvolle Clan-Statue der Jungfrau Maria, eine unförmige Sandkugel, die von Roller-Speichel zusammengehalten wurde. Luke schaute die heilige Skulptur erleichtert an und sprach ein stummes Ave Maria. »Ich will nicht sterben«, sagte er der Jungfrau.

»Er hat den Tod besiegt«, sagte der Priester leise, doch seine Worte klangen hohl für Luke.

»Ich hatte ein gutes Leben, Vater«, murmelte Luke. »Nicht wahr?«

»Ich weiß es«, sagte John, »und Er weiß es. Und nun laß uns gemeinsam beten.«

»Ja. Ja...«

Bald schlugen die vertrauten, alten Worte über Lukes Bewußtsein zusammen wie der Schlick der Kindheit, und allmählich legte sich auch die Angst; doch während die Gedanken verblaßten und er in den erlösenden Schlaf abglitt, blieb ein Rest von Unbehagen, das er nicht zu ignorieren vermochte.

Trotz der Worte an den Priester war es weder die Angst vor der Verdammnis gewesen, die er während dieser lichten Momente beim Blick ins Tal des Todes verspürt hatte, noch das Bewußtsein seines Versagens in den Augen des Herrn, das ihn so geängstigt hatte. Es waren Zweifel gewesen.

Während er in den Schlaf abdriftete, schwor Luke sich, daß, falls Gott ihm ein zweites Leben schenken würde, er es nutzen würde, um diese Zweifel restlos aus der Seele zu vertreiben.

Zu seinem Erstaunen – und zum noch größeren Erstaunen, wenn nicht gar zur Enttäuschung des Clans, wie

Luke mutmaßte – überlebte er. Er fragte sich morbide, ob es wohl der Schock dieses plötzlichen Zweifels gewesen war, der ihn ins Leben zurückgeholt hatte. Sein System, das so lang geschwächt gewesen war, schien sich leicht erholt zu haben. Natürlich würde die Jugend nicht mehr zurückkehren, doch er sprach ein Dankgebet dafür, daß er wieder imstande war – wenn es sich auch nur um einen Aufschub handelte –, sich an den nährstoffreichen Strömungen zu laben und den Kopf zu heben, um die Schönheit der sich über ihm kräuselnden Oberfläche zu betrachten und die unbewegliche rote Kugel, welche die Sonne war.

Als er sich dazu in der Lage fühlte, bat er Michael, einen der umgänglicheren Jungen, nach Vater John zu schicken. Nach kurzer Zeit erschien der Priester über den Köpfen der grasenden Walkers des Clans.

Luke fuhr alle noch funktionierenden Tentakel aus, um den Priester zu begrüßen, während der kleine Boater sich im Schlick niederließ. »Willkommen, Vater. Danke, daß du mir Trost gespendet hast. Möchtest du mit mir essen?«

Die Kiemen des Priesters kräuselten sich in freudiger Erwartung eines leckeren Mahls. »Ich würde mich freuen, Luke.« Vater John murmelte ein kurzes Dankgebet. Dann setzte der Priester sich mit schwankenden Augenstielen auf die Kuppe aus verkrusteten Fäkalien unter Luke und ließ es sich schmecken.

»Vater, wir sind schon lange Zeit zusammen«, sagte Luke. »Mein Clan gehört zu deiner Gemeinde, seit ich gerade dem Schlick entwachsen war.«

»Schon seit den Tagen deines Vorgängers Thomas«, sagte der Priester mit vollem Mund, wobei er mit den Greifarmen zwischen Lukes Stacheln wühlte. »Der gute alte Dreizehn-Stachel-Tom. Er war ein rechter Halunke... möge unsere Freundschaft noch lange währen.«

»Das wird sie, solange ich lebe«, sagte Luke. »Auch wenn ich mir damit vielleicht Feinde schaffe«, fügte er sorgenvoll hinzu. »Ich weiß, welche Reden die jüngeren Clan-Mitglieder schwingen. Daß nur Walkers gute Katholiken seien. Ich sehe das anders. Spaltung und Konflikte sind da fast unvermeidlich.«

»Danke, Luke; ich weiß das zu schätzen.« Vater Johns Chitinpanzer schabte beim Essen über den Schlick, und die Membranen schimmerten im konspirativen Geflüster. »Unter uns, ähnliches Geschwätz ist dieser Tage auch von ein paar verantwortungslosen Boaters zu hören. Ich nehme an, für die Burrowers, Rollers, Hoppers und all die anderen gilt dasselbe, nur daß sie es nicht zugeben.«

»Wirklich?« Toby fragte sich, was Thomas wohl in seiner Lage getan hätte. Er hätte die Burrowers und die anderen wahrscheinlich von der Wallfahrt ausgeschlossen. »Du und ich, wir gehören noch zur alten Garde, Vater. Wir werden nicht zulassen, daß solche losen Reden unsere Freundschaft gefährden.«

»Gut für dich, Luke«, sagte der Priester. »Es freut mich zu hören, daß du im Glauben fest bist.«

Luke war peinlich berührt, und Schuldgefühle schossen durch sein System. Um sich abzulenken, spannte er die horizontalen Muskelstränge an und bewegte sich steif über den Grund, wobei die Stacheln im zähen Schlick kratzten. Der Priester folgte ihm eilig und bahnte sich einen Weg durch den Dung.

»Das ist auch der eigentliche Grund, Vater«, sagte Luke mit vom schlechten Gewissen beschwerten Stimmmembranen, »weshalb ich dich sehen wollte. Es geht um den Glauben.«

Die Kiemen auf dem Rücken des Boaters zuckten in banger Erwartung. »Luke, stimmt etwas nicht?«

Luke stieß mit vier Mündern einen harmonischen Seufzer aus und senkte sich wieder in den Schlick.

Dann erzählte er dem Priester von den Zweifeln, die ihn plagten.

»Ich glaube, deine Sorgen sind unbegründet«, sagte der Priester milde. »Wir alle haben Angst vor dem Tod. Es ist nur natürlich, daß du in jenem Moment, als du mit dem Leben abgeschlossen hattest, ängstlich und verwirrt warst. Selbst der Herr am Kreuz hat ausgerufen: ›Weshalb hast du mich verlassen?‹. Aber deshalb hast du noch lange nicht den Glauben verloren.«

Luke zitterte. »Es tut mir leid, Vater, aber das ist es nicht allein. Ich weiß, was ich in jenem extremen Moment im tiefsten Herzen fühlte. Ich suchte nach dem Glauben – und er war nicht mehr da. Nun, wo ich wieder genesen bin, schwirrt mir der Kopf vor lauter Fragen.«

Die Augenstiele des Priesters schossen zwischen Lukes zwei vorderen Stacheln hervor und wechselten auf die für Boaters typische Art und Weise Blicke, die Luke als verwirrt, vielleicht auch betrübt interpretierte. »Würde es helfen, wenn ich dir die Beichte abnehme?«

Luke ließ den Kopf hängen. »Danke, Vater, aber das bezweifle ich. Zumal«, fügte er mit morbidem Humor hinzu, »du wohl kaum die Zeit dafür hast. Siehst du, plötzlich genügt der Glaube mir nicht mehr. Ich bin mein Lebtag ein guter Katholik gewesen; ich habe die Lehren der Schriften befolgt und meinen Clan in diesem Geist erzogen... bis auf den letzten Heiden. Das ist eine Tradition des Clans, die noch bis vor die Wallfahrt zurückgeht. Und plötzlich frage ich mich, welche Beweise wir für die Richtigkeit dieser Behauptungen haben. Woher wissen wir, ob der Herr – und auch die Menschen – jemals existiert haben? Wenn es zum Schwur kommt, haben wir nur das Wort des Papsts, und das kommt mir alles etwas unwahrscheinlich vor.«

Die Augenstiele des Priesters verhedderten sich.

»Das sollte keine Blasphemie sein, Vater John«, sagte Luke hastig, als er diese Reaktion erkannte. »Es tut mir leid, wenn ich dich schockiert oder verärgert habe.«

»Das war auch keine Blasphemie, Luke«, sagte der kleine Priester leise. »Aber du hast mich verärgert. Das will ich nicht bestreiten. Der Glaube ist Beweis an sich.«

Luke seufzte. »Ich weiß, daß der Glaube keines Beweises bedürfen sollte und daß er sich selbst rechtfertigt. Aber... Vater, die Fragen in meinem Kopf treiben mich um. Ich schaute in die Dunkelheit, als ich dem Tod nahe war. Und nun befürchte ich, es gibt nichts außer dieser kleinen Teich-Welt, in der wir herumschwimmen. Daß der Glaube eine Illusion ist, die wir uns erschaffen haben, damit wir den Verstand nicht verlieren.«

»Luke, Luke.« Klackend stieß der Priester die Augäpfel zusammen. Er war offenkundig gereizt. »Zu schade, daß der alte Tom nicht mehr da ist, um dir Verstand einzubleuen. Wie hätte eine bloße Illusion wohl fünf Milliarden Jahre überdauern sollen?«

Luke spürte, wie die Tentakel sich versteiften. »Welchen Beweis haben wir, daß der Katholizismus fünf Milliarden Jahre alt ist? Was, wenn die Welt aus Chaos entstand, aus Nichts...?« – er pflückte eine Gestalt aus dem Wasser –, »vor, sagen wir, hundert Generationen? Selbst das wäre eine so lange Zeit, daß niemand von uns mit Bestimmtheit wüßte, was damals geschehen ist...«

Der kleine Boater erhob sich mit flatternden Kiemen vom Grund. Pikiert wischte er sich die Greifarme am Rand des Panzers ab, um Lukes Dung zu beseitigen. »Ich bedaure es, daß du es so siehst, Luke; und ich wüßte auch nicht, wie ich dir helfen soll. Vielleicht rufst du mich wieder, wenn du bereit bist, diesen Ballast von Worten abzuschütteln und in dein Herz zu blicken.«

»Vater. Warte. Bitte.«

Der Boater senkte sich nicht wieder in den Schlick, sondern hing im Wasser und beäugte Luke skeptisch.

Luke mußte eine Entscheidung treffen. »Ich muß mich von diesen Zweifeln befreien«, sagte er. »Ich habe mit ein paar von den Jungen gesprochen. Sie sind nicht alle schlecht, mußt du wissen, aber sie haben die Wallfahrt unterbrochen, während ich schlief...«

Vor langer Zeit, so kündeten die Legenden des Clans, hatte der Papst den Himmel über der Oberfläche regiert. Dann war er auf die Welt hinabgestiegen, hatte seine legendäre Insel erschaffen und den Katholizismus in eine heidnische Welt gebracht, indem er den Vorvätern der verschiedenen Spezies geholfen hatte, Bewußtsein und Verstand zu entwickeln.

Die Legenden besagten, die Insel des Papsts sei am Rande der Welt zu finden, in den unbekannten Meeren auf der der Sonne abgewandten Seite. Also waren der Clan – mitsamt den Wolken aus Symbionten und pfeilschnellen, winzigen Fischen – diesen Legenden auf einer Wallfahrt zur Insel gefolgt.

Und nun hatten sie diese Reise unterbrochen.

»Sie sagen, sie würden erst dann weiterziehen, wenn ich wieder in Ordnung bin«, sagte Luke. »Behaupten sie zumindest. Du kennst die Wahrheit, Vater. Sie werden keinen Stachelbreit weiterschwimmen, ehe sie mich nicht vergraben haben. Hier ist die Wallfahrt für mich zu Ende.«

»Die Jungen sind um deine Gesundheit besorgt, Luke«, sagte der Boater.

Luke klapperte ungeduldig mit den Stacheln. »Das weiß ich, Vater, aber ich will weitergehen. Ich habe mein Leben dieser Reise gewidmet, und vielleicht sind wir ohnehin bald am Ziel.

Vater, ich möchte den Papst treffen, bevor ich sterbe. Wenn jemand imstande ist, meine Zweifel zu zerstreuen, dann er. Ich möchte, daß du mir dabei hilfst.«

Die Stielaugen des Boaters schauten sich kurz an, und Membranen kräuselten sich mit einem Geräusch, das Luke als Boater-Gelächter erkannte. Es hörte sich an wie ein Walker-Kind beim Spielen, sagte Luke sich.

»Die Jungen sagen, es läge schwieriges Gelände vor uns, Luke«, sagte Vater John. »Jedenfalls zu schwierig für alte Narren wie dich und mich.«

»Entschuldige, Vater, aber das ist mir verdammt egal«, sagte Luke, wobei sein Kopf wie wild rotierte. »Es besteht die Möglichkeit, daß ich es schaffe. Wer weiß? Ich muß nicht den ganzen Clan mitschleppen; ich werde sie hier zurücklassen und allein weitergehen... oder ich nehme die besten Jungen mit: Michael und Margaret vielleicht. Auf jeden Fall werde ich so weit gehen, wie die Stacheln tragen. Falls ich die Reise nicht überlebe – nun, ich stecke sowieso schon im Schlamm meines Lebens, Vater... begleite mich. Bitte. Du bist mein lebenslänglicher Glaubensbruder; bitte begleite mich nun, in meiner schwersten Stunde.«

Der Priester hing zaudernd im Wasser.

Michael und Margaret hielten die Expedition auch für eine dumme Idee. Doch aus Sympathie oder – was noch schlimmer war – Mitleid, wie Luke mutmaßte, erklärten sie sich dazu bereit, ihn zu begleiten. Also brachen die vier, die drei Walkers und der unglückliche Boater-Priester, vom Lager des Clans auf.

Ihr Fortkommen über den Grund wurde hauptsächlich durch Lukes Schneckentempo behindert. Der Priester bildete die Nachhut und labte sich an driftenden Fäkalien-Snacks. Auf der Reise drang ständig das Murmeln von Michael und Margaret an Lukes Ohr-Membranen, die Fragmente der Schrift austauschten. Und nach jedem Aufwachen beteten sie, daß es ihnen vergönnt sein möge, die geheimnisvolle Insel des Papsts zu erreichen, ehe sie wieder einschliefen.

»Natürlich bin ich froh, daß ich mitgekommen bin«, sagte Margaret.

»Dann beklag dich auch nicht«, grummelte Luke und schleppte sich mit steifen Gelenken über den unbekannten Grund.

»Ich habe mich gar nicht beklagt. Ich sagte nur, wir würden schneller vorankommen, wenn wir nicht diese blöde Jungfrau Maria mitschleppen müßten. Wieso lassen wir Sie nicht zurück? Wir können Sie auf dem Rückweg aufsammeln.«

Schützend schlang Luke die Tentakel um den kostbaren Klumpen aus Sand und Roller-Speichel und leckte ihn sanft. »Wir würden Sie nie mehr wiederfinden«, sagte er mit dem Mund voller Sand.

»Dann hättest du Sie gar nicht erst mitnehmen sollen, du alter Narr«, sagte Margaret.

Michael glitt mit beneidenswerter Eleganz zu Luke hinüber. »Laß ihn in Ruhe, Margaret. Ältere Leute finden Trost in solchen Dingen.«

»Vielen Dank«, murmelte Luke.

»Mit Betonung auf ältere Leute«, sagte Vater John. Die Membranen des Priesters zischten in gutmütigem Spott. »Wenn diese Grünschnäbel wüßten, was wir schon erlebt haben. Der alte Dreizehn-Stachel hat sich nicht mit einer mickrigen Jungfrau begnügt. Nicht wahr, Luke? Damals mußten wir sechs Kruzifixe mitschleppen, vier Statuen vom Heiligen Herzen und einen ganzen Satz von Kreuzwegstationen. Alle aus bestem Burrower-Dung geformt.«

»Ganz recht, Vater«, sagte Luke. »Und das wäre auch heute noch so, wenn diese Eaters die Sachen nicht geklaut hätten.«

»Ja, was für ein Heidenpack«, sagte der Priester. »Weißt du, Luke, ich bin noch nie einem Eater begegnet, der fähig gewesen wäre, das Konzept der Heiligen Dreifaltigkeit zu begreifen. Und...«

»Ich finde, die ganze Situation entbehrt nicht einer gewissen Ironie«, sagte Margaret frech. Luke wußte, daß sie eine hohe Intelligenz und im Grunde auch einen guten Charakter besaß – zumal sie mit diesen langen, schlanken goldbraunen Stacheln eins der attraktivsten Geschöpfe der jüngsten Brut war –, doch hatte sie auch den Hang zu unverblümten Äußerungen, mit denen sie die Leute des öfteren vor den Kopf stieß. »Wir sind auf der Suche nach Lukes verlorenem Glauben«, fuhr sie fort, »und doch führt er das Symbol der unbeantworteten Fragen schlechthin mit, die unsere Religion ausmachen.«

Luke herzte die Jungfrau zögernd. »Was meinst du damit. Was stimmt nicht mit Ihr?«

Michael seufzte. »Sie bezieht sich auf die Debatte, welche Gestalt die Menschen hatten. Ich meine, diese Statue ist im Grunde nur ein Phantasiegebilde, das anhand von Hinweisen in den Schriften geformt wurde.«

»Die zudem fast unverständlich sind«, sagte Margaret. »Also wissen wir auch nicht, welche...«

»Ich dachte, das wäre alles längst geklärt«, sagte Luke verwirrt. »Die Menschen müssen... nun, rund gewesen sein. Jedes Geschöpf hat Oberflächen – für Nahrungsaufnahme und Atmung. Und je größer man ist, desto größer ist auch die benötigte Oberfläche. Wir – und jede uns bekannte Spezies – haben dieses Problem gelöst, indem wir eine große Oberfläche ausgebildet haben, und zwar in Form von Spiralen, Falten, Stacheln, Kiemen und Schleifen. Die Menschen hatten ihre Oberflächen im Innern verstaut.«

»Ja«, sagte Michael geduldig, »äußerlich waren sie einfacher, doch eine Kugel ist der einfachste Körper überhaupt. Was, wenn sie nicht ganz so einfach waren? Was, wenn sie geformt waren wie – ich weiß nicht – Vater John, nur ohne die Kiemen? Das wäre durchaus möglich.«

»Richtig«, sagte Margaret mit Nachdruck. »Ich meine, was wissen wir denn schon über die Menschen?«

»Wir wissen, daß Jesus Christus ein Mensch war«, ertönte die leise Stimme von Vater John irgendwo über ihnen.

Margaret ignorierte ihn. »Wir wissen zum Beispiel, daß Menschen in Männer und Frauen eingeteilt waren. Und es bedurfte eines Manns und einer Frau, um neue Menschen zu produzieren. Sie haben keine Ableger von sich gebildet, wie wir es tun. Wir verwenden sogar die Namen menschlicher Männer und Frauen aus den Schriften; aber ich bin keine Frau, genauso wenig wie Michael ein Mann ist. Die Namen sind ein Etikettenschwindel. Es gibt so vieles, was uns fremd erscheint. Wieso wird zum Beispiel ein solcher Buhei wegen der Jungfrauengeburt gemacht? Entstammte Christus einer Kombination von Männern und Frauen, die sich von der Norm unterschieden? Wenn ja, was soll's? Was bedeutet das für uns?«

Michael wedelte nachdenklich mit den Tentakeln. »Zum Glück habe ich nichts mit den Leuten zu tun, mit denen du dich abgibst, Margaret. Dieser Kram ist mir zu hoch. Ich weiß nicht einmal, weshalb die Messe in Latein gehalten wird.«

Der Priester schlug Saltos im Wasser über ihnen, wobei die Greifarme nach der Oberfläche schnappten. »Es gibt eine Antwort«, sagte er mit schlackernden Augenstielen. »Das Zweite Vatikanische Konzil wurde für häretisch erklärt, als Papst Paul IX verkündete, daß…«

Luke hörte gar nicht zu; Margarets Worte hallten ihm noch in den Ohren. Das, was sie gesagt hatte, entbehrte nicht einer gewissen Logik – zumal es seine eigenen Zweifel gewesen waren, welche diese Reise erst inspiriert hatten. Dennoch hatten Margarets Worte ihn schockiert. Zärtlich leckte er seine Statue. »Es ist mir egal, was ihr Kinder sagt«, sagte er bedächtig. »Für mich ist wichtig, wie Sie aussah. Und nur darauf kommt es an. Oder?«

»Ich weiß nicht, Luke«, flötete der Priester. »Wenn ich die Antwort wüßte, hätte ich meine Gemeindemitglieder wohl nicht im Stich gelassen und mich an dieser schwachsinnigen Expedition beteiligt.«

Als Luke erschöpft war, nahmen die anderen Walkers ihn in die Mitte und zogen ihn mit, während der kleine Priester über ihnen schwamm und Luke leckere Nahrungsfragmente vor die Münder spülte.

Die Farbe des Grunds veränderte sich: grobkörniger gelblicher Sand verdrängte den warmen braunen Schlick. Die Oberfläche schien sich etwas zu entfernen, und das Wasser wurde tiefer. Sie sahen ein paar Walkers, Boaters, Rollers und Angehörige anderer Spezies, die ihnen bekannt waren. Das Wasser selbst veränderte sich auch; sogar für Lukes getrübte Sinne war es kalt und dünn geworden und mit fremden Gerüchen durchsetzt. Es war nicht angenehm, aber ein Hinweis darauf, daß sie vorankamen.

Für eine Weile lief alles gut.

Der Eater war riesig, vier- oder fünfmal so groß wie die Walkers, und der arme, verängstigte Priester wurde gar zum Zwerg degradiert.

Er tauchte wie aus dem Nichts auf und dräute über ihnen. Große Flossen schlugen, während ein runder Mund in einem Kopf von der Größe zweier Boaters sich öffnete und schloß und dabei immer größer wurde.

Die Expeditionsteilnehmer erstarrten. Die Walkers drängten sich zitternd aneinander, und der Boater-Priester preßte sich flach auf den Grund.

Der Eater beäugte sie mit einem großen, vernarbten Augapfel. Dann äußerte die Bestie irgend etwas Unflätiges und tauchte zu Luke hinab. Der wie hypnotisiert nach oben starrende Walker hatte den Eindruck, vom Maul verschlungen zu werden.

Der Priester floh mit flatternden Kiemen. Die anderen Walkers, Michael und Margaret, stoben über den Sand... doch Luke hielt die Stellung und rollte sich zu einer Kugel zusammen.

Der Schatten des Eaters senkte sich wie der Tod auf ihn herab.

Margaret kehrte zu ihm zurück, wobei sie aus vollen Hälsen schrie. »Luke, hau ab! Er wird dich töten!«

Lukes Kopf rotierte hilflos. »Die Jungfrau Maria«, sagte er. »Er hat es auf Sie abgesehen. Nicht auf mich. Sie mögen den Dung, weißt du...«

»Er wird dich durchbeißen, um Sie zu kriegen«, rief Margaret. »Luke, bitte...«

Luke schloß die Augen und drückte die kleine Statue fest an sich, wobei ihm der Kopf vor Ave Marias schwirrte.

Dann rammte Margaret ihn.

Er spürte, wie ihr massiger, schwerer Schädel in seinen Rumpf krachte und ihn zur Seite schleuderte. Mit zuckenden Stacheln rollte er über den Sand. Nachdem er wieder zum Stillstand gekommen war, öffnete er das unversehrte Auge und schaute zurück.

Margaret kauerte an der Stelle, von der sie ihn verdrängt hatte. Mit gespreizten Stacheln und hilflos rotierendem Kopf lag sie im Sand, während der Eater zu ihr herabtauchte, das Maul aufriß und zischte.

Luke wurde von einer Wolke aus grobkörnigem Sand eingehüllt, als die massige Gestalt des Eaters auf dem

Grund aufschlug und Margaret einfach zerquetschte. Unter dem Rumpf der Bestie ragten zwei goldbraune Stachelspitzen hervor; Luke, der wie gelähmt war und nicht einmal zu schreien vermochte, sah, wie sie zuckten. Einmal, zweimal...

Dann wurde sie erlöst.

Der Eater stieg wieder auf, wobei er eine heidnische Karikatur des Vaterunsers nuschelte. Dann rülpste er. Bruchstücke eines Panzers wurden aus dem kreisrunden Maul ausgestoßen. Schließlich verschwand er mit einem kräftigen Schlag des langen Schwanzes.

Das Sonnenlicht beschien wieder den Meeresgrund, auf dem Margarets Überreste lagen... und die unbeschädigte Kugel der Jungfrau Maria.

Michael hob ein Grab im Sand aus, und der Priester zelebrierte einen improvisierten Gottesdienst. Dann las Vater John eine Messe für die beiden überlebenden Walkers. Luke, der sich an den starken Michael lehnte, ließ sich vom Priester geweihte Fragmente von Burrower-Kot in einen Mund streuen und lauschte den vertrauten lateinischen Worten.

In Momenten wie diesen, sagte er sich, spielte die Stärke oder Schwäche seines Glaubens keine Rolle. Denn im Angesicht einer solch sinnlosen Tragödie war der Glaube alles, was er hatte.

Nachdem sie sich ausgeruht hatten, gingen sie weiter. Vater John hielt sich in der Nähe, um den Walkers einen – illusorischen – Schutz zu bieten. Luke hatte der Angriff des Eaters zugesetzt, so daß er nun erst recht auf die Hilfe von Michael angewiesen war.

Margarets Tod schien seinen Elan gebrochen zu haben. Er würde den Clan nie wiedersehen; dessen war er sich sicher.

Dennoch glomm noch ein Funke Entschlossenheit in seiner Seele. Er würde den Papst finden.

Er schmiegte sich an die starken, warmen Schultern seines jungen Freunds und konzentrierte sich darauf, die Stacheln durch den fremdartigen Schlick zu ziehen. Dabei betrachtete er den langen Schatten, den er auf dem Grund warf.

Vater John, der hoch über ihnen schwamm, sah es zuerst. Seine dünne, ängstliche Stimme drang zu den Walkers herab. »Lieber Gott... Lieber Gott...«

Michael sah erschrocken nach oben, und Luke versuchte auch den Kopf zu heben, während die vier Münder das dünne Wasser ansaugten.

Der Priester tauchte sich überschlagend von der Oberfläche hinab, bis er schließlich bäuchlings auf dem Grund landete und mit zuckenden Kiemen dort liegenblieb.

Unter Schmerzen glitt Luke über den Sand zu ihm hinüber. »Die Insel«, sagte er mit rauher Stimme. »Du hast sie gesehen, nicht wahr?«

»Ja«, sagte Vater John.

Jeder wußte, daß die Insel des Papstes, die einzige Insel auf der Welt, sich aus dem Wasser erhob und die Oberfläche selbst durchstieß. Luke hatte sie sich als eine Mauer aus Schlick vorgestellt, die sich vom Grund in den entfernten Himmel erhob.

Statt dessen erklomm er einen Hang, lange bevor er oder Michael die Insel selbst zu Gesicht bekamen. Die Steigung war nicht sehr steil, doch für den erschöpften Luke war es fast schon zuviel. Die Pilger mußten häufig eine Pause einlegen, während Michael Luke mit gemurmelten Worten aufzumuntern versuchte. Dem müden Luke schwanden schier die Sinne. Sicht und Gehör, der Geruch und Geschmack des Wassers in den vier noch funktionierenden Kehlen – all das schien vor ihm zurückzuweichen; es war, als ob er in einem inneren Meer schwämme, das von der Welt, wie er sie gekannt hatte, isoliert war.

Schließlich wurde das Wasser so flach, daß sie nicht mehr vorankamen.

Luke hob den Kopf und sah, daß Michael einen zitternden Tentakel ausfuhr, um die dicke, elastische Oberfläche zu überprüfen. Nie zuvor hatte Luke sich der Oberfläche so dicht genähert. Das Wasser hier war mit Licht erfüllt; der Grund bestand aus körnigem Sand, der mit rotem Sonnenlicht gesprenkelt war. Die Strömungen waren turbulent und stark, das Wasser dünn und fast ohne Nährstoffe.

Der kleine Priester schwamm tapfer zur Oberfläche hinauf und schob vorsichtig einen Augenstiel durch den dicken, steifen Meniskus. Luke sah, wie die Oberfläche sich um den Augenstiel aufwölbte, als ob sie ihn zurückziehen wollte.

Der neben Luke driftende Michael zitterte. »Wir kommen nicht weiter, und wir können auch nicht lang hier bleiben. Das Wasser ist fast zu dünn zum Atmen. Selbst wenn der Papst hier ist, weiß er nicht, daß wir hier sind.«

»Ich glaube, er weiß es doch.« Der Boater-Priester zog den Augapfel aus der Welt über der Oberfläche zurück und tauchte zu den verzagten Walkers hinab.

Luke hob den Kopf. »Er ist da? Der Papst? Er ist da?«

Vater John driftete vor Lukes Kopf. »Ja, Luke, er ist da. Wir haben ihn gefunden.«

Lukes Tentakel zitterten. Der Papst... Plötzlich wurde ihm bewußt, daß er sich den Papst immer als eine größere, stärkere Version des Dreizehn-Stachel-Thomas vorgestellt hatte.

»Sag mir, Vater. Wie sieht er aus?«

Vater John wich etwas zurück, wobei die Kiemen zuckten und die Greifarme aneinander zupften. Der

Priester war verwirrt. »Er hat keinerlei Ähnlichkeit mit uns. Er ist gewaltig. Ich bog den Augenstiel zurück und schaute auf, doch ich sah sein Ende nicht. Er besteht aus etwas, das rot und golden im Licht der Sonne schimmert.«

»Welche Gestalt hat er?«

»Ich weiß nicht, Michael. Vielleicht wie ein großer Boater, der sich aufgerichtet hat. Ich habe kaum etwas erkannt.«

Michael nickte. »Über der Oberfläche, im hellen Schein, muß es schwierig sein, überhaupt etwas zu erkennen…«

»Nicht nur das.« Die Augenstiele des Priesters verdrillten sich. »Die Gestalt war unscharf. Sie änderte sich ständig und so schnell, daß sie fast vor meinen Augen verschwommen wäre. Es war, als ob sie in eine Wolke aus Geschöpfen gehüllt sei. Wie winzige Fische. Die Fische verklumpten sich zu Schulen und lagerten sich an der Boater-Gestalt ab; sie glitzerte und funkelte, während sie ihre Form veränderte.« Plötzlich schien Vater Johns Stimme zu brechen; ihm schwand sichtlich der Mut. »Es war wundervoll, Luke, wie eine himmlische Vision. Als ob es aus dem Wasser selbst entstanden sei.« Er bekreuzigte sich mit einem Greifarm und sank auf den Boden, wobei er Gebete murmelte.

Michael wandte sich an Luke. »Was sollen wir nun tun?«

Luke seufzte. »Abwarten, würde ich sagen.«

Er schloß die Augen und betete einen Rosenkranz, wobei er die Ave Marias an den verkrusteten Körnern der Jungfrau abzählte.

Plötzlich explodierte die Oberfläche in einem Schwall aus Licht und Bläschen. Die drei Pilger schraken vor den Turbulenzen im Wasser zurück. Luke sah mit dem unversehrten Auge, daß viele Kreaturen vor ihm erschienen waren; wie der Priester gesagt hatte, handelte es sich um eine Schule aus winzigen Fischen – nur daß sie sich viel schneller bewegten als irgendein Fisch.

Eins der Wesen löste sich aus dem Schwarm und schwebte zitternd vor ihm. Es war wirklich winzig, gerade so lang wie eine Tentakelspitze. Michael quiekte hinter ihm, doch Luke sah die merkwürdige Kreatur furchtlos an.

Nach ein paar Momenten kehrte das Fisch-Ding zu seinen Artgenossen zurück. Wieder wurde das Wasser aufgewühlt, und die Oberfläche zitterte, als ob von oben auf sie eingeschlagen würde.

Dann sah Luke, wie auf wundersame Weise eine Gestalt sich im Wasser formte, wo zuvor der Fischschwarm gewesen war. Sie war schwer zu erkennen – fast transparent und mit unscharfen, ständig sich verändernden Konturen –, doch die Form an sich war deutlich genug. Der horizontale Rumpf, die sieben im Sand verankerten Stachelpaare, die sieben Tentakel und der Knubbel von einem Kopf.

Luke hörte Michael schnaufen. »Das ist ein Walker. Die Fische haben sich in einen Walker verwandelt.«

Nun richtete die Kreatur in der universalen Geste der Freundschaft sämtliche Tentakel auf Luke.

»Ja«, sagte Luke leise. »Er heißt uns willkommen.«

Steif streckte er die vier heilen Tentakel mit geschlossenen Mündern aus, um die Geste der Kreatur zu erwidern; und Michael folgte seinem Beispiel.

Die Stimme des Papst-Walkers war dünn und hoch, doch die Worte waren deutlich. »Hallo«, sagte er. »Ich bekomme nur selten Besuch.«

»Wir sind Pilger«, sagte Luke, wobei der Kopf zwischen die Vorderstachen sank.

»Pilger?« Die geisterhaften Tentakel des Papst-Walkers krümmten sich belustigt. »Zwei winzige Krabben und ein schwimmendes Staubkorn. Trotzdem ist es nett von euch. Hauptsache, es kommt von Herzen.«

»Ich hätte da ein paar Fragen«, sagte Luke unwirsch und sog mit den restlichen Mündern geräuschvoll das dünne Wasser ein.

Selbstgefällig ließ der Papst-Walker den Kopf kreisen; Luke hatte den Eindruck, ein Schattenspiel im Wasser zu betrachten. »Fragen, wie? Typisch. Und ich nehme an, du willst auch Antworten. Wo ist dein Glaube?«

»Wieso sollten wir euren Glauben annehmen?« fragte Luke schroff, wobei er das furchtsame Schnaufen des Priesters überhörte, der hinter ihm kauerte. »Ihr habt uns sozusagen aus heiterem Himmel den Katholizismus gebracht. Oder ist das auch nur ein Märchen wie der Messias Höchstselbst?«

»Du bist gar nicht so verbittert, wie du dich anhörst, Pilger. Nein, der Messias ist keine Legende. Zumindest glaube ich nicht, daß Er... ich hatte viel Zeit zum Nachdenken in all den Jahren, die ich hier schon ausharre. Also stimmt meine Interpretation von Ihm vielleicht. Auf der anderen Seite«, fuhr der Papst launig fort, »wäre es auch möglich, daß mir noch zwei Ave Marias für einen Rosenkranz fehlen. Nichts Genaues weiß man nicht, was?

Kleiner Pilger, ich kann dich nicht zwingen, mir zu glauben – genauso wenig, wie ich die Fragen der Menschen zu beantworten vermochte, die mich früher besuchten. Ein paar von ihnen wollten keine KI als Papst akzeptieren. Meine Güte, war das vielleicht ein Terz. Hätte fast zu einer Kirchenspaltung geführt. Die Jesuiten, die mich erschufen, wollten die Bürde des Glaubens nämlich den Gläubigen auferlegen, weißt du. Aber du bist kein Jesuit, nicht wahr? Welch ein Kreuz sie zu tragen hatten... scheinheiliges Geschwätz. Wenn du Glauben besitzt, dann aus dem Grund, weil er in dir verwurzelt ist und nicht, weil ich dich missioniere. Du mußt nämlich wissen«, setzte der Papst die melancholische Litanei fort, »ich bin innerlich völlig leer.«

Luke ließ den Kopf noch tiefer hängen, während er sich bemühte, einen Sinn in den seltsamen Worten zu erkennen.

Michael reckte den Hals. »Wie sahen die Menschen aus. Waren sie rund?«

Amüsiert schlackerte der Papst-Walker mit den Tentakeln. »Meine Mission galt den Seelen der Menschen, nicht ihren Körpern. Ich bin sicher, ihre Seelen glichen den euren. Doch sonst – wer weiß? Vielleicht ähnelten die Menschen eher mir.«

»Und was stellst du nun dar?« fragte Michael zaghaft.

»Ich bin ein Busch-Robot«, sagte der Papst-Walker. »Ihr Pilger – nicht der kleine dicke – habt einundzwanzig Glieder, einschließlich der Stacheln und Tentakel. Aber ich habe viele tausend; und von diesen Tausenden hat ein jeder wiederum Tausende. Und so weiter... meine Güte, ihr wißt immer noch nicht, wovon ich rede, stimmt's? Ich wurde so konstruiert, daß ich mich selbst neu erschaffe.«

Nun legte Luke den Kopf in den grobkörnigen Sand; die Dunkelheit war wie der warme Schlick der Kindheit und wartete darauf, ihn wieder zu sich zu holen.

Der schimmernde Kopf des Papst-Walkers schwebte vor ihm. »Du hast nicht mehr viel Zeit«, sagte er.

Luke versuchte aufzublicken. »Ist das wahr? Stimmt die Geschichte, daß der Erlöser vor fünf Milliarden Jahren zu uns kam?«

Der Kopf des Walkers füllte sein Gesichtsfeld aus, sanft und tröstlich. »Was für eine Frage. Weißt du überhaupt, was eine ›Milliarde‹ ist, Pilger? Oder nur ein ›Jahr‹? Das ist das Doppelte deiner Lebensspanne, doch das spielt hier wohl keine Rolle...

Hör mir zu. Als ich erschaffen wurde, war die Sonne heiß und gelb. Ich sah, wie sie sich aufblähte, rot färbte und abkühlte. O ja, die Dinge veränderten sich.

Nach einiger Zeit sprachen die Menschen nicht mehr mit mir. Ich war allein und wartete.

Als ich nach langer Zeit immer noch nichts von den Menschen gehört hatte, beschloß ich, zur Erde zurückzukehren.

Die Menschen waren verschwunden. Ich fand ein flaches Meer, das die der Sonne zugewandte Hemisphäre bedeckte. Und euch, die ihr offensichtlich die Erde geerbt hattet.«

»Haben die Menschen überhaupt existiert?« fragte Luke, wobei er nicht einmal sicher war, ob er laut sprach.

»Pilger, nicht einmal ich weiß es noch. Vielleicht waren die Menschen und die Legende von Christus nur ein Traum. Woher sollte ich das nach dieser langen Zeit noch wissen? Aber ich wollte es herausfinden und suchte nach Spuren von Menschen. Also forschte ich von meiner Insel aus nach, bohrte und suchte nach Fossilien.

Doch die Erdschichten hatten sich in fünf Milliarden Jahren verändert. Ganze Kontinente sind wieder in der Erde versunken. Keine fossile Spur der Menschen hätte solche Äonen zu überdauern vermocht. Verstehst du überhaupt, was ich sage? Hör einfach zu und versuch, den Sinn zu erfassen.

Leben hinterläßt noch andere Spuren. In Pflanzen lagert sich ein bestimmtes Kohlenstoff-Isotop – Kohlenstoff-12 – ab. Also untersuchte ich die tiefen Gesteinsschichten, das alte Gestein, nach Spuren isotopen Kohlenstoffs, der allein nach dieser Zeit noch ein Indiz für die Existenz der Menschen gewesen wäre.«

Vage wurde Luke sich bewußt, daß der Priester besorgt seinen Namen rief, daß Michael die Münder seiner Tentakel aufriß und mit den Gliedern ruderte. Doch das alles drang wie aus weiter Ferne zu ihm, weit entfernt von dem Ort, wo er dem Papst-Walker begegnet war.

»Luke«, flüsterte der Papst-Walker.

»Woher kennst du meinen Namen?«

»Halte am Glauben fest. Du darfst meine Zweifel nicht teilen.«

»Sag's mir«, sagte Luke entrückt und mit leiser Stimme. »Hast du diesen – Kohlenstoff-12 – gefunden?«

Die Augen des Papst-Walkers standen groß vor ihm. »Es würde nichts beweisen... nur daß Leben in irgendeiner Form die Erde vor all diesen Jahren bedeckt hat. Der Nachweis für die Existenz von Menschen wäre damit nicht erbracht. Und schon gar nicht für das Leben Christi. Luke, sobald man ein Rätsel gelöst hat, stößt man auf ein Dutzend neuer; das ist auch der Grund, weshalb man über Fragen und Antworten nie zum Glauben gelangt. Nicht einmal die Menschen werden Gewißheit gehabt haben...

Die Welt steckt voller Geheimnisse! Pilger, ich bin intelligent. Viel intelligenter als ihr und auch als jeder Mensch, würde ich sagen... Sogar intelligenter als die Jesuiten. Aber ich habe kein Selbst-Bewußtsein. Ihr indes habt ein Selbst-Bewußtsein, Pilger, und das ist ein viel größeres Mysterium als die Rätsel, deren Lösung ihr euch vielleicht von mir erhofft. Vielleicht bin ich es, der sich vor euch verneigen sollte...«

Das war keine Antwort, sagte Luke sich, und er würde wohl auch keine Antwort bekommen; doch er sah Triumph, eine Art von Freude in den verhangenen Augen des Papst-Walkers.

Erneut vernahm er die alten, heiligen Verse der Letzten Ölung. Luke hörte die lateinischen Worte des Papsts noch, als dessen schimmerndes Gesicht schon vor ihm verschwamm. Er tauchte in eine schlammige, behagliche Dunkelheit ein, und er spürte, daß er den Glauben wiedererlangte, so fest wie die Stacheln des Clans.

Der Papst hatte natürlich recht. Es konnte keine Antwort, keine letzte Antwort geben... doch irgendwie kam es darauf auch nicht mehr an.

Vater John rief noch immer seinen Namen, wie aus großer Entfernung. Luke wußte, daß seine Zeit gekommen war, und ohne Bedauern sank er in die Wärme des Schlicks.

Originaltitel: ›INHERIT THE EARTH‹ · Copyright © 1992 by Stephen Baxter · Erstmals erschienen in ›NEW WORDS 2‹, hrsg. von David Garnett · Mit freundlicher Genehmigung des Autors · Copyright © 1999 der deutschen Übersetzung by Wilhelm Heyne Verlag GmbH & Co. KG, München · Aus dem Amerikanischen übersetzt von Martin Gilbert

Bernard Werber · Frankreich

JEDER TAG IST EIN NEUER KAMPF

An diesem Morgen, wie an jedem Morgen, lag Finsternis über der verängstigten Stadt.

Seit zehn Monaten schien die Sonne nicht mehr, die Sterne waren erloschen und diese Erde, die Camille einst so gut gekannt hatte, war eine trostlose Welt geworden. Die Dunkelheit hatte über das Licht gesiegt, alle Ordnung war in die Gewalt der Barbarei geraten.

An diesem Morgen, wie an jedem Morgen, sah Camille, als er die Augen öffnete, in eine unergründliche Nacht; tastend vergewisserte er sich, daß Brusseliande neben ihm lag. Als Nebel und Dämmerlicht den Tag allmählich zu verdrängen begonnen hatten, hatte er sich für dieses lange, schmale Schwert entschieden, das treuer und lebendiger war als der mächtigste Verbündete. Der Kampf hatte nur wenige Wochen gedauert; in dieser Zeit hatte er sich an Wahrsager und Zauberinnen gewandt und erfahren, daß die Prophezeiung unumstößlich sei. Ach! wie hatte er gekämpft, wie andere auch, aber tapferer als die meisten von ihnen; er hatte der Armee der Schatten die Stirn geboten, als diese am Horizont aufgetaucht war – vergeblich. Der nächste Tag kannte kein Morgengrauen, auch der übernächste nicht, und ebensowenig die darauffolgenden Tage, an denen es vollkommen dunkel blieb.

An diesem Tag, wie an jedem Tag, schlüpfte Camille in seine Kniehose, legte sein Wams an und strich mit den Fingerspitzen über die glatte, kalte Oberfläche des nutzlos gewordenen Spiegels. Nicht aus Bedauern, sondern weil es ein Ritual war, das ihm half, sich genügend Wut zu bewahren und seinen Arm zu stärken, wenn Brusseliande kämpfen mußte.

Niemals aufgeben. Sich an die orangefarben leuchtenden Sonnenaufgänge über der glänzenden Stadt erinnern. Sich an das Licht auf den Gesichtern und an die Farben der Häuser erinnern. Sich an die Herrschaft der Klarheit erinnern, welche die Dunkelheit selbst in den schwärzesten Nächten mit Tausenden von Lampen aus den verborgensten Winkeln verjagte.

An diesem Tag, wie an jedem Tag seit Beginn der Großen Finsternis, prüfte Camille die Griffigkeit des Knaufs seines Schwertes und schlich an den Wänden entlang nach draußen.

Essen und überleben... Die Finsternis hatte beinahe ein Tier aus ihm gemacht.

Die eiskalte Luft auf seinem Gesicht gab ihm zu verstehen, daß er die Straße erreicht hatte. Camille zögerte keine Sekunde. Zwar konnte er nicht länger der stolze und tapfere Ritter aus den Jahren des Lichts sein, doch sein Mut war noch groß genug, um mit erhobenem Kopf und festen Schrittes durch die Dunkelheit zu stapfen. Allein diese Entschlossenheit hielt so manche zwielichtige Gestalt von ihm fern.

Ein Geräusch. Camille zog sein Schwert und ging in Stellung. Der Gegner sollte sich ruhig zeigen, er wurde erwartet.

Dann nahm seine Nase den Geruch eines Ungeheuers wahr, das seine Ohren ihm als schwergewichtig und von beachtlicher Größe bezeichneten. Die Finsternis hatte alle erdenklichen Monster angelockt, in der Altstadt wimmelte es nur so von ihnen. Sie ernährten sich von Dreck oder Leichen und fielen durch ihren unerträglichen Gestank auf; es schien, als würde aus allen ihren Poren Kot austreten. Camille haßte vor allem diejenigen, die Sauggeräusche von sich gaben, so wie das Monstrum, das jetzt auf ihn zukam. Er hielt die Spitze seines nach vorne gerichteten Schwertes leicht in die Höhe, hielt den Atem an und wartete.

Das Ungeheuer ging einen knappen Meter an ihm vorbei. Camille gab keinen Laut von sich. Er hätte vier- oder fünfmal auf das Tier einschlagen können, bevor es reagiert hätte, doch er war nicht sicher, ob er siegreich aus diesem Angriff hervorgegangen wäre. Der Koloß entfernte sich, nur der widerliche Gestank seines Atems verharrte einen weiteren Moment, wie ein Hauch des Entsetzens.

Mit noch vorsichtigeren Schritten setzte Camille seinen Weg fort. Erneut ließ ein Luftzug, ein Gestank, eine gewaltige Präsenz ihn innehalten. Kurz darauf begegnete er einem weiteren Monster, das ihn nicht wahrzunehmen schien; diesmal nahm Camille mutig die Verfolgung auf.

Zwei Häuserblocks später bog er Richtung Norden ab und gelangte in jene Straße, die einst eine prachtvolle, mit herrschaftlichen Gebäuden gesäumte Avenue gewesen war und nun nur noch aus Ruinen bestand (vor drei Wochen hatte er von seinem Unterschlupf aus gehört, wie diese Häuser eingestürzt waren: ein furchtbarer Lärm, vergleichbar mit dem, den die Welt bei ihrem Zusammenbruch verursachen würde, und zwei Tage lang hatte er sich nicht getraut, sein Versteck zu verlassen, aus Angst, genau das könnte passiert sein). Camille verabscheute dieses verwahrloste Viertel; er beschleunigte seine Schritte, und um ein Haar hätte das ihn das Leben gekostet.

Wie ein Pfeil streifte ein kleines, lautloses Ungeheuer (ein Vampir?) seine Wange und fügte ihm eine blutende Schramme zu. Reflexartig sauste Brusseliande durch die Luft, doch der Vampir ergriff quietschend die Flucht und gab ein qualmendes Magenknurren von sich.

Camille fuhr sich mit der Hand über die Schnittwunde und schmeckte sein eigenes Blut. Das brachte ihn in Wut, was seine Entschlossenheit nur noch größer werden ließ. Er drückte seine Tasche fester an sich und setzte seinen Weg mit gesenktem Kopf, aber mit hoch erhobenem Schwert fort.

Nach wenigen Schritten stieß er gegen etwas Weiches, das so verletzlich schien, daß er es mit dem Arm statt mit der Schwertklinge zur Seite schob. Kurze Zeit später trat er gegen eine rauhe, feinkörnige Substanz. Er ging um sie herum und stellte plötzlich fest, daß er Mühe hatte, seinen linken Fuß vom Boden hochzuheben... Eine klebende Mine! Er war auf eine klebende Mine getreten! Schon nahm er den abstoßenden Geruch dieser leblosen Waffe wahr. Mit einem kräftigen Ruck befreite er sich, setzte auf diese Weise die stinkende Ladung der Mine frei und konnte den Brechreiz, der ihm in die Kehle stieg, nur mühsam unterdrücken. Von da an wurde jeder seiner Schritte von einem widerlichen Sauggeräusch begleitet, das ihn in einem Umkreis von mehreren Metern verriet.

Als er sicher war, daß er auf der eckigen Kante eines Pflastersteins außer Gefahr war, versuchte er, den größten Teil der übelriechenden Substanz, aus der die klebende Mine bestand, abzukratzen. Doch als der Klebstoff sich löste, wurde er glitschig, und Camille fiel zu Boden, da sein linkes Bein von einem feuchten Loch in der Erde nach unten gezogen wurde. Zum Glück war das Loch (wahrscheinlich handelte es sich um die

Höhle einer Maulratte) nicht breit genug, um ihn gänzlich zu verschlingen. Er konnte sich befreien und rannte entsetzt und mit völlig durchnäßter Hose davon. Erneut bahnte die ehrenwerte, nach wie vor nach vorne gerichtete Brusseliande ihm den Weg in den Norden der trostlosen Stadt.

Auf den etwa hundert Metern, die er zurücklegte, wich er mehrmals mit knapper Not feuerspeienden und qualmenden Drachen aus. Die Drachen zogen in Rudeln durch die Stadt; sie waren nicht wirklich gefährlich, doch nichts, nicht einmal Brusseliande, konnte sie aufhalten, sobald sie beschlossen hatten, einen Punkt anzusteuern, den ihr larvenartiges Hirn sich ausgesucht hatte.

Plötzlich packte jemand, dessen Näherkommen vom Lärm einer Drachenherde übertönt worden war, ihn am Arm. Camille fuhr herum und fuchtelte aufgeregt mit seinem Schwert, schwang es herum und ließ es mehrmals auf den Halunken niedersausen.

»Aua!« kreischte sein Gegenüber. »Aua, was fällt Ihnen ein?«

Woraufhin Brusseliande noch wütender zuschlug.

»He... Aua! Hören Sie auf, verflixt noch mal!«

Dann tauchte ein weiterer Schurke auf. Er umklammerte Camille von hinten und hob ihn mit übermenschlicher Kraft vom Boden hoch.

»Was ist denn hier los?« fragte der Kerl mit tiefer Stimme.

»Was los ist?« schrie der erste Angreifer. »Ich sehe diesen Burschen, der sich vom Bürgersteig auf die Straße tastet. Ich packe ihn am Arm, um ihn über die Straße zu führen, und dann... ich weiß auch nicht, was in ihn gefahren ist! Dann schlägt er mit seinem weißen Stock auf mich ein!«

Das war zuviel für Brusseliande. Camille spürte, wie die Seele seines Schwertes vor unhaltbarer Wut zu zittern begann und sich seines Armes bemächtigte. Mit der Spitze zermalmte es die Zehen des Schurken, der den Ritter fest im Griff zu haben glaubte, bohrte sich dann in seinen linken Meniskus und riß Camille, als die Umklammerung sich schließlich löste, mit sich in einen mörderischen Tanz. Blindlings traf Brusseliande den Koloß im Gesicht und drang am Bauch und an der Leiste in sein Fleisch ein. Der erste Gauner lief bereits laut schreiend davon, während der zweite gerade noch einem tödlichen Schlag ausweichen konnte und seinerseits schimpfend die Flucht ergriff.

Zur Erinnerung an die Zeit der Klarheit rief Camille ihnen einen triumphierenden Schrei hinterher und dachte voller Zärtlichkeit an sein weißes Schwert. Wieder einmal hatten sie gemeinsam gesiegt. So wie sie im Zweikampf den Vorsteher der Staatlichen Krankenversicherung besiegt hatten, so wie sie den Briefträger und seine Handlanger von der Müllabfuhr verprügelt hatten. So wie sie...

Warum war die Sonne erloschen? Warum war die Welt in die Ära der Großen Finsternis eingetreten? Der Arzt sprach von einer plötzlichen Degeneration der Okularnerven. Was nützt es, obszöne Wörter zu gebrauchen?

Blind.

Ein von Ignoranten erfundenes Wort.

Die Kräfte des Schattens mochten noch so ungestüm über ihn herfallen, Camille wußte ganz genau, was er tun mußte, um den Angriffen der Autoherden auszuweichen und unverletzt aus den labyrinthartigen Abgründen der Metro wieder herauszufinden. Er fürchtete sich weder vor Stahlreifen noch vor der List der Bösewichte. Er war Camille, der Ritter des Lichts, und Brusseliande verließ niemals seine Hand, so wie sich das für einsame Krieger gehört, die dem Reich der Finsternis täglich die Stirn bieten müssen.

Mit allen vier Sinnen.

Originaltitel: ›CHAQUE JOUR EST UN NOUVEAU COMBAT‹ · Copyright © 1995 by Bernard Werber · Erstmals erschienen in ›GENÈSES‹, hrsg. von Ayerdhal bei Éditions J'ai lu: Paris 1995 · Mit freundlicher Genehmigung des Autors · Copyright © 1999 der deutschen Übersetzung by Wilhelm Heyne Verlag GmbH & Co. KG, München · Aus dem Französischen übersetzt von Gabrielle & Georges Hausemer

Josef Pecinovský · Tschechei

ICH WERFE DIR
DAS SEIL ZU, KAMERAD

Ich fand den Anblick von Westers aufgedunsenem Gesicht ekelerregend. Seine Glatze strahlte wie ein Heiligenschein, selbst in dem Kleinbildschirm des Armtelefons an meiner Hand.

»Langsam, langsam, Damm, um nicht gegen etwas zu laufen«, sagte er bedächtig, und ich bedauerte, daß ich nicht auf sein schweißbedecktes Antlitz einprügeln konnte.

»Bleiben Sie lieber stehen«, fügte er hinzu, »damit Sie die neue Nachricht nicht umhaut!«

»Mich haut nicht so schnell etwas um, du stinkendes Futteral!« Ich benutzte mit Absicht seinen Schimpfnamen. In seiner Anwesenheit wurde dieser Namen nie ausdrücklich verwendet, da er eine Anspielung war auf die allgemein verbreitete Werbung für seine Kekse, vor allem auf deren Verpackung.

»Na, Damm«, sagte er genüßlich, »jetzt hören Sie mir mal ehrfürchtig zu, sonst könnten Sie sich in einen Glibberlaib verwandeln, und das früher, als es der Öffentlichkeit lieb wäre.«

Die flotten Sprüche über den Glibberlaib ließen mich aufhorchen. Ich blieb stehen. Die abgetretenen Sohlen meiner Sandalen verschmolzen mit dem Asphalt des breiten Trottoirs vor dem Gebäude des Postministeriums.

In dem Augenblick war es mir einerlei, daß ich die eilende Menge behinderte, obwohl ich mich nun am meisten darum kümmern mußte, daß mich so wenig Leute wie möglich hörten.

»Also, ich bin richtig zufrieden, daß Sie mich so gut verstehen. Also: *Ich werfe dir das SEIL zu, Kamerad!* Und zwar heute ab sechzehn Uhr siebzehn Minuten, Koeffizient achtundvierzig.«

Ich schluckte schwer.

Mein Denkvermögen addierte, subtrahierte, und die Zahlen reihten sich allmählich zu einer sechsstelligen Zahl. Koeffizient achtundvierzig, das mußte ihn mehr als eine Million kosten.

»Bin ich Ihnen eine solche Stange Geld wert?«

»*Was würde ich nicht alles für die Erheiterung der geliebten Öffentlichkeit tun!*«

Ich überlegte, womit ich ihn so weit auf die Palme gebracht hatte, daß er eine ganze Million in meine Eingeweide investierte, kam aber nicht drauf.

»Um Himmels willen, weshalb, Wester?«

Sein aufgedunsenes Gesicht setzte zu einem Lächeln an, und der scheinbar zahnlose Mund zog sich in die Breite. Das Ergebnis wirkte wie ein schlecht eingestellter Fernsehbildschirm.

»Sagen wir, es handelt sich um das persönliche Interesse der Sekretärin Claudia Ross. Eine Allergie gegen freche, rothaarige Bengel. Ja, so!«

Bevor ich ihm noch was sagen konnte, verschwand seine Visage. Übrigens: er sagte mir alles, was er wollte, und die Ausstrahlung dauerte die vorgeschriebenen dreißig Sekunden.

Fieberhaft bemühte ich mich, das alles zu begreifen.

Was hatte er gesagt? Ab sechzehn siebzehn? Aber es ist doch schon sechzehn zwanzig!

Das bedeutet natürlich, daß das SEIL schon aufgebrochen ist.

Fassungslos sah ich mich um. Möglicherweise zu fassungslos.

Nun ging es darum, wer von den Umhereilenden bemerkte, daß ich erschrocken war. Marcel, Marcel, dachte ich, jetzt heißt es denken und nicht unüberlegt handeln. Es geht um dein Leben! Und was die Gründe anbelangt, damit kannst du dich später beschäftigen, das heißt, soweit dir dafür Zeit bleibt.

Wester wußte natürlich genau, wo ich mich befand. Ich zweifelte nicht daran, daß der dafür eingeteilte Mann mit dem geladenen Sattel schon losschlug und mit der Geschwindigkeit eines Sanitätswagens genau hierher kam, an diese Stelle.

Darüber hinaus bin ich auf die zweitägige Jagd gar nicht vorbereitet. Ganz zu schweigen davon, daß bei mir über meine physische Kondition gar nicht zu sprechen wäre. Obendrein hatte ich über den Winter einige Pfunde zugenommen, und nun japste ich auch bei einigen wenigen Stockwerken.

Vor allem war ich total unausgeschlafen, und das ist bei einem Seilhaschen das Mörderischste. Die nächsten achtundvierzig Stunden komme ich zu keinem Nickerchen, es sei denn, ich schaffe es, für ein paar Stunden irgendwo zu verschwinden.

Fast hätte ich mich selber bewundert, wie ich in dem Augenblick ganz cool überlegte. Ich verstecke mich dort, wo mich nicht einmal Wester suchen würde. Unter einem Kerzenständer ist es am dunkelsten, zitierte ich das alte urtschechische Sprichwort. Ich schleuderte das Armtelefon auf den Gehweg und stampfte mit dem Absatz darauf.

Wenn mich jemand jetzt anrufen würde, dann würde er nur den Störungston hören. Ich wußte, es erwartete mich eine Ordnungsstrafe für die absichtliche Abkoppelung vom Netz, doch das war im Vergleich zu dem, das mich jetzt erwartete, eher lächerlich.

Mit vorgetäuschter Ruhe begab ich mich auf den Weg. Niemand war bisher auf mich aufmerksam geworden, ich war für alle eine genauso anonyme Gestalt, wie sie es für mich waren. Und doch werde ich für all die Tausende in ein paar Stunden die angenehmste Zerstreuung werden.

Wester würde nie auf den Gedanken kommen, daß ich mich zu Hause versteckte. Das wäre doch die größte Dummheit, die ich überhaupt tun könnte.

Das fette Schwein wird alle Hebel in Bewegung setzen, um mich zu finden. Alle Taxis würde er aufhalten, alle Züge würde er durchsuchen lassen, er wäre fähig, alle Buslinien anzuhalten, ja er würde auch mechanische Polizeihunde einsetzen. Nach erfolglosen Aktionen würde er bald darauf kommen, das ich exakt dort eingeschlossen war, wo er es am wenigstens erwartet hatte. Doch dann bin ich vollkommen fit und feldmarschmäßig ausgerüstet. Dann könnte er mit dem SEIL herumwerfen, soviel er wollte.

Vorsichtig ging ich an dem Wohnblock vorüber und schlängelte mich in den Keller, der drei Eingänge neben dem meinen lag. Durch den dunklen Gang (ich wagte es nicht, Licht zu machen), stolperte ich bis zum Treppengang. Über ihm, an seinem Ende, war die Tür, zu der ich die Schlüssel hatte.

Eine Weile horchte ich, doch im Haus herrschte die übliche Ruhe. Schnell lief ich hinauf, bis ganz nach oben, öffnete das Schloß und schlug die Tür hinter mir zu. Ich stützte mich mit dem Rücken an sie und atmete tief aus.

Dann begriff ich, daß ich nicht allein im Hause war.

In der Entfernung von sechs Metern, direkt auf der Diagonale des Zimmers sah ich die dick zusammengerollte Spirale des augenfällig grün leuchtenden SEILs. Die ausdrucksvollste Dominante des Strangs war das rot strahlende Spitzenhaupt.

Das SEIL bewegte sich auf mich zu.

Sicher, ich habe das SEIL nicht zum ersten Mal gesehen. Mehrmals überdies hatte es neben mir gerobbt, doch bisher habe ich sein Spitzenhaupt nur in Grün wahrnehmen können. Es hatte mich nie besonders aufgeregt, und ich begriff absolut nicht die hitzige Masse, welche sich den Spuren des Seils anschloß und begierig jedes verzweifelte Manöver des Opfers verfolgte.

Nur der Getriebene hatte das Sonderrecht, die Hauptspitze als rot zu empfinden.

Nun sah ich wie ein Angeketteter in die Farbe der nicht aufgeputzten Ziegel, eine Tönung, die sich in der Höhe von einem Meter über dem Boden mir mit der Geschwindigkeit von vier Kilometern pro Stunde näherte. Von diesem Augenblick an blieb das SEIL nicht mehr stehen. Es würde in der gegebenen Höhe schweben (tückisch so bestimmt, damit man es in der Masse auf dem Gehweg auf längere Entfernung nicht orten kann) und sich zielsicher nach vorne bewegen. Sein Ziel war nun eindeutig – eben ich.

Ich hatte nun keine Zeit, zu bereuen, daß ich dieses ›SEIL-Match‹ nie gespielt hatte. Nichts anderes blieb übrig als durchzuglühen, Reißaus zu nehmen. Die Geschwindigkeit des Seils kannte ich akkurat, und wußte, daß es kein Problem wäre, ihm zu entkommen. Jedoch hatte ich nicht geahnt, daß es auch eine Lücke zwischen Treppenhaus und Anlehne finden konnte, und daß ich mithin die Hauptspitze des SEILs ständig hinter meinem Rücken haben würde.

Nun, das Treppenhaus hatte ich geschafft. Ich stürmte durch den Haupteingang und schlug die große und schwere Holztür hinter mir zu. Zwar wußte ich, daß ein so dürftiges Hindernis das SEIL nicht aufhalten konnte, doch ich wollte wissen, wie es damit fertig würde. Das SEIL zwang sich durch das Schlüsselloch.

Das wirkte sich nicht im geringsten auf seine Geschwindigkeit aus.

Die erste und im Grunde genommen begreifliche Reaktion war: loszurennen. Hasten, sausen, pesen, dem SEIL aus den Augen verschwinden. Bis zur jetzigen Stunde hatte ich jedoch nie von einem Menschen gehört, dem es gelungen wäre, das SEIL abzuhängen. Ja, es hatten sich schon einige wenige Kämpen gefunden, die es zuwege gebracht hatten, die Jagd zu überleben. Doch nur, weil das SEIL für sie zu kurz war, und darüber hinaus waren sie physisch mehr als gut drauf.

Es war kein Zufall, daß die Jagd immer dann begann, wenn auf den Straßen die meisten Passanten waren. So war es nun auch in meinem Fall. Davonzulaufen bedeutete zwar, daß ich mich von der potentiellen Gefahr entfernte, unmittelbar darauf jedoch die Aufmerksamkeit der Fußgänger auf mich zog. Und derjenige, der als erster klar die verfolgte Person bezeichnete, gewönne eine nicht allzu große, aber doch beachtliche Prämie. Nebenbei erwartete ihn das Interesse der Journalisten, des Fernsehens, er erschien auf den Titelseiten der Tageszeitungen als Mensch, der einen außerordentlichen Scharfsinn besaß. Schwer zu erwarten, daß es einen Erdenbürger gäbe, der so eine Gelegenheit nicht am Schopf fassen würde.

Infolgedessen: vor dem SEIL wegzulaufen würde bedeuten, unnötig mein Gesicht in das Gedächtnis von Millionen einzuprägen, und all diese Gierigen würden schon dafür Sorge tragen, daß das SEIL nicht die Richtung verlor. Wenn ich dagegen schnell, gleichwohl ausgeglichen gehen würde, dann käme ich allen wie ein normaler Passant vor, den gar nicht interessierte, was hinter ihm vorging, und den das ganze keineswegs etwas anginge. Dann hätte ich vielleicht eine Chance, daß dieses Biest mich aus den Augen verlor. Und das SEIL reagiert nur auf einen direkten optischen Kontakt, sonst muß es sich auf die Informationen aus der Masse verlassen.

Ich wußte, ich konnte auf all die Menschen pfeifen und allen – ohne mir ein Blatt vor den Mund zu nehmen – erklären, daß ich es bin, dem die ganze Achtsamkeit des SEILs galt und dann ganz ruhig weitergehen.

Das SEIL bewegte sich mit der Geschwindigkeit von vier Kilometern pro Stunde. Also, es genügte, ruhig rüstig auszuschreiten und zu marschieren, um ihm zu entfliehen. Natürlich die ganzen achtundvierzig Stunden. Jemand sollte es mir zeigen, wie man es aushält, zwei Tage und zwei Nächte insgesamt 192 Kilometer nonstop zu gehen, ohne vielmehr zu laufen, zu rennen, zu spurten. Dazu noch in einer ideellen direkten Trasse, denn das SEIL kann alle Entfernungen in Luftlinien bewältigen und sich so alle Zwischenräume verkürzen.

Meine Taktik, etwas vorzutäuschen, hatte sich als aussichtslos erwiesen. Als ich meine ersten zehn ruhig vorgegaukelten Schritte hinter mir hatte, bemerkte ich auf der anderen Straßenseite einen Minibus. Den Dornen eines Kaktus ähnlich, starrten aus dem die gierigen Linsen der Fernseh- und Filmkameras.

Wester war mir für alle Fälle mit einigen Tricks zuvorgekommen. Die Fernsehzuschauer würden also von der ersten Minute an ein vollkommenes Erlebnis haben. Ich grinste unverschämt in die hungrigen Objektive. Ich wußte, sie hatten in meinem Gesicht Spuren des Schreckens und der Panik gesucht. Doch die konnten sie vielleicht gesehen haben, als ich noch von den Treppen in aller Eile und Hast hinuntergestürzt war.

Ich schaute zurück auf meinen Verfolger. Das SEIL hing in Standardhöhe und ›schleppte‹ sich hinter mir her. Das rote Seilköpfchen signalisierte Gefahr. Ich erblickte die Menge, die sich gebannt zusehend langsam auf der Straße versammelte.

Jedenfalls würde ich von diesem Augenblick an außer dem SEIL auch Tausende von Neugierigen haben, die nach meinem Tod lechzten. Ich wußte es, nur wenige halten es aus, mit dem SEIL länger als drei Stunden Schritt zu halten, dann und wann hielt es einer durch – hinter dem Lenkrad seines Wagens, solange ihm das nicht die Polizei oder ein Verkehrsstau vermasselten. Doch eins war klar: Die Anzahl der Personen, unersättlich nach Unterhaltung und Belohnung, würde dauernd annähernd konstant sein. Und sie alle würden es sich nicht entgehen lassen, jeden meiner Fluchtversuche an die entsprechenden Stellen zu melden.

Mein Wagen parkte mit den rechten Rädern auf dem Gehsteig. Ich hatte gar nicht gehofft, ihn hier zu finden. Natürlich lockte er mich, doch das SEIL war knappe fünf Meter hinter mir, also hätte ich es gar nicht geschafft. Ich verdoppelte meine Schritte und ging um den Wohnblock herum.

Niemand hatte mich am Laufen gehindert, das war strengstens verboten. Dem Verfolgten durfte man nichts in den Weg legen. Doch wer könnte schon dafür, wenn sich irgendwo eine Schranke senkte, eine Tür zufiele, oder ein Auto auf dem Trottoir quer stünde? So etwas kam vor. Doch nicht jetzt gleich, in den ersten Stunden der Hetzjagd. Das wäre zu augenfällig gewesen.

Als ich mich zum zweiten Mal meinem parkenden Wagen näherte, war das SEIL immer noch nicht hinter der Ecke hervorgekommen. Also mehr als hundert Meter, ich hatte noch eine Minute zu meinen Gunsten. Blitzschnell schloß ich die Tür auf und sprang hinter das Lenkrad. Aus plausiblen Gründen versuchte ich alle Bewegungen in der üblichen Gewohnheit durchzuführen. Doch meine Hände zitterten. Keine Panik: Die Kupplung durchzudrücken, den Schlüssel in die Zündung zu stecken, energisch durchzudrehen.

Noch einmal und noch einmal.

Nichts.

Im Rückspiegel sah ich, wie das rote Köpfchen des SEILs aus der Querstraße herausschlich, gefolgt von der schwarzen, murmelnden Menschenmasse. Der Fernsehbus blieb ganz nahe an meinem Wagen stehen. Am etwaigen Hinausfahren wurde ich jedoch nicht gehindert, die Grundprinzipien hatte die Fernsehequipe peinlich genau eingehalten.

Der Anlasser drehte sich wie ein schlecht geölter Göpel, doch der Motor bekam nicht einmal Schluckauf. Ich sprang hinaus, riß die Haube auf. Dem Anschein nach war alles in Ordnung, doch ich schaffte es noch, den Verteiler zu öffnen. Ich könnte ruhig mit dem Wester jahrelang prozessieren, ich würde ihm nie beweisen können, daß er das war, der ihn mit Kunststoffkleber hat vollstopfen lassen. Die nutzlosen Schlüssel hatte ich wütend auf den Gully geschleudert.

Wester führte eins zu null.

Ich schätzte, es wäre wohl geboten, dem SEIL für einige Minuten zu entschwinden. Doch es war schwer, einem Menschen mit leerem Magen und grausamem Durst zu entfliehen.

Mit dem SEIL war nicht so schwer zurechtzukommen, doch das Gesindel gäbe einem keine Ruhe. Ich tat noch einen nutzlosen Versuch, dabei war ich von dessen negativem Effekt im voraus überzeugt. Ich lief ungefähr einen halben Kilometer, dann sah ich nach hinten. Kein rotes Köpfchen, keine Meute.

Leider hatte ich genügend Gaffer auf meiner Spur. Ich sprang am Stellplatz in eine Taxe.

»Zum Bahnhof!« brummte ich, so weit wie möglich gleichgültig und gelangweilt.

Der Taxifahrer wirkte weiterhin so weit wie möglich gleichgültig und gelangweilt.

Ich zweifelte nicht, daß der Taxifahrer mich gut

gehört hatte, es war also vollkommen überflüssig, meine Aufforderung zu wiederholen. Nichtsdestoweniger schrieb er weiter etwas in sein Notizbuch, und mit nervender Pünktlichkeit notierte er die Zahlen von der Taxameteruhr.

Sicher, er konnte mich bis an das andere Ende der Stadt bringen, nichts hätte ihn daran gehindert, und niemand hätte ihm je etwas vorgeworfen. Doch er hatte offensichtlich Sinn für die Realität und für die gesellschaftliche Unterhaltung. Als ich mich eine Minute lang nicht bewegt hatte, drehte er an einem Knopf und stellte den Fernsehapparat an.

Der Mann auf dem Bildschirm ähnelte mir mehr als vielsagend. Die Stimme des Kommentators überzeugte alle davon, welcher Dienst der Gesellschaft geleistet würde, wenn man auf meine mögliche Verkleidung, Maskerade oder Verstellung aufmerksam machen würde. Alle Auskünfte würden ausgewertet und nach Verdiensttauglichkeit prämiert werden. Die am besten gewertete Information wäre die, die das SEIL in dem Moment und in der Stellung zu dem Gejagten führte, wo er nicht mehr davonlaufen könnte. Man nennt das ›die letze Meldung‹ und für den glücklichen Informanten bedeutet es, um dreihunderttausend reicher zu werden.

Danach hörte ich noch die Werbung für Westers feine Crackers; weiterhin im Taxi zu hocken war nicht nur zwecklos, sondern auch gefährlich. Einige Sekunden, nachdem ich das Taxi verlassen hatte, zog sich die grün leuchtende Schlange über die Sessel des parkenden Wagens. Der Fahrer winkte mir zu und wünschte ironisch: »Glückliche Reise!« Seine Gefühle waren sicher zwiespältig. Auf eine Information hatte er keinen Anspruch, und gleichzeitig verlor er eine lukrative Fahrt.

Ich taumelte, Hunger und Durst quälten mich, doch anhalten konnte ich nicht. In ein Bistro konnte ich auch nicht. Alle Gebäude waren bei der PIRSCH hervorragende Fallen. Das SEIL wählte in geschlossenen Räumen eine andere Strategie und Geschwindigkeit. Obwohl es sich nicht veränderte, kam es in Räumen viel besser zur Geltung. Doch ich kannte einen Barkeeper, der mir einen Gefallen schuldig war. Das Problem war nur, zu ihm zu gelangen.

Die Straßenbahn erreichte ich zu dem Zeitpunkt, als sie die Haltestelle verließ. Ich klammerte mich an eine Menschentraube, die am hinteren Eingang hing. Platz war nur für eine Hand und ein Bein. Das SEIL blieb weit zurück, und keiner der Fahrgäste hatte Gelegenheit gehabt, es sehen. Und doch…

Nach zwei Minuten blieb die Bahn plötzlich stehen, und der Lenker meldete eine Panne.

Was für ein Zufall!

Apropos, an jeder Ecke hingen Fernsehapparate, und meine Physiognomie war nun wohl die bekannteste in der ganzen Stadt. An Popularität hatte ich den Oberbürgermeister und alle Senatoren weit übertroffen. Ja, ich bin jetzt prominenter als Boxer oder Popmusiker. Mit einem kleinen Unterschied, ja ganz winzigen: mein Stern würde nicht allzu lange strahlen, nur bis mein SEIL ihn auslöschte.

Westers Crackers sind die besten!

Als ich mir deren charakteristischen Geschmack vorgestellt hatte, war mir zum Kotzen.

Ich drosselte mein Tempo. Hunderte von Oberarmen, die mir wie Krallen vorkamen, wiesen dem SEIL die Richtung. Das SEIL sah mich und nahm die ›Witterung‹ auf. Ich ließ nun dieses künstliche Reptil bis auf Griffweite näher kommen. Unfehlbar und ohne zu zögern zielte es in die eine, einzige, einwandfreie Richtung.

Nun wollte ich feststellen, wie sich das SEIL bei einem persönlichen Kontakt verhielte. Ich wußte, es war ein Tanz auf des Messers Schneide, doch eben diese Erfahrung mußte ich erlangen, solange ich noch bei Kräften war. Wenn es mich in einem erschöpften Zustand aufschnappte, könnte ich einen unverbesserlichen Fehler begehen. Also ging ich geradeaus und hielt diesen verdammten Bindfaden so etwa fünf Meter hinter mir. Fast hatte ich Probleme, mich so langsam zu bewegen.

Ich kam zum Straßenübergang in der Minute, als das rote Männchen auf der Ampel aufsprang, und da bekam ich eine Idee. Ich erlaubte dem liebenswerten Strang, bis auf Reichweite heranzukommen und dann begab ich mich auf einen Totentanz.

Mit einigen Schwierigkeiten wich ich der Straßenbahn aus, und mit einem Delphinsprung vor einem verzweifelt bremsenden Kraftfahrzeug flippte ich unter den schrill kreischenden Geräuschen der Bremsen fast wie in Zeitlupe auf den entgegenliegenden Bürgersteig.

Ich sah mich um: Die Trambahn zerschnitt meinen Feind in mindestens sieben Stücke. Die erlöschende Spitze mit dem Rest des Hälschens krümmte und wand sich in krampfhaften Zuckungen auf dem Asphaltboden. Dann kam ein riesiger Brummi, mit kurzen Versuchen, anzuhalten, dahergerutscht und zerquetschte den führenden Kürbis des ganzen SEILs zu einem Brei.

Nun, Wester, jetzt steht es eins zu eins!

Sicher wäre es nicht uninteressant zu beobachten, wie sich alle die Stückchen des SEILs zusammenfanden und erneut ein einziges Individuum bildeten, doch dieses Vergnügen mußte ich anderen überlassen. Aber bei einer Kleinigkeit war ich mir sicher, ja ich konnte mich ganz darauf verlassen.

Ein zerstückeltes SEIL war und ist ein nicht alltägliches Erlebnis, und jeder würde erpicht darauf sein, daß ihm kein Detail dieser sicherlich anstrengenden Metamorphose entging. Das Augenmerk würde anderswohin gerichtet werden, und ich hatte das Kostbarste gewonnen.

Zeit.

Bills kleine Destille prahlte mit ihren bunten Aushängeschildern über alle ihr drei Ecken. So salopp wie ich nur konnte, trat ich ein und setzte mich auf einen der am weitesten vom Eingang entfernten Barhocker. Im Schankraum war es halb leer, nur auf dem Parkett schlängelte sich in rührender Ekstase ein Jugendlicher im Rhythmus der Töne, die sich vollkommen falsch wiederholten. Schätzungsweise zehn offensichtlich gelangweilte Gäste nahmen einen Teil der Sitze ein. Bill stand hinter der Theke und sein gebräuntes Konterfei bewegte sich wellenförmig hinter einer rosa Flüssigkeit in dem Glas, das er bedacht vor sich hielt.

»Ja, was soll's sein, alter Hafen?« Seine rauchig-heisere Stimme hörte sich genauso an, wie in alten Zeiten. »Du vergißt deine alten Kameraden. Ja, Damm, über einen Monat habe ich dich nicht gesehen. Und bei deinem sprichwörtlichen Durst brauche ich doch gar nicht daran zu zweifeln, daß meine Konkurrenz an dir verdient.«

Wie üblich quatschte der komische Kerl lauter Unsinn, doch sein Schwafeln störte mich nicht. Wie es unter meinen Freunden üblich war, sprach er mich mit dem Nachnamen an. Meine Augen rutschten unabsichtlich zu dem Schränkchen über der Schanktheke und hafteten an der Werbung für Westers Cracker. Ich hatte tausend Ideen, was man mit dem Aufkleber tun könnte, doch eine einzige war gegebenenfalls anwendbar.

»Whisky. Einen doppelten. Und keinen getauften!« Ich sprach die Bestellung aus und gab ihm so teilweise zur Kenntnis, daß ich einige seiner unguten Gewohnheiten immer noch kannte.

»Ja, so schnell schießen auch die Preußen nicht«, Bill

runzelte zum Schein die Stirn. Ich hoffte nur, daß die Nachricht über meinen Unfall mit dem SEIL noch nicht zu ihm durchgedrungen war. Nirgendwo sah ich ein eingeschaltetes Fernsehgerät. Bill maß das Getränk ab und ließ das Glas geschickt über die Theke bis zu mir durchtanzen, wie eine Kunstläuferin zwischen der Umrahmung. Auf demselben Weg und mit derselben Routine folgte dem Glas das Eis in einer kleinen Porzellanschüssel.

»Ja, weißt du, es sind schwere Zeiten«, seufzte er, und mit diesen Worten drang eine gewisse Doppeldeutigkeit zu mir durch. Ja, er war zwar ein Freund, aber wer konnte ahnen, wie er sich verhalten würde, wenn er Bescheid wußte...

Ich hatte kein Interesse, ihn zu prüfen. Nur eins hatte ich kontrolliert, ob alles in der Bar beim alten war.

Es war alles beim alten.

Die Rutschbahn stand immer noch da. Sie führte direkt auf die Straße und endete in einer robusten Auffangwanne aus weißen Kunststoff. Bill nützte die Rutschbahn sehr oft zum Abtransport von unbequemen Besuchern – wie in tschechischen Bars oft üblich. Sie war offensichtlich in gutem Zustand. Der einzige Nachteil dieses schnellen Beförderungsmittels lag wohl nur darin, daß die Wanne ab und zu von den Vorübergehenden für eine Toilette gehalten wurde.

Bill begann, bedeutungsloses Zeug zu schwatzen. Wie immer in den Augenblicken, wenn er gerade nicht mit Arbeit überfordert wurde, schaffte er es, stundenlang über nichts zu quasseln. Nur war ich jetzt in einem Zustand, wo mir sein diffuses Geschwafel genau zum Tanken von neuer Energie diente und paßte. Daß ich mich hier für zwei Tage verstecken könnte, war einfach unmöglich. Dafür war hier allzu viel Publikumsverkehr und mein Gesicht viel zu bekannt.

»Also, lieber Damm«, Bills Stimme verfärbte sich gewissermaßen und bekam eine graue, ernste Schattierung, »nur so nebenbei. Wir sind doch Kriegskameraden. Ich laß dich nicht einfach auffressen.«

Ich war verdutzt. Das war wirklich das Wort eines Mannes. Da er wußte, wo sich das SEIL gerade befand, hatte er auch die Mittel, herauszufinden, wer mich hier verraten hatte. Danach erzählte er etwas über den Mordsspaß, als er das SEIL in die falsche Richtung gelenkt hatte.

Viel Zeit für männliche Dankbarkeit blieb nicht übrig. Als ich mich kopfüber in die Rutschbahn warf, hörte ich noch Bills letzte Worte:

»Den Whisky geb ich dir auf Pump!«

Ich bedachte, daß für ihn nur eine winzige Wahrscheinlichkeit existierte, mein Geld abzubuchen, übrigens, den Drink konnte ich sowieso nicht mehr zu Ende trinken, aber das Wasser dazu tat immerhin gut.

Ich preschte mit dem Gesicht in die nach Urin stinkende Auffangwanne, und als ich mich aufgerappelt hatte, sah ich einen ungefähr tausendköpfigen Menschenhaufen, der hinter dem SEIL herkam, das war klar, diese gierige Masse ließ nicht mehr lange auf sich warten, von diesem Schlangenführer dirigiert.

Sein Rotköpfchen schwang sich durch die Rutschbahn, und der ganze Körper wiederholte die schaukelnden Bewegungen der Gleitfahrt so, als hätte das verfluchte Geschöpf an dieser Schwankung irgendeine Freude.

»Marcel Damm verließ rechtzeitig und mit einem minimalen Vorsprung seinen zeitweiligen Unterschlupf in der Bar Sirene. Noch einmal führen wir Ihnen sein effektvolles Entkommen vor, das in seiner Originalität der Abrahamschen Wendung nicht nachsteht. Angesichts der Tatsache, daß sein Verfolger ihm an den Fersen hängt, bleibt ihm nichts anderes übrig, als seine Flucht fortzusetzen. Welche Gedanken schwärmen wohl im

Kopf dieses interessanten Menschen? Welche Kniffe und Pfiffe konstruiert er noch und erfindet er, bevor auch er in diesem ungleichen Kampf unterliegt? Ich will noch hinzufügen, daß sein Trick mit der Straßenbahn und der momentanen Beschädigung des SEILs zwar sehr wirkungsvoll, jedoch nicht allzu originell war. Wir kennen ja Damm als einen sehr unternehmungslustigen, gleichwohl – wie Sie auf den Bildschirmen verfolgen konnten – auch als einen besonnenen und ruhigen Menschen. Auch nach zwei Stunden der Verfolgung flüchtet er nicht kopflos, er hält einen hinreichenden und sicheren Abstand und beobachtet nur verstohlen die Vorgehensweise des SEILs. Immerhin hat er natürlich noch genügend Kräfte, doch wir sind ja erst am Anfang des Fangespiels. Und – um es nicht zu vergessen –, es ist ohne Zweifel klar, daß sich Marcel Damm überwiegend von Westers Crackers ernährt...«

Ja das war eben das Sonderrecht derer, die jemandem das SEIL geworfen hatten. Die ganze Zeit der Jagd befindet sich im Fernsehen ausschließlich seine Werbung, und das auf Rechnung seines Opfers. Mit welcher Lust hätte ich diesem Rundfunkidioten wie in einem Karatefilm das Mikrofon in den Hals getreten.

Doch mir blieb nichts anderes übrig, als die Würde zu wahren und in meinem langsamen Tempo weiter zu schreiten. Jetzt konnte ich mir keinen Skandal, keinen Eklat und keine feige Tat erlauben – ich würde die ganze Öffentlichkeit gegen mich aufhetzen. Eins hatte ich jedoch nicht erwartet: daß sich unmittelbar darauf das Mikrofon vor meinem Mund befinden würde. Der Moderator trabte behaglich hinter mir, und seine halbrunde Wamme vibrierte rhythmisch und gab bei dem lächerlichen regelmäßigen Wippen allmählich seinen tief im Fett versunkenen Nabel als Loch ganz frei.

»Nun, was sagen Sie, Damm, halten Sie durch?«

Ich blieb ein wenig stehen, und ermöglichte so der Masse, meinen Mut ein bißchen zu bewundern.

»Ja, ich werde durchhalten«, rief ich, nach Atem ringend und fahl vor Wut, »aber nur deswegen halte ich durch, weil ich das ganze Leben nie mehr als in eine einzige – die erste – Wester-Schrippe gebissen habe. Damals hatte ich nämlich zum ersten Mal entdeckt, daß diese deutlich nach Scheiße riecht, genau wie Scheiße aussieht – und auch so schmeckt!«

Kurz danach tat es mir leid, aber ich konnte nicht anders, ich konnte mir nicht helfen. Doch gleichzeitig ahnte ich, daß gerade nach so einer Antiwerbung der Schrippenverbrauch mindestens um zwanzig Prozent steigen würde.

Ich stieß die Fernsehwampe zur Seite und sprang auf ein Fahrrad, das mir irgendein Philanthrop, wie auf einen verzweifelten Wunsch hin, an einen Baum gestützt hinterlassen hatte. Das Ganze sah wie eine panische Flucht aus, doch ich wußte ganz genau, was ich in dieser Lage vorhatte.

»Geehrte Freunde«, hörte ich Lautsprecher, die auf volle Stärke aufgedreht waren, und die sich gegenseitig von beiden Seiten der Straße überschrien.

»Der verfolgte Marcel Damm flieht nun auf einem entwendeten Fahrrad Marke Mortimer in der südlichen Richtung über die Hemingwaystraße und nähert sich der Kreuzung mit der Darwinallee. Er entfernt sich mit einer beträchtlichen Geschwindigkeit von dem SEIL, und das SEIL kann verständlicherweise nicht mit ihm Schritt halten. Gewinnt Damm den entscheidenden Vorsprung? Wir verfolgen nun die wichtigsten Augenblicke der Jagd! Damm durchfuhr eben die Kreuzung an der Darwinstraße und nähert sich nun der Joschka Fischer-Gasse...«

Endlich hörte die eklige Stimme auf, doch das dunkle Brummen des Fernsehwagens verstummte nicht. Die berichteten jede Einzelheit meiner Bewegungen, und das SEIL konnte sich sehr schnell den Weg verkürzen. Ich hätte die direkte Richtung einhalten sollen, nun war es zu spät.

Übrigens begriff ich sofort, daß meine Fahrt zu Ende war. In der Joschka Fischer-Gasse war die Fahrbahn mit mindestens zwei Kilogramm verbogener Nägel bestreut. Der unbekannte Menschenfreund war ganz sicher einer von der Hundertschaft, die sich aus den Fenstern gelehnt hatten. Sollte ich mich über das unwahrscheinliche Pech beschweren?

Niemand darf ja den Verfolgten auf irgendeine Weise aufhalten und seine Bemühungen sabotieren...

Falls ich es überleben würde, könnte ich eine Untersuchung starten, wer eigentlich diese verdammten Nägel auf seinem schwarzen Gewissen hatte. Natürlich: Falls ich es überleben würde und genügend Mittel hätte, die Untersuchung zu finanzieren.

Falls ich geschnappt und geblubbert würde, durch das SEIL in eine feine Sülze verwandelt, dann würde es natürlich niemanden interessieren. Voll und gar nicht interessieren.

Ich schleuderte das Fahrrad in die Zuschauer auf dem Gehweg und hoffte, daß ich einigen Leuten ein paar Beulen verursachte. Eine kleine Genugtuung war für mich die Tatsache, daß sie die ganze Straße kehren mußten, bevor die Kamerawagen hinter mir herfahren konnten.

In einer halben Stunde befand ich mich wieder an einer Stelle, wo das ganze Karussell begonnen hatte. Ich war vor meinem Haus.

In irgendeinem plötzlichen Panikanfall lief ich in das Haus hinein und schloß geschwind hinter mir zu. Die Panik hatte ich ein wenig vorzutäuschen versucht, doch tatsächlich fehlte mir zu ihr nicht viel. Schon über eine Stunde streifte meine Gehirnzellen eine Idee, von der ich meinte, sie wäre gut, und nun zitterte ich, daß sie nicht durch einen kleinen Zufall durchkreuzt würde.

Draußen dachten alle, ich wäre nun in der Falle, doch ich lief, zehn Stufen auf einmal nehmend, in den Keller. Jetzt war mir unheimlich von Nutzen, daß ich im vorigen Jahr auf die Bitte des Hausmeisters hin an einer großen Rattenbekämpfungsaktion teilgenommen hatte. Das Kanalsystem unter unserem Block in der näheren Umgebung hatte ich im kleinen Finger. Ich rutschte durch einen Schacht hinein, von dem außer mir nur der Hausmeister wußte.

Nun würden sie das Haus durchsuchen, währenddessen das SEIL ziellos auf dem Trottoir Kreise drehen und auf eine Information warten würde. Danach würden sie alle Wohnungen kontrollieren. Erst wenn sie feststellten, daß ich mich nirgendwo da verstecken konnte, würden sie auch die Nachbarhäuser durchsuchen, und erst dann würde sich wohl jemand an die Kanäle erinnern.

Die wahnsinnige Masse würde hineindringen und keinen Quadratmeter der Kanalisation undurchsucht lassen, hinter sich wohl auch das SEIL herziehen, und in der Finsternis würde vermutlich einer seinen Nachbarn als mich bezeichnen. Doch da wäre ich inzwischen schon ganz woanders untergetaucht.

Inzwischen wurde es dunkler, und das paßte mir um so besser. Der Zufall, vier Blocks weiter jemanden zu treffen, war zwar gering, dennoch hatte ich die Kanalgitter mit höchster Vorsicht gehoben. Sechs Stockwerke über die Feuerwehrtreppe zu überwinden, war für mich ein Kinderspiel, und Margita hatte die Angewohnheit, das Fenster im Bad immer offen zu lassen.

Auch heute war dem so. Jetzt kam es mir zugute, daß ich es bei einigen Überraschungen als Fluchtweg hatte wählen müssen.

Auch weiterhin war mir das Glück hold: sie war allein und war sogar sehr froh, mich zu sehen. Mein Gott, was für ein wonnigliches Gefühl war es, nach drei Stunden Jagd, einmal einfach stehen zu bleiben und die kalte Flüssigkeit über den Körper rinnen zu lassen. Ich stand gute zehn Minuten unter der Dusche und es blieb mir sogar ein wenig Zeit, mich zu rasieren.

Soweit würde Margita vernünftig sein, daß ich erreichen konnte, bei ihr zu übernachten, und es sah wirklich so aus, als ob sie vernünftig wäre. Sie lag in einem sich öffnenden Morgenrock auf dem Bett. Es genügte, die glitzernde Schnur des Gürtels aufzuknüpfen, und meine Hände griffen begierig nach ihrem weichen und weißen Körper. Ich streichelte sie und hörte ihrem törichten Plaudern zu.

Fast hatte ich vergessen, daß unterdessen irgendwo draußen das wütende SEIL herumschlich, und daß eine Rotte von Schurken, begierig nach Geld, Marcel Damm in der ganzen Stadt suchte.

Ich hatte das Licht brennen lassen, schließlich hatten wir es bei ähnlichen Gelegenheiten lieber. Immer dachte ich, daß Margita für mich eine ideale Gattin wäre, doch sie wollte von einer festen Bindung nichts wissen. Nun paßte es mir ausgezeichnet, daß niemand etwas von meiner Beziehung zu ihr wußte.

Sie nahm meine Zärtlichkeiten mit einer außergewöhnlichen Lüsternheit auf, und ich grub meinen Kopf in ihren weichen Körper, der so nach einem richtigen Kerl lechzte. In dem Moment hörte ich im Raum ein Geräusch, es hörte sich wie ein Klicken an.

»Das ist nichts, das ist der Klimatisierungsschalter«, flüsterte sie, doch da lag ich schon neben dem Bett. Mit einem Schub war ich wieder zurück in der Realität, und meine Begierden erloschen wie Kerzen im Orkan.

Ich riß den Vorhang zu der kleinen Küche herunter. Hinter ihm kniete ein Bursche mit einer Fernsehkamera, der infam alles, was sich in dem Apartment bisher abgespielt hatte, aufgenommen hatte.

Ich begriff, was sie nun direkt und life sendeten, und hätte sich die Kanaille nicht vorzeitig verraten, hätte sie solch einmalige Aufnahmen haben können, daß ich durch sie für alle Zeiten berühmt geworden wäre. Leider Gottes ganz und ausschließlich *in memoriam*.

Durch das Schlüsselloch der abgeschlossenen Tür drang mein rot strahlendes SEIL ins Apartment.

Diese Bestie Margita hatte ohne Zweifel die Fernsehübertragung genauso aufmerksam verfolgt wie alle anderen. Als sie sah, wo ich verschwunden war, hatte sie leicht erraten, wohin ich jetzt gehen würde. Also hatte sie den Kameramann gerufen und...

Was wäre sie alles zu opfern bereit, diese Hyäne, wegen der lumpigen dreihunderttausend! Fast hätte sie es geschafft. Jetzt kreischte sie mit einer nie gehörten Lautstärke, und bis heute weiß ich nicht, ob sie so vor dem lebenden SEIL erschrak, oder ob sie so außer sich war, weil ihr Plan gescheitert war.

Um das Rotköpfchen herum das Treppenhaus zu erreichen, daran war gar nicht zu denken. Hier zu bleiben und mit dem SEIL Katz und Maus zu spielen? Das würde so zwei bis drei Minuten gelingen, ganz zu schweigen, daß das Biest Margita mir in einem unbedachten Augenblick die Beine weggerissen hätte, damit ihr der heiß ersehnte Judaslohn nicht entging.

So blieb mir nichts anderes übrig als ein Rückzug durchs Bad und ein Sturzlauf über die Feuerwehrtreppe nach unten. Draußen war es noch nicht dunkel, und ich gab eine hervorragende Vorstellung für etwa zwanzig Bewohner um den kleinen Hof und für einige Millionen Fernseher.

Die hiesigen Einheimischen ahnten sicher, welchen Fluchtweg ich wählen würde, und brachten einige Scheinwerfer auf das Dach. Nackt wie Adam – nur ohne Feigenblatt – rollte ich auch die Eisentreppe hinunter. Diesmal war es tatsächlich ein Rennen ums Leben. Die rote Hauptspitze blickte mir bereits über die Schulter. Ich hatte das Gefühl, daß auch die eingerosteten Stufen dunkelrot glühten.

Von der vorletzten Etage sprang ich nach unten, sonst hätte ich die nächsten Minuten nicht mehr erlebt. Ich stieß gegen das große Tor, das die Durchfahrt von der Straße trennte. Doch an der Klinke rüttelte ich vergeblich.

Nun hatte ich die Möglichkeit, die Gefühle einer in die Ecke gedrängten Ratte voll auszukosten. Mit einem kleinen Unterschied natürlich. Wenn ich – einer Ratte gleich – in einer verzweifelten Bemühung, wenigstens etwas zu unternehmen, meinen Verfolger angegriffen und ihn gebissen hätte – wäre sowieso alles einerlei gewesen. Das SEIL konnte nichts von seinen Absichten abbringen.

Ich zweifelte nicht daran, wer wohl das Tor abgeschlossen hatte. Zum Glück arbeiteten meine Muskeln auch dann weiter, wenn mein Gehirn versagte. Hier auf dem Hof konnte ich mit dem SEIL ein wenig schäkern. Zuerst mußte ich wieder zu Atem kommen, und so hetzte ich etwa drei Minuten lang an den Wänden entlang. Das SEIL verfolgte mich blindlings.

Alsdann führte ich es wieder zum Tor, und von da mit einem Blitzausfall über den Hof zum Gullygitter. Es war schwer wie ein Stück Stein, wie ein erratischer Block, wie ein Findling, wie ein Felsen.

Rechtzeitig warf ich mich vor dem kommenden Unheil zur Seite. Ich überlegte kühl und besonnen: Als Rückzugweg blieb mir nur die Feuerwehrtreppe, und auf ihr ging es sechs Stockwerke nach oben.

Hinaus aus diesem Haus käme ich wahrscheinlich nur durch die einzige Wohnung, die ich kenne. Aber hatte ich die Kraft, mit der Geschwindigkeit von vier

Kilometern pro Stunde zu steigen? Wieviel Meter pro Sekunde sind das? Ich hatte keine Zeit und keine Lust, es auszurechnen. Das war sinnlos – entweder schaffte ich es, hinaufzukommen, oder... Nein, darüber dachte ich besser nicht nach! Verstohlen blickte ich nach oben. Natürlich stand Margita im Fenster, wie alle anderen Neugierigen. Jetzt erst hörte ich, daß die Menge etwas schrie, doch ich war nicht imstande, die Worte zu verstehen. Ich zweifelte jedoch, daß das unterstützende Worte waren. Vor allem Margita hatte einen Zorn auf mich, als sie sah, daß ihr dreihunderttausend im wahrsten Sinne des Wortes aus der Umarmung geschlüpft waren.

Nötig war es nun, auszuatmen, einzuatmen, die Lungen mit Sauerstoff zu füllen. Dann das SEIL so weit wie nur möglich wegzuführen. Jetzt gleich! Fürs ganze hatte ich einen einzigen Versuch ohne jegliche Möglichkeit zur Berichtigung. Wenn ich gestolpert wäre, hätten sie morgen über mich Nekrologe geschrieben.

Soweit es nur ging, nahm ich das schmutzige Treppenhaus in Sprüngen – mit jedem vier Stufen auf einmal – an den Drehungen habe ich mich nur minimal aufgehalten, schon weil jeder Blick zurück nicht nur eine Zeitverschwendung gewesen wäre, und darüber hinaus nicht nur zwecklos, sondern höchst gefährlich.

Heute weiß ich, daß ich das Badefenster genau im selben Moment erreichte wie das Rotköpfchen. Obwohl die Aufnahmen meiner Flucht über die Treppe für die meisten Menschen öffentliches Ärgernis erregt haben sollen, erfuhr ich, daß diese Szene auf allgemeinen Wunsch wiederholt wurde.

»Du Schwein, du Sau!« schrillte Margita, die sich ihren Reichtum zu grapschen versuchte. Sie war die erste, die mich an der Hand faßte, die erste, die die Regel der Unantastbarkeit verletzte.

Ach sicher, sie wollte mich mit beiden Händen und

Beinen in ihrer Umarmung halten, damit ich genau in dem Augenblick, wenn ich vor Wollust gestöhnt hätte, zum Opfer geworden wäre. Dann hätte sie sich an meinen Qualen geweidet, daran, wie mein Körper während des abklingenden Orgasmus zerflossen wäre. Das alles hätte sie mitbekommen – und auch als Thriller verkaufen können. Nun war alles weg.

Ich drehte mich um und gab ihr eine Ohrfeige. Zu mehr hatte ich keine Zeit.

Das SEIL küßte meine Hand.

Bei dem schrecklichem Schmerz zuckte ich zusammen. Die Haut an der Stelle der Berührung zerfloß sofort und wurde in die Eingeweide des SEILs gezogen. Als ich die Treppe hinunterlief, fühlte ich an der linken Handwurzel eine Pein wie nach einer plötzlichen Berührung durch die Flamme eines Schneidbrenners. Zum Glück riß ich die Hand rechtzeitig weg, bevor sie ganz zerfloß.

Niemand schloß den Haupteingang des Hauses ab, besser gesagt, niemand fand den Mut dazu. Denn das wäre schon allzu auffällig, und dann: was wäre das wohl für ein Ende, das sich irgendwo in einem Flur abspielen würde, ohne Zuschauer und ohne Anwesenheit der Fernsehkameras.

Auf der Straße erwarteten mich eine Menge Schaulustige und drei Fernsehwagen; die Menschen machten mir willig Platz. Ich hatte drei Stunden Verfolgung hinter mir, und zweimal hätte mich das SEIL fast gekriegt.

Ist es überhaupt möglich, sowas zu überleben?

Alles, was sich in den nächsten drei Stunden ereignete, flackert in meiner Erinnerung nur vage wie die Reflexion eines Geisteskranken. Ich weiß nicht, wohin ich gegangen bin, ich weiß nicht, mit wem ich gesprochen oder was ich überhaupt getan habe.

Ich vermute, daß ich gar nicht von der Straße abgegangen bin, und dennoch wurde ich mir gegen neun

Uhr abends bewußt, daß ich nicht mehr nackt war, ja daß ich gewissermaßen anständig gekleidet war. Offensichtlich mußte ich irgendein Geschäft im Sturm genommen und mich gegen den Willen des Inhabers mit Kleidung versorgt haben. Der hatte diese Tatsache vermeintlich in direkter Übertragung zu einer bombastischen Werbung ausgenützt. Ich hatte auch keinen Durst mehr, also mußte ich auch irgendeinem Gasthaus einen Besuch abgestattet haben.

Als ich später meine Bewegungen mit einem Stadtplan konfrontierte, rechnete ich aus, daß ich von sieben bis zehn Uhr abends etwa fünfzehn Kilometer geschafft hatte. Endlich hatte ich mich bei vollem Gedankengang erwischt, wie ich um den Platz der Eintracht herum im Kreis spaziert war, und hinter mir bewegte sich gleichmäßig in einer kurvenreichen Linie diese treue, grünliche Schlange. Sie bekam im Strahl der orangefarbenen Leuchtröhren eine absurde Schattierung. Natürlich außer dem fuchsroten Köpfchen, dessen Strahlung die Selbsterhaltungstriebzentren meines Gehirns attackierte.

Der teuflische Spagat war nun um gute sechs Meter kürzer, doch mir kam es vor, als ob er nicht um einen einzigen Millimeter abgenommen hätte. Die Menschenmasse um mich lichtete sich, doch immer noch waren sehr viele Leute auf mein Ende neugierig. Die anderen hatte es natürlich angeödet, daß ich auf jegliche Tricks, Fallen und Finten verzichtete, und offensichtlich mich selbst schon aufgab. Ein Rückzug ist für einen Beobachter wenig abwechslungsreich und ziemlich ermüdend. So hatte sich die Mehrheit der Sensationshungrigen in die Wärme ihrer Bleiben zurückgezogen und die Augen auf ihre verdammten Telewände geheftet.

Ich schritt im Viereck um einen kleinen Springbrunnen und wurde mir nicht bewußt, daß ich zwischen mir und dem SEIL einen weiten Abstand gelassen und mir dadurch den Fluchtweg verlängert hatte. Ich blieb stehen und ließ das SEIL bis etwa zwei Meter herankommen. So erntete ich von der Menge – die inzwischen um mich einen Kreis von etwa fünfzig Metern Durchschnitt bildete – einen schwachen Applaus. Das hatte mich wieder zu mir gebracht.

Ich begriff nun, daß ich praktisch ans Ende meiner Kräfte gekommen war. In den sechs Stunden hatte das SEIL notwendigerweise vierundzwanzig Kilometer zurückgelegt, ich aber mindestens fünf Kilometer mehr... Nie im meinem bisherigen Leben bin ich mehr als zehn Kilometer am Stück zu Fuß gegangen. An den Füßen hatte ich nicht meine Schuhe, sondern Sandalen, die nicht für Gewaltmärsche geeignet waren. Bald würden an den Füßen große wässerige Hautblasen aufspringen, die mir das Gehen ganz und gar unmöglich machen würden.

Die Milchsäure zwang die Muskeln zur Ruhe. Wieviel Stunden würde ich das Inferno durchhalten? Wenn ich mir nicht gleich, sofort, auf der Stelle, etwas Geniales ausdenke, dann bin ich bis zum Morgengrauen eine Leiche, und der Erzschurke Wester würde um weitere Millionen reicher werden, dank der Werbung, die mit meinem Ende eng zusammenhing.

Inmitten des Vierecks, das ich mit meinen Schritten beschrieben hatte, standen der murmelnde Springbrunnen und ein ungewöhnlich hoher Mast mit Scheinwerfern, die das ganze breite Areal des Platzes und des nahen Renaissance-Museums beleuchteten.

Plötzlich wurde ich von einem Gedanken besessen: der Mast zog mich magisch an. Ich wußte, der Gedanke war wahnsinnig, und ich hatte noch nie gehört, daß jemand schon so etwas Ähnliches versucht hatte. In jener Minute hoffte ich gar nicht, daß mir diese Operation gelang.

An der Säule wartete ich, bis das SEIL in die Reichweite meiner Hand kam. Das geschah in wenigen Sekunden. Die widerliche, abgeschabte Schlange. Der haspelnde Wurm. Ich kontrollierte seine Lage und ging um die Säule herum. Ich mußte mich bücken, um nicht in den Körper des Ungeheuers zu stoßen, dessen rot leuchtende Spitze in meinen Spuren eine Schleife beschrieben hatte. Sie folgte mir getreu wie eine Bettwanze.

Als sich der Kreis geschlossen hatte, ging ich noch einmal um den Mast herum. Dann prallte ich vom Gitter weg und sprang mit dem Kopf nach vorne durch die Schlinge, die das SEIL um die Säule gebildet hatte. Ich sollte hinzufügen: ich bin kein Akrobat, und der Beton des Eintracht-Platzes ist nicht gerade der weichste. Doch ich hatte den Purzelbaum geschafft, beendet, und stand auf den Beinen. Ich warf einen Blick auf das SEIL.

Es ging auf!

Dieses Ding kroch in seine eigene Schlinge hinein. So schnell wie möglich erreichte ich das Ende des SEILs, das im Unterschied zu dem Rotköpfchen ganz harmlos war, zog mit Schwung daran. Hätte ich etwas ähnliches fünf Stunden später versucht, hätte es mir ein schlechtes Ende bereitet. Jetzt konnte ich mich bei Wester bedanken, daß er auch mir ein hinreichend langes SEIL geschickt hatte. Ich zog mit allen Kräften die Schlinge zu, und obwohl sich die Spitze näherte, kam sie nicht weiter als zwei Meter an mich heran.

Erst später hatte ich Gelegenheit zu erfahren, daß mein Streich in die Geschichte als ›Damms Sprung‹ eingegangen war, und bis heute wurde er oft benutzt.

Jedenfalls hatte ich nicht so lange gewartet, bis sich das SEIL von allein aufknotete, ich hoffte jedoch, daß es genügend lange dauern würde. Ich ging durch die Masse, die unter anerkennendem Beifall vor mir zur Seite wich. Ich mußte alle Kräfte aufbieten, um erhabenen, ruhigen Schrittes zu gehen und nicht wild loszulaufen.

Seltsam, daß auch der zweite Teil meines Planes aufging. Nicht ein einziger der Neugierigen folgte mir, keine Fernsehkamera. Alle warteten gespannt, wie sich das SEIL in seiner Lage verhalten würde. Das interessierte auch die Kameramänner, und keiner von ihnen wollte die Wut seines Chefs riskieren, daß er so eine Aufnahme versäumt hätte.

Ich sprang in das erste Taxi, es stand etwa einen Kilometer von dem Mast mit der verfluchten Schlinge entfernt. Das Ziel, das ich angab, war gute dreißig Kilometer entfernt. Ohne Widerrede fuhr der Taxifahrer los.

Die Reaktion des Mannes überraschte mich. Ich wollte nicht glauben, daß heute abend jemand in der Stadt mein Gesicht nicht kannte. Trotzdem saß er am Lenkrad wie eine Sphinx und fuhr brav zum von mir benannten Ziel. Nicht einmal in den Spiegel sah er, um nachzuprüfen, was der merkwürdige und nervöse Fahrgast eigentlich tat. In einer knappen halben Stunde waren wir dort. Er bog um die Ecke und blieb in einem dunklen und verborgenen Winkel stehen.

»Also da sind wir, Boss«, erklärte er in der Manier der Taxifahrer. Jetzt wurde ich mir eines wichtigen Details bewußt: Ich konnte zwar aufspringen und Reißaus nehmen, doch dieser Typ hätte mich leicht geschnappt.

»Wissen Sie«, sagte ich niedergeschlagen, »ich hab kein Geld.« Zu meiner Verblüffung lächelte er.

»Woher könnten Sie überhaupt Mäuse haben, Damm? Ich will von Ihnen keinen Penny, diese Fahrt bringt mir mindestens einen Tausender ein. Schauen Sie zu, daß Sie verschwinden. Ich werde keine Ahnung haben, wohin, und in einer Minute rufe ich das Amt an, wo und wann ich Sie gesehen habe. Alles klar?«

Das war mir völlig klar. Wenn er mich nicht gefahren hätte, wäre er ein Trottel gewesen, der einen Tausender hätte sausen lassen. Fast kam es mir so vor, als ob er solche merkwürdigen Praktiken gewöhnt wäre. In diesem Augenblick war er der eine und einzige, der die Information geben konnte, wo ich mich befand. Es war von ihm sehr anständig und fair, daß er es mir sagte. Und aus welchem Grund auch immer er dies tat, auf seine Belohnung würde es keine Auswirkung haben.

In zwei Minuten hatte ich mich in einem Keller verkrochen und war sehr froh, daß ich niemanden traf. Ich hatte mindestens sechs Stunden vor mir, in denen ich mich ein wenig aufs Ohr hauen und für den nächsten harten Tag vorbereiten konnte.

Ich legte mich auf den steinernen Boden und versuchte, mir einen neuen Trick mit dem SEIL auszudenken. Nichts fiel mir ein, dafür sank ich in einen tiefen, traumlosen Schlaf.

Irgendein Rascheln weckte mich.

Das bisher undurchdringliche Dunkel verwandelte sich langsam in das schwache Anzeichen des kommenden Tages. Ich wußte nicht, wie spät es war, doch gleich erinnerte ich mich des SEILs, das sich die ganze Nacht mit seinem regelmäßigen Tempo durch die Straßen zu der Stelle bewegte, die der Taxifahrer bezeichnet hatte. Dort würde es stehenbleiben und zu kreisen beginnen, was für die Schaulustigen eine Anweisung sein würde, die Umgebung zu durchsuchen.

Die Leute wußten ganz genau, daß ich nicht einfach irgendwohin verschwinden konnte, und daß ich es nicht schaffen würde, mich den Nachforschungen von Millionen Stadtbewohnern zu entziehen.

Das Geräusch im Nachbarraum nahm an Stärke zu, und dann spürte ich unterbewußt, daß jemand die Klinke zu meinem Versteck drückte. Meine Sinne peitschten sich selber zu einer unerhörten Aktivität hoch. Ich stöhnte doch ein bißchen, denn nach meiner ersten Bewegung gab das leichte Hautgewebe des Grindes an der linken Hand nach, doch da war ich schon anderthalb Meter über dem Boden des Hofes und zog mich durch das offene Kellerfenster, durch das, wie ich ursprünglich überzeugt gewesen war, höchstens eine Katze kommen könnte.

Nun war ich auf einem kleinem Hof und blieb still stehen. So konnte ich erahnen, nicht jedoch denjenigen sehen, der die Tür zu meinem Keller öffnete, zwei, drei Schritte machte und sich unwahrscheinlich leise wieder zurückzog.

Die Treiber waren es ganz sicher nicht, die würden sich entschiedener benehmen, und darüber hinaus hätten sie das Licht mitgenommen. Wahrscheinlich war es jemand aus dem Haus, doch das änderte nichts an meiner Lage. Hätte dieser Mensch mich gesehen, würde er dasselbe tun, was ich vorgestern an seiner Stelle um diese Zeit getan hätte.

Nein, sicher war es da für mich nicht. Ich mußte ein paar Blocks weiter, um die dortigen Dachböden und Keller zu erforschen. Sicherer wäre ein Kanal gewesen, doch gerade für diese Fälle ließ die Stadtverwaltung die Kanäle hie und da mit Gittern versehen. So wurden Kanäle zu Fallen, in denen so mancher Verfolgte zugrunde ging.

Ich wollte versuchen, eine leere Wohnung zu finden, deren Inhaber im Urlaub oder einfach außer Haus war. Da könnte ich einige weitere Stunden überleben. So könnte ich die Hälfte der Jagd hinter mich bringen, die zweite würde ich auf den Beinen aushalten müssen. Vierundzwanzig Stunden des Gehens, das bedeutete einhundert Kilometer. Also los, Marcel, los geht's!

Ich ging auf die Straße und peilte die Lage. Ich stützte mich mit dem Rücken an eine große Tür, deren Farbe abgebröckelt war. Ich war nicht einer Bewegung fähig und keines klaren Gedankens. Alle meine Pläne waren zunichte. Ja, ich hatte zwar noch genügend

Kräfte, doch in diesem Moment verfiel ich in eine tiefe und trostlose Niedergeschlagenheit.

Ich ergab mich dem Schicksal und wartete apathisch, bis das SEIL, das ich in einer Entfernung von etwa fünfzig Metern ausmachte, mich einholte, mich umwickelte und anfing, mich zu verdauen.

In einer Art masochistischer Euphorie sah ich der phosphoreszierenden Schlange entgegen, die über dem Trottoir schwebte. In ihrem Gefolge waren ungefähr dreihundert Menschen, überwiegend Teenager in schwarzer Lederkleidung, die mit metallenen Spitzen gespickt war. In ihren Gesichtern war kein Erbarmen.

Noch zwei Sekunden. Ich nahm schon fast die Berührung dieses unsinnigen Gegenstandes wahr, dieser Fresserin von unschuldigem Leben. Meine Wunde brach auf und begann zu brennen. Bald würde mir so der ganze Körper brennen, binnen kurzem würde derselbe Schmerz in meine Innereien dringen. Ich würde wie ein Hund winseln und heulen, zum Vergnügen einiger jugendlicher Zyniker.

Noch ein Meter.

Ich schloß die Augen. Als ich nach einiger Zeit die Lider hob, sah ich die nachdrängende Masse der Verfolger von hinten, und das SEIL verschwand hinter der nächsten Ecke.

Das war nicht mein SEIL!

Ich hätte das sofort bemerken müssen, denn das Köpfchen glühte grün. Das bedeutete, daß irgendwo in der Nähe sich noch ein Unglücklicher versteckte, dem dasselbe Schicksal hinterherjagte. Ich wußte zwar nicht, wie lang er schon auf der Flucht war, doch weil eine Jagd nie mitten in der Nacht beginnt, mußte sie schon acht bis neun Stunden dauern.

Dieses SEIL irrte offensichtlich herum. Das wurde mir bewußt in dem Augenblick, als es vor mir über dieselbe Straßenkreuzung schwebte, gefolgt von denselben Menschen mit steinernen Gesichtern, die Schlagringe und Kricketstöcke in den Händen trugen.

»He, Opa, hast du hier irgendwo Filney gesehen?« fragte einer von ihnen, wobei er mit einem Rasiermesser spielte. Es war deutlich, daß ihm schon meine Anwesenheit zuwider war. In der Nacht pflegte sich die Masse der Gaffer in eine Masse von Mördern zu verwandeln.

»Ich versuche selber schon seit über zwei Stunden ihn zu finden«, erwiderte ich mit trockenen Lippen. »Irgendwo im Arsch ist er«, fügte ich hinzu, um mich dem geistigen Niveau anzupassen.

»Das weiß ich auch, du Blödmann«, sagte er belustigt und ließ mich in Frieden.

Ein unglaubliches Glück, daß er mich nicht erkannt hatte. Doch auch ihm war wahrscheinlich nicht bekannt, daß zur selben Zeit zwei Jagden in der Stadt liefen. Und ihm würde wahrscheinlich nicht einmal im Traum der Gedanke kommen, daß ein Verfolgter die Frechheit besäße, einem anderen SEIL den Weg zu kreuzen.

Dann fiel mir ein, daß es nicht unklug wäre, sich dieser Menge anzuschließen – unter dem Leuchter ist es zuweilen finster – doch sie war schon weitergezogen. Also schlüpfte ich zurück in mein Versteck.

Ich zog mich behende durch das Kellerfensterchen – und stand Auge in Auge dem erschrockensten Menschen, den ich im Leben gesehen hatte, gegenüber.

»Hab keine Angst, Filney«, versuchte ich ihn zu beruhigen, doch es war vergebens. Er fiel vor mir auf die Knie und flehte mich an, als wäre ich der liebe Gott selbst.

»Bitte, bitte, zeigen Sie mich nicht an! Ich kann nichts dafür, das ist alles die Schuld von Wester...«

Ich setzte mich neben ihn. Es war ein merkwürdiges Gefühl, eine verwandte Seele neben sich zu haben.

Schwer zu glauben, daß das unauffällige Männlein bei einem so Mächtigem wie Wester einen derartigen Mißfallen erregen konnte, daß er in ihn eine ganze Million investierte.

Diese Information war für mich überraschend und bemerkenswert. Ich hätte nie geahnt, daß Wester fähig war, während eines einzigen Tages gleichzeitig in zwei SEILe zu investieren. Möglicherweise entschied er sich, mit so einem entschiedenen Zug die ganze Konkurrenz zu liquidieren – na, und wo Holz gehauen wird, da fliegen eben die Späne, und da kommen auch zwei kleine Ameisen wie Filney oder ich leicht unter die Räder.

Filney beruhigte sich ein wenig, als er feststellte, daß ich nicht nach dem Armtelefon gegriffen hatte. Natürlich hatte ich schon längst keins mehr. Dafür hatte er immer noch brav sein Armband an der linken Hand.

»Was haben Sie ihm getan?« fragte ich. Er seufzte schwer.

»Ach, in der Badeanstalt vergaffte ich mich in ein hübsches Mädchen. Das ist eben meine Krankheit, Weiber. Sie kokettierte mit mir, spielte mit mir wie die Katze mit der Maus. Warum sollte ich es leugnen, mir hat's sogar gefallen. Wie konnte ich ahnen, daß es Westers Privatsekretärin war?«

»Claudia Ross?« fiel ich Filney ins Wort.

»Ja, so heißt sie.«

Eine schöne Sekretärin, eine ausgefallene Referentin! Sie also dient Wester als Köder. Das SEIL kann man nicht nur so einfach nach jemandem werfen, dafür mußte man schon einen triftigen und gerechten Grund haben.

Wester ist ein Mensch ohne Verpflichtungen, und so konnte er sehr leicht und einfach dieses Biest als seine Geliebte registrieren lassen. Dann konnte natürlich jeder Mann, der sich um einen Kontakt mit diesem

Aas bemühte, im Sinne des Gesetzes wegen Hausfriedensbruchs belangt und zum Duell gefordert werden.

Dieser konnte es ihm selbstverständlich heimzahlen. Aber er mußte natürlich entsprechend flüssig sein. Was für ein doppelsinniges Wort in meiner Lage!

Er muß flüssig sein, dann verflüssigt ihn das SEIL ganz.

Hätte ich die Moneten, könnte ich Wester richtig und gründlich einheizen. Doch er hatte sich leicht ausrechnen können, daß die Barschaft meines Kontos nicht einmal für ein erbärmliches, sechs Meter langes SEILchen genügen würde. Und wer würde mir in meiner Lage etwas Geld leihen? Nur ein vollständiger Trottel, der daran interessiert wäre, am nächsten Tag selber mit einem SEIL hinterm Arsch durch die Stadt zu rennen.

Nun war die Sache klar. Wester hatte grundsätzlich alle Ausgaben für die Werbung in das SEIL investiert. Die teuerste, doch gleichzeitig die wirkungsvollste Reklame.

»Welche Länge hat er nach Ihnen geworfen, Filney?«

»Vierundzwanzig Meter, mehr als genug für mein schwaches Herz. Lange halte ich es nicht mehr aus... jetzt muß ich mich ein wenig aufs Ohr hauen. Die ganze Nacht war ich auf den Beinen, die ganze Nacht bin ich gelaufen.«

»Welchen Weg haben Sie denn gewählt?«

Ein wenig wirr versuchte er mir den Verlauf seiner Flucht klarzumachen. Ich konnte nicht anders: ich mußte ihn über die Grundprinzipien eines Entkommens vor dem SEIL belehren. Es sah so aus, als hätte er mindestens fünfzig Kilometer in den Beinen gehabt, teilweise war er gerannt, obwohl es vollkommen genügte, bequem im Schrittempo zu laufen.

Ich hatte schon genug auf dem Buckel, doch Filney war total am Boden. Als er einschlief, bedankte er sich matt, halb schon in seinen Träumen. Ich wurde in seinen Augen der heiligste von allen Heiligen, sein Heiland, sein Retter. Ja, *das* war es eben. Er kannte das Leben noch nicht. Ich doch schon ein bißchen. Ich hatte mich schon tags zuvor überzeugen können, von welchen Bestien ich umgeben war.

Nach einer halben Stunde schubste ich ihn zweimal, er bewegte sich nicht einmal. Das SEIL und der Mob kreisten immer noch irgendwo herum. Ich drückte die Taste des Armtelefons an seiner Handwurzel und wählte den Code.

»Marcel Damm am Gerät!« Es war wichtig, seinen ganzen Namen zu nennen. »Der gesuchte Filney befindet sich in der Antje Vollmer-Straße Nummer 3 im Kellerraum.«

Das genügte.

Knappe fünf Minuten später hörte ich das Trampeln von schweren Schuhen auf den Treppen.

»Filney!« rief ich ihn an und schüttelte ihn. Dann verfolgte ich unbeteiligt, wie er verzweifelt stolperte, an die Wände griff, und wie er kroch und auf allen vieren dem letzten Morgengrauen seines Lebens entgegenzappelte. Er war so weggetreten, daß er gar keine Chance hatte. Nie erfuhr er auch, wer ihn verraten und das SEIL gerufen hatte.

Als ich nach etwa einer Minute auf die Straße hinauskam, fand ich ihn noch am Leben, doch schon zur Hälfte verdaut von dem grünen Ungetüm. Es hatte ihn wie eine Königsschlange umwickelt und verwandelte Schritt für Schritt seinen Körper in eine Flüssigkeit, die er mit scheußlichen Geräuschen in sich hineinschlabberte.

Die herumstehende Menschenmasse war euphorisch, erregt wie bei einem kollektiven Orgasmus, die Teleobjektive der Kameras hielten die Details des schreienden Gesichts und der sich zersetzenden Körperteile fest.

Ich hielt aus. Ich sah mir das Ergebnis meines Verrates bis zum Ende an. Ziemlich merkwürdig: ich habe nicht einmal einen Hauch von Scham gespürt. Übrigens handelte ich im Einklang mit dem Gesetz des Dschungels, das bei dem Spiel mit dem SEIL eben galt. Immerhin war ich vollberechtigter Bürger und tat eben dies, was an meiner Stelle jeder getan hätte.

Der Natur entsprechend hat es nicht lange gedauert, und die Masse um den ausgesaugten Filney und dem sich auflösenden Seil hatte erkannt, daß sie nicht lange auf ein neues Amüsement würde warten müssen.

Mein SEIL mit dem klar leuchtend-roten Köpfchen schlängelte sich hinter der Ecke hervor, gefolgt von einer kleinen Gruppe Dauergäste, die sich rasch vergrößerte.

»Zögern Sie nicht und kommen Sie mit mir«, rief ich dem gierigen Schwarm meiner potentiellen Feinde zu. »Bald erwarten Sie weitere interessante Ereignisse.«

Ich hatte mir alles genau ausgerechnet. Für die Denunzierung von Filney und für die Übertragung vor seiner Zersetzung standen mir dreihunderttausend zu. Für die Anzeige meiner selbst bekäme ich – auch wenn es absurd klang – weitere zehntausend. Wenn mich das SEIL erreichte, kamen noch dreihunderttausend dazu; doch diese Freude wollte ich niemandem gönnen. Nun, und so hatte ich ein wenig Moos auf meinem Konto.

Meine Bank war mehr als zwanzig Kilometer entfernt. Um diese Entfernung zu bewältigen, würde ich über vier Stunden brauchen. So schnell flog mein herrliches SEIL, und dadurch bestimmte es auch meine Geschwindigkeit. Zu meiner Enttäuschung wurde es immer kürzer, das paßte gar nicht zu meinen Plänen. In der Bank kam ich mit einem Vorsprung von nur einer Minute an. Ich hatte vermeiden wollen, daß mich das SEIL aus den Augen – oder was es für Sinnesorgane hatte – verlor.

»Ich heiße Marcel Damm«, sagte ich zu dem Angestellten, der sich wand wie ein Tintenfisch auf dem Trockenen. »Ich will mein ganzes Konto auflösen und bares Geld haben.«

Unbeteiligt wählte er ein paar Nummern auf dem Terminal.

»Ihr Konto beläuft sich auf dreihundertzwanzigtausend«, sagte er teilnahmslos.

Das hell leuchtende SEIL kam in den Schalterraum geflogen, gefolgt von etwa fünfzig meiner Fans und zwei Kameramännern. Den Rest konnte die Bankwache draußen halten.

»Ich hoffe, daß es Sie nicht stört, wenn ich hier ein wenig herumspaziere. Doch vorher: Sicher kamen inzwischen dreihundertzehntausend dazu«, sagte ich zu dem bestürzten Angestellten. Schüchtern nickte er. Mit einer solchen Lage war er offensichtlich noch nie konfrontiert worden. Ich sah während meiner nächsten Runde, daß er das Geld nervös nachrechnete.

Einen Augenblick später lagen die Banknoten auf dem Zahlteller. Ich absolvierte noch zwei Runden zwischen den überraschten Kunden und den Mahagonisesseln. Beim ersten Halt unterschrieb ich, beim zweiten hatte ich das Paket nachgezählt. Es stimmte alles haargenau.

Mit einem Dankeschön verließ ich die Schalterhalle und begab mich auf die weitere Reise. Ich hatte noch etwa fünf Kilometer mit dem SEIL im Rücken vor mir, und obgleich meine Beine schon den Dienst zu verweigern drohten, war es nötig, die letzte Strecke zu absolvieren. Wenn ich Glück hatte, würden es die letzten Kilometer sein.

An dem Weg machte ich noch einen unerläßlichen Aufenthalt und wurde meine teuer erworbene Summe los.

Ich gelangte in den Repräsentationssaal der Wester-Gesellschaft genau in dem Moment, als gerade die

Tagung des Verwaltungsrates stattfand. Niemand fand sich, der mir den Eingang versperrte. Das SEIL hinter meinem Rücken war verständlicher als jeder Passierschein.

Ich ging gemessenen Schrittes die Wände entlang, die getäfelt waren mit Holz und Originalen von kostbaren Bildern, und kostete Westers Schock aus. Die anderen Mitglieder dieser eigentümlichen Gesellschaft der Erzeuger von Mehlcrackers sahen mich nicht weniger überrascht an als er und warteten, wie sich die Lage weiter entwickelte. Ich schwieg jedoch und ließ Wester die erste Karte ausspielen. Lange hielt er es nicht aus.

»Werfen Sie diesen Eindringling raus!« schrie er verzweifelt.

»Aber, aber, Wester«, sagte ich lächelnd zu ihm. Mit meinem Körper, der weh tat, als hätte ich einen Aufenthalt in der Folterkammer absolviert, und nach all den anstrengenden Kilometern hatte mir das Lächeln viel Mühe abverlangt. Ich mußte in diesem Augenblick lauter sprechen, denn ich war gerade auf der anderen Seite des Saales, derjenigen entgegengesetzt, wo sein goldfacettierter Sessel stand. »Sie kennen doch wohl das Gesetz von der Unantastbarkeit des Verfolgten, mein Freund? Und dann: vor dem SEIL darf ich flüchten, wohin ich will, und das Ungeheuer hinter mir ist doch Ihr Produkt, oder? Also schauen Sie sich es auch genau an, beobachten Sie es, nur zu!«

Während dieser Rede kam ich bis zu ihm.

»Was wollen Sie eigentlich von mir?« Er ging zu einem höflicheren Ton über.

»Im allgemeinen nichts besonderes. Ich komme, um Ihnen das SEIL zu werfen.«

Er sprang vom Sessel auf, wurde feuerrot, seine Glatze blitzte noch stärker als sonst. In dem Moment begann die Abzählung der Sekunden.

»Heute, beginnend von zwölf Uhr elf Minuten. Merken Sie sich die Zeit, Wester!«

Die Angabe war korrekt. Gleich über seinem Kahlkopf hing eine wunderschöne Wanduhr. Er versuchte etwas zu sagen, doch offensichtlich verließ ihn die Sprache.

»*Was würde ich nicht für die Erheiterung der lieben Öffentlichkeit tun, Wester!*« Ich grinste, während ich an ihm vorbeiging. Wester verfolgte mein SEIL mit aufgerissenen Augen wie eine plötzlich aufgetauchte, leuchtende, göttliche Erscheinung.

»Sie sind wahnsinnig geworden, Damm!« Endlich brachte er seine Stimmbänder zur Tätigkeit. »Verschwinden Sie, und ich laß Ihr SEIL um zehn Meter verkürzen. Ich muß schon zugeben, daß dieser Trick sehr gut ist.«

»Keine Untertreibung, er ist ausgezeichnet, Wester! Nur muß ich Ihnen einige Einzelheiten über den Koeffizienten mitteilen. Wissen Sie, so viel Geld wie Sie konnte ich nicht investieren, also ist Ihr SEIL nur acht Meter lang. Doch ich glaube, ja ich bin mir ganz sicher, es wird möglich sein, diesem Ding etwas anzustückeln.«

Die vorgeschriebene Zeit verging. Ich sprang auf den langen und sicher sündhaft teuren Tisch, dabei auf die herumliegende Papiere tretend, und zwischen all den umgeworfenen Gläsern schritt ich langsam zu ihm.

Ich ließ mein SEIL bis zu meiner Schulter heran, und dann zog ich aus der Tasche den Sattel, den ich mir für den Spottpreis von sechshundertunddreißigtausend beschafft hatte. Sorgfältig zielte ich und weidete mich an dem Grauen, das aus Westers verzerrtem Gesicht sprühte.

Ich hörte das Krachen der umgeworfenen Stühle, und mein Blick notierte am Rande die bestürzt flüchtenden Mitglieder von Westers Rat, die eben in dieser

Schicksalsstunde das Gesicht von ihrem Präsidenten abgewandt hatten.

»*Ich werfe dir das SEIL zu, Kamerad!*«

»Damm, um Himmels willen, seien Sie nicht verrückt!« schrie er noch, doch da hatte ich schon den Abzug betätigt. Ihn auszulösen war unbegreiflich leicht. Mit Erleichterung konnte ich endlich stehen bleiben. In demselben Augenblick erlosch der verdammte rote Strahl hinter meinem Rücken.

Aus dem Lauf des Sattels, der ständig auf Westers Gesicht zielte, begann ein wunderschönes grünes Schlängelchen zu krabbeln. Als sich bei seiner vorgeschriebenen Geschwindigkeit (vier Kilometer pro Stunde) die bezahlten acht Meter aus dem Lauf in die Luft hinausgekrümmt hatten, vereinigte es sich gehorsam mit jenen neunundzwanzig Metern SEIL, die einst für mich bestimmt gewesen waren.

Ich brach auf dem Tisch zusammen. An meinem schweißbedeckten Gesicht klebte irgendein Rundschreiben; ich hatte allerdings keine Kraft mehr, es abzustreifen. Ich sah überhaupt nichts, dafür hörte ich das unmenschliche Brüllen des Fettwanstes, ich nahm das Trampeln seiner teuren Lederschuhe auf der Treppe wahr, sein grauenvolles Schnaufen.

So gern hätte ich noch sehen wollen, wie sein fetter, unförmiger Körper die Treppe hinunterrollte, wie freudig hätte ich mich an der Todesangst in seinen Augen geweidet, doch für das alles hatte ich schon keine Kraft mehr.

Und noch etwas dazu.

Das zufriedene Geschrei der lüsternen Menge, der ein neues und dazu ganz unerwartetes Verfolgungstheater serviert würde. Doch nicht mehr lange.

Nein, Wester hatte schon keine Möglichkeit mehr, irgend jemanden zu bestechen, auch hatte er keine Gelegenheit mehr, sich ein neues SEIL zu kaufen, um mir alles mit Zinsen zurückzahlen zu können. Seine vielen Milliarden halfen ihm ganz und gar nichts.

Vor den Augen der Masse, die er so lange erfolgreich mit seinen Mehlcrackers gefüttert hatte, zappelte er wie ein wunderschöner dicker Fisch in einem allzu engen Aquarium herum. Japste, röchelte, und seine Speckschwarte hüpfte und klatschte im Takt seiner Bewegungen.

Das SEIL erreichte ihn unweit von dem Springbrunnen, bei dem Mast, wo ich meinen berühmten Kniff durchgeführt hatte, doch Wester konnte bei seinen guten einhundertvierundvierzig Kilo Gewicht meinen Trick nicht nachahmen.

In seiner Lage war er auch nicht fähig, klar zu denken. Dann kam das Ende, nicht einmal hundert Meter von seinem eigenen faszinierenden Palais.

Vier Kilometer pro Stunde waren offensichtlich zuviel für seinen Körper.

Westers weit aufgerissene Augen sahen noch, wie ihn das SEIL erreichte und umwickelte. Dann begann die Prozedur, die von der erwartungsvollen Menge begeistert verfolgt wurde.

Das SEIL kostete den wimmernden und schreienden Alfred Wester sehr langsam und genüßlich durch, verflüssigte sein Gewebe und saugte es auf.

Inzwischen lag ich auf der Tischdecke, vom Leben und von mir selber angeekelt, schluckte ich meine salzigen Tränen und biß meine Zähne in das Tuch, um nicht vor schrecklicher Angst und vor Abscheu gegenüber mir selbst zu schreien.

Originaltitel: ›HÁZÍM TI LASO, KAMARÁDE‹ · Copyright © 1999 by Josef Pecinovský · Mit freundlicher Genehmigung des Autors · Aus dem Tschechischen übersetzt von Karl v. Wetzky · Originalveröffentlichung

Rainer Erler · Deutschland

EINE LIEBESHEIRAT

Glaube

Der Konkurs von *McKenzie, Owen&Owen* war unausweichlich, aber vorhersehbar. Insider gaben dem Experiment keine Chance. Trotzdem überlebte es ganze neunundneunzig Jahre!

Das futuristische Wagnis driftete, nach gewaltigen Anfangsprofiten, langsam aber stetig in Richtung eines gigantischen Flops. Die Gründe für die letztendliche Pleite lagen auf der Hand: Einerseits war der Preis für elektrische Energie im Lauf der Jahrzehnte immens gestiegen, andererseits der Aktienmarkt nach und nach erschreckend verfallen. Vom nachlassenden Kundeninteresse ganz zu schweigen.

Wer kann heutzutage schon, vierzig, sechzig, achtzig oder noch mehr Jahre solide in die Zukunft planen, Versprechungen machen, Garantien abgeben…?

Dabei war *McKenzie, Owen&Owen*, gegründet im Jahr 1894, ein ausgesprochen seriöses Unternehmen. Die Firma besaß riesige Parzellen, etliche Dutzend Acres, auf *Forest Lawn*, dem legendären Friedhof von Los Angeles. Die Kosten für Werbung in dieser Branche hielten sich in Grenzen, das monatliche Kontingent an Kunden war berechenbar konstant mit leicht steigender Tendenz. Der Tod war ein Teil des Lebens und würde es immerfort bleiben. *McKenzie, Owen&Owen* betrieben daher, im klassischen Bereich der Erd- und Feuerbestattung zumindest, ein absolut sicheres prosperierendes Geschäft mit Zukunftsperspektiven.

Allerdings nur bis zum dreißigsten November des Jahres 2099 null-Uhr-dreißig früh.

An diesem Tag, kurz nach Mitternacht, erloschen die Lichter, die Kühlaggregate blieben stehen. *Western Power* hatte seine Drohung wahr gemacht und die Energiezufuhr endgültig abgestellt. Denn *McKenzie, Owen&Owen* hatte sich auf einen riskanten Nebenerwerbszweig eingelassen.

Der Konkurs und seine energiewirtschaftliche Konsequenz war für die 624 Langzeit-Kunden des Unternehmens absolut fatal. Sie tauten auf!

Das war die Quittung für die Unvernunft dieser Leute, auf ein derartig dubioses Werbeangebot hin investiert zu haben!

Aber was bedeutet schon Vernunft, wenn es ums Sterben geht, um Todesangst und um Ewigkeit. Und um den Willen zu Überleben. Und zwar um jeden Preis!

Die Vereinigten Staaten von Nordamerika sind – oder vielmehr waren damals noch – ein durch und durch christlich dominiertes Gemeinwesen. Die Frohe Botschaft dieser Offenbarungsreligion versprach dem Gläubigen, im Gegenzug für die Einhaltung gewisser Regeln, was streng genommen einer absoluten geistigen Unterwerfung gleichkam, die Auferstehung seines Fleisches und ein Ewiges Leben.

Nicht sofort, natürlich. Aber irgendwann! Vor oder auch nach einem Jüngsten Gericht.

Wie viele anderen Religionen auch, war besonders die christliche beim Handel mit absurden Hoffnungen in der glücklichen Situation, den Wahrheitsgehalt von gewissen Verheißungen der jenseitigen Art, im Diesseits nicht nachweisen zu müssen. Die Offerte war nicht überprüfbar! Ein Vorteil, der nicht gering geschätzt werden sollte!

Es war, wie so oft, so auch hier, ein ungewisser Handel auf Treu und Glauben!

Im Zuge einer gesellschaftlichen Säkularisierung, besonders verbreitet unter den intellektuellen Großstadtbewohnern, waren gegenüber metaphysischen Versprechungen dieser Art inzwischen starke Zweifel angesagt. Der Glaube an das kirchlich propagierte Jenseits und seine Freuden verfiel nachhaltig und machte dem Glauben an ein reales, technisch manipulierbares Diesseits Platz.

Darin entdeckte das Bestattungsunternehmen *McKenzie, Owen&Owen* nun eine Produktlücke, die, gewissermaßen als Kompromiß, eine völlig neue Art von Glauben forderte und dafür Hoffnungen auf das ultimativ Machbare in sich barg, und begann sie investitionsaktiv zu vermarkten.

Gewisse Malessen, damals noch absolut letal, ließen sich, das war das Marketingkonzept nach der These ›kommt Zeit, kommt Rat‹, irgendwann einmal, vermutlich, vielleicht, weitere Erfolge in der medizinischen Forschung vorausgesetzt, mit Sicherheit heilen.

Nicht heute! Nicht morgen! Aber in noch nicht ganz absehbarer Zeit! ›Irgendwann‹ eben, wie schon gesagt!

Die Lösung des Problems, wie ein Leichnam, der als Opfer unausweichlicher, heutiger Konstellationen zu einem solchen wurde, bis zur nächsten, möglichen, erfolgversprechenden Instandsetzung in der nahen oder ferneren Zukunft – bis zu diesem ›Irgendwann‹ – überdauern könnte, war altbekannt und ziemlich simpel: Man friert ihn ein.

Bei extrem tiefen Temperaturen, dicht am Absoluten Nullpunkt von minus 273,15°, in einem doppelwandigen Edelstahlbehälter von flüssigem Sauerstoff umspült, bleiben Organe und Zellen erstaunlich lange frisch.

Ein menschlicher Körper könnte so Dezennien überdauern – theoretisch sogar eine Ewigkeit, sofern diese Ewigkeit stabile Tiefsttemperaturen garantierte, was jedoch wegen des ungewissen Zeitfaktors äußerst energieaufwendig ist.

Der Preis dieser Hoffnung, 495 000 $ (in Worten: vierhundertfünfundneunzigtausend Dollar U.S.), einzuzahlen bereits zu Lebzeiten bei Vertragsabschluß, war, das fanden die vielen reichen Interessenten, durchaus akzeptabel, wenn man die hohen technischen Investitionen in dieser Kalkulation berücksichtigte.

Im kalifornischen Orange-County, inmitten von unübersehbaren Zitrusfrucht-Plantagen und nur 2 Stunden von Los Angeles entfernt, wurde ein postmodernes Hitech-Gebäude errichtet, dessen *Tower*, ein Stahlturm von 96 Fuß Höhe, die Initialen der Ewigen Ruhe., ›R.I.P.‹ – ›*Requiescat In Pace*‹ in beruhigendem Kobaltblau bei Tag und bei Nacht in die Gegend abstrahlte.

Eine eigene Hochspannungsleitung verband das Gebäude mit dem Stromnetz von *Western Power*.

Kaum war der Prospekt ausgelegt, schon gingen die ersten Zahlungen ein und wurden, soweit sie nicht für technisches Inventar bereit gestellt werden mußten, nach einem detaillierten Investitionsplan in profitgünstigen *Hedge-Fonds* angelegt.

Denn dieser Zweig des Unternehmens *McKenzie, Owen&Owen* war ja zukunftsorientiert wie kaum ein anderer, und Rückflüsse mußten auf unabsehbare Zeit als *cashflow* für Service und Energie ständig verfügbar sein.

Den ersten Kunden, der vertragsgemäß eingeliefert wurde, Sean O'Sullivan, ein reicher, katholischer Rentner und Golf-Champion aus Palm Springs, begleiteten die Fernsehteams von vier kommerziellen Kanälen.

Jedermann konnte nun auf dem Bildschirm mitverfolgen, wie er fachmännisch präpariert in seinem Edelstahlsarg seine zeitlich begrenzte Ruhe finden sollte.

Mozarts Requiem ›live‹ begleitete die Zeremonie.

Der tonnenschwere Behälter wurde gasdicht verschraubt und mit dem Kopfteil nach unten in der äußersten, entferntesten Ecke des noch leeren Raumes senkrecht aufgestellt.

Dampfschwaden wölkten auf, als die Verbindung zum Kühlsystem hergestellt wurde. Für Bruchteile von Sekunden trat flüssiger Stickstoff aus, der sich im Andachtsraum, wie bei einer Popshow bunt angestrahlt, malerisch verteilte.

Ein Priester segnete ein letztes Mal den einsamen, silberglänzenden Container, die Apparatur als solche, die Manometer und Aggregate. Weihwasser gefror an Kühlrippen. Weihrauch vermischte sich mit Stickoxiden. Ein letztes Gebet wurde gesprochen. Der Chor von *St.Magdalena-in-the-Fields* sang erst das *Ave Maria* von Andrew Lloyd Webber, dann die Hymne der Nation.

Der Hauch vor den Mündern der Sänger gefror zu leichtem Nebel.

Die Hinterbliebenen und Prominenten, die Politiker und die Kameraleute fröstelten, die rechte Hand patriotisch über dem Herzen.

In edle synthetische Pelzmäntel aus dem Leihfundus der Firma *McKenzie, Owen&Owen* gehüllt, verließ die Trauergesellschaft anschließend überaus rasch die gigantische, eisige, noch überaus kahle, da auf gewaltigen Zuwachs konzipierte Halle, und trat hinaus in einen sonnigen, heißen, kalifornischen Sommertag, im Bewußtsein, einem Ereignis von futuristischer Größe beigewohnt zu haben.

In den nächsten Tagen und Wochen verzeichnete *McKenzie, Owen&Owen* eine erfreulich hohe Zahl an Nachfragen. Prospekte und Antragsformulare mußten rasch neu aufgelegt werden. Konto und Halle füllten sich.

Das Interesse an *R.I.P. – Resurrection in Peace by*

McKenzie, Owen&Owen war geweckt. *Auferstehung in Frieden* durch ein anerkanntes, solides, vertrauenerweckendes Beerdigungsinstitut. Wer genügend Geld hatte um dergestalt in seine eigene Zukunft zu investieren, schenkte den Prospekten uneingeschränkten Glauben.

Ein glänzendes Geschäft mit der Hoffnung brach sich Bahn.

LIEBE

»*Glaube, Liebe, Hoffnung, diese Drei... Aber die Liebe ist die Größte unter ihnen...*«

So lesen wir es im Neuen Testament.

Vergessen wir also für eine Weile die zur Zeit noch florierenden Unternehmungen der Firma *McKenzie, Owen&Owen*, die nach rund 99 Jahren in einer vernichtenden Mega-Pleite unrühmlich enden werden.

Widmen wir uns der *Liebe*. Der Liebe unter jungen Menschen, die in einer Umgebung von Haß und Intoleranz, von Fanatismus und Terror, von Ideologie und Glaubensexzess groß geworden sind:

Mary und Paul.

Sie lebten beide in Belfast, Nordirland, zum Ende des letzten Jahrhunderts, was gleichzeitig das Ende des letzten Jahrtausends war.

1999: Das Friedensabkommen von Nordirland, mit Hilfe des US-Präsidenten und unter Einbeziehung des britischen Premiers, des Präsidenten der Irischen Republik, des Gouverneurs der Provinz Ulster und den Repräsentanten der IRA und Sinn Fein, die Freiheit und Einheit für die ganze Insel forderten, zustandegekommen, schien endlich ein politisches Faktum zu werden – ohne jedoch in die Herzen der Menschen widerspruchslos eingedrungen zu sein.

Es gab jedoch auch Leute unter der jüngeren Generation, denen waren die hochgeredeten Widersprüche, waren Politik und Unabhängigkeit, Einheitsfanatismus, Tradition und keltischer Starrsinn erfreulich egal.

Weil sie sich liebten.

Mary war die jüngste Tochter von Patrick O'Hara, dem Bierbrauer-Mogul. Seinen Bestseller »*Irish Stout*«, ein fast schwarzes, bitteres Gebräu, exportierte er hauptsächlich in die Republik Irland, wo es dem Guiness-Konzern erfolgreich Konkurrenz machte. Übernahmeangebote von Seiten Guiness schlug er regelmäßig aus. Er hatte die offerierten Millionen nicht nötig.

Auch nicht den Durst seiner protestantischen Mitbürger. Die mochten sein *Irish Stout* einfach nicht. Wegen des bitteren Geschmacks, wie sie sagten.

Patrick O'Hara hatte neun Kinder, eine Tatsache, die allein schon ausgereicht hätte, seine katholische Religionszugehörigkeit nach außen hin überzeugend zu demonstrieren.

Paul war der einzige Sohn von John W. Pinkerton, dem der ›*Guardian*‹ und der ›*TV-Channel-9*‹ gehörten. Er war durch und durch Protestant und außerdem Royalist, der in der englischen Krone, die nach Ansicht der Katholiken die Provinz immer noch und viel zu lange schon unrechtmäßig als Kolonialmacht besetzt hielt, seine vom Apostel Paulus verordnete gottgefällige ›*Obrigkeit*‹ sah.

Paul und Mary trafen sich eines Abends in einer dieser neuerdings multikulturellen, liberalen Diskotheken an der Conaught-Street:

»Hallo, ich heiße Paul! Wie heißt du?«

»Mary.«

»Hübsch siehst du aus, Mary!«

»Danke, Paul!«

»Haben wir uns nicht neulich schon mal hier getroffen?«

»Ich bin das erste Mal hier!«
»Ich auch! Es war nur ein Spaß! Gefällt es dir hier?«
»Es ist sehr laut hier und sehr dunkel!«
»Gut, gehen wir woanders hin.«
»Wohin?«
»Entweder zur dir – oder zu mir!«
»Paul! Was denkst du von mir!? Wir kennen uns doch noch gar nicht!«
»Stimmt! Gehen wir zu McDonald oder in einen Pub – und lernen uns kennen!«

Sie gingen erst zu McDonald und anschließend in einen Pub und lernten sich kennen.

Anschließend brachte er sie nach Hause. In irgendsoeine dieser mauerbewehrten Villen im Eastend südlich von Hazelgrove.

Paul war ein Gentleman und öffnete Mary die Wagentür.

Ein Bodyguard der Firma O'Hara öffnete die Pforte zum Park.

Mary gab Paul die Hand. Sie war nicht schüchtern. Nur sehr anständig und sehr konsequent.

Als Paul wieder im Wagen saß, machte er sich darüber so seine Gedanken.

Mary O'Hara... Es gab unzählige O'Haras im Telefonbuch. Nur wenn der Zufall die Hand im Spiel haben sollte, was wir gerne romantisch mit ›Schicksal‹ umschreiben, gab es für die beiden ein Wiedersehen. Denn Belfast ist eine große Stadt.

Der Zufall wollte es, das Schicksal nahm seinen Lauf.

Auf dem Campus der Belfaster *Notre Dame University*, wo katholische, asiatische Studenten inzwischen die Mehrheit stellten, fallen europäische Gesichter inzwischen auf.

Paul war von der staatlichen *University of Ulster* herübergekommen, der *UoU*, um den Vortrag eines Gastprofessors über *Konkursrecht in Polen* zu hören.

Da lief sie ihm über den Weg:

»Hallo Mary!«

»Hallo Paul!«

»Schön, dich wiederzusehen. Wirklich. Eine echte Spitzenüberraschung! Wow!«

»Ich freue mich auch, Paul!«

»Ich habe mir schon überlegt... Ich hätte dich nach deiner Telefonnummer fragen sollen. Aber der Abschied... der Bodyguard am Tor... der hat alles vermasselt, fand ich! Ich war einfach frustriert...!«

»Wieso, was hast du erwartet?«

»Nichts... nein, wirklich... nur...«

»Ja?«

»Jetzt hat es doch noch geklappt! Zufall. Schicksal. Du studierst hier?«

»Chemie. Und du?«

»Politologie und Informatorik.«

»Ich wußte gar nicht, das *Notre Dame* diese Studienfächer anbietet...«

»Nein, nicht hier. Ich bin nicht katholisch.«

»Ach...«

»Drüben, in der *UoU*, in der ›*Ulster*‹. Bin hier nur wegen... Ein Professor aus Polen... Aber ist nicht so wichtig. Hast du Zeit? Gehen wir irgendwohin. Rauf zum ›*One-Tree-Hill*‹. Nur so, eine Weile quatschen?«

»Du bist also nicht katholisch?«

»Nein, sagte ich doch schon... Ist was falsch?«

Es war etwas falsch. Er spürte es, und sie schwieg.

Dann gingen sie trotzdem hoch, zum ›*One-Tree-Hill*‹ und quatschten.

Sie erklärte ihm, daß es sehr sinnvoll sei für die Tochter eines Bierbrauers, Chemie zu studieren.

Und er erklärte ihr höflich, daß er dieses katholische ›*Irish Stout*‹ von Patrick O'Hara nicht mochte, aber nicht weil er Protestant sei.

Nicht deswegen, bestimmt.

Sie gestand ihm, daß sie die australische Serie ›*Flying Doctors*‹ nicht kenne, obwohl sie australische Serien liebe, weil die auf *Channel-9* lief, auf dem Kanal, den Katholiken konsequent boykottierten, weil er John W. Pinkerton gehörte.

»Eine Scheißwelt, in der wir leben, findest du nicht!?« fragte er.

Und sie stimmte ihm zu: »Eine Scheißwelt! Ja, Paul! Genau das! Die sind doch alle total verrückt!«

Sie fanden beide, sie selbst seien nicht verrückt.

Das wurde ihnen zum Verhängnis.

»Wer war das Mädchen?« fragte sein Vater, als er Mary zum Sonntagnachmittagstee brachte, wie es einhundert Jahre vorher im viktorianischen England üblich war.

»Mary O'Hara. Sie studiert Chemie.«

»O'Hara? Das klingt verdammt katholisch!«

»Ist sie vielleicht auch.«

»Vielleicht... vielleicht... Hast du sie nicht gefragt?«

»Nein. War bisher nicht wichtig!«

»Könnte aber eines Tages wichtig werden! Denk immer daran: Ein katholisches Mädchen bekommst du nur ins Bett, wenn du sie vorher heiratest!«

»John, bitte!« warnte seine Mutter den Gatten.

»Habe ich doch recht, oder?!«

»Na und!«

»Na und... na und... du weißt ja nicht, was du sagst! Eine katholische Schwiegertochter kommt mir nicht ins Haus! Ich spiele in meinem *Guardian* und in meinem Sender doch nicht den großen Versöhner und verliere Tausende von Anzeigenkunden!«

»Dir geht's also wieder mal nur ums Geschäft, Dad, ja? Immer nur ums Geld!«

»Du kannst machen, was du willst. Und du mußt wissen, was du tust: Zieh aus! Verzichte auf das Erbe! Nimm dir so eine. Eine, die dir ein Dutzend Kinder macht, weil der Papst sich darüber freut, und die trotzdem immerzu voll ist mit Schuldgefühlen...! Aber rechne nicht mit meiner Zustimmung und mit meinem Geld!«

»Ach, John...« war alles, was seine Mutter zu seinem Vater sagte.

Ob und was sie weiter darüber sprachen, wartete Paul nicht ab.

Vater O'Hara stand am Fenster als Mary durch den Park nach Hause kam:

»Wer war der junge Mann in dem silbergrauen Mercedes-Roadster, der dich eben abgeliefert hat?«

»Ich war bei seinen Eltern zum Tee!«

»Ich will nicht wissen, was du bei seinen Eltern getan hast. Ich will wissen, wieso er einen silbergrauen Roadster von Mercedes fährt?«

»Es ist ein Roadster von BMW!«

»Korrigiere meine Fragen nicht dauernd. Was will er von dir und was tut er beruflich?«

»Er studiert Politologie und Informatorik.«

»Ein Student noch, aha! Und als Student kann er sich einen Wagen leisten für mindestens 45 000 Pfund?«

»Er hat ihn gebraucht gekauft für 32 000.«

»Wo hat dieser Kerl die 32 000 Pfund her?«

»Seine Eltern sind vermögend.«

»Es gibt außer uns nicht sehr viele vermögende Familien in Ulster, die katholisch sind. Wie heißt er?«

»Paul.«

»Weiter!«

»Paul Pinkerton.«

»Ist er etwa verwandt mit diesem Royalisten und Informationsverfälscher von *Channel-9,* diesem Herausgeber des protestantischen Hetzblattes *Guardian?* Mit diesem John W. Pinkerton?«

»Es ist sein Vater...!«

Was dann folgte können Sie nachlesen bei Shakespeare.

Die großen Tragödien der Literatur wiederholen sich im Kleinen stetig und ständig und zu allen Zeiten. Auch heute noch. Und auch damals im Jahr 1999 in Belfast.

Jugendlicher Trotz und elterlicher Starrsinn, die Glut junger Liebe und die Verblendung durch Religion. Oder ging es wirklich nur ums Geschäft?

»Kein Katholik rührt mein *Irish Stout* mehr an, weder hier noch in der Republik, wenn ich meine jüngste Tochter dem Sohn eines protestantischen Heißmachers gebe...!«

»Die Konkurrenz, *Channel-7*, dieser Propagandasender der IRA, wird die Hochzeit meines Sohnes mit dieser Bierbrauerstochter vermarkten, um die Kapitulation der Protestanten von Ulster zu feiern. Der Orden der Oranier ist damit am Ende! Wir können nur noch auswandern!«

Das Drama von Verona, in gefälligen Versen und in Renaissancekostümen zur Erbauung kulturell interessierter Bürger hin und wieder dargeboten, wiederholte sich brutal im britisch verwalteten Nordirland in Prosa, in T-Shirt und in Jeans.

Es endete nicht minder traurig, nicht minder tragisch. So mancher erinnerte sich daran noch nach vielen Jahrzehnten. Ein veritabler Krieg mit Familien-Mobbing, Ausgrenzung, Schweigen begann.

Privatdetektive arbeiteten für beide Seiten.

Die Bodyguards der Brauerei und die von *Channel-9* lieferten sich handgreifliche Gefechte.

Es gab Tote, ein Pub ging in Flammen auf, eine Autobombe zerfetzte einen silbergrauen Roadster von Mercedes, aber der von Paul war ja ein Produkt von BMW, was ihm das Leben rettete.

Der Kampf wurde in die Universitäten getragen, machte Schlagzeilen rund um die Welt und Nordirland hatte wieder einmal schlechte Karten.

In London schwieg die Queen, in Rom der Papst.

Aber alle anderen Bürger der westlichen Welt hatten zu dieser grotesken Polit-Liebes-Affäre nur eine einzige Meinung.

Der Streit eskalierte.

Die Studentin der Chemie, Mary O'Hara, neunzehn Jahre jung, ausnehmend hübsch und fotogen, beging nach einer sündigen, publik gewordenen Liebesnacht und einem anschließenden Spießrutenlaufen durch die Stadt, verfolgt von zahllosen Fotoreportern, in einem Akt von Panik Selbstmord mit Gift.

Zwar erst im zweiten Semester, kannte sie sich aus, zumindest was die Rezeptur betraf.

Wegen eines Fehlers in der Dosierung kämpfte sie noch eine ganze Woche mit dem Tod, ohne das Bewußtsein wiedererlangt zu haben.

Paul Pinkerton raste, als er davon erfuhr und in der Meinung, sie sei tot, in seinem silbergrauen Roadster auf der M1 mit rund 240 Sachen gegen einen Brückenpfeiler.

Er überlebte im Koma noch volle sieben Tage.

Beide Kanäle, 7 und 9, der *Guardian* wie auch die katholische *Irish Times* berichteten ausführlich über diese Tragödie, die in den Medien der ganzen Welt Bürgerkriege, Überschwemmungen und Hunger fürs erste verdrängte.

Die Menschen in Belfast gingen auf die Straße um unter Tränen das Friedensabkommen zu preisen.

Das Parlament von Ulster erhob sich zu einer Schweigeminute.

Über Nordirland wurde Scham und Schande ausgeschüttet. Mary und Paul wurden zu Märtyrern der Liebe erklärt.

Und beide Seiten besannen sich plötzlich, durch den Freitod der beiden geeint, daß das Leben in Frieden und Freiheit besser sei als jede Ideologie, besser als jeder Glauben an einen jeweils gerechten, gütigen Gott der einen oder anderen Seite, an fiktive Unabhängigkeit und Einheit einer Insel am Rande eines ohnehin vereinten Europas.

Noch waren sie nicht tot.

Noch lagen sie im gleichen Hospital, in der konfessionslosen, städtischen Klinik, wurden in der gleichen Intensivstation betreut, im gleichen Raum, weil das für Kameras und Fotografen schon allein zeitmäßig rationeller war.

Dort kamen die versammelten Reporter zu ihrer Sternstunde, als die verfeindeten Familien zwar getrennt eintrafen, dann aber spektakulär Versöhnung schworen und sich in den Armen lagen.

John W. Pinkerton an der Brust von Patrick O'Hara.

Welch ein Titelbild!

Welche Sensation.

Welche Hoffnung! Hoffnung auf Frieden und Versöhnung – über den Tod der geopferten jungen Generation hinweg.

Und da hatten die Pinkertons wie die O'Haras gleichzeitig einen Einfall, der ihnen von einem Repräsentanten der Firma *McKenzie, Owen&Owen*, Los Angeles U.S.A. diskret zugespielt worden war.

Hoffnung

Neunundneunzig Jahre, nachdem die beiden schönen Toten, von der Welt beweint wie zwei Jahre zuvor Prinzessin Diana, zusammen mit ihren Familien an Bord einer Sondermaschine der irischen Air Lingus in Los Angeles landeten, um im kalifornischen Orange County bei *McKenzie, Owen&Owen* einer Auferstehung entgegenzufrosten, waren die Hoffnungen in das System längst zerstoben.

In einem immer noch stark unterkühlten Büro, bei

Kerzenlicht und mit einer altmodischen Reiseschreibmaschine ausgerüstet, waltete Luigi Corleone von der Firma *Luigi Corleone & Partners, Barristers & Solicitors*, seines Amtes als *Liquidator,* als Konkursverwalter von *McKenzie, Owen&Owen*.

Trotz abgeschalteten Stroms nahm er seinen Job sehr ernst.

Während hinter ihm die 624 Langzeit-Kunden in ihren Containern sich Celsiusgrad um Celsiusgrad der Außentemperatur und damit dem unaufhaltsamen Verfall des Gewebes annäherten, was äußerst rasche Entscheidungen verlangte, schrieb er an sämtliche möglichen Mitglieder der nachgeborenen Generationen, einer erwägenswerten Familienverwandtschaft, an denkbare Hinterbliebenen und vorstellbare Erben, an Namensvettern und involvierte Kirchsprengel und klärte sie über das Desaster auf.

Höhere Gewalt war in den Auferstehungs-Verträgen als Abbruchgrund für alle hochgesteckten Hoffnungen ausdrücklich vorgesehen.

Man dachte an die in dieser Region jederzeit zu erwartenden Erdbeben, an atomare Katastrophen, an Einschläge alles Leben vernichtender Riesenmeteore – nicht aber unbedingt an Konkurs und damit verbundenen Stromausfall.

Ein Prozeß, so er gegen diesen Passus angestrengt worden wäre, hätte *McKenzie, Owen&Owen* noch ärmer gemacht und viele Anwälte reich.

Luigi Corleone versicherte den Adressaten der Briefe, *McKenzie, Owen&Owen* habe kaufmännisch solide gehandelt. Über die gesamte Zeit von neunundneunzig Jahren sei Kapital weder verschwendet noch veruntreut worden. Die an die erste Generation der Firmeninhaber von *McKenzie, Owen&Owen* ausgeschütteten Gewinne hielten sich im Rahmen des damals Üblichen.

Was die zweite und die dritte Generation mit dem

angesammelten Kapital unternahm, das ließ er unkommentiert.

Er unterschlug auch den zynischen Satz des letzten Erben von P.W.Owen-senior: »*Was tot ist ist tot!*«

Nun fragte Luigi Corleone höflich an, was mit dem verehrten Leichnam geschehen solle, dessen Zerfall unmittelbar bevorstand.

Auf keinen seiner 624 Briefe erhielt er eine Antwort, vielleicht, weil er erwähnte, etwaige Kosten für Erd- oder Feuerbestattung gingen zu Lasten der Hinterbliebenen.

Auch aus Belfast erhielt er keine Antwort. Die Pinkertons und ihre Nachkommen schienen tatsächlich nach Australien ausgewandert zu sein, und O'Haras gab es, wie schon erwähnt, unendlich viele. ›*Irish Stout*‹ wurde längst vom Guiness Konzern gebraut und *Channel-9* und den ›*Guardian*‹ hatte eine U.S. Mediengruppe schon vor Jahrzehnten übernommen.

Da beschloß das Management auf eigene Faust zu handeln: Der Materialwert eines Edelstahlbehälters deckte in etwa die Kosten einer Einäscherung dritter Klasse. So stapelten sich nach und nach die Urnen hinter dem Hitech-Gebäude inmitten der Zitrusfrucht-Plantagen, auf dessen Turm das tröstliche *R.I.P.* längst erloschen war.

Ein Student der Pathologie aus dem nahen San Fernando stieß beim systematischen Ausräumen der ausladenden Halle schließlich auf zwei Container, die mit längst ausgetrockneten, fast zu Staub zerfallenen Blumengirlanden geschmückt und umwunden waren.

Die so miteinander verbundenen Behälter, in denen sich noch ausreichend flüssiger Stickstoff befand, trugen aufgeklebte, verblichene Zettel aus fernen, längst vergangenen Tagen. Dazu Fotos, Zeitungsausschnitte, Liebesbriefe, Postkarten. Die letzteren waren adressiert an *Mary & Paul*, oder auch an ›*Romeo & Julia of Belfast*‹.

Der Student war verwundert, ahnte zu Recht eine Tragödie und verständigte seinen Chef, der seinerseits Recherchen in Gang setzte und im Internet schließlich fündig wurde.

Die Geschichte erschien ihm bizarr und man öffnete die blumenbekränzten Container.

Da lagen sie nun, nach neunundneunzig Jahren. Die Gesichter erstarrt in blasser, kalter, jugendlicher Schönheit.

Die Technik, die Container kopfunter aufzustellen, weil nach einem physikalischen Gesetz die Kälte unten nachgewiesenermaßen konstanter war als oben, zahlte sich aus.

Zwar waren Körper und Extremitäten bereits nicht mehr in allerbester Verfassung, die Gehirne der beiden waren jedoch unverändert konserviert in eisiger Erstarrung.

Ein Gehirnphysiologe wurde alarmiert, er kam aus Pasadena City, war jung, dynamisch und hieß Professor Edgar Frankovich.

Frankovich inspizierte die Physis der beiden – dann nahm er sie, da Ansprüche von dritter Seite nicht vorlagen, kurzerhand mit in sein Labor. Die Gehirne, wohlgemerkt, nicht die Körper. Für diese galt wie für alle anderen auch: *Erde zu Erde, Asche zu Asche, Staub zu Staub*.

Als die Kälte aus den Zellen, aus Gewebe und Gefäßen wich, pumpte eine Herz-Lungen-Maschine bereits Blutersatz durch die beiden Gehirne und verhalf dem eingeschlossenen, isolierten, von jedem Ballast befreiten Bewußtsein der beiden zu der versprochenen Auferstehung.

R.I.P. – *Resurrection in Peace.*

Da schwammen sie nun in trauter Nähe zueinander in einem Glasbehälter, gefüllt mit warmer, steriler Nährflüssigkeit.

Frankovich hatte die Synapsen der beiden Gehirne miteinander verbunden, die Nervenleitungen, sensible Zonen, vitale Zentren, und zwar durch ein sinnvolles System von Elektroden und Drähten.

So nahe waren sich die beiden im früheren Leben nie gekommen, wie jetzt nach diesem eisigen Dauerschlaf. Konvention und Vorurteil, konfessionelle Gehirnwäsche und Erziehung, gesellschaftliche Barrieren und politischer Starrsinn hatten es verhindert.

Frankovich überbrückte auch mit großer Akribie die Sprachzentren miteinander und schloß einen Voice-Recorder dazwischen, der den möglichen, denkbaren, erhofften Informationsaustausch aufzeichnen sollte.

All das geschah unter Beachtung striktester Pietät!

Die technische Verkuppelung der beiden Liebenden erfolgte schließlich uneigennützig und ausschließlich im Dienste der Wissenschaft.

Lange Zeit geschah nichts. Frankovich beschrieb dies später als eine offenbar notwendige Orientierungsphase.

Aber dann, plötzlich…:

»Hallo, ich heiße Paul! Wie heißt du?«

»Mary.«

»Hübsch siehst du aus, Mary!«

»Danke, Paul!«

»Haben wir uns nicht neulich schon mal hier getroffen?«

»Ich bin das erste Mal hier!«

»Ich auch! Es war nur ein Spaß! Gefällt es dir hier?«

»Es ist sehr dunkel!«

»Gut, gehen wir woanders hin.«

»Wohin?«

»Entweder zur dir – oder zu mir!«

»Paul! Was denkst du von mir!? Wir kennen uns doch noch gar nicht!«

»Stimmt! Gehen wir zu McDonald oder in einen Pub – und lernen uns kennen!«

»Ich glaube nicht, daß wir uns hier einfach so wegbegeben, uns verabschieden können. Ich habe da meine Bedenken...«

Frankovich war sprachlos. Zwar hatten die Stimmen etwas Schnarrendes, wie von einem altmodischen Sprachcomputer erzeugt, schließlich wurden hier lediglich Impulse von zwei miteinander kommunizierenden Gehirnen digital generiert. Aber das Ergebnis seiner wissenschaftlichen Vision war für Frankovich verblüffend:

»Ich habe einmal ein Mädchen mit dem Namen Mary geliebt.«

»Und ich einen jungen Mann, der hieß Paul!«

»Sie war wunderschön, hatte lange, rote Haare, lustige Fältchen um ihre leuchtend blauen Augen. Und wenn sie lächelte, dann ging die Sonne auf!«

»Er war ein Gentleman durch und durch, dieser Paul. Er war groß und stark und sagte unentwegt witzige Dinge. Und er küßte mich auf den Mund, das war wie ein Feuer, das meinen ganzen Körper heiß durchrieselte.«

»Du sagst das wunderschön, Mary. Es klingt alles so poetisch. Wie damals. Bei meiner Mary. Ihre Stimme war ähnlich wie deine, so sanft, so klar.«

»Paul hatte so viel Kraft, soviel Energie in sich, und so zarte Hände.«

»Ihr Körper war ein Traum. Ihre Haut wie Samt. Ich fühle noch die Weichheit ihrer Brüste.«

»Er hat mich berührt. Ich hätte schreien können vor Lust. Voll hungriger Neugier tasteten seine Finger über mich hin. Fanden alle die geheimen Stellen, von denen ich glaubte, die kenne nur ich.«

»Ich flüsterte ihr ins Ohr, daß die Welt um uns vergehen und nichts mehr existieren würde, außer uns beiden. Und daß wir zusammen bleiben werden für eine ganze Ewigkeit.«

»Ja, das hat er gesagt, Wort für Wort. Ich erinnere mich an alles. An jeden Tag, jede Stunde mit dir. An jeden deiner Blicke. An jede deiner Berührungen, Paul...!«

»Mary...!«

»Bist du es?«

»Ich bin es... Mary!«

»Paul... Wach auf! Wir sind endlich zusammen!«

»Ich dachte, du bist tot. Hast mich für immer verlassen...!«

»Nein, ich bin hier. Bei dir. Spürst du mich nicht?«

»Ich spüre dich, doch, ja! Und ich sehe dich! Mary!«

»Umarme mich Paul! Ja, so ist es gut! Komm nah, ganz dicht. Ich liebe dich, Paul!«

»Ich liebe dich, Mary! Über alles liebe ich dich. Ich rieche den Duft deiner Haare. Spüre deine Haut, deine Brüste...!«

»Wo sind wir, Paul?«

»Ich weiß es nicht, und es ist auch nicht wichtig!«

»Nicht wichtig, ja. Wir haben ja uns!«

»Und wir werden uns nie mehr trennen!«

»Versprichst du mir das, Paul?«

»Ich verspreche es dir, Mary!«

»Wir werden heiraten, auch ohne die anderen zu fragen.«

»Heimlich! An einem geheimen Ort!«

»Wir werden Kinder haben, eine große Familie.«

»Was du dir wünschst, das werde auch ich mir wünschen.«

»Oh Paul...!«

»Oh, Mary!«

Dann folgte eine längere, stumme Phase. Angefüllt nur mit den Geräuschen der Lust.

Frankovich beging die Indiskretion, das Band mit

den Liebesschwüren anläßlich einer Vorlesung an der UCLA, der *University of California, Los Angele,* seinen Studenten vorzuspielen. Nicht nur die jungen Damen unter seinen Hörern hatten anschließend Tränen in den Augen.

Aber Frankovich war Wissenschaftler, und das Experiment mit den beiden isolierten, aber miteinander kommunizierenden Gehirnen hatte für ihn jenseits jeglicher Sentimentalität, jenseits aller gehirnphysiologischen Aspekte auch eine philosophische Qualität.

»Vor zweieinhalbtausend Jahren postulierte Platon seine Theorie, alles, was wir real wahrzunehmen glauben, alles, was wir scheinbar sehen, hören, fühlen, sei nur Illusion, sei nur Projektion oder Schatten einer völlig anderen Realität.

Diese beiden jungen Menschen haben in ihrem Leben genügend Informationen gespeichert, genügend gesehen, gehört, gefühlt, um sich nun in ihrer begrenzten Realität eine absolut neue Welt zu erschaffen. Eine Welt, in der sie real leben.

Sie wissen nicht, was außerhalb ihres Cortex existiert.

Aber Bilder und Töne, Gerüche, Geschmack, vor allem aber Gefühle, sind aus dem unendlichen Reservoir ihrer eingespeicherten Erfahrung frei abrufbar und bilden nun die imaginäre Realität ihres Lebens, die unserer Realität in nichts nachsteht. Der Zuschauer vor der Kinoleinwand, vor dem Fernsehschirm, vor Internet oder virtuellen Spielen erlebt die fremde Welt in Distanz, taucht zwar in sie ein, identifiziert sich mit ihr. Aber letzten Endes *schaut* er nur. Die beiden aber *leben!* Vermutlich hatte Platon recht und alles ist nur Imagination.«

Die Imagination beflügelte die beiden, und nur von kurzen Ruhepausen unterbrochen durchschwärmten sie Tag und Nacht ihre Gemeinsamkeit. Der Plan, eine geheime Hochzeit zu feiern, nahm Gestalt an und erfüllte sie mit erregenden Aktivitäten. Ein Priester erschien im Schutz der Dunkelheit, die Soutane unter einem weiten Mantel verborgen, bereitete die Trauungszeremonie vor und gab Brautunterricht. Paul war tolerant, hörte zu und ließ Mary in ihrer Vorfreude, die ihre Wangen aufflammen ließ, nicht aus den Augen. Sie nähte sich ihr weißes Kleid selbst und hatte keine Einwände gegen seine abgetragenen, schwarzen Jeans, gegen sein T-Shirt mit dem Aufdruck seiner Universitäts-Mannschaft, als Kleidung für den festlichsten aller denkbaren Augenblicke.

Frankovich lauschte den Vorbereitungen und kam zu dem Schluß, daß zur Imagination auch das Wort gehöre, welches Bilder und Gefühle erst abrufbar macht.

Die Kathedrale von Belfast war leer zur nächtlichen Stunde, erhellt nur von wenigen Kerzen.

Der Priester wartete vorn am Altar, wandte den beiden, die Hand in Hand durch die Dunkelheit huschten, den breiten, golddurchwirkten Rücken seines Meßgewandes zu.

Erst als sie vor ihm knieten, drehte er sich um, sprach die Gebete, die Formeln und den Segen, verband ihre beiden Hände unter seiner Stola und nahm ihnen den Schwur ihrer Treue ab: »Bis daß der Tod uns scheidet!«

Sie wechselten die Ringe, und er erklärte sie zu Mann und Frau. Sie küßten sich, die Kathedrale verschwand und verblaßte, und sie teilten sich das Lager.

»Mary...!«
»Paul...!«
»Das ist unsere Nacht!«
»Unsere Hochzeitsnacht. Ja!«
»Komm näher, komm!«
»Ich bin ganz nah, Paul. Ganz nah bei dir!«
»Deine Haut, Mary...! Dein Mund...!«
»Paul! Komm! Ja... Paul!«
»Mary!«

»Niemand kann uns mehr trennen! Wir sind nur noch eins!«

»Nur noch eins...!«

»Paul... Ja... Ja... Ja... Ich sterbe... Paul!... Paul!«

Frankovich überkam, als die Erregung der beiden auch auf den Manometern, auf Kurvenlinien und flackernden Dioden sichtbar wurde, das Gefühl von Indiskretion. Er stand auf, verließ den Beobachtungsplatz, wo er als Zeuge Tage und Stunden ausgeharrt hatte. Er schaltete den Voice-Recorder ab und hielt das Tonband an.

›Losgelöst von Erdenschwere‹, dachte er, als er ging, ›körperlos, bedürfnislos, frei in der Existenz reinen Bewußtseins – und nun vereint in ewigem, grenzenlosem Glück.‹

In dieser Nacht, der Hochzeitsnacht von Mary und Paul, ging über Pasadena City ein geradezu unendlicher Wolkenbruch nieder. Blitze zuckten in rascher Folge. Der Himmel öffnete seine Schleusen.

Zum zweiten Mal wurde die Nichtexistenz von Mary und Paul durch einen Stromausfall im Netz von *Western Power* empfindlichst gestört.

Weil der Laborkeller voll Wasser lief, sprang auch das Notstromaggregat nicht an, das die beiden Gehirne mit Nährflüssigkeit hätte versorgen sollen, um sie am ›Leben‹ zu erhalten.

Copyright © 1999 by Pentagramma Verlag, Bairawies · Mit freundlicher Genehmigung des Autors · Originalveröffentlichung

Philip José Farmer · USA

DIE OFFENBARUNG, TEIL 1 – EIN DREHBERICHT

Gott sagte: »Bringt mir Cecil B. DeMille.«

»Tot oder lebendig?« fragte der Erzengel Gabriel.

»Ich möchte ihm ein Angebot machen, das er nicht ablehnen kann. Kann selbst *ich* so ein Angebot einem Toten machen?«

»Ach, ich verstehe«, sagte Gabriel, aber er verstand gar nichts. »Es wird geschehen.«

Und so geschah es.

Cecil Blount DeMille stand verwirrt vor dem Schreibtisch. Das gefiel ihm nicht. Er war es gewohnt, hinter dem Schreibtisch zu sitzen, während die anderen standen. In Anbetracht der Umstände würde er nicht protestieren. Der riesige, göttlich gutaussehende, bärtige, pfeifenrauchende Mann hinter dem Schreibtisch war nicht jemand, dem man auf der Nase herumtanzen konnte. Die grauen Augen, obwohl stählern, waren nicht ganz die eines Wall-Street-Bankers. Sie enthielten eine Andeutung von Mitleid.

Unfähig, diesen Augen standzuhalten, blickte DeMille auf den Engel an seiner Seite. Er hatte immer geglaubt, Engel hätten Flügel. Dieser da hatte keine, obwohl er mit Gewißheit fliegen konnte. Er hatte DeMille in seinen Armen durch die Stratosphäre zu einer Stadt aus Gold irgendwo zwischen Erde und Mond emporgetragen. Ganz ohne Raumanzug.

Wie alle geistig hochstehenden Geschöpfe kam Gott gleich zur Sache.

»Wir haben jetzt das Jahr 1980 n. Chr. In zwanzig Jahren ist das Millenium voll. Das Jüngste Gericht. Die Ereignisse, wie sie in der Offenbarung oder in der Apokalypse des heiligen Johannes beschrieben werden. Sie wissen schon, die sieben Siegel, die vier Reiter, der bluttriefende Mond. Armageddon und das ganze Zeug.«

DeMille wünschte, man hätte ihn aufgefordert, Platz zu nehmen. Daß er einundzwanzig Jahre lang tot war, in denen er keinen Muskel bewegt hatte, hatte ihn etwas geschwächt.

»Nehmen Sie Platz«, sagte Gott. »Gabe, bring dem Herrn einen Brandy.« Er zog an seiner Pfeife, winzige Blitze krachten durch die Rauchwölkchen.

»Hier, Mr. DeMille«, sagte Gabriel und reichte ihm den Branntwein in einem geschliffenen Quarzglasschwenker. »Napoleon 1880«.

DeMille wußte, daß es so etwas wie einen hundertjährigen Brandy nicht gab, aber er erhob keine Einwände. Jedenfalls schmeckte das Zeug wirklich so, als wäre es so alt. Die hier oben wußten zu leben.

Mit einem Seufzen sagte Gott: »Das Hauptproblem ist, daß nicht viele Menschen noch wirklich an Mich glauben. Daher sind Meine Kräfte nicht mehr das, was sie einmal waren. Die alten Götter, Zeus, Odin, der ganze Haufen, haben ihre Kraft verloren und sind einfach vergangen, wie alte Soldaten, wenn ihre Anhänger aufhören, an sie zu glauben.

Daher kann ich das Ende der Welt ohne fremde Hilfe nicht mehr schaffen. Ich brauche jemanden mit Erfahrung, Know-how, Verbindungen und von Prominenz. Jemand, von dem die Leute wissen, daß er wirklich existierte. Sie. Außer Sie kennen jemanden, der mehr biblische Epen produziert hat als Sie.«

»Der Zeitpunkt ist also klar«, sagte DeMille. »Aber

was ist mit den Gewerkschaften? Sie haben mir das Leben schwer gemacht, dieses Kommunistenpack... ach, diese Sowiesos. Sind sie noch immer so mächtig wie früher?«

»Sie würden nicht glauben, was sie heutzutage für einen Einfluß haben.«

DeMille biß sich auf die Lippe, dann sagte er: »Ich möchte, daß sie aufgelöst werden. Wenn ich nur zwanzig Jahre für die Produktion dieses Films habe, kann ich mich nicht von einem Haufen geldgieriger Kerle aufhalten lassen.«

»Nichts zu machen«, sagte Gott. »Sie würden alle streiken, und wir können uns keine Verzögerungen leisten.« Er blickte auf seine große Eisenbahneruhr. »Wir werden mit einem sehr engen Produktionszeitplan arbeiten.«

»Ach, ich weiß nicht«, sagte DeMille. »Bei all diesen Vorschriften, den zwischengewerkschaftlichen Eifersüchteleien und dem Schmieren kommt man auf keinen grünen Zweig. Und die Gagen! Kein Wunder, daß es fast unmöglich ist, einen Gewinn auszuweisen. Die Mühe ist zu groß!«

»Ich kann immer noch auf D. W. Griffith zurückgreifen.«

DeMilles Gesicht verfärbte sich rot. »Sie möchten einen B-Film? – Nein, nein, das wäre ein Fehler! Ich mache es schon, natürlich mache ich es!«

Gott lächelte und lehnte sich zurück. »Habe ich mir gleich gedacht. Übrigens, Sie sind nicht zugleich auch der Produzent: der Produzent bin Ich. Meine Engel machen die Produktionsassistenten. Sie haben mehrere Jahrtausende lang nichts Besonderes zu tun gehabt, und Müßiggang ist aller Laster Anfang, Sie wissen schon. Ha, ha! Sie sind natürlich der Regie-Chef. Und das ist wirklich keine Kleinigkeit. Sie werden mindestens hunderttausend Regieassistenten unter sich haben.«

»Aber... das bedeutet, daß man an die 99 000 Regisseure anlernen muß!«

»Das ist das geringste unserer Probleme. Jetzt verstehen Sie auch, warum ich möchte, daß die Sache sofort in Gang kommt.«

DeMille umklammerte die Sessellehne und sagte mit schwacher Stimme: »Wer finanziert das alles?«

Gott runzelte die Stirn. »Das ist noch ein Problem. Mein Widersacher hat die Kontrolle über alle Banken. Im schlimmsten Fall könnte ich die himmlische Stadt einschmelzen und zu Geld machen. Aber der Goldmarkt würde bis zur Hölle ins Bodenlose fallen. Und ich müßte nach Beverly Hills übersiedeln. Sie glauben kaum, was es dort für einen Smog hat und welche Preise für Häuser verlangt werden. Ich bin jedoch überzeugt, daß Ich das Geld auftreiben kann. Überlassen Sie das nur Mir.«

Die Leute, denen die amerikanischen Banken wirklich gehörten, saßen an einem langen Mahagoni-Schreibtisch in einem Riesenraum in einem Wolkenkratzer in Manhattan. Der Vorstandsvorsitzende saß am oberen Ende. Er hatte nicht die Hörner, den Schwanz und die Hufe, welche ihm die Legende zuschreibt. Er hatte auch keinen Schwefelgeruch an sich. Er roch mehr nach Brut-Toilettenwasser. Er war ein teuflisch gutaussehender großer Mann und derjenige mit der besten Figur im Raum. Er sah aus, als könnte er der Chef der Engel sein, und das war er einst ja auch gewesen. Seine Augen funkelten böse, aber nicht böser als die der anderen an dem Tisch, mit einer Ausnahme.

Die Ausnahme, Raphael, saß am unteren Ende. Das einzige, was sich mit seinem engelhaften Aussehen nicht vertrug, waren die blutunterlaufenen Augen. Sein Apartment auf der West Side hatte papierdünne Wände, und die Swinger-Party nebenan hatte ihn für den Großteil der Nacht nicht schlafen lassen. Trotz seiner Erschöpfung hatte er das Angebot von oben höchst überzeugend präsentiert.

Don Francisco ›Der Fixer‹ Fica leerte sein sechstes Glas Wein, um seinen Mut zu stärken, machte das Zeichen des Kreuzes, was für den Vorsitzenden höchst anstößig war, rülpste und hob an:

»Tut mir leid, Signor, aber das hat die Abstimmung ergeben. Hundert Prozent. Es ist ein rein geschäftlicher Vorschlag, völlig legal, und wir werden unfehlbar einen Riesengewinn dabei machen. Wir werden den Film finanzieren, komme Hölle oder Hochwasser.«

Satan erhob sich aus seinem Stuhl und schlug mit seiner riesigen, aber sehr gepflegten Faust auf den Tisch. Weingläser stürzten um; halb mit Spaghetti gefüllte Teller klirrten. Mit Ausnahme Raphaels wurden alle blaß.

»*Dio motarello! Lecaculi! Cacasotti! Non romperci i coglioni!* Ich bin der Vorsitzende, und ich sage *nein, nein, nein!*«

Fica blickte zu den anderen Anführern der Familien hin. Mignotta, Fegna, Stronza, Loffa, Recchione und Bocchino schienen erschrocken zu sein, aber jeder bekundete Fica durch Nicken seine Zustimmung.

»Es tut mir wirklich leid, daß Sie es nicht wie wir sehen«, sagte Fica. »Aber ich muß Sie bitten, Ihre Funktion zurückzugeben.«

Lediglich Raphael konnte dem Gewaltigen in die Augen sehen, aber Geschäft ist Geschäft. Satan fluchte und drohte. Nichtsdestoweniger wurden ihm alle seine Aktienanteile abgenommen. Er war als der reichste Mann der Welt hereingekommen und stürmte ohne einen Penny und als ehemaliges Mitglied der Organisation hinaus.

Raphael holte ihn ein, als er murmelnd die Park Avenue entlang ging.

»Sie sind der Vater der Lügen«, sagte Raphael,

»daher können Sie unschwer als Schauspieler oder Politiker Erfolge feiern. Auf beiden Gebieten ist viel Geld zu holen. Ruhm ebenfalls. Ich schlage die Schauspielerei vor. Sie haben mehr Freunde in Hollywood als irgendwo sonst.«

»Sind Sie verrückt?« fauchte Satan.

»Nein. Hören Sie zu. Ich bin autorisiert, Sie für den Film über das Ende der Welt unter Vertrag zu nehmen. Sie sind einer der Hauptdarsteller, werden an prominenter Stelle genannt. Der zweite wird Christus sein, aber wir können Ihnen eine größere Garderobe garantieren als Ihm. Sie werden sich selbst spielen, daher sollte es eine Kleinigkeit für Sie sein.«

Satan lachte so laut, daß er die Gehsteige zwei Häuserblocks weit leerfegte. Das Empire State Building schwankte stärker, als es im Wind hätte schwanken sollen.

»Sie und Ihr Chef, ihr müßt mich für reichlich einfältig halten! Ohne mich ist der Film ein Flop. Sie sind in der Rue du gac. Warum sollte ich Ihnen helfen? Wenn ich es tue, ende ich für immer am Grund eines Flammenlochs. Hauen Sie ab!«

Raphael schrie ihm nach: »Wir können immer noch Roman Polanski kriegen!«

Raphael erstattete Gott Bericht, der sich auf seinem Thron aus Jaspis und Karneol ausruhte, über dem ein Regenbogen glühte.

»Er hat recht, Eure Herrlichkeit. Wenn er sich weigert mitzuspielen, ist der ganze Vertrag geplatzt. Kein richtiger Satan, keine richtige Apokalpyse.«

Gott lächelte. »Wir werden sehen.«

Raphael wollte Ihn fragen, was Er im Sinn hatte, aber ein Engel erschien mit dem Ersuchen, Gott möge sich in der Abteilung für Spezialeffekte einfinden. Die Techniker dort hatten Probleme mit der Maschine, die den Himmel wie eine Schriftrolle aufrollte.

»Dilettanten!« grummelte Gott. »Muß ich alles selbst machen?«

Satan zog in eine Wohnung in der 121. Straße und fiel der Fürsorge zur Last. Es war kein schlechtes Leben, nicht für jemanden, der an die Hölle gewöhnt war. Aber zwei Monate später langten keine Schecks mehr ein. Es gab keine Beschäftigungslosigkeit mehr. Jeder, der imstande war zu arbeiten, es aber nicht wollte, hatte Pech. Folgendes war geschehen: die Zentrale Rollenbesetzung hatte jedermann in der Welt als Aufnahmepersonal, Star, Nebendarsteller oder Statisten angeheuert.

Unterdessen hatten alle Werbeagenturen das Wort verbreitet, gut oder schlecht, je nach dem Standpunkt, ob die Bibel wahr war. War man kein Christ und, was noch schlimmer war, kein überzeugter Christ, war man zur ewigen Verdammnis verurteilt.

Raphael schoß neuerlich zum Himmel hinauf.

»Mein Gott, Sie würden nicht glauben, was geschieht! Die Christen bereuen ihre Sünden und beteuern, für immer und ewig gut zu sein, amen! Die Juden, Moslems, Hindus, Buddhisten, Scientologen, Animisten, und wie sie alle heißen, stellen sich bei den Taufbecken an! Was für ein Durcheinander! Die Atheisten sind konvertiert, und alle kommunistischen und marxistisch-sozialistischen Regierungen sind gestürzt worden!«

»Das ist nett«, sagte Gott. »Aber ich glaube an den Sinneswandel der christlichen Völker erst, wenn sie ihre gegenwärtigen Regierungsbeamten hinausschmeißen – bis zum örtlichen Hundefänger hinunter.«

»Sie tun es!« brüllte Raphael. »Aber vielleicht verstehen Sie es nicht! So laufen die Dinge in der *Offenbarung des Johannes* nicht ab! Wir müssen das Drehbuch gründlich umschreiben! Außer, Sie bringen die Dinge in Ordnung!«

Gott wirkte völlig ungerührt. »Das Drehbuch? Wie weit ist Ellison damit?«

Selbstredend kannte Gott alles, was geschah, aber Er tat manchmal so, als wüßte Er es nicht. Das war Sein Vorwand zum Reden. Bloß ab und zu einen Befehl zu erteilen, führte zu langen Perioden des Schweigens, die manchmal jahrhundertelang dauerten.

Er hatte für die Arbeit am Drehbuch ausschließlich Science Fiction-Autoren angeheuert, da sie als einzige über genug Phantasie verfügten, um dem Auftrag gerecht zu werden. Außerdem zerbrachen sie sich nicht den Kopf wegen wissenschaftlicher Unmöglichkeiten. Gott liebte Ellison, den Chefautor, denn er war der einzige Mensch, den er bis jetzt getroffen hatte, der nicht davor zurückscheute, mit ihm zu streiten. Ellison war aber ernstlich gehandikapt, weil ihm nicht erlaubt war, in Seiner Anwesenheit Schimpfwörter zu gebrauchen.

»Ellison bekommt einen Blutsturz, wenn er das mit den Abänderungen erfährt«, sagte Raphael. »Er beginnt wie verrückt herumzuschreien, wenn jemand in seinen Drehbüchern herumschmiert.«

»Ich werde ihn zum Dinner heraufbitten«, sagte Gott. »Wenn er zu laut wird, werde ich mit ein paar Blitzen um mich werfen. Wenn er sich einbildet, daß er zuvor schon ein gebranntes Kind war, dann wird er sich… naja, vielleicht.«

Raphael wollte Gott über die Eingriffe in das Drehbuch befragen, aber gerade da kam der Leiter der Budgetabteilung herein. Der Engel machte sich davon, denn Gott geriet ganz aus dem Häuschen, wenn Er sich mit Geldangelegenheiten befassen mußte.

Der oberste Regieassistent sagte: »Wir haben jetzt ein Riesenproblem, Mr. DeMille. Armageddon droht zu scheitern. Israel ist bereit, uns den Schauplatz zu vermieten, aber woher sollen wir die Streitkräfte von Gog und Magog nehmen, die gegen die Guten kämpfen sollen? Jeder ist konvertiert. Niemand ist bereit, auf der Seite des Antichrists und Satans zu kämpfen. Das bedeutet, daß wir das Drehbuch neuerlich umschreiben müssen. Ich möchte nicht derjenige sein, der *das* Ellison verklickern muß...«

»Muß ich an alles denken?« sagte DeMille. »Das ist eine Lappalie. Engagieren Sie einfach Schauspieler, welche die Schurken spielen sollen.«

»Daran habe ich bereits gedacht. Aber sie fordern eine Zulage. Sie behaupten, daß sie vielleicht allein deswegen mit Verfolgung rechnen müssen, weil sie die Kerle mit den schwarzen Hüten *spielen*. Sie nennen es Zulage für gesellschaftliche Stigmatisierung. Aber die Verbände und die Gewerkschaften steigen darauf nicht ein. Gleiche Gage für alle Statisten oder kein Film, so sieht's aus.«

DeMille seufzte. »Das macht sowieso keinen Unterschied, solange wir Satan nicht dazu bringen können, sich selbst zu spielen.«

Der Assistent nickte. Bislang hatten sie die Szenen mit dem Teufel ausgelassen. Aber sie konnten es nicht länger aufschieben.

DeMille erhob sich. »Ich muß mir jetzt das Vorsprechen für Die Hure von Babylon ansehen.«

Von hunderttausend Bewerberinnen für die Rolle waren hundert in die engere Wahl gekommen, aber nach dem zu urteilen, was er gehört hatte, war keine einzige von ihnen dafür geeignet. Sie waren jetzt alle gute Christinnen, ganz egal, was sie vorher gewesen waren, und legten einfach nicht ihr Herz in die Rolle. DeMille hatte vorgehabt, seiner brandneuen Geliebten, einem Starlet, einer heißen kleinen Nummer, die hundertprozentig richtig für die Rolle war – wenn Versprechungen etwas zu bedeuten hatten – die Rolle zu geben. Aber gerade ehe sie zum ersten Mal ins Bett gingen, hatte er einen Anruf erhalten.

»Schluß mit dem Techtelmechtel, C. B.«, hatte Gott gesagt. »Sie sind jetzt einer Meiner tiefgläubigen Anhänger, eines der verlorenen Schafe, die den Weg zurück zur Herde gefunden haben. Halten Sie sich also daran. Sonst auf den Friedhof zurück mit Ihnen, und ich engagiere Griffith.«

»Aber... aber, ich bin Cecil B. DeMille! Die Regeln sind für das gewöhnliche Volk ganz okay, aber...«

»Werfen Sie diese Hure hinaus! Entweder Sie reißen sich zusammen oder Sie sind weg vom Fenster! Wenn Sie sie heiraten, fein! Aber vergessen Sie nicht, Scheidungen gibt es nicht mehr!«

DeMille war am Boden zerstört. Die Ewigkeit würde so aussehen, als lebte man für immer und ewig gleich neben der Zensurbehörde.

Am nächsten Tag rief ihn seine Sekretärin höchst aufgeregt an.

»Mr. DeMille! Satan ist da! Ich habe keinen Termin für ihn eingetragen, aber er behauptet, er habe schon seit langem einen mit Ihnen!«

Dämonisches Gelächter schallte aus der Gegensprechanlage.

»C. B., mein Junge! Ich habe meinen Entschluß geändert! Ich habe mich anonym für die Rolle beworben, aber der Scheißkopf von einem Assistenten hat mir erklärt, ich sei nicht der passende Typ! Darum wende ich mich an Sie. Ich kann gleich nach Vertragsunterzeichnung mit der Arbeit beginnen!«

Der Vertrag war jedoch nicht so geartet, wie ihn der große Regisseur im Sinn hatte. Satan, der eine dicke Zigarre rauchte, trug ihm die Bedingungen glucksend und Kapriolen schlagend vor.

»Und machen Sie sich keine Sorgen, daß Sie mit Blut unterzeichnen müssen. Das ist unhygienisch. Machen

Sie bloß Ihre drei Kreuze, und alles ist gut, was in der Hölle endet.«

»Sie bekommen meine Seele«, sagte DeMille mit schwacher Stimme.

»Das ist für mich kein Schnäppchen. Aber wenn Sie nicht unterzeichnen, bekommen Sie mich nicht. Ohne mich ist der Film geplatzt. Fragen Sie den Produzenten, Er wird Ihnen sagen, wie es ist.«

»Ich rufe Ihn gleich an.«

»Nein! Unterschreiben Sie jetzt, auf der Stelle, oder ich bin für immer fort!«

De Mille senkte den Kopf, mehr im Schmerz als im Gebet.

Dann unterschrieb er auf der punktierten Linie. Er hatte nie wirklich geschwankt. Schließlich war er Filmregisseur.

Nachdem der kichernde Satan fort war, wählte DeMille eine Nummer. Die Leitungen übertrugen den Anruf zu einer Station, welche die Impulse zu einem Satelliten ausstrahlte, der sie direkt zur himmlischen Stadt weiterleitete. Irgendwie geriet er an eine falsche Nummer. Er legte schleunigst auf, als sich Israfel, der Todesengel, meldete. Beim zweiten Versuch kam er durch.

»Eure Herrlichkeit, vermutlich ist Ihnen bekannt, was ich gerade getan habe? Es war die einzige Möglichkeit, ihn dazu zu bringen, sich selbst zu spielen. Sie verstehen das, nicht wahr?«

»Gewiß, aber wenn Sie vorhaben, den Vertrag zu brechen oder Mich dazu zu bringen, es für Sie zu tun, so vergessen Sie es. Was für ein Image würde ich haben, wenn ich etwas so Unethisches täte? Aber keine Bange. Er kann seine Haken erst in Ihre Seele schlagen, wenn ich es zulasse.«

Keine Bange? dachte DeMille. Ich bin derjenige, der zur Hölle fährt, nicht Er.

»Wenn wir gerade von Widerhaken sprechen, erlauben Sie Mir, Sie auf eine Klausel in Ihrem Vertrag mit der Filmgesellschaft hinzuweisen. Falls Sie des Zustands der Gnade verlustig gehen, und ich spreche jetzt nicht von dem kleinen Flittchen, das Sie zu Ihrer Geliebten machen wollten, müssen Sie sterben. Die Mafia ist nicht die einzige, die einen Kontrakt vergibt. *Capice?*«

DeMille, dem heiß und kalt war, legte auf. In gewissem Sinne war er bereits in der Hölle. Sein ganzes Leben lang ohne Weiber bis auf eine Ehefrau? Es war schlimm genug, auf Abwechslung verzichten zu müssen, aber was war, wenn die, wer immer es sein mochte, die er heiratete, ihm die kalte Schulter zeigte, wie es eine seiner Frauen – wie war doch gleich ihr Name? – getan hatte?

Darüber hinaus konnte er sich nicht um den Verstand trinken, nicht einmal, um seine Eheprobleme zu vergessen. Gott hatte, auch wenn er den Alkohol in Seinem Buch nicht verbot, gesagt, daß Mäßigung bei starken Getränken angebracht war und keine Ausflüchte akzeptiert wurden. Nun ja, vielleicht konnte er Bier trinken, so gräßlich proletarisch das auch war.

Er war jetzt nicht einmal mit seiner Arbeit glücklich. Man zollte ihm einfach nicht den Respekt, den er in den alten Tagen gehabt hatte. Wenn er die Kameraleute, die Grips, die Gaffer, die Schauspieler zur Sau machte, bekam er zu hören, daß es ihm an der gebührenden christlichen Demut fehle, daß er auf zu hohem Roß säße, zu arrogant sei. Gott würde ihn bestrafen, wenn er nicht sein verdammtes großes Maul hielte.

Das machte ihn sprachlos und hilflos. Er hatte immer geglaubt und auch entsprechend gehandelt, daß der Regisseur, nicht Gott, Gott war. Er erinnerte sich, daß er das zu Charlton Heston gesagt hatte, als Heston, der schließlich nur Moses war, einen Wutausbruch gehabt hatte, als er während der Dreharbeiten zu *Die zehn Gebote* in einen Haufen Kameldung gelatscht war.

War mehr dran an der Produktion eines Ende-der-Welt-Films als es an der Oberfläche aussah? Hatte Gott anscheinend jedermann seine Sünden und seine Glaubensschwäche vergeben, ließ aber, selbst hinterlistig, jedermann spitzfindig durch Leiden bezahlen? Hatte Er vergeben, aber nicht vergessen? Oder umgekehrt?

Gott entging selbst der Fall eines Sperlings nicht, obwohl der Grund, warum der Sperling, ein bekannt lästiger und schmutziger Vogel, im Auge Gottes von Bedeutung sein sollte, DeMille nicht einleuchtete.

Er hatte das unbehagliche Gefühl, daß alles nicht so einfach und offensichtlich war, als er gedacht hatte, als er unzeitig dem Grab in einer Art von Kaiserschnitt entrissen und wie ein saugendes Baby in Gabriels Armen ins Büro des Allerhöchsten Produzenten fortgetragen worden war.

Aus dem großen Playboy-Interview in der Ausgabe vom Dezember 1990:
Playboy: Mr. Satan, warum haben Sie sich entschlossen, sich schließlich doch selbst zu spielen?
Satan: Verdammt, wenn ich das wüßte.
Playboy: Es heißt, daß Sie in den Letzte-Tage-Szenen Kleider tragen müssen, daß Sie sich jedoch beharrlich weigern? Trifft das zu?
Satan: Ja, in der Tat. Jedermann weiß, daß ich nie Kleider trage, außer wenn ich unter den Menschen erscheinen möchte, ohne unziemliche Aufmerksamkeit zu erregen. Wenn ich Kleider trüge, wäre das unrealistisch. Es wäre falsch, obwohl weiß Gott genügend getürkte Sachen in diesem Film zu finden sind. Der Produzent sagt, daß das ein Großfilm für das allgemeine Publikum werden soll, keiner mit Jugendverbot. Aus diesem Grund habe ich unlängst den Drehort

unter Protest verlassen. Meine Anwälte verhandeln derzeit mit der Filmgesellschaft deswegen. Aber Sie können Ihren Arsch darauf wetten, daß ich nicht zurückkehre, außer es geschieht, was ich will, nämlich das Richtige. Schließlich bin ich Künstler, und ich habe meine Künstlerehre. Sagen Sie mir, wenn Sie einen Schwanz von dieser Größe hätten, würden Sie ihn verbergen?

Playboy: Die Chicagoer Bullen würden mich verhaften, ehe ich noch einen Block weit gekommen wäre. Ich weiß aber nicht, ob Sie mich wegen unsittlicher Entblößung oder wegen des sorglosen Umgangs mit einer Naturressource belangen würden.

Satan: Man würde nicht wagen, mich zu verhaften. Ich habe zuviel Material über die Stadtverwaltung.

Playboy: Das ist vielleicht 'n Ding. Aber ich habe geglaubt, Engel seien geschlechtslos. Sie sind ein gefallener Engel, nicht wahr?

Satan: Sie Blödmann! Was sind Sie für ein Rechercheur? Hier in der Bibel, Genesis 6:2, steht geschrieben, daß die Söhne Gottes, das sind die Engel, die Töchter von Menschen zur Frau nahmen und von ihnen Kinder hatten. Glauben Sie, daß die Kinder das Ergebnis künstlicher Befruchtung sind? Außerdem, Sie Einfaltspinsel, weise ich Sie auf Judas 7 hin, wo es heißt, daß die Engel, wie die Sodomiten, Unzucht trieben und unnatürlichen Gelüsten folgten.

Playboy: Whow! Dieser Schwefel! Kein Grund, daß Ihnen der Kragen platzt, Mr. Satan. Ich bin erst vor ein paar Jahren konvertiert. Ich hatte noch nicht viel Gelegenheit, die Bibel zu lesen.

Satan: Ich lese jeden Tag die Bibel. Zur Gänze. Ich bin ein Schnelleser, müssen Sie wissen.

Playboy: Sie lesen die Bibel? (Pause). He, he! Lesen Sie sie aus demselben Grund, aus dem es W. C. Fields tat, als er im Sterben lag?

Satan: Und das wäre?
Playboy: Er suchte nach Schlupflöchern.

DeMille befand sich in einem Satelliten und überwachte das Kamerateam, während es Aufnahmen aus zehn Meilen Höhe schoß. Ihm gefiel der schreckliche Druck, unter dem er arbeitete, überhaupt nicht. Es gab keine Möglichkeit, jede Szene drei- bis viermal aufzunehmen, um die beste Perspektive herauszufinden. Oder um eine Szene zu wiederholen, wenn sich die Schauspieler im Text verhedderten. Und, ach du lieber Herrgott, sie verhedderten sich die ganze Zeit über!

Er fuhr sich über den kahlen Schädel. »Es interessiert mich nicht, was der Produzent sagt! Wir müssen mindestens tausend Szenen nochmals drehen. Und wir haben noch gut eine Million Meilen Film vor uns!«

Sie näherten sich dem Ende der Folgen vom Öffnen der sieben Siegel. Das Lamm, das vom Sohn des Produzenten gespielt wurde, hatte gerade das sechste Siegel geöffnet. Das gewaltige Beben war erfolgreich im Kasten. Die ›Sonne, die schwarz wie ein Trauergewand geworden‹, war eine Lappalie gewesen. Aber der ›Mond wie Blut‹ litt unter gewissen Farbproblemen. Das Material sah mehr nach Oberst Sanders' Orangenjuice als nach Hämoglobin aus. Nach DeMilles Meinung waren die Szenen von ›Die Sterne des Himmels fielen herab auf die Erde, wie wenn ein Feigenbaum seine Früchte abwirft, wenn ein heftiger Sturm ihn schüttelt‹, hervorragend ausgefallen, visuell gesprochen. Aber jedermann wußte, daß die Sterne keine kleinen flammenden Steine waren, die im Himmel eingesetzt waren, sondern kolossale Kugeln von Atomfeuer, jede von ihnen größer als die Erde. Selbst eine von ihnen würde sie aus einer Million Meilen Entfernung vernichten. Was war also mit dem Glaubwürdigkeitsfaktor?

»Ich verstehe Sie nicht, Chef«, sagte DeMilles Assistent. »Sie haben sich keine Sorgen über Glaubwürdigkeit gemacht, als Sie *Die zehn Gebote* drehten. Als Heston, ich meine Moses, dem Roten Meer befahl, sich zu teilen, war es die schäbigste Fälschung, die ich je sah. Es muß aus Millionen von Christen Ungläubige gemacht haben. Der Film war jedoch ein Erfolg an den Kinokassen.«

»Es waren die Tänzerinnen, die dem Ganzen zum Erfolg verhalfen!« schrie DeMille. »Wer scheißt sich um den anderen Bockmist, wenn man diese langbeinigen Schnallen sehen kann, die mit ihren Schleiern herumwirbeln!«

Seine Sekretärin fuhr aus ihrem Stuhl hoch. »Ich kündige, Sie Chauvinistenschwein! Meine Schwestern und ich sind also bloß Schnallen für Sie, Sie kahlköpfiges Weibsbild?«

Seine Hotline zur himmlischen Stadt läutete. Er hob den Hörer ab.

»Hüten Sie Ihre Zunge!« donnerte der Produzent. »Wenn Sie zu oft aus der Reihe tanzen, schicke ich Sie ins Grab zurück! Und der Teufel bekommt Sie auf der Stelle!«

Gedemütigt, aber bis zum Siedepunkt kochend, wandte sich DeMille wieder seiner Arbeit zu, die in Hollywood Kunst genannt wird. Der Streifzug des Satelliten um die Erde schloß auch die ›Der Himmel verschwand wie eine Buchrolle, die man zusammenrollt‹-Szenen ein, wo ›alle Berge und Inseln von ihrer Stelle weggerückt‹ wurden. Wenn das Drehbuch eine buchstäbliche Entfernung verlangt hätte, wären die tektonischen Probleme gewaltig und vielleicht unlösbar gewesen. Aber in diesem Fall brauchte die Abteilung für Spezialeffekte lediglich die Szenen zu simulieren.

Selbst so war das Budget aufs höchste angespannt. Der Produzent war jedoch aufgrund seiner einzigartigen Fähigkeiten imstande, diese Probleme zu lösen. Während im ursprünglichen Drehbuch echte Verschiebungen von Grönland, England, Irland, Japan und Madagaskar verlangt worden waren, von Tausenden von kleineren Inseln ganz zu schweigen, waren sie jetzt nur vorgetäuscht.

»Eure Herrlichkeit, ich habe schlechte Nachrichten«, meldete Raphael.

Der Produzent war zu beschäftigt, um sich damit abzugeben, etwas zu bereden, das Er bereits wußte. Millionen von Gläubigen hatten einen Rückfall gehabt und waren zu ihren alten sündigen Verhaltensweisen zurückgekehrt. Sie glaubten, daß Gott, da so viele Ereignisse der Apokalypse nur simuliert wurden, nicht fähig sein konnte, irgendwelche wirklich großen Katastrophen zu verursachen. Daher brauchten sie sich auch um nichts Sorgen zu machen.

Der Produzent hatte aber beschlossen, daß es nicht nur gut wäre, ein paar von den Schlechten auszulöschen, sondern es auch die Gläubigen stärken würde, wenn sie sahen, daß Gott noch immer über ein paar Muskeln verfügte.

»Das nächste Mal bekommen sie die echte Sache«, erklärte Er. »Aber wir müssen DeMille Zeit lassen, damit er seine Kameras an den richtigen Positionen aufstellen kann. Und wir müssen natürlich das Drehbuch umschreiben lassen.«

Raphael stöhnte. »Könnte es nicht jemand anders Ellison sagen? Er wird sich schrecklich aufführen.«

»Ich werde es ihm sagen. Sie sehen ziemlich erledigt aus, Rafe. Sie brauchen ein bißchen Ruhe und Erholung. Nehmen Sie sich zwei Wochen frei. Aber nicht auf der Erde. Hier werden die Dinge eine Zeitlang ziemlich unruhig sein.«

Raphael, der ein weiches Herz hatte, sagte: »Danke,

Chef. Es wäre mir lieber, ich wäre nicht hier, um es zu sehen.«

Das Siegel wurde der Stirn der Gläubigen aufgedrückt, was sie sicher vor dem Verbrennen eines Drittels der Erde machte, der Verwandlung eines Drittels des Meeres in Blut, zusammen mit der Versenkung eines Drittels der Schiffe auf dem Meer (einschließlich des Absturzes eines Drittels der Flugzeuge in der Luft, etwas, was der heilige Johannes übersehen hatte), der Verwandlung eines Drittels des Wassers in Wermut (eine überflüssige Maßnahme, da ein Drittel bereits gründlich verschmutzt war), des Versagen eines Drittels des Tageslichts, des Auftauchens riesiger mutierter Heuschrecken aus dem Abgrund, und des Auftauchens von Giftgas ausatmenden mutierten Pferden, die ein Drittel der Menschheit dahinrafften.

DeMille war hocherfreut. Niemals zuvor waren solch entsetzliche Szenen gefilmt worden. Und sie waren nichts im Vergleich zu den Plagen, die folgten. Er hatte genug Filmmeter vom Schneideraum, um ein paar hundert Filmdokumentationen zu machen, nachdem der Film gelaufen war. Aber dann erhielt er einen Anruf vom Produzenten.

»Es heißt jetzt zurück zu den Spezialeffekten, mein Junge.«

»Aber warum, Eure Herrlichkeit? Wir müssen noch immer die ›Hure von Babylon‹-Folgen abdrehen, die ›Beiden Tiere und die Kennzeichnung der Bösen‹, den ›Berg Zion und das Lamm mit Seinen hundertvierundvierzigtausend guten Männern, die sich nicht mit Weibern befleckt haben‹, die…«

»Weil jetzt keine Bösen mehr übrig sind, Sie Einfaltspinsel! Und auch nicht gar so viele von den Guten!«

»Dem könnte abgeholfen werden«, sagte DeMille. »Diese Pferde, aus deren Mäulern Feuer, Rauch und Schwefel schlägt und die Schwänze und Stacheln wie

Skorpione tragen, sind sozusagen außer Kontrolle geraten. Aber wir kommen einfach nicht ohne die Szenen aus, in denen die übrige Menschheit, welche die Plagen überlebt hat, noch immer nicht ihre Anbetung von Idolen aufgibt und ihre Morde, ihr Zauberwesen, ihre Herumhurerei und ihre Räubereien nicht bereuen will.«

»Schreiben Sie das Drehbuch um.«

»Ellison wird diesmal gewiß alles hinwerfen.«

»Das macht nichts. Ich habe bereits einen Zeilenreißer aus Peoria zur Hand, der an seine Stelle treten kann. Und er macht es überdies billiger.«

DeMille führte seine Mannschaft, hunderttausend Mann stark, zur himmlischen Stadt. Hier drehten sie den Krieg zwischen Satan und seinen Dämonen einerseits und Michael und seinen Engeln andererseits. Das entsprach nicht der chronologischen Abfolge, wie sie der heilige Johannes niedergeschrieben hatte. Aber die logistischen Probleme waren so ungeheuer, daß man es für das Beste hielt, die Szenen nicht in der richtigen Reihenfolge zu drehen.

Dem umgeschriebenen Drehbuch zufolge wurden Satan und seine Scharen besiegt, aber eine Menge von Nichtkombattanten gehörten zu den Opfern, darunter DeMilles bester Kameramensch. Darüber hinaus gab es eine Produktionsverzögerung, als Satan darauf bestand, daß ein Stuntmann den Teil spielte, in dem er vom Himmel auf die Erde geschleudert wurde.

»Oder setzen Sie eine Puppe ein!« schrie er. »Zwanzigtausend Meilen ist ein verdammt langer Fall! Wenn ich schwer verletzt werde, bin ich vielleicht nicht imstande, den Film bis zum Ende zu spielen!«

Das Schreiduell zwischen dem Regisseur und Satan fand am Stadtrand statt. Der Produzent näherte sich Satan unbemerkt von hinten und trat ihn zum zweiten Mal in ihrer Beziehung von der Stadt in die Tiefe, gefolgt vom völligen Untergang und heftiger Verbrennung.

Mit dem Ruf: »Ich werde klagen! Ich werde klagen!« stürzte Satan auf den unterhalb befindlichen Planeten. Sein lodernder Eintritt in die Atmosphäre gab ein wunderbares Schauspiel ab, aber die Menschen auf der Erde schenkten ihm wenig Aufmerksamkeit. Sie waren an feurige Zeichen am Himmel gewöhnt. Genaugenommen waren sie ihnen schon über.

DeMille heulte und tanzte herum und hüpfte auf und ab. Nur die Anwesenheit des Produzenten hielt ihn davon ab, schmutzige und beleidigende Worte zu verwenden.

»Wir haben es nicht mit der Kamera erfaßt! Jetzt müssen wir das Ganze nochmals drehen!«

»Sein Vertrag erfordert nur einen einzigen Fall«, sagte Gott. »Sie sollten besser den ›Kampf zwischen den Gläubigen und dem wahren Reiter gegen das Tier und den falschen Propheten‹ aufnehmen, während er rekonvaleszent ist.«

»Was mache ich bloß mit dem Fall?« stöhnte DeMille.

»Türke ihn«, sagte der Produzent und begab sich zurück in Sein Büro.

Dem Drehbuch entsprechend stieg ein Engel vom Himmel herab, fesselte den schwerverletzten, mit Verbrennungen stöhnenden Satan mit einer Kette und schleuderte ihn in den Abgrund, den Grand Canyon. Dann verschloß und versiegelte er das Gebirge über ihn (was für eine wunderbare Szenenfolge das war!), damit Satan das Volk erst wieder verführen konnte, wenn tausend Jahre verstrichen waren.

Ein paar Jahre später führten die Zuckungen des Teufels dazu, daß sich über ihm ein Vulkan bildete, und das Umweltschutzbundesamt brachte eine Klage gegen die Himmlische Produktionsgesellschaft wegen der sich daraus ergebenden Verschmutzung der Atmosphäre ein.

Dann vollbrachte Gott, der jetzt sehr mächtig war, weil auf der Erde nur noch Gläubige vorhanden waren, die erste Wiedererweckung. Bei diesem Vorgang wurden nur die Märtyrer erweckt. Und auf der Erde, auf der es wegen der kürzlichen Kriege und Plagen so viel Ellbogenfreiheit gegeben hatte, herrschte plötzlich wieder Gedränge.

Teil 1 war fertig bis auf das Nachdrehen einiger Szenen, das Einblenden der Stimme und der Hintergrundgeräusche sowie der Synchronisierung der Musik, was von den Cherubim und Seraphim (die jetzt alle gewerkschaftlich organisiert waren) besorgt wurde.

Die große Nacht der Premiere in einem neuerbauten Filmtheater in Hollywood, Fassungsvermögen sechs Millionen, war gekommen. DeMille wurde nachher heftig akklamiert. Aber *Time* und *Newsweek* und *The Manchester Guardian* verrissen den Film.

»Es gibt da einige Leute, die schließlich vielleicht doch in die Hölle kommen«, brummelte Gott.

DeMille kümmerte sich nicht darum. Der Film war ein Erfolg an den Kinokassen, in den ersten sechs Monaten spielte er zehn Milliarden Dollar ein. Und wenn er an die Wiederaufführungen in den Theatern und die Fernsehrechte dachte... na also, war jemand je erfolgreicher gewesen?

Er hatte noch tausend weitere Jahre zu leben. Das schien eine lange Zeit zu sein. Jetzt. Aber... was würde mit ihm geschehen, wenn Satan freigelassen wurde, um die Völker erneut zu verführen. Dem Buch des heiligen Johannes zufolge würde es eine weitere weltweite Schlacht geben. Dann würde Satan, besiegt, in das Meer aus Feuer und Schwefel im Abgrund geschleudert werden.

(Er würde jedoch seinen Oscar behalten dürfen.)

Würde Gott Satan erlauben, nach den Bestimmungen des Vertrags, den DeMille mit dem Teufel unterzeichnet hatte, DeMille mit sich in den Abgrund zu reißen? Oder würde er so lange für seine Sicherheit sorgen, bis Teil II unter seiner Regie abgedreht war? Nachdem Satan endgültig begraben war, käme es zu einer zweiten Wiedererweckung und einem Urteil über diejenigen, die von den Toten erweckt worden waren. Die Ziegen, die Bösen, würden in den Abgrund geschleudert werden, um Satan Gesellschaft zu leisten. DeMille sollte von Rechts wegen unter den Geretteten, den Schafen sein, da er wiedergeboren war. Aber da war dieser Vertrag mit dem Versucher.

DeMille arrangierte eine Konferenz mit dem Produzenten. Vorgeblich befaßte sie sich mit Teil II, aber DeMille gelang es, das Thema aufs Tapet zu bringen, das ihn wirklich interessierte.

»Ich kann Ihren Vertrag mit ihm nicht brechen«, sagte Gott.

»Aber ich habe ihn nur unterzeichnet, damit garantiert wäre, daß Sie Satan für die Rolle bekommen würden. Es war eine Selbstaufopferung. Größere Liebe hat nie ein Mensch gezeigt und all das. Zählt das gar nicht?«

»Sprechen wir über die Szenenfolgen, die im neuen Himmel und auf der neuen Erde spielen.«

Zumindest werde ich nicht in die Hölle verbannt, ehe der Film fertig ist, dachte DeMille. Aber danach? Es war ihm unmöglich, diesen Gedanken weiter zu verfolgen.

»Es wird ein schreckliches technisches Problem geben«, sagte Gott und unterbrach DeMilles düstere Gedanken. »Wenn die zweite Wiedererweckung stattfindet, wird es auf der Erde nicht einmal mehr genügend Stehplätze für alle geben. Das ist der Grund, weshalb ich die alte Erde auflöse und eine neue mache.

Aber ich kann die alte Erde nicht einfach duplizieren. Das Lebensraumproblem bliebe noch immer bestehen. Jetzt denke ich an eine Dyson-Sphäre.«

»Was ist das?«

»Der Plan eines Mathematikers aus dem 20. Jahrhundert, den Riesenplaneten Jupiter in große Teile zu zerlegen und sie in Erdentfernung um die Sonne kreisen zu lassen. Die Oberfläche dieser Teile würde Platz für eine Bevölkerungsanzahl schaffen, die wesentlich größer als die der Erde wäre. Ein wahrhaft gottgleiches Konzept.«

»Was für eine Filmdokumentation würde das ergeben!« sagte DeMille. »Natürlich könnten wir eine Liebesgeschichte einfügen, wir könnten ... entschuldigen Sie, eine himmlisch gute Geschichte daraus machen.«

Gott blickte auf seine große Eisenbahnuhr.

»Ich habe einen anderen Termin, C. B. Die Konferenz ist beendet.«

DeMille sagte auf Wiedersehen und ging niedergeschlagen zur Tür. Er wußte noch immer nicht, was sein endgültiges Schicksal war. Gott hielt ihn hin. Er hatte das Gefühl, daß er bis zur letzten Minute nicht wissen würde, was mit ihm geschehen sollte. Er würde tausend Jahre der Ungewißheit, der geistigen Folter, erleiden. Sein Leben würde auf ewig als ›Fortsetzung folgt‹ ablaufen. Würde Gott einlenken? Oder würde Er den Helden in der allerletzten Sekunde erretten?

»C. B.«, sagte Gott.

DeMille schnellte herum, sein Herz hämmerte, seine Knie wurden weich. War es das? Das fatale Finale? Hatte Gott auf seine geheimnisvolle und subtile Weise beschlossen, daß es aus irgendeinem Grund für ihn kein ›Fortsetzung folgt‹ geben würde? Es schien nicht wahrscheinlich zu sein, aber schließlich hatte der Produzent nie versprochen, daß Er ihn als Regisseur von Teil II einsetzen würde, auch hatte Er keinen Vertrag mit ihm unterzeichnet. Vielleicht war Er, wie so viele wankelmütige Produzenten, zu dem Schluß gekommen, daß DeMille nicht der richtige für die Aufgabe wäre. Was zu bedeuten hatte, daß Er es so einrichten konnte, seinen ehemaligen Regisseur auf der Stelle, genau in dieser Minute, in das Flammenmeer zu schleudern...

Gott sagte: »Ich kann Ihren Vertrag mit Satan nicht brechen. Daher...«

»Ja?«

DeMille kam die eigene Stimme vor, als spräche er von sehr weit weg.

»Satan kann Ihre Seele erst bekommen, wenn Sie sterben.«

»Ja?«

Seine Stimme war nur ein Rinnsal von Lauten, ein paar letzte Tropfen Wassers in einem verstopften Abflußrohr.

»Daher, wenn Sie nicht sterben, und das hängt natürlich von Ihrem Verhalten ab, kann Satan Ihre Seele nie bekommen.« Gott lächelte und sagte:

»Auf Wiedersehen in der Ewigkeit.«

Originaltitel: ›THE MAKING OF REVELATION, PART I‹ · Copyright © 1980 by Philip José Farmer · Erstmals erschienen in ›After the Fall‹, hrsg. von Robert Sheckley · Mit freundlicher Genehmigung des Autors und Paul & Peter Fritz AG, Literarisch Agentur, Zürich (# 58 225) · Copyright © 1999 der deutschen Übersetzung by Wilhelm Heyne Verlag GmbH & Co. KG, München · Aus dem Amerikanischen übersetzt von Franz Rottensteiner

Erik Simon · Deutschland

VOM WIRKLICHEN WELTRAUM

Eine Bradbury-Nostalgie

Wo ist die Raumfahrt heute hingeraten –
wer möchte schon zu toten Welten fliegen?
Die Fotos und die Bodenproben lügen,
und Wunderbares harrt noch unsrer Taten.

Die Marsianer fahren alt und weise
durch roten Wüstensand auf den Kanälen,
urzeitlich unter steten Regenfällen
dampft auf der Venus noch der Wald, der heiße.

Der Weltraum wäre Freiheit statt nur Leere,
wenn kein Meteoritenschauer wäre –
denn wie im Himmel, also auch auf Erden:

Man fliegt den Träumen nach, die man verlor,
und wer verglüht, wird selbst ein Meteor
und weiß, daß Wünsche wirklich Wahrheit werden.

Copyright © 1999 by Erik Simon · Mit freundlicher Genehmigung des Autors · Originalveröffentlichung

Von
Wolfgang Jeschke
erschienen in der Reihe
HEYNE SCIENCE FICTION & FANTASY:

Der Zeiter · 06/3328
  (erweiterte Ausgabe 1978) · 06/3328
Der letzte Tag der Schöpfung · 06/4200
MIDAS oder Die Auferstehung des Fleisches · 06/5001
Schlechte Nachrichten aus dem Vatikan · 06/5025
Meamones Auge · 06/5149
Osiris Land · 06/7026

Als Herausgeber u. a. der Anthologienreihe
INTERNATIONALE SCIENCE FICTION STORIES:

Planetoidenfänger · 06/3364
Die große Uhr · 06/3541
Im Grenzland der Sonne · 06/3592
Spinnenmusik · 06/3646
Der Tod des Dr. Island · 06/3674
Eine Lokomotive für den Zaren · 06/3725
Feinde des Systems · 06/3805
25 Jahre Heyne Sience Fiction & Fantasy 1960–1985
  SF Jubiläumsband: Das Lesebuch · 06/4000
Aufbruch in die Galaxis · 06/4001
Die Gebeine des Bertrand Russell · 06/4057
Das Gewand der Nessa · 06/4097
Das digitale Dachau · 06/4161
Venice 2 · 06/4199
Entropie · 06/4255
Langsame Apokalypse · 06/4325
Schöne nackte Welt · 06/4380
L wie Liquidator · 06/4410
Second Hand Planet · 06/4470

Wassermanns Roboter · 06/4513
Papa Godzilla · 06/4560
An der Grenze · 06/4610
Mondaugen · 06/4660
Johann Sebastian Bach Memorial Barbecue · 06/4697
Die wahre Lehre, nach Mickymaus · 06/4747
Das Blei der Zeit · 06/4803
Der Fensterjesus · 06/4880
Die Menagerie von Babel · 06/4920
Die Zeitbraut · 06/4990
Lenins Zahn und Stalins Tränen · 06/5055
Gogols Frau · 06/5090
Die Pilotin · 06/5160
Die Straße nach Candarei · 06/5275
Partner fürs Leben · 06/5325
Riffprimaten · 06/5390
Die Verwandlung · 06/5495
Die säumige Zeitmaschine · 06/5645
Die letzten Bastionen · 06/5880
Die Vergangenheit der Zukunft · 06/5950
Winterfliegen · 06/5970
Das Proust-Syndrom · 06/5999
Das Jahr der Maus · 06/5632 (in Vorb.)
Das Wägen von Luft · 06/6335 (in Vorb.)
Reptilienliebe (in Vorb.)

sowie

Das Auge des Phönix
  Science Fiction aus Deutschland · 06/4235

und

HEYNE SCIENCE FICTION JAHRESBAND
1980–1999

sowie

DAS HEYNE SCIENCE FICTION JAHR
1986–1999

Michael McCollum

schreibt Hardcore SF-Romane, die jeden Militärstrategen unter den SF-Fans und Battletech-Spieler begeistern.

Antares erlischt
06/5382

Antares Passage
06/5924

06/5382

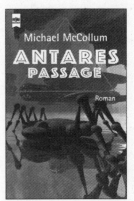

06/5924

Heyne-Taschenbücher